2005 은재H

을유명당도(乙酉明堂圖)

오원배
동국대학교 미술학과 졸업
파리국립미술학교 수료
제9회 이중섭 미술상 수상
프랑스예술원 회화 3등상 수상
현재 동국대학교 미술학부 교수

문학지리 · 한국인의 심상공간

국외편

문학지리 · 한국인의 심상공간 ㉼ 국외편

지은이 김태준 외

초판1쇄 인쇄 2005년 6월 10일

초판1쇄 발행 2005년 6월 20일

펴낸곳 논형

펴낸이 소재두

편집 디자인공 이명림

표지디자인 디자인공 이명림

등록번호 제2003-000019호

등록일자 2003년 3월 5일

주소 서울시 관악구 봉천2동 7-78 한림토이프라자 6층

전화 02-887-3561 **팩스** 02-886-4600

ISBN 89-90618-12-6 94810
ISBN 89-90618-13-4 94810(세트)

가격 19,000원

문학지리 · 한국인의 심상공간

국외편

그곳이 차마 꿈엔들 잊힐리야
-문학지리학을 위하여-

1.

사람에게 고향이 있듯이 문학에도 고향이 있다. 내 고향이 〈장연〉
이라면 《춘향전》의 고향은 남원이고, 민요 〈아리랑〉의 고향은 한민족의
마음이다. 고향은 땅이다. 땅은 사람이 태어나고 살아가는 공간이며, 걸
어가는 길이다. 그것은 '자리[空間]'이며, '지리(地理)'이다. 이 자리와
지리를 얻어서 문학은 자기의 세계를 해석하고, 무한한 우주와 호흡한다.
지리는 '내'가 선 이 자리[實地]에서 가장 현실적이다. 그것은 사실의 땅
이며 사건의 현장이다. 고향, 시골, 지방과 국토, 바다와 자연 환경, 동서
와 남북, 세계와 우주, 길과 지도(地圖) 등등 문학의 공간과 주제에서 학
문의 새로운 가능성으로, 문학지리는 심상공간(心象空間)에 이른다.

땅은 사람이 살아왔고 살고 있으며 살아가야 할 삶의 터전이다. 민
족의 정서와 문화와 사상이 살아 숨 쉬는 그곳이 나라 땅[國土]이며, 이
런 나라 땅들이 세계를 이루고, 〈그곳〉에서 우리는 꿋꿋이 살아가는 사

람과 만나고 역사를 이어가는 문학의 주인공들과 만난다. 이 땅에 정착하여 땅을 일구는 사람들, 국토를 유람하고 순례하는 사람들, 국경을 넘어 해외를 체험하는 사람들, 절도(絶島)와 벽지(僻地)에 유배되고 타국에 유랑하여 떠도는 사람들, 혹은 한국의 꿈을 안고 몰려오는 외국인 노동자들. 우리 국토와 해외의 땅에 수없이 각인된 사람들의 숨결은 더 나은 삶을 향한 간절한 염원을 이 땅에서 실현하고 문학에 염원을 담는다. 이러한 삶의 현장에서 자갸의 숨결을 확인하는 일이야말로 참 문학이며, 이야말로 실지(實地)의 학문이라 할 수 있다.

〈문학지리〉에 대한 성찰은 우리의 삶에 대한 성찰인 동시에, 우리 학문에 대한 성찰이다. 〈문학지리〉는 우리의 문학과 학문의 다양한 층위에서 이 공간, 곧 지리에 대한 관심으로 탈근대의 유용한 경험과 인문학적 대안을 지향한다. 세계화의 시대는 동질성이 강조되고 역사적 인식이 판을 치기 마련이다. 큰 나라, 큰 도시가 큰 소리를 내고 다수결이 민주주의의 원리가 된다. 그러나 이제 민주주의는 소수자의 소외현상을 다수의 횡포로부터 보호하는 것이야말로 민주주의의 원리라고 말하게 되었고, 정치도 사회도 지방 자치를 중시하게 되었다. 특히나 도시 중심·문명 중심주의에서 지방, 자연, 환경의 지리적 중요성이 일차적 관심으로 강조되기에 이르렀다. 지방과 내 나라가 빠진 세계화는 공염불이다. 이런 지리적 관심은 바로 우리의 삶[生命]의 문제에서 생태사상으로 이어갈 수 있다.

〈문학지리〉는 시대나 장르를 넘어, 보이는 삶의 지역적 경험과 태도, 그 일관성과 타당성을 점검하고, 인문정신의 지역적 정체성과 자연 지리적 관심에서 "북의 소월(素月)과 남의 목월(木月)"이 비교될 수 있고 (정지용, 〈목월을 추천한 말〉, 《문장》1940. 9월), 19세기 동아시아의 암울한 정치 현실에서 "중국의 손문(孫文)과 조선의 신규식(申奎植)"이라는 자리매김이 나올 수 있다(홍기삼, 〈재외 한국인의 문학〉). 혹은 "하느님이 천지를 창조하신 여섯 날 중 마지막 하루는 금강산을 만드는데 보내셨을 것이다"는 스웨덴 국왕 구스타브의 산천 이해가 나올 수도 있다(박성순, 〈금강산론〉). 그리하여 우리는 노신(魯迅)의 소설 《고향》의 유명한 마지막 구절에서 '희망'과 '지상의 길'의 자리를 바꾸어 이렇게 말할 수 있을 것이다.

> "길은 희망과 같아서 본래 있는 것도 없는 것도 아니며, 단지 그것의 실현을 추구하는 사람에게만 생겨나는 실천적이고 불확정적이며 미래적인 것이다"

2.

《문학지리·한국인의 심상공간》은 범박하게 〈문학〉과 〈지리〉를 결합한 개념으로, 〈한국문학지리학 어떻게 할 것인가?〉(조동일)라는 체계론에서부터 지리학자들의 〈문학지리〉적 축적과, 글쓴이들 각각의 지리적 체험의 실험적 글쓰기로 이루어졌다. 오늘날 학문의 학제적 분위기는 물론, 한국인의 심상지리라는 시각에서 사회학자 조은 교수의 체험적 에세이 〈기억으로 만나는 광주〉와, 지리학자 오홍섭 교수의 본격적 〈한라산〉론이며, 일본의 문화학자 노자키 미츠히코 교수의 〈한국의 유토피아〉에 이르기까지 글쓰기 방식은 다양하다. 게다가 일찍이 발표된 지리학 쪽의 글을 다시 싣도록 배려해 주신 이은숙 교수와 김종혁 교수의 호의는 문학과 지리학의 경계를 넘는 만남으로 기억될 것이다. 그러나 〈문학지리〉가 인문학의 대안으로 통합학문이기 위해서는 우리의 학문적 전통, 동양적 인문지리학의 창조적 계승으로 새로운 학문론의 성찰이 필요하다. 특히 《세종실록지리지》와 역대 시문의 문학적 총화로 《동문선(東

文選)》이 합쳐진《동국여지승람》과 이중환(李重煥)의《택리지(擇里志)》
등은 우리의 본격적 인문지리서로, 문학지리적 글쓰기의 한 모범이 된
다. 일찍이 정익섭(丁益燮) 교수의《호남가단연구》와 같은 선편도 기억
할 만하다.

이 책이 동국대학교 한국문학연구소의 문학지리학 학술회의에서
계획되고 나의 정년퇴임에 맞추어 나오게 된 것을 뜻 깊게 생각한다. 80
분에 이르는 선후배 동학 필자 여러분의 후의를 고마워하며, 각자 관련
지방을 여러 번 답사하고, 원고수정에 따르는 등 괴로움이 적지 않았으
리라 믿는다. 〈천년 승지, 서울〉의 문학지리 원고뿐 아니라, 발간사를 함
께 써서 명쾌한 방향을 보여주신 이혜순 교수와, 한국 사람의 심상지리
를 그림으로 형상화해 주신 오원배 교수의 우의를 오래 기억하고자 한
다. 방대한 원고의 계획에서 교정까지 박성순 김수연 두 분 선생의 노고
가 컸고, 방대하고 까다로운 출판을 기한 안에 해 주신 〈논형〉의 소재두
사장께 고마운 인사를 드린다. 특히 인문지리와 동아시아학에 대한 열의
가 남다른 소 사장이어서, 우리 인문학의 발전에 크게 이바지할 것으로
믿고 발전을 빌어 마지않는다.

광복 희년을 맞는 을유년 늦은 봄,

간내[長淵] 김태준

철령 높은 봉에 쉬어 넘는 저 구름아

《동국여지승람》,《택리지》의 창조적 계승을 자부하는 《문학지리 · 한국인의 심상공간》전 3권의 출간은 참으로 학계의 경사이다. 이러한 거창하고 힘든 작업을 기획하고 완성한 긴내 김태준 선생의 노고에 감사하면서 이 일에 동참해준 필진 여든 네 분 모두와 함께 그 기쁨을 나누고 싶다.

이 책은 김태준 선생의 정년을 기념하기 위한 뜻을 담아 간행된 것이지만, 실제로는 선생께서 그간 논문으로 또는 실지 답사로 후학들에게 여행의 의미를 이끌어주셨기에 이 어려운 작업이 가능했던 것이 아닌가 하는 생각이 든다. 김태준 선생은 일본 도쿄대학에서 비교 문학을 전공했으나 한일간의 문화 교류뿐만 아니라 한국과 중국이 만났던 연행 문학에 남다른 연구 성과를 보여 주신, 우리 학계에서 드물게 한국 · 중국 · 일본을 완벽하게 포괄한 동아시아적 시각을 구유하신 분이시다.《한국 문학의 동아시아적 시각》1-18세기 연행의 비교 문학(1999), 2-한일 문학의 교류 양상(2000)과 같은 저서가 그 예이거니와, 박지원이 다녀온 열하를 포함해서 압록강을 건너 만주를 통과하여 북경에 이르는 연행로를 여러 번 직접 답사하기도 하셨다. 잘 알려진 것처럼 국문학계에서 아직 사행의 문화적 의미에 적극적인 관심을 보여 주기 이전부터《여행과 체험의 문학》, 중국, 일본, 국내편 3권을 공편하시는 등, 한국문학사에서 대외, 대내적으로 여행자 문학이 갖는 의의를 분명하게 보여 주신 것도 선생의 업적이다.

문학지리학은 아직 우리 학계에서, 적어도 국문학계에서 그렇게 보편화되지 않은 영역이고 용어이기는 하지만, 16세기《동국여지승람》을 편찬했던 문사들에 의해 이미 광범위한 문헌에 기초한 문학지리학적 접근이 시도된 것으로 볼 수 있다. 지리는 지구상의 위치, 지형, 기후, 생태, 역사, 또는 거주민 등의 측면에서 그 특성이 규정되고 있지만, 정서적, 심리적 또는 철학적, 미학적 숨결을 넣어 그 지역을 다시 살아나게 하는 것은 그곳이 문학 창조의 공간이 되거나, 그곳에서 태어나고, 감수성을 키우며 성장하고, 또는 생활하고 살던 작가의 존재가 아니겠는가.

이 책에서는 우리 국토 속의 민족이 "정착하여 땅을 일구는 사람들, 국토를 유람하고 순례하는 사람들, 국경을 넘어 해외를 체험하는 사람들, 유배되고 조국을 떠나 새 땅을 일구는 사람들, 우리 국토와 해외의 땅에 수없이 각인된 선인들"로 구성되었다고 본다. 이러한 의미에서 한국 문학지리의 연구는 바로 국문학이고, 지방 문학이며, 비교 문학이다. 좀 더 세분해서 말하면 기행 문학이고, 유배 문학이며, 이민 문학이고, 여행자 문학이기도 하다. 그렇기 때문에 그 동안 주로 정치 경제적 시각에서 규정되던 지역의 경중이 문학지리적 접근에 의하면 완전히 달라질 수 있다. 본서에서 국내 지역은 쉰 곳으로 분류되었는데, 산과 강, 섬을 포함하여 계산해 보면 각 지역이 비교적 고르게 망라되었다. 이것은 문학지리에 근거해 볼 때 기존의 지역 불균형이 크게 조절될 수 있음을 의미한다.

예컨대 서울은 조선조 창건부터 현대까지 600년 이상 권력과 부의 집합지였고, 이것이 현재 행정 수도 이전을 둘러싼 해당 지역 간의 심각한 대립을 야기시킨 이유이지만, 문학지리의 시각에서 볼 때에 서울은 반드시 그러한 독점적 위치를 지니고 있는 것은 아니다. 서울은 벼슬을 바라던 이들에게는 임이 계신 선계일 수도 있으나 그렇지 않은 사람들에게는 대체로 티끌 세계이고 욕망의 도시일 뿐이다. 이에 비해 개경은 황진이가 삼절의 고장으로 자부하고, 〈이생규장전〉의 이생과 최랑의 사랑과 이별이 수놓아졌던 낭만의 도성이며, 이곳을 지나던 수많은 조선조 문사들의 회고의 정과 탄식이 쌓인 그리움의 고장이다. 험난하기만 한 마천령은 종성에 유배된 남편 유희춘을 찾아가며 삼종의 의리를 다짐하던 송덕봉 때문에 우리들 앞에 다시 생생하게 살아날 수 있고, 이항복의 "철령 높은 봉에 쉬어 넘는 저 구름아"라는 시조 속의 철령은 역사적 분쟁지로서의 상처를 넘어 광해군의 마음을 흔들어놓은 감동의 지역으로 재생된다. 김해나 강진 같은 곳은 더 이상 외롭고 쓸쓸한 유배지가 아니라 이제 학문·사상·문학의 배태지로서 경외심마저 일으키는 지역으로 각인되고 있다.

이 책은 한국의 지리를 한반도에 국한하지 않고 만주는 물론 북경을 지나 러시아, 서구에까지 확장시킴으로서 과거의 물리적인 지형도를 완전히 바꾸어 놓았다. 여기에 한국인의 의식 또는 무의식 속의 심상공간까지 포함되었으니 그 지리는 시각적으로 물리적으로 측정될 수 없는 셈이다. 여행자 문학은 타자의 시각에서 본 여행지의 문물과 사람들을 그리고 있다는 점에서 한국인의 외국에 대한, 또는 외국인의 한국에 대한 숨겨진 의식을 드러내거니와, 따라서 《문학지리·한국인의 심상공간》은 한국문학사에서 대외 관계의 확대에 의해 이루어진 새로운 정신사의 형성, 그리고 지속과 변모를 알려주는 매우 중요한 자료들을 제공해 줄 수 있을 것이다.

　　나는 김태준 선생과 학문적 관심이 일치하고 연구 방향이 유사해서 늘 선생의 연구업적에 관심을 기울이고 그 성과에 많은 도움을 받아왔다. 이 책의 간행위원회에서 내게 발간사를 부탁했을 때, 외람된 줄 알면서도 그간의 업적을 기리고 싶은 간절한 마음 때문에 감히 이를 받아들였다. 금년 2월 학교를 떠나 이미 전야의 낙을 만끽하고 계신 선생과 폐쇄된 인문학에 활기와 생명을 불어넣는 작업에 동참한 여러 연구자들의 앞날에 무한한 축복과 영광이 있기를 기원한다.

2005년 4월에, 이화여대에서

이혜순

하국외편 차례

상국버편 1 차례

중국내편 2 **차례**

이민의 땅, 재외 한국인의 문학

홍기삼

1.

스스로 태어난 땅과 고국을 버리고 남의 나라 땅으로 떠돌며 살아가는 재외 한국인의 문학지리는 이를 대강 살펴보는 일만으로도 한국의 근대사를 요약한다. 조국을 떠나서 이민자들은 세계 각지에서 살아남기 위해 싸우는 한편, 조국의 작가들이 쓸 수 없는 문학, 쓰지 못한 이야기들을 썼다. 그들은 조국에 대한 아름다운 기억과 고향의 그리운 이야기를 써서 남겼으며, 급격한 사회변동에 따라 조국에서는 잊혀지고 몰각된 풍속, 전통과, 그들이 고향과 조국을 등져야 했던 까닭과 스스로 정착한 땅의 이야기들도 그들은 자세히 썼다. 조선 사람이 조선인의 육신, 언어, 관습을 가지고 외국인들의 문화 속에서 맨몸으로 뿌리없이 살아야하는 그 고통이 어떤 것인지를 기록했다. 남북분단 때문에, 본국의 작가들이 쓰지 못했던 이념의 횡포와 상처가 어떤 것인지도 알렸다. 1930년대 중국에서 활동한 조선의용군의 광복투쟁, 해방기 좌우익 갈등의 실제적 양상, 4·3사건 등의 객관적인 기술도 그들의 몫이었다. 분단이 그들 재외동포들에게 어떤 형태로 고통을 주는지 그 실상도 자세히 썼다. 이처럼 조국을 떠난 동포들은 본국의 문인들이 쓸 수 없는 문학사의 여백을 채웠고, 국내에서는 외국체험 없이 쓸 수 없는 작품을 생산함으로써 우리 문학의 풍부화에 크게 기여하였다.

19세기 후반 제국주의 열강들은 굶주린 맹수들처럼 떼거지로 이 땅을 침범해 왔다. 설상가상으로 세계정세에 어둡고 국가운영 능력마저 갖추지 못했던 지배계층의 억압 속에서 조선 민중은 그 기본적인 생존권마저 위협을 당하고 있었다. 마침내 국권마저 빼앗기고 이 땅의 민중들은 목숨을 부지하기가 어렵게 되자, 사람이라면 누구나 자신이 태어난 곳에서 살아갈 수 있는 기본적인 권리조차 포기하고 남부여대해서 조국을 떠나기 시작한다. 그렇게 시작된 조국 이탈의 역사는 어느새 1세기를 넘기게 되었고, 그 숫자 역시 적지 않아 이제는 재외한국인의 수가 4백 5십만 명을 넘게 되었다.[1] 숫자만 두고 본다면 이것은 민족이탈이 아니라 민족이동에 해당하는 엄청난 숫자에 속한다. 그들은 대부분 목숨을 부지

1 외무부 재외국민2과 편, 《해외동포현황》, 1993, 14쪽 《해외동포현황총계》 표 참조. 1992년말 현재 동포인구수는 4,601,570명으로 조사된 바 있다.

하기 위해 처참하고도 위험한 조국의 생활현장을 벗어난 사람들이거나, 식민지 제국주의자들에게 강제로 끌려간 사람들이다. 그럼에도 불구하고 그들과 그들의 후대는 여전히 한국인이고, 한국의 문화를 지키면서 살아가고 있으며, 한국인으로서 정체성의 문제로 깊이 고뇌하고 있다.

2.

우리 동포의 해외이동이 시작된 것은 18세기 초로 추정되고 있다. 계속된 기근과 지배세력의 가렴주구에 허덕이던 농민들은 하나, 둘 나라를 떠나야 했다. 그리고 그 지역은 일차적으로 당연히 만주일대일 수밖에 없었다. 가장 인접한 지역일 뿐 아니라 유사한 문화권이 있고 광활한 땅이 거기에 있었기 때문이다. 지금은 2백만에 가까운 우리 동포가

주로 동북 3성에 분포되어 살고 있고 연변조선족자치주에만도 76만 정도의 동포가 집단거주하고 있다. 항일투쟁의 '형제적 동반자'로서 우호적 감정을 유지할 수 있었던 두 나라 민족의 역사적 관계는 조선족의 집단거주와 문화활동을 허용하는 조건이 되었다. 재중동포문학의 역사가 오래되고 또 그 양적 성과 역시 풍부한 것은 중국의 그러한 정책의 배경과 함께 독립운동의 뜻을 품고 그곳을 찾아간 지식인, 학자, 문사들의 숫자가 적지 않았음을 뜻하기도 한다. 그러므로 재중동포문학의 시초부터 풍부한 인적 자원이 그 곳에 있었다는 사실에 유의할 필요가 있다.

재중동포 문학사가 조성일·권철이 펴낸《중국조선족문학사》에서는 그들 문학사의 시대를 7단계로 구분하고 있다.[2] 제1기는 18세기 초엽에서부터 1920년 사이로 잡는다. 장백산과 압록강 두만강 이북의 1천여 리나 되는 지역에 목숨을 걸고 몰래 이주하는 우리 이주민 대부분이 극빈한 농민들이었고 전문적인 작가나 지식인

2 조성일·권철 편,《중국조선족문학사》, 연변인민출판사, 1990, 7쪽 ① 천입 - 1920년의 문학/② 1920 - 1931년의 문학/③ 1931년 - 1945년의 문학/④ 1945년 - 1949년의 문학/⑤ 1949년 - 1966년의 문학/⑥ 1966년 - 1976년의 문학/⑦ 1976년 - 현재의 문학.

을 가지지 못한 것은 물론 출판물도 가질 수 없었다. 이런 환경 속에서도, 이 무렵 창강 김택영과 목예관(目兒觀) 신정(申檉, 본명은 申圭植,) 두 사람의 문학활동은 매우 의미 깊은 것으로 기록될 만하다.

김택영(1850~1927)은 개성에서 태어나 유가경전을 공부하고, 나라가 기울어가던 1905년 중국 강소성 남릉으로 망명, 1927년 4월 그곳에서 죽을 때까지 22년간을 보내며 많은 작품을 남겼다. 그는 1천수 이상의 한시, 5백여 편의 산문을 썼고, 그의 시는 중국의 엄복(嚴復)이나 양계초(梁啓超)로부터도 깊은 찬사를 받았다. 그의 다양한 산문양식들 중에서 특별한 성과로 보여지는 것은 전기문학이다. 장편 전기문학인《안중근전》,《설승유전》,《김이도전》은 반제 반봉건의 의취를,《황진이전》은 풍류와 시정의 생애를 산 여류시인의 이야기를 다룬 것이다.

신정(1879~1922)은 충북 문의에서 태어났다. 어려서부터 국권상실에 비분강개하던 그는 1911년 항일구국의 포부를 가지고 중국으로 망명한다. "중국에는 손문(孫文), 조선에는 신규식"이라는 평가를 들으며 중국자산계급혁명단체에 가입 활동하고, 1919년에는 임시정부 법무총장, 1921년에는 국무총리대리 겸 외교총장에 취임하였으나, 1922년 광복의 꿈을 이루지 못하고 타계했다. 그의 대표적인 한시집《아목루》에는 160여 수의 작품이 수록되어 있다. 나라를 빼앗긴 '소년의 피눈물'을 의미하는 이 시집의 제목과 같이 내용의 대부분은 조국상실의 통한을 비통한 어조로 읊고 있다.

제2기는 1920년에서 1931년 사이로, 이 기간은 중국 땅에 본격적으로 맑스주의가 전파되었다는 사건과 신채호가 여러 장르에서 창작활동을 전개하였다는 사실로 그 특징을 요약할 수 있을 것이다. 1920년대로 진입하면서 그곳에는 10월 사회주의혁명만이 아니라, 본국에서 발생한 3·1운동과 중국의 5·4운동의 영향 등이 가세하여 종전의 혁명운동 방법을 반성하는 계기가 되었다. 1921년에서 1924년 사이에는 조선족 집단지역에 공산주의가 본격적으로 조직화되기 시작하면서 각종 단체가 만들어진다. 본국으로부터 각종 출판물도 활발하고 다양하게 받아들이면서 재중동포들의 문학도 점차 성숙의 발판을 닦아갔던 것으로 보인다. 그러나 이 시기의 작품들은 익명의 혁명가요, 작품명밖에 확인되지 않는 희곡작품들이 많다. 특히 연극, 가극, 대화극, 막간극, '벙어리극' 등 다양한 무대예술이 발전했던 것은 선전선동의 효율이 높은 군중예술의 장려가 이루어지기 시작했던 사정과 관련이 있을 것이다.

제3기는 1931년에서 1945년까지 약 15년의 기간이 된다. 1931년 9월 일제는 만철폭발(滿鐵爆發) 사건을 조작하여 이를 구실로 만주 일대를 점령하고, 다음 해에는 청나라 최후의 황제인 부의를 내세워 만주국을 세우고, 이를 침략전쟁의 병참기지로 삼았다. 조선족은 중국인민과 더불어 항일무장투쟁에 주력하는 한편 일제의 민족동화정책과 문화유린에 맞서 항전운동을 전개하게 된다. 이 시기에 강경애, 안수길, 박팔양, 김조규 등 수십 명의 조선작가들이 1930년대에 중국 동북지방에서 생활하면서 이 고장 인민들의 생활과 투쟁을 진실하게 반영한 역작들, 이를테면 장편소설 《인간문제》(강경애), 단편소설 〈새벽〉(안수길), 서정시 〈승리의 봄〉(박팔양), 〈삼등대합실〉(김조규) 등 우수한 작품들은 이 시기 조선족 문학 발전에 직접적인 영향을 주었다. 1936년에 〈무빈골 전설〉로 데뷔하고 일제로부터 어용문인의 길을 강요당하자 〈절필사〉를 발표한 것으로 유명한 김창걸과 일제말 대표적인 저항시인 윤동주도 이 시기에 활동한 인물이다.

특히 이 시기에 주목할 만한 장르는 극문학이다. 민족독립과 해방의 전취를 위하여 싸움터로 나서는 젊은이들의 이야기인 김학철의 단막극 〈서광〉, 농민들이 일제 약탈에 맞서 쟁의를 벌이는 의용군전선대의 〈조선의 딸〉, 등이 높이 평가되고 있다. 그러나 이중에서도 가장 크게 성공을 거둔 작품은 〈혈해지창(血海之唱)〉이다. 2막 3장으로 구성된 이 작품은 1937년 항일문예전사들의 집체작이라는 것이 정설이다. 이 작품은 1937년 음력 8월 14일 하루 사이에 일어난 사건을 통해, 일제의 잔혹한 학살과 만행, 그에 맞서 싸우는 조선유격대원의 감동적인 승전담이다. 그런 이유로 이 작품은 《중국조선족문학사》에서 "항일유격근거지의 군민들을 항일 투쟁에 궐기시키는 데 있어서 유력한 무기로 되었을 뿐 아니라 이 시기 국문학에서는 물론 조선족의 전반 극문학발전사에 있어서 자못 뚜렷한 자리를 차지하고 있다."[3]고 평가되고 있다. **3** 앞의 책, 219쪽.

제4기는 1945년에서 1949년 사이에 해당된다. 이 시기는 광복의 기쁨도 잠시 조선족은 중국의 좌우갈등에 다시 시달리게 된 것이다. 그러나 결국 조선족은 국민당 세력을 몰아내고 중화인민공화국을 건립하는 데 일조하게 된다. 이와 더불어 동포들은 말과 이름을 회복할 수 있었고 조선족의 문학과 문화발전을 자유롭게 추구할 수 있게 되었다. 이 기간에는 우선 한글 신문으로 《연변일보》(연길), 《인민일보》(목단강), 《민주일보》(할빈), 《단결일보》(통화) 등이 있었고 잡지로는 《불꽃》, 《민주》, 《대중》, 《연변문화》, 《문화》(이상 연길), 《건설》(목단강), 《효종》(녕안) 등이 발간되었다. 또한 문인들의 연대와 활동을 위하여 자발적으로 문학단체를 만들었는데 〈간도문예협회〉, 〈동라문인동맹〉(연길), 〈로동예술동맹〉(도문) 등이 그 대표적 조직들이다.

이 시기의 시문학은 해방의 기쁨을 노래한 것이 많고, 이 기간 중에도 극문학의 성과는 상대적으로 활발했던 것으로 보인다. 김혁, 박노을, 김평, 천일, 신영준, 신활, 고철, 맹심, 김진문 등 다수의 작가가 활동했고 작품도 많았다. 30년대 이후 일제와의 무장투쟁담이나, 광복 이후 토지개혁 등이 가지는 정치 사회적 의의에 대한 작품들이 주류를 이루었다. 소설에서는 김학철의 단편 〈담배국〉, 리한용의 단편 〈전선〉, 〈고백〉 등이 꼽힐 정도인데 다른 분야에 비해 부진한 것으로 보인다.

제5기는 중화인민공화국이 건국된 1949년에서부터 문화대혁명이 발발한 1966년까지로 설정된다. 재중동포들은 그들의 표현대로 '항미원조전쟁' (6·25)을 이 시기에 겪는 한편, 새로 건국한 중공의 정책에 적응하기 위한 노력을 기울이지 않으면 안 되었다. 특히 1957년경 이른바 '문예사상투쟁' 의 바람은 마르크스의 세계관과 문예관을 철저히 수립하자는 명분으로 그 표적은 대체로 조선족의 민족주의적 경향을 차단하는 데 있었던 것으로 보인다. 최정연, 김학철, 김순기, 채택룡, 주선우, 서헌, 김용식, 조룡남 등 주요 시인 작가들이 그들의 문학이 지나치게 조선적인 소재, 역사, 전통 등에 치중했던 점이 비판되었으며 '정풍운동'

을 주도한 세력들은 민족어사용의 문제까지도 비판의 대상으로 삼았다. 그러나 이러한 정황에도 불구하고, 각 분야에서 많은 시인 작가들이 활동을 전개하여 재중 동포문학은 그 양적인 점에서 눈부신 결실을 맺는다. 이 시기의 문학사를 대표하는 작가로는 리욱, 김학철, 임홍원 및 황봉룡 등이 있다.

그 가운데 김학철의 문학은 재중 동포소설문학의 가장 두드러진 대표적 성과의 하나로 평가된다. 1916년 원산에서 태어나 학생 때부터 조국상실을 괴로워하던 그는 1937년 남경으로 가서 조선의용군에 지원, 항일전투에 참전한다. 1940년에는 중국공산당에 가입하고 혁명본거지였던 태항산으로 들어가 팔로군으로 호가장전투에서 일군과 싸우다 체포되어 나가사키로 압송, 형무소 생활을 하던 중 치료를 받지 못하여 왼쪽다리를 절단하는 시련을 겪는다. 해방이 되자 1946년 북한으로 가서 《로동신문》기자가 되고, 1951년 다시 중국으로 건너가 연길로 이주, 활발하게 작품을 발표하고 있다. 그의 대표작으로 장편 《격정시대》는 그 내용이 작가의 전기적 사실과 거의 일치하고 있다는 점에서 특히 주목된다."[4] 1931년에서 1932년 사이의 곡절 많은 항일무장 투쟁을 다룬 장편 《해란강아 말하라》[5]는 중공 건국 이후 재중 동포작가가 쓴 첫 번째 장편소설이라는 점에서 또 하나의 특별한 의미를 지니고 있다. 주인공 한영수 남매가 악질 지주 박승화의 소작으로 살다가 중국공산당원으로 성장하면서 겪는 이야기가 주된 내용으로, 이들 사이의 갈등은 당대의 민족모순과 계급모순을 그대로 드러내고 있다.

제6기는 1966년에서 1976년 약 10년 사이에 해당된다. 이 시기는 문화대혁명 기간이어서 재중동포들이 힘들여 성취한 문학적 성과들이 비판되거나 파괴되는 고통을 겪는다. 4인방을 지지하는 연변 지구의 '반

4 김학철, 《격정시대 下》, 풀빛, 1993, 305쪽
5 김학철, 《해란강아 말하라 上·下》, 풀빛, 1988.

란파' 들은 동포 문학을 '주자파', '매국투항주의 문예' 로 몰았다. 결국 대부분의 동포 문인들은 농촌으로 추방되거나 투옥됐고, 문학 단체는 해체되었으며 문학은 정치적 혼란 속으로 침몰할 수밖에 없었던 시기이다.

제7기는 1976년 이후 90년대까지의 시기이다. 1976년 10월 중국 공산당은 4인방을 축출, 구속하면서 문혁을 종결시키고, ① 사상의 해방 ② 실사구시 ③ 미래지향이라는 당 지도방침을 토대로 '사회주의 현대화 건설' 쪽으로 전환한다. 이에 따라 동포 문학 역시 새로운 발전 단계로 접어들게 된다. 동포 작가들은 '민족문화혈통론' 의 이론적 정당성을 회복하는데 주력하였으며 힘을 합쳐 조선족 문예 유산과 그 전통 승계의 당위성을 주장한다. 각종 문예 조직을 재정비하는 한편 누명을 쓰고 버려졌던 작품들, 가령 장막극 《장백의 아들》이나 구전 설화인 〈천수〉등 많은 작품을 복권시킨다. '조선어문자무용론' 과 '조선인어문자사멸론' 등 문혁 시절의 한글 박해를 강력히 비판함으로써 한글의 지위를 사상적, 이론적으로 견고하게 구축하였다. 문혁 이전에는 중국작가협회 등 전국 규모 문인 조직에 동포 작가는 겨우 수삼 인에 불과하였으나, 1987년말 통계에 따르면 80여 명으로 급증하였고 중국작가협회 연변 분회의 회원수는 3백 명을 헤아리게 되었다.[6]   6 앞의 책, 467쪽 참조.

재중동포문학에 대한 전반적인 느낌을 요약하자면, 산문계열의 문학은 어법과 체험된 내용이 너무 다르다는 점 때문에, 시는 밀도와 시적 긴장이 증발한 산문의 토막처럼 보이거나 절제되지 못한 감정의 발산처럼 느껴지는 등등의 이유 때문에 본국의 독자에게는 쉽게 친근해지기 어려울 지도 모른다. 그러나 그러한 느낌은 매우 피상적인 것일 수가 있다. 좀더 자세히 읽고 동포들이 살아온 역사적 체험과 수난을 이해할 수 있을 때, 동포의 문학이 얼마나 절실한 체험의 반영이며 귀중한 민족 문학의 자산인지 아울러 이해할 수 있을 것이다.

3.

　침략자의 나라, 민족적 굴욕을 안겨준 나라에서 살아가야만 했던 재일동포들은 해방이 되고 나서도 그곳에서 계속 살아야 했다. 민단과 조총련으로 분열된 상태에서 남북의 정치적 영향과 변화에 따라 동포 사회는 부단히 요동쳤다. 일본 사회의 극심한 민족 차별은 교포 2세, 3세들을 모국어를 모르는 뿌리 뽑힌 사람들로 만드는 원인이 되었고, 그들에게 한국인도 일본인도 아니라는 자탄과 '반쪽발이' 콤플렉스가 뒤엉킨 일종의 '경계인(境界人)'(Grenze Mensch)심리를 안겨 주었다. 재일동포문학은 이러한 역사적 배경을 통해서 탄생한다. 같은 재외동포문학이라 하더라도 중국이나 미국의 그것과 결코 동일할 수 없는 이유는 바로 그 역사적 배경의 차이에서부터 유래하는 것이며, 재일동포문학의 대상은 일제 식민지시대 이후 일본으로 이주해 간 동포와 그들의 후대가 만들어 낸 문학에 국한하게 된다.

　1930년대에 접어들면서 재일동포문학의 본격적 단서를 여는 두 명의 작가가 출현한다. 장혁주(張赫宙)와 김사량(金史良)이 그들이다. 장혁주는 1932년 《개조(改造)》의 현상 공모에서 단편 〈아귀도(餓鬼道)〉가 2위로 입상되면서 창작 활동을 시작한다. 그가 해방 전까지 일어로 쓴 작품은 장편이 16편, 단편이 45편 등 도합 61편으로 조사된 바 있는데[7] 그의 〈궐기하는 사람(奮ひ起つ者)〉이 일제의 식민지

7 시라카와 유타카(白川 豊), 〈張赫宙硏究〉, 東國大 박사학위논문, 1989.

정책을 비판하는 내용이어서 《개조》가 발행 금지를 당하는 등 탄압이 강화되자, 점차 상업주의적 경향(〈우수인생〉과 〈갈보〉)을 띠면서 마침내 일제의 범죄적 식민지 정책에 영합하는 작품을 발표하기 시작한다. 1939년에는 내선일체라는 식민지 정책을 옹호하기 위하여, 임진왜란의 가등천정(加藤淸正)을 영웅으로 미화한 작품을 쓰고 지원병 제도를 고취, 선전키 위한 〈이와모토지원병(岩本志願兵)〉을 쓰는 등 친일에 눈이 멀더니 이윽고 노구치 미노루(野

□稔)로 귀화, 일본인이 되고 만다.

한편 김사량은 이와는 판이한 작가의 모습을 보여주고 있다. 그는 1914년 평양에서 태어나 평양고보에 입학, 학생운동에 참가하였다가 퇴학당하고 1931년 도일, 사가 고등학교를 거쳐 동경대 독문과에 진학하면서 격월간 《제방》12호 (1936)에 단편 〈토성랑(土城廊)〉을 발표, 주목을 받기 시작한다. 대학 졸업 후 《조선일보》 기자로 잠시 근무하면서 그의 출세작인 〈빛 속에〉를 일어로 쓰고 국문으로는 장편 《낙조》를 《조광(朝光)》에 연재한다. 그는 한글로도, 일어로도 소설을 쓰는 매우 드문 작가가 된 셈이다. 1940년에는 그의 단편 〈빛 속에〉가 아쿠타가와상 후보작으로 결정되고, 그 해 12월에는 첫 소설집인 《빛 속에》가 발간된 데 이어 제2소설집인 《고향》(1942)을 발간한다. 1945년 5월에는 평양을 떠나 북경으로 가고 그곳에서 여운형의 지시를 받아 일본군의 봉쇄선을 뚫고 항일 운동 본거지인 태항산의 조선 의용군에 가담하게 된다. 해방이 되자 서울을 거쳐 평양으로 가서 희곡과 소설을 쓰는 등 창작을 재개한다. 6 · 25가 발발하자 북군의 종군작가로 참전, 마산전투까지 종군하였다가 후퇴하던 도중 원주 부근 남한강 나루터에서 심장병이 재발, 36세의 나이로 요절했다.

1940년대가 되면서 동포사회에는 많은 신진들이 등장하기 시작한다. "1940~1942년에 《예술과》(일본대 예술과 발행)에서 활동하고 있던 김달수, 이은직 등 젊은 세대가 등장해서 강제된 일어를 사용하면서, 일본의 식민지 지배로 형성된 재일조선인의 문학은 이 시기에 시작되었다고 할 수 있다."8 혹은 김달수, 허남기를 재일조선인의 전후 제 1세대 문학의 효시로 보는 것이 타당하다는 견해도 있는데, 그 작품이 일본어 문학권에 준 충격과 영향의 강도에 있어, 그렇게 말해도 좋다."9 일본문학계에 "단기필마로 쳐

8 任展慧, 《在日朝鮮人文學》, 伊藤亞人外編, 앞의 책, 162쪽
9 磯貝治良, 《第一世代の文學略圖》, 〈季刊 靑丘〉, 1994. 春, 37쪽

들어간"[10] 김달수는 1917년 경남에서 태어나 10살 때 도일, 고학으로 일본대 예술과를 졸 업하고, 신문사 기자생활을 하다가 해방을 맞는다. 그 뒤 일어잡지인《민 주조선》의 편집을 담당했고 〈현해탄〉, 〈박달의 재판〉등을 발표하면서 "일 본의 진보적 문학의 대표적 작가 중 하나가 된다."[11] 특히 그의 현지답사 보고서인《일본 속의 조선문화》전 10권은 일본인들에게 엄청난 충격을 주었으며 문화전래의 실상을 구체적으로 알려준 역저로 평가된다.《김달 수소설전집》전7권(筑摩書房, 1980) 외에도 많은 저서가 있다.

그의 대표작으로 평가할 만한 장편《태백산맥》은 해방기 사회정치 상황을 객관적으로 이해시키는 역작으로, 해방의 감격이 채 사그라지기 전에 좌우, 남북이 분열하면서 국토분단의 비극을 예비한 14개월간의 이 야기다. 미군정기를 배경으로 한 이 소설에서 특별히 주목되는 점은 두 가지로, 하나는 남한정부의 정통성을 북에 비해서 여지없이 전면부정하 는 논리이고, 다른 하나는 등장인물에 대한 객관성의 성취다. 작가는 특 히 일제의 상속자인 남한 정부를 비판하는 데 주력하였으나 김상녕을 통 해서 북의 과도한 소련 경사에 대해서도 비판적인 균형의 시각을 제시한 것으로 받아들일 수 있다.

이 뒤를 바로 잇는 작가 중의 한 사람이 김석범(金石範)이다. 그는 어머니가 수태 중에 제주도에서 대판(大阪)으로 이주한 뒤 출생한다. 1925년생인 그는 경도대 미학과를 졸업하고 1967년에 〈까마귀의 죽음〉 으로 충격적인 등단을 했을 때 재일조선인문학은 새로운 시대로 접어들 었다."[12] 는 논평을 받는다. 이 작품이 아쿠타가와상 후보 에 오름으로써 그의 소설적 능력은 일본문학계에서 등단 직후부터 인정받은 셈이다. 그는 줄기차게 고향이랄 수 있는 제주도의 4·3 사태를 소재로 〈까마귀의 죽음〉의 연작을 발표하고, 역시 4·3사건을 소재

10 石幾具治良, 앞의 글, 35쪽에서 의역한 말.
11 新潮社辭典編輯部編,《增補改訂 新潮日本 文學辭典》, 新潮社, 1988, .353쪽.
12 西川政明,〈在日朝鮮人文 學〉,《日本近代文學事典》, 講 談社, 1984, 1822쪽.

로 한 대작《火山島》전 3권을 1983년에 출간한다. 4·3을 소재로 한 다른
작품도 마찬가지지만 "시대적 배경은 모두 1948년 말에서 이듬해인 1949년
봄에 이르는 게릴라 괴멸의 시기인데, 그것은 또한 미군의 지휘로 제주도
민에 대한 본격적인 학살이 진행되던 시기에 해당된다." [13]   13 金石範,《火山島》제 5
권의 작자후기, 317쪽

   1970년대에 들어서서 이회성(李恢成)의 활발한 활동
이 시작된다. 그는 재일동포문학을 대표하는 작가 중의 한 사람이 되었고
본국의 독자들에게도 가장 잘 알려진 작가가 되었다. 그는 1935년 사할린
에서 태어나, 와세다대 러시아 문학과를 졸업한 뒤 창작에 전념, 1969년
〈군상(群像)〉 신인 문학상을 수상하며 등단한다. 이회성은 1973년에 발표
한 단편 〈다듬이질 하는 여인〉으로 아쿠타가와상을 수상한 최초의 동포작
가가 되었는데, 이는 김사량 이래 삼십 수년간 여러 번 후보에만 머물러 아
쉽던 선배 작가들의 숙원을 푼 일이기도 했다. 특히 그는 부모 세대에 대한
형상화의 문제를 중요한 소설적 소재로 삼았다. 그의 대표작 〈다듬이질하
는 여인〉에서도 그렇지만, 그의 소설은 초기 작품부터 폭력적인 아버지와
절망적인 어머니 때문에 언제나 가정은 음습한 가정으로 그려진다. 게다
가 견디기 어려운 가난과 암담한 미래가 더욱 그들의 삶을 괴롭히는데, 이
와 같은 상황의 설정은 재일 동포 문학에서는 매우 보편화된 것으로 이해
된다. 그와 같은 시기에 활동한 작가 김학영의 〈얼어붙은 입〉, 〈끝〉 등을
지배하는 기본적인 서사 구조 역시 동일하다. 그러면서 그는 남한 사회를
좌익 혁명에 의해 뒤집혀야 할 곳이라고 인식했는데, 이것은 김달수, 이은
직 이후 동포문학에 자리잡은 견고한 소설적 공식의 하나인 듯하다.

   80년대 접어들면서 이양지, 이기승, 양석일 등 새로운 세대가 등장
한다. 그 가운데 이양지 문학은 그녀의 선배 세대가 제기한 '반쪽발이'
문제의 연장선상에 놓여 있다고 본다. 재일 2세, 3세의 경우, 그들은 모
국어 대신 모어인 일어로 성장하고 일어로 교육 받으며 일어로 살아가야

한다. 그러나 민족의 정체성과는 별반 관계없는 청소년기를 보내며 청년으로 성장한 어느 날 그들은 혹독한 갈등에 비로소 빠지기 시작한다. 그녀의 첫 소설인 〈나비타령〉은 거의 자전적인 내용으로, 부모의 불화, 가출, 서울 방문 등 자아와 조국의 문제를 탐색하는 내용이고, 〈유희(由熙)〉는 서울대 국문과로 유학한 교포 여학생의 이야기이다. 이들에게 있어서 직접적인 관심의 대상은 나는 누구인가. 내가 일본에서 조선인으로 산다는 것은 끝까지 가능한 일인가 이런 존재론적인 질문이다. 고향이니 조국이니 하는 것은 내게 무슨 뜻이 있으며, 나는 결국 조선인이 되어야 하나, 일본인이 되어서 살아야 하나, 아니면 이도 저도 될 수 없는 제3의 존재일 수밖에 없는가. 이런 절박한 개인적 고통이 그들의 부모 세대에도 없었던 것은 아니다. 그러나 시대의 변화는 젊은 세대에게 고통의 우선순위와 방향마저 변화시키고 있는 것이다.

4.

이주의 역사가 오래된 러시아 지역의 이민들은 현저하게 다른 언어와 문화적 차이에 적응하는 일조차도 힘들었던 듯, 동포의 수에 비해 작가와 작품의 수가 그리 많은 것으로 보이지 않는다. 게다가 냉전 시대에는 국제 정치적 환경의 문제까지 겹쳐 그곳의 동포문학은 본국에 거의 소개된 바가 없다. 러시아어권은 다민족 사회여서, 1989년의 통계로 러시아어를 모어로 하는 사람이 1억 6천 3백 50만 명인데 반해 제2언어로 삼는 사람이 6천9백만 명을 넘는다고 했다. 그 가운데 비러시아 계통의 정상급 작가 4인으로 조선계 김아나똘리가 꼽히고 있다.14 1980년 후반 김아나똘리의 문학을 중심으로 재소동포문학을 소개하기 시작한 최건영의 글에 따르면 러시아 문학권에서는 세 명의 김(金) 씨가 두각을 나타낸 것으로 밝혀지고 있다.

14 沼野充義, 〈「ロシア文學の多民族的世界」-ロシア文學はロシア人だけのものか〉, 《季刊 青丘》, 1994 春.

탐정 소설로 잘 알려진 김로만(Roman Kim), 반체제 시인 겸 민중 가수로 60년대에 이름을 떨친 김율리(Yuli Kim) 그리고 김아나똘리(Anatoly Kim)이다.[15]

15 崔建永,〈〈소련의 두 김씨〉-소설가 아나똘리 김과 시인 율리〉,《김아나똘리 단편선집-사할린의 방랑자들》, 소나무, 1987 권말, 233쪽에 수록.

이들 중 가장 두드러지게 활동을 지속해온 작가로 김아나똘리는 1939년 카자흐공화국에서 태어나 소련의 극동지방과 사할린 한인촌에서 성장했다. 이주 3세가 되는 그는 한인 마을에서 전설과 옛날이야기를 들으며 성장한 소년시대를 지나 사할린 고리끼문학대학 최우등 졸업 이후, 1973년 문예지《오로라》에 단편〈묘조의 들장미〉,〈수채화〉 2편을 발표하며 각광을 받기 시작했다. 1984년 장편《다람쥐》를 발표하면서 그의 평가는 더더욱 상승했는데, 일본의 러시아 문학연구자 누마노는 그의 "창작을 관류하고 있는 특이한 세계감각은 다른 러시아인 작가와는 근본적으로 다른 김 자신만의 것이라 하고, 그 바탕에는 극동조선인의 신화적 세계의 존재가 느껴지는 것이다."[16] 라고 지적한 바 있다.

김은 한국에 체류하면서 3편의 장편을 집필한 것으로 알려졌으나,[17] 그가 단편소설에 애착을 가진 것은 분

16 河野充義, 같은 글, 79쪽.
17 1995. 6. 12일자 경향신문 과의 인터뷰 참조.

명해 보이며, 그의 단편들은 육체노동자인 한인을 주인공으로 하는 경우가 대부분이다. 그러나 그의 장편소설은 더욱 포괄적인 세계, 보편적 가치와 본질적인 것의 모색을 위해 바쳐지고 있고, 등장인물이나 배경 사건 등에서 한국적인 특색을 가진 소설적 요소는 별로 보이지 않는다. 그의 장편의 등장인물들은 짐승에서 인간으로 환생하거나 철학적 과제 때문에 번민하고 심사숙고 하는 대단히 낯선 인물들의 초월적 사건들로 충만해 있다. 가령 풀잎은 곤충처럼 보이는 것이 아니라 풀잎과 곤충이 된 풀잎이 공존한다. "나무들은 잠을 자고, 땅은 호흡을 하고, 들은 한숨을 내쉬며, 사과들은 환희하고 고리버들은 도망가고 있다.……자연은 고골

리 이후 결코 찾아보기 힘들었던 생명으로 가득차 있다."[18]고 지적한 류

비모프의 말은 그의 소설이 자연, 동물, 인간 18 N. 류비모프, 박혜경 역, 〈김아나똘리 작품론 〈비밀의 흔적〉, 앞의 책의 부록, 386쪽.

이 서로 분리되지 않고 하나의 세계로 통합한

다는 것을 의미한다. 뿐만 아니라 과거 현재 미래의 통합이라는 시간적

혼재를 통해 상상과 현실의 통합을 향한 신화를 꾸준히 들려주고 있다.

그런 이유로 그의 소설은 매우 환상적인 느낌을 준다. 뚜라예프가의 삼

대의 삶과 러시아인들의 삶을 다양한 에피소드로 엮은 장편《아버지의

숲》[19]도 환상과 상징을 소설미학의 기조로 한다. 19 김아나똘리, 김근식 역, 장편 《아버지의 숲》, 고려원, 1994.

　　　장편《해바라기 꽃잎 바람에 날리다》[20]로 최근 20 박미하일, 《해바라기 꽃잎 바람에 날리다》, 전성희 역, 새터, 1995. 이 작품 외에 〈천사의 기슭〉도 번역해 함께 묶었음.

한국에 소개된 박미하일은 그 소설에서 초기 이주자

들의 정착과정을 이야기하고 있다. 자신들에게서 희

망을 뺏고 고향을 떠나게 만든 원망스런 조국의 가렴주구와 절대빈곤,

조각배에 의지해서 전 가족이 목숨을 걸고 야반도주해야 했던 사건들,

낯선 땅에 정착하면서 겪어야 하는 고난들, 점차 러시아인으로 동화되어

가지 않을 수 없는 동포들의 수난사가 연대기적으로 서술되고 있다. 주

인공인 월국과 윤미는 어려서 부모를 따라 이주해 간 젊은이들이지만,

그들은 지식청년으로 훌륭하게 자라 결혼하고 모스크바로 옮겨 예술가

로 성장의 길을 걷는다. 조선조 말엽을 시대배경으로 외국인이 쓴 소설

처럼 우리의 풍습이나 문화에 대한 접근이 생경하기는 해도 러시아로 이

주한 동포들의 정착과정에 많은 이해를 갖게 한다.

　　5.

　　이민의 역사도 오래되었고 이민자의 수도 많은 곳이 미주지역이

다. 미주지역의 동포문학은 크게 보아 '영문문학' 과 '국문문학' 으로 나

누어 볼 수 있다. 영문문학은 주로 청소년시절에 도미하여 그곳에서 언

어학습과 문학수업과정을 거친 작가들의 영문작품을 생각할 수 있다. 강용흘의《초당(草堂)》, 김용익의 단편들, 현웅의《아이스크림》, 김은국의 장편소설들, 이창래의《네이티브 스피커》등이 그것이다. 위의 작가들 중 이창래를 제외한다면 이민 1세대들이고 본국에서 성년 무렵에 떠나간 작가들이다. '국문문학'의 경우는 1960년대 이후 미국행 이민이 급증하면서 본국을 떠난 고원, 황갑주, 마종기, 서승해, 송상옥, 박남수, 김호길, 박상용, 최태웅, 주평 등 이미 본국의 문학계에서 충분히 검증되고 인정된 문사들의 문학은 본국의 문학과 너무 긴밀하게 연결되어 있어서 재외동포문학의 범주에서 논의하는 일이 매우 부자연스럽다는 느낌마저 든다. 그리고 과거 중국이나 러시아 일본 등지로 떠난 동포들과 비교한다면 과거의 이민처럼 혹독한 격절감에 시달리지 않는다. 재외동포문학은 '미주한국문인협회'(발족당시 회장은 시인 高遠)가 주축이 되어 1982년 문학전문지인《미주문학》을 창간한다. 그곳 문협의 회원수는 1982년 당시 101명이었다가 1991년에는 134명으로 증가되고 있어서 그곳 동포문학의 양적 활동상을 헤아리게 하는 하나의 지표가 되고 있다.

영문문학의 시초는 강용흘(Younghill Kang)의 장편《초당》(The Grass Roof)이다.[21] 1898년 함남에서 출생, 함흥 영생중학을 졸업하고 3·1만세사건 직후 도미

21 강용흘,《草堂》, 張文平,《世界文學 속의 韓國》제 2권, 正韓出版社, 1975.

한 강용흘은 보스턴대에서 의학을, 하아버드대에서 영미문학을 공부하고 대영백과사전 편집위원으로 일하는 한편, 첫 역시집인《동양시집》(Oriental Poetry:1929)에 이어 1931년에 첫 장편《초당》, 1934년에《행복한 숲》(The Happy Grove)을 발표한다. 그는 해방이 되자 잠시 귀국하여 강의와 영문 저작을 계속하다가 6·25 직전 다시 도미, 번역과 저작에 몰두하던 중 1972년 롱아일랜드에서 타계했다. 자서전적 작품인《초당》은 주인공 한청파가 유년기와 소년기를 회상하는 형식의 장편이다. 이 작품

의 가장 큰 의의는 이 민족이 역사, 전통, 관습 등 수준 높은 문화를 독자적으로 형성해온 민족이었다는 사실을 영어세계에 널리 알렸다는 점에 있다. 게다가 일제 식민지 지배의 부당성과 그것에 대항했던 조선 지식인들의 태도, 3·1 운동의 내용과 그 정당성을 세계에 알린 것은 전문적 정치, 외교가들의 어지간한 공적 따위와 비교할 수 없는 가치를 지닌다.

데뷔작인 단편 〈꽃신〉(Wedding Shoes:1956)으로 잘 알려진 김용익은 1920년 경남 충무에서 태어나 중앙중학과 일본 청산학원 영문과를 졸업한 뒤 1948년 도미 켄터키대 등에서 공부하고 다시 아이오와대 대학원 소설 창작부에서 수학한다. 1957년~1964년 사이에 고려대와 이화여대에서 강의하고 다시 도미, 캘리포니아대 등에서 소설창작 강의를 맡았다. 그의 《행복의 계절》(The Happy Days,1960)은 미, 영, 독, 덴마크, 뉴질랜드 등에서 출판되고 《푸른 씨앗》(Blue in the Seed)은 서독 1966년 우수도서로 선정, 덴마크에서는 교과서에 게재되며 이듬해엔 오스트리아 정부 청소년 명예상을 수상한다. 특히 그의 단편 〈변천〉(From Below the Bridge)과 〈막걸리〉(The Village Wine)는 외국인이 쓴 우수 단편으로 선정되고, 〈해녀〉(The Sea Girl)는 미국 중고등학교 영문학 교과서(People Focus on Literature)에 게재되는 등 크게 인정받은 바 있다. 김용익은 무엇보다도 우리말과 영어로 글쓰기를 계속한 거의 유일한 작가라는 점이 주목된다. 그의 영어문장은 "미국 고등학교 영어 실력 테스트에 사용될 자료로 "Test Bank"(Chicago Riverside Publishing Company의)에 보관되어 있을 정도이지만 우리말을 구사하는 문학적 능력 역시 최상의 것이다. 그는 산문 속에 시의 정신을 결합시키고 단순한 사건과 인물의 심리를 예리하게 배합한다. 군더더기 없는 간결함, 아름다운 자연에 투영되는 미묘한 심리의 예리한 포착, 작품 전체를 지배하는 시적 정신, 자연과 하나가 되어 살아가는 순결한 동심 등은 이 작가의 문학적 특색이 된다.

영문학에서 단편으로 일가를 이룬 작가가 김용익이라면 장편으로 그것을 이룬 작가는 김은국이다. 그는 1932년 함흥에서 태어나 해방후 서울 상대 재학 중 6.25를 만나 참전한다. 제대 후 도미한 그는 미들버리대, 존스홉킨스대학을 거치면서 역사철학과 정치철학을 공부하고 아이오와 대학에서 문학을 공부한다. 하버드 대학에선 '극동문학' 연구로 M.A.학위를 취득하고 메서추세츠대 영문학교수, 서울대 교환교수 등을 거친 뒤 다시 미국에서 생활하고 있다.

그의 처녀작 장편《순교자》(The Martyred, 1964)[22] 는 잘 알려진 바와 같이 6 · 25를 소재로 한다. 장편《심판자》(The Innocent) 는 쿠데타라는 부당한 군사적 힘에 의해 국가 권력이 강제적으로 변동됨으로써 발생하는 도덕적인 문제를 그린 작품이다. 그의 또 다른 장편인 《빼앗긴 이름》(Lost Name)[23]은 일제의 폭력에 의해 전통과 문화를 파괴당하고, 언어와 이름마저 잃게 된 식민지 시대의 한 가족의 이야기를 그렸다. 이 세 편의 작품은 작가의 유년기에서 청장년기에 이르는 한국사의 연속적인 세 고비를 대상으로 한다. 식민지 시대(《빼앗긴이름》)→ 6 · 25(《순교자》)→ 군사정변(《심판자》)이 그것이다. 그는 한국 현대사의 중심을 이루는 이 세 가지 연속적 사건들을 소설화하겠다는 계획을 실현한 것으로 보인다. 그러나 이 비극적인 역사적 사실들을 다루되《빼앗긴 이름》에서는 민족적 자존과 그 배경으로서 문화를,《순교자》에서는 극한 상황에서의 신앙과 신념의 문제를,《심판자》에서는 도덕적 갈등을 제시한다. 그의 역사관과 정치 철학적 관점이 격랑의 한국현대사를 그렇게 해석하게 만들었던 것으로 보인다.

《모국어로 말하는 사람》(Native Speaker)[24]을 발표한 이창래는 재미동포문학의 신인으로 큰 기대를

22 김은국,《순교자》, 을유문화사, 1990. (이미 장왕록과 도정일 번역으로 출간된 바 있으나 을유문화사 1990년판은 작가 자신의 번역으로 다시 출간된 것임.)

23 김은국,《빼앗긴 이름》, 도정일 역, 時事英語社, 1970.

24 이창래의《모국어로 말하는 사람》은《한국일보》(1995.5.1.)에 소개된 바 있다.

걸게 하고 있다. 이창래는 독자들로부터 "한인 1세들도 미처 파악하지
못한 한국인의 성격에 대한 탁월한 묘사", "주인공에 대한 독특하고 치
밀한 성격 묘사를 통해 독자들에게 시적 감동을 안겨주는 소설", "빼어
난 문체" 등으로 호평을 받았다. 여러 비평가로부터 극찬에 가까운 평가
를 받으면서 각종 서평에 올랐고 '퀄리티 페이퍼백 북클럽'이 수여하는
'뉴보이즈상'(신인소설가상)을 수상한 그는 오리건 주립대 문예창작과
의 조교수로 재직중이다. 특히 그의 가족들이 그의 소년기에 그레인, 피
터, 보비 등 여러 미국식 이름을 쓰도록 권했지만 그는 결국 이창래를 고
집, 이 이름으로 작가가 되었다는 얘기는 재외한국인문학의 연구에 많은
것을 생각케 하는 문제이다.

6.

지금까지 중, 일, 러, 미 4개 지역의 주요 작가를 중심으로 한 동포문
학을 주마간산격으로 개관해 보았다. 그 외의 지역에서도 재외동포문학을
다루는 데 있어 간과할 수 없는 작가로서는 독일의 이미륵(Mirok Li), 호주
의 김동호, 폴란드의 안나 초이[25]등이 있다. 이
미륵의 경우는 1946년 그의 대표작인 《압록강
은 흐른다》(Der Yalu flie βt)외에 그 속편의 일
부인《그래도 압록강은 흐른다》, 《무던이》등 외
에도 단편 40여 편과 조선의 옛 '이야기' 등이
전해지고 있다.[26] 1950년 독일에서 그가 세상을

25 안나 초이(崔)의 중편 《유령과 결혼한 여
인》은 계간 《한국문학》(1995 봄호)에 게재된
바 있다.
26 이미륵 문학의 국내 번역과 연구는 전적
으로 정규화교수에 의해 이루어져 왔다. 심
지어는 독일에서 사라질 뻔했던 유고의 일부
를 찾아 번역 소개한 일도 정교수의 열성적
노고의 결실이다. 정규화, 《이미륵의 생애와
문학》, 이미륵작품집 《압록강은 흐른다(외)》,
(범우사, 1989), 272~283쪽 등을 참고할 것.

떠날 때까지 〈한국어문법〉, 〈한국의 종교〉, 〈한국과 한국인〉 한국의 민담
등을 소개, 조국의 문화와 전통을 알리는 데 온 힘을 쏟았다. 그의 문학에
대한 독일 문학계의 평가는 실로 대단해서, 《압록강은 흐른다》에 대한 서
평이 독일 신문에만 1백건이나 넘고 그의 글은 독일 고등학교 교과서 5종

이상에 수록되어 조선의 문화와 이미륵 문체의 아름다움을 가르치고 있다. 1952년에는 독일어로 발간된 서적 중 가장 훌륭한 독어 서적으로 선정되기도 했다.(Flensburger Tageblatt, 1952. 7. 8.) 그의 임종에는 독일의 친구들이 모여 "그들이 사랑하며 존경해 온 동양의 이방인에게서 배운 애국가를 한국어로 불렀다"[27]는 얘기도 전해진다.

한편, 김동호는 현재 호주에서 활동하고 있는 현역작가이다. 1969년 처녀작 장편《내이름은 티안》(My Name is Tian)을 발표, 호주문학상을 수상했다. 1975년 장편《암호》(Password)[28]를 발표한 데 이어 희곡, 장편소설, 단편소설, 오페라 대본 등을 발표한 것으로 전해지고 있다. 그의 장편《내이름은 티안》[29]은 월남전과 같이 절망적인 극한 상황 속에서 인간의 의미, 삶의 의미를 묻는 작품이지만 무구한 감성과 동화적 심상을 배경에 두고 있다. 《암호》는 전쟁에다 국가간의 국제적 갈등을 첨가시켜 훨씬 더 사건적인 양상을 보이고 있으나 여기에서도 인간이란 무엇인가, 나는 과연 무엇인가를 묻는 유형의 작품임엔 다름이 없다.

27 정규화, 《이미륵의 생애와 문학》, 앞의 책, p.277.
28 김동호, 김병익 역,《암호》,《世界文學 속의 韓國》, 제 10권, 정한출판사, 1975.
29 김동호, 김소영 역, 《내 이름은 티안》, 전원, 1991.

대체로 살펴본 바와 같이, 동포문학의 전반적 특질은 자전적 요소가 강하다는 점이 지적될 수 있다. 동포 작가들이 자신들의 가장 소중한 기억과 체험을 통해 이야기한다는 것은 바로 조국에서 있었던 크고 작은 일들을 의미하는 것이고, 조국의 문화적 숨결을 전달한다는 뜻이 된다. 그것은 매우 자연스런 일일 수밖에 없다. 또한 자전적이기 때문에 주인공의 체험을 중심으로 한 한국인의 역사적 경험과 문화적 특성은 될 수 있는 한 구체적으로 전달하고자 했다. 그러나 작가가 어차피 경험된 사실을 토대로 글을 쓰는 직업이라면, 동포문학의 크레올화의 과정은 좋든 그르든 반드시 발생하리라는 예견을 지울 수가 없다. 어차피 그들은 지금도 해외에서 살고 있기 때문이다. 그러나 그러한 노력이 언제까지 계속되고, 재외동포문학의 문학적 성과는 과연 언제까지 이어질 것인가 하는 문제는 낙관하기 어렵다. 이미 여러 곳에서 2세, 3세들은 동화의 억센 물결 속으로 휩쓸려 가고 있는 게 현실이기 때문이다.

중국도,《천하도(天下圖)》, 18세기 후반
출처_영남대학교 출판부,《韓國의 옛地圖》, 1998.

1부
중국

오랑캐의 수도 베이징에서
화이론을 사유하다

조현설

장소와 의미

새로운 장소의 발견은 자아의 심혼에 파문을 불러일으킨다. 물론 모든 사람에게 모든 장소가 그런 파문을 일으키는 것은 아니다. 특정한 장소와 풍경이 특정한 자아와 우연히 부딪힐 때 장소와 풍경은 의미를 지닌 존재가 된다. 혜초의 《왕오천축국전》(727)에서 오늘날 인터넷을 부유하는 무수한 여행기까지, 여행자의 문학은 이런 접촉과 발견을 통해 탄생한다. 그러니 여행자 문학을 통해 표현된 한 장소의 의미는 장소에 발을 내디딘 사람들만큼이나 다기하지 않겠는가?

베이징은 우리에게 어떤 공간인가? 1598년 베이징에 도착한 마테오 리치가 받은 가장 강력한 인상은 남쪽 성벽의 넓이였다. 그는 "말 12마리가 나란히 다닐 수 있을 정도"라면서 놀라고 있다. 1920년대 잠시 베이징대학에서 교편을 잡았던 린위탕(林語堂)은 "베이징의 매력은 어떤 묘사나 정보로도 설명하기 어려운 신비로움 그 자체"라는 다분히 오리엔탈리즘에 감염된 언어를 구사했고, 1780년 연행사를 따라 베이징을 방문한 연암 박지원은 "조양문에 이르니 그 제도는 산해관이나 다를 것이 없었으나 티끌이 하늘을 뒤덮어 눈을 바로 뜨고 볼 수가 없었다. 군데군데 수레에 물통을 싣고서 길에다가 물을 뿌리고 있었다."(《熱河日記》〈關內程史〉)는 첫 입경 소감을 밝히고 있다. 어느 것이 베이징의 의미인가?

이 짧은 글에서 베이징의 복합적인 의미를 다 드러낸다는 것은 불가능하다. 무수한 베이징 가운데 어느 것이 진짜 베이징인가를 따지는 일도 허망하다. 우리는 그저 개인들을 통해 '그의 베이징'을 볼 뿐이다. 그러나 각각의 베이징은 고립무원의 베이징은 아니다. 어떤 줄로 엮느냐에 따라 특정한 의미를 지닌 베이징이 될 수 있다. 따라서 하나의 시선(視線)이 필요하다.

이 글은 베이징이라는 장소가 갖는 '민족 이미지'라는 시선을 지니고 있다. 베이징은 중국이란 제국의 중심이 된 이래 늘 민족 이미지, 다시 말하면 중세 동아시아의 강력한 이데올로기였던 화이론을 환기시키는 장소였다. 베이징 혹은 옌칭은 늘 북방 세력과 남방의 한족들이 부딪히는 충돌의 공간이었기 때문이다. 그리고 운명적으로 한반도는 이 충돌에 파장에 흔들리는 지역이었다. 지금도 형식을 달리한 채 지속되고 있는 베이징이란 장소가, 아마도 한반도 주민들에게 특별한 의미를 지닌다면 이런 맥락 때문일 것이다.

14세기 캄발룩(大都)의 만권당

오늘날 거대한 인구와 몸집을 자랑하는 중국의 심장인 베이징이 역사상 처음으로 수도가 된 것은 거란족의 요(遼, 916~1125)와 여진족의 금(金, 1115~1234) 시대였다. 주나라 초기인 B.C. 1122년경에 무왕(武王)이 황제(黃帝)의 자손들을 거느리고 이 지역에 정착했다는 전설이 황정

(皇亭)이라는 자취와 함께 남아 있지만 어디까지나 베이징은 북쪽 오랑캐들의 도시였다고 해도 과언이 아닐 것이다. 요·금을 이어 베이징을 차지한 것은 몽골의 원(元)이었고, 명의 뒤를 이어 베이징의 주인이 된 것은 만주족의 청(淸)이 아니었던가. '오랑캐들의 수도'라는 상징성, 이는 베이징의 문학지리를 구성하는 데 놓칠 수 없는 이정표가 아닐까?

한(漢) 이래 중국이 세계를 보는 기본 시각은 화이론(華夷論)이다. 중심과 주변의 이원론, 중심의 '나'는 우수하고 주변의 '너'는 열등하다는 단순하고도 간편한 사고 구조가 화이론이다. 이 화이론 내에서 사방의 오랑캐들은 피발문신(被髮文身)에 생식을 하는 야만인으로 상상된다. 어찌 보면 근대 서구의 오리엔탈리즘과 흡사한 사고 구조가 한문 문화권 내부에 엄존했던 것이다. 이런 구조가 내질화된 중심의 지성들이 야만스러운 오랑캐들의 지배 아래 놓이게 될 때 그들이 느끼게 될 상실감은 적지 않았을 것이다.

이런 화이론의 구도에서 이(夷)에 속하면서도 스스로 이가 되기를 부정했던 것이 고려 이래의 한반도의 지배 그룹들일 것이다. 11세기 고려의 문종 임금은 '고려는 소중화'라는 발언을 한다. 고려가 송(宋)으로부터 '동방예의지국'이라는, 별로 달갑지 않은 별명을 얻은 것도 이 무렵일 것이다. 문종이 어느 날 꿈 속에서 송나라의 수도 개봉을 돌아보고 지은 "악업의 인연으로 거란과 싸워 /1년에 조공도 몇 번인지 모른다네. /이 몸 홀연히 개봉에 이르니 /한밤에 흐르는 눈물 애석하도다"라는 시는 몽골 침략 이전 송나라에 대한 고려의 태도를 극명하게 보여 준다. 오랑캐 거란과는 달리 송은 고려에게 조공을 드리는, 눈물을 흘릴 정도로 흠모하는 시대의 나라였던 것이다.

이 같은 중화-소중화의 관계는 북쪽 오랑캐의 침략에 의해 시험에 처한다. 몽골의 지배 하에서 4등급 민족으로 분류된 남송의 한족들은 엄청난 민족적 자괴감에 시달렸을 것이다. 이는 소중화를 내세우다가 국토를 유린당한 후 몽골의 부마국의 처지가 된 고려의 경우에도 다르지 않았을 것이다. 그러나 대개의 경우 민족적 자괴감은 자기모멸에 이르기보다는 적에 대한 적대감으로 인해 민족의 자존에 대한 무한한 자부심으로 전환된다. 오랑캐의 침략에 중화-소중화 의식을 훼손하거나 반성케 하지는 못했다는 말이다.

피지배자의 처지에 놓인 중화-소중화 의식 사이에는 '당하는 자들끼리의 심정적 교감'이라고 할 수 있는 연대감이 발생한다. 이런 연대감은 교류로 이어지고, 교류는 문학을 산출한다. 몽골 지배 하의 베이징(大都)에서 나누었던 충선왕(忠宣王, 1275~1325)과 조맹부(趙孟頫, 1254~1322)의 교류가 그런 것이었다.

충선왕은 몽골 지배 하의 동아시아 국제질서 속에서 고려의 자존을 지키기 위해 고군분투했던 인물이다. 충선왕은 아버지 충렬왕과 원나라 세조 쿠빌라이의 딸 쿠두루게리미시 사이에서 태어난 혼혈아였다. 그럼에도 불구하고 명석한 두뇌의 소유자였던 그는 반원적 성향과 개혁적 정치의식을 가지고 있었다. 그러나 그런 정치 개혁은 원에 붙어 기득권을 누리던 국내의 보수 귀족층의 반발에 부딪쳐 큰 성공을 거두지 못했다. 그는 즉위(1298) 한 해만에 원나라로 강제 송환되고 왕위는 다시 아버지 충렬왕에게 돌아간다. 그러나 10여 년이 지난 1308년 충렬왕이 죽자 다시 왕위에 올라 개혁 정치를 천명한다. 조세를 공평하게 하고, 인재를 고루 등용하고, 소금 전매제를 실시하고 귀족의 횡포를 엄단하는 등 일련의 정치 혁신을 꾀하지만 역시 귀족들의 저항과 원나라의 반대로 무산되고 만다. 실망한 충렬왕은 1309년 제안대군(齊安大君)에게 왕권을 대행케 하고 자신은 베이징으로 돌아가 전지(傳旨)를 통해 왕권을 행사한다. 그러나 1313년 그마저도 접는다. 왕권을 아들 충숙왕에게 이양하고 자신은 다른 삶을 선택한다.

베이징의 만권당(萬卷堂), 충선왕이 머물던 곳으로 이름에서 학문의 정취가 물씬 풍긴다. 그러나 그것은 학문만이 아니라 충선왕의 베이징 정치의 중심이었다고 해도 과언이 아니다. 원 인종의 태자태사(太子太師) 출신으로 인종과 깊은 친분이 있었던 충선왕은 만권당에서 중국 유학자들과 교유하면서 과거제도의 실시나 한족 중용 정책 등 원나라의 국가 정책 결정 과정에 관여하고 적합한 인물을 추천하기도 했다. 어쩌면 그는 고려가 아니라 원이라는 제국에서 더 큰 정치 활동을 하면서 고려의 자존을 도모했는지도 모르겠다.

충선왕의 총신으로 베이징을 드나들었던 이제현(李齊賢, 1287~1367)에 따르면 "연경에 만권당 저택을 구입하시고 염복·요수·조맹부·우집 등 문사와 학자들을 불러모아 교유하시며 학문을 논하는 것을 즐거움으로 삼으셨다"고 했지만 이들 가운데 가장 친밀하게 교분을 나누었던 사람은 조맹부였다. 조맹부는 남송 출신으로 벼슬에 나갈 수 없는 신분이었지만, 쿠빌라이의 한족 등용 정책으로 발탁된 인물이었다. 그는 이른바 황은(皇恩)을 입어 벼슬이 영록대부(榮祿大夫)에 이를 정도로 출세를 했지만 그의 내면 깊은 곳에는 오랑캐를 섬겨야 하는 죄의식과 자조가 숨겨져 있었다.

산에서 품었던 원대한 뜻	在山爲遠志
산을 나오너 작은 풀이 되었구나.	出山爲小草
옛말은 이미 구름과 같아	古語已雲然
세상사 일찍 깨닫지 못해 괴롭구나.	見事苦不早
평생을 홀로 품은 원망	平生獨往愿
산언덕이 묻어 버리고,	丘壑寄懷抱
책만이 때때로 나의 즐거움	圖書時自娛

야성만은 스스로 지키기로 마음먹었는데	野性期自保
누가 나를 먼지 구덩이로 떨어뜨렸는가?	誰令墮塵罔
이리 저리 구르며 얽혀드는구나.	宛轉受纏繞
옛날에는 바다 위를 나는 갈매기였더니	昔爲海上鷗
오늘은 조롱 속 새와 같구나.	今如籠中鳥
슬피 운들 누가 돌아볼까	哀鳴誰夏顧
날개는 날마다 꺾이고 여위어 가는데.	毛羽日摧槁

이 〈죄출(罪出)〉이란 조맹부의 작품만큼 그의 내면을 잘 드러내는 시도 드물 것이다. 그는 후대에도 그랬지만 당대에도 변절자란 비난을 피할 수 없었을 것이다. 그 괴로움을 그는 새장의 새로 비유하고 있다. 출세는 했지만 그것이 죄스러운 것이라는 자조가 시의 전편에 묻어 있다.

바로 이런 지점에서 조맹부와 충선왕은 깊은 공감이 있었을 것이다. 충선왕 역시 인종으로부터 최고의 황은을 입고 있었지만 종주국의 정치 변동에 따라 흔들리는 속국의 운명에 괴로워하고 있었다. 인종이 죽고 난 후의 정치적 소용돌이 속에서 불경을 공부한다는 명분으로 한 나라의 왕이 티베트 유배에 처해졌으니 그 괴로움이야 말할 것이 있겠는가? 그 고통은 임금을 만나러 황량한 서역 만 리 길을 달려갔던 이제현의 "한 치 창자 속에 얼음과 숯불이 어지러이 뒤섞인 듯 /한 번 연산(燕山)을 바라보는데 아홉 번 탄식이 터진다"는 시구 속에 압축되어 있다.

그러나 울분을 삼키고 있던 이들 두 사람의 공감과 연대감 속에서 한 구비의 역사와 하나의 문화사가 작성되었다. 이제현의 전언에 따르면 조맹부를 추천하여 궁으로 보낸 사람이 바로 충선왕이었다. 이런 식으로 충선왕은 종주국의 정치에 개입하면서 고려의 국권을 보존하려고 분투했다. 충선왕의 추천으로 한편으로 변절자가 된 조맹부는 다른 한편에서는 원나라에 한족의 문화를 전하고 지켜낸 인물로 후대에 평가를 받고 있기도 하다. 그는 주지하듯이 조맹부체라는 유명한 필법을 발전시켜 중화의 전통 문화인 서예를 최고의 경지까지 끌어올렸다. 아마도 그의 붓끝에는 새장 속 갈매기의 피울음이 찍혀 있었을 것이다. 이 조맹부의 서체는 충선왕과 이제현에 의해 고려에 전해져 조선 시대에 와서는 송설체로 발전한다. 조선 송설체의 비조로 추앙받는 안평대군의 글씨, 명나라 사신들이 가장 탐내어 받아가기를 갈망했던 안평대군의 서체는 바로 오랑캐의 수도 베이징에서 이뤄진 충선왕과 조맹부의 교유 속에 뿌려진 문화의 씨앗이 맺은 결실이었던 셈이다.

18세기 베이징의 유리창 혹은 천주당

14세기 만권당에서 이뤄졌던 충선왕과 조맹부의 만남에 비견되는 것이 18세기 베이징의 유리창(琉璃廠)을 매개로 이뤄졌던 홍대용(洪大容, 1731~1783)과 엄성(嚴誠, 1732~1767)·반정균(潘庭筠, 1742~?) 등의 만남이다.

유리창은 본래 원나라 시대에 유리기와를 굽던 공장들이 있어 생겨난 이름이었지만 청대에 공장들이 서산(西山) 지역으로 옮겨진 후 이곳은 서점과 골동품 상점이 번창한 문화 교류의 중심지가 되어 있었다. 당시 청의 건륭황제는 10여 년에 걸쳐 《사고전서》를 편찬하게 되는데 이와 관련하여 옹방강이 남긴 기록이 흥미롭다. "학자들은 모두 자신이 교열한 전고를 고증하고 자세하게 책의 목록을 제시해야 했기 때문에 유리창 서점에 가서 필요한 책들을 찾아보았다. 이때 절강에서 온 서적상인들이 벌떼처럼 몰려들었는데 서점 중에는 오류거(五柳居)와 문수당(文粹堂)이 가장 유명했다." 유리창이 어떻게 하여 학자들의 요람이 되었는지를 압축적으로 설명해 주고 있다.

홍대용은 자제군관의 자격으로 1765년 숙부인 동지사은사 서장관 홍억(洪檍)을 따라 베이징에 도착한다. 1766년 이월 초이튿날 홍대용 일행 가운데 비장 이기성이 안경(원시경)을 사기 위해 유리창에 갔다가, 마침 안경을 끼고 지나가던 두 선비에게 가짜를 살까봐 걱정되니, 안경을 팔라고 했는데 한 사람이 동병상련을 말하면서 안경을 벗어준다. 안경을 벗어준 사람이 바로 엄성이고, 함께 있던 선비가 반정균이었다. 홍대용은 이기성을 통해 이들을 수소문하는데, 그들은 절강성에서 올라온 이들로 유리창에 가까운 건정동(乾淨衕, 현재 甘井胡同)에 머물고 있었다. 이기성을 통해 학식이 있다는 말을 전해 듣고, 그들이 준 책을 받아본 홍대용은 드디어 이들을 찾아간다. 바로 이 우연한 만남에서 홍대용의 〈건정동필담(乾淨衕筆談)〉은 탄생했던 것이다.

유리창
북경의 화평문(和平門)에 위치하며, 200년 전 청나라 건륭 때 형성되었다. 북경에 와서 과거시험에 낙방한 수험생들이 고향으로 돌아가기 전에 지니고 다니던 서적, 먹, 벼루 등을 팔았던 곳이다. 출처_http://kr.blog.yahoo.com/sungcheolok/707579.html

그런데 흥미로운 것은 이들의 첫 만남에서 나온 김상헌(金尙憲, 1570~1652)이란 이름이다. 홍대용은 김재행과 더불어 건정동에 갔는데, 수인사를 하는 과정에서 김재행의 이름을 듣고 김상헌을 아느냐고 묻는다. 김상헌이 누구인가? 1636년 병자호란이 일어나자 남한산성으로 인조를 호종하여 선전후화론(先戰後和論)을 강력히 주장했고, 대세가 항복쪽으로 기울자 최명길(崔鳴吉)이 작성한 항복 문서를 찢고, 삼전도 이후에도 끝까지 명나라와의 의리를 지켜야 한다는 상소를 올렸던 인물이다. 그 때문에 청나라로부터 위험 인물로 지목되어 1641년 심양(瀋陽)에 끌려가 이후 4년여 동안을 청에 묶여 있었지만, 강직한 성격과 기개로써 청인들의 굴복 요구에 불복하여 끝까지 저항했던 대명의리의 상징적 존재였다. 다시 말하면 소중화적 명분론을 대표하는 존재였다고 할 수 있을 것이다. 엄성 등의 물음에 홍대용은 김상헌의 절개를 이야기하면서 자신이 그의 후손인 김원행(金元行)의 제자라고 덧붙인다.

　　만주족의 지배하에 있던 베이징에서 절강에서 올라온 한족 학자와 역시 삼전도 치욕의 경험을 가지고 있는 조선의 학자가 죽을 때까지 반청(反淸)을 고수했던 김상헌을 첫 화제로 삼은 것은 여러 모로 의미심장하다. 14세기 충숙왕과 조맹부 사이에 형성되었던 공감과 자각이 세대를 격하여 이들에게도 이어졌던 것이다. 이런 공감이, 물론 그것이 전부는 아니겠지만, 이들의 아름다운 우정을 가능케 했으리라.

　　그러나 공감에 기초한 이들의 우정도 중요하지만 더 긴요한 것은 이들이 나눈 교유의 내용과 그 파장이라는 생각이 든다. 첫 만남에서 홍대용은 이렇게 묻는다. "절강 선비들은 누구의 학문을 존숭합니까?" 홍의 물음에 엄성은 왕양명과 육상산 이야기를 한다. 이들의 반응은 주자학 일변도의 조선의 학문 풍토와 그 수혜자인 홍대용에게는 적지 않은 지적 자극이 되었을 것이다.

홍대용 : 주자를 존숭하고, 상산은 주자가 배척한 사람인데, 어찌 배척
　　　　하지 않겠습니까?

엄　성 : 육상산의 사람됨은 심히 고상하고 왕양명은 공적으로 천하를
　　　　덮었으니 두 사람은 고금의 큰 인물입니다. 어찌 가볍게 책망
　　　　하겠습니까?

홍대용 : 천하의 사업은 반드시 학문의 경계를 먼저 바로 하는 것인데
　　　　양명의 학문이 어찌 미진함이 없겠습니까?

　　홍대용이 양명을 계속 비판하자 마음 약한 엄성은 희미한 웃음으
로 답한다. 이에 홍대용은 미안했던지 "양명의 학문이 진실로 그른 곳이
있지마는 다만 후세 학자들이 겉으로는 주자를 숭상하며 입으로는 의미
를 논할 따름이고 몸의 행실을 돌아보지 아니하니 도리어 양명의 절실한
의론에 미치지 못할 것입니다. 어찌 부끄럽지 아니하겠습니까?"라면서
한 발 물러선다.

　　이런 식의 토론은 닷새 후 서림 선생을 매개로 불교에 대해 필담을
하는 과정에서도 반복된다.

엄　성 : 능엄경은 저도 또한 보기를 좋아하며 마음을 다스림에 가장 좋
　　　　습니다. 그 마음을 의논한 곳의 근본은 우리 유도(儒道)와 더불
　　　　어 대단한 분별이 없는데 마침내 대단한 분별에 이름은 오로지
　　　　빈 것을 숭상하는 때문입니다.

홍대용 : 우리 유도의 마음을 의논함이 지극히 분명하고 스스로 즐거운
　　　　곳이 있으니 어찌 내가 도를 버리고 밖으로 다른 데를 구하겠
　　　　습니까?

반정균 : 저는 능엄경을 외움에 있어 반드시 손을 씻은 후에 책을 붙들

고, 또 손수 불경 베끼기를 좋아합니다.

홍대용 : 두 형이 불도를 존숭함이 이러하니 후생에 반드시 친당에 오를
것입니다.

농담과 웃음이 오가는 대화였지만 여기에는 적지 않은 의미가 숨
어 있다. 주지하듯이 홍대용의 이단에 대한 태도는 베이징 여행 이후 달
라지기 때문이다. 〈여인서(與人書)〉(1769)라는 제목의 글에서 그는 장자
나 왕양명의 세상에 대해 분개하면서 거리낌없이 펼친 주장이 자신의 마
음을 사로잡아 유가에서 도망하여 묵가(墨家)로 들어가고 싶은 마음이
들 정도였다는 고백을 했다. 이런 생각은 일시적이었던 것이 아니라 그
후 더욱 강화된 형태로 나타난다. 〈여손용주서(與孫蓉洲書)〉(1776)에서
그는 "이단이 비록 여러 가지지만 마음을 맑게 하여 세상을 구하는 수기
치인(修己治人)으로 귀결되는 것은 똑같습니다. 나는 내가 좋아하는 바
를 따르고 저들은 저들이 좋아하는 바를 따른다고 한들 무슨 상관이 있
겠습니까? 같기 어려운 것이 물(物)인데, 그 중에서도 마음이 더욱 그렇
습니다. 사람들은 저마다 자기가 좋아하는 것이 있는데, 누가 통일할 수
있겠습니까? 그렇다면 각기 좋아하는 것을 닦고 그 장점을 다하여 사욕
을 없애고 풍속을 아름답게 한다면 대동(大同)에 무슨 해가 되겠습니
까?"라고 반문하면서 주자학 이외의 다양한 견해를 인정하는 태도를 보
인다. 마치 김상헌 대명의리론처럼 주자학을 고수하려고 하던 베이징의
홍대용은 이미 이 편지 속에는 보이지 않는다. 만주족이 지배하고 있던
베이징에서 옛 복식을 지키는 것에 대해 자부심을 느끼고 소중화라는 점
을 자랑하던 홍대용의 정신세계에 일대 변화가 일어난 것이다.

18세기 베이징을 다녀간 조선인이 적지 않았고, 유리창에서의 양
국 지식인들의 만남은 이전에도 이후에도 이어지고 있었지만 홍대용과

엄성·반정균만한 만남은 없었다고 생각된다. 왜 그런가? 그것은 베이징 유리창의 한 골목에서 이뤄진 우연한 만남이, 자존을 훼손당한 채 절치부심하고 있던 두 민족 지식인의 우연한 만남이 우정의 한 본보기를 보여주었고, 나아가 그들의 교우를 통해 홍대용이라는 18세기 동아시아의 한 위대한 정신이 정신적 자양분을 얻었기 때문이다.

베이징에서 홍대용이 만난 또 다른 인물은 천주당(남당)의 서양 신부 오스트리아 사람 아우구스티누스 본 할러슈타인, 중국 이름 유송령(劉松齡, 1703~1774)이다. 당시 베이징의 천주당은 서양을 만나는 중요한 통로였다. 그래서 비록 수용하는 방식은 각자 달랐지만 연행사들은 다투어 천주당을 방문하려고 했다. 이는 홍대용도 마찬가지였다. 그러나 홍대용이 이전의 방문자들과 달랐던 것은 책을 통해 서양의 수학·천문·음악 등에 깊은 지식을 갖추고 있었다는 데 있다. 말하자면 그는 새로운 세계를 단지 체험하고 싶어 안달을 했던 인물이 아니라 자신이 공부했던 자연과학적 지식을 실물을 통해 확인하고 싶어 했던 것이다. 이런 태도는 힘들게 유송령을 만난 홍대용의 다음과 같은 발언에 분명히 드러난다.

천주당 남당

천문 도수는 가볍게 알 수 있는 것이 아닌데 내가 망령됨을 잊고 혼천의(渾天儀) 하나를 만들어 천상을 모방하여 비록 대강의 도수를 얻었으나 하늘의 법상(法象)에 참여하여 상고하면 어기고 그름이 많습니다. 이곳에 여러 번 나와 번거로움을 피하지 않은 까닭은 필연 기이한 의기(儀器) 제도가 많이 있을 것이므로 한번 구경하여 미혹하고 닫힌 마음을 깨치고자 하는 때문입니다.

그러나 홍대용은 보고 싶어 했던 관상대를 보지 못하고 망원경, 자명종, 유리 안경 등을 확인하는 데 만족해야 했다. 관상대의 정밀한 측정 기구들은 관람금지 품목에 들어 있기 때문이었다. 하지만 홍대용은 귀국에 임박하여 결국 동문(건국문) 안에 있는 관상대를 찾아가 문지기들에게 인삼과 종이를 뇌물로 주고 밤중에 잠시나마 명대에 만들어진 혼의, 간의 등을 살펴본다. 홍대용의 지적 탐구에 대한 열정을 보여 주는 대목이다. 이런 자연과학에 대한 열정과 〈유포문답(劉鮑問答)〉으로 정리된 유송령 • 포우관(鮑友管, 1701~1771)과의 대화는 그를 중국 중심의 세계관에서 벗어나게 하는 주요한 실마리로 작용한다. 소중화라는 자부심은 어느덧 사그라들고 동아시아 중세를 규정하던 강고한 화이론의 논리마저 부정하게 된다. 〈의산문답(毉山問答)〉에서 개진되고 있는 우주론은 그런 사유의 결정판이라고 해도 좋으리라.

하늘에 가득한 별들마다 세계가 아닌 것이 없다. 뭇 별에서 본다면 지구 또한 하나의 별일 뿐이다. 한량없는 세계가 우주에 흩어져 있는데 오직 지구가 그 중심에 이라는 말은 이치에 닿지 않다. 그러므로 별들은 저마다 세계이며 모두 회전한다. 뭇 별에서 보면 지구에서 보는 것과 똑같이 다 그 별이 중심이라고 여기게 된다. 별들은 모두 하나의 세계이기 때문이다.

바람의 수도 베이징

베이징은 바람의 도시다. 한동안 체류해본 사람이라면 누구나 절감하는 베이징의 이미지이다. 평지에 조성된 도시이기 때문일 것이다. 앞에서 거론한 연암도 베이징의 첫 느낌을 눈을 뜰 수 없는 바람으로 이야기했고, 마테오 리치가 난징에 비해 베이징이 먼지투성이라고 했던 것도 바람 때문이었을 것이다. 마치 말들이 머리를 맞대고 모여 있는 것 같은 베이징의 집들이 만들어낸 호동(골목) 풍경도 바람 탓이리라.

그러나 베이징의 바람은, 과거에도 그러했지만 지금도 자연의 바람에 머물지 않고 상징적 바람으로 불고 있다. 오늘날 중화인민공화국의 수도인 베이징의 바람은 동아시아에 황사를 일으키고 있다. 홍대용이 이미 18세기에 선취했던 화이론, 근대 한국이 정치적으로 벗어났던 화이론적 질서를 베이징은 여전히 벗어나지 못하는 듯하기 때문이다. 우리와 고구려사 문제로 갈등을 야기했던 동북공정을 포함하고 있는 중화문명탐원공정(中華文明探源工程)이나 중국의 역사의 기원을 끌어올리려는 하상주단대공정(夏商周斷代工程) 등이 그 증거이다. 중화주의가 몰고 온 이 베이징의 바람은 아마도 앞으로 오랫동안 우리의 눈을 충혈되게 만들 것이다.

고려의 자존을 모색하고 고민하던 충선왕과 변절자의 화인을 받으면서도 원나라에 한족의 문화를 전파한 조맹부의 교유가 이루어졌던 베이징, 문화적 자괴감을 품고 있던 절강의 선비 엄성 등과 화이론에 기초한 중세적 질서 너머를 사유했던 홍대용의 우정어린 만남이 이뤄졌던 베이징, 베이징의 바람 속에서 오늘은 또 어떤 지성인들의 만남이 다시 꿈틀대고 있던 민족 패권주의를 넘어 동아시아 평화 연대의 구도를 이뤄낼 것인가? 그리고 거기서 문학과 문화를 꽃피울 것인가? 잠시 되돌아본 역사 속의 베이징이 우리에게 던지는 질문이 아닐 수 없다.

예지가 빛나는 요새 그리고 지순한 사랑
산해관, 장대, 정녀묘

이지양

천하제일 산해관

"만리 장성을 보지 않고서는 중국의 큼을 모를 것이고, 산해관을 보지
않고서는 중국의 제도를 모를 것이며, 산해관 밖의 장대(將臺)를 보지
않고서는 장수의 위엄을 모를 것이다."

이것은 연암 박지원이 《열하일기》〈일신수필〉의 〈장대기(將臺
記)〉에서 한 말이다. 연암이 산해관을 이렇게 평가한 것은, 중국의 군사
· 행정을 위한 다른 건축 구조물들이 모두 산해관의 부분 복제품 정도에
해당한다는 것을 간파했기 때문이다. "중국의 보(堡) · 둔(屯) 「소(所)」역
(驛)과 같은 것은 그 세운 모양들이 산해관을 본받지 않은 것이 없으니
모두 산해관에 비하면 아들과 손자뻘이었다"라고 지적하였던 것이다.
연암뿐만 아니라, 중국으로 사행길에 올랐던 조선조 사신들의 기록에는
한결같이 산해관이 천하의 장관이라고 소감을 피력하였다. 연암보다 20
년 앞서서 1760년에 중국 사행길에 올랐던 이상봉(李商鳳)의《북원록》에

는, 각산(角山)에서 요동벌을 보는 것, 산해관의 성지(城池), 고금도서집성을 중국의 천하 장관으로 손꼽았다. 그리고 홍양호는 1782년에 산해관에 들러 "나는 장성에서 진시황의 공이 만세에 끼침을 알았고, 산해관에서는 고황제(高皇帝)의 현명함이 후대를 밝힘을 알았다"고 말했다.

　　　과연 산해관은 어떠한 곳일까? 그리고 그 규모와 역사는 어떠할까? 만리장성의 동쪽끝인 산해관은 중국 하북성 진황도에서 해안을 따라 15킬로미터정도 올라가면 있다. 성벽을 벽돌로 쌓고 흙으로 다졌는데 높이는 14미터, 두께가 7미터, 길이가 4킬로미터로 정방형을 이루고 있다고 한다. 산해관이라는 이름은 1381년, 즉 명(明)나라 홍무(洪武) 14년에 주원장이 서달(徐達) 장군을 파견하여 산해위(山海衛)를 설치하면서 `산을

산해관 외도_삼양관도_명지대

베고 바다를 안아 목구멍과 같은 곳이니, 관(關)을 여기로 옮겨 장성을 여기까지 끌어오자`고 한데서 생겨났다. 만리장성과 이어진 이 성(城)에는 사방으로 문이 있는데, 동쪽은 진동문(鎭東門), 서쪽은 영은문(迎恩門), 남쪽은 망양문(望洋門), 북쪽은 위원문(威遠門)이라 부른다. 이 네 성문 가운데 제일 웅장하고 보존이 잘된 진동문에는 활쏘는 누각이 있고, 문 밖에는 옹성이 있으며 '천하제일관(天下第一關)'이라는 커다란 편액이 누각 마루높이 걸려 있기도 하다. 1725년에 중국으로 사행길에 올랐던 조문명의 《연행일기》에는, 우리나라에서는 '천하제일관'이라는 편액의 글씨를 진(秦)나라 때의 재상 이사(李斯)의 글씨라고 알고 있는데, 실제 산해관에 들어가서 정홍(程洪)이라는 선비에게 물어보니 명나라 때 상서였던 소함(蕭咸)이 쓴 것이라고 했다는 기록이 있다.

이곳은 명나라로 진격해 들어오는 청군의 공격에 마지막까지 버티었던 철옹성이었으나, 명나라의 반란군 이자성 부대가 북경의 자금성을 점령하자, 산해관을 지키고 있던 명나라 장수 오삼계(吳三桂)가 적병인 청나라 군대에게 항복하고 산해관 문을 열어 주어 청군을 끌어들임으로써 결정적인 멸망의 계기를 제공한 곳이 되었다. 한족이 세운 명나라가 그들이 오랑캐라 비하했던 여진족의 지배하에 놓이게 된 결정적 계기를 제공한 곳이 산해관이었던 것이라 해도 과언이 아니다. 연암은 이 일을 두고 "서달(徐達)이 산해관을 설치함은 오랑캐를 방어하기 위해서인데 오삼계가 관문을 열고 적병을 맞았다. 이렇게 적병은 막지 못하고 천하가 무사할 적에 한갓 상려(商旅)들만 조사해서 세금을 받으니, 내가 산해관에 대하여 무슨 할 말이 있겠느냐."라고 비웃었지만, 홍양호는 그 점을 인정하면서도 감탄을 아끼지 않았다. 명나라의 멸망은 이자성 때문이고, 청나라 사람이 산해관에 들어올 수 있었던 것은 오삼계 때문이지만, 청나라가 백전백승을 거둘 때도 감히 산해관 안으로는 한발짝도 엿보지 못했다고 하면서, "장성 서북쪽에는 관문이 십 수 개가 되지만, 유독 산해관 만은 천길 성벽에 깊이를 헤아리기 어려운 골짜기가 있는 데다 문을 다섯 겹으로 설치하여 '천하제일관' 이라고 크게 써 붙인 것이 무슨 까닭이겠소? 이것이 바로 고황제(高皇帝)의 신모(神謀)·원람(遠覽)이니 훗날의 근심이 동방에 있음을 알았던 때문이오. 당시엔 패배하여 사막을 달아난 몽고가 얼마간 걱정거리였고, 저 장백산 기슭에 사는 여진족은 작은 부락이었을 뿐이오. 이에 산해관 밖 동쪽 수천 리에 위(衛)와 진(鎭)을 설치하고 각치(角峙)를 벌여 놓아 한편으로는 은혜로, 다른 한편으로는 무력으로 다스리기를 마치 대적을 대비하는 듯이 했소. 어찌 할 일이 없어 그랬던 것이겠소? 산해관 성벽을 헐어 들어오게 한 것은 하늘의 뜻이지, 사람의 지모가 미칠 바 아니오"라고 감탄했던 것이다.

그런데 청나라가 들어선 이후에 사행길에 올랐던 우리나라 사신들은 이곳을 지나면서 감탄을 남기거나 궁금해 하거나 한 것이 있었다. 누루하치가 왜 북경 입성 이후에 산해관에서 뻗어나가는 장성을 재축조하지 않은 채 허물어진 상태로 방치해 두는가 하는 것이었다. 그 이유를 아는 사람들은 감탄했던 것이고, 모르는 사람은 궁금증을 가지고 있었다. 청나라 신하들이 다시 장성을 축조할 것을 건의하자, 한(汗)은 "그건 어리석은 말이오. 오늘 성을 쌓은들, 뒷날 나와 같은 사람이 어찌 없을 것이오?'라고 끝내 말렸다고 한다. 그리고 청나라 역사상 최대의 번영을 이끌어 간 제4대 황제 강희제는 8세의 나이로 황제에 즉위하여, 14세에 고북구에서 허물어진 만리장성을 재축조하자는 건의서를 받고서 일언지하에 거절하는 비답을 내렸다. "한갓 벽돌 따위를 쌓아 어찌 국방을 하겠는가? 백성들을 그런 따위의 부역으로 괴롭히지 않아서, 그들의 삶을 스스로 즐겁게 여기고, 그 터전을 스스로 지키고 싶게 만드는 것이 국방의 첫번째이다. 이후로는 다시는 만리장성 따위를 축조하느라 백성을 괴롭히는 일이 없게 하라"고 명하였던 것이다. 그 이후로 사실상 청나라가 끝날 때까지 만리장성 축조로 인한 부역은 없었다. 지도자의 비전과 철학이 그런 정도니까 번영을 이루었던 것인데, 창업한 한(汗)의 기백이나, 수성한 강희제의 지혜나 감탄을 자아내기에 충분한 것이 아닐지?

산해관은 북쪽으로 바라보면 만산이 뻗어 있고 만리장성이 거대한 용처럼 산봉우리를 타고 구불구불 기어나가고, 남쪽으로 바라보면 푸른 파도 넘실대는 발해로 이어져 만리장성이 한 마리의 거대한 용처럼 보인다고 한다. 마치 용머리가 파도를 뿜고 물결을 치는 것 같아 '노룡두(老龍頭)'라고 불린다. 1603년에 서장관으로 임명되어 명나라로 사행길에 올랐던 박이장(朴而章)은, 이곳의 장관을 〈산해관(山海關)〉이라는 시에서 이렇게 읊었다.

성은 험준하여 중국을 지키고	城險藩中國
누는 높이 솟아 하늘을 가리우네	樓高薄上穹
일찍이 곡역(曲逆)의 장관을 듣다가	曾聞曲逆壯
이제 산해관의 웅장함을 보노라	今見海關雄
앉아 용사(龍沙)의 북쪽을 어루만지며	坐撫龍沙北
학야(鶴野)의 동쪽을 굽어본다	平看鶴野東
이 생에 이곳에 올라 드넓게 조망함에	此生登眺闊
만가지 생각이 모두 공(空)을 이루었네.	萬慮摠成空

곡역(曲逆)은 전국(戰國) 시대에 한고조(漢高祖)가 진평(陳平)을 후(候)로 봉했던 지역이며, 용사(龍沙)는 중국의 서부, 서북부 변방의 먼 산과 사막을 통칭한 것이며, 학야(鶴野)는 요동 지역을 가리킨다. 이 시는 산해관에서 내려다보는 조망권이 얼마나 드넓게 탁 트여 있는지, 그

장쾌한 전망을 그려보게 만든다. 박이장은 산해관을 소재로 '문학적 상상력'에 대해 매우 의미 깊은 글을 쓰기도 했다. 〈산해관시서(山海關詩序)〉라는 글에 이런 대화가 나온다. "감히 높은 소리로 말하지 못함은, 천상의 사람을 놀랠까 두려워서라네(不敢高聲語, 恐驚天上人)"라는 시구를 외우면서, 자신의 친구가 지은 그 걸출한 시구가 이 누각에 알맞은 것 역시 하나의 상쾌함이라고 하였다. 그랬더니 함께 사행길에 올랐던 상사(上使) 성암(省菴) 송준(宋駿)이, "누(樓)도 웅장하고, 시(詩) 또한 웅건하다. 그대가 이 누각에 실로 능히 발을 디뎌보지 못했는데, 굳이 이곳에 올라 조망한 듯이 짓는 것은 그릇된 것이 아닌가?'라고 의문을 표했다. 거짓 표현이 아니냐는 그 물음에, 박이장은 문학과 상상력의 문제로 대답하였다.

"손흥공(孫興公: 손작(孫綽))이 일찍이 천태(天台)에 간 적이 없었으나 생각으로 멀리 상상하여 정신이 적성폭포(赤城暴布) 속에 노닐었다. 지금 그 〈천태부(天台賦)〉를 읽으매, 발로 그곳을 밟아보고 눈으로 본 것과 다름없다. 하물며 지금 우리들이 비록 이곳에 올라 조망해볼 겨를이 없었으나, 별을 따고 해와 달을 어루만지고 푸른 바닷물을 움켜내고 봉래(蓬萊)를 굽어 볼 수 있고, 이 누(樓)의 대도(大都)가 이미 한번 바라보면 포괄하여 남겨두는 곳이 없음에 스스로 긴요하게 통솔하고 있는데, 어찌 반드시 발로 디뎌본 다음에야 올라보았다고 말할 수 있으랴? 두 봉의 시를 손흥공(孫興公)의 상상하여 흥을 부친 작품에 견주어 본다면, 아직 멀었다고 하겠다."라고. 문학적 진실이 상상력으로 포착되는데, 그것을 꼭 사실만 가지고 표현해야 되겠느냐는 대답을 한 것이다. 그랬더니 성암이 "그렇네, 그래"라고 하였다.

박이장의 시와 글은 지난해 8월에 내게 깊은 위로와 만족감을 한꺼번에 선물해 주었다. 2004년 8월 13일 수요일 오후 5시 무렵, 나는 산해관의 동문 앞에 도착했었지만, 관람 시간이 지나버려서 철창문 밖에서 '천하제일관' 이라는 편액만 바라보고 있었다. 그리고 성벽의 두께가 7미터인 까닭에 성벽의 폭을 따라 마차가 다닌다는 그 성벽 밑에 서서 서성거리다가 왔기 때문이다. 그때 박이장의 저 시와 글이 내 맘을 얼마나 깊이 위로해주었는지 모른다. 지난해 8월 8일부터 17일까지, 학술진흥재단의 지원을 받아 '연행노정(燕行路程) 답사' 를 연구과제로 수행중인 연구팀을 따라 함께 답사를 했다. 그것은 그 당시 내가 참여하고 있는 '연행록 미수집본 발굴 수집 및 해제' 라는 연구 과제와 긴밀한 상관성을 가지고 있었을 뿐 아니라, 한국 한문학을 연구하는 입장에서도 절실히 필요한 답사였기 때문이다. 그렇지만, 함께 그 시간에 그곳에 도착했던 다른 분들은 초행 답사가 아니었기 때문에 아무도 아쉬워하지 않았다. 이미 여러 차례 답사했거나 최소한 두 번째 답사였는데, 나는 초행길이었다. 그분들의 설명이 시작될 때마다 그 성벽 밑에서 위로 올려다보는 기분은

산해관 천하제일관

참으로 묘했고, 상상력은 뭉게뭉게 피어올랐으며, 박이장의 저 시와 글이 동시에 떠올라 마음에 위로와 웃음을 선물해주었다.

장대

아쉽게 그곳을 물러나서, 우리 일행은 차에 올라 산해관에서 얼마 떨어진 장대(將臺)에 가보았다. 장대는 산해관 동향쪽으로 8킬로미터 쯤 떨어진 곳에 있다고 했는데, 네모난 대(臺)로써, 높이가 10여 길에 둘레가 수백 보이고, 한 면이 모두 칠첩(七堞)으로 되어 있다는 곳이다. 대 위에 4, 50칸의 넓은 공간이 마련되어 있어 500여 명의 병사가 그 대 위에 포진할 수 있고, 내부에는 크고 작은 21개의 숨겨진 방이 있어 800여 명의 복병을 숨겨둘 기능을 갖춘 지휘대라는 것이다. 첩 밑에는 큰 구멍이 24개이고, 성 아래도 구멍 4개를 뚫어서 병장기를 간직하였으며, 그 밑으로 굴을 파서 장성과 서로 통하게 되어 있다고 한다. 그러나 그것은 조선조의 사신들이 남겨 놓은 기록을 통해 알 수 있었을 뿐, 직접 답사하면서 장대의 그 기능을 확인해 보진 못했다. 통로로는 접근 금지였기 때문에 위치만 답사했을 뿐이다. 그러나 조선조의 사신들은, 장대에 올라야만이 장성이 바다에서 일어나 뻗어나가는 것을 한눈에 볼 수 있고 산해관 관내를 굽어볼 수 있으며, 발해만의 망망대해와 수십 일을 걸어온 요동벌을 한눈에 통관(統觀)할 수 있다 하여 이 장대에 오르지 않은 사신이 없었다고 한다.

연암은 이곳에 올라보고는 그 유명한 〈장대기(將臺記)〉를 남겼다. "이곳에 올라 사방을 보니, 장성은 북으로 뻗었고, 창해(滄海)는 남으로 흐르며, 동으로는 큰 벌판을 임해있고, 서로는 산해관 안을 엿보게 되어 있다. 아무튼 이 대만큼 조망이 좋은 곳은 다시 없을 것이다."라는 감탄과 더불어, 높은 곳에 올랐다가 다시 내려오는 행로를 벼슬살이에 빗대어 매우 철학적인 메시지를 남겼다.

"벼슬살이도 역시 이와 같아서, 위로만 자꾸 올라갈 때는 남에게 뒤질세라 남을 밀어 제치고 앞을 다투기를 쉬지 않는데, 몸이 높은 곳에 이르면 그제야 두려운 마음과 함께 외롭고 위태로워서 앞으로 한 발자국도 더 나아가길 주저하고, 뒤로는 천인절벽이어서 더 올라갈 의욕마저 잃을뿐더러 내려오기도 두려워 벌벌 떠니 옛날이나 지금이나 그런 이들이 적지 않을 것이다"라고 말이다.

그런데 나는 장대(將臺) 꼭대기까지 올라가보진 못했지만, 그곳에서 한 가지를 저절로 깨달았다. 높은 위치 자체가 주는 기능이랄까, 지혜가 있다는 생각을 처음으로 해본 것이다. 높이 올라가면, 그 조망권 자체가 이미 평범한 사람에게도 남을 지휘할 수 있는 전망과 안목이 생겨나게 만드는 것을 느꼈다. 아마 그 옛날에는 그 물리적, 공간적 높이가 그런 위상을 세워주었다면 오늘날에는 그것이 '정보 집적'으로 환치될 수 있으리라는 생각이 저절로 들었다. 그러면서 동시에 왜 자금성이나 이화원에 인공적으로라도 호수를 파서 인조산을 만들고 황제나 황후는 높은 곳에 거하는지, 깨닫는 바가 있었다. 동시에 기를 쓰고 인공 위성을 높이 쏘아 올려 다른 지역을 환히 비추어 보려는 그 필사적 경쟁의 의미도 한줄에 꿰어지는 듯했다. 그리고 잠시, 중학교 물리 시간에 위치에너지는 그 위력이 아래로 이동하는 본성을 발휘할 때 생기며, 이동하고 변화할 때 생긴다고 배운 것이 생각났다. 만일 물리학에서 배운 것을 정치 사회적 의미로 변환한다면, 높은 곳에 위치한 분은 낮은 곳으로 마인드를 이동할 때, 그리고 관점을 다양하게 이동해 볼 때 그 위치의 실질적 힘을 발휘하게 되는 것이 아닐까하는 생각도 얼핏 스쳤다.

아무튼 그 '높이'가 주는 힘을 나는 앞으로도 오래 기억할 것 같다. 연암의 경고를 간직하는 다른 한편으로, '조망권의 힘' '정보의 힘'에 대해 많이 생각하게 될 것이다. 우리 역사에서 국제적 감각과 문화 인식을 겸한 지식인들이 망라되다시피 다녀갔던 그 길을 답사하며, 그분들이 남긴 사행 기록의 한 페이지들이 두서없이 어지럽게 떠올랐지만, 나는 미처 그 의미를 차분히 제대로 소화하지 못하면서 빠듯한 일정의 답사를 마쳤다. 그런 가운데도 산해관과 장대(將臺)는 유난히 기억에 남는 곳이다. 산해관은 내게 아쉬움 속에서도 상상력의 묘미를 생각하게 만들었고, 장대는 조망권이 갖는 힘을 깨닫게 했다.

그리고 다음 코스로 이동하면서 나는 반문해 보았다. 오늘날처럼 여행이며 답사가 활발할 때, 나는 과연 그 옛날의 선비들의 100분의 1만큼이라도 자신의 관점에서 정리한 정보와 깨달은 의미를 정리하는 것일까, 과연 조선조의 사신들만큼 유익한 정보와 고급한 사색의 기록을 남기는 것일까, 그분들이 남긴 외국에 대한 기록에 대해 그 존재 자체라도 어느 정도 파악하고 있는 것일까…….

강녀묘(姜女廟)

우리나라에도, 중국에도, 돌아오지 않는지 아비를 그리다 망부석이 된 여인에 대한 오랜 추모 정서가 있다. 우리나라에는 신라 때 일본으로 사신 갔다가 돌아오지 못한 박제상의 처에 대한 망부석 전설이 있지만, 중국에는 진시황 시절 만리장성에 부역을 갔다가 돌아오지 못한 범희량(范喜良, 일설에는 萬喜良)의 처 맹강녀(孟姜女)의 전설이 있다. 두 경우 모두 얼마나 까마득히 오랜 세월이 지난 이야기인가 마는 여전히 사람들의 관심을 끌고, 지금껏 기념하는 장소가 되어 있으니, 인류의 가슴속에는 너나없이 '순정(純情)에 대한 지울 수 없는 열망'이 있는 모양이다.

조선조의 사신들은 산해관을 지나면서 그 부근 팔리보(八里堡) 언

덕 위에 있는 사당인 정녀사(貞女祠)에 한번쯤 다 들려 보곤 했다. 사당
건물 기둥의 여러 주련(柱聯)들, 그리고 길가의 비석들, 한 60리 떨어진
해안에 강녀가 빠져죽은 곳에서 솟아올랐다고 하는 해변가 바위 두 개,
하나는 무덤 모양을 닮았고 하나는 비석을 닮았다고 하는 그 바위들, 전
(殿) 뒤편 동북 비탈진 곳에 강녀가 매일 올라가 남편이 있는 쪽을 바라
보느라 새겨졌다는 발자국이 있는 7~8보 넓이의 반석(盤石)을 두루 둘러
보았다. 1832년 6월부터 이듬해 4월까지 동지 겸 사은사(冬至兼謝恩使)
의 서장관으로서 청나라에 다녀온 김경선(金景善)이 남긴《연원직지(燕
轅直指)》는 앞서의 다른 사행기록들 보다 좀 더 자세히 강녀묘에 대해 기
록해두고 있음을 볼 수 있다. 아무튼 전설의 잔해(殘骸)랄까, 덧보태진
증거랄까, 알쏭달쏭한 생각을 주는 이런 흔적들은 조선조의 사신들만 관
심을 가졌던 것이 아니라 오늘날에도 굉장한 관광거리가 되는 것 같다.
현재 우리나라 사람들의 중국 관광 코스에는 산해관과 강녀묘가 묶여 있
는 상품들이 꽤 눈에 뜨이니 말이다.

‘맹강녀곡장성(孟姜女哭長城)의 전설’은 대략 이런 것이다. 맹강녀가 결혼 3일째 되던 날에 남편이 만리장성을 쌓는 인부로 차출되어 가게 되었는데, 부역을 나간 지 오래지 않아 배고픔과 심한 노동으로 죽고 말았다. 남편이 오랫동안 소식이 없자 맹강녀는 겨울 옷가지를 장만하여 고향인 산서성 동관(潼關)에서 만리장성을 쌓는 수천 리 떨어진 산해관으로 길을 떠났다. 목적지에 도착했지만 수천 명의 강제 노역자 가운데 남편을 찾을 수가 없어, 온갖 수소문 끝에 마침내 남편이 과로로 쓰러져 만리장성 돌더미 밑에 어딘가 묻혔음을 알게 되었다. 너무도 애통한 나머지 만리장성 아래에서 며칠 낮밤을 통곡했더니, 그녀의 곡성이 너무도 처절하여 하늘이 움직였는지 만리장성 800리가 허물어지며 마침내 남편의 시신이 모습을 드러냈다고 한다. 맹강녀는 그 슬픔을 이기지 못하고 바로 바다에 몸을

강녀묘 만고유방

던지고 말았는데, 바다에서 바위가 두 개 솟아 하나는 무덤이 되고 하나는 비석이 되었다고 한다. 이 전설은 워낙 긴 세월을 전해오는 동안 여러 가지로 이야기가 변화되어 부분적으로 달라지고 첨가된 곳이 많고, 또 역사적 사실과 견주어 보면 맞지 않는 곳도 많아서 조선조의 사신들은 그다지 신뢰감을 갖진 않았다. 그러나 공통된 줄거리를 간추리면 대략 위와 같다.

다만 인간의 보편 심리적인 관점에서 생각해 보면, 현대에 와서 오히려 공감이 가는 점이 많다. 한 사람에 대해 처음부터 끝까지 일관된 사랑과 믿음이 현대인들을 마음을 뭉클하게 하리라. 맹강녀의 마음을 저렇게 얻은 남편이나, 남편 한 사람을 저토록 믿고 좋아하며 신의를 다할 수 있었던 여자나, 어찌 보면 참 행복한 사랑을 한 사람들이라는 생각이 든다. 현대인들이 종잇장 보다 얄팍한 사랑, 계산된 거래 장부 같은 혼인 서약, 밥먹듯 이혼하고, 오락 게임하듯 결혼하고, 이랬다저랬다 이합집산이 변화무쌍한 인간 관계의 어지럼 속에, 맹강녀의 지고지순한 사랑은 어쩌면 아득히 '회귀 심리'를 주는 것이 아닐까?

나는 저곳이 관광지처럼 되어있다는 이야기를 듣기만 하고 직접 가보지는 않았다. 나 자신이 맹강녀 못지않은 '일편단심 정서를 체질적으로 지닌 때문'이라고 했더니, 친구들이 폭소를 터트렸지만, 믿거나 말거나, 나는 특별히 맹강녀 사당에 가볼 마음은 안 들었다. 정녀(貞女)라는 것이 뭐 별 거창한 것이 아니다. 유행가 가사에 나오듯이 "한번 마음 주면 변함이 없는 여자"가 바로 정녀인 것인데, 뭐 정녀가 그리 어려운 것이겠는가? 그래서 아니 가 보아도 필자 개인적으로는 큰 아쉬움이 없었다. 거울을 보면 되는데, 뭐 맹강녀의 자취를 보겠는가? 다만 답사 일행 가운데 1차 답사 때 그곳에 들려 보신 분께 부탁드려서 그분이 찍은 사진을 허락 받아, 이곳에 제시한다. 앞으로 가보실 분들을 위하여.

연행길에 만나는 요동의 명산

봉황산, 천산, 의무려산, 각산

소재영

　산이란 인간에게 생기와 삶의 활력을 불어넣어 주는 공간일 뿐 아니라 인간이 필요로 하는 에너지와 지적 문화적 욕구를 충족시켜 주는 공간이기도 하다. 연행길의 자연 경관으로 요동의 명산들이 바로 이런 곳이었다. 조선조의 역사를 통관해 수없이 중국 땅을 드나들던 연행사들에게 있어 이 명산들은 왕환의 여정을 통하여 현실의 치열함으로부터 도피할 수 있는 공간임과 동시에 사색과 지혜를 공급받고 새로운 지적 판단력과 활력소를 공급받는 재충전과 구원의 공간이기도 하였다. 아울러 조선 문화와 중원 문화의 아우름을 통하여 자신의 시대적 위상을 재점검할 수 있는 공간이기도 하였다. 연행길에 만나고 올랐던 동북의 명산 봉황산(鳳凰山), 천산(千山), 의무려산(醫巫閭山) 각산(角山)의 모습을 문화지리적 측면에서 점검해 보기로 한다.

1. 요동 제일 명산, 봉황산

압록강을 건너 중원 땅에 첫발을 내딛는 연행사들이 구련성을 지나 처음 맞닥뜨리는 산은 금석산(金石山)이다. 금석산은 연행로에 위치한 그리 높지 않은 산이지만 이곳을 지나던 연행사들에게 인적이 끊긴 이역땅에서 한둔을 하던 나그네 심정을 다소나마 위로해주던 어머니같은 포근함을 처음 느꼈을 산임에 틀림없다. 실제 지금의 금석산은 근래 금을 캐던 광산이었다고 하는데 정상의 한켠이 민둥산으로 되어 있다. 국경에서 가장 가까운 산인지라 명청 교체기에는 명장 강세작(康世爵)이 철령 싸움에서 패하여 청의 포로가 되자, 청군의 옷으로 갈아입고 금석산에 몰래 숨었다가 야간도주해서 함경도 회령으로 탈출, 거기서 조선여인을 얻어 대대로 살았다고 한다. 이 산은 압록강에 가까워 명청 세력 교체기에 명인들이 이 산에 숨었다가 압록강을 넘는 구원의 산이었다고 한다. 금석산에 숨었다가 조선으로 탈출한 많은 명인들은 자신을 구원해준 생명의 산으로, 연암 박지원도 이 사실을 《열하일기(熱河日記)》가운데서 기록하고 있다. 김경선은 그의 《연원직지(燕轅直指)》, 《금석산기(金石山記)》에서 "이 산은 일명 송골산이라고도 하는데, 산에 금색돌이 많아 금석산이라 하였다"고 기록하고 있으며, 이 산에서 실제 명청 교체의 싸움이 치열하였음을 설명하고 있다. 압록강에서 구련성 금석산을 지나 책문까지는 130리 길, 이 사이에는 사람이 거주하는 민가 한 채 없이 비어 있는 공간이었다. 그러니 금석산은 연행사들에게 마음의 위로가 될 뿐 아니라 잠시나마 이국땅임을 잊고 전로의 여정을 사색하고 계획하고 위로받을 수 있는 공간이었음에 틀림없다.

책문(지금의 변문진)에서 바라보면 봉황산의 모습이 우람하게 다가선다. 봉황산은 그 높이가 약 840미터 삼각산의 백운대와 높이가 비슷

봉황산 입구

하며 멀리에서 바라보면 몇 개의 봉우리가 우뚝하게 서 있을 뿐이나, 방
향을 달리해 보면 수십의 바위 봉우리가 창을 벌여 세우고 병풍을 둘러
친 듯 층층겹겹 기험하기는 도봉산 수락산과 흡사하다고 하고 있다. 천
산산맥에 속한 요동 제일 명산으로 알려져 있다. 봉황산에 오르는 석문
에는 '진의천인(振衣千仞) 직상청운(直上靑雲)' 이라 크게 새긴 여덟 글
자가 시야에 들어오는데, '옷을 떨치고 천길을 일어서 곧장 푸른 하늘로
솟구쳐 오른다' 고 하여 이 산의 기상을 압축하여 잘 나타내고 있다. 고구
려의 명장 양만춘이 당태종의 30만 대군을 격파하고 그의 눈을 쏘아 한
쪽 눈을 멀게 했다는 '안시성(安市城)' 이 많은 문헌 가운데는 봉황산 남
쪽에 위치한 고성이라고 말하고 있지만, 연암 박지원은 이 안시성을 지
나면서 이러한 견해에 회의적 생각을 나타내고 있다. 오늘날 대부분의

학자들은 안시성을 해성(海城)의 '영성자산성(英城子山城)'으로 논증하는데, 이를 보면 연암의 역사적 통찰력에 경탄하지 않을 수 없다. 그 후 김경선 같은 이도 그의 《연원직지》 가운데서, "당태종이 온 천하의 병력을 동원하여 탄환보다 작은 성에서 뜻을 이루지 못하고 창황하게 군사를 돌렸다는 것은 사적이 매우 의아스럽지 않을 수 없다"고 하여 연암의 안시성 회의설에 동의하고 있다. 봉황산에는 많은 불교 사찰과 각종 도관이 산재해 있다. 대표적 도관으로는 자양관(紫陽觀)이 있는데, 여기에는 중국의 옛 성인들과 신선을 모시고 있어 봉황산을 찾는 사람들의 경배의 대상이 되고 있으며, 산 중턱의 아슬아슬하게 길을 낸 관음각(觀音閣)으로 연결되어 있다. 가장 깊숙한 골짝 봉황동 통현동 그리고 봉수대 토이봉 노우배에 이르기까지 동학의 형상은 바깥 모습과 사뭇 다르다. 책문에서 봉황산에 이르는 산기슭에도 오랜 폐허의 고구려 고성지가 있는 것을 보면 봉황산이 국경에 가까워 옛적부터 군사적 요새가 되었던 것은 분명하다.

봉황산 중턱 관음동에는 '알바위'라는 크고 둥근 바위 하나가 동굴을 가로막고 있는데 그 바위 밑으로 서른세 번을 들락거리면 아들을 낳는 주력을 지녔다고 하여 이곳을 지나던 조선 사행들도 관음동 봉황산 제일동까지는 힘드는 길이지만 꼭 오르는 필수의 등반 코스가 되어 있었다고 한다. 봉황산은 멀리서 바라보기만 해도 산의 형세가 우람할 뿐더러 정기를 가득 안고 있는 듯 힘이 느껴지는 산이다. 봉황산은 단동에서 약 60킬로나 떨어져 있으나 옛적엔 그 사이에 거의 민가가 없고 사람이 살지 않았으며 명군이 나타날 때마다 이 산에서 봉황이 나타난다고 전해지는데, 당태종 이세민이 이곳에 군사를 주둔하였을 적에도 봉황이 나타나 그를 맞이하였으므로, 이 산을 봉황산이라 이름하고 명승지로 이름을 얻게 되었다고 한다. 봉황이 날아오르던 골을 '봉황동'이라 하고, 산속

곳곳에 '산고수장(山高水長),' '긍립중천(亘立中天),' '천고기상(天高氣爽)' 등의 웅혼한 필체의 각자가 정기 넘치는 암벽에 잘 어우러져 그 아름다운 산봉우리의 모습을 자랑하고 있다.[30]

30 《동북산수명승》, 북경 과학기술출판사, 2002.

이 산을 지나면 봉성시(鳳城市)가 나타나는데 조선 인이 중국에 들어와 공식으로 중국인과 처음 맞닥뜨리는 현장이다. 여기서 송참(松站), 유가하(劉家河), 팔도하(八渡河), 통원보(通遠堡), 초하구(草河口)를 지나면 다시 길이 험한 분수령(分水嶺), 고가령(高家嶺), 연산관(連山關)을 거쳐 마천령(摩天嶺)과 청석령(青石嶺)을 넘는다. 이 가운데서 마천령(회령령)은 가장 높고 험하여 눈이 내려 얼어붙는 겨울철에는 그 길을 오르지 못하고 에둘러 첨수참을 지나 청석령을 넘는데, 이 청석령은 병자호란 때 청태종의 인질이 되어 심양으로 향하던 소현세자와 봉림대군이 고난의 행군을 하며 넘던 "청석령 지나거냐 초하구 어디메뇨"의 시조를 남긴 한 서린 험령이기도 하다.

압록강을 건너 봉황산을 지나 사뭇 산을 넘고 냇물을 건너며 고행을 하던 조선 연행사들도 이 청석령을 넘기까지의 이른바 '동팔참길' 은 민가가 적고 산천이 조선의 평안도 땅과 비슷하여 역사적 행로의 자취를 더듬으며 고국 의식에서 헤어나지 못하였다고 하고 있으니 산천이 인간의 본향의식과 연결되어 있음을 알 수 있다.

2. 동북 명주, 천산

중국 동북의 3대 명산이라고 하면 흔히 장백산(백두산) 천산 의무려산을 든다. 천산 탐승의 기행문으로는 월사(月沙) 이정구(李廷龜)의 〈유천산기(游千山記)〉를 교과서처럼 들어 이야기한다. 천산은 그 봉우리가 천을 헤아리는데, 예로부터 기이하지 않은 봉우리가 없고[無峯不奇] 무엇인

가 닮지 않은 돌이 없고[無石不肖] 오래되지 않은 절간이 없다[無寺不古]
고 하여 여러 산 가운데서 단연 으뜸으로 여겨 왔다. 일찍이 월사 이정구
가 1604년에 세자 책봉주청사로 명나라에 다녀오는 길에 천산에 올랐다
가 〈유천산기〉를 남겼는데, 이후로 노가재 김창업이나 담헌 홍대용, 연
암 박지원은 이 〈유천산기〉를 교과서처럼 지니고 다니면서 천산이 과연
명승임을 확인하고 있다. 천산은 동북 명주요 요동 제일산이라 불리워진
다. 일찍 북위시기부터 수당대에 이르기까지 여러 곳에 불교 사원이 건
립되고 명청 시기에는 도교가 들어와 이곳이 불도의 성지로 널리 알려졌
으며, 당태종 이세민과 청나라 건륭 강희황제의 족적과 시편들도 남아
있다. 그러므로 이곳을 어람경구(御覽景區)라고 일컫는데, 무량관(無量
觀)의 동서각을 비롯하여 곳곳에 자리한 협편석(夾片石), 무근석(無根
石), 불수봉(佛手峯), 앵무석(鸚鵡石), 망천와(望天蛙), 악권석(握拳石),
녹각송(鹿角松), 천외천(天外天)에 이르는 갖가지 기이한 암석과 자연 현
상들이 아기자기한 묘미를 자아내고 있다. 월사는 부사 민백춘 서장관
이숙평과 함께 팔리참에서 출발하여 먼저 영원사(靈遠寺, 祖越寺)로 향
한다. 사주 보쇠(普釗)의 영접을 받아 옥황전 종각 관음전 나한동 진의강
이불암(振衣岡二佛庵)을 지나 용천사(龍泉寺)로 향한다. 용천사에서는
다시 혜문승(惠文僧)의 안내를 받고 성여암(聖與庵)에 올라 이곳에서 오
랜 기간 참선하는 수도승을 만나 환담을 나누고 상원사(上元寺)를 거쳐
다시 용천사로 향한다. 가는 곳마다 시문을 남기고 사승의 환대를 받는
데, 그는 지나는 길의 여러 형상과 모습이 우리나라 삼각산 도봉산의 형
상도 이에 미치지 못할 이름다움을 지녔다고 극구 칭찬하고 있다. 노가
재 김창업은 천산을 찾아 먼저 용천사를 찾고 거기서 조월사를 찾는데,
이때는 이미 오랜 세월이 흘러 월사가 보았던 층루와 옥황전이 모두 없
었으며 절문 및 불전의 편액으로 "인경구별(人境別區) 천봉공취(千峯拱

翠)" 등의 글씨도 찾아볼 수 없었고, 불전 뒤 석벽의 "함택선기(含澤宣氣) 독진군봉(獨鎭群峯)"의 네 글자만 남아 있을 뿐이었다고 하여, 철저히 월사의 기록과 대조하는 모습을 보여주고 있다. 천산에는 용천사(龍泉寺), 대안사(大安寺), 조월사(祖越寺), 중회사(中會寺) 향원사(香元寺) 쌍봉사(雙峯寺), 영청사(永淸寺) 등이 있는데, 조월사·용천사·대안사가 그 가운데서도 가장 오래고 아름답다고 하고 있다. 천산에는 당황제가 삼년 동안 군사를 주둔했던 당천자대전(唐天子大殿)이 있고, 설인귀(薛仁貴) 장군이 이곳에 와서 병을 요양했다고 하는 백포암(白袍庵), 울지경덕 장군이 있었다고 하는 경덕암(敬德庵), 연개소문이 군사를 주둔한 후 그의 소상을 모셨다고 하는 지명과 설화가 남아 있어 천산이 역사적으로도 요충지였음을 말해주고 있다.

천산에서 내려다본 전경

월사는 삼각산과 도봉산을 합하면 천산과 비슷할 것이나 그 높이는 삼각산에 미치지 못한다고 하고 있는데, 노가재는 삼각산에 비교하면 인수봉 같은 것은 한 봉우리가 없는 것과 같았다. 그러나 그 봉우리가 봉황이 날아오르는 것 같고 부용이 빼어난 듯 정정하고 아름다운 모습은 삼각산이 갖지 못했을 뿐 아니라 금강산이라 하더라도 쉬 당해내지 못할 절경이라고 하고 있다. 또 봉우리 밖으로 기암과 절벽이 층층이 드러나고 겹겹이 붙어나온 모습은 마치 지혜로운 조각가의 솜씨같다고 하였다. 오늘의 천산은 어람산경구(御覽山景區), 서해경구(西海景區), 대불경구(大佛景區)로 나뉘어져 있는데, 그중 서해경구가 풍광이 가장 아름답고 산정에 당태종과 설인귀의 병영 유지가 아직 남아 있으며, 대불구의 남천암 대불의 높이는 70미터가 넘어 중국 3대 거불의 하나로 불교도들의 발길을 끌고 있다. 정상은 불과 700여 미터에 불과하지만 암벽의 곳곳마다 역대 시인묵객들의 시와 글씨들이 눈길을 끌며 암벽을 더위잡고 몸 하나를 겨우 빠져나가면 또 다른 세계가 나타나고 몇 고비나 아슬아슬한 고비를 넘겨 오른 정상은 마치 천상의 옥황에 닿은 듯 상쾌한 기분을 느끼게 한다.

내가 두 번이나 찾은 천산은 연행로인 안산(鞍山)의 서북 30리 지점에 위치하고 있으며, 특히 봄 가을의 풍광이 아름다우나, 문화 혁명 이후 용천사의 건륭황제 사적비가 파괴되어 나뒹구는 등 곳곳마다 파괴된 상처가 아직 그대로 남아 있어 거친 역사의 흔적을 지울 수 없었다.[31]

31 소재영, 〈천산유기〉, 《동북문화기행》, 집문당, 2002.

3. 《의산문답》의 현장, 의무려산

의무려산은 중국의 명산 오악오진 가운데 가장 북쪽에 위치한 진산으로 북녕시(北寧市) 서북에 위치하며, 주봉 망해산(望海山)은 해발

867미터로 서울의 백운대보다 조금 높다. 주요 경구로는 대관음각(大觀音閣)·망해사(望海寺)·옥천사(玉泉寺)·청암사(靑巖寺)·접대사(接待寺), 이 산을 제사하는 사당 북진묘(北鎭廟) 등이 있다.

이정구는 연행의 귀로에 옛 주인 부(傳)에게서 의무려산의 경관을 얘기 듣고 서장관 장자호와 종자들을 데리고 의무려산 탐승을 떠난다. 북진묘를 지나 관음굴을 먼저 찾는다. 소관음굴 대관음굴을 지나고 '북진무악(北鎭巫嶽)'이라 크게 쓴 석각을 지나 정상의 비각에 앉아 아래로 내리 떨어지는 폭포수를 바라보며 이를 중국의 여산폭포에 비겨 감탄해 마지않는다. 그러나 승경 옥천사는 바라만 볼 뿐 피로가 심하여 가지 못하였다고 한다. 짤막한 글이다. 노가재의 《연행일기》에는 여산의 대관음각을 중심으로 서쪽에 있는 것은 옥천사·유리사·적수사, 남쪽은 쌍봉

망해사와 들녘

사·영산사·오봉사·관음동의 감로암·도원동·도화동이 있으며, 서북쪽은 망해사·쌍천사·청안사가 있는데, 망해사는 이 산의 가장 높은 곳에 있는 절로 그곳에 올라가면 바다뿐 아니라 몽고 지방도 한눈에 내려다볼 수 있다고 하였다. 의무려산은 영산으로 알려져 수많은 시인 묵객들이 이곳을 찾았다. 요나라 야율배(耶律倍)는 이곳에 은거하여 만권서를 읽었고 원나라 야율초재(耶律楚材)는 이곳에서 독서하여 뒤에 명재상이 되기도 하였다.

북진묘에는 역대 황제들이 북진묘에 제사하러 왔다가 남긴 수많은 비석들이 삼립해 있으며,《계산기정》에 의하면 북진묘에 왔던 건륭제가 쓴 칠률시가 그곳 보천석에 박혀 있었다는 기록이 있다. 그 시판 아래는 황제를 수행한 세 사람의 글이 새겨져 있었는데, 그중 '김내'라는 사람은 건륭 황제의 비로 황자까지 낳은 조선의 예부시랑 김간의 누이었다고 전한다.[32]

의무려산은 만주어로 '크다'는 뜻 으로 크고 우람한 산이라는 뜻이며, '의(醫)'와 '무(巫)'도 치료한다는 뜻을 지니고 있으니, 북진묘에서 의무려산을 제사함으로써 나라의 재앙을 없앤다는 의미도 지니고 있음을 알 수 있다. 더구나 의무려산은 현재는 행정 구역상 중국 땅이지만 문화 공간상으로는 양국 어디에도 속하지 않은 해방 공간으로, 이러한 사행들의 의식이 홍대용의 《의산문답》을 생산한 정신적 배경이 되었다고도 볼 수 있다.

32 이규태,《신열하일기》, 신원문화사, 1997, 참조

> "관음동에 이르니 아래는 수십 장 창벽이요 우흔 적이 편하고 큰 바회를 덮어 가히 수백 사람을 용납할지라...가장 정제한 곳은 청안사라 일컫는 절이요 두 묘당에 인적이 없고 헐어진 곳이 많으니 폐한 지 오랜가 싶으고 낙랑묘 아래로 큰 바위에 '도화동' 세 글자를 새겨시니 이 동학이 진짓 도화동인가 싯브더라"

《을병연행록》인용문에서 보면, 관음동 청안사를 거쳐 도화동의 격절된 이상세계를 찾아가는 담헌의 공간의식과 호기심이 그대로 잘 드러나 보인다. 이러한 연유가 담헌 자신을 허자(虛者)로, 의무려산의 이상 공간을 실옹(實翁)으로 가정한 배경이 된 것으로 보이며, 자신이 지금껏 조선땅에서 보아온 편협하고 허황된 공론이 중국에 들어가 간정동의 선비들을 통하여 새롭게 깨우친 실학과 충돌하여, 이 귀로의 중간 지점인 의무려산을 배경으로 획기적 전환을 하는 계기를 만들어 준 것으로 이해하게 된다. 결국 의무려산이라는 공간은 연행길을 통해 얻은 자기 지식을 확인하고 연행에서 새롭게 느끼게 된 지적 갈등과 고민을 의무려산의 입산을 통해 해소하고 확인하며 재정리하는 매개적 역할을 해 준다고 할 수 있다.

4. 산해관 만리장성의 기점, 각산

각산은 산해관에서 만리장성이 시발점을 이루는 산으로, 월사의 〈유각산사기〉가 으뜸자리를 차지한다. 그는 연행에서 돌아오는 길에 조수재의 인도로 나귀를 타고 각산을 오르기 시작하였으나, 길이 험난하고 가파른 오르막길이어서 결국 나귀를 버리고 지팡이를 짚고 앞에서 끌고 뒤에서 밀면서 힘겹게 각산사(角山寺)에 오르기 시작한다. 고개 하나를 넘어 바위에 걸터 앉아 아래를 굽어보니 발 아래는 밥짓는 아침 연기만 자욱할 뿐 민가들이 연기에 가려 보이지 않는다. 가까스로 각산사(지금은 서현사(捷賢寺)로 사명이 바뀌어 있다)에 이르니 사문은 파괴되고 노승만이 외로이 절을 지키고 있는데 급히 그를 맞아 차를 대접하였다. 동편 석단에는 잣나무 한 그루가 서 있는데 이는 아마도 만리장성 축성시 몽염이 심은 고수로 짐작되었다. 각산에서 임조까지는 진나라 장수

몽염이 성을 쌓았으며, 각산에서 해곡까지는 명나라 서달이 쌓아 산해관의 관문을 여닫는데, 이곳은 곧 천하 동북의 목구멍 노릇을 하는 곳이다. 절 위편 정상의 구령으로 쌓은 성가퀴는 구불구불 하늘을 가로지르고 대청산 소모산 황토령이 내려와 산해관에 닿았으며, 북으로는 험산 유곡이 겹겹으로 가로막아 아득히 호촌에 연접하였고, 동남으로는 파도가 늠실대는 바다로 이어져 각산장성은 천하의 요새를 이루고 있다. 천하제일문(天下第一門) 산해관(山海關), 노룡두(老龍頭) 해신사(海神祠)가 한눈에 들어온다. 바람이 심하여 벽상에 제시(題詩)를 하고 각산을 내려오면서 자고로 이곳이 풍광이 수려하고 전망이 좋아 연행객들에게 한번 올라 기상을 자랑할 만한 곳임을 실감한다. 인평대군의 《연행기》에서 보면 각산은 원숭이가 많다고 하고 각산장성에는 모두 군사를 배치하고 망해루를 통하여 바닷길이 나 있는데, 이 모두가 오랑캐를 막기 위함이었으나 명나라 운수가 쇠하여 장성 문이 저절로 열렸으니 참으로 애석한 일이라고 통탄하고 있다. 《계산기정》에도 각산은 산해관 북쪽에 있는데, 기세가 웅혼하고 산맥이 의무려산과 연접하고 있어 바다를 내리누르고 요동벌

각산

판이 동쪽으로 트이어 가이 없으니 또한 장관이 아닐 수 없다고 기록하였다. 노가재는 그의 《연행일기》에서 이곳에 올라 일몰을 구경할 생각이었으나 바다로 들어가는 것이 멀리 산으로 가리워져 볼 수 없게 된 것이 한스러웠으나, 북쪽으로 장성을 바라보니 산을 따라 간 구불구불한 성가퀴가 첩첩이 싸인 산봉우리 사이로 나타났다 사라졌다 하는 모습이 참으로 장관이었다고 기록하고 있다.

각산은 산해관에서 가욕관에 이르는 만리장성의 출발점이며 명장 오삼계(吳三桂)가 열었던 산해관을 경계로 조선 연행사들이 본격적으로 중원으로 드는 마지막 관문이란 심리적 의식이 있어 한번 오르기를 소원하였으며, 각산사는 중원으로 드는 연행사의 마지막 정서적 정리도 할 겸 발해만 바다에 맞닿아 있어 일망무제 탁 트인 풍광을 바라보며 장부의 기상을 재충전해주는 역할을 하였다고도 할 수 있다.

지금까지 중국의 요녕성에 위치하여 조선연행사의 노정에 자리한 동북의 명산 봉황산 천산 의무려산 각산을 역사 문화사적 관점에서 차례로 살펴보았다. 역대 연행사들이 월사가 〈유천산기〉, 〈유의무려산기〉, 〈유각산사기〉를 쓴 이래로 귀로에 이 산들을 올라 보는 것이 소원이었다. 이는 아마도 연행의 공식 행차 외에 명산 편답을 통해 이국 정서를 뽐내고 양국의 여유있는 비교 문화적 사색과 풍광을 즐길 수 있는 일종의 여유로움과 선망 의식이 후행들의 부러움을 샀으리라 생각된다. 이들 동북 명산의 편답을 통해 우리 산천의 모습과 견주고 비교 문명적 의식을 얼마만큼 그려낼 수 있는가도 멋스러운 선비 정신의 한 척도가 되었을 터이니 말이다.

상해의 거리와
해파 문화

왕샤오핑

황성근아(皇城根兒)와 십리양장(十里洋場)

상해와 북경은 남북에 웅거한 근대 중국의 가장 큰 두 도시이며, 근대 문화사에서 각기 다른 시기의 문화중심이기도 하다. 두 도시는 전혀 다른 풍모와 문화전통을 지니고 있다.

북경의 대로를 따라가다 보면, 우리는 황궁(皇宮)과 왕부(王府)[33], 성루(城樓)와 희원(戲園)에 들어갈 수 있고, 사묘(寺廟)와 비석, 옛 능묘들을 볼 수가 있다. 장성을 등지고 남쪽을 향해 앉아 있는 이 옛 성은 곳곳마다 여러 왕조의 풍우를 거친 짙은 민속문화와 인문적 기질을 드러내고 있어, 사람들로 하여금 옛날의 그윽한 정취와 역사의 흥망을 절로 느끼게 한다. 이미 고인이 된 일본의 학자이자 수필가인 오쿠노신타로(奧野信太郎)는 자신이 쓴《북경수필(北京隨筆)》에서 북경에 대한 느낌을 이렇게 묘사하였다.

> 北平(즉 북경)은 고요하고 아름다운 도시이며, 홰나무, 버드나무, 느릅

33 왕부는 옛날 왕족의 저택을 말함.

나무가 울창한 도시이다. 여름이면 담홍색의 자귀나무 꽃이 곳곳의 담 장을 장식하고, 공터에는 흰 비둘기들이 무리를 이루어 마치 은가루를 뿌려놓은 듯 밝게 빛난다. 거대한 성벽의 포위 안에서는 궁전의 가로수 길의 조각상들이 좌우로 나란히 마주보며 짝을 이루고 있는데, 이것을 뛰어난 구상으로 그려낸 도안이라고 해도 틀린 말은 아니다. 황혼이 되 면 소녀들이 만향옥과 자스민 꽃을 교묘하게 엮어 앞가슴에 장식을 하 고 王府井이며 北海[34]에서 산보를 시작한다. 이러한 자태 는 정말이지 너무도 아름답다.[35]

34 北海는 북경의 옛 황성 안에 있는 三海의 하나.
35 오쿠노신타로, 《북경수필》

이것이 바로 20세기 40년대 북경의 풍모이다. 오쿠노는 북경에서 동경이 이미 잃어버린 고요함을 보았다. 그는 북경 여성 특유의 "고도(古都)의 여성 같은 전아함"을 찬탄하면서 미추를 떠나서 다 그렇게 청수(淸秀)하고 고상하며, 목소리도 모두 그토록 유창하여 동경처럼 그렇게 낮고 탁하지 않다고 하였다. 북경의 하늘 높이 솟은 고루(鼓樓)와 패방(牌坊), 그리고 사합원(四合院) 깊은 곳의 벽돌과 오래된 기와, 황금빛으로 빛나는 유리 지붕, 길을 걷는 북경 토박이들의 침착하고 느릿하며 아담한 걸음걸이, 길가에서 전해져 오는 온화하고 우아한 북경 말씨, 이 모든 것들이 사람을 까마득한 시대로 되돌아가게 해 준다.

　　북경의 '황성근아(皇城根兒)'[36]에 사는 사람들은 옛 **36** 皇城根兒는 황성 근처. 날의 옷차림과 뿌리깊은 습관은 잃어버렸지만, 마음속 깊은 곳에서는 많 든 적든 옛 문화에 대한 그리움과 미련을 간직하고 있다. 북경의 심후(深厚)함과 오랜 역사야말로 민속을 중시하고 성적인 내용을 경시하는 경파(京派) 문학의 옥토인 것이다.

　　상해에 대해서 말할 것 같으면 이와는 사뭇 다르다. 그곳 대로에 빽빽히 늘어선 것은 현지에서 나고 자란 홰나무, 버드나무, 느릅나무가 아닌 높고 큰 불란서 오동나무이다. 오동나무숲 저 안쪽은 발코니를 가진 서양식 전원주택과 유럽식의 늘어선 기둥들 뒤쪽의 등나무로 뒤덮인 정원이지 붉은 담에 노란 기와를 얹은 깊숙이 자리잡고 있는 광대한 저택이 아니다. 상해의 각 대로에 흩어져 있는 근대식 건축물들은 수입된 고전 건축물들인데, 그 다채로운 형태는 바다가 모든 하천을 수용하는 듯한 활력을 보여주며, 그 낭만적이고 신비로운 품격은 이질적인 문화와 미래에 대한 사람들의 이상과 동경을 영원히 불러일으킨다.

북경의 고도로서의 풍채가 이미 내외에 널리 알려져 있을 때, 상해는 아직 작은 어촌에 불과했다. 그러나 20세기 초에 와서 상해는 일약 중국에서 경제발전과 사회변화가 가장 빠른 최전방 지역이 되었고, 30년대에는 세계 5대 도시 가운데 하나가 되어 공업총생산액이 당시 전국 공업총생산액의 절반을 넘었다. 외국에 예속된 조계가 대표하듯 상해의 도시경관과 소비방식은 전통 중국과는 크게 다르다. 상해의 대로를 따라가다 보면 즐비하게 늘어서 있는 고층 빌딩들이 서양식 호텔, 경마장, 나이트클럽, 댄스홀로 사람들을 이끈다. 30년대의 작가 목시영(穆時英)의 소설 《나이트클럽 안의 다섯 사람(夜總會裏的五個人)》에서 느낀 상해의 빛과 색은 다음과 같이 어지럽고 다변적인 것이었다.

> 붉은 거리, 녹색의 거리, 남색의 거리, 보라색의 거리……강렬한 색조 화장을 한 도시여! 네온등이 뛰놀고 있다. 오색의 불빛, 변화하는 불빛, 빛깔 없는 불빛, 불빛으로 넘치는 하늘, 하늘 속에 술이 나타나고, 담배가 나타나고, 하이힐이 나타나고, 시계도 나타난다….

당시 상해의 대로에서 마주치는 것은 총총히 오가는 사람들이었다. 타향을 떠도는 낯선 사람들, 유행을 쫓는 모던 여성들, 남북의 방언이 뒤섞인 말씨를 쓰거나 조계지 영어를 쓰는 도시사람들. 그들은 다른 지방의 중국인들에 비해 더 일찍, 그리고 더욱 강렬하게 현대사회의 긴장감과 압박감을 맛보았다. 하루아침에 막대한 돈을 벌어 벼락부자가 되는 달콤한 꿈을 꾸기도 하고, 아침에는 부자였다가 저녁에 가난뱅이가 될지도 모른다는 불안감에 떨기도 하였다.

상해에는 넓고 큰 자금성이나 위엄 있는 옛 성벽에 비할 만한 오래된 건축물이 없고, 세계인에게 자랑할 만한 끝없이 이어진 만리장성은 더더욱 없다. 상해가 지니고 있는 것은 세계 각국의 건축물들이다. 남경로(南京路)[37]

37 남경로는 상해시의 가장 중심이 되는 번화가.

는 지난 세기 초에 '가장 세계적인 도로'로 불렸다. 30년대에 소설 《얼해화(孽海花)》의 작자이자 불란서문학 번역가인 증박(曾朴)은 상해의 대로에서의 자신의 느낌을 다음과 같이 묘사하였다.

남경로

> 황혼 무렵 내가 짙은 나무그늘이 드리워진 인도를 느릿느릿 걷노라면 《르 씨드》와 《호라티우스》의 비극적인 이야기가 나의 왼편으로 코르네이유로(高乃依路, 지금의 皐蘭路)를 향해 상연되기 마련이었다. 내 오른편으로는 몰리에르로(莫里哀路, 지금의 香山路)의 방향에서 『타르튀프』 또는 『염세가』의 풍자의 웃음소리가 나의 귀속으로 흘러 들어오기 마련이었다. ……불란서공원(法國公園, 지금의 復興공원)은 나의 뤽상부르 공원이고, 조프르로(霞飛路, 지금의 淮海路)는 나의 샹제리제 거리이다. 내가 줄곧 여기서 살고싶어 했던 것은 바로 그것들이 나에게 이런 기이하면서도 아름다운 이국적 느낌을 선사해 주기 때문이다.

증박이 말한 '이국적인 느낌'은 바로 상해 조계에 대한 그의 직접적인 느낌이다. 어떤 이는 상해에서는 국경을 나가지 않는 해외여행을 할 수 있다고 말한다. 상해에서는 어렵지 않게 각국에서 온 사람들을 접할 수 있고 각 나라와 민족으로부터 온 문화를 체험할 수 있다는 것이다.

북경 사람들이 모두 자신이 북경인인 것으로 인해 의기양양해 하는 것과 마찬가지로 상해인들도 자신들의 도시를 자랑스러워하지 않는 사람이 없다. 그러나 상해인의 내력에 대해서 조금만 물어봐도 그들이 상해인이 된 역사가 북경 토박이와 같이 논하기 매우 어렵다는 것을 알 수 있다. 북경이라는 전형적인 중국식 경성(京城)의 '문화본위'와는 매우 다르게도 상해는 이민화 정도가 매우 높은 국제적인 대도시이다. 상해는 드넓은 태평양을 마주하고 있고, 뒤로는 대륙을 가로지르는 만리 양자강을 등지고 있다. 태평양은 한쪽 손으로서 멀리 해외에 있는 각종 피부색의 사람들을 이곳으로 끌어오고, 양자강은 다른 한쪽 손으로서 중국을 남북 두 부분으로 나누면서도 또 중국의 동서를 하나로 연결한다. 그래서 이쪽 손은 원래 동서남북에 있던 각 민족의 중국인을 상해로 끌어왔다. 바다를 통해 온 사람들로는 선교사, 기술자, 금융인, 부동산업자, 선원, 거간꾼 및 각양각색의 투기꾼, 모험가 등이 있었고, 벨로루시인, 피난 온 유태인, 일본의 낭인과 조선반도에서 온 애국지사도 있었다. 근대 중국 사회가 혼란스럽고 전화(戰禍)가 끊이지 않았기에 국내의 계속 이어지는 이민의 물결은 상해에 피난민과 배움의 기회를 잃은 청년들, 직업 없는 유민, 수공업자, 자유직업자들을 가져다 주었고, 또 뜻을 이루지 못한 군벌과 문화인을 가져다 주었고, 그들이 이 동해에 인접한 작은 어촌을 번화한 땅, 불야성으로 만든 것이었다. 서로 신앙이 다르고 문화 차이가 컸던 그들이 유람선 구락부, 승마장, 테니스장의 사업을 지탱해 주었고, 도박장, 기원(妓院), 아편관의 번창을 일구었다.

동시에 이처럼 해외와 내륙에서 온 사람들 사이에서 해파 문화의
창조자가 배태되었고, 해파 문화를 향유할 사람들이 성장하였다. 북경의
문화적 상징은 황성이지만, 옛 상해의 문화적 상징은 조계였고 해안의
번화가 십리양장이었다. 옛 상해의 조계는 중국 조계 가운데 규모가 가
장 컸고 역사도 가장 길었던 곳으로, 그 영향과 작용은 전국의 정치, 경
제, 문화와 사회생활에 두루 미쳤다.

구전통의 속박이 상대적으로 느슨해지면서 상해의 개방성은 더욱
커져 태평양을 향해 가슴을 활짝 펼 수 있게 되었다. 그러나 과거 시대에
상해 문화는 그러면서도 평등한 신분으로 각종 문화와 대화하거나 평등
교류의 과실을 함께 나눌 수가 없었다. 그래서 개방적인 해파 문화 역시
기형적이고 변태적이며 부화(浮華)한 면모가 섞이는 것을 피할 수 없었

38 주작인(1885~1966)은 중국 현대 문학가로,
형인 魯迅과 함께 신문학 운동의 중심적 인물.
인도주의 문학을 제창하고 서양과 일본 문학
의 소개에도 힘썼다. 중일 전쟁 때 일본에 협조
한 혐의로 전범으로 몰렸으나 뒤에 석방됨.

다. 주작인(周作人)[38]은 일찍이 《상해기(上海
氣)》라는 글에서 이렇게 말했다. "상해문화는
재색(財色)을 중심으로 하고, 일반적으로 사

회는 또 매우 퇴폐적인 분위기로 가득 차 있다." 이것은 말이 너무 지나치
기는 하지만, 옛 상해문화의 폐단의 주요 특징에 대해서는 한마디로 정확
하게 짚어주고 있다. 그러나 당시 문학 중에 범람하던 성적인 내용 역시
상해 조계의 풍경이 문학에 가져다준 선물이라고 하지 않을 수 없다.

해파 작가와 해파 문화

해외에서 온 손님들이 상해에 가지고 온 것들은 결코 단지 외래품
들만은 아니었다. 당시 지금의 복주로(福州路)
에서 포교하던 메드허스트(W. H. Medhurst)[39]
는 일찍이 1835년에 상해에 왔다. 그는 한학가

39 W. H. Medhurst(1796~1857) 중국에 파견
된 최초기 개신교 선교사의 한 사람. 그는 중
국 전도에 관심을 촉진하기 위해서 "China; its
State and Prospects, with Special Reference to
the Spread of the Gospel"(London, 1840)을 지
었다. 그의 중국에 대한 영향력은 컸다.

(漢學家)였고 중국어를 매우 유창하게 할 수 있었다고 한다. 그는 상해에서 중국 최초의 출판기구인 묵해서관(墨海書館)을 창립하였고, 뜻을 이루지 못한 문인들을 고용하여 그들에게 책을 번역하고 글을 지어 서학을 전파하게 하였다. 이들은 국학의 기본실력이 있었고, 또 서양 문화를 흡수하여 당시에 '붓을 쥔 중국 지식인(秉筆華士)'이라고 불렸다. 그들은 또 계속해서 이곳과 부근에 무수히 많은 초기의 신문사들을 창립하였고, 각종 인쇄소들도 잇따라 성립되었다. 1872년 4월 30일, 영국 상인 어네스트 메이저(Ernest Major)가 이 일대에서 근대 중국에서 역사가 가장 오래된 중문 신문《신강신문(申江新報)》, 즉《신보(申報)》를 창간하여 중국과 서구의 매체를 하나로 융합함으로써 상해의 지역특색을 지닌 매체를 형성하게 되었다. 이로부터 전국의 신문인과 글꾼들이 계속해서 이곳에 모여들었다. 오래지 않아 총 길이가 불과 1,453미터에 불과한 복주로에 크고 작은 출판사와 신문사 1백여 곳이 운집하였는데, 그 중에는 지금도 그 명성이 시들지 않은 상무인서관(商務印書館)[40]이 포함돼 있었다. 이곳은 상해 문학에 깊은 영향을 주었을 뿐 아니라 근대 중국문화사에 있어서도 대서특필할 만한 곳이다. 그래서 지금도 당시의 '붓을 쥔 중국 지식인'들을 해파 문화의 악례(惡例)를 창시한 사람으로 보고 복주로를 해파 문화의 근원이라고 말하는 사람이 있다.

[40] 상무인서관은 상해에 있는 당대 중국 최대의 출판사로, 1897년에 장원제(張元濟, 1866~?)가 창립하였다. 많은 종류의 사전과 총서 등을 간행했으며, 상해에 동방도서관(東方圖書館)을 경영하였다. 현재는 중국 본토와 대만에 각각 나누어 존속하고 있으며, 홍콩에 따로 상무인서관이 있다.

'해파'의 개념은 '경파'와 동시에 유행하기 시작하였다. 어떤 이는 이 말들이 민국 초년 경극계(京劇界)의 개혁에서 가장 먼저 유행하였다고 말하기도 하고, 또 어떤 이는 청대 말기의 회화(繪畫)의 혁신에서 기원한다고 말하기도 하는데, 두 견해는 시간적으로 차이가 크지 않다.

1933년에서 1934년 사이에 발생한 유명한 '경파와 해파의 논쟁'은 이 두 개념을 더욱 진일보한 형태로 문학계에 운용하였다. 심종문(沈從文), 두

형(杜衡,) 노신(魯迅) 등 문단의 명인들이 잇따라 글을 써서 북경과 상해의 문학과 문화의 차이에 대해 열띤 토론을 벌였고, 북경과 상해를 두 개의 서로 다른 유형의 도시와 문화로 보고 이러쿵저러쿵 비평을 가하였다. 두 파의 논쟁의 발생을 분석해 보면 약간의 이유를 들 수 있지만, 그들 각자의 문화적 취향이 다르다는 점이 가장 분명한 사실이다. 현대문학 연구가 양의(楊義)가 말한 바와 같이, '경파'는 '시골사람'으로 자처하면서 평민적이면서도 귀족적인 문화 품위를 추구한 데 비해, '해파'는 민감한 도시인으로 자임하면서 신기함을 추구하고 문학의 근대성과 경제적 효과를 중시하였다.

대체로 해파라는 말은 경파 사람들의 입에서 나온 것으로, 얼마간의 경멸, 또는 최소한의 반감을 띠고 있으며, 그 안에는 "돈을 좋아하는 것과 상업화, 작품의 저열함과 인격의 비하에 이르는" 의미들을 포함하고 있다. 경파 작가 심종문이 "'名士의 재주'와 '상업적 경매'가 서로 결합함으로써 우리의 오늘날 해파라는 명사에 대한 개념이 성립되었다"라고 말한 것은 바로 이러한 태도를 잘 보여주고 있다. 이것은 마치 경파와 해파의 차이는 바로 돈에 대한 태도의 차이에 있으며, 경파는 돈을 위해서 문학의 정통을 버리지 않지만 해파는 '상업화된 才子'라고 말한 듯하다. 중국 문인은 자고로 "군자는 의에 밝고 소인은 리에 밝다"는 옛 교훈을 똑똑히 기억하지 않는 자가 없었으니, '상업화된 재자'는 당연히 좋은 칭호일 수가 없었다. 그래서 해파 작가들은 재빨리 나와 변호를 하였는데, 그 중 해파의 이론가 두형이 1933년 상해의 《현대》잡지에 발표한 〈상해의 문인(文人在上海)〉의 반박이 가장 진실했다.

문인이 상해에 살다보면 상해 사회에서 생활을 유지하는 것의 어려움이 자연 문인에게 영향을 미치지 않을 수 없다. 그래서 상해에 사는 문인 역시 다른 여러 종류의 사람들과 마찬가지로 돈을 필요로 한다. 기본적으로 상해에 사는 문인은 부업(아마도 '본업'이라고 말해야 할 것이다)을 찾기가 쉽지 않은데, 교수 자리도 없을 뿐 아니라 심지어 더 기본적인 일도 찾기가 쉽지 않다. 그래서 상해의 문인은 더욱 절박하게 돈을 필요로 한다. 그 결과는 자연 다작이고 신속한 저서이며, 원고가 완성되기만 하면 보내기 바빠지 서랍 속에 넣어 두고 이리 고치고 저리 고치고 할 겨를이 없다. 이런 불행한 상황은 정말로 존재하지만 나는 이것이 수치스런 일이라고 느끼지 않는다.[41]

[41] 두형, 〈상해의 문인〉, 《현대》, 1933년 12월.

두형은 문학 작품에 대한 상해 상품경제의 삼투와 작용을 인정하였고, 또 상품경제 속의 문인 생활의 불안정으로 문화심리에까지 영향이 미친다고 해명하고 있다.

문인의 다작이란 여기서는 사실상 정해진 시간에 맞추어 내보내는 현대 정기간행물에 등재되는 형식이 작가로 하여금 "10년간 칼 한 자루를 가는" 식의 글쓰기 방식을 포기하도록 만드는 상황까지 포함하고 있다. 1927년, 《소설월보(小說月報)》를 편집하던 엽성도(葉聖陶)는 모순(茅盾)이 2주일도 못 되어 다 쓴 첫 번째 중편소설 《환멸(幻滅)》의 전반부까지 읽고는 급히 모순을 만나 연거푸 잘 썼다고 하면서 《소설월보》는 지금 이런 원고가 부족한 터이니 9월호에 실으려 한다고 말하였다. 모순은 놀라며 소설을 아직 다 쓰지도 않았다고 말했다. 그러자 엽성도는 9월호는 열흘만 있으면 출판해야 하는데 당신이 다 쓸 때까지 기다리다가는 늦는다고 말하였다. 《환멸》은 모순의 첫 번째 소설이므로 그의 창작 생애의 첫머리는 상해 《소설월보》의 재촉과 뗄래야 뗄 수 없는 관계에 있다. 이것은 현대의 정기간행물 연재소설에 있어서는 매우 흔한 상황이지만, 문학 활동을 '입언(立言)'의 대업으로 보는 전통적인 글쓰기 태도에서 보자면 분명 일종의 '이단'이었다.

두형이 만약 단지 해파를 생계의 절박함으로 인한 문화적 선택이라고 본 것이라면 그는 그저 방어를 한 공로 밖에는 없었을 것이다. 그러나 다행히 그는 앞으로 한 걸음 더 나아가 해파가 공업문명의 영향을 받은 전위적인 성격에 대해 긍정하고 심지어 이러한 전위성이 재빨리 북경―"그것을 가장 싫어하는 사람들이 거주하는 곳"―에까지 전해질 것이라고 예언하였는데, 이것은 어느 정도 반격의 의미가 있다.

> 나는 믿는다. 기계문명의 신속한 전파는 마치 해파의 평극(平劇)이 직접
> 혹은 간접적으로 정통의 평극에 영향을 주는 것과 마찬가지로 얼마 안
> 가 그러한 기운을 그것을 가장 싫어하는 사람들이 거주하는 곳에까지
> 가져다줄 것이라고.[42]   42 두형, 앞의 글.

북경문화, 특히 상해문화의 특징에 대해 언급하고 문학유파에 대한 도시문화 분위기의 양육과 자극 작용에 대해 언급한 이 논쟁에서 특별히 한번 읽어볼 만한 것은 노신의 글들이다. 그는 이 논쟁을 위해 《남인과 북인(南人和北人)》, 《경파와 해파(京派和海派)》 등의 일련의 글을 쓴 바 있는데, 그중 다음과 같은 대목이 가장 유명하다.

> 북경은 명청 시대 황제의 도시이고 상해는 각국의 조계이다. 황제의 도
> 시에는 관리가 많고, 조계에는 상인이 많다. 그래서 북경에 있는 문인은
> 관리에 가깝고 상해에 있는 문인들은 상인에 가깝다. 관리에 가까운 자
> 는 관리로 하여금 이름을 얻게 해 주고, 상인에 가까운 자는 상인에게
> 이익을 얻게 해 주며, 자신도 그것을 통해 생계를 잇는다. 요컨대 '경
> 파'는 관리의 그나풀일 뿐이고, '해파'는 상인의 조수일 뿐이다.[43]
>   43 노신, 《경파와해파》.

노신의 말은 가혹한 듯하지만 깊이 있고 날카롭다. 그 심각성은 당

시 두 종류의 문학의 본질적인 면을 사정없이 폭로한 데서 드러나는데, 이는 사실상 중국 문인이 독립인격을 유지하기 어렵다는 사회 문화심리의 근원적인 문제까지 언급한 것이다. 노신이 볼 때 '관(官)'에 대한 의존은 '상(商)'에 대한 의존에 비해 결코 별로 고명할 것이 없다.

오늘날 중국의 평론계에서는 융통과 관용의 사조가 일찌감치 대립적이고 엄명(嚴明)한 태세를 대체하였고, 그래서 많은 사람들은 노신의 말이 다소 귀에 거슬린다고 느끼지 않을 수 없다. 두 파 작가의 부정적인 측면에 대한 노신의 통찰에 비해서, 그들에 대한 오늘날 연구자들의 평가는 훨씬 관용적이다. 그들에 대한 현대의 연구자 양의의 묘사는 심지어 시적인 분위기를 띠고 있기까지 하다. 그는 이렇게 말했다. 매우 분명하게도, 문화적 자태 또는 문화적 입장의 경향에 대해 말하자면, 경파 작가는 중국의 신문(神韻)으로 세계의 지혜를 소비하는 데 기울어있고, 상해의 현대파 작가들은 외국의 전위적인 감각으로 중국의 성색(聲色)을 포착하는 데 경도되었는데, 그들 사이에는 조용하고 함축적인 것과 활동적이고 가벼운 것, 그리고 고전성과 전위성이라는 문화심리의 장력이 존재하고 있다. 달리 말하자면 양자가 서로 남북 양극의 문화 자장을 구성하고 있는 것이다.

요컨대 해파 작가는 민국 초기의 원앙호접파(鴛鴦蝴蝶派)로부터 30년대의 현대파(現代派), 40년대의 언정(言情)의 전통과 모더니즘의 탐색을 계승한 신해파(新海派)에 이르기까지, 혹은 통속적인 층차에서, 혹은 정신분석, 의식의 흐름, 몽타주 등 각종의 신흥 기법을 도입하는 탐색적인 문학의 층차에서, 시종 성적인 면을 중시하는 선명한 특색을 유지하였다. 전통을 엄격히 지키는 학자들의 눈에 해파는 존경받지 못하는 단어이고, 심지어 어떤 이는 그것을 '서양물이 든 불량소년'이나 '경박한 소년'의 동의어로 간주한다. 그러나 상해의 거리에서 해파의 작품은 한때 시세가 날로 좋아지던 때가 있었다. 해파 작품은 고요한 서재에 속한다기보다는 소란스런 번화가에 속한다고 하는 것이 적절할 것이다. 그 시대의 상해의 큰길과 골목 깊은 곳의 풍토와 민정, 권력과 금전이 거래되는 관리 사회의 흑막, 조계지의 돈으로 인한 사기와 사치스럽고 방탕한 생활의 죄악 등도 해파 작가의 붓끝 덕에 영원히 문학의 세계에 남을 수 있었다.

거리의 풍경과 문학

'경파'와 '해파'의 논쟁은 이미 반세기 이상이 지났다. 경극과 문학에 있어서의 경파와 해파는 이미 오래 전부터 그 계승자를 찾기 어려워졌고, 역사의 변천에 따라 경파문화와 해파문화 역시 더 이상 지역을 경계로 하지 않고, 협애한 지역개념을 넘어 각각 서로 다른 예술문화 품격의 대표가 되었다. 즉 결코 북경이어야만 경파라고 부르지 않고 상해 것이면 다 해파인 것도 아니게 된 것이다. 특히 현대의 교통과 정보의 빠른 전파로 경파와 해파의 문화적 취향의 구분 역시 갈수록 지역적인 구분으로부터 문화심리적인 선택으로 전환되었다. 사람들은 전통문화의 어떤 장점들을 보존하고 전파하며 문학적 정교함을 추구하는 사람들을 '경파'라고 부르고, 개방과 혁신의 정신을 부각시키고 용감하게 새로운 기법을 받아들이며 문학의 근대성을 추구하고 문화의 경제적 효과와 이익을 중시하는 사람들을 '해파'라고 부른다.

당시 해파 소설이 묘사했던 공간은 지금은 대부분 이미 고가도로와 도시 전차, 하늘높이 솟은 고층 건축물들 사이로 사라졌다. 지금의 상해는 반세기 전의 상해와 비교할 때, 사회심리적인 변화가 심지어 시의 외관의 변화보다 더욱 심하다. 당시 해파 작가들이 묘사했던 곳이나 해파 작가들의 창작에 영향을 주었던 곳에 가서 거닐어보고 살펴보면 틀림없이 해파의 정수를 더 잘 이해할 수 있을 것이다.

20세기 30년대 초기, 상해시의 모습은 변화가 매우 컸다. "새로운 듯하지만 사실은 오래된" 복주로의 소비문화가 大馬路(남경로)의 현대적 소비문화로 발전하고 팽창하여, 해파에 새로운 묘사 대상과 세계를 느끼는 새로운 방식을 제공해 주었다. 1932년에 문을 연 백락문(百樂門) 댄스홀은 '원동제일악부(遠東第一樂府)'라는 명성을 얻으며 남녀간의 공개적인 사교와 오락, 그리고 도시 여성이 타락하여 접객업으로 살아가는 비극적인 장소가 되었다. 4대 백화점과 브로드웨이빌딩이 잇따라 낙성되고, 특히 은행, 아파트, 객실, 댄스홀, 식당 등 다양한 기능을 종합한 사행저축회대루(四行儲蓄會大樓)가 '원동제일루(遠東第一樓)'로 우뚝 서게 되는 등의 변화는 사람들로 하여금 전혀 새로운 도시 생명의 약동을 느끼게 하였다. 오복휘(吳福輝)의《도시 물결 속의 해파 소설(都市旋流中的海派小說)》은 상해사 및 도시 사회학의 각도에서 30년대 전기의 해파가 더욱 짙은 모더니즘 색채를 띠고 신감각의 기법으로 '도시 풍경선'을 표현하게 된 계기를 밝혔는데, 그는 다음과 같이 지적하였다.

낡은 소비는 몰락적이고 타락적인의 것이어서 그것을 누리는 것은 마치 화려한 시체가 악취를 풍기기는 것과 같았다. 새로운 소비방식은 비록 사치스럽게 낭비하는 것과 의식을 마비시키는 부정적인 작용을 벗어날 수는 없지만, 열정으로 가득 차 생명의 환희와 약동하는 기운 같은 것이 있다.[44]

[44] 오복휘,《도시 물결 속의 해파 소설》, 湖南敎育出版社, 1995.

수십 년이 지나면서 상해는 상전벽해와 같은 변화를 거쳤고, 식민지와 반식민지로서의 상해는 이미 역사상의 지난 일이 되었다. 그러나 상해가 해외문화를 앞장서서 흡수하는 자세, 그리고 상해 문학이 새로운 기법을 흡수하여 새로운 유파를 형성하는 선구적인 역할에 있어서는 여전히 변함이 없다. 총명한 상해인은 여전히 각처에 남아있는 유럽풍의 운치와 해파의 유적을 효과적으로 이용하여 옛날을 그리워하는 고상한 선비와 새로운 것을 찾는 여행객을 끌어들이고 있다.

앞에서 언급했던 해파의 근원 복주로는 오늘날 상해의 문화거리로 일컬어진다. 크고 작은 서점들이 즐비하고, 거리 양편으로는 수많은 문화용품 상점이 있어 문방사우로부터 전자용품까지 없는 것이 없다. 상무인서관, 외문서점(外文書店), 상해서성(上海書城)은 모두 독서인들이 아쉬워서 발걸음을 돌리지 못하는 곳이다. 30년대에 문인들이 모이던 곳이자 바로 엽성도가 모순을 만났던 곳이기도 한 경운리(景雲里)에는 현재 문화명인 거리가 세워져 있다. 응회암을 깔아 만든 다륜로(多倫路)의 돌길을 걷노라면 일찍이 여기서 생활했던 문화명인의 소상들을 만나게 된다. 돌로 된 패방 아래에서 엽성도는 신문 파는 아이를 정성껏 보살펴주고 있고, '항풍차장(恒豊茶莊)' 앞 정원의 푸른 나무숲 안에서는 등나무 의자에 앉은 노신과 구추백(瞿秋白)이 마침 의기투합하여 이야기를 나누고 있으며, 홀로 길가의 벤치에 앉아 책을 보고 있는 사람은 젊은 여작가 정령(丁玲)이다. 그리고 다륜로 67호 문앞에 탁자를 놓고 있는 사람은 노신의 일본인 친구 우치야마 간조(內山完造)이다.

한편 우리는 해파 작가들이 묘사했던 곳들을 찾아가 옛날과 지금의 같은 점과 다른 점을 살피면서 해파 작가들이 현대파 수법을 운용해 상해 생활의 느낌을 포착했던 예민함과 신기함을 느껴볼 수도 있다. 일본 신감각파의 영향을 받았던 유눌구(劉吶鷗)는 그의 소설 속에서 사천로(四川路) 다리 밑의 강물에 비친 가을달의 적막함은 사람으로 하여금 거칠게 만들어진 도시의 공기에 포위된 "광동 호텔의 숲"을 느끼게 한다고 묘사하였다. 해파 작가 목시영의《상해의 폭스 트롯트(上海的狐步舞)》는 일찍이 상해를 "지옥 위의 천당"이라고 일컬었고, 링컨로(지금의 天山路)를 묘사하면서 "여기서는 도덕은 발 밑으로 짓밟히고, 죄악은 머리 위로 높이 떠받들어진다"고 말한 바 있다.

이전의 사천로와 링컨로를 천천히 걷다보면 누구든지 상해의 거대한 변화에 감탄할 것이다. 그러나 그와 동시에 이 거대한 변화 속의 불변함을 감지할 수 있을 것이다. 각지에서 온 사람들이 뒤섞여 살고, 중국인과 서양인이 공존하던 문화 구조는 변하지 않았고, 상호들이 즐비하고 발 디딜 틈이 없을 정도로 사람들이 분비며, 말씨는 남북의 방언이 뒤섞이고 복식은 앞다퉈 다름을 추구하는 도시 풍모는 변하지 않았다. 만약 이러한 불변 가운데서도 변함이 있다고 한다면 그것은 상해가 이미 과거에 서양문화를 받아들이던 굴욕을 떨쳐버리고 당당하게 다원화의 평등한 대화를 추구하고 있다는 점이다.

오늘날 20년대의 해파 작가들은 이미 모두 연이어 세상을 떠났다. 그러나 그들의 작품은 여전히 독자들과 연구자들의 깊은 흥미를 불러일으킨다. 상해의 작가들은 창작의 개방성과 개척성, 전위성 방면에서 여전히 자신들의 우세를 유지하고 있다. 이것은 물론 새로운 기법의 창조에서 드러날 뿐 아니라 사상의 예민함에서 더 잘 표현된다.

사회 전체가 물질적인 이익을 추구하느라 바쁜 때에 상해의 작가들은 도시의 미래를 사고하고 있다. 서구적인 생활방식을 모방하는 것은 일찍이 상해인들이 문화적 귀속감을 찾는 일종의 표현이었고, 오늘날 수많은 상해인들이 마찬가지로 기꺼이 서양의 것을 추구한다. 그러나 그 가운데의 폐단은 역시 식자들이 우려하는 바이다. 유명한 상해 여작가 왕안억(王安憶)이 말한 것처럼, "모든 것이 많고, 물질에서 관념에 이르기까지 많은데도 더 많기를 바란다. 일종의 억제할 수 없는 힘이 이러한 기이한 번식력을 촉진시키고 있어, 하나의 존재가 성장에서 쇠퇴까지의 과정을 완성하기도 전에 새로운 존재가 이미 뒤이어진다. 교체의 과정이 압축되고 감소되면서, 번성하는 모습의 배후에서 삶은 진실하지 못한 것으로 변하게 된다." 그래서 그녀가 찾은 발판은 정신세계의 '귀향'이었다. 일본

죠치대학(上智大學)에서의 강연에서 그녀는 다음과 같이 말하였다.

> 나는 이러한 행운이 있기를 바란다. 내가 마침내 집으로 돌아갔을 때 고
> 향이 아직 황량한 폐허로 변하지 않았기를. 다른 말로 말하자면, 우리의
> 고향이 완전히 소모되고 나서야 우리가 집으로 돌아가서는 안 된다. 세
> 번째 생각은 우리가 마구 써서 빈털터리가 되고서야 집에 돌아갈 생각
> 을 해서는 안 된다는 것이다.

왕안억은 많은 소설을 썼다. 70년대의《본 열차의 종착역(本次列車終
點)》,《69회 중학생(六九屆初中生)》에서부터 80년대의《비는 쏟아지고(雨, 沙
沙沙)》,《포씨촌(小鮑莊)》, 90년대의《유수삼십장(流水三十章)》,《장한가(長恨
歌)》와 최근의《도요시절(桃之夭夭)》에 이르기까지. 그녀가 다룬 문제는 결코
상해에만 존재하는 것은 아니다. 그러나 아마도 경제가 신속히 발전하는 상
해에 몸을 두고 있기 때문에 그녀가 더욱 절실하게 느낄 수 있었을 것이다.

　　상해의 대로를 한가로이 거니는 외국인이든 아니면 외지인이든 모
두 상해에 자신의 '보금자리'를 틀고 그곳에서 나고 자란 상해인과 마찬
가지로 상해를 사랑할 수 있다. 상해의 작가들이 관심을 기울인 것은 다
름 아닌 그들의 정신의 고향인 것이다.

상해의 거리와 한국의 문학지리[45]

45 이 부분은 번역자의 협력
으로 보충하였음.

　　이 글의 주제와 다소 달라지지만, 상해와 관계가 깊은 한국과의 관
련성을 약간 언급하여 글을 마무리하고자 한다. 작은 어촌에 불과했던
상해가 20세기에 들어 세계 5대 도시 가운데 하나가 된 것은 아편전쟁의
결과로 1842년 영국과 청나라 사이에 남경조약으로 상해를 개방한 것이

직접 계기가 되었다. 그리하여 불란서 조계(租界) 등 두 개의 조계는 서구 열강의 중국 활동의 거점이 되었고, 중국의 반제 반봉건(反帝反封建) 혁명운동의 중심지이기도 했다. 이런 상해의 혁명적 분위기 속에서, 1845(헌종11)년 중국 상해에서 조선 첫 번째 가톨릭 신부가 된 김대건(金大建) 신부가 백령도로 나왔다가 잡혀 신부서품 1년 만에 순교당한 역사가 있었고, 1919년 3·1운동 바로 뒤인 4월 한국 독립운동가들이 상해에서 대한민국 임시정부를 수립하였는데, 이것은 일제(日帝)가 서울에 만든 식민지 기구에 대항하여 만든 한국 독립운동의 전초기지였다. 이동녕(李東寧)·이승만(李承晚)·김구(金九)·이시영(李始榮)·김규식(金奎植) 등이 중심이 되고, 1924년 이후 1945년 해방으로 이 기구가 해체될 때까지 한국독립운동의 중추가 되었다. 지금도 이곳 마당로(馬當路)에 임시정부 청사가 남아 있어 이곳을 여행하는 한국인들의 참관단의 발길이 그치지 않는다. 3·1운동 뒤의 상해에는 이밖에 여운형(呂運亨)을 단장으로 하여 조직된 상해대한인거류민단(上海大韓人居留民團), 여운형을 단장으로 하는 대한민청년단(大韓民靑年團), 박은식(朴殷植)을 중심으로 하는 상해대한교육회, 이화숙(李華淑)을 회장으로 하는 상해애국부인회(上海愛國婦人會) 등이 조직되어 활동하고 있었다.

　　이 무렵 상해에는 3·1운동에 가담한 일로 일본의 압박을 피하여 이곳에 와 있는 젊은이가 적지 않았다. 중국과 상해를 거쳐 유럽으로 나가려는 조선 젊은이들이 많이 모여들었고, 물론 이런 조선인 해외유학생을 돕는 고문이 있어 젊은이들을 돕고 있었던 것으로 보인다. 황해도 해주 출신으로 이미륵(李彌勒, 1899~1950)은 이 무렵에 다른 조선청년 5명과 함께 이곳에서 독일이나 프랑스로 유학하는 허가를 받기 위해 기다렸던 상해의 체험을 자전소설 《압록강은 흐른다》와 〈탈출기〉에서 그려주고 있다. 특히 〈탈출기〉는 그가 압록강을 건너 중국 여러 곳을 지나 상해에서 오래 머물던 때의 상해의 사정을 자세히 그려주고 있어 흥미롭다.
그는 이곳에 머물고 있는 이동휘(李東輝)·안창호(安昌浩)와 이광수(李
光洙) 등이 머물고 있는 사정과 함께, 안중근(安重根) 의사의 부인과 자
녀들과 함께 밥을 같이 먹은 경험 등을 적어 주고 있다.[46]

46 이미륵, 정규화 옮김, 〈탈출기〉, 《그래도 압록강은 흐른다》, 범우사, 2000.

이곳 상해의 홍구(虹口)공원에는 윤봉길(尹奉吉)의
사의 동상이 서 있다. 윤의사는 1926년 18살 때 상해로 건너가 1931년 김
구 선생이 이끄는 한인애국단에 들어갔고, 1932년 4월 29일 일본이 상해
사변 전승기념 행사를 여는 홍구공원에 폭탄을 들고 들어가 식장정면에
던져, 일본 거류민단장과 일본군 최고 사령관 시라카와(白川義則) 등을
죽이고, 이밖에 공사 등 10여 명에게 중상을 입히고, 대한독립만세를 부
른 뒤 현장에서 잡혀 12월 19일 오사카 형무소에서 24살을 일기로 사형
당했다. 이곳 홍구공원 현장에 그의 의거비와 기념관이 세어져 있다. 그
보다 몇 년 뒤인 1935년 조선 혁명가의 산 증인인 김산(본명은 장지락)이
상해에 나타났다. 당시 이곳에는 대한민국 임시정부를 지원하기 위해서
3,000명의 조선인이 모여 있었으며,[47] 상

47 김산 님웨일즈, 조우화 옮김 《아리랑》, 동녘, 47쪽.

해는 3·1운동 이후의 조선의 해방과 혁명운동의 온상이었다.

김산은 스스로의 상해체험을 이렇게 이야기하고 있다. 그리고 이
것은 20세기 초두의 상해의 분위기를 참으로 잘 요약하고 있다.

저녁이면 나는 조선인성학교(朝鮮人成學校)에 가서 영어공부를 하였다.
그밖에 에스페란토어와 무정부주의 이론도 공부하였고, 틈이 나면 상해
의 조선인의 생활과 활동을 모든 면에 걸쳐 조사하였으며, 상해에 망명
해 있는 모든 조선인 혁명가들과 친하게 되었다. 나에게 상해는 새로운
세계였으며, 서양의 물질문명과 움직이고 있는 서양 제국주의를 처음으
로 본 곳이었다. 나는 모든 풍요로움과 모든 비참함이 함께 어우러져 있

는, 여러 나라 말이 사용되고 있는 이 드넓은 도시에 매료되었다

마무리

이 글에서는 중국에서 북경과 상해의 지리적 특이성을 중심으로 이야기해 왔다. 최근 동아시아에서 일본의 영토문제, 역사교과서 왜곡문제, 전쟁 책임 문제와 관련한 유엔 상임이사국 진출 반대 움직임, 중국의 반일운동이 상해에서 거세게 일어나고 있다. 천안문 사태에도 상해가 움직이지 않아 성공하지 못했다는 평가에 주목하면, 상해가 반일시위에 들고 일어난 사건은 동아시아의 세 나라의 장래와 관련하여 주목되는 대목이라 할 만하다. 상해는 변화를 두려워하지 않는 도시라 할 만하다.

한국 근대 문학과
만주

정종현

1. 한국 근대사와 '만주'의 심상 지리

'만주(滿洲)'는 랴오닝(遼寧)・지린(吉林)・헤이룽장(黑龍江)의 3
성(省)으로 이루어진 중국 동북 지방을 일컫는 오랜 지명이다. 근대에 이
르러, '만주'라는 공간에서는 중국인(한족), 만주인, 일본인, 조선인, 몽
고인, 백계 러시아인 등의 다양한 종족이 어우러져 살았으며, 제국주의,
민족주의, 공산주의, 아나키즘 등 다양한 당대의 사조가 분리불가분하게
얽혀 있었던 인종적, 사상적 도가니였다.

한국 민족주의자들의 정치적 상상력 속에서 '만주'는 잃어버린 영
광의 기원이다. 가령, 근대 민족주의 사학의 비조라 할 수 있는 단재 신채
호는 고구려와 발해의 고토를 답사한 노작 《조선상고사》를 통해 망국이
라는 현재의 굴욕을 고대사의 영광으로 치유하고자 했다. 단재 이후, '만
주'는 한국 내셔널리즘의 핵심 중 하나인 '고구려 시오니즘'의 기원이 되
는 땅이 되었다.

최근 중국의 '동북공정'과 같은 고대사를 둘러싼 근대 내셔널리즘

의 기억의 투쟁에서 알 수 있듯이, '만주'는 한국인에게만이 아니라 중국, 일본, 북한, 러시아 등 그 땅과 관련된 근대 민족과 국가들이 자기 기억의 영토로 획득하고자 갈등하고 있는 무대이다. 동아시아 각국이 근대 내셔널리즘의 욕망을 '만주'라는 고대사의 공간에 투영시키며, '기억'에 대한 영유권을 주장하고 있는 셈이다.[48]

48 이에 대해서는 이성시《만들어진 고대》, 박경희 옮김, 삼인, 2001)를 참조할 것.

'만주'를 민족적 영광의 공간으로 기억하는 한국인의 국가 영토에 대한 정치적인 상상력은 그러나 오랫동안 한반도에 한정되어 있었다. 박지원의《열하일기》, 홍대용의《을병연행록》등 '연행(燕行)' 중에 마주한 '만주'의 인상을 기록한 웅편의 텍스트들이 존재하긴 하지만, '만주'가 조선인의 관심에 본격적으로 들어선 것은 최근세에 이르러서이다. 조선인들의 만주 이주는 19세기 중후반에 시작되었으며, 역설적이게도 1910년의 망국을 계기로 '만주'는 한국인의 민족사의 영역으로 다시금 부상하게 된다. 이후 식민지 조선인들의 사유 속에서 만주는 다양한 함의를 표상하는 공간이 되었다. 식민지 시기 조선인에게 만주는 현실적으로는 '생활권(life sphere)'이었고, 역사적으로는 현재의 망국 상태에 있는 비루한 민족 현실을 보상하는 고대사의 영광이 각인된 공간이었으며, 정치적으로는 일본 제국에 맞서는 저항의 모태인가 하면, 그 반대로 일본 국가의 비호 아래 성공할 수 있는 기회의 땅이기도 했다.

우리는 흔히 식민지 시기에 있었던 민족주의적 저항과 제국주의에 대한 협력이 선명하게 구분되는 것처럼 생각한다. 그러나 제국 안에서는 지배와 저항만이 있었던 것이 아니다. 많은 경우 지배-피지배의 관계는 지배와 저항뿐만 아니라 동화와 반발이 공존하며, 혼종적인 얽힘의 양상을 보이기도 했다. 가령, 3대 교육부장관으로서, 특히 '화랑도'의 이념을 바탕으로 국가주의 사상을 설파했던 이선근이《조광》지의 〈만주특집〉

에서 전개한 논법은 일본 제국 안에서 조선인의 내셔널리즘이 어떻게 가능했는가를 보여 주는 선명한 사례이다. 그는 고구려, 발해의 민족사적 영광이 '만주'를 상실하며 쇠락했다가 이후 고려, 조선조의 부분적인 북진 정책 속에서 가능성을 보였다고 서술하면서, '만주'를 기원으로 하는 민족사의 영광을 내러티브화한다. 이러한 계보화를 전제로 "우리 농민의 피와 땀도 적지 않게 제공한" 만주 땅에 "일본제국의 힘찬 후원 아래" 진출하자는 독려로 결론을 맺고 있다.[49] 고구려 • 발해의 영광을 떠올리며 대륙진출을 통해 민족적 영광을 재현하자는 강력한 내셔널리즘적 인식은 '내지인' 다음 서열을 차지하는 '조선인'이 '만주국' 안에서 한족이나 만주족보다 더 나은 신분을 가지고 큰 역할을 할 수 있다는 '식민주의적 무의식'[50]의 형태로 표출되고 있다.

만주는 또한 한국 현대사의 블랙박스이기도 하다. 해방 이후 남 • 북한의 핵심적인 정권은 만주를 모태로 태어났다. 만주군 장교와 유격대장으로 표상되는 현대 남북한 정권의 핵심적인 인적 구성이 만주라는 공간 속에서 각기 다른 방식으로 잉태되고 규율되었다. 항일연군으로 활동한 김일성의 유격대 이력의 배경인 만주의 밀림은 북한 개국 신화의 성소가 되었으며, 북한의 통치 엘리트의 주류는 대부분 만주 인맥이었다.[51] 남한의 통치자였던 박정희와 군과 정계의 많은 엘리트들은 '만주국'에서 자신의 경력을 시작하고 통치술을 학습하였다. 한국의 1960년대 이후의 '5개년 계획'의 수립과 추진 방식, 사회 체제가 1937년부터 시작된 '만주산업개발 5개년 계획'과 만주국 사회 시스템과 관련되어 있다는 지적은 새삼스러운 것이 아니다.[52] 박정희와 김일성에 의해 주도된 남 · 북한의 국가 체제와 이데올로기가 갖는 놀랄 만

49 이선근, "만주와 조선," 〈만주특집〉, 《조광》, 1939. 7.
50 고모리 요이치, 송태욱 옮김, 《포스트콜로니얼 – 식민지적 무의식과 식민주의적 의식》, 삼인, 2002.

51 와다 하루키(《북조선》, 서동만 · 남기정 옮김, 돌베개, 2002)는 북한의 사회 체제가 만주의 경험을 토대로 한 유격대형 국가 시스템임을 지적한 바 있다.
52 고바야시 히데오, 임성모 옮김, 《만철 - 일본제국의 싱크탱크》, 산처럼, 2004, 6-7쪽.

한 유사성에서 '만주' 경험과 제국을 배경으로 한 포스트콜로니얼한 '동화'의 양상을 읽어내는 것은 무리한 것일까. 어쩌면 김일성과 박정희로 표상되는 항일 유격대와 일본 제국(혹은 만주국)의 토벌군은 근대 동아시아의 역사적 배경을 공유하는 쌍생아의 성격을 지니고 있는지도 모른다. 당대 중국 공산당 홍군의 군가, 현재 북한의 인민해방가의 일부가 일본 군가의 가락에 혁명적 가사를 붙인 것이라는 한 연구의 지적은 '만주'라는 공간에 새겨진 동아시아 근대의 '혼종성(hybridity)'을 증명하는 것이다.53

만주라는 공간의 모순적 성격은 동아시아에서 '만주'가 갖는 특수성에서 비롯한다. 근대 동아시아에서 '만주'는 동일한 역사정체성, 지역정체성, 나아가 국가정체성을 구축하려 노력했지만, 끝없이 유동해야만 했다.54 군벌에 의해 분리 상태에 있던 근대 중국의 정치적 현실 속에서, 러시아와의 이권을 둘러싼 경쟁에서 우위를 확보한 일본은 만주 진출을 통해 일본 자본주의의 위기를 타개하고자 했다. 일본은 '만주'를 괴뢰국화하기 위해서 중국으로부터 분리하는 작업을 지속적으로 수행했다. 또한 '만주국' 건국과 중일 전쟁이 낡은 중국을 개조하며 서양 세력에 대항한 동양의 결속을 위한 행위라고 정당화했다.55 중국

53 민경찬(〈일본 근대 국민 국가의 형성과 근대 음악〉, "일본의 발명과 근대" 심포지엄, 한양대 HIT빌딩. 2005. 2. 15)의 발표 발언에서 인용. 같은 가락의 군가를 부르면서 산을 격하고 행진하고 있는 토벌군 '황군'과 '조선항일의용군(혹은 팔로군)'를 상상해 보라.

54 '만주국'에 대한 국내 연구는 임성모(〈만주국 협화회의 총력전 체제 구상 연구〉, 연세대 사학과 박사 논문, 1997)와 한석정(《만주국 건국의 재해석》, 동아대출판부, 1999)을 참조하라.

55 1970년대 《얄개시대》로 유명한 조흔파(〈만주국〉, 육민사, 1970, 245쪽)는 당대의 일본 저널리즘을 통해 유포된 일본·중국·만주·러시아·서양 사이의 정세를 비유하는 '가족'과 '연애'의 은유를 다음과 같이 묘사하고 있다. "선통제의 조상이 옛날 중국으로 장가들 때 만주라는 딸을 데리고 갔단 말이야. 그런데 중국은 남편만을 쫓아내고 그 딸은 놓지 않았거든. 왜 그랬을까. 이유는 뻔해. 그 의붓딸이 미인인데다가 재산이 많지. 계모는 의붓딸의 재산을 빼앗을 뿐 아니라 들들 볶고 구박이 자심해. 만주는 울면서 몸부림쳤지. 이 기회에 감언이설로 추파를 던져온 것이 러시아, 미국, 영국이라는 능글맞은 홀아비들이었다 그 말이야. 그 중에서도 러시아 같은 뚝심께나 있는 색마가 29년 전에 이 처녀를 강간하려고 덤볐어. 이때 이웃에 사는 일본이라는 총각이 목숨을 걸고 러시아를 물리쳐 줬거든. 처녀는 고맙게 알고 그 총각과 사랑하는 사이가 되었어. 이 연애를 계모도 처음에는 보고도 못 본체 하더랬는데, 최근에 와서 트집을 쓰기 시작했어. 의붓딸만 못살게 구는 게 아니라 사위까지도 천대해. 처녀는 애인에게 모든 운명을 맡겼지. 그럴 수밖에 없는 게. 벌써 그들은 임신을 해서 '만주국'이라는 옥동자를 낳아가지고 건강하게 키워가고 있단 말이야. 이걸 옆에들 내놓으라고 한다고 애인과 자식을 한꺼번에 내놓을 미친놈이 어디 있겠어."

의 입장에서는 '만주국'의 건국은 침략이었다. 당연하게도 중국 민족주의는 국공합작을 성사시키고, 독립 투쟁에 나선 조선인과의 연대를 포함한 전 역량을 동원해 항일 전선을 구축했다.

이와 같은 근대 동아시아의 정치적 배경 아래, '만주'라는 공간에서 유랑하는 디아스포라로서의 궁핍한 식민지 조선의 백성들이 있었다. 이들 조선인들 중에는 중국과 제휴하여 제국주의 일본에 저항한 사람들이 있었는가 하면, 한편에서는 '만주국'에서 일본 신민에 뒤이은 지위로, '오족협화·왕도낙토'의 일주체가 되는 아(亞)제국주의의 계기를 발견한 사람들도 있었다.

이처럼 근대 조선인에게 '만주'는 생활권이었으며, 제국 일본에 대한 저항과 협력이 공존하는 공간이었다.

2. 만주 유이민의 성격과 근대 문학의 만주 묘사

한국인의 만주 이주사는 근대 동아시아의 역사적 격랑에 따라 그 양상을 달리한다. 안수길이 《북간도》(삼중당, 1967)에서 '이한복' 일가의 이주를 형상화하고 있듯이, 최초의 만주 이주는 19세기 중반 이후에 등장한다. 청조의 발

안수길
소설가(1911~1977). 함경남도 함흥(咸興) 출생. 1926년 간도중앙학교를 졸업하고 함흥고등보통학교에 입학하였다. 30년 교토[京都]의 료요중학[兩洋中學]을 거쳐 이듬해 와세다대학[早稻田大學] 고등사범부 영어과에 입학하였다. 귀국 뒤 32년 박영준(朴榮濬)과 함께 문예동인지 《북향(北鄕)》을 펴냈다. 35년 단편 <적십자병원장(赤十字病院長)> 과 콩트 <붉은 목도리>가 《조선문단(朝鮮文壇)》지에 당선되어 문단에 나왔다. 36년 《간도일보》 기자와 이듬해 《만선일보(滿鮮日報)》 기자를 지냈고, 48년 월남하여 서라벌예술대학 교수, 이화여자대학교 강사, 국제펜클럽 한국본부 중앙위원, 한국문인협회 이사 등을 지냈다. 대표작으로 《벼》《북간도》《제3 인간형》 등이 있다. 출처_http://penart.co.kr/literature-library/writer-fig.htm

상지인 '만주'는 '봉금령'을 통해 보호되었다. 그러나 구한말의 기근과 봉건 체제의 질곡 밑에서 변경의 조선 주민들은 '월강죄'의 공포를 무릅쓰고 도강하여 '사잇섬(間島)'에서 도둑 농사를 지었다. 백두산 정계비(1712)의 재발견 이후, 기근에 시달리던 함경도 주민들은 조선 관리들의 암묵적인 묵인 하에 본격적으로 강을 건너 만주(간도) 지방을 개척한다. 1909년 통감부와 청국 정부의 '간도협약'으로 조선 이주민이 개척한 간도 지방은 중국에 귀속되었고, 조선의 멸망과 함께 간도 이주민은 복잡한 지위를 갖게 된다. 그들은 중국 영토에 살고 있으며 종족적 정체성은 조선인이고, 국가적 배경은 일본에 귀속되는 삼중의 정체성의 경계에 놓이게 된다.

한일합방과 3·1 운동을 전후한 시기의 만주 이주는 독립의 포부를 안은 지사적 망명이 주축을 이루었다. 이주자들은 만주와 간도를 독립 운동의 기지로 여겼다. 만주의 조선인촌을 자치적 유사 국가 기구로 건설하며 교육과 직접적인 무장을 통해 독립 운동에 나서는 기지로 삼고자 했다. 간도 일대를 중심으로 만들어진 정의부·신민부·국민부 등의 자치 정부와 '봉오동 전투,' '청산리 전투' 등은 이러한 인식의 결과물이다. 해방 이후 쓴 기념비적 대작인 박경리의 《토지》는 앞서 말한 민족 해방의 기지로서의 '만주'에 대한 해방 이후의 문학적 상상력을 대표하는 텍스트라고 할 수 있다. 《토지》에서 조준구에게 '토지'를 빼앗기고 간도에서 치부한 후 평사리로 귀환하는 서희의 노정을 통해 묘사되는 최씨 집안의 몰락과 재기과정은, 과감하게 말한다면, 간도에서 민족적 정체성을 보존하며 실력을 길러 일본 제국주의를 구축(驅逐)한다는 민족 해방 서사의 환유라고도 할 수 있다.

이처럼 만주는 항일의 성소이자, 민족 독립의 모태로 기능했고, 또 표상되었다. 님 웨일즈의 《아리랑》의 주인공 '김산(장지락)'의 활동과

그와 접촉하는 의열단, 초기 공산주의자, 민족주의자 그룹의 가열 찬 저
항의 무대가 된 땅이 만주이다. 이기영의《두만강》(풀빛, 1989), 북한 정
권의 법적·도덕적 정당성의 근원이 되는 '항일 무장 투쟁' 을 다룬 이른
바 '불후의 고전' 인《피바다》,《한 자위단원의 죽음》, 태항산에서 항일연
군으로 활동한 연변 작가 김학철의《격정시대》와《해란강아 말하라》, 조
정래의《아리랑》(해냄, 2001) 등에서 민족적 수난과 저항의 성소로서 표
상되는 '만주' 를 만날 수 있다.

그러나 한국 근대 문학의 '만주' 표상의 또 다른 큰 맥락은 해방 이
후 구축된 내셔널리즘의 '만주' 표상과는 사뭇 다르다. 특히, '만주' 가
조선인의 생활권이었던 당대에 창작된 텍스트들에서 표상되고 있는 '만
주' 는 제국 일본을 배경으로 형성된 식민지 조선인의 다양한 환타지가
새겨져 있다. 1930년대 이후 만주로의 이주에는 일본 국가를 배경으로
만주의 미개지를 개척하여 더 나은 생활과 지위를 획득할 수 있다는 '만
주 로맨티시즘(유토피아니즘)' 56의 계기가 크 56 김철, 〈몰락하는 신생〉, 《상허학보》 9집,
게 작용했다. 만주사변 이후 만주국은 일본제 2002. 8. 156쪽; 이경훈, 〈만주와 친일 로맨티
시즘〉, 《한국근대문학연구》, 태학사, 2003.
국의 새로운 실험의 공간이 되었으며, '오족협화(五族協和),' '왕도낙토
(王道樂土)' 의 슬로건 아래 서구 근대를 넘어서는 다양한 모색의 공간으
로 자리잡는다. 만주사변(1931) 이래 하나의 시대 정신처럼 동아시아를
휩쓴 것은 서구 근대의 파산과 '근대의 초극' 으로서의 동양적인 것을 재
인식하는 다양한 맥락의 '동양론' 이었다. 만주국은 새로운 담론 공간에
서 동양 중심의 신질서를 실험하는 구심점으로 대두했으며, 일본 주도의
신질서에 반대하는 모든 세력은 공비(共匪)·홍비(紅匪)·비적(匪賊) 등
으로 타자화되었다.

전근대적인 후진한 봉건 '지나' 를 극복하고, 동시에 파탄에 직면
한 서구 근대도 지양한 '복지(福地) 만주' 의 꿈. 한 문인의 만주단상은

1930년대 조선 유이민의 만주에 대한 '로맨틱한' 인식을 단적으로 요약한다. 만주는 "청춘 남녀가 속삭이며 지평선 저쪽으로 사라지는 아름다운 낭만의 정경"으로 다가오며 "마차부와 양차부의 누더기 피복 속에도 만원의 꿈이 들어 있는"[57]채권(복권)으로 상징되는 땅이다. 정비석의 〈삼대〉(《인문평론》, 1940. 2.)에서 주인공

57 이태우, "만주생활단상,"
〈만주특집〉, 《조광》, 1939. 7.

'형세'가 '미례'와 함께 '뉴스영화'의 병사처럼, 카우보이처럼 질주하는 것을 꿈꾸는 로맨틱한 공간으로 설정한 '만주'는 바로 '채권'과도 같은 만주이다. 이곳은 이전까지의 신분과 지위와 상관없이 새로운 성공을 꿈꿀 수 있는 신생의 공간으로 다가왔다.

　　당대 조선 지식인들의 로맨틱한 꿈, 농업 이민자들의 '복권'과 같은 꿈의 배경에 식민지적 질곡에 의해 한반도 안에서 생활을 영위할 수 없었던 사정이 있었다는 사실은 각별히 강조될 필요가 있다. 이태준은 〈꽃나무는 심어놓고〉(《신동아》, 1933. 3.)에서 농사를 지어도 살아갈 방법이 없는 일가족의 비참한 정황과 난가가 된 한 집안의 형상화를 통해 당대의 만주 유이민의 배경을 묘사했다. 김사량도 〈유치장에서 만난 사나이〉(《문장》, 1940. 2.)에서 만주로 향하는 이민자들과 함께 압록강변의 국경까지 기차를 타고 따라가 국경을 건너지 못한 채 서러운 울음을 울고 돌아오는 '왕백작'을 통해 당대의 궁핍함과 지식인의 우울을 증언하고 있다.

　　이러한 궁핍함과 민족적 수난이 역사적인 사실임에는 틀림없지만, 동시에 우리는 만주에서의 풍족한 생활과 만주 '토민' 위에 군림하는 '식민지적 무의식'의 환타지 아래 만주를 대하는 당대의 지식인들과 그들에 의해 형상화된 농민들의 내면의 파노라마가 간직하고 있는 역사적 사실 역시 외면해서는 안 될 것이다. 최서해의 〈탈출기〉(《조선문단》, 1925. 3.), 〈홍염〉(《조선문단》, 1927. 1.) 등의 1920년대 한국 소설과 김동인의 〈붉은 산〉(《삼천리》, 1932. 4.) 등의 1930년대 초반의 만주 이주민들

의 곤경과 궁핍함을 형상화한 소설에서는 조선 유이민들이 중국인 지주 및 토착민(혹은 마적)에 의해 박해받는 상황이 작품의 중심 구조로 재현되고 있다. 이들 작품의 배경에는 일본, 중국, 조선 민족 간의 미묘한 관계가 자리하고 있다. 많은 중국인들은 조선 유이민들을 일본 제국주의의 첨병으로 대하였다. 실제로 일본 영사관은 자주 재만 조선인의 안전을 빌미로 출병하곤 했다.

특히, '만주사변'과 '만주국' 건국 이후에 쐬인 근대 소설에는 '수전(水田)'을 둘러싼 문화적 차이를 매개로 한 만주 토착 주민과 조선인 사이의 충돌이 만주 배경 소설의 중심 제재로 등장한다. 이태준의 〈농군〉(《문장》, 1939. 7.)에 대한 평가에서 단적으로 나타나는 것이지만[58], 이 시기의 '수전'을 둘러싼 조선인과 만주인 사이의 갈등은 민족   [58] 김철, 앞의 논문 참조
주의의 맥락에서 긍정적으로 접근할 수만은 없는 문제점을 안고 있다. 만주인들의 입장에서는 조선인들의 '수전'에서 흘러나온 물이 전통적인 밭 경작을 망치고 있다는 절박한 인식이 자리하고 있고, 수전을 막을 수밖에 없는 정당한 이유를 가지고 있다. 이기영의 《대지의 아들》(〈조선일보〉, 1939. 10. 12~1940. 6. 1)에서 보여주듯이, 당대 조선인(혹은 조선인 지식인)들은 밭 경작을 고집하는 만주인(모든 만주인)을 '토인'시하고, '수전'의 기술을 가진 자신들을 문명적 주체의 입장에 놓는 식민주의적 의식을 투사한다. '만주사변'의 전후를 다루는 거의 유일한 장편 소설이라고 할 수 있는 윤백남의 《사변전후》(영창서관, 1940)에서는 만주인이 정당하게 개척한 조선인의 수전답을 빼앗는 수탈자이자, 마을 주민을 집단 학살하는 추악한 정복자로 묘사된다. 이러한 야만이 행해지는 시기를 군벌 장작림 통치하의 만주로 상정하고, '만주사변'과 '만주국' 건국을 봉건적인 야만성과, 전근대적 폭력성을 바로잡은 문명화의 사건으로 정당화하고 있다.

이들 소설에서 '만주'의 광대한 자연은 문명에 의해 측량되고, 개간될 미개지로 상정되며, 생산력의 증대를 위해 문명적 주체가 스스로를 투신해야 할 공간이 된다. 식민지 조선에서 '마르크스주의적 주체'가 '동양주의적 주체'로 전환한 양상을 보여 주고 있는 김남천의 《사랑의 수족관》(인문사, 1940)은 만주에서의 '자연'과 '기술'(문명)의 관계를 요약하는 장면이 나오는 소설이다. 이 소설의 주인공은 채만식은 일찍이 "《무정》의 '형식'이나 《고향》의 '김희준'은 김광호에 비하면 완연히 어린애들이다"[59] 라는 말로 근대 문학에서 처음 접하는 새로운 주체김광호를 설명한 바 있다. 이광수적인 근대 주체의 치기나, 마르크스주의적인 '주의자'들의 음습함이 거세되고, 기술과 합리를 동양적 인도주의에 결합하고 있는 신생한 주체가 바로 《사랑의 수족관》의 김광호이다. 그는 만주의 측량과 지도화 작업을 하는 중에 애인

59 채만식, "김남천 著 《사랑의 水族館》評," 〈매일신보〉, 1940. 11. 19.

만주 벌판 출처_http://photo.empas.com/fullup/fullup_62

'이경희'에게 보낸 편지에서 "기술이 하나하나 자연을 정복해 가는 그 과정에 흠빡 반하고 맙니다"[60]라고 '자연'을 정복하는 기술력을 낭만적으로 이상화한다. 이것은 광활한 만주를 측량하고 배분하는 문명의 시선을 피력하는 것인데, 이 시선의 주체가 일본 국가를 배경으로 신생한 엘리트 측량기사 김광호라는 점은 의미심장하다. 김광호의 시선 속에 만주 땅의 원주민들은 보이지 않는다. 그것은 '야만'이라는 괄호 속에 묶여서 보일 뿐이다. 그의 시선은 미국인들이 서부 개척 시기에 인디언들을 대했던 시선을 닮아있다.

60 김남천, 《사랑의 수족관》, 인문사, 1940, 325쪽.

이와 같은 '식민주의자'의 시선을 문제삼을 때, KAPF의 최고의 성과작으로 평가되는 《고향》의 성공 이래 분단기의 북한 문학에 이르기까지 한국의 근대 문학에서 변하지 않는 작가적 모럴로 신화화된 이기영에 대해서도 비판적으로 다시 성찰될 필요가 제기된다. 1930년대 후반 이래의 '생산 문학론'과 《대지의 아들》은 제국의 이데올로기와 겹쳐지고 있으며, 특히 《신개지》(1938), 《처녀지》(1944) 등에서는 제국의 시선이 조금의 회의도 없이 '만주'와 '만주인'에게 투사되고 있다. (한설야의 《대륙》에서도 이기영과 동일한 제국의 시선을 확인할 수 있다.) 이들 작품에서 확인할 수 있는 것은 일본 제국의 시선을 내면화한 식민주의적 시선이라 할 수 있으며, 그 각각의 양상과 의미에 대한 검토가 필요하지만 지면의 제약 때문에 다음 기회로 미룬다.

'만주'에서의 조선의 역할과 사명에 대한 당대 지식인들의 관점을 살펴보았거니와, 마지막으로 이들 담론이 제국 일본의 국책 이데올로기에 대한 맹목적인 추종으로 일관한 것만은 아니라는 사실을 지적해야만 한다. 당대 지식인의 제국의 이데올로기에 대한 추종은 종종 일본 식민 당국 혹은 제국 정권에 대한 식민지인의 요구와 결부되어 있었다. 여기서 우리는 '친일'파라고 불리는 지식인들의 논설이 격렬하게 식민당국과 제국 정권을 성토하는 역설적인 상황을 목격하게 된다. 일본 제국의 이데올로기였던 '동아협동체론' 에 공명한 김명식은 조선이 '신생 지나 (만주국)' 의 건설에 공헌하고자 해도 하등의 실력도 기능도 없으며, 그 이유가 위정당국에 있다고 비판한다. 그는 조선인을 '신동아' 건설에 동반자로 하려면, "의무교육, 의무 병역, 산업조합령의 전면적 실시 및 헌법 정치의 준비 시설이 없어서는 안"[61] 61 김명식, 〈대륙진출과 조선인〉, 《조광》, 1939. 4. 49쪽. 된다고 주장하고 있다. 독립없이 제국 내부에서 살아가겠다는 것을 전제하고 있지만, 새롭게 전개되는 '동양 질서 재편' 에 조선인의 역량을 동원하려면 같은 제국의 국민으로서 정치적 주권에 상응하는 '인프라' 개선을 실시하라는 요구를 하고 있다. '만주' 라는 공간을 매개로 제국의 이데올로기를 그대로 발화하면서 조선의 이익을 요구하는 이와 같은 논법은 1930년대 후반기의 글들에서 어렵지 않게 찾을 수 있다.

3. '만주 로맨티시즘' 의 두 양상과 만주의 후경화

민족 해방 공간으로서의 만주와 당대 일본 국가를 배경으로 한 갱생과 개척의 특성을 지닌 '만주 로맨티시즘' 을 살펴보았다. 마지막으로 도피와 허무의 공간으로서의 '만주' 라는 또 다른 측면의 '만주 로맨티시즘' 을 언급해야만 한다. 앞서의 '로맨티시즘' 은 일본 국가의 이데올로기에 적극적으로 공명하며, '명랑성' 을 작품의 중요한 정조로 하고 있다. '명랑성' 과 결부된 '로맨티시즘' 은 이른바 '대동아 전쟁기' 제국 일본의 국책과 결부되어 구상된 '국민 문학' 의 핵심적인 명제이다.

만주의 관청에 붙어 조선인에게 위해를 가하는 '通事(통역)' 의 농간과 그에 대한 징치를 다루고 있는 안수길의 〈원각촌〉(《국민문학》, 1942. 2)은 작품의 내용 자체는 일본 국책과 상관이 없는 것이지만, 《국민

문학》의 이데올로그들에게는 국책에 부응하는 키워드를 지닌 작품으로 받아들여졌다. 최재서가 작성한 것으로 보이는 '편집 후기'에는 이 작품이 "만주에서의 반도 불교 이민의 고투와 이상을 그린 것으로 건강한 개척 정신이 충만해 있다. 특히 반도인 개척 문학에서 자주 보이는 陰慘味에 그치지 않은 점이 모범"62이라고 쓰고 있다. '음   **62**《國民文學》, 1942. 2. 〈編輯後記〉
참미'에 빠지지 않았다는 작품평은 앞서 언급한 '명랑한 로만티시즘'의 입장에서 발화된 것이다. 편집자는 '만주 로맨티시즘'과 거리가 있는 작가의 작품에서조차 '개척 정신'과 '명랑성'이라는 두 가지 키워드를 읽어내고 있다.

'만주 로맨티시즘'이 명랑성에 바탕한 개척 정신으로만 채워졌던 것은 아니다. 같은 1930~1940년대의 작품이면서도 명랑성과 정반대의 영역에서 '만주'를 그리는 소설들이 존재한다. 그것은 '애수와 퇴폐'의 정조와 결부되어 있는 허무와 도피처로서의 '만주'이다. 역사 철학자 서인식은 당대 문화 위기에서 두드러지는 정조인 '애수'를 '동경'과 함께하는 '혼합감정'으로 보고, 허무와 불안이 '퇴폐'의 감정을 열게 된다고 설명하고 있거니와63, 시대의 정열을 잃은 식민지 조선의   **63** 서인식, 〈애수와 퇴폐의 미〉,
마르크스주의자 및 근대주의자들의 만주 표상에는 분   《인문평론》, 1940. 1.
명 이러한 '애수와 퇴폐'의 정조가 깊숙이 자리하고 있다. 이효석의 〈합이빈〉(《문장》, 1940. 10)에서 만주의 입구로 묘사되는 송화강가의 '키타야스카'는 '애수와 퇴폐'가 가득한 공간이며, '언제나 죽고 싶은 생각만이 드는' 회의주의자 '유우라'와 서술자 '나'의 허무가 각인되어 있다.

시대의 절망과 퇴폐가 아름다운 문체와 예리한 감각으로 부조되어 있는 최명익의 〈심문〉은 이러한 '애수와 퇴폐'의 현대적 정조가 극적으로 형상화된 소설이다. 자신의 시대에도, 또 자신의 여인에게도 더 이상 열정을 바칠 수 없게 되어, 허무의 심연에서 마약의 힘으로 살아가는 왕년의 주의자 '현'이 서술자 '김명일'에게 읊조리는 다음의 구절은 조선 지식인의 사유와 처지가 다다른 막다른 골목을 '만주'라는 공간을 통해 시각화하고 있다.

대학에서는 **만주**농사경제사를 연구한 적도 있었죠. 하나 지금은……

현은 담에 부쳐놓은 낡은 **만주**지도 앞에 가서

지도를 이렇게 부쳐놓고 보면 송화강이 이렇게 동북으로 치흐른다기 보

다 오호츠구 바닷물이 흑룡강으로 흘러 들어와서 한갈래는 송화강이 되

어 **만주**로 흘러나려와 이렇게 여러줄기로 갈리고 갈려서 나중에는 지도

에 그릴수도 없을 **만**치 적은 도랑이 되고 **만**다면 어떻습니까. 재미나잖

아요?**64**   **64** 최명익, 〈심문〉,《문장》, 1939. 6, 41쪽.

만주의 지도를 거꾸로 돌려놓고, '오츠크해'가 흘러 들어와 지도 에도 표시되지 않는 작은 도랑이 된다는 '현'의 설명에는 막다른 골목에 다다른 지식인의 심경이 드러나 있다. 이 소설에서 '만주'는 '개척'과 '명랑'의 갱생의 공간이 아니라, 허무의 끝이다. 제국 일본의 국책과 지배 이데올로기로서의 당대의 '만주' 담론은 한 장의 만주지도를 뒤집어서 보여주는 이 장면을 통해서 전복되고 균열된다. '여옥'과 '현'이라는 도저한 허무의 나락에 떨어진 데카당의 사랑과 죽음을 통해서, 작가는 시대의 절망과 진정한 인간의 '마음의 무늬'를 '만주'라는 천 위에 수놓고 있다.

조선의 근대 문학에 나타났던 당대의 '만주' 표상은 그것이 '갱생'과 '개척'의 신생의 공간이든, 혹은 '퇴폐와 애수'의 도피의 공간이든 간에 2차 대전의 종식과 함께 사라지게 된다. 만주로부터 조선으로 귀환하는 지식인의 시선을 통해 해방 직후의 만주 및 조선의 정황과 휴머니

즘이라는 희망의 가능성을 조용히 외친 허준의 《잔등》(을유문화사, 1946)은 또한 식민지 시기 민족의 '생활 영역'으로 확장되었던 '만주'가 배경으로 후퇴하고 있는 순간을 보여 주는 거의 유일한 소설이기도 하다. 이 소설에서 '나'가 만주에서 조선으로 귀환하는 여정은 그 자체로 제국 일본을 배경으로 한 식민지 조선인의 생활 배경인 만주가 후경화되는 과정이기도 하다.

'나'의 귀향의 여정 중에서 특히 "열흘이고 스무 날이고 주을에 푹 잠겨서 만주의 때를 뺄 꿈" 때문에 '주을 온천' 쪽으로 진로를 잡았었다는 독백은 각별하게 강조될 필요가 있다. '만주의 때'는 많은 것을 상징한다. 그것은 식민지적 궁핍함 때문에 만주를 유랑한 실향한 식민지인의 슬픈 과거일 수 있다. 더 확장해서 해석하자면, 목욕이라는 의식을 통해 벗겨야 할 이 때는 제국 일본에서 형성된 식민지적 정체성일 수도 있다. 동아시아 근대가 만들어낸 식민지 조선의 실향민인 '나'가 귀향의 벽두에 행하는 주을 온천의 목욕은 '만주의 때'로 표상되는 제국적 정체성을 벗겨내고, 새로운 국민국가 신생 '조선'의 민족적 정체성으로 전환하는 일종의 제의인 셈이다.

'만주'는 한국인의 '생활 영역'에서 멀어져 가게 되었다. 해방기의 국민국가의 기획에 뒤이은 남북 분단의 상황 속에서 '만주'는 각기 다른 기억의 장이 되었다가 1990년대 탈냉전의 세계사적 변화와 더불어 한국 민족의 생활과 기억의 영역으로 다시금 부상하게 되었다.

이민 문학 체험의 살아 있는 현장
연변, 용정

김동훈

1. 새북의 강남

연변은 중국 길림성의 동남부—두만강 이북의 장백산 복지에 자리 잡고 있는 풍요로운 고장이다. 북위 41°부터 43°, 동경 127°부터 131°까지 사이에 위치한 연변 땅의 크기는 41500km²로서 한반도 총 면적의 20%에 해당되며, 전체 인구는 200여 만 명, 이중에 우리 조선족 동포는 80만 명을 넘어섰다. 연변의 자연 특징은 말 그대로 산 좋고 물 맑고 사계절이 분명한 것이다. 노신의 벗이었던 저명한 현대 작가 모순은 반세기 전에 연변을 순방하고 나서 '새북의 강남(塞北江南)'이란 미명을 달아주었다. 연변의 지세는 대체로 서남, 서북부가 높아 동남쪽으로 경사져 내리는데, 동해 가까이에 이르러서는 해발고가 10미터밖에 안 된다. 산과 분지 사이에는 연면한 기복을 따라 잔잔한 구릉들이 미묘한 조화를 이루고 있어 한반도의 풍경과 비슷한 데가 많다. 서남쪽 중조 국경에는 장백산의 주봉인 백두산이 거연히 솟아 있다. 백두산은 해발 2744미터에 달하는 동북아시아의 태고 명산이다. 《산해경》에는 '불함산'으로 적혀 있고 몽고말로는 '부르간,' 즉 신무(神巫)가 거주하는 성지로 신비화되고 있다. 산위에는 16개의 뭇 봉우리에 둘러싸인 맑고 푸른 큰 호수가 있어 하늘에서 내려다보면 마치 비취옥을 박아 넣은 듯이 눈부시게 반짝인다. 전설에 의하면 천지에 내려와 목욕하던 하늘나라 세 선녀가 물장난을 하면서 손으로 퍼 던진 천지물이 압록강 · 두만강 ·송화강의 수원이 되었다고 한다.

　　연변 경내에는 이름 없는 무수한 내와 크고 작은 하천들이 쉬임없이 흘러내리고 있다. 그 중에서 가장 큰 것은 백두산 동쪽 기슭에서 발원하여 중조 국경을 따라 동해 바다로 흘러들어가는 길이 525킬로미터의 두만강이다. '두만'은 만주어로 수십 갈래의 하천이 모여든다는 뜻으로, 계곡과 분지의 기름진 농토를 누비며 흘러내린 부르하통하 · 해란강 · 가야하 · 훈춘하 · 고동하가 모두 이 곳에 와 회합한다. 두만강 이북의 광활한 연변 지역은 중온대 반습윤 계절풍 기후에 속한다. 서북풍이 기승을 부리는 겨울은 춥고 길어 일월의 평균기온은 영하 $14°c$, 최저 영하 $40°c$까지 내려간다. 삼월 삼질, 강남 갔던 제비가 돌아오면 겨울 내 얼어붙었던 강물이 서서히 풀리기 시작하고 녹음이 짙어가는 오뉴월이 지나 늦가을 단풍이 들 때까지는 산천초목이 온통 푸른빛으로 물들고 오곡백과가 무르익어 풍요로운 강남 곡창을 방불케 한다. 장백산 줄기가 북에서 서남 주향으로 1000킬로미터나 뻗어간 울창한 수림에는 홍송 · 미인송 · 자작나무 · 포플러 · 아카시아 · 잣나무 · 이깔나무 · 횡경나무 등 다양한 수목들과 인삼 · 영지 · 불로초 · 들쭉 · 버섯 · 고사리 · 더덕 · 홍경천 등 풍부한 야생식물들이 다투어 자라고 있으며 호랑이 · 곰 · 멧돼지 · 사슴 · 노루 · 담비 등 희귀 동물들이 은밀히 서식하고 있다. 먼 옛날에는 이 곳에서 나는 산삼 · 녹용 · 진주 · 담비가죽이 해마다 황제에게 바치는 진귀한 공물로 선호되었다고 한다.

연변 지역은 인류의 문명이 일찍이 개발된 곳이다. 구석기 시대에는 털코끼리를 사냥하던 '안도인'이 살았고, 신석기 시대에는 씨족 부락 형태의 '금곡인'이 살았다고 한다. 상고 시대 연변 땅의 첫 주인은 북옥저인이었다. 옥저·부여를 거쳐 고구려의 전성기에는 용포를 떨쳐입고 붉은 거마에 앉은 태조대왕이 두만강변에 있는 책성을 친히 순행하였으며, 거마 뒤로는 칼·창·활 등으로 무장한 나졸들이 열을 지어 따랐는데, 참으로 위풍이 당당했다고 한다. 지금도 훈춘·연길·도문·용정·안도 등지에는 고구려의 산성과 평원성의 유적들—파랗게 이끼 낀 돌담, 초석과 기와 조각들이 곳곳에 널려져 있어 흘러간 옛 노래를 고스란히 간직하고 있다. 고구려가 멸망된 뒤 말갈 추장 대조영이 연변 돈화시에 있는 오동성을 발해의 서울로 삼고 '해동성국'의 빛나는 문화기틀을 잡았다.

지금은 역사 유물로 남아있는 화룡의 북고성과 훈춘의 팔련성, 육정산의 정혜공주묘와 용두산의 정효공주묘, 동하국의 성자산성, 삼합의 오지바위·한왕산·장수발자국, 훈춘의 권하·금당·칠성포, 두만강 상류의 천녀욕궁처, 해란강반의 청산리·어랑천·일송정은 영광과 비애의 굴곡, 흥망과 성쇠의 기복이 교차되는 수많은 역사 주체의 명멸을 간직한 채 굳건하고 강인한 기백으로 이 지역, 고대 여러 종족들의 민족 정기를 면면이 이어주고 있다.

이주민 문학의 발자취를 더듬어

청나라가 도읍을 심양에서 북경으로 옮기자 200여 년간 연변 땅은 봉금지역으로 지정되어 인가가 없는 황량한 곳으로 변해 버렸다. 지금부터 130여 년 전, 기사년 기근에 시달리던 함경도 주민들은 봉금령을 무릅쓰고 비밀월강을 시도했다. 고향에 남은 젊은 아내들은 〈월강곡〉을 부르며 한번 갔다 돌아오지 않는 무정한 낭군들을 원망했다. 죽음의 강을 사이 두고 남편과 아내는 영영 갈라져야 했고 (전설〈남평과 노덕〉), 타향에서 늙어 죽은 불귀의 객은 '망향 무덤' 이 되어 고향 산천을 바라볼 뿐이다. (전설〈망향무덤〉)

19세기 후반부터 연변 지역에 대거 이주하기 시작한 조선족은 황막한 변강 지구를 개척하고 벼농사를 위주로 한 농업 노동에 종사하면서 지리한 나날을 억척스레 살아왔다. 개척시기의 민중은 대부분이 극빈한 농민들이었고 출판 여건이 갖춰지지 못해 민간에는 다만 구두·창작과 계몽 가요가 보급되었다. 〈용천골〉, 〈용드레촌〉, 〈소가죽 한 장만큼〉 등 설화와 〈신아리랑〉, 〈북간도 벌판〉, 〈부모처자 다 이별하고〉 등 민요에는 실향민의 향토애와 반일 의식이 앙금처럼 깔려 있었고, 〈해란강〉, 〈용정의 유래〉같은 수문 전설에는 농경민 후예들의 본능적인 생존의식이 표출되었다. 을사조약·경술국치에 잇따른 용정 '조선총감부파출소' 의 출범, '간도협약' 의 체결, 일본총영사관의 개설, 동양척식회사 간도출장소의 설립으로 조선족은 이중의 압박과 착취를 받게 되었다. 연변에 망명해 온 이상설·김소래·김정규·이정 등 반일 지사들은 한시의 문학 전통을 이어 수백수의 항일시편들을 내놓았다. 그들 중에는 낯선 이국땅 서러운 추녀 밑에서 간도아리랑을 부른 망향 시인도 있고 백산 흑수의 고전장에서 융마일생을 마치고 이름 없이 산화해 간 무명 용사도 있었다.

1920년대에 들어서면서 용정의 《민성보》에는 〈향수〉, 〈조선심〉, 〈님 찾는 마음〉 등 재만 조선시인들이 창작한 최초의 자유시들이 속속 발표되어 거레의 민족자주의 숙원을 대변했다. 1930년대에는 용정을 중심으로 동인문학단체 북향회 (1933)가 발족되고 뒤이어 문학지 《북향》 (총 4기 출간)이 창간되었으며 같은 시기 시단에서는 '시 현실 동인' 이 활약했다. 천주교회에서 꾸리는 순수 문학지《카톨릭 소년》(1936)도 인기를 끌었다. 이 시기 양심 있는 조선인 작가와 편집인들은 〈만선일보〉에 〈암야〉(김창걸), 〈부엌녀〉(안수길),《돌아오는 인생》(현경준) 등 소설을 발표했다. 어려운 역경에서 출판 자금을 마련하여《싹 트는 대지》(1941),《만주시인집》(1942),《재만조선인시집》(1942),《북원》(1944) 등 소설집과 시집을 출간했다. 따라서 간도 문단은 민족의 주체 의식을 고취하는 피식민지 종족의 변두리 문학장으로 발돋움했다. 1945년 8·15 해방과 더불어 연변 땅에는 광명의 새 아침이 밝아왔다. 항일이 주류였던 광복 전의 이민 문학과는 질적으로 다른 송가 문학의 시대가 열린 것이다.

1952년 9월, 중앙 정부의 동의로 연변조선족자치주가 출범했다. 자치주 산하에는 연길·용정·도문·훈춘·화룡·돈화 6개시와 안도·왕청 두 개 현이 소속되어 있다. 민족 자치의 혜택으로 조선족문학대오가 신속히 정비되고 1956년에 연변작가협회와 그 소속의《아리랑》문학지가 고고성을 울리며 태어났다. 이 시기 시단에는 이욱·채택룡·설인·임효원에 이어 서헌·김철·김성휘·조룡남·이상각·김응준·김경석 등이 중진 역할을 수행하였는데, 그들은 전진하는 시대의 발걸음소리에 귀 기울이며 근로 대중의 뜨거운 숨결과 감정 세계를 읊조리기에 신경을 썼다. 소설 창작에서는 김학철·김창걸을 비롯하여 백호연·김순기·이근전·최현숙·김용식 등 작가들이 현실 변화에 민감한 대응을 보이면서 송가를 바탕으로 한 영웅주의 중심의 소설들을 속속 배출했다.

1957년 이후부터 시작된 계급 투쟁 확대화는 연변조선족 문화 발전에 큰 불행을 들씌웠다. 현실의 암흑면을 고발한 소설이나 순수한 애정을 읊조린 시들이 '독초'로 인정된 나머지 가혹한 비판을 받게 되었고 김학철·최정연 등 중견 작가들이 '우파 분자'로 몰려 '노동 개조'를 강요당했다. 따라서 개인 숭배와 좌경 노선을 고취한 송가 문학이 절정에 이르렀다. 이런 미증유의 역경 속에서도 현대 미신에 정면으로 도전한 《20세기의 신화》(김학철)라는 정치 비판 소설이 비밀리에 창작되었다. '문화 대혁명' 의 종식과 더불어 단색화된 송가 문학은 발붙일 곳이 없게 되고 다원화문학의 시대가 열리게 되었다. 임원춘 · 이원길 · 정세봉 · 최홍일 등 중년 소설가와 김학천 · 석화 · 김학송 등 신진 작가들이 문단에 대거 진출했다. 장르의 자율화, 시적 '자아' 의 발견, 금지 구역의 타파, 예술 공간의 확대, 문화 풍경의 급격한 변화에 따른 사실주의의 복원과 모더니즘의 수용 등등이 세기 교체기의 시점에서 본 연변 조선족 문단의 현주소이다.

선구자의 거친 꿈, 깊어가는 일송정의 푸른 솔

용정은 연변조선족자치주의 수부 연길에서 50리 상거한 곳에 자리 잡고 있는 인구 25만의 유서 깊은 도시이다. 용정에서 서남쪽을 바라보면 비암산 정상에 우뚝 서 있는 일송정이 보인다. 거북등처럼 깎아지른 벼랑 끝에는 두 아름이 넘는 소나무가 뿌리박고 억세게 자라고 있는 모습이 신기하기만 했다. 이 소나무의 모양이 흡사 돌기둥에 푸른 기와를 얹은 정자와 비슷하게 보인다 해서 사람들이 '일송정' 이라 불렀다 한다. 일송정에 올라 남쪽을 바라보면 발해의 옛 서울을 끼고 있는 평강벌이 시원스레 뻗어 있고, 다시 동북쪽을 바라보면 풍요한 세전벌과 유서 깊은 용정시의 전경이 한눈에 안겨온다. 일찍이 조선족 동포들이 용드레 우물을 파고 용정촌에 모여들면서 일송정은 대를 이어오면서 성스러운 길상물로 여겨왔다. 세월이 흐르면서 어느덧 우리 민족의 기상이 되어버린 것이다. 이에 당황한 용정주재 일본 영사는 그 곳을 군사훈련의 과녁으로 삼고 소총과 박격포를 쏘아댔으나 소나무는 모진 비바람에도 굴하지 않고 군군이 살아왔다.

일송정 푸른 솔은 늙어늙어 갔어도
한줄기 해란강은 천년두고 흐른다
지난날 강가에서 말달리던 선구자
지금은 어느곳에 거친 꿈이 깊었나

윤해영 사

선구자의 민족 기상이 깃들어 대를 이어 성스런 길상물로 알려진 일송정 푸르른 솔을 단순한 나무 한 그루로만 생각지 말라! 그것을 상징으로 우리 민족의 숨결이 건재하고 있음에 더 유의해야 할 것이다. 용정시를 품에 안고 세전벌을 흐르는 해란강은 백두산 동쪽의 베개봉 기슭에서 발원하여 청산리 계곡과 화룡분지, 평강벌을 감돌아 흘러내리는 길이 145킬로미터의 내하로서 이 고장 사람들의 '생명의 젖 줄기' 라 일컬어왔다. 지난 20세기 초부터 용정과 해란강 양안에 조선의 애국 지사들이 모여들어 새 학당을 꾸리고 민족 계몽과 항일의 기치를 높이 들게 되자 간도 용정은 일약 독립 운동의 중심지로 부상되었다. 1920년 10월에 있은 청산리 전투가 바로 해란강 상류의 심산벽곡에서 벌어진 것이다. 김좌진 장군이 인솔하는 독립군 부대가 청산리에 매복 진을 쳐놓고 왜군을 깊이 유인해   들이던 그 초조한 시각에 독립군 비서관 이정(1889~1942)이 읊은 한시 〈진중음〉을 들어보라.

낙엽진 산속은 쥐죽은듯 고요한데   木落山容靜
휘영청 밝은 달이 중천에 걸렸구나   天高月影肥

| 장사의 마음속에 천군만마 달리나니 | 壯士意万馬 |
| 긴밤을 지새우며 날새기만 기다리네 | 待旦夜漫長 |

    시에는 멸적의 진을 쳐놓고 민족의 새 아침을 사무치게 그리는 지사의 애국충정이 구구절절 흘러넘치고 있다.

어둠 속에 빛나는 한 줄기 빛

    용정은 민족 독립 운동의 요람지이며 또한 '암흑기의 별'이 떠오른 성지이기도 하다. 저항시인 윤동주(1917~1945)의 생가 · 묘소 · 시비가 이곳에 보존되어 있어 어느덧 백의 동포들이 발길이 끊을 줄 모르는 관광명소가 되어버린 것이다. 시인의 생가는 용정에서 30리 떨어진 지신향 명동촌 끝자락에 자리잡고 있다. 이 집은 1900년경에 그의 조부 윤하연 장로가 지은 열 칸의 기와집으로 곳간이 달린 조선족 전통 구조로 되어있다. 명동촌에는 일찍 김약연을 비롯한 항일우국지사들이 모여들었고, 시

윤동주
용정 대성중학교에는 윤동주의 시비와 함께 자필 원고와 사진, 그림들도 함께 전시되어 있다.

인의 유소년 시절은 이처럼 기독교와 반일의 분위기 속에서 자라왔다. 방학이면 그는 이곳에 와 '패 · 경 · 옥'의 이름을 불러보기도 했고 자기집 뜨락에 있는 맑은 우물에 얼굴을 비춰보며 번갈아 '미운 사나이'와 '그리운 사나이'의 자화상을 그려보기도 했다. 시인의 학창 시절의 숨결

용정시 동산 묘지에 있는
윤동주시인 묘비에서

이 스며 있는 용정중학교의 캠퍼스에는 유고집《하늘과 바람과 별과 시》
의 서두작으로 널리 애송되어온 〈서시〉가 새겨진 시비가 단아하게 자리
잡고 있다. 이 학교에는 그의 학창 시절의 학적부와 가계, 문학 수업과 생
활 일화 등을 소개한 사진과 기념물 전시 코너를 설치해 놓고 있어 이곳
을 들르는 이에게 새삼 옷깃을 여미게 한다. 시인의 유해는 지금도 그가
나서 자란 용정시의 동산교회묘지에 묻혀있다. 그는 청소년 시절의 간도
생활 체험을 바탕으로 〈별 헤는 밤〉, 〈슬픈 족속〉, 〈간〉, 〈십자가〉, 〈또
다른 고향〉 등 아픔의 절창을 쏟아냈다. 그는 하늘처럼 부끄럼 없는 순백

의 이미지와 소리 없이 떨어져 젖지 않는 , 바람의 성품을 닮은 별의 시인이었다. 슬픔을 넘어선 그의 죽음의 인식, 하나의 인간을 '나'와 '백골'과 '아름다운 별'의 셋으로 나누어 생각할 수 있는 그의 예지와 통찰력, 결과적으로 고운 백골을 부인하고 아름다운 영혼을 선택한 것은 하나의 진리를 향한 떨림이며 하늘을 우러러 스스로의 운명을 받아들이는 우주 초의식의 재확인이다.

시인의 아우 일주·광주의 이름으로 세워진 윤동주 시인의 묘비에는 해사 김석관이 쓴 비문이 남아 있다. 해사는 비문에서 "고 시인 윤동주는 1945년 2월 16일 운명하니 그때 나이 스물아홉, 그 재질이 당세에 쓰일 만하여 시로써 장차 사회에 울러 퍼질 만했는데 춘풍무정하여 꽃이 피고도 열매를 맺지 못하니, 아아, 아깝도다!' 라고 통탄하고 있다. 그러나 비록 몸은 내주었으나 지조만은 굳게 지켰던 윤동주의 시는 뒷날 홀륭히 열매를 맺었다 할 것이며, 이로 인해 일제의 광란에 떨고 있던 시대의 한복판에 주저 없이 온몸을 내준 그는 암흑기의 별이 된 것이다.

북향회와 간도의 문우들

20년대와 30년대 용정의 번화한 거리는 조선의 도회지를 방불케 했다. 땅 잃고 나라 잃은 백의족속들이 두만강을 건너고 오랑캐령을 넘어서 처음 찾아오는 곳이 바로 용정이었다. 이 유이민중에는 최서해·강경애·안수길·현경준·김조규·박계주·천청송 등 당시의 중견 작가와 시인들이 망라되어 있었다.

여류 작가 강경애(1906~1944)는 1929년 용정에 이주하여 장장 11년 동안 이곳에 정착했다. 그는 청년 문학도들을 묶어세워 '북향회'를 발족하고 《북향》지의 발간을 기획하여 간도 소설 문단의 산파역을 담당했다. 그의 대표작으로 불리우는 장편《인간문제》(1934), 〈원고료 200원〉(1935)등 이채적인 소설들이 모두 용정에서 구상 집필되었고 직접 용정을 소설의 무대로 한 작품도 적지 않았다. 강경애와 함께 용정 문단을 선도해 간 북향회의 대표 작가로는 안수길(1911~1977)이 있었다. 그는 고향 홍남을 떠나 1924년에 부친이 계신 용정에 찾아와 소학교를 마친 후 함흥 · 서울 · 교토 등지를 전전하다가 학업을 중단하고 용정 팔도구에 와 교편을 잡았다. 한때 용정에 있는《간도일보》의 기자로 활약하면서 문단에 본격 진출했다. 1944년에 연길 천주교 인쇄소의 도움으로 그의 소설집《북원》이 출간되었다. 이 책은 염상섭이 서문을 쓰고 〈목축기〉, 〈부엌녀〉, 〈벼〉, 〈새벽〉등 12편의 중단편이 수록되었다. 당시의 〈만주일보〉는 이 소설집이 "만주에서의 다종다양한 조선인 생활의 시대적 변천과 역사적 사명 등을 남김없이 취재한 것"이며 "만주 선계 문단에서 개인 창작집으로는 이것이 효시다"라고 쓰고 있다.《북원》의 수록작 중에서 〈부엌녀〉가《신천지》라는 당시 중국어 잡지에 처음으로 번역 소개되었다.

안수길의 문학 꿈을 키워준 그의 용정 집은 간도 각지의 문우들의 내왕이 가장 잦은 장소였다. 북향회가 스스로 사라진 뒤 1937년을 전후하여 현경준 · 김조규 등 새 문우들이 또 간도에 이주해 왔다. 그들은 이따금 안수길의 집에 모여와서 한 이불을 덮고 장차 "일본의 패전 후의 일을 가슴 부풀게 이야기하기도 하였다"(안수길, 〈용정 · 신경시대〉).

현경준(1909~1950)은 중편《마음의 태양》의 입선으로 문단에 두각을 드러낸 간도의 중진 작가였다. 1937년에 두만강 이북의 변강 도시 도문에 이주해온 그는 백봉국민우급학교에서 교원 생활을 하면서 〈격랑〉, 〈사생첩〉, 〈오마리〉 등 단편과《유맹》,《선구시대》,《돌아오는 인생》등 중 · 장편을 내놓았다. 작가의 의식 성향을 중요시했던 그는 의례 장혁주와 같은 친일 작가를 비판하고 그와 반대로 강경애의 '건실한 사상' 을 긍정하고 높이 평가했다. 그의 소설의 주류 의식은 간도 이주민의 삶의 애환과 그들의 처절한 삶의 현장에 대한 작가적 관심과 동정이었다.

김조규(1914~1990)는 20세기 1930년대 모더니즘 시를 경향했던 민족 시인이었다. 평양숭실전문학교 출신인 그에게는 늘 '불온 학생' 이라는 딱지가 붙어 다녔다. 일제 검찰의 검속을 피해 1938년 봄 간도에 건너온 그는 조양천 농업학교의 영어 교사로 취직했다. 7년간의 간도 체험에 근거하여 그는 100여 편의 현대시들을 여러 문학지에 발표했다. 그중에서 인상 깊었던 것은 〈두만강〉, 〈연길 역 가는 길〉, 〈북행열차〉, 〈3등 대합실〉이다. 이런 시들에서 시인은 독자적인 이별의 공간을 설정하고 '채찍,' '칼바람,' '분묘의 동굴' 앞에 선 이주민의 처절한 삶의 모습을 리얼하게 묘사했다. '검은 먹구름' 으로 시작되는 그의 오염 없는 양질의 시는 '흑점' 의 눈빛으로 예리하게 변모되면서 민족의 응집력을 예시하기도 하고 어두운 시대의 밤을 지키는 파수꾼의 역을 상징하기도 한다. 때로는 '3각 들창' 의 상상력을 통해 미래를 안으로 끌어들이려는 영혼의 울림을 뜻하기도 했다.

연변의 두 진정한 향토 작가

해방 전에 간도를 거쳐 간 시인과 작가는 100명도 넘지만 이 땅에 이주해서 광복 후에도 이 땅에 정착하여 생애를 마친 진정한 토박이 작가는 많지 않았다. 광복을 전후하여 염상섭 · 안수길 · 박계주는 남으로 갔고 강경애 · 김조규 · 현경준은 북으로 돌아갔다. 다만 이욱(이학성)과 김창걸만은 이미 간도 문단의 선도자로 이름이 쟁쟁하였지만 정든 연변 땅에 눌러앉아 삶의 최후까지 이 고장을 문학의 장으로 지켜왔다.

이욱(1907~1984)은 간도의 이민사회가 낳은 첫 시인이다. 러시아의 신한촌에서 태어 난 그는 세 살에 당나귀 등에 얹혀 조상의 뼈가 묻힌 간도 화룡현 노과향에 이사해왔다. 17세에 〈생명의 예물〉이란 처녀작을 《간도일보》에 발표한 뒤를 이어 《민성보》 통신원, 《조선일보》 간도 특파원의 신분으로 시단에 등장했다. 그는 땅의 정열과 낭만의 시인이었다. 윤동주가 하늘의 의미에 남다른 뜻을 두고 시작(詩作)을 했다면 이욱의 시에는 그와 달리 땅적인 고정성과 중후함이 느껴진다. 그의 시는 태반이 백두산 · 두만강 · 모얼산과 같은 향토 실체를 가송의 대상으로 떠올리고 있다. 〈북두성〉, 〈모얼산〉, 〈두만강에 묻노라〉 등 시편들에서 시인은 두만강을 민족시원의 젖 줄기, 모성의 실체와 장대한 혈류로 미화했고 백두산과 모아산을 대지의 굳건한 반석 위에 서 있는 창세기의 거인으로 그 근원적 가치를 제시했다. 이욱은 해방 후 김창걸과 함께 줄곧 연변대학교의 문학 교수로 근무했다. 그들은 거의 같은 시기에 장장 60년의 기나긴 창작 활동을 시종 연변을 무대로 벌리어 왔다.

김창걸(1911~1991)은 용정에서 20리 상거한 육도하 강반의 자그마한 농가에서 유년 시절을 보냈고 문학 꿈을 키웠다. 1936년에 간도 문단에 데뷔한 그는 1943년 붓을 꺾기까지 8년 동안에 〈무빈골 전설〉, 〈암야〉, 〈청공〉, 〈개아들〉 등 30편의 소설을 창작했는데, 대부분은 《만선일보》에 게재되고 더러는 일제 검열 제도에 의해 발표되지 못했다. 카프 문학의 영향을 받은 그는 창작 초기부터 현실 대응의 자세로 나타났고 〈암야〉와 〈청공〉이 《만선일보》에 선을 보이면서 급기야 간도 문단의 일류 작가로 부상되었다. 이 두 작품은 모두 용정을 배경으로 씌어졌다. 〈암야〉에서는 빈부 대립의 갈등선에서 명손과 고분이의 순진한 사랑을 성취시키고 암야가 여명에 의해 교체되는 쾌감을 토로했다. 〈청공〉에서는 교직을 버리고 떼돈벌이에 나선 강영파라는 청년이 끝내 아편 중독자가 되고 아내까지 '쟁이'가 되어 자살을 시도하는 비참한 사실을 엮고 있다. 나중에 주인공이 무명지 토막을 자르고 회생의 결심을 다지는 것으로 암담한 현실에 대한 고발을 대신했다. 후기 소설에서 치열한 현실 대응의 자세를 시도했으나 파쇼 통치가 악화일로로 치닫는 현실 앞에서 그는 단호히 절필을 선언했다. 절필로써 그동안 쌓였던 한을 풀었고 또 그것으로 새로운 한을 심었다. 중국 조선족 평단에서는 그를 안수길과 쌍벽을 이루는 재만 조선인 대표 작가로 추대하고 있다.

손잡고 떠난 연변 문단의 두 정상

해방 후 연변 문단의 중심은 용정에서 연길로 옮겨졌다. 서울로 가는 사람, 평양으로 가는 사람, 가야 할 사람은 다 가고 나머지 각로 '제후'와 문인들이 연길에 모여왔다. 그들은 대부분 항일 유공자와 의용군 부대 문화 간부들이었다. 그 중에서 가장 인기를 끈 사람은 조선의용군 최후의 분대장 김학철(1916~2001)이었다. 김학철은 조선 원산 출생으로 1936년에 상해로 망명하여 중앙육군학교를 마친 후 조

김학철 출처_김학철 문학연구원

선의용대의 분대장으로 항일 무장 활동에 종사하였다. 1941년 하북성 호가장전투에서 일군과의 교전중 부상을 입고 포로가 되어 베이징과 부산을 거쳐 일본에 연행, 4년 동안 나가사키 형무소에 수감되었다가 맥아더 사령부의 정치범 석방령으로 출옥했다. 형무소에서 부상당한 다리를

절단하고 서울에 돌아온 그는 〈균열〉, 〈담배국〉 등 10여 편의 소설을 창작했다. 좌익 탄압으로 부득이 월북했다가 다시 중국 베이징에 건너가서 중앙문학연구소의 연구원으로 근무했다. 연변조선족자치주장 주덕해의 초청으로 1952년 10월부터 연길에 전근하여 전직 작가의 신분으로 소설 창작에 전념했다. 뒤늦게 연길 사람이 된 그는 겨드랑이에 목발을 짚고 척각의 노인으로 반세기 동안 파란만장한 삶을 헤쳐 가며 억척스레 한 시대를 살아갔다. 그는 중 · 일 · 한 세 나라를 넘나들며 고학, 망명, 유혈 투쟁, 투옥, 불구, 석방, 필화, 재투옥의 다난한 이력으로 길고도 넓은 시공간을 점철했고 독특한 물리적, 인간적 체험으로 한 세기를 주름잡아 왔다.

연길에서 쓴 그의 첫 소설은 〈새집 드는 날〉, 첫 장편은 《해란강아 말하라》였다. 하지만 그것들은 송가와 영웅 중심의, 아직 선행 이념의 틀을 벗어나지 못한 것이었다. 사회의 비리에 대한 회의와 고발은 〈괴상한 휴가〉라는 단편에서 시작된다. 이른바 '반우파 투쟁'에 의해 숙청된 그는 모택동의 개인 숭배에 정면으로 도전한다. 그는 '100만대 1의 절대적 열세'에서도 홀로 버티고 서서 현대 미신에 용감히 도전할 수 있는 무비의 용기로써 《20세기의 신화》라는 정치 비판 소설을 비밀리에 탈고(1996년 한국 《문학과 지성》사에서 처음으로 공개 출간)했다. 이 소설은 중국 현대 문학사에서 현대 미신을 맨 처음으로 예리하게 비판한 대표작이라 할 수 있다.

1960년대의 필화로 '현행 반혁명'의 감투를 쓰고 추리구 감옥에 수감된 그는 10년 동안 강낭떡과 멀건 남새국으로 겨우 목숨을 부지했다. 열악한 옥중 생활을 십년여 동안을 하면서도 그는 끝까지 비참한 운명에 도전했고 가슴속에 이성의 등불을 지펴가며 자기 행위의 정당성을 확신했다. 인간의 존엄에 대한 최대의 옹호 정신은 그를 최후의 승리자로 떠올렸다. 그는 그 정신 하나로 24년만에 '북간도 땅에 있는 긴 땅굴'을 빠져나올 수 있었고 최후의 승리자의 웃음을 향수할 수 있었다. 일흔 고령에야 창작의 자유를 되찾은 그는 《격정시대》와 《최후의 분대장》을 웃으면서 탈고할 수 있었고 〈우렁이 속 같은 세상〉을 웃으면서 비판할 수 있었다. 그는 사람답게 살기 위해 항상 불의에 도전했다. 그의 상대가 '제후'이건, '작은 관리'건, '발가벗은 임금'이건 간에 불의에 직결되는 것이면 그는 곧 서슴없이 싸웠다. 그는 편벽한 소도시 연길에서 살았지만 그의 눈은 언제나 새로운 세계를 향하고 있었다. 김명인은 그를 "세계의 변방, 연변의 한 누옥에서 살다 간 낡은 중산복의 노인"이라고 말했다. 그는 청빈한 몸으로 이 세상에 왔다가 양수청풍, 청빈한 몸으로 한줌의 재가 되어 저 세상에 갔다.

    김학철을 비판과 지양 문화의 대표라 한다면 연변에는 또 그에 대응되는 찬송과 조율 문화의 대표가 있었다. 그가 바로 연변대학교의 부총장을 지냈던 문학 평론가 정판룡(1931~2001)이다. 전라남도 출생으로, 유년시기 중국 땅에 이주한 그는 동북삼성을 전전하다가 일찍 모스크바대학에 가 소련 문학을 전공했고 부박사 학위를 취득한 후 모교인 연변대학교에 돌아와 민족 문학 이론 건설에 이바지했다. 그는 《고향 떠나 50년》이란 그의 유명한 자서전을 통해 이주민 학자의 예리한 시각과 시대적 안광으로 그가 걸어온 민족사의 한 시대를 심각하게 총화 했다. 김학철과 정판룡 두 정상은 2001년 9월말과 10월초 열 하루를 사이 두고 함께 타계했다. 두 정상은 손을 잡고 함께 떠나갔다. 그들은 대가의 풍모와 소중한 정신재부를 남기고 웃으면서 함께 떠나간 것이다.

3. 후세 사람들이 세운 시비와 문학비

세월의 흐름에 따라 일세를 풍미했던 유명한
작가 시인들도 하나하나 역사의 뒷면으로 사라져
가고 있다. 그들이 후세에 남긴 것은 작품이고 그
들에 대한 후세 사람들의 존경과 추모는 다양한 시
비와 문학비 건립으로 나타나고 있다. 연변에는 일
찍부터 마을마다 열사비가 있었으나 문학가를 위
한 비석 문화가 꽃피기 시작한 것은 불과 십년 안
팎의 일이다. 처음으로 나타난 것이 용정 대성중학
교의 옛 캠퍼스에 세워진 윤동주 시비라고 할 수

있겠다. 뒤이어 육도하 강반에 김창걸 문학비가 서고 비암산 기슭에 강
경애 문학비가 섰다. 용정시 소학교에는 심연수의 시비가, 그리고 용정
중학교의 캠퍼스에는 김성휘 시비가 모교와 향토의 자랑으로 일떠섰다.

그뿐이 아니다. 화룡시 노과향의 두만강변에는 이욱 시비가 우뚝
서있고, 연변사범학교 교정에는 반딧불 동요비가 서있으며 연길공원에

용정대성중학교
출처_blog.empas.com/ptworld/

는 채택룡 아동문학비가 서있다. 또 최근에는 연변대학교의 캠퍼스에 정판룡 문학비가 그의 제자와 문우들에 의해 세워졌다. 하지만 아직도 꼭 세워야 할 문학비가 더 있는 것 같다. 이를테면 '최후의 분대장' 김학철 선생의 문학비 같은 것 말이다. 서두르거나 너무 조급해 할 건 없다. 땅에 세운 기념비보다는 마음속에 세운 기념비가 더 값지고 영구한 것이기 때문이다.

창쟝의 역사와 함께한

충청

박영환

세계에서 가장 큰 도시는 어디일까? 그 옛날 대영제국의 수도였던 런던도 아니고, 현대 자본주의 상징인 뉴욕도 아니다. 13억 중국인의 수도인 베이징이나 세계에서 비싼 물가로 소문난 도쿄도 물론 아니다. 약간은 생소하지만 중국의 충칭(重慶)이 정답이다. 우리에게는 상하이와 더불어 일제시기 임시 정부가 있던 곳으로 알려있지만, 사실 3000여 년의 장구한 역사를 지닌, 현재 중국 중서부의 유일한 직할시이기도 하다.

충칭의 지도

면적은 8만 2400평방킬로미터이며, 인구는 무려 3000만 명이 넘으며(약 3130만 명), 40개의 구현(區縣)을 관할한다. 아열대의 다습한 계절풍 기후에 속하며, 연평균 기온은 16~18℃로 비가 자주 내리는 편이며, 자연자원도 비교적 풍부하다.

1. 문화지리

오래된 역사만큼 충칭의 명칭도 시대에 따라서 적지 않은 변화가 있었다. 기원전11세기 주(周)나라 무왕(武王)이 상(商)나라 주왕(紂王)을 멸하고 주나라를 세운 뒤, 희(姬)씨 성을 가진 종족을 파(巴) 지역에 분봉(分封)하였다. 전하는 기록에 의하면 "파"라는 명칭은 지형의 형세에서 비롯된 것이었지만[65], 후일에는 부족의 명칭으로도 불리었다. "투(渝)"라는 명칭은 충칭경내를 흐르는 쟈링쟝(嘉陵江)의 옛 명칭이 투수(渝水)인

[65] 圓白의 두 강물이 구부러진 것이 마치 巴자와 비슷한 데서 연유되어 巴라는 명칭을 얻었다.(巴之得名以圓白二水曲折如巴字)《巴縣志》

데서 기인된 것이다. 이러한 이유로 오늘날까지 충칭을 "파투(巴渝)", 혹은 "투"라고 약칭하고 있다. 그러므로 충칭은 파투 문화의 발상지 이면서, 휘황찬란한 삼협 문화(三峽文化)를 잉태한 곳이다.

주나라 신정왕(愼靜王, 기원전 316년)때 진(秦)나라가 파(巴)나라를 멸망시키고 파군(巴郡)을 설치한다. 진시황이 천하를 통일한 이후에는 천하를 36군으로 나누었는데, 파군이 그중의 하나였다. 한나라 때에 이르러서는 강주(江州)로 칭해지다가 후일 다시 형주(荊州)·익주(益州)·파주(巴州)·초주(楚州) 등으로 개칭되었다. 수문제 때에 이르러 渝水(嘉陵江)가 성을 둘러싸고 있다는 이유로 초주를 다시 투주(渝州)로 개명하였다. 그러다 북송(北宋) 휘종(徽宗)의 숭녕(崇寧) 원년(元年, 1102년)에 투주를 다시 공주(恭州)로 바꾸었는데 그 이유가 흥미롭다. 즉 "투"에는 변절(變節)의 뜻인 "변"의 의

미를 담고 있다는 이유 때문이다. 여기에서도 알 수 있는바와
같이 어찌 보면 송나라는 어느 때보다 내부의 단속에 철저하게
심혈을 기울인 왕조였다.[66] 그 이유는

66 송태종이 이르기를 "국가에 만약 외우
(外憂)가 없다면 반드시 내환(內患)이 있
다. 외우는 변방의 일에 불과하고, 모두 예
방할 수가 있다. 하지만 오로지 간사함은
증상이 없어, 만약 내환이 있다면 정말 두
려운 것이다. 帝王은 항상 이것을 삼가 경
계해야한다."(《續資治通鑑長編》卷32)

후주(後周) 정권을 찬탈한 송이라는
왕조의 태생적인 한계와 밀접한 관계
가 있을 것이다. 남송의 효종순희(孝
宗淳熙) 16년(1189)에 이르러 황태자
조순(趙淳)이 1월에 공왕(恭王)에 봉해지고, 2월에 황제의 직위
에 오르게 되는데, 스스로 "이 두 가지의 경사스런 일을 축하한
다(雙重喜慶)"는 의미로 공주를 충칭으로 바꾸고 충칭부로 승
격하였다. 이로부터 충칭이라는 명칭은 800여 년이라는 시간을
지나 오늘날에까지 이어지는 것이다.

　　뭐니 뭐니 해도 충칭을 떠올리면 가장 먼저 떠오르는
인상이 바로 강변도시라는 점이다. 중국문명의 양대 젖줄의
하나인 창쟝(長江, 즉 양자강) 상류에 바로 충칭이 위치해
있다. 창쟝은 티벳에서 발원하여 사천성, 충칭을 거쳐 후베
이(湖北)성과 후난(湖南)성, 쟝수(江蘇)성의 동쪽을 지나 황해로 흘러드
는 길이가 무려 6300킬로미터에 이르는 아시아 제일의 강이다. 동시에
쟈링강(嘉陵江) 하류와도 인접해서 예부터 수상 교통이 매우 발달한 지
역이다. 그러므로 수상 운수선의 시발점이며 군사적인 요충지로써 역대
의 수많은 나라들이 전략적인 거점으로 삼고자 했던 곳이다.

　　이러한 지리적인 여건 때문에 옛날부터 이곳에는 치열한 전투가
벌어졌다. 대표적인 전쟁이 기원전 689년에 발생한 파초지전(巴楚之戰)
이다. 당시 파나라의 대외 팽창 정책으로 초나라와의 관계가 악화되면서
양측은 수개월에 걸친 격전을 치른다. 결국 초나라의 강력한 공세 앞에

장강삼협(張江三峽)의 모습

파나라는 당시 수도인 지(枳, 현재의 重慶涪陵)를 빼앗기는 수모를 당하고, 낭중(閬中, 쟈링쟝상 중류) 일대로 퇴각한 뒤 점차 쇠락하게 된다.

　　남송과 몽고와의 전쟁도 역사에 남는 치열한 전투중의 하나이다. 1258년 4월, 몽골의 4대 황제인 몽케(蒙哥)는 남송을 멸망시키기 위해 친히 대군을 이끌고 남하한다. 당시 합주(合州)의 조어성(釣魚城)에는 왕견(王堅)이라는 장수가 지키고 있었는데, 그는 합주성의 백성들과 운명을 함께할 것을 결의하고 몽고군에 결사항전을 한다. 결국 이 전투에서 부상을 당한 몽케가 목숨을 잃게 됨으로써 남송 왕조의 멸망은 21년간 늦춰지게 된다. 원나라 때에는 홍건군(紅巾軍)의 반란에 참가했던 명옥진(明玉珍)이 1363년에 충칭을 근거지로 황제를 칭하며 대하국(大夏國)을 건립하기도 했다. 비록 명의 주원장(朱元璋)에게 멸망하기까지 9년이라는 짧은 세월에 불과했었지만. 명나라 초기에는 창장과 쟈링쟝의 두 강줄기가 합류하는 지점에 차오티엔먼(朝天門)이라는 충칭의 관문을 세웠는데, 지금도 웅장한 경관으로 유명하다.

신해혁명 후 1929년 2월에 중국의 국민당 정부는 충칭을 시로 승격시킨다. 1935년 5월 5일에 직할시로 승격시켰다가 중일전쟁이 발발한 이후인 1937년 11월 20일에 다시 충칭을 전시수도로 선포한다. 1942년에는 동맹국의 중국 전쟁 지역 사령부가 충칭에 성립됨에 따라서 충칭의 중요성이 그 어느 때보다 강조되었다. 전쟁 기간에 미국과 소련, 영국, 프랑스 등 30여 개 나라의 대사관이 이곳에 설치되었고, 40여 개 국가의 외사 기구도 설립되었다. 그러므로 충칭은 당시 중국의 정치, 군사, 경제, 문화뿐만 아니라 세계의 유명한 명인들과 각국의 외교관 등 3000명이 운집한 국제적으로 가장 영향력이 있는 도시가 된다. 물론 이 시기를 좌우하여 충칭은 우리나라와도 깊은 관계를 맺었다. 1940년 9월 쟈링쟝가의 쟈링삔관(嘉陵賓館)에서 지청천(池青天)을 총사령관으로 하는 한국광복군 총사령부가 성립되는 등 충칭은 한국임시정부의 마지막 활동 무대가 되었던 것이다.

1949년 중국 공산당이 집권하고 난 뒤에도 직할시로 유지되던 충칭시는 1954년 7월에 이르러 사천성으로 편입된다. 이로써 성내 제1도시의 지위를 성도(成都)에 넘겨주게 된다. 어렵게 집권한 공산당으로서는 국민당과의 관계를 완전히 절연한다는 의미도 있었을 것이고, 동시에 정치 사회적으로 새롭게 정비할 필요성이 대두되었기 때문일 것이다. 그러다 40여 년이 지난 1997년 6월18일, 충칭은 새롭게 직할시로 승격되면서 중국에서뿐만 아니라 세계에서도 면적이 가장 넓고, 가장 많은 인구를 가진 세계 최대의 도시로 다시 태어나게 된다.

2. 문학지리

충칭은 긴 역사만큼이나 뛰어난 자연 풍경 지구와 역사적 명소가 즐비하다. 중첩된 산봉우리는 하늘 향해 우뚝 솟아있고, 넘실거리는 창쟝(長江)의 수심은 예측할 수 없을 만큼 깊어 아름답고 수려한 자연풍경으로도 이름이 높다. 그러므로 역대의 수많은 시인묵객들은 싼샤를 유람하면서 느낀 개인적인 정감을 자연스럽게 이곳의 수려한 자연산수를 통해서 나타내고 있다. 일찍이 만당의 이상은(李商隱, 813~858)은 충칭 지방을 유람하고 난 뒤의 정감을 아내에게 부치는 서신의 형식으로 다음과 같이 말하고 있다. 작품명도 이상은답게 무척이나 낭만적이다.

비 오는 밤 아내에게 부치다

그대에게 돌아올 날 물어보나 기약이 없고,	君問歸期未有期
파산의 밤비는 가을 연못 가득 채운다.	巴山夜雨漲秋池
언제 다시 서쪽 창가서 촛불심지 자르며,	何當共剪西窓燭
파산의 밤비 오던 때를 이야기할 수 있을지.	却話巴山夜雨時

夜雨寄內

소슬한 가을비가 내리는 밤, 시인이 자신을 애타게 기다리는 아내에게 쓴 편지다. 파산은 사천성의 동부 지역, 충칭 부근을 가리킨다. 첫 두 구절에서 문답체의 형식을 빌려 아내에게 돌아갈 날이 기약이 없음을 말하고 있다. 아내를 그리는 시인의 애틋한 정감을 연못에 내리는 파산의 가을비에 함축적으로 투영시키고 있다. 마지막 3, 4구절에서는 시간과 공간을 미래로 이동시키고 있다. 언제 고향에서 아내와 해후할 수 있을지? 그리하여 서쪽 창가에서 언제 사이좋게 촛불심지 자르며, 밤비 내리던 파산의 정경에 대한 정감을 이야기할 수 있을지? 작품 전체에서 흐르는 기조는 아내를 그리는 시인의 애절한 정감이다. 동시에 시인이 파산의 가을비를 무척이나 인상 깊게 생각하였던 같다. 특히 위의 시구에서도 "파산야우(巴山夜雨)"를 언급하고 있는 것처럼 지금도 밤비가 자주 내리는 것이 충칭의 특징이다. 안개가 많아서 "무도(霧都)"라고 칭하기도 하는데, 늦가을에서 초봄까지 연평균 68일 동안 안개가 자욱하다. 이런 날이면 도시 곳곳의 크고 작은 골목들은 자욱한 안개 때문에 마치 신선의 거처에 이른 듯하고. 그러기에 시인은 중원과는 다른 파산 날씨의 특징을 아내와 함께 오순도순 이야기할 날을 고대하고 있다는 것이다. 음미해볼수록 시인의 애틋한 정감이 두드러지는 작품이다.

그 유명한 창쟝의 3개 협곡인 쥐탕샤(瞿塘峽)·우샤(巫峽)·시링
샤(西陵峽)[67]등 창쟝싼샤(長江三峽)가 바로 이곳 충칭에서 시작된다. 게다가 빠이띠청(白帝城)·펑뚜궤이청(豊都鬼城)·스빠오짜이(石寶寨)·장비묘(張飛廟), 신녀(神女)12봉 등 뛰어난 자연 환경과 유명한 유적지들이 예부터 여행객들의 마음을 사로잡기에 충분했다. 특히 싼샤 풍경은 기묘함과 웅장함, 험준함과 수려함이 서로 어우러져 예부터 수많은 문인들을 매료시켰다. 고대 중국을 대표하는 시인이자, 시선이라 불리는 당나라 이백(李白)은 〈장간행(長干行)〉[68]에서 다음과 같이 쥐탕샤(瞿塘峽)를 노래하고 있다.

67 시링샤(西陵峽)는 75km에 달하는 협곡으로 행정구역으로는 후베이(湖北)省에 속한다.

68 이 부분에는 일부분만 수록한 것이다. 이전 단락에서는 한 여인이 남편을 떠나보내고 난 뒤, 천진난만했던 유년시기와 행복했던 신혼생활에 대한 회상을 하고 있다.

내 나이 열여섯에 님이 떠난 먼 곳은,	十六君遠行
쥐탕협곡의 험준한 염여퇴라네.	瞿塘灩澦堆
오월(장마철)에는 더욱 갈 수 없는 곳,	五月不可觸

원숭이 울음소리 하늘에서 애절하다.	猿鳴天上哀
문 앞에서 더디 딛던 임의 발자국엔	門前遲行跡
발자국마다 푸른 이끼 자라났어요.	——生綠苔
이끼가 너무 깊어 쓸지도 못하는데,	苔深不能掃
어느새 가을바람에 낙엽만 떨어집니다	落葉秋風早

봉절현(奉節縣) 백제성(白帝城)에서 시작되는 쥐탕샤(瞿塘峽)의 길이는 약 8킬로미터, 창쟝 양안의 험준한 봉우리들은 구름위로 치솟고, 양쪽으로 길게 이어지는 절벽은 사람들의 시선을 가리고 있어, 위를 바라다보면 하늘이 하나의 일직선으로 길게 이어진다. 급하게 소용돌이치며 도도히 흘러가는 쥐탕샤의 깊은 강물은 예부터 험준한 뱃길의 상징이 되었다. 더욱이 협곡의 입구에는 염여퇴(灩澦堆)[69] 라는 하나의 커다란 암석이 위치하고 있어 그곳을

69 항로상의 안전문제로 인해 지금은 이미 폭발시켜 사라졌다고 한다.

지나가는 배들의 두려움의 상징이 되었던 것이다. 그러므로 위의 시에서는 지세가 험준하고 물결이 사납기로 유명한 쥐탕샤을 향해 떠난 임을 그리워하고 있다. 가는 길이 험난한 만큼 걱정 또한 크다. 특히 장마가 오는 오월이면 불어난 강물 때문에 왕래하는 배는 드물고, 애절한 원숭이의 울음소리만이 하늘에서 들려오고 있다는 싼샤의 정경에 대한 묘사에서 떠난 남편을 그리는 아내의 그리움이 간절하게 느껴진다. 특히 원숭이의 울음소리, 발자국위의 푸른 이끼, 떨어지는 낙엽을 통해 가슴 속으로부터 우러나오는 안타까운 아내의 심정이 잘 묘사되고 있다.

우샤(巫峽)에는 수많은 전설이 서려있는 곳이다. 우샤의 총길이는 40킬로미터로 깊은 협곡이 굽이굽이 이어진다. 양 안의 산봉우리는 기이한 자태를 뽐내는데, 그 유명한 무산(巫山)12봉이 남북양안에 나눠져 있다. 그 중에서 왕샤펑(望霞峰)이 가장 주목을 끄는데, 아침의 여명이 가

장 먼저 내리쬐는 곳이다. 동시에 저녁노을이 가장 오랫동안 머무르는 봉우리이기도 하다. 특히 꼭대기에는 사람모양의 돌기둥이 하나 서있는데, 마치 소녀가 다소곳이 서있는 모양과 비슷하여 신녀봉(神女峰)이라고도 부른다. 이 신녀봉에 관해 재밌는 고사가 전해진다.

전설에 의하면 적제(赤帝)[70]에게는 요희(瑤姬)라는 딸이 있었다고 한다. 그녀는 일찍이 우임금의 치수 사업을 도와주다 죽어서 무산의 남쪽에 묻혔는데, 이후 신녀봉 바위로 변해 싼샤를 지나는 배들의 안녕을 기원해주었다는 신비로운 전설이 있다. 무산헌의 서쪽 고도산(古都山) 위에 초양대(楚陽臺)가 있는데, 이곳은 초나라 양왕이 무산의 신녀를 사모해 찾아와 꿈속에서 신녀와 함께 밀회를 즐기던 곳이라고 전한다. 초나라 시인인 송옥(宋玉)의 〈고당부(高唐賦)〉에 다음과 같은 내용이 전해진다.

70 오제(五帝)중에서 불(火)과 여름(夏)을 담당하는 남쪽의 신.

"옛날 선왕이 어느 날 고당(高唐)에서 유람하다가 피곤하여 낮잠을 잤는데, 꿈속에서 한 여인을 만났다. 여인이 이르기를 '소첩(小妾)은 무산에 사는 여인인데, 고당에 놀러왔습니다. 천하께오서 이곳으로 유람하신다는 말씀을 듣고 침석(枕席:잠자리)을 받들고자 왔습니다.' 이리하여 왕은 그 여인과 잠자리를 함께 하였다. 이윽고 여인이 이별을 고하면서 이르기를, '소첩은 무산 남쪽의 험준한 봉우리에 살며, 아침에는 구름(雲)이 되고 저녁에는 비(雨)가 되어 아침저녁으로 양대(陽臺)아래 머물러 있을 것입니다.' 이튿날 왕이 아침 일찍 가보너 과연 여인의 말 대로였다. 그리하여 왕은 무산의 여인을 위해 그곳에 사당을 채우고 이름을 조운(朝雲)이라고 칭하였다."[71]

71 [梁]蕭統, 《文選》卷19.

이로부터 "운우지정(雲雨之情)"이란 것은 바로 남녀간의 육체적인 행위를 가리키는 대명사가 되었고, 후인들은 이곳(楚陽臺)에 신녀묘(神女廟)와 고당관(高唐觀)을 세웠는데, 그 옛터가 지금에까지 이르고 있다. 위진남북조시기의 北朝의 문인인 역도원(酈道元)이 지은 저명한 산문집 《수경주(水經注)》에 싼샤 사계절의 풍광을 다음과 같이 묘사하고 있다.

> 싼샤의 칠백리길을 굽이굽이 이어지는 뭇 산들, 그 사이에는 빈 공간이 보이지 않았다. 중첩된 산봉우리들은 하늘과 해를 가려 정오와 한밤중이 아니면 해와 달을 볼 수 없었다. 여름이 되면 강물이 불어나 구릉에까지 이르러 위아래의 교통을 단절시켰다. 만약 황제의 명이 시급할 때면 아침 일찍 바이띠청을 출발하여 저녁에 강릉에 다다르는데, 그 거리가 무려 일천 이백리이다. 설사 급히 말을 달리고 바람을 탄다고 하더라고 이렇게 빠를 수는 없을 것이다. 봄과 겨울에는 흰 물살과 푸르른 깊은 물이 맑은 빛을 반사한다. 양안의 절벽에는 각양각색의 나무가 자라나고 산위의 폭포수가 그 사이로 날린다. 맑고 그윽한 무성함이 오랫동안 흥취를 불러온다. 날씨가 개일 때나 서리가 내린 추운 아침이면 한기가 엄습하고, 원숭이의 울음소리가 끊이지 않고 처량하게 이어져, 빈 계곡사이의 메아리는 애절하게 전해지다 점차 사라진다. 그러므로 어부들이 노래하기를: "파동 싼샤에서 무협이 가장 길고, 원숭이의 울음소리에 옷깃을 적신다네.(巴東三峽巫峽長, 猿鳴三聲淚霑裳)"[72]라고 하였다.

[72] 〈江水注 · 三峽〉.

비슷한 정감을 이백은 〈조발백제성(朝發白帝城)〉에서 다음과 같이 묘사하고 있다.

안개속의 백제성을 이른 아침에 떠나,	朝辭白帝彩云間
천리 길 강릉을 하루 만에 돌아오네.	千里江陵一日還

| 양 기슭 원숭이 울음소리 멈추지 않고, | 兩岸猿聲啼不住 |
| 가벼운 배는 어느 덧 겹겹산을 지나왔네. | 輕舟已過萬重山 |

당나라 숙종(肅宗) 건원(乾元) 2년(759), 귀주성(貴州省)으로 귀양을 가던 이백이 바이띠청에 이르렀을 때 갑자기 사면령을 받고 뱃머리를 돌려 강릉(江陵)으로 향한다. 이 시는 사면령 뒤에 바이띠청을 출발하여 강릉으로 돌아가는 여정을 시인의 정감과 연계시켜 읊은 것이다. 이른 아침에 성을 떠나 천리 길을 하루 만에 돌아오는 쏜살같은 여정을 첫 두 구에서 묘사하고 있다. 3, 4구에서도 계곡에서 메아리치는 원숭이 울음소리가 그치지 않았는데, 돛단배는 이미 험산준령을 지나왔음을 묘사하고 있다. 사면령 뒤의 시인의 기쁜 마음이 일사천리로 흘러가는 창쟝의 강물에 투영되어 있음을 은연중에 나타내고 있다.

당나라 때 이백과 쌍벽을 이룬다는 시성 두보도 이곳과 관련된 많은 시를 남기고 있다. 당대종(唐代宗) 대력(大曆) 원년(766) 당시 55세이던 두보는 잠시 퀘이쩌우(夔州, 지금의 重慶奉節縣)에 거주하면서 〈추흥 팔수(秋興八首)〉를 지었는데, 아래 작품은 그중의 첫 수이다.

옥같은 찬 이슬에 단풍 숲도 시들고,	玉露凋傷楓樹林
무산과 무협에는 가을 날씨 쓸쓸하네.	巫山巫峽氣蕭森
창쟝 물결 하늘과 더불어 솟구치고,	江間波浪兼天湧
변방의 바람과 구름은 땅위를 뒤덮는다.	塞上風雲接地陰
두 차례 핀 국화꽃 보며 눈물 흘리고,	叢菊兩開他日淚
외로운 돛단배엔 향수가 매어 있네.	孤舟一繫故園心
겨울 옷 바느질을 곳곳에서 서두르고,	寒衣處處催刀尺
높다란 바이띠청엔 다듬이 소리 급하네.	白帝城高急暮砧

8년 동안 지속되던 안사의 난은 겨우 평정되었지만(763) 번진(藩鎭) 세력의 할거와 북쪽 이민족의 침입으로 전국의 전란은 끊임없이 이어진다. 그러던 중 두보가 믿고 의지하던 지기(知己)인 엄무(嚴武)가 죽게 되자, 오 갈 곳이 없던 시인은 우울한 나날을 보내다 이 시를 창작한다. 시의 전반부 에는 무산과 무협 지방의 가을 날씨와 전운이 감도는 변방지방의 침울한 기운을 묘사하고 있다. 하반부에는 끝없이 유랑하는 나그네의 단장(斷腸) 의 여수(旅愁)가 배어있다. "두 차례 핀 국화꽃"은 2년 동안 머물러 있었음 을 의미하고, "외로운 돛단배"는 고향으로 돌아가고 싶은 시인의 우수를 압 축하고 있다. 마지막 두 구절에서는 또 한해를 재촉하는 겨울이 다가왔음 을 설명하고 있다. 특히, 싼샤에 피어있는 "국화 꽃"과 "외로운 배," "겨울 옷," "다듬이 소리" 속에는 작가의 진한 향수를 담고 있다.

친구마저 떠나보내고 의지할 곳 없던 시인은 병마에까지 시달린다. 다 음 해인 대종(代宗) 대력(大歷) 2년(767) 9월 9일 중양절날, 역시 퀘이쩌우에서 창장의 물결을 굽어보면서 다음과 같은 내용의 〈등고(登高)〉 시를 지었다.

빠른 바람, 높은 하늘에 원숭이 슬피 우는데,	風急天高猿嘯哀
백사장 흰모래 위로 새들이 돌아오네.	渚淸沙白鳥飛廻
끝없는 나뭇잎은 쓸쓸히 떨어지고,	無邊落木蕭蕭下
끝없는 창장은 도도히 밀려온다.	不盡長江滾滾來
만리밖의 나그네 가을이 못내 슬프고,	萬里悲秋常作客
한평생 앓는 몸으로 홀로 누대에 오른다.	百年多病獨登臺
한 많은 어려움에 귀밑머리 희어지고,	艱難苦恨繁霜鬢
영락한 늘그막에 술마저 끊었다네.	潦倒新停濁酒杯

누가 말했던가? 흘러가는 강물을 내려다보면 자기도 모르는 사이

에 우울함이 느껴진다고. 흐르는 물처럼 인생이 덧없음을 느끼기 때문일까? 아니면 삶 자체가 마치 물위에 떠있는 느낌이어서 그럴까? 어쨌든 두보의 이 시는 창쟝의 강물을 내려다보며 느낀 시인의 개인적인 소회, 즉 인생의 무상함을 노래하고 있다. 시의 전반부에서는 적막하고 쓸쓸한 가을강변의 정경을 노래하고 있다. 원숭이 울음소리와 우수수 떨어지는 낙엽이 적막감을 더해준다. 전통적인 선경후정(先景後情)의 작법으로 시의 후반부에서는 시인의 정감을 노래하고 있다. 만리 밖 타지를 맴도는 외로운 나그네의 가을 우수, 늙어감도 서러운데 병 때문에 지친 육신, 그것을 해소할 술조차 마시지 못하는 처량함과 탄식을 나타내고 있다.

이처럼 장구한 역사를 가진 충칭이기에 역사 유적에 대한 기록도 적지 않다. 위에서 언급한 백제성이 그 대표적인 유산이다. 봉절에서 동쪽으로 4km 정도 떨어진 백제성은 쥐탕샤 서쪽 입구, 즉 장강의 북쪽 연안에 있는 초당화(草堂河)와 장강이 만나는 구릉위에 위치하고 있다. 역대로 많은 시인들이 이곳을 유람한 뒤의 정감을 작품으로 남겨서 시성(詩城)이라는 칭호도 가지고 있다. 원래 이 지역의 명칭은 바이띠청이 아니라 위푸(魚腹), 혹은 쿼이쩌우(夔州)라고 칭했다. 바이띠청이란 명칭은 서한말의 공손술(公孫述)이 취한 것이다. 서한말 왕망(王莽)이 한왕조의 왕위를 찬탈하였을 때 수하 대장인 공손술(公孫述)도 자기의 야심을 숨기지 않았다. 서기 25년에 스스로 백제라고 칭하고, 지명을 어복(魚腹)에서 백제성(白帝城)이라 개칭하였다. 하지만 겨우 11년이 지난 서기 36년 공손술은 결국 유수(劉秀)에 의해 멸망당하고 바이띠청은 불타서 사라진다. 황제의 꿈도 11년을 넘기지 못했던 것이다.

그러나 바이띠청이 유명해진 것은 촉한의 선주(先主)인 유비(劉備)가 승상(丞相)인 제갈량(諸葛亮)에게 아들 유선(劉禪)을 부탁한 곳이기에 때문이다. 서기 222년 유비는 관우에 대한 복수를 하기 위해 친히 백만대군을 이끌고 오나라를 치러간다. 당시 유비의 군사진영은 무협(巫峽)에

서 이릉계(夷陵界)까지 무려 800여리까지 이어지는 장관이었지만, 결국
은 오나라 육손(陸孫)의 화공에 대패를 당한다. 겨우 목숨을 건졌지만 병
이 위중하던 유비는 제갈량을 불러 다음과 같이 후사를 부탁하였다.

"그대의 재주는 조비(曹丕)보다 열배 뛰어나니 반드시 나라를 평안하게
하고 큰일을 이룰 수 있을 것입니다. 만약 태자를 보좌할 수 있다면 보
좌해주고, 만약 그러한 재목이 되지 못하면 당신이 그 자리에 오르시
오!"라며 무척이나 감동적인 말을 던진다. 사실 이러한 말은 군신사이
에 주고받는 성질의 말은 아니다. 차라리 친구지간에 부탁하는 말이라
고 여기는 편이 타당할 것이다. 이에 감동을 받은 제갈량은 눈물을 흘리
며 "신은 유언을 받들어 최선의 노력을 다하겠습니다. 끝까지 충정을
지키겠습니다."라고 대를 이어 충성을 하겠다고 맹세하였다. 어찌 보면
유비는 제갈량의 이 말을 듣고 싶어서 위와 같은 말을 했는지도 모른다.
어쨌든 그는 아들에게도 다음과 같은 유언을 남긴다. "사람이 오십이
되어서 죽으면 요절이라고 하지 않는다. 내 나이 60이 넘었으니 무슨 여
한이 있겠는가! ……너는 승상을 따르고 그를 아버지같이 모셔라."

그리고 223년 4월 복사꽃이 휘날리던 따사로운 봄날에 바이띠청에서
세상을 하직하니 향년 63세였다. 돗자리 장수에서 황제에 이르기까지 그야말
로 파란만장한 일생을 마친 것이다. 이것이 바로 그 유명한 "백제탁고(白帝托
孤)" 즉 '바이띠청에서 고아를 맡기다'의 고사인 것이다. 그렇지만 당나라 이
전까지는 공손술(公孫述)의 사당이었다고 한다. 명대에 이르러 비로소 유비
의 상(像)으로 대체하였으며, 지금까지 전해오던 백제묘는 청나라 강희년간
에 중수한 것이라고 한다. 이러한 유서 깊은 바이띠청이 고대의 유명한 시인
묵객들과 인연을 맺는 것은 어찌 보면 너무나 당연한 것일 수도 있다. 위에서

언급된 이백의 〈조발백제성(早發白帝城)〉과 두보의 〈추흥팔수(秋興八首)〉이 외에 대표적인 작품으로 두보의 〈영회고적(詠懷古迹)〉을 꼽을 수 있다.

동오를 넘겨보고 삼협으로 간 유비,	蜀主窺吳幸三峽
승하할 때도 역시 영안궁이었다네.	崩年亦在永安宮
빈 산속의 천자깃발 상상할 수 있지만,	翠華想象空山裡
궁전은 허무히 황량한 사원에 묻히었네.	玉殿虛無野寺中
옛 사당 옆 소나무엔 두루미가 찾아들고,	古廟杉松巢水鶴
여름겨울 제사 때는 촌로들이 찾아오네.	歲時伏臘走村翁
제갈량의 무후사도 항상 곁에 있으니,	武侯祠屋常隣近
군신은 한 몸이라 제사 또한 같구나.	一體君臣祭祀同

유비가 군사를 물려 백제에 주둔한 이후 이곳을 영안(永安)이라고 개칭하였다고 한다. 그러므로 유비가 세상을 하직한 곳은 바로 영안궁이었는데, 당시의 천자의 깃발이 휘날리던 산 속의 모습은 상상 속에서 떠올릴 수 있지만, 그러나 옛날의 궁전은 이미 사라지고 그 흔적도 보이지 않는다는 것이다. 시의 핵심은 마지막 두 구절에 있는 듯하다. 지혜와 충의의 화신인 제갈량의 형상이 시인이 가장 추앙하는 존재임을 나타내면서 동시에 군신일체(君臣一體)가 시인의 마음속에서 가장 소망하는 것임을 알 수 있다.

소식의 《동파지림(東坡志林)》에 따르면 제갈량이 白帝 부근의 평평한 모래위에 팔진도(八陣圖)를 만들었다고 한다.[73] 팔진도란, 전쟁 때 적군을 혼란시키는 일종의 진법으로 알려져 있다. 당시 두보는 팔진도의 유적을 참관하고 난 뒤 〈팔진도(八陣圖)〉 시를 통해 이루지 못한 제갈량의 한을 노래하고 있다.[74] 중당의 유우석(劉禹錫)도

[73] 蘇軾著, 趙學智校註, 《東坡志林》, 三秦出版社, 68쪽.
[74] "삼국을 정립시켜 공을 세웠고, 팔진도로 이름을 드높였다네. 강물 흘러가나 돌은 그대로 남아, 오를 멸하지 못한 여한이 되었다네.(功蓋三分國, 名成八陣圖. 江流石不轉, 遺恨失吞吳.)"

〈촉선주묘(蜀先主廟)〉에서 유비의 못다 이룬 한을 노래하고 있다.

천지간에 떨친 영웅의 기개,	天地英雄氣
천추만대에 길이 위엄이 있네.	千秋尙凜然
삼족 정립의 체를 나누었고,	勢分三足鼎
위업으로 오수전을 회복했다네.	業復五銖錢[75]
뛰어난 재상 얻어 나라를 체웠으나,	得相能開國
낳은 아들이 현명하지 못하였네.	生兒不象賢
처량하다, 촉나라의 옛 기생들이여	凄凉蜀故伎
위나라의 궁 앞에서 춤을 추는구나	來舞魏宮前.

[75] 오수전(五銖錢)이란, 한무제 때 유통한 고대의 화폐. 왕망이 왕권을 찬탈한 뒤 폐지했다가 동한 광무제때인 서기40년에 다시 유통하였다고 함. 여기서는 유비가 한나라 왕실을 회복한 위업을 가리킴.

이 시는 시인이 유비의 업적을 칭송하면서 사라져 버린 역사에 대한 감회를 나타내고 있다. 특히, 뛰어난 재상을 얻어 나라를 반석 위에 올려놓았으나, 현명하지 못한 아들의 우매함 때문에 결국 패망해버린 촉나라의 한을 서글프게 노래하고 있다. 《삼국지(三國志)·촉지(蜀志)·후주전(後主傳)》에 따르면, 서기 263년 위나라가 촉을 멸한 뒤, 후주는 낙양으로 압송되어 安樂公에 봉해졌다. 어느 날 사마소(司馬昭)가 연회를 베풀고 고의로 촉나라 기생들을 불러 춤을 추게 했는데, 이를 본 촉나라의 신하들은 슬픔과 울분을 참지 못했지만, "안락공"이란 이름 때문인지는 모르겠지만 후주만이 홀로 희희낙락했다고 전한다. 시인은 마지막 두 구절에서 어리석은 후주 유선의 우둔함을 크게 질타하고 있다.

이외에도 충칭 부근에는 "석각(石刻)의 고향(故鄕)"으로 불리는 따주석굴(大足石窟)이 있다. 세계문화유산으로 등록된 따주석굴은 대부분이 만당에서부터 님송사이에 바위에 조각을 한 예술품이다. 현전체에 약 40여 곳에 약

5만여 종의 석상을 보존하고 있다. 특히 이곳은 중국 후기 석굴 예술의 대표작이라 평가받고 있으며, 하남성 낙양의 롱먼(龍門) 석굴, 산서성의 따통(大同) 석굴, 감숙성의 뚠황(敦煌) 석굴과 함께 중국의 대표적인 석굴로 알려져 있다.

그중에서도 이곳의 불상은 대부분 뻬이산(北山)과 빠오띵산(寶定山) 두 곳에 집중되어 있다. 특히 뻬이산의 석상은 포완(佛灣)에 가장 많이 집중되어 있는데, 264개의 석굴과 1만존에 가까운 불상이 있다. 당경복(唐景福) 원년(892)부터 시작되었다고 전해지며, 그 중에서도 관음상, 지장보살상, 아미타불상 등이 가장 많으며 뻬이산석각(北山石刻)의 으뜸이라고 칭해지고 있다. 특히, 대부분의 석상들은 송대의 풍격이 그대로 남아 있는데, 당나라의 석상과 비교해보면 더욱 섬세하고 사실적으로 조각되어져 있다.

보정산(寶定山)에도 13곳에 1만여 개의 석각상이 있다. 따포완(大佛

따주석굴의 열반상

灣)과 시아오포완(小佛灣) 두 곳의 규모가 가장 크며, 산의 지세에 따라서 조각되어져 있다. 이것은 남송(南宋) 순희(淳熙) 2년(1175)부터 조각하기 시작한 것으로 주로 송대의 풍격이 그대로 전해지고 있다. 주된 내용은 대부분 불교경전의 고사들로 보존이 비교적 완정한 편이다. 이 중에서 가장 유명한 조각상은 천수관음인데, 연화대 위에 앉아 있는 모습으로 길이는 채 3미터에 미치지 못한다고 한다. 몸 뒷부분에는 마치 공작이 날개를 편 것같이 1007개의 손이 조각되어 있는데, 손의 모양이 각각 다르며 그 면적이 무려 100평방미터에 해당되는 석각 중에서도 아주 희귀한 형상이다.

따주 석굴이 기존의 다른 석굴과 다른 점을 크게 두 가지로 나눠 볼 수 있다. 첫째, 현재 중국에서 보존되고 있는 석굴 예술 중 보전이 가장 완정한 석굴이라고 할 수 있다. 두 번째로 유·불·도의 삼가사상의 융합이 두드러진다는 점이다. 석굴에는 부처나 보살의 형상뿐만 아니라, 공자나 노자, 신선 등의 석각상이 혼재하고 있는데, 이는 바로 송대의 사상사조를 반영한 것으로 보인다. 석상 이외에 여기에는 매우 진귀한 보물이 하나 있다. 그것은 바로 뻬이산의 포완(佛灣)에 있는《고문효경비(古文孝經碑)》라는 비석이다. 이 비석이 귀중한 이유는 바로 고문《효경》이 이미 실전되고 없기 때문이다.[76] 다시 말해서 원문이 이미 세상에 존재하지 않은 상태에서 뻬이산에 새긴 고문《효경》비석만이 그 실체를 알려주고 있기에 그야말로 보물중의 보물인 셈이다. 모두 6개의 비석에 22장을 새겨놓고 있다.

충청은 우리 문인과도 불가분의 관계를 맺고 있는 곳이다. 광

[76] 소위 말하는 고문(古文)이란, 금문(今文)의 상대적인 개념이다. 한나라때 경학(經學)에는 오경박사(五經博士)가 있었는데, 바로 유가의《역》,《서》,《시》,《예》,《춘추》를 가리킨다. 당시 박사가 제자를 가르칠 경우 사용하는 이 경서들은 모두 금문경(今文經)이었다. 진의 분서갱유때 수많은 유가의 경전들이 소실되었고, 한의 문제때에 이르러 비로소 나이든 유인(儒人)들의 기억과 암송에 의존하여 경전의 내용들을 다시 복원하였다. 당시에 통행하는 문자인 예서(隸書)로 기록하여 이를 금문경이라 칭하였다. 그런데 훗날 사라졌다던 경전들이 민간이나 왕부(王府)에서 발견되기 시작했었는데 이들은 모두 진나라 통일이전의 전서(篆書)로 기록되어져 있었다. 그러기에 이를 고문경(古文經)이라 칭한다. 따라서 서한전기에 출현한 고문경때문에 한대경학내부에서는 치열한 금고문 논쟁이 이어졌다. 동한 시기에 민간에서는 사학(私學)이 매우 성행하였는데, 당시에 민간에서 전했던 경학의 대부분이 고문경이었다고 한다. 그러나 고문《효경》은 이미 실전된 지 오래되어 세상에 전하지 않는다.

복군의 일원이자 타도 유신 체제의 선봉에 섰던 장준하 선생이 대표적인 인물이다. 26세의 나이에 일본군 학도병에서 탈출한 그는 장장 6000리라는 대장정 끝에 하늘보다 오르기가 힘들다는 빠슈링(巴蜀嶺)을 넘어 충칭의 임시정부로 넘어왔던 것이다. 1944년 8월 안훼이성(安徽省) 린취앤(林泉)에 도착한 그와 김준엽은 중국중앙군관학교 린취앤분교의 한국광복군훈련반에 입소하여 군사 훈련을 받는 동시에 민족의 해방을 이끌기 위한 정신적인 수단으로 김준엽과 함께《등불》1, 2호를 발간한다. 다음해 1월 중경의 임시정부에 도착한 그는 광복군에 편입되어 소위로 임관하고 투챠오뛰이(土橋隊)에 거주하면서 또다시《등불》3,4,5호를 발간하였던 것이다. 이처럼 머나먼 타국에서 오로지 조국광복이라는 염원을 이루고자 온몸을 던지는 그의 노력이 있었기에 충칭은 우리들에게도 영원히 기억될 수밖에 없는 존재인 것이다. 비록 의문 가득한 죽음으로 일찍 세상을 하직하였지만, "못난 조상은 되지 말자"고 언제나 강조하던 그의 인생에 우리는 그저 고개가 숙여질 뿐이다.

인류의 역사가 '끊임없는 생멸(生滅)의 역사'라고 할 수 있지만, 싼샤댐의 건설이라는 개발 논리에 밀려 수백 년에서 수천 년 동안 간직해온 인류의 문화 유산들이 물속으로 수장되거나 철거되어 그 원형이 사라지고 있어 너무나 안타깝다. 특히, 그것이 너무나 인위적인 것이기에 더욱 그러하다. 현재 댐의 공사가 일부 완료됨에 따라서 수위가 135미터로 높아지면서 종전보다 평균 50미터 좌우로 수심이 더 깊어졌다. 댐이 최종 완공되는 2009년에 이르면 댐의 수위가 175미터까지 올라가고, 그렇게 되면 유적뿐만 아니라 창쟝의 역사와 함께 해온 싼샤의 지형조차도 변형되어 문학 속에서 노래되어진 원형은 영원히 사라지게 된다.

백제성의 유적은 이미 철거되어 다른 곳으로 옮겨졌고, 완전히 수몰예정인 윈양(雲陽)현의 장비(張飛)묘도 철거되어 새 자리를 찾았다. 중국 최초의 애국시인이라 불리는 굴원의 고향인 후베이(湖北)성 즈꿰이(姊歸)현도 완전히 수장되고, 그를 기리는 굴원사(屈原祠) 사당만 고지대로 이전했다. 흉노에게 팔려가 수많은 아름다운 전설을 남기고 있는 한나라의 궁녀 왕소군(王昭君)의 고향인 샹시(香溪)도 2009년에 물에 잠긴다고 한다. 삼국지의 제갈량(諸葛亮)이 병서와 보검을 숨겼다는 시링샤의 병서보검협이 수몰됐고, 우샤의 빠둥(巴東)현 옛 북송(北宋) 성터도 물속으로 사라졌다.

이러한 변화를 아는지 모르는지 충칭성은 오늘도 예전처럼 스스로를 묵묵히 강물에 비추고 있다. 밤이 되면 산간 도시의 화려한 등불과 강가의 초롱초롱한 불빛들이 서로 조화를 이루며 밤의 현란함을 드러낸다. 한 가지 특징적인 것은 중국의 여느 도시와는 달리 도시가 산비탈에 위치하여 자전거를 찾아보기가 힘들다는 점이다. 동시에 수많은 창쟝 유람선의 시발점이자 종착 항구로 언제나 여행객의 발길이 북적이고 있는 곳이기도 하다. 최근에는 창쟝 상류와 중국 서남 지역 수륙 교통이 사통팔달로 이어지는 물자의 집산지로 부상하며, 서부내륙과 동부 연안을 잇는 무역의 중심지, 물류의 중심지로 주목받고 있다. 지금은 싼샤댐의 건설을 직접 지원하는 배후 도시로써, 또한 서부대개발을 추진하는 중심 도시로 거듭나면서 이목이 집중되고 있다.

당나라 초기 왕발(王勃)이 지었다는 〈등왕각서(滕王閣序)〉에는 다음과 같은 명 구절이 있다. "오호라! 명승지는 영원하지 못하고 성대한 연회는 다시 있기 어렵다.(嗚呼!勝地不常,盛筵難再)" 비록 현대적인 도시 건설이 계속되고, 수몰 유적이 늘어나면서 싼샤의 옛 모습이 사라진다 해도 시인묵객들의 흔적이 뚜렷하면서도 수많은 낭만적인 전설을 간직한 충칭은 여전히 매력적인 곳임에는 틀림없다. 사족을 달자면 문학의 영원성 때문이랄까!

일본국도(日本國圖),《천하도(天下圖)》, 19세기 후반
출처_영남대학교 출판부,《韓國의 옛地圖》, 1998.

2부
일본

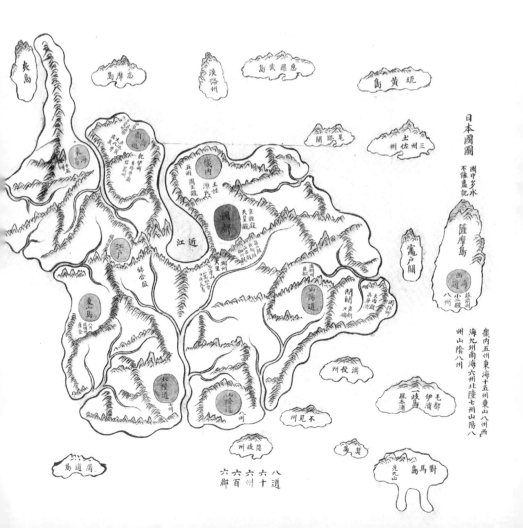

동아시아의 근대 풍경

도쿄

노영희

1. 에도에서 도쿄로

도쿄는 일본의 정치 경제 문화의 중심지일 뿐 아니라, 세계에서 주목받고 있는 도시이다. 그런데 도쿄가 대도시로 발전할 계기가 된 것은 1603년 도쿠가와 이에야스(德川家康)가 에도(江戸, 현재 도쿄)에 막부(幕府)를 연 다음부터였다. 이 때까지 일본의 수도는 천년 가깝게 교토(京都)였고, 에도는 한 지방 도시에 지나지 않았다. 군사 도시로 막부의 중심지가 된 에도는 시가지를 구획 정리하고 매립 공사를 해서 대 도시로 발전할 계기를 마련했다. 에도의 인구는 1716년에서 1736년에는 초닌(町人)이 60만 명, 무사가 60만 명으로 당시 세계 최대의 도시였다. 에도라는 말의 어원에는 여러 가지 설이 있지만 아이누말로 곶(岬)의 끝(端), 곧 바다의 끝이라는 뜻이라고 한다. 이런 에도는 1868년 7월 메이지(明治) 천황이 "에도를 도쿄(東京)"[77]이라고 부른다고 이름 붙임으로써 하루아침에 도쿄로 불리게 되었

77 浮田典良 外 監修,《日本地名大百科 ランドジャポニカ》, 小學館, 1996. 770쪽.

다. 도쿄란 동쪽의 수도라는 뜻으로 오래 동안 수도였던 교토의 동쪽 수도라는 뜻이 있었다. 에도 시대에는 임진왜란의 상처를 딛고 새롭게 맺어진 한·일 관계 속에서 조선통신사의 500여 명 대행진이 17·18세기에 10여 차례 오갔으며, 신유한(申維翰)의《해유록(海維錄)》과 같은 명기행문을 남기기도 했다.

메이지 유신 뒤 일본 신정부는 에도 막부의 뒤를 그대로 이어받아 에도성을 황거(皇居)로 만들었으며, 장군의 저택이나 무사들이 있던 곳에는 청사를 두어 도쿄부(東京府)를 설치했다. 1871년 폐번치현(廢藩治縣)[78] 때는 당시까지 에도 봉행(奉行)의 관할 범위였던 곳이 모두 도쿄부로 옮겨지고 동시에 주변의 4개 마을을 합병했다. 이로써 도쿄부는 옛 에도의 시가지와 그 주변의 농촌 마을로 둘러싸인 형태가 되었

[78] 1871년 중앙 집권화를 위해 군현제도를 설치하고, 번(藩)을 없애고 1사(使) 3부(府) 302현(縣)을 둔 메이지 정부의 개혁을 말하는데 같은 해 말에는 1사(使) 3부(府) 72현(縣)으로 개편되었다.

다. 1878년에는 군구정촌편제법(郡區町村編制法)에 따라 옛 에도의 시가지가 15구(區)로 구분되었고 농촌이었던 곳이 6군으로 되었다. 중앙 집권 국가로 계속 영역을 확대해가던 도쿄는 1923년 관동 대지진으로 커다란 피해를 입었다. 진도 7.9의 강진은 화재를 유발했고, 도쿄는 2박 3일 동안 화염에 싸여 초토화되었다. 그리고 이 난리 중에 식민지의 희생물로 끌려온 조선 젊은이 7000명이 이때 죽임을 당한 것이다. 그 복원 사업이 완성되어갈 무렵, 이번에는 제2차 세계 대전으로 대공습을 받아서 옛 시가지는 거의 파괴되었다. 전후의 복구 사업으로 1947년에는 전시 체재 아래 있었던 도쿄부와 도쿄시를 합병해서 도쿄도의 구획이 현재의 23구가 되어서, 구가 시와 같은 권한을 갖게 되었다. 1950년대 후반에는 고도 성장에 힘입어 도쿄는 현재와 같은 국제 도시로 변모했다.

도쿄도의 면적은 2,186.61㎢로 오사카부(大阪府)와 가가와현(香川縣)에 이어서 일본의 행정 구역 중에서 면적이 세 번째로 작다. 그러나

상업과 공업이 집중되어 있어 인구는 1222만 명으로(전체 인구 12,744만 명)이며, 인구 밀도는 세계 최고로 5587/㎢명이다.[79] 도쿄는 인구 집중 현상이 심각해서 도쿄 반경 50km에 일본 국민의 24.4%가 거주하고 있어서 주택도 밀집되어 있는 거대한 소비 도시가 되었다. 도쿄의 지형이나 기후 등의 자연조건을 살펴보면 이 도시는 동쪽에서 서쪽으로, 시타마치(下町)[80], 야마노테(山手)[81], 무사시노(武藏野)[82], 구릉, 산지, 그리고 도서(島嶼) 지역으로 구분된다. 야마노테에는 주로 무사들이, 시타마치에는 상인들이 거주하게 되었다. 이런 야마노테와 시타마치라는 지역 구분이 이미 17세기에 일반화되어 있었다고 한다.[83]

79 이 자료는 矢野恒太記念會에서 펴낸《日本のすがた 2004》(2004. 3.10 발행)에 수록된 자료로 2002년 10월 1일 현재의 수치임.
80 시가지에서 낮은 곳에 있는 지역. 주택 지구에 대한 상공업 지구 또는 고급 주택 지구에 대해 서민 주택 지구를 말함. 도쿄에서는 통상적으로 스미다(隅田)구와 에도가와(江戸川) 주변 구역을 말함.
81 도쿄도 서쪽의 태지(台地)상의 지역으로, 동쪽의 스미다(隅田)강을 따라가는 시타마치에 대응되는 호칭임. 에도 시대에 무사 계급이 많은 저택지로 형성되어 확대된 주택가를 말함.
82 도쿄도 중동부, 스기나미(杉並)·네리마구(練馬)에 접한 주택 지구를 일컬음.
83 앞의 책《日本地名大百科 ランド ジャポニカ》771쪽.

시타마치란 지명은 일반적으로 지형이 낮은 곳이란 뜻이지만 이른바 성(城) 아래 있는 마을이므로 시타마치라고 불리웠다. 시타마치의 범위는 아라카와(荒川), 에도가와(江戸川), 다마가와(多摩川)의 충적 평야 지대로, 이른바 도심을 포함하는 지역이다. 일본의 중추 관리 기능이 집중하고 있는 곳이 도심인 지요다구(千代田區)와 추오구(中央區), 미나토구(港區)로 명치 초기까지의 도심은 니혼바시(日本橋) 지구였다. 그러나 오늘날의 행정 중심은 가스미가세키(霞が關), 업무 중심은 마루노우치(丸ノ內)와 오테마치(大手町), 상업은 긴자(銀座), 오락은 히비야(日比谷) 등으로 지역 분화가 이루어져 있다. 시타마치는 강과 수로로 둘러싸여있으며, 수운(水運) 편이 좋아서 에도의 상업과 문화의 중심지로 그들 특유의 기질이 형성되었다. 그들은 정의감이 왕성하며 그해 첫 번에 잡은 가다랭이를 좋아하고 하룻밤 지낸 돈은 쓰지 않는다는 식의 이른바 에도나기(江戸っ子) 성질로 대표된다.

야마노테(山手)란, 저지(低地)에 있는 시타마치와 대비되는 지역으로, 무사시노 태지(台地)의 동부를 차지하는 고지(高地)에 해당되며, 교육지구 또는 부도심으로 문화와 교육 시설 그리고 상업이 집중되어 있다. 야마노테 지구는 에도 시대에는 상업과 오락이 성행했던 곳이 포함되어 있었다. 관동 대지진 이후 야마노테선 전철이 1925년 환상선(環狀線)으로 개통되어 일약 야마노테 지역을 주택지구로 개발시켰다. 또한 신주쿠는 도쿄도청이 도심에서 이전되어 갑자기 부도심이 되었다. 분쿄구(文京區)나 신주쿠구(新宿區)는 1970년대부터 거주 인구가 감소하고 주변권에 주택이 증가하는 현상이 나타났다. 따라서 '야마노테' 라는 말에는 일종의 향수가 감도는 분위기가 포함되어 있다.

도쿄에는 일본 각 지방에서 인구가 집중되어 있어서 토박이 '도쿄나기' 는 그다지 많지 않다. 도쿄에는 현인회(縣人會) 등이 많이 있는데, 이는 각 지방 출신자들의 향수의 표현이기도 하다. 도쿄의 연중 행사는 농산물과 관련된 것이 많다. 도쿄의 축제는 1월 8일에 열리는 돈도(どんど) 축제로 시작된다. 이 축제는 설날에 문 앞에 장식해 두었던 소나무나 대문 위에 매달아 두었던 새끼줄을 도리코시(鳥越) 신사에서 태우는 행사로 1년 동안 병과 재해를 방지하고 복을 빈다. 7월 6일에서 8일까지 3일간 열리는 나팔꽃 시장과 7월 9일과 10일 양일 간 열리는 꽈리 시장은 에도의 정서를 전해주는 풍물 시장으로 유명하다. 한편 7월 마지막 토요일 스미다(隅田) 강가에서 열리는 불꽃 축제는 300여 년의 역사와 전통을 지니며 에도 시대부터 서민들에게 사랑을 받아온 여름행사이다. 또한 10월 1일부터 10일 동안 열리는 대도쿄(大東京) 축제 기간에는 도내 각 곳에서 다채로운 놀이마당이 벌어지는 등 도쿄의 축제는 21세기의 세계도시 도쿄 속에서도 에도 시대부터 내려오는 전통을 잘 이어받고 있음을 보여 준다.

2. 한국 문학 속의 도쿄

근대 한국 사람들에게 도쿄는 어떤 곳이었을까? 도쿄는 이른바 정한론(征韓論)을 주장하는 무리들의 소굴이면서 한편으로 청춘의 꿈을 품은 조선의 젊은 남녀들이 도쿄로 몰려들었다. 1880(메이지 13)년에는 도쿄외국어학교가 조선어과를 두어 이수정(李樹廷)이 교사로 우치무라 간조(內村鑑三) 등 일본 지식인의 존경을 받으며 사교계의 총아가 되기도 했다. 그러나 벌써 1910년 일본이 조선을 강제 합병한 뒤에는 1919년 2월 8일 도쿄한국기독교청년회관에서 조선 독립 선언이 시작되었으며, 도쿄는 "한국 현대 문학사의 한 흐름을 짚을 수 있는 근대 문학사의 창고"[84]로 평가되기도 한다. 도쿄대학교가 있는 혼고구(本鄕區) 일대와 도요(東洋)대학이 있는 고이시가와구(小石川區) 일대, 그리고 쥬오(中央)대학과 메이지(明治) 대학, 니혼(日本) 대학이 소재한 간다구(神田區)와 와세다(早稻田)대학이 있는 도츠카초(戶塚町) 일대는 한국 학생들로 초만원을 이루었다.[85]

조선 사람의 일본 유학생은 일찍이 1881년 60여 명으로 구성된 일본시찰단의 일원이었던 윤치호(尹致昊)와 유길준(兪吉濬)에게서 시작되었다. 이 중 윤치호는 계몽 철학자인 나카무라 마사나오(中村正直, 1832~1891)가 간다(神田)에 세운 동인사(同人社)에, 그리고 유길준은 후쿠자와 유키치(福澤諭吉,

84 김응교, 〈1923년 9월 1일〉, 《민족문학사연구》 19호, 2001, 250-251쪽. 이 글에서 김응교는 관동 대지진을 경험한 한국 유학생들, 특히 소설가 이기영, 시인 김동환, 김용제, 이상화 등이 그 사건을 어떻게 작품화했는지를 집중적으로 조명하고 있다.
85 김을한, 《실록 동경유학생》, 탐구당. 1986, 31쪽.

구당 유길준

1835~1901)가 미다(三田)에 세운 게이오(慶應)의숙에 입학함으로써 한국 최초의 일본 유학생이 되었다. 그 뒤 개화기 한국의 각 분야를 이끌었던 많은 선구자들이 도쿄에서 그들 나름의 꿈을 키웠다. 문인 중에는 이광수 · 최남선 · 김동인 · 염상섭 · 김영랑 · 박용철 · 양주동 · 이장희 · 이상 등 수많은 문인들이 도쿄에 유학해서 청운의 꿈을 피우기도 했고 한편으로는 절망 속에서 허우적거리다가 끝내 죽음을 맞이하기도 했다.

　　이들 유학생 중에는 민족과 국경을 초월하여 바람직한 인간관계를 남긴 사람도 적지 않다. 마해송(馬海松)과 기쿠치 칸(菊地寬), 김소운(金素雲)과 기다하라 하쿠슈(北原白秋), 이무영(李無影)과 가토 다케오(加藤武雄)등이 사제간으로 얽혀져 있다. 또한 방정환(方定煥)과 동화 작가 이와야 사자나미(巖谷小波), 송석하(宋錫夏)와 민속학자 야나기 무네요시(柳宗悅), 윤일선(尹日善)과 세균학자 시가 기요시(志賀潔) 등의 관련이 주목되어 왔다.[86]

[86] 김을한, 앞의 책, 60쪽.

　　그러나 조선 사람으로 일본 문단에 등단한 첫 번째 문인으로 장혁주(張赫宙)의 경우, 1932년 일본 종합 잡지《개조(改造)》에 현상 창작으로 2등 당선된 뒤, 그는 도쿄에서 활동하며 도쿄를 '서울[京]'로, 조선을 '지방'으로 말하는 심상 지도(心象地圖)를 가졌다. 그것은 비평가 김문집(金文輯)이 말한 바 그의 일본어 작품이 "도쿄 문단에서는 이른바 지방 문학 청년의 경계를 한 발짝도 벗어나지 못했다".[87] 장혁주의 도쿄관은 1935년 〈이경의 슬픔(離京の悲しみ)〉에서 "나를 태운 기차가 시마가와(品川)을 지나고, 요코하마(橫浜)를 지나자 나는 잠시 스스로 낙오자처럼 슬프게 생각되었다"고 쓰고 있다.[88]

[87] 金文輯, 〈張赫宙君에게 보내는 공개장 1. 文壇 페스트 菌爭後感〉, 〈조선일보〉 1835년 11월 3일.
[88] 張赫宙, 〈離京の悲しみ〉, 《文藝通信》3권 5호. 1935. 5. 23쪽(中根隆行, 〈〈朝鮮表象の文化誌〉〉, 新曜社, 2004, 228-233쪽 참조).

　　여기서 수필가이며 번역가로 널리 알려진 김소운(1908~1981)의 경우,《조선민요집(朝鮮民謠集)》 초고를 들고 기다하라 하쿠슈(北原白秋,

좌흥 윤치호

1885~1942)를 찾아간 일이 그의 자전 수필집 《하늘 끝에 살아도天の涯に生くるとも》에 자세하다.[89] 그는 하쿠슈와의 인연을 계기로 이른바 하쿠슈 성(白秋城)에 속한 동시대의 문인, 하기와라 사쿠타로(萩原朔太郎, 1886~1942)와 무로 사이세이(室生犀星, 1889~1962) 등 많은 일본의 문인과 화가들과 교류했다. 김소운의 역시집 《젖빛 구름》에는 당대의 뛰어난 문인 시마자키 도송(島崎藤村, 1872~1943)이 서문을 썼으며, 시인 사토 하루오(佐藤春夫, 1892~1964)가 〈조선의 시인을 일본 문단에 맞아들이는 글〉이라는 장문의 서문을 썼다. 하가 도오루(芳賀徹)는 이 서문이 "소운의 번역시에 담겨진 역시가(譯詩家)로서의 마음가짐을 통찰하고, 번역시의 아름다움과 나아가 아시아에서, 세계에서 조선의 근대시가 가질 수 있는 의의를 포착, 이를 높게 평가하고 있는" 글임을 논한 바 있다.[90] 이처럼 김소운이 일본 문인들과 폭넓게 교류할 수 있는 장이 되었던 곳도 도쿄였다.

한편 시인이며 소설가로 널리 알려진 이상(본명 金海卿, 1910~1937)이 생각한 도쿄와 작품 속에 그려진 도쿄는 어떤 모습이었을까? 이상은 일본어가 능통하여 일본어로 쓴 시를 남기기도 했으며 그의 작품 속에는 여기저기 일본어가 등장하기도 한다. 그런 이상에게 도쿄란 남다른 의미로 다가왔음에 틀림없다. 그는 '도쿄에 갑니다' 라는 말을 자주 작품 속에 등장시키면서 도

89 金素雲, 《天の涯に生くるとも》, 新潮社, 1983년, 116-130쪽에서는 하쿠슈를 만나러 갔던 일화가 적혀 있다. 하쿠슈는 김소운의 원고를 보고 "이런 멋있는 시심(詩心)이 조선에 있다니" 하고 감탄했다고 한다.

90 1998년 8월 21일 부산정보대학에서 개최된 〈韓日交流와 金素雲의 文學世界〉에서 발표한 방하철(芳賀徹)의 발표문 27쪽의 〈金素雲と同時代日本文人〉 참조.

이상

쿄에 갈 날을 염원하고 있었다. 그런 이상이 도쿄를 향한 것은 절대절명의 선택지였으며 최후의 도박으로 평가되기도 한다.[91]

그러나 이상은 그토록 염원하던 도쿄에 도착하자마자 1936년 11월 14일 "期於코 東京 왔오. 와 보니 失望이오, 實로 東京이라는 데는 치사스러운 데로구려"[92]라고 시작하는 편지를 친구 김기림에게 보낸다. 이상이 10여 년 동안이나 동경했던 도쿄가 첫눈에 치사스런 도시로 비친 것이다. 또한 그가 사망한 뒤인 1939년 5월 《문장》에 발표된 〈도쿄〉라는 수필은 이상이 도쿄에서 느꼈던 실망과 좌절의 깊이를 잘 전해주고 있다.

91 김윤식, 〈배천 · 성천 · 도쿄체험〉, 《李箱文學全集》 3 수필 소수 '책머리에,' 문학사상사, 1993, 12쪽.
92 앞의 책, 《李箱文學全集》 소수 〈私信〉, 233쪽.

> 내가 생각하던 '마루노우찌 삘딩,—俗稱 마루비루—는 적어도 이 '마루
> 비루'의 네 갑절은 되는 宏壯한 것이었다. 紐育(뉴욕—필자 주) '브로-
> 드웨이'에 가서도 나는 똑같은 幻滅을 당할는지—어쨌든 이 都市는 몹
> 시 '깨솔링' 내가 나는구나가 東京의 첫인상이다.[93]

93 앞의 책, 《李箱문학전집》3 수필, 문학사상사, 1993, 95쪽.
94 이 건물을 지을 때 당시 도쿄 유학생들이 비지땀을 흘리면서 아르바이트를 했다(김을한, 앞의 책, 52쪽 참조).
95 磯田光一, 《思想としての東京》, 東京: 講談社, 1990, 99쪽. 이소다는 이 글에서 빌딩에도 여성들이 진출하므로써 '남녀칠세부동석'이라는 도덕적 규범이 무너지게 되었고, 이는 〈도쿄행진곡(東京行進曲)〉과 같은 노래에도 마루노우치 빌딩이 등장하고 있음을 밝히고 있다.

이상은 제일 먼저 당시 도쿄의 상징물로 도쿄역 앞에 우뚝 서있던 마루노우치(丸ノ內) 빌딩[94]에서 실망을 느낀다. 1923년 2월 준공된 이 '마루노우치 빌딩'은 당시 근대 건축물의 상징이기도 했다. 이 건물이 쇼와(昭和) 시대의 도쿄와 함께 출발하여 요코미치 리이즈(橫光利一, 1898~1947) 등의 신감각파(新感覺派) 문학 운동의 기저가 된 현실을 표현하고 있음은 평론가 이소다 코이치(磯田光一, 1931~1987)가 지적한 바와 같다.[95] 이상이 오랫동안 동경했던 도쿄, 그리고 현실로 눈앞에 보이는 도쿄에서 느꼈던 절망감, 이런 꿈과 현실과의 차이는 단순히 이 마루빌딩뿐만은 아니었을 것이다.

그가 항상 책을 통해서 친숙했고 도쿄에 꿈을 가지게 되었던 일본 문단에 대한 실망감도 이 마루 빌딩을 보았을 때의 실망감과 마찬가지였을 것이다. 문예지를 통해서 알게 되고 꿈을 품게 되었던 도쿄는 마치 그가 좋아했던 작가인 장 콕토(Jean Cocteau, 1889~1963)와 아폴리네르(Guillaume Apollinaire, 1880~1918)의 시에 적혀 있듯이 색채가 풍부하고 화려한 도시였으리라. 그리고 자신의 작품을 키워주는 영양소로서의 거리였을 것이다.

그러나 당시 일본의 식민지였던 서울에서 온 젊은 문인 이상의 눈에 비친 현실의 도쿄는 그가 오랫동안 꿈꾸었던 유토피아이기는커녕 단지 가솔린 냄새로 가득 찬 서양의 모조품에 지나지 않았다. 당시 폐가 나빴던 이상이 거리에서 마구 풍기는 가솔린 냄새로 얼마나 심하게 괴로워했는지를 충분히 짐작하게 한다. 이상은 도쿄에 대해 헛된 꿈만 꾸고 있었던 것은 아니었다. 그는 도쿄에는 자신을 채찍질하는 고생이 있을 뿐이라는 것을 예상하고 있었다. 그러나 실제의 도쿄는 그를 채찍질하는 곳도 아니었고 정신적으로나 육체적으로 숨이 막힐 듯한 곳에 지나지 않았다. 이와 같은 괴로움과 주위의 냉대로 그는 점점 방안에 칩거하게 되

마루노우치 빌딩, 1929 출처_《明治大政圖誌》3(1979, 筑摩書房)

고 한 때는 그토록 도망치고 싶어 했던 서울을 그리워하며 편지를 썼던 것이리라.

> 東京이란 참 치사스러운 都십디다. 예다대면 京城이란 얼마나 人心좋고 살기 좋은 '閑寂한 農村'인지 모르겠습니다. 어디를 가도 □味가 당기는 것이 없으그려! キザナ(아니꼬운 ─ 필자 주) 表皮的인 西歐的 惡息의 말하자면 그나마도 그저 分子式이 겨우 여기 輸入이 되어서 ホンモノ(진짜 ─ 필자 주) 行체를 하는 꼴이란 참 구역질이 날 일이오.
> 나는 참 東京이 이 따위 卑俗 그것과 같은 シナモノ(물건 ─ 필자 주)인 줄은 그래도 몰랐오. 그래도 뭐이 있겠거니 했드너 果然 속빈 강정 그것이오. 閑話休題─나도 보아서 來달 중에 서울로 도루 갈까 하오. 여기 있댔자 몸이나 자꾸 축이 가고 兼하여 머리가 混亂하여 不時에 發狂할 것 같소. 첫째 이 깨솔링 냄새 彌蔓セット(넘쳐흐르는 것 ─ 필자 주) 같은 거리가 싫소.[96]

96 앞의 책, 《李箱文學全集》 3, 수필, 234쪽.

이처럼 꿈의 도시 도쿄에서 실망을 느끼고 서울에서의 괴로웠던 생활을 생각하며 번민에 빠져있던 이상의 모습은 그가 도쿄에 머물면서 쓴 《슬픈 이야기》, 《공포의 기억》, 《권태》, 《19세기식》, 《종생기》 등의 작품명을 보아도 충분히 상상할 수 있다. 이런 이상의 도쿄에서의 고독에 대해서 시인 고은은 "이상의 고독은 도쿄가 준 나쁜 선물이 아니었고, 아마도 이상 스스로에 의한 당연한 소치로 나타난 고독이었다. 단지 도쿄는 그 고독의 위대한 형식으로서의 배경에 지나지 않는 것으로 보인다"[97]고 평하고 있다.

97 고은, 《이상평전》, 민음사, 1977년, 366쪽.

결국 이상에게 도쿄는 19세기를 상징하는 현실 세계인 서울에서 탈피할 수 있는 도구였음에 틀림없다. 그러나 20세기의 도시 도쿄에 온

동아시아의 근대 풍경 · 도쿄   165

그는 곧 현실의 환멸을 느낀다. 그의 이상은 20세기를 향해가지만 그의 머릿속에는 19세기의 도덕성이 여전히 자리잡고 있었기 때문이리라. 이상은 그가 한 때 유토피아 세계를 꿈꾸었던 도쿄에서 환멸과 고통 속에서 몸부림쳤고 도쿄 체류 겨우 180일(1936.10.17~1937.4.17) 만에 생을 마감함으로써 20세기를 지향했던 그의 도쿄에 대한 꿈도 막을 내린다.

3. 근대 여성들과 도쿄

근대 문학자들이 품고 있었던 도쿄에 대한 이미지는 근대 여성들에게도 그대로 전해진다. 선구자적 위치를 차지한 근대 여성들은 거의 모두 일본에 유학했으며, 일본을 통해서 지적 범위를 넓힘과 동시에 새로운 삶의 방향을 찾기도 했다. 그들 중에는 1913년 17살의 나이에 유화를 배우기 위해 도쿄로 유학한 나혜석(羅惠錫, 1896~1946)이 있었다. 그는 도쿄에서 유화뿐 아니라 유학생 모임인 '학우회(學友會)'를 통해서 조국과 민족을 생각하는 애국심을 고양시키기도 했다.

나혜석

그는 당시 데모크라시의 조류가 넘쳐흐르던 시대 분위기에 힘입어 여성 해방을 주장하던 일본 신여성들의 활약에 많은 충격을 받기도 한다. 그는 1914년 2월호의 《학지광》에 〈이상적 부인〉이란 글을 남겼다. 이 글 속에는 나혜석이 생각하는 여섯 명의 이상적 부인이 등장한다. 《부활》의 여주인공

카츄샤, 독일의 극작가 주더만의 《고향》의 여주인공 '막다,' 입센의 희곡 《인형의 집》의 여주인공 '노라,' 《엉클 톰스 캐빈》의 작가 스토우 (1811~1896)와 함께 일본 여성으로 여성 운동가 히라츠카 라이초(平塚ら いてう, 1886~1971)와 가인(歌人) 요사노 아키코(與謝野晶子, 1878~1942) 가 포함되어 있다. 나혜석은 당시 일본인들의 입에 회자되고 있던 대표적 신여성 라이초와 아키코를 부분적으로나마 이상적인 삶을 살고 있는 여성으로 꼽고 있었음이 확인된다. 이는 나혜석이 이 두 일본 여성의 삶에서 많은 것을 받아들이고 있음을 알 수 있다. 일본 여성뿐 아니라 앞의 그가 이상으로 삼은 네 명의 서양 여성의 삶을 알게 된 것도 도쿄에서이다. 나혜석은 1917년 3월과 7월의 《학지광》에 〈잡감(雜感)〉이란 제목으로 발표한 글에서 자신이 표본으로 삼은 '이상적 부인' 과 같은 사람이 되기 위한 마음의 자세에 대해서도 언급하고 있다. 그는 어떤 비난에도 굽히지 않고 조선 여성을 계몽하기 위해 노력할 다부진 각오를 보여 주고 있다. 유화를 배우기 위해 찾아갔던 도쿄는 그밖에도 그녀를 신여성으로 성장시켜줄 수 있는 토양을 갖추고 있었다.

나혜석과 같은 비슷한 시기에 후에 독립 운동가로 활약하게 될 김마리아(1892~1944)도 도쿄에서 유학했다. 그녀는 1913년 정신여학교를 졸업하고 모교에 재직중 그 학교의 교장이었던 루이스의 배려로 일본에 유학하게 된다. 1914년 히로시마의 금성(錦城)여학원에 입학해서 일본어를 배운 뒤 이듬해인 1915년에는 도쿄여자학원 대학 예비과에 입학해서 상경하게 된다. 그 뒤 1918년 말쯤 김마리아는 도쿄유학생독립단에 가담하여 황에시덕 등과 함께 독립운동에 첫발을 내딛게 된다. 그녀는 1919년 도쿄에서 열린 2 · 8 독립 선언에 참가한다. 그는 "졸업장을 받는 것보다 나라를 찾는 것이 우선" 이란 생각으로 고국에 돌아와 독립 운동에 열성을 다한다. 도산 안창호는 "김마리아 같은 여성 동지가 10명만 있었던

들 한국은 독립이 되었을 것"이라고 말한 바 있다. 그를 심문했던 일본의
형사가 "너는 영웅이다. 그러나 너보다도 그러한 너를 낳은 네 어머니가
더 영웅이다"[98]라고 한 말은 김마리아의 삶이 어떤   98 《세계의 여성전기》2, 三珍社.
것이었는지를 말해주고 있다. 이런 김마리아가 민족 의식을 키울 수 있
던 곳 또한 도쿄이었다. 한편으로 한국 최초의 민간 신문 여기자 최은희,
여성교육의 선구자였던 황신덕 등 신여성들에게 도쿄는 새로운 문화를
흡수할 수 있는 교육장이기도 했다. 그들은 도쿄에 유학해서 신교육을
받는 것에 그치지 않고, 여성으로서의 정체성을 발견할 수 있는 계기를
마련했으며, 결국은 한국인으로서의 정체성을 자각하는 발판이 된 것도
도쿄 유학 체험을 통해서였다.

4. 21세기의 도쿄

도쿄는 세계에서 유례를 찾아보기 힘들 정도로 독특한 도시 경관
을 갖고 있다. 이런 도쿄라는 도시의 특징을 건축가이며 도쿄대학교 명
예 교수인 아시하라 요시노부(芦原義信, 1918~)는 "도쿄는 언뜻 혼돈의
도시처럼 보이지만 그 속에는 융통성있는 신진 대사의 미학이 존재"[99]한
다고 분석한 바 있다. 그는 언뜻 무질서하게 보이면서도   99 요시노부, 민주식 옮김,
《도쿄의 미학 혼돈과 질서》,
소화, 58~62쪽 참조.
그 속에 내재된 도쿄의 '숨겨진 질서'를 제시하고 있다.
내가 처음 만났던 도쿄, 1970년대 말 도쿄에서 느낀 첫인상도 바로 이런
느낌이었다. 나리타(成田) 공항에서 도쿄 도심으로 가는 곳에 늘어선 주
택들은 보기에도 의아할 정도로 작고 초라했으며 특히 여기저기 눈에 띠
는 세탁물과 이불들은 무질서 그 자체였다. 아시하라 교수는 일본인들은
집 내부의 질서에 관심을 갖고 있지만 집 밖의 질서에는 무관심하여 아
무렇지도 않게 세탁물 등을 두어서 혼돈스런 도시경관을 형성해 간다고
평하고 있는데, 세계 여러 나라와 비교해 볼 때 참으로 독특한 경관임에

틀림없다.

　그러나 도심은 또 다른 세상이다. 도심 신주쿠(新宿)와 시부야(澁
谷)의 거리와 도시 경관 속에는 실로 무질서 속에 질서가 내재되어 있음
을 실감나게 한다. 현재의 도쿄는 세계화 시대 동아시아의 한 중심축이
되어 있고, 우경화가 뚜렷한 분위기 속에서 한국과 일본 사이, 북한과 일
본 사이에 정치적 상호 관계가 긴장을 늦추지 않고 있다. 텔레비전과 극
장가에서는 〈겨울연가〉와 〈대장금〉이 절찬리에 방영되고, 한류의 절정
을 이룬 배용준(욘사마) 열풍이 일본 아줌마 부대의 한국어 열풍의 붐을
일으키고 있다. "혁명을 포기하는 일본 문학은 1980년대에 끝났다"고 말
하고 스스로 비평을 팽개쳤다는 가라타니 고진(柄谷行人)은 이렇게 말했
다. "역사적 이념도 지적, 도덕적 내용도 없이 공허한 형식적 게임에 목
숨을 거는 문학, 일본에서밖에 읽히지 못할 통속적 작품을 쓰는 작가들
은 문학의 죽음을 증명할 뿐인 패거리"[100]라고. 그러나 한
편 이런 통속적 공허한 문학들이 한국 젊은이들에게 선
풍적으로 읽히고 있다는 현실 또한 한국 문학의 현실이기도 하다. 이런
'죽음의 증명' 이 일본의 중심으로 오늘의 도쿄를 떠받치고, 21세기의 도
쿄는 보수 우익의 대명사인 이시하라 신타로(石原愼太郎)가 재선 시장으
로 구시대의 향수를 구가하고 있고, 증대되는 베이징의 숨결을 의식하면
서 이제 동아시아를 넘어온 21세기 문명의 중심으로 도쿄는 과연 어떤
철학을 제시할 수 있을까?

[100] 가라타니고진, 〈근대
문학의 죽음〉, 《문학동네》,
2004 겨울호.

정지용과 교토

심경호

1. 머리말

　　정지용(鄭芝溶, 1902~?)은 언어에 대한 자각을 각별하게 드러내고 감정의 절제를 가능한 한도까지 감행한 시인이라는 평가를 받는다. 그의 언어 감각은 일차적으로는 그 자신의 감수성에서 비롯된 것이겠지만, 선행 연구들이 밝혀내었듯이 외적으로는 한시(漢詩), 블레이크의 시, 기타하라 하쿠슈(北原白秋, 1885~1942)의 시가와 함께, 일본 교토(京都)의 체험도 적지 않은 역할을 하였을 것이라고 추측된다. 그는 1923년 5월 3일에 동지사(同志社) 대학에 입학하여 1929년 6월 30일에 졸업하기까지 20대의 6년간을 교토에서 생활하였으므로(단, 귀국은 1929년 3월이었을 가능성이 있다), 교토는

정지용 동상
충북 옥천군 옥천읍 문정리에 있다.

그의 의식과 감각에 깊은 영향을 주었을 것이다.

나는 정지용과 여러모로 공통된 점이 있다. 즉, 휘문의숙을 나왔다는 것, 젊은 시절 교토에서 6년간 생활을 하였다는 것, 가톨릭에 입문한 경험이 있다는 것 등 정지용과 공통된다. 게다가, 정지용은 위당(담원) 정인보 선생님으로부터 정신적 영향을 받았다고 하는데, 실은 나의 국학의 출발점도 담원에게 있다. 위당은 조선 양명학의 계보를 이은 분이니, 정지용의 후기 정신주의는 위당의 주체적 심학 사상과 모종의 관련이 있을 듯하다.

교토는 실로 일본적 정신 세계의 상징이다. 794년에 헤이안쿄오(平安京)가 두어진 이래 메이지 유신 때까지 천년간 일본의 수도였던 곳이다. 그렇기에《겐지모노가타리(源氏物語)》등 수많은 일본 고전이 이곳을 무대로 이루어졌으며, 유미주의 작가 타니자키 준이치로(谷崎潤一郎, 1886~1965)로 하여금 일본적 전통미를 추구하도록 촉발하였다. 교토는 역사미(歷史美)의 저장소이다. 필자가 이 글에서 사용하는 '역사미' 란 말은 미술사학자 고유섭(高裕燮) 선생님이 사용하신 개념이다. 유물과 유적이 지닌 정신적, 미학적 아름다움을 그렇게 표현하신 것인데, 필자는 한국한시를 연구하면서 이 개념을 자주 사용한다. 교토는 역사미의 보고로 그친 것이 아니라 일본 지성의 정수를 학문 · 철학 · 예술의 갖가지 국면에서 분출시켰다. 교토가 지닌 역사미는 일본 지성으로 하여금 역사의 영원성과 무상성에 대한 직관, 균형과 절제의 아름다움에 대한 순수한 동경을 가능하게 하여, 그들로 하여금 창조적 고뇌를 하도록 촉발하였다고 생각된다. 근세의 동양 철학계에서 독자적 사상을 수립한 것으로 평가받는 니시다 기타로(西田幾多郎, 1870~1945)는 매 순간의 생명을 사랑하면서 일본적 '무(無)' 의 철학을 구축하고자 사색하였다. 또 그보다 후대의 유가와 히데키(湯川秀樹, 1907~1981)는 중간자의 존재를 예견하여 소립자 이론의 발전 계기를 만들어내었으며, 요시카와 고지로(吉川幸次郎, 1904~1981)는 인본주의와 고증적 학풍을 접목시켜 일본적 중국학을 수립하였다. 그들의 학술적 성과는 비실용적인 순수 사유를 토대로 이루어졌다고 할 수 있다. 교토는 순수 사유를 가능하게 하는 공간이라고 할 수 있다. 유미주의 작가 타니자키 준이치로가 그의 문학세계 속에서 교토의 아름다움을 예찬한 것은 역시 교토의 역사미 혹은 순수미를 동경하였기 때문이다.

정지용과 교토의 관계에 대해서는 이미 김윤식이 《청춘의 감각, 조국의 사상》(솔, 1999)에서 상세히 밝힌 바 있다. 여기서는 다만 정지용의 시와 정신 세계를 이해하는 데 보탬이 될 만한 몇 가지 사실만을 정리해 보고자 한다.

2. 왜 동지사대학이었을까

정지용은 휘문고보 교장 임경재(任璟宰, 1916.8.~1924.8. 교장 재직. 주소 경성부 계동 79-12)를 보증인으로 하여, 동지사대학에 1923년 5월 3일에 입학하였다.[98] 당시 휘문고보 동창 박제찬(朴濟瓚)[혹은 朴濟煥]과 함께 입학하였다. 학비를 휘문고보에서 대었다고도 하는데, 확실하지 않다.

동지사대학은 교토 가미쿄오쿠(上京區) 쇼오코쿠지 몬젠(相國寺門前, 薩摩藩邸跡)에 위치한다(相國寺는 臨濟宗相國寺派의 本山으로, 교토 五山의 두 번째이며, 山號는 萬年山이다). 1912년(메이지 45) 4월에

[98] 휘문의숙(徽文義塾) 곧 휘문고보에서 정지용은 영어·朝漢·圖書의 성적이 우수하였다(민병기, 《정지용》, 건국대학교출판부, 1996), 34~35쪽).영어 성적이 특히 우수하였기에 신학문의 수입 역할을 떠맡게 된 것이 아닌가 추측된다. 그런데 휘문의숙에서는 1906년경에 《新東國歷史》·《高等小學讀本》·《高等小學修身書》·《中等修身教科書》·《中等物理學教科書》·《中等萬國新地志》 등의 교과서를 간행하는 한편, 조선 한문을 선집한 《大東文粹》를 간행하였으므로, 정지용의 재학 시절에도 《대동문수》를 통하여 한문 고전의 세계, 특히 조선 한문에도 상당한 공부를 하였으리라 생각된다. 그렇지만 동지사대학 유학 시절에 남긴 그의 시와 뒷날의 산문에는 조선 한문에 대한 관심이 나타나지 않는다.

동지사 대학

전문학교령(專門學校令)에 의하여 동지사대학(同志社大學豫科・神學部・政治經濟部・英文科) 및 여학교전문학부로 개교하였고, 1920년(大正 9) 4월, 대학령(大學令)에 의하여 문학부(文學部神學科・英文學科, 1927년에 哲學科를 개설), 법학부(法學部政治學科・ 經濟學科, 1923년에 法律學科를 개설), 대학원 및 예과(豫科)를 두었다. 정지용은 동지사대학의 예과(豫科豫備課程)에 우선 소속되었다. 기존의 조사에서 밝혀진 그의 성적표에는 제1과정・제2과정・제3과정의 성적만 나와 있는데, 이것은 영문학과 본과의 성적이다. 당시 동지사대학의 예과 과정은 3년을 수학하도록 되어 있었다. 이것은《대정구년동지사대학학칙(大正九年同志社大學學則)》에서 확인할 수 있다. 그 3조의 '대학 예과 과정 및 매주 교수시수(敎授時授)'는 아래와 같다.

計	體操	自然科學	數學	法制經濟	心理論理	哲學概論	地理	歷史	第二外國語(獨/佛)	第一外國語(英)	國語漢文	修身	課目	每週授業時數
三一	二	二	二				二	三	四	一〇	四	一	一年	
二九	一	二		二				四	四	一〇	四	一	二年	
二九			四	二	三			三	四	九	三	一	三年	

정지용보다 늦게 동지사대학에 입학하였던 김환태(金煥泰, 1909~1944)의 경우, 1928년 보성고보를 졸업하고 동지사대학 예과에 입학했고, 1931년 예과를 마친 뒤 후쿠오카(福岡)에 있는 규슈(九州)제국대학 법문학부 영문학과에 입학하여 1934년에 졸업을 하였다.

동지사대학은 니시지마 죠오(新島襄, にいじまじょう, 1843~1890)가 미국 선교사 데이비스의 협력으로 1875년(메이지 8) 11월 29일에 관허 동지사영학교(官許同志社英學校)로 개교한 학교이다.[99] 메이지 정부는 1881년(메이지 14)의 학변(學變)으로 유교주의 교육을 부활시켰고, 그 뒤 문상(文相) 모리 아리노리(森有禮)는 군대식 교육을 보급하려고 하였으므로, 니시지마 죠오는 1888년(메이지 21)에 20여 신문·잡지에 '동지사대학설립의 지의(同志社大學設立の旨意)'를 공표하여, 서양의 자유주의와 기독교주의를 교육의

[99] 니시지마 죠오은 21세 때 미국에 밀항하여 10년간 살면서 아모스트 신학교를 졸업하고 1872년에 岩倉 全權大使를 수행하여 유럽을 순회하고 귀국하여, 1874년 (메이지 7)에 사립학교 설립 사업에 매진하였다. 니시지마 죠오는 관립의 東京大學에 대항하여, 민간인의 자발적 結社를 통하여 대학을 만들려는 뜻을 지녀, '同志社'라는 이름을 붙였다. 후쿠자와 유키치(福澤諭吉)의 '慶應義塾'이 同學의 結社였던 것에서 자극을 받았던 듯하다. 본래의 교사는 上京第22番 寺町通丸太町上ル松蔭町18番地 高松保實邸의 반을 빌려서 사용하였고, '社員은 新島襄과 J.D.デイヴィス의 두 사람, 生徒 8人이었으며, 니시지마 죠오가 初代社長에 취임하였다. 1876년(明治 99월에 출山川校地로 이사하였다. 이곳이 곧 相國寺門前으로, 校舍 2棟과 食堂1棟으로 출발하였다.

'기본'으로 삼을 것을 천명하였다. 동지사대학은 이렇게 국립대학과는 다른 자립성을 강조하였지만, 여전히 학문의 실용을 표방하였다는 점, '국민'의 양성을 목적으로 삼았다는 점에서 국립대학과 다르지 않았다.[100] 즉 니시지마 죠오의 지의(旨意)도 '나라의 양심(一國の 良心)'을 양성한다는 것을 교육 목표로 삼았다.[101] 게다가 이 학교는 영학교(英學校)로 출발한 사실에서 알 수 있듯이, 서구문명의 수입을 근대 교육의 구체적 목표로 삼았다고 말할 수 있다.

정지용이 동지사대학을 택한 것은, 일본의 근대 산업과 서구 문명 수용의 방식을 배우고자 하였던 조선 지식인 집단의 실학적 욕구가 배후에 놓여 있었기 때문이라고 생각된다.

100 참고로, 일본 전체의 대학 수의 증가를 보면, 1902년(明治 35) 帝國大學令에 의해 대학 2교가 설립되어 학생수 4540인이었으나, 1938년(昭和 13)의 大學令이 내렸을 때는 官公私立大學이 45개교, 학생수 4만 9024인으로 되었다. 다시 1953년에는 국공사립 신제 대학의 총수가 262개교, 학생수 44만 6927인(이 가운데 여학생은 5민 66인)으로 되었다. 皇 至道,《大學の歷史と改革》, 240쪽.
101 慶應義塾大學이나 早稻田大學도 다를 바가 없었다. 皇 至道,《大學の歷史と改革》(講談社, 1970.6), 236~237쪽.
102 정지용은 "留學할 시절에 식사는 공동식당에서 잠은 기숙사 방에서 공부는 도서관에서 강연 친목회 예배 같은 것은 호올에서 무슨 對校 시합 같은 것이 있으면 합숙소에서 밤낮 머리와 어깨를 겨르는 여러 가지 공동 생활이라는 것이 지금 돌아다보아 감개 깊은 것이 아닌 것은 아닙니다"라고 술회하였다.《정지용·전집》 2 '산문', 合宿, 1789쪽.

정지용은 예과 시절에 남학부 기숙사 생활을 하였고, 본과 시절에는 '나카가모(中鴨)'에 하숙을 한 듯하다. 기숙사 생활에 대한 추억은 산문 合宿에 잘 나타나 있다.[102] 남학부 기숙사는 여학부 기숙사와 독립되어 있었고, 육상경기날이면 기숙사를 공개하였는데, 그때는 학생들이 바바리즘을 발휘하여 M선생(퇴역 中佐로 학생감 겸 사감)에게 침묵의 시위를 하고는 하였다. 정지용은 뒷날 '나카가모(中鴨)'의 지역에 하숙을 정하였다. 이것은 鴨川上流(1)에 밝혀져 있다.

정지용은 동지사대학의 교수에 대하여 별로 기록을 남기지 않았다. 영어 회화를 가르쳤던 미세스 시오미(사꾸라)에 대하여도, 그녀가 조선 유학생을 좋아하지 않는다는 사실을 전해 듣고 적의를 갖게 되었다고 하였다.[103] 다만 총장이었던 '에비나

103 《정지용·전집》 2 '산문', 愁誰語 Ⅲ-5, 49~50쪽.

(海老名)'에 대해서는 우스꽝스런 이름이기에 글로 남겼다.[104] 이 사람의 본명은 海老名 彈正(えびな だんじょう, 1856~1937)으로, 후쿠오카(福岡)현 야나기가와(柳川) 출신으로 조합 교회파(組合敎會派) 목사였는데, 이사 측과 다투고 사임하였다. 정지용이 재학할 때 에비나 총장의 사임을 반대하는 학내 스트라이크가 일어났지만, 그는 학내 스트라이크를 냉소적으로 바라보았을 뿐이다.

3. 가모가와(鴨川) 십리 벌과 시죠(四條) 번화가의 추억

정지용은 교토의 동부를 관통하여 흐르는 가모가와에 대하여 깊은 추억을 지니고 있었다. 가모가와는 賀茂川·加茂川이라고도 표기한다. 이양하는 교토 한복판을 흐르는 강을 '加茂川'이라고 표기하였다. 가모가와는 교토시가 동부를 관류하는 강으로, 기타구(北區) 구모가하타케(雲カ畑)의 산간에서 발원하여 타카노가와(高野川)와 합쳐져 남류하다가 가츠라가와(桂川)에 합류한다. 실은 가모가오는 헤이안죠 때 정비된 인공유로(人工流路)라고 한다. 현재는 고야가와와 합치기 이전의 북쪽 부분을 賀茂川으로 표기하고, 타카노가와와 합하여 남류하는 부분만을 가모가와(鴨川)라 표기한다. 정지용은 가모가와를 가이가문(上鴨)·나카가모(中鴨)·시모가모(下鴨)로 삼분하였는데, 가미가모는 현재의 가모가와와 타카노가와 부분을 말하고, 그가 하숙하였다는 나카가모는 그 두 강이 합류한 지점, 가모오오바시(加茂大橋)가 걸쳐져 있는 부분을 말하며, 시모가모는 가모가와와 하나로 합하여 남류하는 지점을 가리키는 듯하다.[104]

정지용은 가모가와 주변, 특히 하숙이 있던 곳[中鴨]을 '교토 교외의 감각'으로 포착하였다.[105] 1926년 3월에 쓴 이른 봄 아침[106]이

104 《정지용전집》 2 '산문', 愁誰語 III~5, 49쪽.

104 시모가모라는 명칭은 시모가모진쟈(下鴨神社)에 나타나지만, 이 신사는 현재의 타카노가와 변에 있으므로, 정지용의 시모가모 묘사('도심지대에 듦으로 물이 더럽고 공기도 흐리고')와는 부합하지 않는다.

105 김윤식, 《청춘의 감각, 조국의 사상(교토 문학 기행)》, 솔, 1999, 181쪽.

106 1927년 2월 《新民》 22호와 1930년 3월 《시문학》 창간호에 발표. 이숭원, 앞의 책, 77~81쪽.

란 시를 보면, 하숙에서는 대리석 기둥같이 밋밋하게 깎아 세운 산봉우리가 바라보인다고 하였다. 정지용의 가모가와 추억은, 해 저문 십리 벌에 뜸북이 홀어멈 우는 소리(시 鴨川), 비 내리는 이국 거리를 탄식하며 헤맬 때 발 밑에 '도글 도글' 하던 조약돌(조약돌)의 애잔한 추억을 거쳐, 여름날 아침저녁을 물가에 노랗게 피어난 달맞이꽃[月見草], 가모가와 상류에 물방아 도는 곁에 피 뱉는 듯 붉게 피어 있던 홍춘(紅椿), 유우젠(友禪교토 직물의 하나)을 빨아 말리는 미적 풍경으로 변모하였다. 또한 가모가와 상류로 R이라는 여성과 산책을 나간 일(산문 鴨川上流 1 · 2)은 아련한 추억으로 남는다. 그런데 그에게는 비 오는 날 지우산을 받들고 긴 다리를 건너던 추억도 오래 남아 있었다. 그 긴 다리란 하숙 근처의 가모가와 오오바시(加茂川大橋)를 가리키는 듯하다. 1932년《동방평론》에 발표한 〈봄〉이란 시도 가모가와 오오바시에서의 쓸쓸한 봄날 저녁을 추억한 것이라고 생각된다.

외 가마귀 울며 나른 알로
허울한 돌기둥 넷이 스고,
이끼 흔적 푸르른데
黃昏이 붉게 물들다.

거북 등 솟아오른 다리
길기도한 다리,
바람이 水面에 옴기니
휘이 비껴 쓸리다.

정지용은 교토에서 학습에 열중하는 한편으로 꾸준히 시를 창작하

였다. 1925년 3월, 동지사대학 내의 동인지《가(街)》에 일본어로〈新羅の
柘榴(柘榴는 石榴의 관습적 오자)〉를 발표하였고, 7월에는 가사(街社) 동
인(同人)으로 참여하여 두 편의 작품(まひる・草の上)을 일본어로 발표하
였다.[107] 그 뒤 아마도 본과에 진학하였을 1926
년부터 시를 본격적으로 쓰기 시작하여, 6월에
창간된 교토 유학생 학회지《학조(學潮)》에 시
조 9수, 동요시 6편, 현대적 감각의 시 3편을 발
표하였다. 그리고 조선의 잡지《조선지광》・《신
민》과 기타하라 하쿠슈 편집의 일본 잡지《근대
풍경(近代風景)》에 시를 투고하였다.[108]

107 호테이 토시히로, 정지용과 동인지
《街》에 대하여,《관악어문연구》21, 1996.12.
창간호는 1924년(大正 13) 12월이고, 이후 매
달 1회 1일 발행되었으리라 추정된다. 발행
소는 '京都同志社大學內 街社'로 되어 있다
고 하며, 1925년 7월호(제2권 7호, 편집 겸 발
행인 池田潤)의 편집 후기에 새로 가입한 동
인들 가운데 한 사람으로 '鄭君'이 거론되어
있다고 하였다.
108 이숭원,《정지용 시의 심층적 탐구》(태
학사, 1999), 30쪽.

　　1925년 7월호《가(街)》에 발표한〈草の上〉을 보면, '채엽복(菜葉服)'
차림의 젊은이가 풀밭에서 빵과 물을 마시면서 러브레터를 읽고 있는 모습
이 묘사되어 있다. 그 젊은이는 조금 자라난 수염에 이태리 사람과 같은 웃
음을 띠고 있다고 하였다. 그것은 유학 초기의 그의 모습인지 모른다.

　　한편, 정지용은 교토에서 카페 프란스와 다방 로빈(ROBIN)을 자주
찾았는데, 그것도 동인 활동과 관련이 있을 듯하다.

　　시〈카페 프란스〉에서 정지용은 퇴폐적 분위기의 묘사와 자학적인
감정토로를 통하여 국외자의 슬픔을 감각적으로 노래하였다. 그런데 이
시를 보면 루바쉬카(러시아 남성 민속 의상)를 걸친 자, 보헤미안 넥타이
를 맨 자, 뼛적 마른 자 등 세 사람이 밤비 내리는 페이브먼트를 따라 카페
프란스로 향한다고 하였다. 그들은 정지용과 그 시사 동인들이었을 것으
로 추측되며, '페이브먼트'는 교토의 번화가이자 유흥가인 시죠 도리(四
條通)를 연상시킨다. 시죠 도리의 야사카진자(八坂神社)에서 가모가와
(鴨川)까지의 기온(祇園)은 에도(江戶) 시대부터 환락 유흥가로서 이름이
높았고, 가모가와부터 교오교크(京極) 부근까지는 신 번화가이다.

한편 정지용은 다방 로빈에서 '나비처럼 바쁘기만 하던 볼에 연지 찍은 어린 색씨들' 의 '연꽃봉오리처럼 복스런 볼' 을 바라보는 것을 가만히 즐겼다. 다방 로빈은 어린이들 양복과 여자 옷을 단골로 지어 파는 양복 가게였는데, 진열장만 둘러보고 가는 손님들도 많아서 대단히 번성하자, 아예 긴 진열장 안쪽에 문을 달아 다방을 곁들였다는 것이다. 다방 로빈(ROBIN)은 시죠 도리(四條通)에 있었다고 산문 茶房 ROBIN 안에 연지 찍은 색시들에 명시되어 있다.

　　카페 프란스와 다방 로빈(ROBIN)의 체험은, 빈한한 유학생 정지용의 냉소를 띤 자기검열식의 탐미 추구 경험을 잘 드러낸다고 말할 수 있다.

　　그런데 시죠는 번화가로서 환락가인 것만은 아니었다. 정지용이 유학하던 시절에 활동한 탐미주의 작가로서 31세 때 결핵으로 요절한 가지이 모토지로오(梶井 基次郎, 1901~1932)가 1925년에 발표한 단편 소설 〈레몬(檸檬)〉에서 묘사한 양서점(洋書店) 마루젠(丸善)이 있는 곳이다. 레몬 속의 주인공인 '나' 는 테라마치(寺町)의 과일 가게에서 산 레몬을 가지고 마루젠에 들어가 화집을 쌓은 위에 두고는 바깥으로 나간 뒤, 자신은 마루젠의 책장 선반에 황금색의 무서운 폭탄을 설치하고 온 기괴한 악한이며, 앞으로 십분 뒤에는 마루젠이 미술책 선반을 중심으로 폭발한다면 얼마나 재미있을까 하는 생각을 집요하게 추구하였다. 시죠는 환락의 면과 함께 신문화의 전시장이라는 측면이 있었다.

　　정지용은 그러한 시죠의 페이브먼트를 걷기보다 가모가와 강변에서 더 마음의 평안을 얻었나보다. 저녁 물바람을 맞으며 '오랑쥬 껍질 씹는 젊은 나그네' 로 자족하였던 것이다. 한 가지 덧붙일 것은, 정지용의 시문에는 교토 겨울의 눈과, 봄의 벚꽃 풍경, 여름의 찌는 더위와 잔서(殘暑)의 체험이 들어 있지 않다. 방학이 되면 서둘러 고향으로 돌아왔기 때문에, 긴 기차 여행과 바다의 인상이 그 빈자리를 대신하고 있다.

4. 젊은 지성의 실존적 고뇌와 가톨릭 입문

정지용은 가난한 집안 현실과 조혼한 아내를 고향에 남겨 두고 교토로 갔다. 이러한 개인사 때문에 그의 정신은 지쳐 있었을 것이다. 그런데 그가 동지사에 입학한 해인 1923년 9월 1일에 관동대지진이 발생하면서 그의 고뇌는 더욱 커졌을 것이라고 생각된다. 관동 대지진은 이재 가호수 31만1780호, 사망자 9만 1000명의 피해를 내었는데, 이 지진으로 도쿄의 4할이 불타고, 사망자 가운데 7만 6000여 명이 역시 불에 타서 죽었다고 한다.[109] 이 지진의 소식 자체도 정지용에게는 큰 충격을 주었겠지만, 무엇보다도, 일본제국주의자들이 사회주의 계급 혁명이 일어날까 두려워하여 '불령선인(不逞鮮人)'의 무장 봉기설을 호외에 실어 유포시켰으며 일본의 소위 애국주의 청년단원들이 조선동포(주로 근로인민층)를 혈제(血祭)에 바쳤다는 사실, 학살당한 우리 동포 노동자들의 시체를 운반·소각·청소하는 일을 민족 반역자 박춘금(朴春琴)의 상애회(相愛會)가 떠맡아 이익을 챙겼다는 사실이었다. 이 사실을 그는 해방이 된 이후에야 〈동경대진재 여화(東京大震災 餘話)〉라는 산문에서 밝혔으니, 25년 동안의 긴 기간 정지용은 그때의 공포와 분노의 감정을 분출시키지 못한 채 의식의 저변에 재워두고 있었던 셈이다.

대참화가 일어난 뒤, 그 다음해에는 미에(三重)현 탄광에서 조선인 광부 300명 이상이 탈출을 계획하였다고 날조하여 학살한 사건이 일어났다. 정지용은 그 사실을 〈동경대진재 여화〉라는 산문에서 회상하였다. 이 또한 그에게 공포와 분노의 감정을 증폭시키지 않을 수 없는 사건이었다. 이러한 시기에 그는 스스로의 무력감을 느꼈을 것이다. 다음과 같은 회상은 매우 암시하는 바가 크다.

109 吉村昭,《關東大地震》, 文藝春秋, 1973.

"원수를 은혜로 갚는 조선 민족주의자들('月南 李商在옹과 尹致昊 등 기독신
교도' 110은 탄핵 연설 한번 하지 못하고 일본 대관 동경 등지
에 있던 조선노동자 학생 일본인 사회주의자 연합으로 탄핵연
설대회를 열었으나 인사의 말이 대전재 학살 사건과 삼중현
탄압 이변에 미치기만 하면 즉시 일경놈들이 '중지!' '중지!'
를 연발하였던 것이니 갸륵하게도 괘씸하기는 조선인 형사놈
들이 학생 연사의 하숙까지 개처럼 따라 오던 것이다."

110 이상재 등 기독신교도들은 동
경 대지진 직후 종로 YMCA회관에
서 대연설회를 열고 일본진재민 구
조금을 거두어 금액과 불자를 보냈
다. 정지용은 "인도주의자 월남 선
생의 박애주의가 나빴던 것이 아니
라 도야지에게 진주보다는 일본 지
배 계급 놈에게 '인도주의'란 '귀
신에게 쇠방망이'를 제공하였던 허
무한 꼴을 무척 보았던 것이 쓸쓸한
동기호테의 패사가 아니었던가?'라
고 술회하였다.《정지용전집》2 '산
문' 東京大震災 餘話, 4034쪽.

이 회상 기록을 통하여 시사받을 수 있는 것은,
유학생들은 시사(時事)에 대하여 언급하기 매우 어려운 처지에 놓여 있
었으리란 점이다. 일본 제국주의의 감시망은 그들을 일상 생활에까지
뻗어 있었을 것이다. 감수성이 예민하였던 정지용이 다른 누구보다도
공포와 분노의 복합 감정을 짙게 지녔으리라고 말하는 것은 그리 무리
한 추측이 아니리라.

또한 정지용은 가모가와 상류를 여러 시에서 목가적으로 노래하였
지만, 시 속의 묘사만이 실경(實景)은 아니었다. 그 상류의 야세(八瀨)에
는 비에산(比叡山, 히에잔) 케이블카를 건설하는 조선 노동자의 합숙처
가 있었고, '막대하나 거침없는 한편에 한 아낙네가 돌멩이 둘에 도틈 쪼
그리고 앉아 있는' 모습이 있는 것이다.111 정지용은, 조
선 노동자의 움막에 안내되어 가서 점심을 얻어먹었고,

111 《정지용전집》2 '산문',
鴨川上流(상, 하).

마침 귀가한 그 바깥 주인과의 서먹한 대면을 '교양의 힘'으로 잘 처리
하여 '희한히 화기애애하던 그날의 同鄕日氣를 조금도 흐리우지도 않고
견딘 것이었다'고 회상하였다. 조선 노동자의 고통을 해부적인 시선으
로 바라본 것은 아니다. 그러나 그는 일공(日工) 값이 훨씬 비싼 석공 일
은 몇몇 중국 사람들이 맡아하고 평(坪)뜨기, 흙져나르기, 목도질 같은

일은 모두 조선토공들이 맡아하였지만 삯전이 매우 헐하였다고 적었다. 수백 명씩 모여 설레는 일판, 노동복들은 입었지만 동여맨 수건 틈으로 '날른대는 상투'를 그대로 달고 있는 모습, '궤짝 부서진 널쪽 전선줄 양철판 등속으로 얽어놓고 그들은 들어앉되 남편, 마누라, 어린것, 계수, 삼촌, 사돈댁, 아조 남남끼리 할 것 없이 들고 나고 하는 것'을 잊을 수는 없었을 것이다. 야세의 조선 노동자 거주는 훗날 교토 사쿄구(左京區)의 조선 부락(部落)과 모종의 관련이 있을 듯하다.[112]

또한 정지용은 당시 여공의 애환도 잘 알고 있었다. 자신의 기숙사 생활을 회고하는 때에 그는 여공의 기숙사에 관하여 언급하였다.[113] 비록 그는 여공의 기숙사 생활을 '술집[酒場]

112 그러나 井上 淸,《部落の歷史と解放理論》(田畑書店, 1969)에서는 교토의 조선인 부락에 관한 기록을 찾아볼 수 없다.
113 《정지용전집》 2 '산문', 습宿, 179쪽.
114 일본 자본주의의 발전에 희생된 방적업 공장 여공의 가혹한 생활 기록은 細井和喜藏,《女工哀史》(改造社, 1925)에 자세히 보고되어 있다. 전후복각판(改造社, 1948), 岩派文庫本(岩波書店, 1954 1刷, 1988 42刷)이 있다.

여급'의 합숙 생활과 나란히, 풍속기사풍으로 서술하였지만, 여공의 고달픈 처지에 동정을 보였던 것은 틀림없다. 당시 일본은 공업화가 진전되면서 여공의 문제가 사회적 이슈로까지 되었다.[114]

관동 대지진, 야세(八瀨)의 조선 노동자 숙소, 여공 기숙사에 대한 정지용의 단상(斷想)을 통해서, 정지용이 적극적으로 언급하기를 '회피'하였지만, 당시 현실의 문제에 대하여 깊이 고뇌하고 있었으리라고 추측할 수 있다. 그러나 시사(時事)에 대한 발설은 할 수 없었고, 또 하지 않았다. 차라리 그는 현실의 질곡을 벗어나, 순수한 생명의 약동과 실존의 무게를 느끼고 싶어했던 듯하다. 그것이 사물에 대한 세밀한 응시와 시의 언어로 나타났으니, 그의 시는 비력(非力)과 허무에 대한 응시였다.

실존적 고뇌에 휩싸여 있던 정지용은 교토에서 가톨릭에 입문하게 된다. 아마도 동지사대학에서 기독교 사상에 관하여 공부하였기 때문에, 가톨릭에 입문할 사상적 기반이 이미 마련되어 있었을 것이다.

정지용의 세례명은 프란시스코, 중국식 표기로는 方濟各(방지거)로 알려져 있다. 정지용과 가톨릭과의 관계에 대하여 모태 신앙으로 보는 설과 개종으로 보는 설이 있고, 그 개종 시기에 대하여도 여러 가지 추측이 있다.[115] 그런데 1926년에 써서 1927년《학조》 2호에 발표한 〈船醉 1〉[116]에 보면 "오즉 한낮 義務를 찾어내어 그의 船室로 옮기다. /祈禱도 허락되지 않는 煉獄에서 尋訪하라고"라는 표현이 있어 가톨릭의 煉獄 개념이 시적 심상으로 자리잡고 있음을 짐작할 수 있다. 같은 시의 "우리들의 짐짝 트렁크에 이마를 대고 / 여덟시간 내 懇求하고 또 울었다"에서 '간구(懇求)'도 가톨릭의 기도 개념이다. 이 예를 보면 정지용은 그 이전에 교토에서 가톨릭에 입문한 것이 아닌가 생각된다.

115 김학동님도 《정지용 연구》에서 정지용의 가톨릭 신앙에 대하여는 정확한 사실이 아직 확인되지 않는다고 하였다. 김학동, 《정지용 연구》, 민음사, 1987, 44쪽.
116 이숭원, 앞의 책, 81쪽.

동지사 대학 내의 교회

이 추정을 방증할 만한 것이 〈소묘 1〉이
다.[117] 이 글은 1인칭의 '나'(물론 이것도 허구일
수는 있지만)를 등장시켜 '내'가 미스스 R이 다니
는 가톨릭 교회를 찾았으나 프랑스 신부와 대면하
기를 주저하고 있다가, 주일 아침미사 끝에 미스
스 R의 소개로 프랑스 신부와 대면하게 되는 과정
을 적었다.[118] 끝 부분에서 미스스 R이 '나'를 프
랑스 신부에게 소개하면서 "신부님, 저하고 한나
라에서 온 분이십니다"라고 말한 대목을 보면,
'내'가 찾은 가톨릭 교회는 이국에 위치한 성당이
었다. 그것은 '기폭을 떼인 마스트갓흔 첨탑!'이
있는 '고딕' 성당이었다.

117 본래 연작의 산문 소묘 12는 교토
에서의 생활을 묘사한 것으로, 일종의
私小說로 꾸밀 생각이었던 듯하다. 〈소
묘〉 1은 《가톨릭靑年》1호(1933년 6월),
〈소묘 2〉는 《가톨릭靑年》2호(1933년 7
월), 〈소묘 3〉은 《가톨릭靑年》3호(1933
년 8월)에 수록되었으며, 〈소묘 4〉와
〈소묘 5〉는 《가톨릭청년》 4호(1933년 9
월)에 수록되었다. 민음사본, 《정지용전
집》 2 '산문'은 소묘 3의 일부를 〈소묘
2〉로 잘못 끼워 넣었다. 곧, 15쪽의 '붉
은 벽돌 빌딩들이 후르륵 끄 이러스고
이러스고 한다' 이하 '도라올 때는 B町
네거리에서 회색쓰를 탓다'까지는 16
쪽 〈소묘 3〉 '하하……' 다음에 들어가
야 한다.

118 이 글에서 인용한 서울 관련 한시
에 관해서는 이혜순, 〈한시에 나타난 서
울의 형상〉, 한국고전문학연구회 편,
《문학 작품에 나타난 서울의 형상》, 한
샘, 1994, 9~23쪽 참조.

　　그런데 〈소묘 2〉에서는 '나'가 등장하지 않고 개신교도인 27세의
P와 가톨릭 소녀 S의 관계를 그려내었다. 이 글의 첫머리에서 P와 대화를
나누는 '이 나라 그리스당 소녀'는 P에게 '대학부'냐고 물었다. 이 물음
은 교리반이 '대학부'에 속해 있느냐고 물은 것이다.[119] P는 "K市 가톨닉

교회에 발을 드듸기 비롯하야 인사도 업시
얼골을 니켜가는 그들 틈에서" "잘 버서지
지 아니하는 모양새 다른 적은 신발이엿다"
라고 하였는데, 이 'K市 가톨닉교회'란, 곧

119 그녀는 '神嚴한 미사의식'이 끝난 뒤 교리반
의 사람들에게 아침 차를 내어주고, '그날 아츰 한
창 찬ㅅ거리'를 P에게 주었기 때문에, P는 그 아
이를 '가톨릭교회 비둘기'라고 칭찬하였다.

120 주소는 다음과 같다. 〒604-8006　京都市 中
京區 河原町三條上ㇽ 下丸屋町 426. 전화는 075-
211-3025, Fax는 075-211-3041이다.

〈소묘 1〉에 나오는 이국의 고딕 성당이라고 생각되며, 그것은 곧 Kyoto
시내의 성당이라고 생각된다. 교토는 절과 신사(神社)의 도시로 유명하
지만, 매우 오래된 전통의 가톨릭 교회가 있는 곳으로서도 유명하다. 그
가톨릭 교회는 곧 가와라마치(河原町) 성당으로, 현재 나카교오쿠(中京
區)에 위치하고 있다.[120] 현재의 성당은 약 35년 전에 개축되었지만, 원래

100년 이전부터 거의 그 자리에 고딕식 성당이 있었다고 한다.

27세의 청산학원 대학생 P는 실제로 가리키는 인물이 따로 있을 가능성이 있지만, 소격화(疏隔化)를 위해 암유(暗喩)의 명명법을 사용한 것이라고도 말할 수 있다.[121] 아오야마가크인(靑山學院) 대학은 도쿄 시부야구(澁谷區)에 위치하지만, 기독교계 사립대학이기에 K시 곧 교토에 위치한 기독교계 사립대학 동지사대학을 연상시킨다.[122]

〈소묘 1〉과 〈소묘 2〉에 나타나듯, 정지용의 가톨릭 개종은 '일ㅅ절에 疲勞한' 상태에서 자발적으로 귀의한 것이었다고 생각된다. 이 점은 정지용의 정신 세계 및 시 세계를 이해하는 데 매우 중요한 의미를 지니리라고 생각한다. 〈소묘 3〉은 서울에서 작시 활동을 할 때, 이미 가톨릭에 귀의하여 있음을 말해 준다. 정지용과 동인들은 토요일 오후, 쉐뿔레(시보레, chevrolet)[123]를 타고 '붉은 벽돌 빌딩들이 후르륵 썰고 이러스고 이러스고' 하는 '남대문통'을 지나 10분 간 달려 C인쇄공장으로 가서 교정을 보고, 돌아올 때는 B町에서 회색 버스를 탔다. 그리고 다음날 주일날 일곱시 반 저녁 삼종(三鐘)이 칠 때 대성당에 들어가 미사를 보고 고해(告解)를 하였다고 적었다.

5. 역사미(歷史美) 인식과 일본 근대의 풍경에 대한 관심 결여

정지용의 일본 체험은 감각을 단련시키는 계기가 되었을 것이다.

121 정지용의 명명법에 대하여는 오탁번, 지용시의 이름짓기와 시적 고도, 《시안》 17(시안사. 2002. 9), 52~68쪽에서 착상을 얻었다.

122 靑山學院大學은 1881년(明治 14년)에 기독교계 東京英學校로 출발하여, 동지사대학이 英學校로 출발한 것과 설립 연원이 같다. 1894년에 靑山學院으로 개칭하였고, 1904년에 專門學校로 되었다가, 1949년 현 학제(4년제)의 대학으로 되었다.

123 1908년 덜랜트는 GM이라는 거대한 기업을 세웠으나 무리한 기업확장으로 인해 1910년 경영권을 잃고 이듬해 드라이버이자 디자이너인 친구 루이 시보레(Louis Chevolet)와 함께 시보레 자동차 회사를 설립하여 다시 GM사를 되찾았다. GM 차 가운데 시보레는 낮은 가격과 견고함으로 중산층으로부터 인기가 높았다. 1925년에는 구형차를 신모델로 교환해 주는 교환 판매 제도가 생겨났다.

하지만 정지용은 동시대, 즉 당대(當代)의 시사(時事)를 애써 언급하지 않으려고 하였다. 그런데 그는 교토의 역사미(歷史美)와 산업 도시 오사카의 '매연'에 대하여는 아에 관심을 표명하지 않았다.

정지용은 교토의 역사미나 일본의 역사에 대하여 그리 관심이 없었던 것 같다. 그가 교토의 역사미에 대하여 언급한 것은, 동지사대학의 영어 회화 시간에 영작하여 발표하였다는 다음과 같은 내용뿐이다. "그리웁고 보고싶고 하던 京都 平安古都에 오고 보니 듣고 배우고 하였던 바와 틀림없습니다. 鴨川도 그러하고 御所(고쇼)도 그러하고 三十三間堂(산쥬산겐도) 淸水寺(기요미즈데라) 嵐山(아라시야마)도 그러합니다. 놀라옵기는 神社 佛閣이 어떻게 많은지 모를 일입니다. 나종에는 여우와 소를 위하는 神社까지……."

정지용의 시문에 나타난 교토 회상은 공간적으로나 역사적으로나 폭이 넓지 않다. 1926년 신민 19호에 발표한 달리아는 교토 식물원에 들러 시상을 얻은 것이니, 6년이란 체류 기간 동안 그는 교토의 여러 곳을 탐방하였을 것이다(식물원은 동지사대학에서 북쪽으로 賀茂川을 따라가다 보면 나온다). 하지만 정지용은 히에잔(比叡山)과 히가시야마(東山)를 멀리 바라보았던 사실을 기록으로 남겼을 뿐, 그 산들을 넘어 야마시나(山科)와 비와꼬(琵琶湖)로 발길을 뻗은 체험이 없는 듯하다. 단형의 시 호수(湖水)는 비와꼬를 무대로 한 것은 아닌 것 같다. 교토의 북쪽 기타야마(北山)와 아마노하시타테(天の橋立), 북쪽 해안으로 가보았다는 기록도 없다. 남쪽으로 나라(奈良)와 우지(宇治)를 찾지도 않았다. 정지용의 교토 체험은 오늘날의 교토부(京都府)로 이어지지도 않고 오직 분지를 이룬 교토 시내에 한정되어 있다. 교토 서쪽의 경승지 아라시야마(嵐山)에 대하여도 짧게 언급하였으니, 아라시야마, 사가노(嵯峨野)의 홍엽에 눈이나 주었는지 의심스럽다.

실제의 공간과 역사미에 관심을 두지 않은 정지용은, 교토의 산수 경관을 바라볼 때 점경(點景)의 일점(一點)에 시선을 고착시키고 자신의 내면으로 빠져들기 일쑤였다. 뿐만 아니라 그는 교토와 옥천을 오갈 때 일본 남부의 풍경과 현해탄의 바다를 바라보면서도 '탈 것'이 촉발하는 근대적 신 풍경(新風景)에 관심을 갖지 않았다. 정지용의 시와 산문에는 배 · 기차 · 전차[124] · 버스 · 호로바샤(幌馬車) 등 '탈것'에서 소재를 취한 것이 많다. 그러나 그 '탈 것'에서 조망되는 객관 풍경을 그대로 묘사하는 일 이 드물다. 심지어 '탈것' 자체의 형체마저 해체하 고 변형시킨다. 따라서 그의 묘사는 언제나 풍경의 실경이 아니라 내면 의 투사이다. 이것은 뒷날 그가 한시의 신운(神韻)풍을 띤 산수자연을 노 래하게 되는 것과 상당한 연관이 있다고 생각된다.

> **124** 교토의 시가전차는 일본에서 최초로 1890년(明治 23)에 운행이 시 작되었다. 본래 교토는 비파호(琵琶湖, 비와꼬) 소수(疏水, 소스이)를 1890년에 완성하고 蹴上(게아게)에 수력발전소를 만들어 그 전력으로 시가전차를 달리게 한 것이다.

한편, 정지용은 당시 일본의 공업화 등, 자본주의 발전 추세에 대하 여 관심이 없었던 듯하다. 1888년(메이지 21) 경, 문부성《고등소학독본 (高等小學讀本)》에 의하면, 교토는 '製造の都'로 묘사되어 있다고 한다. 이때의 제조업은 니시진(西陣)의 오리모노(織物) · 교조메(京染) · 도기 (陶器) · 조각(彫刻) · 누리모노(塗物漆器) · 마키에(蒔繪) 등의 전통 산업 을 말하며, 1900년 초까지 이 전통 산업의 근대화에 중점이 놓여졌다. 이 에 비하여 오사카는 '상업의 중심지'로만 규정되어 있었다. 하지만 제1 차 세계 대전 중에 오사카는 경제 활동이 활발하게 되면서, 대기오염 문 제로 공해 발생원과 주민과의 대립이 격화될 정도였으며, 1920년 발행 《심상소학국어독본(尋常小學國語讀本)》에는 오사카에는 큰 공장이 많 아 굴뚝의 매연이 하늘을 덮고 있다고 적었고, 1935년이 되면《소학국어 독본(小學國語讀本)》의 첫머리가 "기차로 오사카역에 접근하면, 맑은 날 이라 하여도 하늘이 찌푸등 흐린 듯이 보인다(汽車で大阪驛に近づくと'

晴れた日でも´空がどんより曇ったやうに見えます)"라는 문장으로 시

작하게 된다.125 정지용이 교토에 유학

한 시절은 바로 오사카의 공업화가 급

속히 진행되던 시기였다. 그러나 그는

125 근세에 있어서 관서 여러 도시의 역할 분담이 변화한 양상과 오사카의 공업 발달이―상황에 대하여는 小山仁示, 近代關西の都市大阪を中心として,《(月刊)歷史公論 5近代日本の都市》, 第9卷 第5호(No.90), 雄山閣, 1983.5, 95~101쪽.

비록 여공(女工) 기숙사의 문제를 다루기는 하였지만, 교토를 포함한 간

사이(關西) 지역의 도시 변모와 공업화의 사실, 나아가 일본 근대 산업의

발달상에 대하여 관심을 보이지 않았다. 근대적 실업 교육의 도입을 위

한 영어 연수의 일환으로 유학을 간 것이지만, 일본의 실업, 이른바 실학

에 대한 관심을 결여하였던 것이다.

6. 마무리

정지용은 실제 공간과 접촉한 체험을 중시하기보다는 내면 속의

자신의 투사해 낸 조작적 체험을 시와 산문으로 적어내었다. 그의 시선

을 멈추게 한 객관은 교토 자체가 가지고 있는 역사미를 박탈당한 형식

적 객관이었다. 거기에 그는 자신의 심상을 자유롭게 투사해 대었다. 간

결한 시형과 뒤틀린 비유는 어쩌면 전통을 모두 벗어낸 형식적 객관과

마주할 때만 가능한 것이 아닐까 한다. 형식적 객관의 표피를 뚫고 들어

가려는 순간, 선렬한 심상, 감정의 절제는 이루어지기 어려우리라. 바로

이 점이야말로 그가 일본 역사와 문화의 심장부라고 할 교토에 6년간이

나 거처하면서도 그 속에 자신의 혼(주체)을 잃어버리지 않을 수 있었던

방편이었다고 생각된다.

정지용에게서 교토의 경험과 추억은 갖가지 형태로 후기에 이르기

까지 꼬리를 물고 나타난다. 다만, 그의 교토 회상은 공간적으로나 역사

적으로나 폭이 넓지 않다는 것이 특징이다. 아마도 교통편의 문제가 있었

기 때문인지, 그는 교토의 역사미나 일본의 역사에 대하여 그리 관심이 없었고, 교토 및 교토 외곽의 명소에 대해 별로 회상하지 않았으며, 시로 형상화하지도 않았다. 물론 교토의 도시 공간을 중심으로 이어졌고 그의 내면에 시조의 번화가가 자리잡고 있었다는 흔적은 있다. 그러나 그러한 추억도 결락된 부분이 많다. 이를테면 당시 신문화 수입 창구의 상징이라고 할 마루젠(丸善) 양서점에 대한 추억이 없는 것도 그렇다. 역시 그는 국외자로서의 자신의 내면을 들여다보고, 그 내면의 고통과 소외감을 가공(架空)의 고향에 대한 반추를 통해 해소시켰던 것이 아닌가 한다. 바로 그 점이야말로 정지용이 일본 역사와 문화의 심장부라고 할 교토에 6년간이나 거주하면서도 그 속에 자신의 혼(주체)을 잃어버리지 않을 수 있었던 방편이었다고 생각된다. 정지용은 시쬬의 페이브먼트나 가모가와 강변을 형상화하면서도 일점(一點)에 시선을 고착시키고 자신의 내면으로 빠져들기 일쑤였다. 그것은 그의 형상화가 외적 경관의 묘사를 괄호 속에 넣고 있거나 상상 속의 장소로 대체하고 있는 데서 확인할 수 있다. 정지용은 교토와 옥천을 오갈 때 일본 남부의 풍경과 현해탄의 바다를 바라보면서도 '탈 것'이 촉발하는 근대적 신풍경(新風景)에 관심을 두지 않고, 오히려 내면의 세계로 침잠하였음을 살필 수 있다. 그래서 그의 시와 산문에서는 근대적 '탈것'에서 소재를 취한 것이 많지만, '탈 것'에서 조망되는 객관 풍경을 그대로 묘사하는 일이 드물었다. 그렇기에, 정지용은 시인의 내면에 깊숙하게 드리워진 어떤 우울을 노래하고 있다고 말할 수 있을 것 같다. '형식적 객관과 마주한 자유로운 심상의 투사'라는 평가가 정지용 시를 '갈등이나 우울의 흔적이 결여된 것'으로 이해하게 만들어서는 곤란하다. 오히려, 정지용은 교토에 갔던 그 해에 일어났던 관동대지진이나 그 다음해 미에현 광부 학살 사건을 아주 뒷날에 가서 회고한 것이라든가, 야세의 케이블카 설치장에서 집단 생활을 하는 조선인 노동자를 매우 드라이하게 묘사한 것이라든가, 하는 것이 실은 그의 깊은 우울과 관련이 있다. 관동 대지진, 야세(八瀨)의 조선 노동자 숙소, 여공 기숙사에 대한 정지용의 단상(斷想)을 통해서, 그가 당시 현실의 문제에 대하여도 깊이 고뇌하고 있었으리라고 추측할 수 있다.

이 글에서는 정지용이 교토의 가와라마치(河原町) 성당에 다녔을 것이라고 추정하였다. 세례를 받았는지는 알 수 없으나, 젊은 시절의 실존적 고뇌, 국외자로서의 소외감이 그의 정신을 괴롭혀, 절대적 가치에 대한 동경과 외경의 마음을 촉발하지 않았나 생각된다. 〈소묘 1〉과 〈소묘 2〉에 나타나듯, 정지용의 가톨릭 개종은 '일ㅅ절에 疲勞한' 상태에서 자발적으로 귀의한 것이었다고 생각된다. 당시 그는 현실의 질곡을 벗어나, 순수한 생명의 약동과 실존의 무게를 느끼고 싶어하였던 듯하며, 비력(非力)과 허무에 대한 응시의 결과 절대자에의 귀의를 결심하지 않았나 추측된다. 아마도 동지사대학에서 기독교 사상에 관하여 공부하였기 때문에 가톨릭에 입문할 사상적 기반이 이미 마련되어 있었을 것 같은데, 그렇다면 어째서 신교를 믿지 않고 가톨릭에 입문하였는지, 그 점에 대하여는 잘 알 수 없다. 가톨릭의 장엄한 세계에 더 마음이 끌렸기 때문일까? 그리고 정지용이 가톨릭 체험과 관련된 시를 1933~1935년경에야 많이 발표하게 된 이유는 무엇인지, 역시 명확하게 답변을 하기 어렵다. 다만 가톨릭 잡지에 관계하던 시절 정지용이 쓴 종교시들은, 이런 용어가 성립한다면, 종교적 귀의 뒤의 기쁨을 노래하고 있어서, 그 시들에서는 특정한 종파에 귀속함으로써 얻게 된 안도감을 읽을 수 있다. 하지만 그 이전까지 정지용은 안도감보다는 불안감을 더 많이 지녔으며, 신앙하는 것, 소속된 것의 기쁨을 밝게 노래할 여유가 없었던 것 같다. 내 생각으로는, 그의 종교시들에서 나타나는 안도감은 오히려 인간 실존의 모습과는 거리가 있다고 생각한다.

오사카와 재일 한국인 문학,
근대 문학의 한 시금석

구인모

1. 재일 한국인 문학과 오사카 이카이노(猪飼野)

일본인 스스로도 일본의 지방색을 언급할 때면 반드시 거론하는 것이 바로 혼슈(本州) 안에서의 두 지역인 도쿄를 중심으로 하는 칸토(關東)와 오사카(大阪)를 중심으로 하는 칸사이(關西) 지역 사이의 차이일 것이다. 도요토미 히데요시(豊臣秀吉)가 교토에 막부를 설치하기 훨씬 이전부터 대외교류와 경제의 중심지였던 오사카는, 도쿠카와 이에야스(德川家康)가 에도 (江戶, 오늘날의 도쿄)로 막부를 옮긴 이후에는 일본 제2의 도시가 되고 말았지만, 오늘날 행정 단위로도 수도를 의미하는

오사카 전경
출처_http://k-plan.web.infoseek.co.jp/151130.htm

도(都)에 버금가는 두 곳의 부(府) 가운데 한 곳이다. 이미 막부 시대부터 '천하의 부엌(天下の台所)' 이라고 일컬어질 만큼 경제적 번영을 누렸던 오사카는, 경제적 번영 탓인지 때로는 무질서로 비추어질 만큼 사람들의 열정, 여유, 유머가 넘쳐나는 곳이다. 또한 그 열정, 여유, 유머가 빚어내는 흥성거림 때문에 오사카의 문화는 곧잘 한국의 문화와 비교되곤 한다.

그러나 이러한 유사성이 흔히 문화론이나 집단 정서론과 같은 일반론의 오류의 소산이라 할지라도, 오사카라는 지역이 그저 낯설지만은 않은 것은 약 865만여 명의 오사카 인구 가운데에 18만여 명의 재일 한국인들 때문일 것이다. 게다가 약 68만여 명의 재일 한국인 가운데 1/3 가까운 수가 살고 있는 이 오사카는, 한국 근대의 디아스포라 체험의 공간 가운데 하나라는 점에서 주목을 요한다. 재일 조선인들은 일본이 1934년 선포했던 '국민 징용령(國民徵用令)' 을 계기로 일본에 거주하기 시작해서 태평양전쟁 종전 당시 그 숫자가 63만여 명까지 이르게 되었다. 하지만, 종전 이후 주일연합군사령부(GHQ)의 송환 조치에도 불구하고 한반도의 분단, 일본정부의 재산 반출 제한, 한국 정부의 무관심으로, 일본 사회에서 피차별 존재로서의 온갖 부당함과 억울함을 감내하고 살 수 밖에 없었다. 강제 징용 이외에도 식민지 조선에서의 가난을 이기지 못한 유민들과, 또한 종전 후에는 한반도 내의 처절한 좌우 이념의 대립으로부터 도망한 피난민까지 더해서 오사카는 양석일(梁石日)의 말마따나 근대와 식민지 경험의 사생아들의 불우하게 살 수밖에 없는 피난지였던 것이다.

바로 이러한 오사카를 배경으로 생겨난 것이 재일 한국인의 문학이다. 특히, 오사카에서 재일 한국인들의 집단 거주지로 알려진 이카이노(猪飼野, 오늘날의 이쿠노[生野])는 츠루하시(鶴橋) 정(町) 히가시코바시(東小橋) 정과 함께 1920년대부터 쵸센(朝鮮) 정이라 일컬어질 만큼 재일 한국인의 집단 거주지로 알려진 곳이었다. 비록 외국이지만 "조선의

시장, 제사, 정치, 싸움, 이별, 통곡, 홍소(哄笑)"가 있는 곳126, 그래서 '민

족적, 사상적 근거지'가 될 수 있었던 곳, 그곳이 바로

오사카 이카이노이며, 또한 그곳이 바로 재일 한국인 문

학의 시발점인 것이다.127 김태생(金泰生)·김시종(金

時鐘)·김석범(金石範) 등의 재일 한국인 제1세대로부터 양석일·종추

월(宗秋月)·김창생(金蒼生)·원수일(元秀一) 등의 제2세대, 나아가 현

월(玄月) 등의 제3세대에 이르기까지, 재일 조선인 문학이 탄생하고 성

장해 왔다. 이 가운데에서 이제 검토하게 될 작품은 양석일의《밤을 걸고

서(夜を賭けて)》(1994), 현월(玄月)의《그늘의 처소(蔭の棲みか)》(2000)

이다. 이 두 작품은 제1세대가 아닌 제2세대, 제3세대의 작가들의 작품들

이고, 또 작품 세계의 면에서도 현격한 차이를 나타내는 것이 사실이다.

그러나 오사카의 재일 한국인들의 삶의 과거에서 현재까지 조망하는 데

에 그 어떤 작품보다도 좋은 사례라는 점에서 주목할 만한 가치가 있는

작품들이다.

126 元秀一, 〈あとかき〉,《猪飼野物語》, 草風館, 1987.

127 金壎我, 〈第一章 始まりの歌〉,《在日朝鮮人女性文學論》, 作品社, 2004.

2. 아파치족의 처절한 생존기《밤을 걸고서》

양석일의《밤을 걸고서》의 주된 무대는, 오늘날 JR니시니혼(西日

本)의 오사카 환상선(大阪環狀線)인 죠토센(城東線)을 사이에 두고, 재

일 조선인 집단 거주 지역인 이카이노와 오사카 조병장 터(造兵廠跡, 오

늘날 오사카 쥬오[中央]구의 오사카 비즈니스파크와 오사카 삼림공원 일

대)이다. 이 소설은 첫 장면부터 종전 이후 암담하고 침체한 오사카 중심

부의 오사카 성과 조병창적, 이카이노 일대의 묘사로 시작된다. 그리고

전쟁 기간에 이미 폐허가 되어 종전 이후 대장성(大藏省, 오늘날의 재무

성[財務省])의 국유재산으로 귀속되기는 했으나, 정부의 관리가 소홀해

진 오사카 조병창의 막대한 양의 고철을 수집하고 암거래하면서 생계를 이어 나가는 재일 한국인들의 이야기로 시작된다.

어느 날 극도로 빈궁한 살림을 면하지 못하고 살아가던 재일 한국인 집단 거주 지역에 어느 날 조병창의 고철을 몰래 빼내 암거래를 하면 큰돈을 벌 수 있다는 소문이 파다해 지면서, 이카이노의 재일 한국인들은, 누가 먼저라고 할 것도 없이 밤만 되면 남녀노소 고철을 수집하기 위한 사람들의 이악한 다툼이 시작된다. 그 생존을 향한 아귀다툼 가운데에서 이미 치열한 이합집산과 온갖 교묘한 권모술수에 이악해 질대로 이악해진 재일 한국인들은, 대장성과 경찰의 단속도 아랑곳하지 않을 정도가 되어 간다. 오로지 살아남아야 한다는 일념만으로 오사카 안에서, 아니 일본 안에서 섬이 되어 버리는 이 재일 한국인 집단 거주 지역은, 경찰의 단속에 항의하는 어느 아이의 단말마 같은 절규처럼 재일 한국인들에게는 바로 "지옥의 일번지"[128]였던 것이다.

이들이 불법 행위임을 분명히 알면서도 국유 재산 밀거래에 목숨을 걸다시피 하는 것은, 표면적

<aside>[128] 梁石日,《夜を賭けて》, 幻冬舍, 1998, 129쪽. 앞으로 이 작품을 인용할 때에는 괄호 안에 작가의 이름과 책의 면수만을 밝히기로 한다.</aside>

으로는 그것이 빈궁의 나락에서 벗어날 수 있는 유일한 탈출구이기 때문이다. 그러나 국유 재산 밀거래의 이유는 그것만이 아니라는 데에서 더욱 흥미롭다. 스스로를 미국 인디언인 '아파치족' 으로 명명하고 그들의 집단 거주지를 마치 인디언 보호 구역인 양 인식하는 이 소설의 재일 한국인들은, 국유 재산, 그것도 일본 군국주의의 상징이었던 오사카 병조창을 터는 일이야말로 강제 징용으로 끌려와 비참한 생을 마감해야 했던 선조를 대신한 복수로, 또한 일본 정부가 선뜻 나서지 못하는 전후 처리라고 합리화하기 때문이다(양석일, 117). 일본 제국주의의 피해자들이 제국주의가 남긴 폐허를 먹고 살아간다는 것, 그렇게 해서 제국주의가 안겨준 삶의 질곡에서 벗어난다는 것, 바로 이 점이 이 소설이 그려내는

재일 한국인 정체성의 아이러니이다.

양석일이 흔히 굶주린 늑대로 묘사하는 이 재일 조선인의 고철 밀거래도 일본 정부와 경찰의 단속으로 그리 오래갈 수는 없다. 마치 전쟁을 방불케 하는 고철 밀거래 소탕 작전 가운데에 집단 거주 지역은 쑥대밭이 되어 버리고, 고철 밀거래에 가담한 사람들은 대거 구속되고 만다. 그러나 이야기는 등장 인물 가운데 한 사람인 김의부(金義夫)로 인해 더욱 심각하게 전개된다. 오랫동안 김의부를 주시해 왔던 쿠라다(藏田) 형사는 민족대책부(民族對策部, '民團'의 전신)와 재일 조선민주통일전선(在日朝鮮民主統一戰線, '朝總聯'의 전신) 양쪽에 모두 관여하고 있던 김의부를 공산주의자로 낙인찍어, 그동안 공산주의자들이 벌인 온갖 테러에 가담해 온 것으로, 고철 밀거래도 공산주의자가 테러자금 마련을 위해 한 일로 부풀려버리고 만 것이다(양석일, 322-328). 결국 고철 밀거래에 가담한 대부분의 재일 한국인들은 집행 유예로 풀려나지만 김의부만은 오무라(大村) 수용소로 보내지고 말면서 이 소설의 1부도 끝이 난다.

김의부의 구속과 처벌과정이 암시하는 재일 한국인 내부의 이념 대립의 양상은 소설의 제2부에서 더욱 분명한 양상으로 나타난다. 고철 밀거래를 통해 가난에서 벗어날 수 있다는 '아파치족'들의 꿈은 수포로 돌아가고, 마침 북송선을 타고 일본을 등지는 사람들이 하나 둘 늘어나기 시작하면서, 북송을 환영하든 반대하든 재일 한국인들은, 모국을 분단으로 이끈 냉전의 소용돌이에 서서히 빠져 들어간다. 남이든 북이든 그 어느 쪽으로부터의 호명(呼名)에 자발적으로 응할 수밖에 없는 재일 한국인들은, 그래서 일본 제국주의, 세계 냉전 체제, 나아가 모국의 이념 대립으로부터도 결코 자유로울 수 없다는 것, 바로 그것이 가난보다도 더 암담한 재일 한국인의 운명일 수밖에 없음을 작가는 2부에서 그려내고 있다. '밤을 걸고서' 찾아야 하는 것이 비단 가난으로부터의 탈출구만이 아니라, 재일 한국인으로서 한 몸으로 그 세 겹의 부하(負荷)를 견디며 자기를 정의해 나아가는 길이라는 것이 바로 양석일이 이 소설을 통해서 말하고자 하는 바이다.

《밤을 걸고서》의 대단원은 양석일의 초상(肖像)이라고 할 수 있는 택시 운전사이며 소설가인 장유진(張有眞)의 귀향으로 시작된다. 민단과 조총련의 입장을 두루 고려해서 '통일 한국'도 '통일 조선'도 아닌 '원 코리언 페스티벌'이라는 두루뭉술한 이름의 축제에 참석한 장유진은, 이제 그들이 '밤을 걸고서' 찾아내야 했던 것이 잔영만을 남기고 사라지는 광경을 목도한다. 오사카 병조창 터에는 공원과 빌딩이 자리 잡았으며, 고철을 실어 날랐던 강에는 유람선이 다니며, 젊은 '코리언'들은 그들의 부형(父兄) 세대의 회한이 어린 오사카 병조창의 존재조차 알지 못한다(양석일, 506). 그러나 이제 아파치족의 보호 구역인 이카이노를 떠나, 남에서든 북에서든 스스로의 삶의 가능성을 모색하는 젊은 '코리언'들에게도, 부형의 세대가 감내할 수밖에 없었던 자기 정체성 발견의 부하는 결코 사라지지 않았다. '원 코리언 페스티벌'에 참가해 한국어로 '하나! 하나! 하나!'라고 합창하는(양석일, 532) 그들의 울림은, 그래서 반향도 없이 허공에 사라진다.

3. 저회(底回)하는 인간의 고소(孤巢)《그늘의 처소》

현월의 《그늘의 처소》[129]의 배경은, 작가 스스로 굳이 오사카의 이카이노라고 하지 않고 그저 '집락(集落)'이라고 명명하고 있지만, 등장 인물들 모두 오사카 지역의 사투리를 구사하고

[129] 이 작품은 한국에서 《그늘의 집》(홍순애·신은주 옮김, 문학동네, 2000)으로 번역된 바 있다. 이 글에서는 玄月, 《蔭の棲みか》, 文藝春秋社, 2000을 인용하기로 한다. 이 작품에서 '棲みか'는 비단 문 서방의 바라크 집만을 의미할 뿐만 아니라, 재일 한국인 집단 주거지 전체를 가리키는 중의적인 표현이므로 '그늘의 처소'로 표기하기로 한다. 그리고 앞으로 이 작품을 인용할 때에는 괄호 안에 작가의 이름과 책의 면수만을 밝히기로 한다.

있으며, 또한 이 '집락'이 과거 다수의 제주 출신 재일 조선인의 집단 거주 지역이다는 사실을 작품 곳곳에 암시함으로써, 이카이노를 모델로 한 곳임을 짐작하게 한다.

현월이 그려낸 이 '집락'은 양석일의 재일 한국인 집단 거주 지역에서 엿보이는 사람들의 흥성거림도, 탈출구가 보이지 않는 극도의 빈궁도 사라져버린 황량한 도시 외곽 지역이다. 다수의 재일 한국인들은 모두 도회로 떠나가 버리고, 그나마 남아 있는 소수의 재일 한국인들은 나가야마(永山), 타카모토(高本), 카네무라(金村) 등의 이름으로 속속 일본 사회 안으로 편입되어 갔고. 재일 한국인이 사라진 자리를 돈벌이를 위해 외국에서 몰려든 중국인과 재중국 조선족들이 채웠다. 또 공중 화장실에서 돼지를 키우고, 조병창 터에서 고철을 캐내 겨우 생계를 이어가던 재일 조선인의 삶도, 부동산 투기나 파친코 오락실 운영, 심지어 중소기업 운영으로까지 발전해 나아갔다.

현월은 바로 그 가운데 '집락'이 생겨날 때부터 온갖 신산(辛酸)을 맛본 문 서방이라는 인물을 등장시킨다. 등장 인물 가운데 귀화하지 않은 사람으로 등장하는 문 서방은, 태평양 전쟁에 참전해 오른팔을 잃고, 아내는 고된 공장일을 하다가 사고로 목숨을 잃고, 또 어렵게 낳아 기른 아들은 학생운동에 가담했다가 의문의 죽음을 당한 비극을 한 몸에 지고 살아가는 인물이다. 아내의 고용주였던 나가야마에게 거처와 약간의 생활비 보조를 받으며, 아마추어 야구관람이 유일한 낙인 이 문 서방의 일생이야말로 오사카 이카이노 재일 한국인의 역사이면서, 전후 일본의 역사적 소용돌이 가운데에 휘말려 들어가는 재일 한국인의 역사 그 자체이다.

현월이 이 문 서방이라는 인물을 통해서 말하고자 하는 것은, 세월의 흐름과 새로운 세대의 등장 가운데에서 희박해져 가는 재일 한국인의 정체성의 문제이다. 제3세대 재일 한국인인 아들은 재일 한국인이라는 멍에를 벗겨달라고 반항하지만, 제2세대인 아버지는 이미 자신이 태어났을 때에는 북조선도 남한도 존재하지 않았으므로 그저 일본에 살고 있으므로 일본인처럼 살아갈 수밖에 없었던 무기력한 존재일 뿐이다(현월, 17). 아들 세대는 일본인이든 조선인이든 태평양전쟁 참전 희생자에게 일본 정부가 배상을 하겠다는 '화해 권고'를 받아들이라고 종용하지만, 아버지 세대인 문 서방은 어쨌든 전쟁으로 인한 동족의 희생을 방조했던 것만은 사실이므로 '화해 권고'를 받아들이지 못한다. 일본인도 아닌, 북조선 인민도 아닌, 대한민국의 국민도 아닌 아버지 세대가 자신의 분열된 정체성 가운데에서 부유하며 살아 왔던 데에 비해, 아들 세대가 바라는 것은 일본 사회 안에서의 어느 정도의 금전적 여유와 사회적 지위일 뿐이다(현월, 89). 바로 이런 아버지 세대, 제2세대 재일 한국인인 문 서방에게 인생이란, 희망도 절망도 없는 녹색의 해저와 같은 것(현월, 24), 앞으로 30년을 더 살아도 더는 행복해질 것도 불행해질 것도 없는 그저 무위의 인생일 뿐이다.(현월, 43). 그래서 그가 살고 있는 재일 조선인 집단 주거지는, 역사 속에서 상처만 입은 한 인간이 자신의 쓰린 상처를 핥으며 숨어 지내는 저회의 고소(孤巢) 공간, 즉 '그늘의 처소'일 뿐이다.

하지만 역사 속에 상처를 입은 인간의 '그늘의 처소'가 결코 안식처일 수만은 없다. 재일 조선인 실업가인 나가야마가 가난에 찌들다 산업 재해로 죽은 아내를 헐값에 빼앗고, 또 문 서방을 보살펴 주었던 여인인 사에키를 겁탈해서 결국 그녀를 죽음에 이르게 하고, 또 고용하고 있는 중국인들에게 린치를 가하는 사건을 통해 작가 현월이 말하고자 하는 것은, 바로 재일 한국인 집단 거주지가 재일 한국인을 비롯한 일본 내의 소수 외국인에 대한 폭력의 공간이라는 사실이다. 일본이 국민 국가의 욕망을 위해 타자로서 재일 한국인의 모국, 그들의 청춘, 그들의 아들을 차례차례 빼앗아 간 것처럼, 재일 한국인도 그들의 욕망을 위해서 일본

안의 또 다른 타자인 여성과 불법 체류 외국인들에게 폭력을 휘두른다면, 문 서방에게 오사카 이카이노라는 '그늘의 처소'는 한편으로는 복마전(伏魔殿)인 셈이다. 그래서 중국인에게 린치를 가한 나가야마를 수사하러 온 경찰이 문 서방에게 으름장을 놓는 대목은 매우 의미심장하다.

> 불법체류자들이 패거리를 짓는 건 용서할 수 없어. 이 동네는 신주쿠(新宿)도 한국도 아녀야. 그저 재일 조선인이 많이 사는 별 볼일 없는 동네일뿐이야. 더 이상 외국인은 필요 없어. 이 동네 모두가 그걸 바라고 있단 말이야. (중략) 할아범 당신도 당장 짐 챙겨서 여길 떠나란 말이야.
>
> (현월, 94)

한 쪽 팔이 없는 늙은이인 문 서방이 몸싸움을 벌인 상대는, 경찰봉을 휘두르는 거구의 경찰들이 아니라, 어쩌면 그를 '그늘의 처소'로 몰아넣고 차별한 역사와 그의 동족이었는지 모른다. 경찰들에게 뭇매를 맞은 문 서방이 저도 모르게 잃어버린 한쪽 팔로 힘을 낼 수 있었던 것은, 자신을 옭아매고 있었던 이중의 폭력을 자각했기 때문이다. 흥미로운 사실은 문 서방이 자신에게 폭력을 가하는 상대를 향해 온몸을 던져 항거한 순간 '고마움'의 감정을 느낀다는 것이다. 그 고마움은 우선 자신도 알지 못하는 사이에 솟아난 자신의 용기에 대한 고마움일 터일 것이다. 하지만 그 고마움의 이면에는 자신을 옭아매고 있던 폭력에 순치되어 온 자신에 대한 수치심과 원한이 자리하고 있음은 두 말할 나위도 없다.

그러나 현월이 소설의 결말에서 말하고자 하는 것이 이 '고마움'만은 결코 아니다. 문 서방이 자신에 대한 '고마움'을 느끼는 순간 이미 나머지 한쪽 팔도 못 쓰게 되고 말기 때문이다. 문 서방이 이중의 폭력을 자각한 순간, 그리고 폭력에 항거하는 자신을 발견하는 순간 양쪽 팔 모두 쓸 수 없다는 것, 그것은 비단 문 서방의 신체의 부자유만을 의미하는 것은 아닐 터이다. 그것은 일본도 한국도 아닌 재일 한국인이 여전히 겪을 수밖에 없는 이중의 부자유와 억압을 의미하는 것으로 보아야 할 것이다.

4. 탈식민·탈국민 국가의 공간으로서 오사카, 근대 문학의 한 시금석

양석일의 《밤을 걸고서》와 현월의 《그늘의 처소》 이 두 작품은 주인공의 불분명거나, 주인공의 이름이 그저 성만으로 등장하거나, 혹은 일본어 독자들에게는 대단히 낯선 '서방'으로 명명된다는 특징을 지니고 있다. 그것은 환언하자면 주인공이 없거나 혹은 모든 사람이 주인공이 될 수 있다는 것, 아니면 주인공의 존재가 미미한 것일 수 있음을 나타낸다. 심지어 이들 작품의 등장 인물들은 이름이 없는 것이나 다를 바 없다고도 할 수 있다. 주인공의 이름이 없다는 것은, 누구도 그들을 명명하지 않는다는 것, 그리고 그들 스스로도 자기를 표상하는 데에 곤란을 겪는 것을 의미한다고 보아야 할 것이다. 아니 어쩌면 그 어떤 방식으로든 자기 표상을 거부하는 것을 의미하는 것인지도 모른다. 바로 그들이 오늘날에도 영구 거주 외국인의 자격으로 일본에서 살아가는 재일 한국인들이다.

2003년 가을 무렵 양석일은 도쿄대학교에서 개설된 재일 한국인 문학론 강의에서 거의 한 학기에 걸쳐 재일 한국인 문학사를 개관한 적이 있다. 이 자리에서 그는 재일 한국인 문학은 일본 문학도 한국 문학도 아닌 문학으로 읽어 줄 것을 애써 부탁하면서도, 유미리와 현월의 소설은 일본 문학으로 보아야 할 것 같다는 흥미로운 이야기를 했다. 그러나 유미리의 경우는 일단 논외로 하고서라도 적어도 현월만은 사정이 다르다고 보아야 한다는 것이 나의 생각이다. 이 글에서 살펴 본 양석일과 현월의 작품들은, 문학 작품으로서는 물론 오사카 이카이노 혹은 이쿠노를 배경으로 하는 재일 한국인의 역사로서 읽히기를 요구한다는 점에서 공통점을 지니고 있기 때문이다.

이들의 서사는 일본의 국민 국가의 서사도 아니면서 한편으로는 한국의 국민 국가의 서사에도 편입될 수 없는, 환언하자면 양자 모두와 관련성을 지니면서도 양자 모두에 대해 비판적인 시각을 제공하는 역사적 서사이다. 이들의 서사는 일본 사회의 배제와 억압, 더 나아가 일본 사회의 하위주체로서 외국인 사회 내부의 배제와 억압의 논리를 들추어 내는 한편으로 부모의 고향인 한국의 내셔널리즘이 재일 한국인의 삶에 침투해서 민족의 경계 아래 종속시키려는 욕망과 싸워 나가려는 의지가 담겨있다.

재일 한국인 문학의 이러한 서사적 특징은 그것이 결코 일본이든 한국이든 어느 한 나라의 국민 문학으로 편입되기를 거부하는, 국민 문학의 경계를 끊임없이 드나드는 문학이게 한다. 근대적인 문학의 개념 가운데 하나인 국민 문학이 국민 국가라는 근대적 정체(政體)를 상정하는 가운데 이루어진 역사적 산물임은 주지의 사실이다. 그러나 위에서 살펴 본 양석일과 현월의 문학의 경우만 두고 보더라도 이들의 문학은 일본이 식민지를 확장해 나갔던 시기에 제국 내부의 식민지인으로서 또한 탈식민지인으로서 겪어야 했던 극단적인 식민지·탈식민지 체험으로부터 비롯한다. 이들의 문학은 결코 어떤 국민국가의 이념에도 복무하지 않는다. 바로 이 점에서 오사카 이카이노 혹은 이쿠노는 탈식민지·탈국민 국가의 공간으로서 상징적인 의미를 지니며, 재일 한국인의 문학은 바로 탈식민지의 문학, 탈국민 문학이라고 할 수 있다. 오사카가 근대 문학을 논할 때 무언가 의미를 지닌다면, 바로 그러한 점 때문일 것이다.

아울러 국민 문학의 경계선에 놓인 탈식민지 문학, 탈국민 문학으로서 양석일과 현월의 문학은 문학의 근대적 의의와 가치를 끊임없이 되묻게 한다. 바로 그러한 의미에서 오사카라는 공간, 나아가 재일 한국인 문학은 근대 문학의 한 시금석이라고도 할 수 있다.

히로시마와 원폭 문학

윤광봉

1. 원폭의 도시 히로시마

히로시마는 일본에서 중국 지방의 중심지로 옛부터 섬과 섬을 잇는 해운이 번영했던 일곱 번째의 큰 도시이다. 섬과 섬으로 이어진 세토나이(瀬戸內) 바다는 현재 일본에서 3대 경치의 하나로 꼽히는 아름다운 곳으로, 특히 우리 조선통신사가 머물렀던 카마가리(蒲刈)와 도모노우라(鞆の浦)가 가까이 있다. 미야지마(宮島)에 있는 이츠쿠시마진자(嚴島神社)는 바다 위에 있는 신사로서 국가 중요 문화재인 동시에 세계 유산으로 지정되어 있고, 또한 후쿠야마(福山)에 있는 도모노우라는 지금도 에도(江戸) 시대의 항구의 풍정을 그대로 지니고 있어 많은 관광객들이 찾는 곳이다. 그런데 요즈음 이 지역에서 아름다운 바다를 세계 유산으로 등록시키기 위한 단체(港町네트워크)가 발족되어 화제를 일으키고 있다. 세토나이 바다는 섬이 옹기종기 모여 있어 어느 곳에서 누가 보아도 하나의 큰 호수를 바라보는 안온함을 느끼게 하는 풍정을 지니고 있는 곳이다. 바로 이러한 배경을 끼고 이곳을 테마로 한 음악과 영화 그리고 문

원자 폭탄을 맞고 현재 남아 있는 원폭돔
원래는 1915년에 세워진 히로시마현 산업장려관이었는데, 전쟁의 참혹함을 알리기 위해 원폭후의 그 모습을 그대로 보존하고 있고 96년에는 유네스코의 세계문화유산에 등록이 되었다. 실제의 폭심지는 이 곳에서 남으로 도보로 1분정도 떨어진 곳이다. 세계 유산으로 등록되어 있다.

학 작품들이 꽤 있다. 그래서 이 고장에서 태어나 자라난 사람들은 이곳을 떠나도 영원한 고향으로 위안을 삼는다.

　히로시마는 이 바다를 끼고 있는 호반의 도시라 할 수 있다. 그런데 히로시마 하면 누구나 떠올리는 것이 원자 폭탄일 것이다. 1945년 8월 6일 극악을 다 하던 그들에게 결국 최후의 선물은 가공할 원자 폭탄이었다. 그때 피어났던 버섯구름은 마침 내렸던 비와 핵진이 섞여 글자 그대로 검은 비로 변했다. 그런데도 그들은 항복을 하지 않아 사흘 뒤 나가사키(長崎)에 또 한번 원폭 세례를 맞아야 했다. 그리고 나서야 항복을 하고 그 진절머리 나는 전쟁은 끝이 난 것이다. 만약 그때 이러한 폭탄 세례가 없었다면 그들은 과연 항복을 했을까. 아직도 그들은 원폭을 맞은 것에 대한 애틋한 하소연만 하지 왜 맞았는가에 대한 구체적인 언급은 없다.

어쨌든 인구 120만 정도의 작은 도시인 이곳은 세계에서 몰려드는 관광객들의 발길이 끊이지 않는 평화의 도시로 탈바꿈하고 있다. 시 중심에서 벗어나 있는 히로시마 항구는 당시 대륙의 침략 전진기지로 많은 젊은이들이 이 항구를 통해 한국·중국·동남아시아로 나아가 무참히 희생되었다. 우리의 경우는 역으로 징용 당한 사람들이 이곳에 있었던 군수공장에서 말할 수 없는 핍박을 당하며, 한을 삭이던 곳으로 당시 원폭이 떨어졌을 때 희생된 사람만도 2만 명이 넘는다. 그때 폭격 맞았던 건물 중에 유일하게 남은 상공 건물은 현재 세계 유산으로 등록되어 각국에서 모여드는 관광객들로 늘 붐빈다.

이렇듯 히로시마는 종전 후 원폭의 도시로 변해 히로시마 하면 원폭을 연상하게 하는 세계적인 도시가 되었다. 따라서 문학도 원자폭탄으로 인한 피해와 관련되는 원폭 문학이라는 용어가 생겼고, 이에 부응해 활발히 활동하는 작가들의 모임이 지금도 이어지고 있다.

2. 문학관 건립 운동

히로시마 출신으로 일본 문학사상 족적을 남긴 문인은 꽤 된다. 이러한 문인들을 기리기 위해 지난 1987년 히로시마에서는 히로시마 문학 자료를 수집, 정리해서 후세에게 남겨주자는 문학 운동이 시작되었다. 이에 대한 일환으로 당연히 문학관 건립 문제가 대두되었다. 주지하다시피 현재 히로시마는 평화 문화 도시로서 세계적으로 알려져 있는데, 히로시마 문학을 알리기 위해서도 이곳의 문학관 건립은 당연한 것으로 인식하고 있다. 그래서 문학관을 만들어야 한다는 움직임이 문학자, 연구자, 지식인 그리고 여러 가지 문화 운동을 하고 있는 사람들 사이에서 제기되었다. 그 결과 당시 명칭으로 `히로시마 문학 자료를 보존하는 회`라고 하는 시민단체가 발족되었다. 실질적인 운동 중심은 히로시마대학교 문학부의 독일 문학 전공자인 고무라 후지히코(好村富士彦) 선생과 프랑스 문학 전공자인 미즈시마 히로마사(水島裕雅)선생이었다.[130] 이 운동은 서명 운동이라고 하는 시민 운동의 전형적인 스타일로 시작되어, 전국의 저명한 문학자, 학자로부터 찬성 메시지를 모아서 한 큰 운동이었다. 당시 모아졌던 귀중한 자료가 2천수백 점에 이르

렀는데 문학 자료실이 시립도서관 안이라 많은 시민들의 호응이 있었다. 그 뒤 자료를 모아 그 수는 현재 만수천 점에 이른다. 그런데 문학 자료실

원폭 당시 희생된 한국인 위령비
히로시마 평화공원 안에 세워져 있다.

원폭 소설가 원민희의 시비
평화공원 안에 있는 원폭돔 바로 앞에 세워져 있다.

과 수장 공간 확보도 되었는데, 이 자료를 전문적으로 담당하는 이가 없었다. 따라서 이를 위한 전문 연구인과 예산이 확보되질 않아 현재 불발에 그치고 있다. 이런 가운데서도 모아진 자료를 중심으로 도우게 산기치(峠三吉, 1917~1953)의 문학 자료 목록이 편집 출판되었고, 또한 1991년엔 쇼다시노에(正田篠枝, 1910~1965)라고 하는 여류가인에 관해서도 수집 자료를 중심으로 문학 전시회를 열었다. 그러나 그 뒤 재정적인 어려움 때문에 설립이 어려워 머뭇하다가 최근까지 10수년이 흘렀다. 그러다가 2000년 가을 문학 자료 보존회와 별도로 '히로시마에 문학관을, 시민회'라고 하는 운동 단체를 다시 만들었다. 그리고 2001년 7월부터 8월에 걸쳐 〈원폭 문학전 5인의 히로시마〉라고 하는 전시회를 개최했다. 그럼에도 문학관 건립은 아직 추진 중에 있다.

지금까지 히로시마 출신으로서 문학사상 큰 족적을 이룬 문인은 하라 다미키(原民喜), 이부세 마스지(井伏鱒二), 가지야마 도시유키(梶山季之), 오오다 요우코(大田洋子), 하야시 후미코(林扶美子), 다케니시 히로코(竹西寬子), 오오바미나코(大庭みなこ) 외 여러 명이 있다.

우리에게 영화 〈족보〉로 익히 알려진 가지야마 도시유키(梶山季之, 1930~1975)는 서울 출생으로서 1945년 11월에 부모의 고향인 히로시마로 돌아왔다. 그는 지금의 히로시마대학 전신인 히로시마고등사범 국어과 출신으로 대학 재학 때부터 동인지《천사귀(天邪鬼)》를 주재했다. 이때 하라 다미키(原民喜)에게 원고를 부탁하고 받은 〈젊은 여자(若き女)〉를 보고

크게 영향을 받았다. 〈족보〉는 창씨 개명을 거부한 한 인간의 고뇌를 그린 작품이다. 1953년 상경한 그는 《에스포아르》 동인이 되어 동인지에 〈실험 도시〉를 발표했다. 이것은 뒤에 〈이조잔영(李朝殘影)〉의 일부가 되어 조선을 무대로 확장되었다. 이 소설은 기생과 화가의 연애물로 또한 거기에 일본 군인이 개입되어 전개되는 비극을 그린 것이다. 또한 한국 관계의 대표적인 다섯 개의 단편이 영역되어 하와이대학교 출판국으로부터 《The Clan Records》의 표지로 간행되었다. 가지야마는 사회파 추리 소설 〈黒の試走車〉로 문단에 데뷔했다. 그는 각 장르를 섭렵하여 현대 세상을 날카롭게 묘사했으며, 관능적인 작품과 다채로운 활약으로 많은 독자를 확보한 소설가이다.[131]

131 大久保典夫 外,《現代作家辭典》東京堂出版 1973, 104쪽
美那江 편집,《積亂雲榴山季之-その軌迹と周邊》, 紀伊國屋書店, 1998.
132 岩崎文人,《廣島の文人》, 溪水社, 1991, 73~78쪽.

한편 히로시마현 출생은 아니지만, 히로시마현과 인연을 맺은 하야시 후미코(林芙美子, 1903~1951)는 파란 많은 인생을 산 여인으로 그러한 체험이 그녀의 방랑 문학을 형성하는 계기가 되었다. 후미코는 야마구치현(山口縣) 시모네세키에서 태어났는데 7세 때 아버지가 게이샤를 집으로 데리고 들어오자 모친과 함께 가출했다. 어머니도 그 후 다시 결혼, 갖은 행상을 하며 방황하였다. 그녀는 이 때문에 소학교를 수십 번 옮겼다. 1922년 히로시마현인 오노미치(尾道)로 와 오노미치여고를 졸업했다. 그 뒤 상경하여 노점상, 파출부 여공, 사무원 점원 등등 전전하다 결국 이러한 것이 바탕이 되어 이른바 《방랑기》를 쓰는 계기가 되었다. 이 작품은 1930년에 신예 문학 총서로서 간행되었는데, 당시 베스트셀러가 되어 그녀의 출세작이 되었다.[132]

또한 가인(歌人)으로서 이름을 드높였던 곤도 요시미(近藤芳美, 1913~?)는 한국 마산 출생으로 어릴 때 히로시마로 이사를 했다. 히로시마에서 소학교와 중고등학교를 마친 그는 동경으로 가 동경공업대학 건

축과를 졸업했다. 그 후 곤도는 건설회사 청수조(淸水組)에 취직하고 이를 계기로 조선 경성으로 부임했다. 그 뒤 소집병으로서 중국 대륙을 가게 되었는데, 그만 폐결핵을 얻어 다시 귀환했다. 일본의 패전을 알게 된 것은 이케부로(池袋)에서 소개(疏開) 작업 중이었다. 고등학교 때부터 고전에 관심이 많던 그에게 결정적인 계기를 준 사람은 나카무라 켄키치였다. 그것은 고등학교 시절 히로시마에 있을 당시 나카무라 켄키치(中村憲吉)와 처음 만났다. 병 치료 중인 히로시마 교외인 이츠카이치시(五日市) 해변의 가옥에 있는 그를 찾은 것은 1932년 2월이었다. 이후 두 번째의 만남을 가졌는데 이를 인연으로 그는 단가(短歌)의 길을 걷기 시작했다. 그가 살던 시절은 누구나 그렇듯 괴로운 전쟁의 시대였다. 특히 사상탄압이 심했던 시대로 제1가집 〈조춘가(早春歌)〉(1948)는 대학 재학 중부터 패전까지의 노래가 수록되어 있다.[133]

[133] 岩崎文人, 위의 책, 93~98쪽.

3. 원폭의 참상을 고발한 문인들

지난 2001년 7월부터 8월에 걸쳐 〈원폭 문학전 5인의 히로시마〉라고 하는 전시회를 개최했다. 이 전시회는 1년 전 신나가와(新奈川) 근대문학관에서 전시된 원폭 문학전에 이은 히로시마 문인들의 전시였다. 신나가와의 원폭 문학전은 원폭 문학에 관련된 작가들 모두에 대한 것이었지만 이번은 히로시마 출신의 5인을 중심으로 한 것이다. 하라 다미키(原民喜), 오오다 요우코(大田洋子), 도우게 산기치(峠三吉), 쇼다 시노에(正田葉枝), 구리하라 사다코(栗原貞子)가 그들이다. 그러나 작품상으로 볼 때 이들 외 작가들도 많다.

나가오카 히로요시(長岡弘芳)는 《원폭 문학사》에서 그 시기를 다음과 같이 구분했다.[134] 제1기는 미군에 의해 점령된 보도

[134] 長岡弘芳, 《原爆文學史》, 風媒社, 1973, 5~6쪽.

관제의 시기인 50년에서 51년까지. 이 시기는《중국문화》의 창간으로부터 히라 다미키 (原民喜)의 자살, 오오다 요우코(大田洋子)가 〈인간남루(人間襤褸)〉를 쓸 때까지이다. 제 2기는 55년까지로. 한국 전쟁에 의한 여러 가지 변화와 원폭증의 문제가 대두되던 시기이다. 제3기는 1956년에서 1957년까지 원수금운동(原水禁運動)이 국민적 규모로 확산되면서, 반면 원폭 문학 작품은 양적으로 퇴조하고 질적으로도 하향을 그리던 시기이다. 제4기는 1967년까지로 이제까지의 작품을 뛰어넘는 〈검은비(黒い雨)〉가 등장하던 시기이다.

원폭 문학의 원조라 할 수 있는 하라 다미키(原民喜, 1905~1951)는 히로시마 출신으로서 문학사상 최초로 원폭의 참상을 고발한《여름꽃》을 쓴 작가이다. 동경에 공습이 심해지자 고향인 히로시마에 머물렀었는데 이때 피폭을 당했다. 이를 바탕으로 한 체험 소설과 시는 그 중요성이 지금까지 높게 평가되고 있다.[135] 원폭을 주제로 묘사한 작가들 중에서 하라 다미키의 작품이 주는 인상

135 《日本の原爆文學(原民喜편)》, ホルプ出版, 1983, 296-320쪽.

이 보다 깊게 느껴지는 것은 왜 일까. 하라다는 1919년 히로시마고등사범 부속중학교에 입학, 이때부터 고골리, 체홉, 도스트예프스키 등 러시아 문학에 심취했으며, 동인지《소년시인》을 친구와 만들기도 했다. 24년 게이오(慶應義塾)대학교 문학부 예과에 입학, 시와 더불어 하이쿠(俳句)도 지었다. 구마히라 다케지(熊平武二) 등과 더불어 시동인지《춘앵전(春鶯囀)》을 내었다. 한때 좌익 운동을 하다 탈퇴, 잠시 방황을 거듭하다가, 1935년 3월 자비로《염(焰)》을 출간하고 이를 계기로 왕성한 창작력을 과시하기 시작했다. 그 뒤《삼전문학(三田文學)》,《문예범론(文藝汎論)》등을 중심으로 1936년부터 1944년에 이르기까지 쉬지 않고 발표했다. 그러다 사랑했던 아내가 1944년에 죽은 뒤 1945년 히로시마로 귀향을 했다. 그후 다시(1946) 상경하여 창작을 재개했는데, 이러한 작업은 1951년 투신

자살할 때까지 이어졌다. 그의 작품 중 원폭과 관련된 작품으로 전언한 바 《여름꽃(夏の花)》이 있다. 이 작품은 '8월 4일 주인공인 내가 죽은 처의 무덤 앞에서 여름꽃을 던지는 것'으로부터 시작한다. 그리고 이틀 후인 그 날 아침 원자 폭탄의 섬광이 번뜩인다. 개천가에 피해있던 주인공인 나에게 도저히 사람이라고 할 수 없는 사람들의 모습이 비쳐온다. 밤새도록 고통스러운 신음과 절규가 교외의 마을에 피해있는 나에게 주위는 초현실파의 낮의 세계인가 생각하게 한다. 그런 중에 조카의 시체를 발견한다. 히로시마는 시체의 거리였다. 아내가 죽은 지 1년 정도 살았다고 생각한 그에게 원폭은 새로운 의무감을 준다. 이것을 꼭 써야한다는 의무감이다. 그래서 쓰게 된 것이 이《여름꽃》이다. 1951년 3월13일 오후 11시30분 그는 17통의 유서를 남기고, 하라다미키는 철도에 몸을 던져 자살을 했는데, 남겨진 유서 하나하나가 애처로우면서도 맑고 아름다워 그의 다른 모습을 보여주고 있다. 같은 고향 사람인 정혜(貞惠)와 결혼한 것이 1933년 3월, 그녀는 누구보다도 그를 잘 이해하는 동반자였다. 그러던 그녀가 그가 피폭을 당하기 1년 전에 죽었다. 그 허무감이 사무쳤던 것일까.《여름꽃》의 중핵이라 할 수 있는《여름꽃》첫 장면엔 다음과 같은 묘사가 있다.

나는 거리에 나가 꽃을 사서 처의 묘를 찾아가려고 했다. 주머니 속에는 불단에서 꺼낸 線香이 한 다발 있었다. 8월 15일은 처에겐 첫 번째 맞이하는 오봉(お盆)이었지만 그것으로 이 고향의 거리가 무사한지 아닌지 알 수가 없다. 틀림없이 전기가 나가는 날이었지만 아침부터 꽃을 들고 거리를 걷고 있는 남자는 나 외는 보이지가 않았다. 그 꽃의 이름이 무언지 모르지만 황색의 가련한 야취를 띤 것이 아무튼 여름의 꽃답다. ……히로시마가 폭탄을 맞은 것은 바로 그 이튿날이었다. ……친날 밤

두 번 공습 경보가 울리고 그 뒤 아무 일이 없어 눈을 부쳤다. ……아침 에 일어나…… 측간으로 들어가고 몇 초였는지 확실하지 않지만 돌연 내 머리 위에 일격이 가해졌다. 눈앞에 어둠이 미끄러지듯 떨어졌다. 나도 모르게 왁 소리를 지르며 머리에 손을 대고 일어섰다. 폭풍 같은 것이 떨어지는 것 외엔 캄캄해서 아무 것도 알 수가 없다. 잠시 희므레 보이는 것 중에 파괴된 집들이 떠오른다. 기적적으로 살아남은 나는 비참한 지옥을 빠져나온다.[136]

[136] 앞의 책, 12~13쪽.

《여름꽃》은 〈괴멸의 서곡〉, 〈여름꽃〉, 〈폐허로부터〉 등 3부로 구성되어 있으나 시간적 흐름으로 정리하면 〈괴멸의 서곡〉은 원자 폭탄이 투하된 40여 시간을 묘사한 것이고, 《여름꽃》은 원폭 투하 당일 및 그 뒤 10여 일에 대한 묘사이며, 〈폐허로부터〉는 패전으로부터 사람들이 일어서는 모습을 묘사했다. 그러나 전후 혼란과 궁핍 속을 살았던 하라 다미키는 결국 절망의 늪을 건너지 못하고 스스로 목숨을 끊고 만다.

한편 오오다 요우코(大田洋子, 1903~1963)도 동경의 공습을 피해 히로시마에 있는 여동생 집에서 있다가 피폭을 당했다. 여덟 살 때 부모의 이혼으로 충격을 받았던 그녀는 열 살 때 네 번째 결혼한 어머니의 남편인 양부의 영향으로 하이네, 휘트먼, 다무라준코, 啄木을 탐독하였다. 1921년 히로시마의 進德女高를 거쳐 2년간 잠시 보습학교 교사를 하다가 2년 뒤 상경, 키쿠치 관(菊池寬)의 지도를 받기도 했다. 〈여인예술〉, 〈花의 鳥〉의 동인으로 활동, 1939년 5월 〈해녀〉가 《중앙공론》에, 1940년 1월에 〈사쿠라의 나라〉가 《아사히신문(朝日新聞)》 현상 소설에, 각각 1등 당선되어 문단의 지위를 확립했다. 〈流離의 岸〉(1939)은 유랑의 반생에 의한 자아상극의 고민을 거친 필치로 묘사한 자전 소설이다. 그녀는 1945년 8월에 히로시마에서 피폭을 당하고, 피난처인 佐伯郡에서 쓴 원

폭에 의한 죽음에 대한 공포로 찌들은 처참한 체험을 〈주검의 거리(屍の 街)〉(1948)로 엮어냈다. 그러나 검열을 당해 3년 뒤 간행되었다. 이 글을 쓰게 된 동기를 그녀는 서문에서 다음과 같이 피력했다. "나는 1945년 8 월부터 11월에 걸쳐 생과 사의 갈림길에서 언제 죽음의 길로 갈지 모르 는 순간을 살면서 이 글을 썼다." 그 서문의 일부를 보면, 다음과 같이 당 시 참상을 서술하고 있다.

일본의 무조건 항복에 의해서 전쟁이 끝난 8월15일 이후 20일 지나서 갑자기 8월6일 당시 살아난 사람들 위에 原子爆彈症이라고 하는 무서운 병적 현상이 나타나기 시작하면서 사람들은 계속 죽어갔다. 그래서 나 는 이 작품을 서둘렀다. 나도 죽을지도 모르겠다는 생각에 쓰는 것을 서 두르지 않으면 안 되었다. 당일 가지고 있던 물건 모두를 히로시마 화재 에 잃어버린 나는, 시골로 가서도 한 장의 종이와 한 자루의 연필도 구 할 수가 없었다. 그것을 파는 가게도 없었다.[137]

137 《日本の原爆文學》〉, 大田洋 子편, ホルブ, 1983, 12쪽. 黑古一夫《原爆とことば》, 三一書 房, 1983, 35-36쪽.

이러한 피폭 체험을 계기로 그의 위기의식을 호소한 모습은 장편 〈인간남루〉(1951, 여류문학자수상)로 완성, 하라 다 미키(原民喜)와 나란히 원폭을 묘사한 작가로서 주목을 받았다. 특히 문 화인회(文化人會)의 평화문화상을 수상한 〈반인간(半人間)〉은 원폭 중 세에 의해 불안 신경증에 걸려, 병적인 불안의 세계를 방황하는 불가해 한 상태를 생생하게 그리고 있다. 그 비극적인 자각은 아주 강해서 주관 적인 측면에서 인류의 위기를 노정시키고 있다. 그 뒤 늙은 여자의 어머 니상을 리얼리즘 수법으로 침착하게 묘사하는 등 신경지를 개척했지만 취재처인 猪苗代町 온천장에서 급서하고 말았다.

원폭 문학하면 역시 대표적인 작품이 〈검은비〉이다. 이를 쓴 이부

세마스지(井伏鱒二)는 1898년 히로시마현 후쿠야마(福山)시에서 태어났다. 이곳 중학교를 거쳐, 1917년 화가가 되고 싶어 교토의 하시모토 세키유키(橋本關雪)의 문을 두드렸다. 그러나 그곳에서 거절당해 화가 지망을 단념하고 큰 형의 권유로 와세다대학교 예과 1년에 편입학했다. 19년에 다시 불문과에 입학했으나, 1922년 둘도 없는 친구 아오키난파(青木南八)의 죽음으로 쇼크를 받고 중퇴하고 동시에 함께 적을 두고 있던 일본미술학교도 그만두었다. 이때 친구의 죽음이 〈잉어〉(1926)를 쓰게 되는 계기가 되었다. 23년 8월 동인지《세기》를 창간하고 거기에 습작 〈유폐〉를 발표하고 1937년 〈존만지로표류기(ジョン万次郎漂流記)〉로 나오키(直木)상을 수상했다.

이부세가 태평양 전쟁 돌발 직전(1941년 11월) 육군 징용원으로 태국과 싱가포르에 체재하다, 고향 히로시마에 돌아온 것은 해방 직전 1945년 7월이었다. 그 뒤 1947년 7월 상경, 패전의 상흔과 폐허 중에 제자 다자이 오사무(大宰治, 1909~1948)의 죽음을 맞는다. 그 뒤 장편 가작《본일휴진(本日休診)》(1950)으로 요미우리 문학상을 수상했고, 전쟁 체험과 제자인 오사무의 죽음의 의미를 새기며 전쟁 문학의 걸작인 〈遙拜隊長〉(1951)을 썼다. 그의 대표작인 원폭을 취급한 〈검은 비〉(1966)는 원폭 문학의 대표작이되었다. 이 작품으로서 노마문예상(野間文藝賞)(1966)을 수상했다.

이 작품은 처음엔 〈조카의 결혼〉이라는 제목으로 신조(新潮)에 연재했었는데, 나중에 〈검은 비〉로 고쳤다. 그 내용은 주인공 시즈마시게마츠(閑間重松), 부인 시게코(重子) 부처와 조카인 야스코(矢須子) 일가 3인을 중심으로 묘사한 히로시마 피폭자(重松日記)의 체험담이다. 제재는 히로시마 원폭 피해자의 체험담이지만,[138] 이부세는 이 센세이셔널한 사건을 일기를 중심으로 사실적으로 묘사했다. 이 작품은 평소 익숙한 이부세의 등장 인물을 그대로 사용

138 이에 대해선 豊田清史의《黑い雨と重松日記》(風媒社 1993년)에 자세히 비교 서술되어 있음.

해서 그들의 일상성 속에 원폭의 비를 내리게 했다. 그들은 언제나 그렇듯 평범하게 8월 5일 다음날인 6일 아침을 맞는다. 그리고 그러한 상태에서 오전 8시를 맞이하게 되며, 이러한 상황에서 작품의 주인공들은 이 작품이 끝날 때까지의 수년 후의 세월을 보낸다. 이러한 진행 사항을 묘사하기 위해서는 무엇보다도 흔들리지 않는 작자의 자세가 요구되는데, 그가 묘사한 등장 인물들은 이것을 잘 이겨냈다. 그래서 피폭자인 그들은 한밤에 순교자로 승격되기도 했다.139

139 井伏鱒二《黒い雨》新潮文庫 1970, 330-331쪽

눈을 크게 뜬 채 죽은 보초, 죽은 엄마의 젖에 매달린 여자아이, 쓰러진 나무 밑에서 살려달라는 소년, 다가오는 화염으로부터 몸을 피하는 아버지, 모래 벌 몇 개의 구덩이 속에 윤곽이 뚜렷하게 하늘을 응시하는 해골, 입과 코로부터 기어 나와 떨어지는 구더기들 등등, 도저히 눈뜨고 볼 수 없는 원폭 맞은 뒤의 처참한 광경들을 이부세는 냉철하게 자기 심상에 끌어들여 묘사했다. 이부세는 결코 큰소리로 자기 주장을 하는 사람이 아니다. 주인공 야스코가 직접 원폭을 맞지 않았으면서도 결국은 검은 비의 집요한 얼룩 때문에 병이 생기는 평범한 세 사람의 감춰진 이야기들이다. 이들의 절망적이고 고독한 투쟁을 이부세는 다만 작가의 양심으로 썼을 뿐이다.

오오바 미나코(大庭みなこ, 1930~)는 아버지가 해군 군의였기 때문에 종전까지 해군요지를 전전했다. 오오테 자신의 술회에 의하면 태어나기는 도쿄였지만 1, 2년에 한번은 학교를 옮겼다고 한다. 결국 그녀가 다녔던 구레소학교도 해군기지인 히로시마현 구레(吳)에 있는 학교이다. 그러다가 종전을 현재 히로시마대학이 있는 사이조(西條)에서 맞이했다. 그녀는 1968년 〈세 마리의 게(三匹の蟹)〉로 군조(群像) 신인상과 아쿠다카와상(芥川賞)을 수상하여 문단에 등장했다. 〈세 마리의 게〉는 회화를 멋지게 구사한 작법으로 현대인의 일상 생활을 지배하는 허위와 고독과

권태를 표현했다. 이 작품이 보여준 현대의 모든 인간관계의 공허, 개개인이 고독의 빈자리에 빠져 허우적이는 불모한 생의 모습, 끝내는 광기 이외에는 없는 것 같은 생의 종결. 이러한 것은 오오바 미나코의 작품이 일관되게 추구했던 세계이다. 이후 그녀는 환상적이고 시적인 작품을 계속 발표했다. 그러나 그녀에게도 피폭은 특별한 의미를 지니고 있다. 히로시마 시내가 피폭을 당할 때 그녀는 버스로 한 시간 거리인 사이조(西條)에 있었다. 그녀에게 히로시마가 특별한 의미를 갖는 것은 1945년 6월 6일의 전시체험이다. 그녀의 자필 연보에 따르면 다음 글귀가 보인다.

> 8월 6일 원폭의 버섯구름을 사이조에서 보았는데, 그로부터 두 세시간 뒤 처참한 형상의 모습을 한 피폭자들이 연고지인 사이조로 계속 피난오는 것을 보았다. 8월말에서 9월에 걸쳐 히로시마현의 학생들은 원폭 뒤의 히로시마 시에 구원대로서 동원되었다. 그때 본 원폭의 참상은 평생 지워지지 않고 반복해서 무의식적으로 떠올리는 이미지가 되었다. 이러한 체험은 또 다른 원폭 문학인〈浦島草〉(1977, 講談社)를 쓰게 했다.[140]

그녀는 이 작품의 주인공인 레이코(泠子)의 술회   [140] 岩崎文人, 앞의 책, 134쪽.
를 통해 전쟁의 비극을 고발하고 있다. 레이코는 곧 작자 자신이지만 이 작품이 다른 원폭 문학과 다른 점은 원폭을 소재로 해서 인간 욕망이라고 하는 근원적인 문제를 제시하고 있는 것이다. 이를테면 다음과 같은 레이코의 외침이 그것이다.

> 원폭은 말야, 그것은 인간의 욕망이에요. 자기 이외의 인간을 죽이고 인간은 살아가려고 해요. 그리고 그 결과 자신도 죽는 거죠, 내가 내 자신으로 그것을 증명하고 있잖아.

오오바의 문학의 근간을 히로시마에서의 전시 체험에 한정하는 것은 아니지만, 오오바 문학을 무겁게 짓누르고 있는 허무, 종말론적인 인식의 근간에 원폭이라고 하는 종말의 모습이 있다는 것은 부정할 수가 없다.[141]

이상의 작가들은 특히 전쟁의 상처를 가장 첨예하게 남긴 이들이다. 이외에도 도우게 산기치(三吉, 1937~1953)가 있다. 그는 태어나기긴 오사카이지만 어릴 때부터 히로시마에 살아 히로시마 상업고교를 졸업했다. 졸업 후 가스 회사에 근무했는데, 폐질환을 앓게 되어 요양 생활을 하던 중 소설, 단가, 하이쿠를 지었다. 시는 37년부터 쓰기 시작했는데, 작품은 멜랑콜리했다. 1942년 그리스도교 세례를 받고, 1945년 히로시마에서 원폭을 맞았다. 그 뒤 각종 문화 단체에 참가하였고, 잡지 《탐구》, 《지핵》, 히로시마시인협회 기관지를 발간하는 등 적극적 활동했으나, 후유증이 재발했다. 그 뒤 원폭의 두려움을 호소하는 시를 《신일본시인》 등에 발표, 1951년엔 《원폭시집》을 발간 큰 반향을 일으켰다.[142]

오오다 요우코는 〈원폭시인의 죽은이〉라는 제목으로 산키치를 애도했다. 3월 10일 이른 아침, 시인 산키치가 죽었다. 그는 문단에서 유명한 사람은 아니지만 《원폭시집》한 권을 그의 혼과 함께 우리의 손에 남기고 갔다. 이 원폭 시집은 영원한 것이라고 생각된다. 정감적으로 그의 탄식과 슬픔을 떨치고 있는 듯한 시이지만 산키치의 전쟁 반대의 의사는 그의 시 모습보다도 강렬했다고 했다.[143]

이어서 같은 해 《원자구름 아래로부터》를 출간했다. 그의 작품은 크게 둘로 나눌 수 있는데, 하나는 전전 · 전중이고, 하나는 전후 작품이다. 전전은 일반 대다수의 사람들이 그랬던 것처럼, 성전(聖

141 岩崎文人, 앞의 책 137~138쪽.

142 《廣島平和科學 26》 2004년 101쪽.

143 《日本の原爆文學》〈大田洋子편〉 ホルプ出版 1983년 289쪽.

戰)을 믿는 소시민으로서 살아가는 한 사람 무명시인이었다는 것이고 전후는 그 피폭 체험으로부터 출발 사회의 변혁과 자기 변혁을 묶어 극적 변모를 이룬 시인이었다는 것이다. 그는 원폭 시집 간행 등의 문학적 활동에 머무르지 않고 히로시마청년문화연맹, 히로시마시인협회에 의한 실천적 활동 게다가 노동자 운동, 반전시가인집단의 결성, 평화옹호 대회의 준비, 피폭자 단체의 조직, 몇몇의 직장 문학 서클 결성 등 다채로운 활동을 전개했다.

끝으로 원폭 문인으로서 다케니시 히로코(竹西寛子, 1929~)를 뺄 수가 없다. 다케니시는 평론과 소설가로서 활약한 여류 문인이다. 히로시마에서 고등학교까지 나오고, 와세다 대학교 국문과를 졸업했다. 河出書房 등 출판사에서 편집자 생활을 보내고, 한편으로 문학자 동인으로서 평론 등을 발표했다. 1957년《부인공론》여류 신인 평론에 입상하고 그후 소설을 썼다. 그런데 피폭자인 그녀에게 죽음이라는 것은 언제나 중요한 과제였다. 그래서 그의 작품 속에서 이러한 것은 자주 볼 수 있다.

> 1945년 8월 6일에 히로시마는 미군에 의해 원폭을 맞았다. 9일 후 일본의 패전이 결정되었다. 폭격 맞은 히로시마를 말하는 말이 있다. 폭격 맞은 히로시마가 떠올리는 말이 있다. 이것은 논리적인 근거가 있어 구별한 것은 아니다. 굳이 말하자면 자기 직관에 의한 구별이라 할까.……히로시마가 떠올리는 말은 그러나 언제나 슬픔의 늪으로 나를 유혹한다. 그 늪 가장자리에 서 있을 때의 내 머부의 차갑고 강한 수축과 수축의 끝에 가만히 따뜻하게 묻어나는 감각이 이 말을 자각하는 나의 바로 메타이다.[144]

이것은 원래 다케니시의 정문사(晶文社)판《여름꽃》권말에 부쳐진

해설 〈히로시마가 떠올리는 말〉의 첫부분이다. 이 문장은 히로시마가 떠올리는 말의 원전인《여름꽃》이 살아있는 사람은 과연 죽은 사람을 위해 빌고 있는 것일까? 라고 하는 의문부를 던지고 있다. 피폭당한 히로시마를 말하는 말은 여러 가지 목적을 갖고 앞으로 더욱 전개 될 것이다. 그리고 히로시마를 말하는 말이 때로 어떤 힘을 얻을지라도《여름꽃》은 그러한 것과는 관계없이 조금도 퇴색하지 않고 계속 존재할 것이다. 왜냐하면 여름꽃은 피폭당한 히로시마가 떠올리는 말로 이뤄지고, 의미가 부여되지 않은 히로시마는 버려지고 그것에 의해서 바로 존재의 표현에 관여되어 있다고 생각하기 때문이다. 작품 〈의식(儀式)〉은 그녀의 출세작이라 할 수 있다. 그 뒤에 발표된 〈관현제(管絃祭)〉 또한 틀림없이《여름꽃》의 연장선상에 있는 작품 – 히로시마가 떠올리는 말 – 이라 할 수 있다.

〈의식〉을 집필할 때 다케니시는 마을의 붕괴와 피폭자의 심정을 쓰면서 서사문으로 쓸 작정이었다. 이러한 의미에서 〈관현제〉는 그러한 자세를 보다 철저하게 한 작품이라 할 수 있다. 장마다 시점(視點) 인물을 달리해 때로는 이야기가 편지문 형식을 띄우는 것은 이러한 자세와 무관하지 않다고 야마자키 후미토(山崎文人)는 피력한다.) 이 작품은 또한 장례식도 없이 간 친구와 이렇게 저렇게 아는 사람들에게 무언가 빚을 진 느낌을 갖고 살아가는 살아있는 자들이 각자의 8월 6일과 전후를 통해서의 〈의식〉에서 묻고 있던 존재의 의미에 대한 해답이라 할 수 있다. 이로 인해 〈관현제〉는 원폭 문학이라고 하는 한정된 협애를 넘어 또한 참의미에서 죽은 자의 영혼을 위로하는 작품이 되었다고 할 수 있다.

2005년은 피폭당 한지 60주년이 된다. 따라서 이에 대한 행사 준비가 현재 조용히 진행되고 있다. 현재 살아 있는 그녀는 2005년에 피폭 60주년을 맞이해 강연을 준비하고 있다.

규슈와
조선인 도공

류희승

1. 임진왜란과 조선통신사

일본은 역사적 지리적으로 가까워 고대부터 현대에 이르기까지 우리나라와 밀접하게 관련을 맺어 왔다. 그 중에서도 도요토미 히데요시(豊臣秀吉)의 조선 침략으로 일어난 임진왜란은 한일 양국에 피해를 주었다. 특히 조선은 활자, 서적, 연행해 온 유학자, 도공 등 물적ㆍ인적 자원을 약탈당함으로써 후대에 이르기까지 치명적인 손실을 입었다. 반면에 일본은 도요토미 히데요시의 정권이 무너지고 백성들은 전쟁으로 인해 고통을 받았지만, 조선으로부터 가져온 물적ㆍ인적 자원으로 인해 에도(江戶)시대의 인쇄ㆍ출판ㆍ유학ㆍ도자기 문화 등이 더욱 발전하게 되었다.

임진왜란과 관련이 깊다고 할 수 있는 규슈(九州)는 일본의 큰 섬들 중에 가장 아래에 위치해 있어 우리나라와 지리적으로 가깝다. 규슈의 후쿠오카(福岡)와 오이타(大分), 나가사키(長崎), 사가(佐賀), 구마모토(熊本) 등을 기타큐슈(北九州)로 칭하기도 한다. 조선통신사 일행이 오갈 때 체류한 대마도(對馬島), 이키도(壹岐島) 등은 규슈의 나가사키 현에 위치해 있다. 한반도에서 연행된 수많은 조선인 도공들은 규슈의 사가현 가라쓰(唐津)의 가라쓰 도기, 가고시마현(鹿島縣)의 나에시로가와(苗代川)의 사쓰마도기 등 유명한 조선식 도자기를 만들었다.

2. 규슈의 조선통신사

삼국 시대부터 신라, 백제의 문화는 일본에 전파되어 고대 문화에 많은 영향을 주었고, 조선 시대에 들어서면서 아시카가(足利) 막부와 교린 외교를 추진하여 사신의 왕래가 있었다. 대표적인 것이 1420년 보빙사로 일본에 간 송희경(宋希璟)의《노송당 일본행록(老松堂 日本行錄)》이며, 또한 1443년 통신사(通信使)의 서장관으로 일본을 방문한 신숙주(申叔舟)의《해동제국기(海東諸國記)》이다. 이러한 교린 관계는 임진왜란으로 인해 단절되었는데, 1598년 도요토미 히데요시가 사망하고 도쿠가와 이에야스(德川家康)가 정권을 잡으면서 국교 회복을 요청해 왔다. 이에 조선은 탐적(探賊) 겸 쇄환사(刷還使)로 유정(惟政) 송운(松雲) 대사를 파견하였는데, 도쿠가와 이에야스가 송운 대사를 만나는 자리에서 조선 침략을 사과하고 새로운 우호 관계를 청한다고 하였다. 이후 양국의 관계는 다시 가까워져 조선은 1607년에 첫 번째의 회답겸(回答兼) 쇄환사(刷還使)를 보냈다. 그 때부터 1811년까지 12회에 걸쳐 통신사라는 이름으로 사신이 파견되었다.

통신사열도
출처_http://blog.empas.com/dwban22/1976280

통신사 일행은 여러 계층으로 이루어져 각자 맡은 임무가 있었는데, 인원이 400~500명이나 되었다. 라간 통신사는 이채로운 이국에서의 경험을 일기로 적어 기행록을 남겼다. 12회에 달하는 통신사가 남긴 일본 견문기는 다음과 같다.

회	연대	저자와 기록물
1회	1607년	경섬(慶暹), 《해사록(海槎錄)》
2회	1617년	오윤겸(吳允謙), 《동사상일록(東槎上日錄)》
		박재(朴榟), 《동사일기(東槎日記)》
3회	1624년	강홍중(姜弘重), 《동사록(東槎錄)》
4회	1636년	임광(任絖), 《병자일본일기(丙子日本日記)》
		김세렴(金世濂), 《해사록(海?錄)》 황호(黃㦿), 《동사록(東?錄)》
5회	1643년	신유(申濡), 《해사록(海槎錄)》 조경(趙絅), 《동사록(東槎錄)》
		미상, 《계미동사일기(癸未東槎日記)》
6회	1655년	남용익(南龍翼), 《부상록(扶桑錄)》, 조형(趙珩), 《부상일기(扶桑日記)》
7회	1682년	김지남(金指南), 《동사록(東槎錄)》, 홍우재(洪禹載), 《동사록(東槎錄)》
8회	1711년	임수간(任守幹), 《동사록(東槎錄)》, 김현문(金顯門), 《동사록(東槎錄)》
9회	1719년	신유한(申維翰), 《해유록(海遊錄)》, 홍치중(洪致中), 《해사일록(海槎日錄)》, 정후교(鄭后僑), 《부상기행(扶桑紀行)》
10회	1748년	미상, 《일본일기(日本日記)》
		조명채(曹命采), 《봉사일본시문견록(奉使日本時聞見錄)》
11회	1764년	조엄(趙曮), 《해사일기(海槎日記)》
		김인겸(金仁謙), 《일동장유가(日東壯遊歌)》
12회	1811년	류상필(柳相弼), 《동사록(東槎錄)》

위에서 살펴본 주요 기록물 이외에 통신사의 기행록으로 알려져 있는 것은 모두 34편이다.

통신사의 기행록 중에서 대표적이라 할 수 있는 기록을 살펴보면 다음과 같다. 1607년 쇄환사의 부사가 된 경섬의 《해사록》은 포로 1418명을 데리고 돌아온 기록이며, 그 중 《조완벽전》과 관련된 포로 조완벽의 쇄환기록도 주목할 만하다. 오윤겸의 《동사상일록》은 임진왜란이 지난 지 20여 년 뒤인 1617년의 쇄환 기록으로 포로 120여 명을 인솔하여 돌아온 사연이 쓰여 있다. 1624년 통신부사였던 강홍중은 《동사록》에서 임진왜란 수습의 노력을 알 수 있는 쇄환된 피포인에 대한 조선 조정의 실정을 그려내고 있다. 1719년 신유한의 《해유록》은 임진왜란의 해석을 둘러싼 한일 간의 관계를 보여주는 통신사 일기의 대표적 작품이다. 1811년의 통신사는 대마도까지만 가서 정해진 국례에 따른 양국 사신만의 단조로운 행사를 치르는 정도였는데, 통신사 일행이 양국의 국서와 예물을 교환하는 광경은 당시의 사행 군관(軍官) 유상필의 《동사록》에 기록되어 있다. 통신사 일기 외에 임진왜란 포로 강항(姜沆)은 자신의 5년 동안의 포로 생활기록을 《간양록(看羊錄)》이라는 작품으로 남겨 전쟁의 실상을 생생한 체험으로 기록해 놓았다.

한양에서 출발한 통신사는 대마도를 거쳐 에도로 올라가 국서를 교환하며, 일본의 문사들과 화답하며 교류하였기에 통신사의 기행록에는 당시 일본의 문화와 풍습, 양국의 교류 실태 등이 기록되어 있다.

항해술이 그리 발달하지 못한 조선 시대에는 부산이나 거제도에서 출발하여 대마도, 이키도를 거쳐 일본 규슈에 도착하는 것이 안전한 항로였다. 통신사는 12회에 걸쳐 일본에 파견되었는데, 양국의 중간 지점에 있는 대마도는 오갈 때 체류한 것을 감안하면 24회나 거쳐 간 곳이다. 대마도에는 통신사와 관련된 유적, 문물, 일화 등이 많이 전승되었는데, 이와 같은 역사를 배경으로 한 향토 축제인 아리랑제(祭)가 생겨났다.

대마도는 일본 규슈 북서부의 끝에 위치한 나가사키현에 속해 있다. 나가사키현은 해안선의 굴곡이 심한 반도부와 이키도, 대마도, 고토열도(五島列島)의 여러 섬들로 구성되어 있으며 총면적의 45%가 섬이다. 그 중 대마도는 한국과 일본의 중간 지점에 위치한 섬으로, 주로 사암(砂岩)으로 구성된 완만한 산지이다.

통신사의 노정을 살펴보면, 한양을 출발해서 이천, 문경, 안동, 경주, 동래를 거쳐서 부산까지 육로로 갔고 부산에서 배를 타고 간 해로와 에도에 이르기까지의 육로는 다음과 같다.

대마도→ 이키도→ 아이시마(藍島)→ 아카마세키(赤間關)→ 세토나이카
이(瀨戶內海)로 들어가 무로스미(室隅)→ 츠와(津和)→ 다게하라(竹原)
→ 우시마도(牛窓)→ 효고(兵庫)→ 오사카(大阪)에서 상륙하여 여기에서
하선(河船)을 타고 요도우라(淀浦)까지 가서 다시 육로로 교토(京都)→
히고네(彦根)→ 오가키(大垣)→ 나고야(名古屋)→ 하마마쓰(濱松)→ 시
즈오카(靜岡)→ 하고네(箱根)→ 오이소(大磯)→ 에도(江戶)에 도착

통신사 일행의 일정은 모두 한양에서 떠나는 것이 아니라 지방에서 증발된 사람은 부산으로 곧장 집결되는 일도 있었다. 조선이 통신사의 파견을 결정하면 대마도주는 부산 왜관까지 사람을 보내 통신사 일행을

통신사 행로

대마도 후츄(府中)[145]까지 호위 안내한다. 통신사 일

행은 대마도 북단의 와니우라(鰐浦)에 첫 상륙을 했

[145] 1869년에 이즈하라(嚴原)라는 오늘날의 이름으로 바뀌었음.

는데, 1617년 7월에 이 곳에 묵은 오윤겸은《동사상일록》에 와니우라에

서 있었던 일을 기록해 놓았다. 대마도에서 바람을 만나 오래 체류한 신

유한이 그의《해유록》에 와니우라에서 저녁에 자리를 깔고 앉아 악공에

명하여 악을 연주케 하고 관동(冠童) 4~5명에게 비단옷을 입혀 대무(對

舞)하게 했다고 적고 있다.

또한 통신사 일행의 노정 중 맨 처음 당도하는 곳이 사스나(佐須

奈)라고 하겠는데, 1719년 이곳에 온 신유한은 그의《해유록》에서 사스

나의 지세, 일본의 의(衣)·주(住)의 생활상을 관찰하여 기록했다. 통신

사 일행이 대마도에서 도주의 거주지인 후츄에 이르는 해로의 노정(路

程)은 그 당시의 사정에 따라 다른데, 1719년에 사스나에 상륙한 통신사

일행은 도요우라(豊浦)·니시도마리(西泊)·고도우라(琴浦)·고후나고

시(小船越)를 거쳐 도주의 거주지인 후츄로 들어갔다. 대마도는 중간의

지협(地峽)을 중심으로 남북이 연결되어 있다. 가장 좁은 지역이 북쪽의

고후나고시로 1419년 이종무(李宗茂) 함대가 해적의 근거지인 아소만

(淺茅灣), 오사키우라(尾崎浦)와 고후나고시를 공격하고 함대를 철수시

킨 사건이 있었다.

특히, 히다카스만(比田勝灣)에 자리잡은 니시도마리의 세이후쿠

사(西福寺)에는 1711년 통신사의 종사관인 이방언(李邦彦)의 시서가 남

아 있다. 후츄에는 일행이 머문 세이산사(西山寺)·고쿠분사(國分寺)가

남아 있고, 또 방대한 관계 문서가 소오케 문고(宗家文庫)에 전해 내려

오고 있다.

후츄를 떠난 통신사 일행이 이키도(壹岐島)의 고오노포(鄕之浦)에

도착해서 17킬로미터 떨어진 가쓰모토포(勝本浦館)에 머무른다. 이 곳

이키도는 대마도와는 달리 산이 모두 낮고 곳곳에 수전(水田)이 많아 벼 농사를 짓고 있다. 신유한은 그의 《해유록》에 가쓰모토포 사관(使館)의 설비를 말하고, 또 그들의 융숭한 대접이 대마도보다 갑절, 또는 3배가 넘는다고 말하고 있다. 1748년 통신사의 종사관인 조명채의 《봉사일본 시문견록》에는 이키도에 상륙한 광경이 자세하게 기록되어 있다.

이키도를 출발한 통신사 일행이 일본 본토인 시모노세키(下關)에 상륙하기 전의 마지막 기항지는 아이노섬(藍島)이다. 이곳은 통신사 일 행이 현해탄을 넘는 마지막 기항지고, 이곳을 지나면 일본 본토인 시모 노세키(下關)에 상륙하게 된다. 대마도주의 선도 아래 이키도의 환송선 단의 보호를 받으면서 통신사의 선단이 오로노섬(小呂島)에 이르면 구로 다번(黑田藩)의 영호(迎護) 선단의 보호와 환영아래 아이노섬으로 들어 간다. 1718년 이곳에 와 18일간 머문 신유한은 《해유록》에, 1763년 20여 일간 머문 조엄은 《해사일기》에 통신사의 영빈관 유대저(有待邸)의 훌륭 함과 접대에 관해 기록하고 있다.

특히, 신유한은 아이노섬에서 아메노모리 호슈(雨森芳洲) · 후쿠오 카의 학자 구시다 긴산(箭田琴山) · 후루노 바이호오(古野梅峰) · 오노 토케이(小野東谿, 의사)등과 시연(詩宴)을 열기도 하였다. 아메노모리 호 슈는 에도 전반기의 유학자인 기노시타 준안(木下順庵)의 제자로, 그의 천거에 의해 대마도번에서 근무하며 통신사의 안내 · 접대 등을 담당하 였다. 조선과의 교류에 대한 지침서 《교린제성(交隣提醒)》이 유명하며, 어학에 능통한 국제 감각을 지닌 것으로 유명하다. 또한 신유한은 규슈 의 구마모토에서 찾아온 미즈타리 헤이잔(水足屛山) 부자와 만난다. 그 들 사이에서 이루어진 교환(交換)의 기록이 신유한의 《해유록》과 미즈타 리 헤이잔의 《고카이켄슈로쿠(航海獻酬錄)》에 자세하게 기술되어 있다. 이 기록에 따르면 미즈타리 헤이잔이 신유한에게 대부분 조선의 주자학에 관한 질문을 함으로써 조선 학문의 동향을 파악하려 했음을 알 수 있다. 당시 조선은 일본보다 문화적으로 우위에 있었으므로 문화 전파에 큰 역할을 했음을 알 수 있다.

통신사의 노정은 위의 표에서 본 바와 같이 육로의 경우에는 커다란 변화가 없었다. 그러나 해로는 풍랑으로 항해를 하지 못할 때 한 곳에 오래 체류하거나 예정된 숙박지를 건너뛰는 경우가 있어 사정에 따라 일정은 변화가 있었다. 통신사는 500명의 대 집단의 해외 여행으로 숙식은 일본 현지에서 조달 받고 가는 곳마다 환영을 받는 사절단이었다.

3. 조선인 도공들의 발자취
―불만 일본 것이고 나머지는 모두 조선의 솜씨

기타큐슈는 한국과 가장 가까운 거리에 있는 곳이라 할 수 있다. 그러므로 기타큐슈의 요부코항(呼子港)과 가라쓰(唐津)는 임진왜란 때에 왕래한 곳으로도 알려져 있다. 이키도에서 가장 가까운 요부코항은 기타큐슈의 돌출부에 자리잡고 있는데, 약 500미터 앞 바다에 거북이가 기어가는 모습을 한 가베지마(加部島)가 떠 있어서 서북풍을 막아주고 있는 좋은 항구다. 이 가베지마에는 사가현(佐賀縣) 최고의 국폐중사(國弊中社)인 다시마(田島)신사가 있다. 이 곳의 신은 해상안전에 효과가 있다고 하여 견당사(遣唐使)와 견한사(遣韓使)가 빌었다는 곳이다. 요부코만의 방제에서 서남쪽으로 떨어진 곳에 나고야성지(名護屋城址)가 남아 있다. 요부코는 임진왜란 때 수많은 조선인 포로들이 잡혀 왔었고, 이를 쇄환하려 했던 통신쇄환사(通信刷還使)들이 9차례나 이곳에 왔었다. 임진왜란 뒤의 쇄환사들은 대마도와 이키도를 거쳐 시모노세키(下關)쪽으로 들어가는 노정을 대신해 이곳에 와서 귀국할 포로들을 모았다. 1607년 여

우길(呂祐吉)의 통신부사(通信副使)가 되었던 경섬과 1617년 오윤겸의 종사관이 되었던 이경직(李景稷) 등이 모두 이곳에 들러 임진왜란포로들을 모았던 기록을 남겨 주고 있다.

요부코에서 가라쓰까지는 버스로 30분이 조금 넘는 거리에 있다. 가라쓰에서는 중국으로 가는 견당사를 보냈고, 이키도·대마도를 경유해서 가는 견한사로 보내던 곳으로 대륙으로 가는 관문이었다. 가라쓰 지방은 임진왜란 때에 끌려간 조선인 도공들이 기시가다케쵸지(岸岳城趾)근처에 요군(窯群)을 만들어서 유명한 일본 도기인 가라쓰도기(唐津燒)가 생산되고 있다. 후에는 사가(佐賀)·나가사키(長崎)·히라도(平戸)·오바야시(大林)·아리타(有田)등지로 전파되었다. 가라쓰 근방에 있는 나가사토(中里) 요(窯)를 비롯한 여러 군데의 요(窯)를 운영·계승하고 있는 사람들은 임진왜란 때 끌려간 조선인 도공들의 후예들이다.

가라쓰 도기(唐津燒)의 특징은 질박성에 있으며, 대표적인 것은 다도에 쓰이는 다구(茶具)로 17세기 전반 30년 간 만들어진 것을 고가라쓰(古唐津)라 한다. 또한 철화(鐵畵)로 조선 시대 양식의 초화(草花)를 그려 넣은 에가라쓰(繪唐津)는 귀중히 여겨져 왔으나 아리타 도기가 발달되면서 쇠퇴하였다.

가라쓰 근처에는 도요할 양토(良土)가 없어서 아리타로 옮겨가서 아리타 도기를 창시한 조선인 도공이 이참평(李參平)이다. 그는 임진왜란 때 조선을 침략한 사가번주(佐賀藩主) 나베시마 나오시게(鍋島直茂)가 1598년에 일본으로 끌고 간 도공이다. 사가번의 신하인 다쿠씨(多久氏)에게 맡겨졌으나, 도자기에 알맞은 흙을 찾던 끝에 이즈미야마(泉山)에서 흙을 발견하였고, 시라카와 덴구다니(白川天狗谷)에서 도자기를 굽기 시작했다고 한다. 아리타 도기는 아리타에서 12킬로미터 정도 떨어진 이마리(伊萬里) 항구를 통해 전국각지와 유럽까지 수출되었다.

사쓰마 도기(薩摩燒)라는 도자기의 유파를 연 것도, 임진왜란 중인 1598년에 박평의(朴平意)와 함께 일본에 끌려온 심당길(沈當吉)이다. 1592년 임진왜란 발발부터 1598년까지 가고시마의 사쓰마(薩摩)번주 시마즈 요시히로(島津義弘)는 김해·창원·남원 등지에서 다수의 도공을 포로로 데리고 간 바 있다. 포로로 끌려간 도공들이 처음으로 상륙했던 곳은 구시키노(串木野)의 시마비라(島平)였다. 당시의 가마터를 발굴해 보면 커다란 물항아리 파편이 많이 나오는데 그것은 조선인 도공들이 만들어낸 도자기로 추정되고 있다. 당시의 사쓰마에는 유약을 발라 단단한 도자기를 만드는 기술이 없었기 때문이다.

그러나 구시키노에 정착하지 못한 도공들은 집단적으로 취락을 이루고 정착하였는데, 그 곳이 가고시마의 미야마(美山)[146]이다. 조선인 도공들이 집단적으로 거주하며 도자기 제작에 종사하는 나에시로가와를 방문한 기록이 후대에 남아 있다. 에도(江戶) 후기인 1783년 교토(京都)에

[146] 예로부터 나에시로가와(苗代川)라고 불려온 곳으로 1955년 시(市)?도(郡) 합병 조치로 미야마(美山)로 개칭, 에도 시대에는 지명이 사쓰마(薩摩)였다.

사는 여행가이며 의사였던 다치바나 난케이(橘南谿)는 나에시로가와는 한 마을이 다 고려인이고, 조선의 풍속 그대로이며 의복, 언어 모두 조선인이므로 일본에 있는 것이 아니라 조선에 있는 것 같다는 기록을 남기고 있다.

이렇듯 새로운 땅으로 이주하여 어렵게 안정을 되찾은 조선인 도공들은 시마즈 번주가 요구하는 대로 백자를 만들어 바치다보니 고국에서 가져온 백토는 갈수록 줄어드는데, 현지에서는 도무지 구할 수가 없었다. 박평의와 그의 아들 정용은 아리타의 이참평과 마찬가지 신세로 끊임없는 노력 끝에 1300도의 고온에 견딜 수 있는 도토(陶土)를 발견하였다.

그 후 심수관가(家)는 14대 심수관(沈壽官)에 이르기까지 400여 년간 도자기 가업을 계승해 오고 있다. 심수관이라는 이름은 12대부터 사용

하였는데, 이는 선대의 이름을 계승하는 습명(襲名)이다. 특히, 심당길은 히바카리차완(火計り茶碗), 즉 '불만 일본 것이고 나머지는 모두 조선의 솜씨로 만들었다' 는 이름의 작품을 남겼다. 사쓰마 도기에는 시로사쓰마(白薩摩), 구로사쓰마(黑薩摩)가 있는데, 메이지 유신(明治維新)을 전후해 초벌구이 위에 화려한 금채(金彩)를 입힌 니키시데(錦手)기법과 정교한 투각 기법이 추가되어 세계적 도자기로 명성을 날리게 되었다.

　　일본의 대표적 도자기 문화를 이룩한 나에시로가와에 사는 조선인들은 비록 일본에 끌려왔으나 마을 뒤 동산에 그들이 상륙한 시마비라(島平)가 바로 보이는 땅, 즉 고국이 잘 보이는 땅에 단군을 제신으로 삼은 신사인 옥산궁(玉山宮)을 세웠다. 고향에서처럼 돼지머리를 올리고, 축사(祝詞)도 고향에서 부르던 노래를 불렀으며 춤도 고향의 춤을 추었다. 시대가 변천하면서 제사 때마다 돼지 머리를 쓸 수가 없어서, 석고로 돼지머리 상(像)을 만들어서 잘 보관해 두었다가 제사 때에 꺼내서 사용한다. 옥산궁에는 조선인 도공들이 고향에서 했던 신제(神祭)나 무제(巫祭)를 옮겨 놓은 듯한 악기(樂器)·무악(舞樂)·신가(神歌) 등이 있다. 옥산궁의 유물 기록에 의하면 《숙영낭자전(淑英娘子傳)》, 《최충전(崔忠傳)》, 《한어훈몽린대방(韓語訓蒙隣大方)》, 《표민대화(漂民對話)》등의 고문서와 츠루카메마이(鶴龜舞)에서 부르는 한국어 노래, 큰 북(太鼓)·소고(小鼓)·대종(大鍾)·소종(小鍾)등의 악기, 신도(神刀)·신령(神鈴), 한식제복(韓式祭服)·관복(官服)·강건(綱巾)등이 있다.

　　가고시마의 남쪽에는 지금도 고려정(高麗町)이란 마을이 남아 있는데, 이는 임진왜란 때 시마즈 번주가 조선 사람들을 가고시마로 데려와서 살게 한데서 유래했다고 한다. 또한 마을 한복판에 조선식 돌다리인 고려교(高麗橋)라 불리는 다리가 있다.

　　이렇듯 임진왜란에 포로가 된 조선인 도공들과 그 후손들이 마련한 도자기 가마는 메이지(明治) 이전까지 적어도 200~300개에 달한다고 보고된다. 이러한 사실은 도자기 문화와 함께 이동한 조선 문화의 일본 전파의 산물이라 할 수 있다. 옥산궁의 경우도 사람의 이동에 전파된 문화가 타향에 있어서 원형을 유지하고 재현하는 예라 할 수 있다.

4. 임진왜란과 일본문화

일본의 고대 문화는 한반도에서 건너간 도래인(渡來人)과 한반도로부터의 문화 전파라 할 수 있다. 고려 시대 말기에 잠시 왜구의 침략이 있었으나, 1392년 조선 왕조가 성립된 뒤로 무로마치 막부와의 교린이 활발해졌다. 임진왜란이 일어나기까지 200년 간 조선 조정으로부터의 사절단이 회례·통신·보빙 등의 목적으로 일본에 파견되었다. 그러나 1592년 도요토미 히데요시의 조선 침략으로 조선은 황폐화되었고, 전쟁의 실패로 도요토미 정권은 와해되어 갔다. 전란 후 조선에서는 대마도 토벌이 논의될 정도였으나, 히데요시 사후의 일본의 사정 변화를 조선 조정이 인식하면서 도쿠가와 막부와의 우호 교린 관계를 수립하게 되었다. 임진왜란의 수습으로 1811년까지 12회에 걸쳐 사절단인 조선통신사를 일본에 파견하여 양국은 직접적으로 문화 교류의 통로를 열었다. 통신사의 노정과 일정, 기행록 등은 일본과의 교류 관계 및 문화 전파의 경로를 보여준다.

임진왜란의 또 하나의 특징이라 할 수 있는 것은 조선 침략으로 인한 물적, 인적 자원의 약탈로 인해 일본의 근세 문화에 커다란 영향을 끼치게 된 것이라 하겠다. 포로로 끌려간 도공들의 자취가 가장 많이 남아 있는 규슈 지역은 한국으로부터 일본으로 전파된 문화의 실상을 간직할 수 있다.

일본 근대 문학의 기원
나고야

김환기

1. 최근 한국에서의 '나고야'

일본 혼슈(本州)의 아이치현(愛知縣)은 태평양 연안의 거의 중앙에
위치하고 있다. 그런 아이치현의 현청 소재지인 나고야(名古屋)는 도쿄
(東京)와 오사카(大阪)의 중간 지점에 위치한 대도시로서, 특별히 '중경
(中京)'이라고도 불려 왔다. 그리고 아이치현·미에현(三重縣)·기후현
(岐阜縣)이 포함된 중부 지방의 중심 도시인 나고야는 일반적으로 관동
(關東)과 관서(關西)로 문화권을 구분하는 일본에서 그 동서 문화를 중계
하는 역할을 하는 지역의 중심이면서, 일본 제3의 경제·문화 도시이기
도 하다. 그럼에도 불구하고 한국에서 나고야시가 대중적으로 알려진 것
은 그리 오래전의 일이 아니다. 아마도 그곳을 연고지로 한 프로 야구팀
주니치 드래곤즈에 선동렬 선수가 '나고야의 태양(SUN)'이라는 별명으
로 입단한 이후가 아닐까 싶다. 스포츠 신문들은 그의 입단을 계기로 주
니치 드래곤즈 팀과 더불어 나고야에 관해 자세히 소개하였다. 선동렬이
소속된 해태 팀의 연고지인 광주와 기후 조건과 지방색이 비슷하기 때문

에 성공 가능성이 높다는 전망을 들먹이기까지 하였다.

　　그러나 기억을 더듬어 보면 그보다 20년 정도 앞서, 우리는 나고야라는 도시명을 가슴 조리며 결정적인 순간에 들은 적이 있다. 1988년 올림픽의 개최지로 서울이 선정되는 과정에서 가장 위협적인 경쟁 후보지가 바로 나고야였다. 당시 사마란치 IOC위원장은 최종 후보지가 '세울 SEOUL'로 결정되었음을 밝히기에 앞서, 서울과 함께 최종 후보 경쟁지였던 나고야를 호명한 적이 있다. 실제 당시 유치 과정에서 나고야라는 도시는 과거 어느 때보다도 한국 사람들에게 자주 회자되었다. 5공화국의 올림픽 개최 계획을 두고, 독재 정권이 대외적으로 자신들의 정당성을 알리기 위한 정치적 의도에 반기를 들고 학생 운동 세력은 반대 운동을 전개하였지만, 결과적으로는 유치 경쟁의 상대가 일본인데다 서울이 불리한 상황에서 출발했기 때문에 유치 운동은 국민적으로 큰 관심과 호응 속에서 전개되었다. 그 유치 운동의 과정을 연일 보도하던 미디어를 통해 경쟁 도시인 나고야는 수없이 언급되었다. 대중적으로는 경쟁 상대가 일본인 탓에 '극일'을 먼저 연상했기 때문에 낯선 이름의 나고야는 '세울'이라고 낯선 억양과 발음과 함께 터진 승리의 환호성 속에 금방 대중들의 뇌리로부터 잊혀져 버렸다.

　　따라서 올림픽 유치 경쟁 이후 일본이란 이름의 그늘을 벗고 나고야라는 도시로서 한국에서 대중적으로 인지되는데 있어, 선동렬 이후 주니치 드랜곤즈에 연이어 입단한 이종범 · 이상훈의 한국인 3인방이 활약하던 때가 더없이 중요한 시기였다고 할 수 있다. 그 후 나고야는 우리에게 낯선 이름의 일본의 한 도시가 아니었다.

2. 나고야와 일본 문학

한편, 한국에서 나고야의 인지도가 그렇다 하더라도, 일본사에서 보면 중세 '오닌의 난(應仁の亂)' 이후 지속된 군웅할거의 전국 시대(戰國時代)를 평정한 인물들의 출신지라는 점에서 나고야는 300년 에도(江戶) 시대의 개막을 알린 출발지라고 할 수 있다. 전국 시대의 통일에 가장 큰 기여를 한 3대 영웅호걸인 오다 노부나가(織田信長)·도요토미 히데요시(豊臣秀吉)·도쿠가와 이에야스(德川家康)가 바로 그들이다. 이들 모두는 우연히도 이 지역의 오와리(尾張,), 미카와(三河) 출신이다. 오케하자마(桶狹間) 전투의 승리를 통해 천하 통일을 목전에 두었던 오다 노부나가가 교토(京都)의 혼노지(本能寺)에서 피살된 뒤에, 그를 이은 도요토미 히데요시는 오다와라(小田原) 정벌 후 천하 통일을 이루고 관백(關白)에 임명된다. 그리고 도쿠가와 이에야스는 오카자키성(岡崎城)에서 태어나 세키가하라(關ヶ原) 전투에서 승리한 후 에도(江戶)막부를 열고 300년의 태평성대를 누렸다. 노부나가는 22년, 히데요시는 10년을 통치하였고, 이에야스는 도쿠가와 막부 265년의 기초를 다졌던 인물이다.

그리고 메이지(明治) 정부는 '폐번치현(廢藩置懸)'을 단행하면서 나고야가 중심이 된 아이치현을 설치하였다. 2차 세계 대전을 치루면서 이 지역에는 군수물자를 조달하는 공업 도시로서의 면모를 갖추었다. 그 이유에서 일본은 1942년에 공학부가 중심이 된 제국대학, 즉 나고야제국대학을 이 지역에 건학하기도 했다. 그 후 한국전쟁을 계기로 나고야의 산업인력은 더욱 급증한다.

화제를 바꾸어 문학사적인 측면에서 이 지역을 살펴보면, 고전 문학의 경우 나라(奈良) 시대 이전의 아이치현 관련 작품으로는《풍토기

《風土記》의 〈오와리노쿠니(尾張國)〉와 〈미카와노쿠니(三河國)〉,《고사기(古事記)》의 〈미야즈히메(美夜受比賣)와의 결혼〉,《일본영이기(日本靈異記)》의 〈오와리(尾張)의 괴력(大力) 여인〉등이 존재한다. 이 지역의 전설적 이야기라고 할 수 있다.

그리고 헤이안(平安) 시대로 접어들면 지역적 특색이 문학 작품을 통하여 한층 다양한 형태로 그려지게 된다. 먼저《이세모노가타리(伊勢物語)》의 〈아즈마구다리(東下り)〉단락,《사라시나일기(更級日記)》의 〈다카시 해변으로부터(高師の浜から)〉,《곤자쿠모노가타리(今昔物語)》의 〈사다모토(定基)의 출가〉〈겐토시(犬頭絲)의 유래〉,《고혼설화집(古本說話集)》의 〈마사히라와 에몬(匡衡と衛門)〉등이 그것이다. 그 중에서도《이세모노가타리》의 〈아즈마구다리〉내용은 향토색 짙은 고전이라 할 수 있는데, 어느 날 실의에 빠져 동쪽 나라로 여행을 떠난 주인공이 어려운 고비를 넘겨가며 마침내 미카와(三河)의 야쓰하시(八橋)에 도달해 근처의 습지대에 군생하는 제비붓꽃을 감상한다는 내용이다. 홀로 남겨놓은 애처를 생각하며 멀리 떠나온 여행자의 슬픔을 그리고 있는 이 작품은, 솔직담백하게 주인공의 감정을 와카(和歌)의 묘미와 잘 조화시켜 내고 있다고 평가되고 있다. 오늘날 아이치현 현화(縣花)인 제비붓꽃은 이 와카로부터 유래한 것이다.

가마쿠라(鎌倉), 무로마치(室町) 시대로 접어들면,《헤이케모노가타리(平家物語)》의 〈스노마타(洲俣)의 전투〉,《헤이지모노가타리(平治物語)》의 〈요시토모(義朝)의 최후〉,《도칸 기행(東關紀行)》의 〈가야쓰(萱津)를 지나서〉,《이자요이 일기(十六夜日記)》등이 있다.

에도 시대에는《노부나가 공기(信長公記)》의 〈도산(道三)과 노부나가(信長)의 회견〉,《미카와모노가타리(三河物語)》의 〈도리이스네에몬(鳥居强右衛門)의 진충(盡忠)〉,《도카이도추 히자쿠리게(東海道中膝栗

毛》의 〈나루미시보리야메이와쿠(鳴見絞屋迷惑)〉, 《노자라시기행(野ざ らし紀行)》의 〈지쿠사이(竹齋)〉, 《오이의 문장(笈の小文)》의 〈매 한 마리 (鷹一つ)〉, 《우즈라고로모(鶉衣)》의 〈탄로의 말(歎老の辭)〉 등이 있다.

한편 근대 문학에서 보면, 이른바 메이지 신문학은 아이치현 출신 자들에 의해 시작되었다고 해도 과언이 아니다. 그것은 1877년 일본 근 대 문학을 출발시킨 쓰보우치 쇼요(坪内逍遙), 후타바테이 시메이(二葉 亭四迷)가 오와리번(尾張藩) 출신이기 때문이다. 쓰보우치는 기후현(岐 阜縣) 미노(美濃)에서 오와리번 대관소(代官所) 관리의 아들로 태어났으 며 메이지 유신 이후에는 나고야에서 영어학교를 다녔다. 그리고 1876년 상경하여 1885년 평론 《소설신수(小說神髓)》를 통하여 문학의 독자적 가 치를 주장하였으며, 특히 인간의 심리를 묘사하는 근대 소설의 자세를 제시했다는 점에서 크게 평가받고 있다. 한편 후타바테이 시메이는 오와 리번의 무사 아들로 태어나 메이지 유신 이후 나고야의 번(藩)학교에서 프랑스어를 배운다. 후일 상경하고 1886년 《소설신수》를 발표한 쓰보우 치를 만나면서 문학자의 길을 걷게 되었는데, 그 문학적 이론을 구현한 작품이 바로 근대 문학의 효시로 알려진 《뜬구름(浮雲)》이다. 이 작품은 언문일치체의 신선한 문체로 인물의 심리 묘사가 획기적이었다는 평가 를 받고 있다.

그 외에도 일본 근대 문학에서 탐미파의 중심적 존재인 나가이 가 후(永井荷風), 한다시(半田市) 출신의 오구리 후요(小栗風葉) 등 메이지 30년대를 대표하는 작가들이 있다. 특히, 오구리의 작품 《청춘》은 시대 를 앞서 나간 문학으로 평가하고 있다.

다이쇼(大正) 시대와 쇼와(昭和) 초기, 이 지역을 대표하는 작가로 서는 대하 소설 《인생극장》의 오자키 시로(尾崎志郎), 아동 문학의 니이 미 난키치(新美南吉) 등이 활약했다. 《인생극장》은 종종 영화화되어 화제가 되었던 작품이다. 그리고 시 분야에서 쓰시마(津島) 출신의 가네코 미쓰하루(金子光晴)는 전쟁과 같은 자유를 속박하는 것에 대한 저항시를 남겼으며, 소년시절을 도요하시(豊橋)에서 보낸 마루야마 가오루(丸山薰)는 시 잡지《사계절》을 창간하여 근대시사에 족적을 남겼다.

쇼와 후기부터 현재까지의 대표적 작가로는 아쿠타가와상(芥川賞)을 수상한 고타니 쓰요시(小谷剛), 나오키상을 수상한 시로야마 사부로(城山三郎)·아베 나쓰마루(阿部夏丸)·우쓰미 류이치로(內海隆一郎), 단카(短歌)에서는 오카이 다카시(岡井隆)·구리키 교코(栗木京子)·나가이 요코(永井陽子), 하이쿠에서는 다카야 쇼슈(高屋窓秋)·도미야스 후세이(富安風生), 평론가로는 도야마 시게히코(外山滋比古) 등의 활약이 돋보인다.

아이치현을 무대로 활동한 작가들은 그곳 출신 작가만이 아니었다. 이를테면 시마자키 도송(島崎藤村)·나쓰메 소세키(夏目漱石)·시바 료타로(司馬遼太郎)·야나기타 구니오(柳田國男)·사사키 노부쓰나(佐々木信綱) 등, 많은 작가들이 아이치현을 작품의 무대로 삼고 있다. 그 중에서 우리들에게 잘 알려진 몇 작품을 살펴보면, 먼저 일본 근대 문학의 대표적 작가로서 자연주의 문학가로부터 여유파(余裕派)로 불렸던 나쓰메 소세키를 들 수 있다. 그는《산시로(三四郎)》에서 주인공 오가와 산시로(小川三四郎)가 기차 안에서 만난 여인과 대화를 나누고, 기차의 종착지인 나고야역 근처 여인숙에서 동숙하는 과정을 리얼하게 묘사하고 있다. 예컨대 "나고야는 여기서 가까운가요?" "네." "이대로라면 늦어질까요?" "늦어지겠지요." "당신도 나고야에서 내리시는가요……?" "네, 내립니다."라는 대화 장면은 사뭇 진지하다. 그리고 다섯 페이지 분량의 낯설고 허름한 여인숙에서의 풋내 나는 젊은 남녀의 하룻밤에 얽힌 정경 묘사는 메이지 40년 무렵의 나고야의 인심과 역전 풍토를 읽을 수 있는 듯해 흥미롭다.

그리고 니이미 난키치는 동화 작가로서 1913년 아이치현 한다시에서 태어났고 자신의 모교인 초등학교와 안조(安城)고등여학교에서 교편을 잡았으며 29세의 나이로 결핵으로 죽기 전까지 그곳에서 대부분의 작품을 썼다. 같은 동화 작가 미야자와 겐지(宮澤賢治)와 비교되기도 하는데, 특히 1942년에 발표된 《할아버지의 램프》는 그가 태어난 야나베(岩滑)를 무대로 문명 개화가 몰고 온 정신적 충격과 구석으로 밀려날 수밖에 없었던 램프에 대한 감상을 그리고 있다. 소멸해 가는 것에 대한 애착과 새롭게 거듭나며 변모하는 현실에 대한 적극적인 자세를 일러주는 작품이다.

또한 가토 도쿠로(加藤唐九郎)는 세토(瀬戸) 지역의 상징적 존재라고 할 만한 저명한 도예 작가이다. 1898년 아이치현 세토시에서 태어나 소년 시절부터 조상 전래의 도예기술을 전수받아 탁월한 재능을 발휘하면서 그 명성을 떨쳤다. 오래된 가마를 발굴 조사하고 오리베(織部)·기제토(黃瀬戸)·시노(志野)의 재현을 실현하는 등, 그 업적은 실로 크다. 그의 수필《흙은 살아 있다》는 그러한 도예가의 기백과 흙에 대한 끊임없는 탐구와 예술가의 근원적 정신을 표출한 작품이다. 특히 "어떤 테마의 소설에 필연적이고 적절한 문체는 하나밖에 없다"라는 말을 인용하면서 도예에서 흙의 개성을 포착하는 것이 얼마나 중요한지를 역설하고 있다. 예컨대 "흙은 살아 있다. 흙은 살아 있기 때문에 개성이 있다. 도예는 개성의 표현이다. 흙은 스스로의 개성에 따라 스스로의 형태를 만들어간다"고 함으로써 철저하게 "살아있는 흙에 대한 개성"을 강조하였다.

한편 시마자키 도손은 야나기타 구니오가 미카와의 이라고자키(伊良湖崎) 해변에서 야자수 열매가 떠내려 온 것을 발견했다는 이야기를 듣고 시를 지었는데, 〈야자수 열매(椰子の實)〉가 그것이다.

이름도 모르는 멀고먼 섬으로부터

흘러 떠내려 온 야자수 열매 하나

고향의 해변을 떠나와서

너는 도대체 몇 달이나 파도에 떠밀려 왔느냐?

이 시는 오나카 도라지(大中寅二) 작곡의 노래로서도 애창되고 있을 만큼 멋진 작품이다. 시마자키 도손의 《낙매집(落梅集)》에는 유명한 〈지쿠마가와(千曲川) 여정의 노래〉, 〈고모로(小諸)에 있는 옛 성 근처〉도 함께 실려 있는데, 이 시와 마찬가지로 고향을 떠나온 유랑인의 쓸쓸함과 인생의 우수가 5·7조의 문어 정형시로 읊어지고 있는 것이 특징이다. 그리고 이곳 출신 시인으로서 노구치 요네지로(野口米次郎)가 있다. 그는 아이치현 쓰시마에서 태어났고 1893년 미국으로 건너가 방랑하다가 시인 밀러에게 사사하여 공부하게 된다. 그리고 후일 영국으로 건너가 시집 《From The Eastern Sea(동해로부터)》를 출간하고 국제 시인으로서 명성을 얻었다. 상징적 서정시인으로서 평가되며 외국에서는 '〈요네·노구치〉라는 필명'으로 알려져 있다. 《이중 국적자의 시》, 《표상(表象) 서정시》 등의 대표작이 있다. 특히, 그의 시 〈소나무 가로수 제방松並木の堤〉는 덴노강(天王川)의 소나무 가로수가 있는 제방을 걷던 작가가 자신도 모르게 유럽의 중세 기사도(騎士道) 전설의 세계로 빨려 들어가는 기분을 노래하고 있다. 가을날 유유히 흘러가는 시간에 공상을 키우던 작가 자신의 모습을 보여 주고 있다.

오카이 다카시(岡井隆)는 나고야시에서 태어난 단가(短歌) 작가로서 어린 시절 나고야 고와읍(河和町)에서의 추억, 즉 오늘날 나고야 대학의 기숙사 생활을 제재로 향토를 노래하였다. 그리고 의사로서 국립 도요하시 병원에 근무하면서 NHK문화교실의 단카 강좌를 개설하는 등 계몽 활동에도 힘썼다. 향토를 노래한 그의 작품으로는《고와 기숙사생 보고1-4》,《이라고에서의 며칠(伊良湖數日)》,《고향의 노래》등이 있다.

그 밖의 아이치현과 인연이 깊은 작가들 중에는 일본에서 권위를 자랑하는 아쿠타가와상과 나오키상을 수상한 작가들도 적지 않다. 먼저 아쿠타가와상 수상자를 살펴보면 제4회 수상자인 도미자와 우이오(富澤有爲男)가 있다. 그는 도카이중학교 출신으로서 후일 신아이치(新愛知)신문기자가 되었다. 그리고 같은 중학교 출신으로서 나고야대학교 의학부를 졸업한 고타니 쓰요시는 나고야를 무대로 한《확증(確證)》으로 제24회 수상자가 되었다. 특히 고타니 쓰요시는 자신이 주재한 동인지《작가》를 1948년부터 1992년까지 516권 발간하는 역량을 과시하기도 했다. 이후 나고야시립전문대학을 졸업하고《무명장야(無明長夜)》로 제63회에 수상한 요시다 도모코(吉田知子)는 아사히가오카(旭丘)고등학교 미술과를 졸업하고《아버지가 사라졌다》로 제84회에 수상한 오쓰지 가쓰히코(尾辻克彦), 프랑스를 무대로 한《일식(日蝕)》으로 제120회에 수상한 히라노 게이이치로(平野啓一郎) 등이 있다. 그리고 나오키상 수상 작가로는 시로야마 사부로가《총회꾼 긴조(總會屋錦城)》로 제40회, 렌조 미키히코(連城三紀彦)가《연애편지(戀文)》로 제91회, 야마구치 요코(山口洋子)가《엔카 벌레(演歌の蟲)》《오래된 매화나무(老梅)》로 제93회, 스기모토 아키코(杉本章子)가《도쿄 신오하시 빗속 그림(東京新大橋雨中圖)》로 제100회, 미야기타니마사미쓰(宮城谷昌光)가《하희춘추(夏姬春秋)》로 제105회, 오사와 아리마사(大澤在昌)가《신주쿠자메무겐닌교(新宿鮫無間人形)》로 제110회에 각각 수상하였다.

3. 조선인의 눈에 비친 나고야

이상에서처럼 고전에서 현대에 이르기까지 지역 출신 작가나 그 외의 작가들에 의해, 유서 깊은 아이치현 혹은 나고야의 면모는 문학적으로 잘 형상화되어, 일본 문학사 안에 그대로 담겨져 있다. 그렇다면, 과거 우리의 선조들은 그런 나고야를 글로써 어떻게 형상화했을까. 이들의 서두에서처럼 나고야가 결코 우리에게 낯선 장소가 아님을 수신사(修信使)의 문집을 번역하여 엮은《해행총재》에 실린 몇 작 품을 통해 살펴보기로 하자.147

147 이하의 주는《해행총재》(민족문화추진회, 1974)의 인용문의 수록 권수와 쪽수만 기록한다.

먼저 정유재란(1597~1598) 때 의병으로 활약하다 왜적의 포로가 되어 4년 동안 일본에 머물면서 적정(賊情)을 기록으로 남긴 강항(姜沆)의《간양록》가운데〈왜국 팔도 육십육주도(倭國八道六十六州圖)〉의 '미장(尾張)' 항의 기록에 따르면, "9군

을 관할하니, 남북이 사흘 길이요, 토지가 비후하여 심으면 찬배가 나고, 마을에는 좋은 경치가 많아 일본국의 최상의 나라이다"(2권, 152)라고 적고 있다. 숙종 44년(1718) 일본 관백(關白)의 즉위를 축하하기 위해 수신사의 일원이었던 제술관(製述官) 신분의 신유한(申維翰)이 기록한《해유록》의 일단락을 보자. "황혼에 명호옥(名護屋)에 도착하였다. 주고(洲股)로부터 여기까지는 미장주(尾張州)인데 그 크고 화려하고 풍부하기가 자못 대판(大阪)과 비슷하였다. (중략) 황금옥(黃金屋)과 백화점에 만들어 놓은 가지가지 기이한 구경거리를 바라보매 눈이 부셨다"(1권, 507). 그 만큼 신유한의 눈에 비친 나고야도 오사카(大阪)와 비견할 만한 성대한 도시로서 중요한 거점이었다. 인조 21년(1643)에 일본 관백(關白)의 아들 탄생을 축하하기 위해 일본을 간 조경(趙絅)의《동사록(東

樣錄)》에서도 7언시 안에서 나고야가 교토보다 크다고 읊고 있다(5권, 63). 대부분 그런 나고야의 주요 토산물에 대해서는 대부분 염분과 어염(魚鹽)을 들고 있는데, 강홍중은 어염과 함께 창과 칼이 나라(奈良)와 더불어 유명하다고 기록하고 있다(3권, 277).

반면, 수신사들이 나고야를 들러서는 임진왜란을 일으킨 도요토미 히데요시의 이름을 거론하며 그 때를 기억하는 장면이 적지 않게 나온다. 광해군 9년(1617) 임진왜란 때 일본에 잡혀간 포로를 쇄환해 오기 위한 교섭의 상사직으로 일본에 간 오윤겸은《동사상일록(東槎上日錄)》을 통해 나고야에 관한 기록을 남겼다. 그 일행은 바람이 없어 노질만으로 이동해야 했기 때문에 해가 저물어도 목적지인 나고야에 당도하지 못했다. 그래서 신집도(神集島)라는 곳에 배를 정박해야 했다. 그들 일행의 사행목적이 목적인 만큼 오윤겸은 선집도를 이렇게 기록하고 있다. "삼면이 굴곡이 지고 둘러싸인 모양이어서 참으로 배를 감추기에 좋은 곳이다." "임진년 수길(秀吉, 도요토미 히데요시)이 이 섬에 와서 진치고 군사를 조련하여 내보냈다고 한다"고(2권, 383). 그와 같은 기록은 앞서《간양록》이나《계미동사일기(癸未東槎日記)》(작자 미상)에서도 나온다. 강항은 임진왜란을 회고하며 도요토미가 나고야에 오래 머물며 전쟁을 독려하기 위해 신궁(新宮)을 세웠다고도 적고 있다(2권, 173). 이렇게 당시 수신사들이 나고야를 지나면서 임진왜란을 떠올린 기록은 적지 않다.《동사록》의 저자 강홍중은 임진왜란 때에 평행장(平行長)을 따라 평양에 왕래했던 자로 아내가 조선 사람이라는 강전장감(岡田將監)이라는 사람을 만난 것을 전하며 임진왜란의 상처를 되뇌인다. 또 일본의 국력이 우리보다 강성하다는 것을 대체적으로 솔직히 진술한《계미동사일기》에서는 나고야 성 밖에는 "싸움터가 많다" 하고, "이것은 곧 평수길(平秀吉, 도요토미 히데요시)이 우리나라를 침범할 때 군사를 주둔했던 곳"이라고 기록하고 있다.

　이상의 기록들은 대개 17~18세기의 일본 기행문이다. 그 가운데는
'현재'의 일본을 견문한 내용을 충실히 기록하고 있음은 물론이거니와,
나고야의 기록만으로도 '우리'에게 일본의 과거는 어떻게 존재했는가라
는 인식 위에 일본이 형상화되어 있음을 알 수 있다. 즉, 수신사의 나고야
의 기행은 생경한 도시 경험의 기록으로뿐만 아니라, 그 수신의 목적이
선린화친(善隣和親)이었음에도 불구하고 그 도시가 약 100년 전 임진왜
란 당시 우리에게 어떤 곳이었는가를 기록으로 남기고 있다.

　오늘날 우리는 '동북아 시대'를 제창하며 다시금 일본과의 관계를
새롭게 모색하고 있다. 그 과정에서 결코 '오늘'의 관계가 '과거'와의 절
연한 상태에서 이뤄질 수 없는 것임을 수신사들이 남긴 200여 년 전 기록
을 통해 우리는 교훈을 얻어야 할 것이다.

이주와 식민의 기억

에조 혹은 홋카이도

심은정

1.가문비 나무의 섬, 홋카이도

일본은 크게 4개의 섬으로 구성되어 있다. 일본인들이 작은 섬나라라고 하지만, 실제 총면적은 남한의 약 3.8배, 남·북한을 합친 면적의 약 1.7배나 된다. 4개의 섬 중 두 번째로 큰 홋카이도(北海道, 아이누어 Mosir)는 일본열도에서 최북단에 위치하고 있다. 혼슈(本州)와 쓰가루(津輕) 해협을 사이에 두고 있으며, 북쪽으로는 러시아령 사할린 섬, 북동쪽으로 쿠릴 열도와 이어진다.

홋카이도는 모두 509개의 부속 섬(이 중 사람이 사는 섬은 5곳)으로 이루어져 있으며, 서쪽으로는 동해, 남동쪽으로는 태평양, 북동쪽으로는 오호츠크해의 3개의 바다에 둘러싸여 있다. 홋카이도 넓이는 78,512㎢으로 일본 전체면적의 약 21%를 차지한다. 이는 오스트리아와 거의 같으며, 도쿄도(東京都) 약 40배, 규슈(九州)의 2배 가까운 면적이다.

연 평균 기온 7.8℃로 1월과 8월의 평균기온 차이가 극심한 곳은 30℃를 나타내기도 한다. 봄에는 매화와 벚꽃을 동시에 감상할 수 있으며,

여름에는 장마가 없고, 태풍의 영향도 거의 없어 서늘하다. 11월부터 3월까지의 긴 겨울이 시작되면 홋카이도는 눈의 나라로 변하며, 일본의 다른 지역과는 비교되는 독특한 자연과 역사로 사계절 내내 관광지로서 인기를 끌고 있다.

뭐니뭐니해도 홋카이도 최고의 자랑거리는 대자연이다. 6개 국립공원의 총 면적이 약 86만ha으로 홋카이도 총 면적의 10% 이상을 차지하고 있다. 또한 홋카이도의 약 70%가 삼림으로 이루어져 있는데, 대표적인 침엽수인 에조마츠(蝦夷松, 가문비나무)는 '홋카이도의 나무' 이기도 하다. 광활한 홋카이도의 대지에는 야생 동물이 살아 있는 천연림과 귀중한 동식물의 서식지로 보호되는 쿠시로(釧路) 습원 등을 비롯한 다양한 자연 경관이 많다. 또한 냉량·저온에 장마가 없는 자연 조건아래 홋카이도는 맛 좋은 농산물을 키우는 데도 안성맞춤이다. 나아가 일본에서 처음 치즈를 만든 지역으로 오랜 역사를 자랑하는 낙농 기술과 최적의 자연 환경에 둘러싸인 광대한 목장에서 나오는 다양한 유제품 또한 유명하다. 이에 홋카

가문비나무와 열매
출처_포리스트 코리아

이도는 일본의 식량고라 불리기도 한다.

홋카이도의 중심지인 삿포로(札幌)는 미국의 뉴욕과 거의 같은 위도에 위치하고 있으며, 1972년 동양에서는 처음으로 제11회 동계올림픽이 개최된 도시이다. 또한 매년 겨울에 열리는 '삿포로 눈축제'는 이미 전 세계적으로 널리 알려져 있는 축제 중 하나이다.

2. '에조'에서 홋카이도로

홋카이도를 이야기 할 때 빼놓을 수 없는 단어가 바로 '아이누(인간이란 의미의 아이누어)'와 '에조(蝦夷)'이다. 지금은 낯선 단어가 되었지만 홋카이도는 원래 아이누인들의 고향으로 에조라 불리웠다. 에조는 가마쿠라시대(鎌倉時代) 초기에는 호족(豪族)인 안도오씨(安東氏)족이 통치하였고 1798년까지 약 200년간은 마츠마에씨(松前氏)족의 마츠마에한(松前藩)이었다. 18세기말부터는 러시아, 영국의 내항이 있었으며, 일본 근대화의 시작인 1868년 메이지 유신(明治維新)이후 메이지 정부는 에조에 개척사(開拓使)를 설립하고 이듬해, 그 이름을 '홋카이도(北海道)로 개칭하였다.[148] '홋카이(北海)'는 에도 시대(江戸時代) 말기의 에조 탐험가이었던 마츠우라 타케시로우(松浦 武四郎)가 정부에 제안한 '홋카이(北加伊)'에서 유래한다고 한다.

[148] 메이지 시대 초기 홋카이도에 배치된 농업을 겸한 토착병(土着兵)으로 1904년에 폐지되었다.

메이지 정부는 전국에 걸친 이주 정책을 실시하여 1869년부터 1922년까지 약 56호, 204만 명이 홋카이도로 이주하게 된다. 이후 정부 차원의 이주 정책은 청일 전쟁과 러일 전쟁 그리고 2차 세계 대전의 세 전쟁을 고비로 하여 더욱 많은 이주민들이 홋카이도에 정착하게 된다. 가까운 아오모리현(青森縣)과 니가타현(新潟縣), 아키타현(秋田縣)에서 온 이주민들이 가장 많았으며, 멀게는 도쿠시마(德島縣)현에서까지 이주민들의 발길이 이어졌다. 1875년에는 톤덴헤이(屯田兵)[149] 제도를 실시하여 각 지방의 토족들을 이주시켜 일체의 이주금은 물론 3년간의 식비와 약비까지 대주었다. 나중에는 농민들까지 그 이주 대열에 참가하게 되었다.

또한 메이지 정부는 구로다 키요오(黑田淸雄)를 차관으로 임명하고, 구로다는 미국에 가서 농무징관 호레스케프론(Horace Capron, 1804-1885)을 고문으로 한 16개국의 약 75여 명의 외국인 기술자를 초빙하여 지형 측정, 지하자원 검사, 철도 개설, 공장 건설 등의 신기술을 도입한다. 그리고 1876년 미국 매사추세츠주립 농과대학 학장이던 윌리엄 스미스 클라크(William Smith Clark, 1826~1886) 박사를 초빙하여 근대 개척 정신의 상징인 삿포로농학교(札幌農學校)를 세우게 된다.

클라크 박사의 흉상
홋카이도 국립대학에 위치한 5개의 클라크 박사 흉상중의 하나.

삿포로농학교는 당시 황무지였던 홋카이도를 개척하는 데 필요한 농업지 도자를 양성하기 위하여 세운 일본 최초의 고등 농업 교육 기관이다. 클라크 박사는 8개월간의 짧은 체재 기간이었지만 개척 정신과 기독교 정신을 교육시켰으며, 일본의 사상과 교육 및 문학에도 많은 영향을 끼치며 훌륭한 제자를 배출하였다. 그가 떠나며 남긴 '청년들이여 야망을 가져라! (Boys, be ambitious!)'는 말은 너무나도 유명하다. 삿포로농학교는 1947년 북해도국립대학(北海道國立大學)으로 이름이 바뀌었으며, 교내에 있는 클라크 박사의 동상과 함께 삿포로농학교의 군사훈련장에 있었던 시계탑은 지금도 삿포로의 상징이다.

홋카이도의 개척은 인간과 자연의 싸움이었다. 홋카이도는 1872년부터 10개년 계획 아래 단기간에 급속도로 발전하게 되었다. 서구의 새로운 문물과 본토와는 다른 새로운 개척지라는 이미지에 힘입어 많은 본토 사람들이 이주하고, 다양한 미디어를 통하여 홋카이도는 점점 일본화되었다. 그러나 시선을 바꾸어 에조에 살고 있던 아이누인들 입장에서 보면 '개척' 이라기보다는 '침략' 이란 단어가 타당할지 모른다. 이제 '아이누' 와 '에조' 라는 단어는 박물관과 기념관을 장식하고 있으며, 에조의 도처에 흩어져 있는 사적과 기념비를 통하여 북쪽 지방 대지에서 이루어진 수많은 이야기를 전해주고 있다.

3. '다코베야' 의 조선인 광부들

1938년 3월 일본은 '국가총동원법' 을 발동하여, 전시체제 아래 노동력 징용을 강화해 나가게 된다. 침략전쟁이 확장되어감에 따라 많은 젊은이들은 전쟁터로 동원되고, 또한 군수 산업에서는 더 많은 노동력이 필요하게 된다. 특히 작업 환경이 좋지 않은 탄광, 금속 광산, 토목 건설에는 노동력 기피 현상이 생기게 되는데, 이에 내지의 모자란 노동력 보충을 위하여 식민지의 노동력을 이용하기에 이른다. 결국 1939년 '노무동원실시 계획 강령' 을 발표하여, 조선인 내지 유입에 적극적으로 나서게 된다. 식민지의 또 다른 아픔이 시작되게 된 것이다.

일제강점기 말기, 홋카이도에는 징용으로 끌려온 한국인 20만 명 정도가 탄광, 토목 공사장 등에서 노역에 종사했다고 한다. 물론 한국인만이 있었던 것은 아니나, 시대 상황을 감안할 때 그들의 고통과 아픔의 깊이는 쉽게 단정하기 어렵다. '다코베야' 에 갇혀 노동력을 착취당하고, 해방이 되어서도 상당수는 고국으로 돌아오지 못한 채 사고 등으로 희생되었다. '다코베야'는 한국어로 옮기면 '문어집,' '문어방'이라는 뜻이다. 문어는 돌짬에서 산다고 한다. 지하 토굴에서 생활하며 노동력을 착취당한 탄광, 혹은 토목 노동자들의 삶의 모습을 보여 주는 단어라 하겠다. 고국과 가족을 그리며 지하 토굴에서 일하며, 해방의 그 날을 기다리던 한국 젊은이들의 영혼이 홋카이도에 잠들어 있는 것이다.

또한 당시 탄광에는 조선 노동자들뿐만이 아니라 조선에서 온 위안부도 있었음은 이미 밝혀진 사실이다. 1940년에 일본광산협회가 발행한 〈반도인 노무자에 관한 보고서(半島人勞務者ニ關スル調査報告)〉와 1943년도 노동과학연구소의 〈반도 노무자 노동 상황에 관한 보고서(半島勞務者勞動狀況に關する調査報告)〉에 근거하면, 홋카이도 탄광 지역을 중심으로 18개 위안소에 약 84명의 위안부가 존재하였다.[150]

물론 일제의 강제 징용은 홋카이도에 국한된 것만은 아니었다. 일본 본토는 물론 사할린, 오키나와(沖繩), 동남아시아까지 끌려간 한국인 수는 대략 120만 명에 달하는 것으로 추정된다. 1939년부터 실시된 강제 연행은 침략 전쟁이 막바지에 달하면서 더욱 무자비하게 자행되었다. 해방 당시 해외 한인은 약 500만

150 이 같은 사실은 지난 2002년부터 2003년에 걸쳐 여성부가 실시한 '일본군위안부 문제에 대한 국외자료 조사 · 연구'(연구기관: 서울대 여성연구소) 사업 결과로, 미연방정부기록보존소(NARA)에서 발굴된 일본군의 부대 시설 보고서(Amenities in the Japanese Armed Forces) 내용 중 일부이다.

명으로, 이는 당시 한국인의 20%가 넘는 숫자이다. 이들의 대부분은 일제 식민지 지배로 농토를 빼앗기고 일자리를 잃은 사람들, 침략 전쟁에 강제로 끌려간 사람들이었다. 강제 연행을 통하여 한인은 일본을 비롯하여 중국 · 만주 · 시베리아 · 몽골 · 대만 · 동남아시아 등 각처에 군인 · 군속 · 일본군 위안부 · 노무자 등으로 일본의 침략 전선이면 어디든 끌려가 혹독한 시련을 겪어야 했다.

해외로 쫓겨나간 한인들은 일제의 침략 전선에서 8 · 15 해방을 맞이하였다. 일제 침략 전쟁의 희생자인 이들은 포츠담 선언 제9항에서 명

시된 바처럼 인도주의 원칙에 따라 조국으로 귀환되어야 마땅했다. 그러나 현실은 달랐다. 강대국의 이익이 우선되었던 전후 처리과정에서 이들의 인권은 또다시 유린당하고 말았다. 일제가 패망한 뒤 돌아올 때는 소련·중국·미국·일본 등 해당국의 이해에 따라 향방이 결정되는 비극적 운명이 이들을 기다리고 있었다. 한인의 수가 200만 명이 넘었던 일본 지역의 경우 연합군 사령부와 일본의 무책임한 처리에 의해 한국인들은 '해방 국민'의 대우를 받지 못하였다. 다행히 귀환 길에 오른 한인들조차 일본의 무계획한 귀환 정책으로 많은 희생[151]을 치러야 했다.

국제 사회의 냉엄한 현실 앞에서 500만의 해외 한인 가운데 돌아온 사람은 절반에 불과했다. 나머지는 억류되거나 귀환의 꿈을 접은 채 현지 정착의 길을 찾을 수밖에 없었다. 해방이 되었어도 돌아오지 못하고 현지에 잔류한 한인의 수는 중국 동북 지역의 140

151 해방 직후인 1945년 8월 26일 한인들을 태운 '우키시마마루(浮島丸)'가 교토(京都) 앞바다에서 폭파되어 1,000여 명의 한인이 희생당한 '우키시마마루사건'은 그 대표적 사례이다.
152 《경향신문》 2004년 8월 12일

만, 일본 지역 60만, 소련 지역 40만 등 대략 250만 명에 이른다고 한다.[152] 오늘날 한국이 세계에서 네, 다섯 번째로 해외 이민이 많은 국가가 된 것은 이와 같은 한인의 불행한 이주사에 뿌리를 두고 있기 때문이다. 홋카이도 개척사에 있어 빼놓을 수 없는 것이 아이누인과 강제 징용으로 끌려온 한국의 젊은이들이었음을 잊지 말아야 할 것이다.

4. 문학 속의 에조 혹은 홋카이도

일본 문학 속의 홋카이도 혹은 에조는 쉽게 찾아 볼 수 있다. 홋카이도를 배경으로 쓴 작품, 홋카이도에서 태어난 작가들이 쓴 작품들은 일본 문학 속에 많이 나타난다. 미지의 세계라는 이미지와 개척지라는 이미지는 문학적으로도 훌륭한 소재이기 때문이다.

벽에 쓰인 조선인 광부의 낙서
출처_http://www.j-bohun.com/
bbs/zboard.php?id=main_sim&page=
10&sn1=&divpage=1&sn=off&ss=on&s
c=on&select_arrange=name&desc=de
sc&no=302

특히, 메이지 시대를 전후로 한 근대 문학에 나타난 홋카이도는 앞서 살펴본 삿포로농학교를 빼놓고는 이야기 할 수 없다. 클라크 박사의 청교도적인 교풍은 홋카이도의 문화와 사상의 기본을 형성한다. 삿포로 농학교 출신들의 면면을 살펴보면 우선 일본 교육자이며 외교관으로 일본 5000엔 지폐의 표지 얼굴로 널리 알려진 니토베 이나조(新渡戶稻造, 1862-1886)를 비롯하여, 사상가 우치무라 간죠(內村鑑三, 1861-1930), 일본 근대 자연주의 대표 작가인 아리시마 다케오(有島武郎, 1878-1923) 등을 들 수 있다. 아리시마는 도호쿠(東北)제국대학 예과 교수로 홋카이도 문학의 소양을 다지는데 큰 역할을 하였으며, 홋카이도를 배경으로《카인의 후예(カインの末裔)》와《살아가는 고민(生れ出づる悩み)》등을 발표하기도 하였다.

하코다테(函館) 출생의 평론가로 마르크스주의에서 낭만주의로 전향한 가메이 가츠이치로(龜井勝一郎, 1907~1966)를 비롯하며, 홋카이도에서 신문 기자로 활동한 시인 이시가와 다쿠보쿠(石川啄木, 1896-1913) 등은 이곳의 대표적인 문인이다.

4살 때 홋카이도로 이주한 일본 프롤레타리아 문학의 선구자인 고바야시 다키지(小林多喜二, 1903~1933) 또한 빼놓을 수 없는 인물이다.

1945년 이후의 대표적인 작가로는 홋카이도에서 태어난 문예 평론가 겸 소설가인 이토 세이(伊藤整, 1905~1969)와 삿포로에서 태어난 전향 작가 시마키 겐사쿠(島木健作, 1903~1945)까지 일본 문학 속에 홋카이도는 뿌리 깊게 자리 잡고 있다. 이들에 의해 그려진 홋카이도는 이미 그 역사에서 살펴본 대로 개척지로서의 이국적인 모습 혹은, 척박한 자연 환경 속에서 살아가는 모습이 대부분이라 하겠다.

　이에 반해 한국의 문학 작품 속에서는 홋카이도를 찾기는 어려웠다. 물론 작품 속에서 일제 강점기의 강제 징용과 관련하여 '북해도 탄광'으로 끌려갔다는 대목은 자주 접할 수 있지만, 그 배경이 홋카이도로 된 것은 찾아 볼 수 없었다. 제목에서부터 홋카이도를 흠뻑 느낄 수 있는 하성란의 《삿뽀로 연인숙》이란 소설에서도 홋카이도는 눈이 많은 이국적인 이미지중의 하나일 뿐이다. 나아가 재일 교포 작가까지 그 범위를 넓힌다면 이회성(李恢成, 1935~)[153] 정도를 꼽을 수 있을 것이다. 그는 가라후토(樺太)[154]에서 태어나 12살 때 아버지를 따라 홋카이도로 건너오게 되지만, 작품 속에 사할린에 대한 기억과 풍광들은 쉽게 찾아 볼 수 있으나, 홋카이도에 대한 묘사는 그리 많지 않다.

　앞서 살펴본 강제 징용의 역사가 살아있음에도 한국 문학 속에서 아픈 역사를 지닌 홋카이도는 찾을 수 없었다. 아마도 이것은 우리가 홋카이도를 소홀히 생각하고 있음을 드러내는 부분이라 할 수 있다. 아니 어쩌면 우린 홋카이도에 대하여 쓰고 싶지 않았을 수도 있다. 너무 아픈 기억을 가진 곳이기에, 그 사실 자체만으로도 문학적 상상력을 넘어선 작품이 되기 때문일지도 모른다.

153 1947년 가족과 함께 삿포로에 이주 정착. 와세다(早稻田)대학교 노문과 졸업. 신문기자, 카피라이터 등 역임. 주요 작품으로는 《다시 두 번째 길》(群像신인문학상 수상), 《다듬이질하는 여자》(아쿠다가와상 수상), 《다 꾸지 못한 꿈》, 《유역으로》, 《사할린으로의 여행》, 《백년의 여행자들》, 《이회성 전집》 등이 있다.

154 일본이 2차 세계 대전에서 패전한 뒤, 얄타 회담 결과로 소련령으로 넘어가면서 사할린으로 바뀜.

155 홋카이도의 오타루라는 도시에 사는 한 고등학생 소년 쇼타가 여러 우여곡절을 겪으며 도제 교육의 수행 과정을 통해 진정한 초밥인으로 성장한다는 이야기이다.

그러나 근래에 들어 홋카이도는 이런 아픈 역사를 지닌 곳이라기보다는 오히려 일본 영화 〈러브레터〉의 촬영지로, 혹은 한국 가수들의 뮤직 비디오에 등장하는 무대로, 또는 일본 만화 〈미스터 초밥왕〉[155]의 배경으로 인식하는 젊은이들이 많을 것이다. 물론 세계 3대 야경의 하나인 하코다테의 야경과 오타루 운하 등 100년이 넘은 된 시설과 건물 등 아기자기한 볼거리와 대자연이 만들어낸 아름다움은 화면으로 담아내기 좋은 배경임에는 틀림없다. 그러나 그 배경 뒤에 감추어져 있는 슬픈 역사에 대해서 아는 젊은 친구들은 몇이나 될까? 이제 우리도 홋카이도에 대해 한 번 쯤은 진지하게 고민해야 하지 않을까.

바라보는 것이 더 좋은 산
후지산

정응수

1. 일본의 상징 혹은 마음의 고향

후지산은 혼슈(本州)의 거의 중앙에 해당하는 시즈오카현(靜岡縣) 북동부와 야마나시현(山梨縣) 남부에 걸쳐 있는데, 광대한 산록을 가진 독립봉으로 동으로는 하코네(箱根) 화산과 서쪽으로는 덴슈산지(天守山地), 남쪽으로는 아시타카산(愛鷹山)과 스루가만(駿河灣), 북으로는 미사카(御坂)산지와 미쿠니(三國) 산맥에 접하고 있다. 1936년 하코네와 함께 후지 하코네 국립공원으로 지정되었으며, 1955년에는 이즈(伊豆)를 포함하여 후지 하코네 이즈 국립공원이 되었다.

표고 3776미터로 일본 제일의 높이를 자랑하는 후지산은 4단계의 화산 활동으로 이루어진 성층(成層) 화산이다. 최근에 밝혀진 선고미타케(先小御岳) 화산이 기반을 이루고 그 위를 70만 년 전부터 20만 년 전 사이에 활동한 고미타케 화산이 덮고 있다. 이 고미타케 화산의 일부는 후지산 5부 능선의 가와구치호(河口湖) 등산로 입구에 있는 고미타케 신사 부근에 노출되어 있다. 그 후 약 10만 년 전에서 8만 년 전 사이에 시작된 화산 활동으로 인해 고후지(古富士)가 생기고, 약 1만 년 전부터 유동성이 강한 현무암질 용암이 다량으로 분출되어 오늘날과 같은 완만한 원추형의 신후지(新富士)가 생성되었다.

역사 시대에 접어들어서도 산정의 분화구나 기생 화산의 활동은 계속되어 《속일본기(續日本紀)》에 기록된 781년의 분화를 시작으로 1707년에 이르기까지 십수회에 걸쳐 분화했다. 864년의 분화는 북서쪽 사면에 있는 나가오산(長尾山)에서 용암이 분출된 것으로, 수해(樹海)로 유명한 아오키가하라(青木ヶ原)를 만들고 세노우미(剗海)를 사이호(西湖)와 쇼지호(精進湖)로 나누었다. 현재는 활동을 쉬고 있지만, 화산의 수명으로 보면 아직 청년기에 해당하는 젊은 화산이다.

기저(基底)는 북북서와 남남동 방향으로 긴 축을 가진 타원형이지만, 산의 모양은 거의 원추형에 가깝다. 산의 직경은 38km이고 산록의 둘레는 153km, 면적은 900㎢이고 부피는 1,397㎦에 달한다. 대내원(大內院)이라 불리는 산정 분화구의 직경은 800m이고 깊이는 220m, 둘레는 3.5km이다. 분화구의 가장자리는 오하치(お鉢)라 부르는데, 표고 3776m의 높이를 자랑하는 겐가미네(劍ヶ峰)를 비롯하여 8개의 봉우리들이 분화구 주위를 둘러싸고 있다.

식생(植生)은 기온이나 강수량, 지표 구성물을 반영한 전형적인 수직분포를 보이고 있는데, 2500m의 신5부 능선 부근이 삼림 한계(森林限界)이다. 그렇지만 국지적으로 2800m까지 후지산의 삼림 한계를 나타내는 낙엽송이 자라고 있으며, 산정 부근에서는 암석에 착생하는 이끼나 추운 극지방에 사는 지의류(地衣類)가 발견된다. 참고로 산정의 평균 기온은 1월이 -19.2℃이고 8월이 5.9℃. 1년 중 최고 기온이 0℃ 이하인 날은 221.5일이나 된다. 눈 내리는 날이 120.9일이나 되고 적설(積雪) 기간이 10월부터 다음해 6월까지 무려 9개월이나 되므로, 7월 1일부터 8월 26

일까지만 일반인의 등반이 허용된다.

'후지(ふじ)' 란 말이 처음 등장하는 문헌은 713년 겐메이(元明, 661-721) 천황의 명으로 편찬된《히타치노쿠니 풍토기(常陸國風土記)》이다. 이 책에 후지산 신에게 숙박을 거절당한 조상신(祖神尊)이 그 보복으로 후지산에 눈을 많이 내리게 하여 사람들이 오르지 못하게 만들었다는 이야기가 나오는데, 표기는 '복자(福慈)' 라 했지만 발음은 '후지' 이다.

이후 후지산은 다양하게 표기되면서[156] 여러 작품에 빈번하게 등장한다. 즉 "다고의 개펄지나 나와 보니, 후지의 높은 뫼에 새하얗게 눈이 나려 쌓여있고나(田兒の浦ゆうち出でて見れば 眞白にそ不盡の高嶺に雪は降りける)"[157]라는

156 《만엽집(万葉集)》에서는 '布士 · 不盡 · 不自 · 不時 · 不二', 《다케토리 이야기(竹取物語)》에서는 '不死' 라 표기되었다. '富士' 란 표기가 등장하는 것은 781년 간무(桓武, 737~806)천황의 명에 의해 편찬된《속일본기(續日本紀)》부터이다
157 김사엽, 《김사엽전집》 8, 박이정, 1984, 249쪽.

야마베노 아카히토(山部赤人)의 노래가 실려 있는 《만엽집(萬葉集)》은 말할 것도 없고 《신고금화가집(新古今和歌集)》이나 《다케토리 이야기(竹取物語)》, 《이세 이야기(伊勢物語)》, 《사라시나 일기(更級日記)》, 미야코노 요시카(都良香, 834~879)의 《후지산기(富士山記)》 등에서 후지산이 작품의 중요한 소재나 배경으로 등장하고 있으며, 《후지어람일기(富士御覽日記)》나 아스카이 마사요(飛鳥井雅世, 1390~1452)의 《후지기행(富士紀行)》, 교코(堯孝, 1391~1455)의 《후지관람기(覽富士記)》와 같은 후지산 관람기도 간행되었다.

특히 에도(江戶) 시대에 후지산을 센겐(仙元) 대보살이라 칭하며 신앙의 대상으로 삼은 후지코(富士講)가 성행하면서 후지산을 등반하는 사람들이 늘어나자, 후큐 산진(不朽山人)의 《후지산 백경 교카집(富士山百景狂歌集)》, 요류켄 가와마루(葉柳軒河丸)의 《교카 후지찬(狂歌富士贊)》과 같은 가집(歌集)이나, 가모노 스에타카(賀茂季鷹, 1754~1841)의 《후지일기(富士日記)》, 자이유(在融)의 《후지일기(不二日記)》, 와타나베

마사카(渡邊政香, 1776~1840)의《후지기행(富士紀行)》, 마쓰조노 우메히코(松園梅彦)의《후지산 길잡이(富士山道しるべ)》와 같은 후지산 등반기나 등반 안내서 등이 대량으로 발간되었다.

또한 가쓰시카 호쿠사이(葛飾北齋, 1760~1849)의《부악 36경(富嶽三十六景)》이나 우타가와 히로시게(歌川廣重, 1797~1858)의《후지 36경(富士三十六景)》, 우타가와 사다히데(歌川貞秀, 1807~1878)의《후지산절정도(富士山絶頂の圖)》와 같이 후지산을 소재로 한 칼라 판화인 우키요에(浮世繪)도 헤아릴 수 없이 많이 출판되었다. 후지산을 등반한 사람은 추억으로 삼고, 또 오르지 못한 사람은 그 모습을 알기 위해 너도나도 구입했기 때문이다.

그 후 메이지(明治) 시대가 되면서 문부성이 "머리를 구름위로 내밀고(頭を雲の上に出し)"로 시작되는 〈후지산〉이란 창가(唱歌)를 만들어 전국적으로 보급시키고, 지폐에 후지산 문양이 사용158되면서 후지산은 일본의 상징, 혹은 마음의 고향이란 인식이 널리 퍼졌다. 이러한 사실은 현재 남쪽 가고시마현(鹿兒島縣)의 사쓰마후지(薩摩富士)에서 시작하여 북쪽 홋카이도(北海道)의 아칸후지(阿寒富士)에 이르기까지 전국에 걸쳐 ○○후지라 이름 붙인 소(小) 후지산이 300개도 넘게 산재하는 것에서도 확인할 수 있다.

158 후지산 문양이 처음 사용된 것은 1938년에 발행된 50전짜리 지폐이다. 이후 1951년과 1969년에 발행된 옛날 5000엔(圓)짜리 지폐와 2004년 11월에 새로 발행된 1000엔짜리 지폐에도 후지산 문양이 사용되었다.

최근에도 후지산 주변 지방자치단체가 중심이 되어 2월 23일을 '후지산의 날' (2, 2, 3은 일본어로 후, 지, 산이라 읽을 수 있다)로 제정하여 후지산에 대한 국민적 관심을 불러일으키고 있으며, 후지산에 대한 학제적(學際的) 연구를 수행하는 후지학회가 창립되어 후지학(Fujiology)을 학문적으로 정립하려는 움직임도 일고 있다. 근·현대에 걸쳐 후지산을 소재로 한 작품을 발표한 주요 작가로는 고이즈미 야쿠모(小泉八雲,

1850-1904)나 도미야스 후세이(富安風生, 1885~1979), 다자이 오사무(太宰治, 1909-1948), 닛타 지로(新田次郎, 1912~1980) 등이 있다.

2. 사행길에 만나는 후지산

한편 우리에게 후지산은 사행길에 만나는 대상이었다. 물론 근대 이후에도 〈백두산〉이라는 개화기 시조나 친일 혐의를 받고 있는 양명문(楊明文, 1913~1985)의 〈후지산에 부쳐〉와 같이 후지산이 등장하는 작품이 전혀 없는 것은 아니지만, 우리와 후지산의 본격적인 만남은 아무래도 조선시대로 거슬러 올라가야 한다. 그렇지만 시간과 경제적 여유만 있으면 누구나 후지산을 등반할 수 있는 요즈음과 달리, 당시 조선인에게 후지산 등반은 거의 불가능한 일이었다. 해외 도항(渡航)이 금지되어 있었을 뿐 아니라, 공식적으로 일본 여행이 허가된 사절이라 해도 사명(使命)의 중대함 때문에 유람이 어려웠기 때문이다. 따라서 조선 사절에게 후지산은 그저 사행길에 지나치며 관상(觀賞)하는 대상이었다. 그런 점에서 에도 말인 1860년 외국인으로 처음 후지산에 오른 영국 외교관 래더포드 올콕(Ratherford Alcock, 1809~1897)은 행운아였다. 그보다 늦게 일본을 방문한 조선의 김기수(金綺秀, 1832~?)나 박영효(朴泳孝, 1861~1939) 등은 멀리서 후지산을 바라보는 것으로 만족해야 했다.

일본사행록에 후지산에 관한 기록이 처음 등장하는 것은, 1596년 임진왜란의 강화 교섭을 위해 일본을 다녀온 황신(黃愼, 1562~1617)의 《일본왕환일기(日本往還日記)》이다. 그러나 이 때는 목적지가 오사카(大坂)였기 때문에 후지산을 직접 보지는 못했다. 따라서 후지산을 직접 보고 묘사한 기록은, 당시 에도와 교토(京都)를 이어주는 도카이도(東海道)를 지나 에도에서 쇼군(將軍)을 만나고 돌아온 조선통신사의 기록을 기다려야 한다. 에도로 가는 도중에 후지산이 있기 때문이다.

1607년 1차 통신사의 부사 경섬(慶暹, 1562~1620)은 오늘날의 후지시(富士市)에서 후지산을 보고, "부사산(富士山)이 등천(藤川) 북쪽에 위치하여, 일국의 종악(宗嶽)이 되었는데, 형태가 시루 엎어놓은 것 같다. 산 중턱 이상은 눈이 길(丈)이나 쌓여 있어 마치 한겨울 같고, 바라보면 은산 옥봉(銀山玉峯)이 공중에 솟아있는 것 같았다. ·· 산의 높이와 넓이가 모두 400리인데, 준하(駿河)·신농(信濃)·갑비(甲斐)·상야(上野)·이두(伊豆) 등 주의 경계가 그 아래 둘러 있다. 봉우리도 계곡도 초목도 없고, 다만 모서리 없는 한 덩어리의 큰 돌일 뿐이다"[159]라 기록하고 있다. 등천이란 후지강을 말하는데, 1장에서 기술한 후지산에 대한 정보와 대조해 보면 상당히 정확한 것을 알 수 있다. 다만 산의 높이가 400리라 한 것은 지나친 과장이지만, 여기서 오히려 그가 '은산 옥봉이 공중에 솟아있는 것 같았다'고 기술한 것처럼, 후지산의 높이에서 받은 그의 충격을 짐작할 수 있다.

159 경섬, 《해사록》, 《국역해행총재》 II, 민족문화문고간행회, 1986년, 291쪽. 이하 특별한 언급 없이 인용한 통신사 관련 기록이나 한시는 모두 이 《국역해행총재》를 따랐으며, 그럴 경우 일일이 주를 붙이지 않았다.

그렇지만 그럼에도 불구하고 그에게 후지산은 단지 '모서리 없는 한 덩어리의 큰 돌일 뿐'이었다. 즉 그 높이 때문에 초여름에도 머리에 눈을 이고 있어 신기하기는 하지만, 산 이상의 그 무엇은 아니었던 것이다. 다시 말해 그에게 후지산은 그냥 하나의 자연경관에 불과했던 것이다. 후지산에 대한 이러한 인식은 1624년 3차 통신사의 경우도 마찬가지였다. 3차 통신사의 부사 강홍중(姜弘重, 1577~1642)은 구름을 뚫고 우뚝 솟아 있는 후지산과 산정을 뒤덮고 있는 눈을 보고 천하장관이라 감탄했지만, 후지산을 그냥 자연 경관의 하나로 바라보는 점에서는 경섬과 마찬가지였다. 즉 이때까지의 조선통신사에게 있어 후지산은 단순한 하나의 산, 자연 경관에 불과한 것이었다.

그리고 이때까지는 이처럼 후지산에 대한 간략한 묘사만 존재할 뿐 문학적 감흥을 읊은 작품은 존재하지 않는다. 후지산에 대한 문학적 감흥을 읊은 시가 등장하는 것은 1636년 4차 통신사의 사행록부터이다. 그리고 이와 함께 후지산을 바라보는 통신사의 시각도 변화하게 된다.

4차 통신사의 부사 김세렴(金世濂, 1593~1646)은 특히 시에 뛰어나 사행 중에 많은 시를 남겼는데, 그 중에 〈후지산(富士山)〉이라는 7언 율시 8수가 있다.

> ……
>
> 신선이 사나보다 삼신산이 가직하고
> 기색은 높타라 오악에 다다랐네.
> 여기서 천도는 바로 곧 지척이건만
> 몇 사람이 올라보고 긴 노래를 불렀을꼬.
> ……
> 예서 가면 신선님넬 뉘가 다시 알아볼꼬
> 근래에는 은궐을 거듭 노닐 일이 없다네.
> 옷 걷고 천문 기대 휘파람을 부노라니
> 머리 세는 인간 세상 머물 곳이 못되는걸.
> ……

'삼신산이 가직하고' 라 하여 조선을 삼신산이 있는 선계로 인식하고, '예서 가면 신선님넬 뉘가 다시 알아볼꼬' 라며 자기를 신선에 빗대고 있다. 그렇지만 다른 한편으로 '신선' 이라든가 '선도,' 신선이 산다는 '은궐' 이란 말과 '머리 세는 인간 세상' 을 대비시켜 후지산도 선계로 인식하고 있다. 조선과 후지산을 모두 선계로 인식하고 있는 것이다. 다

눈 덮인 후지산 출처_http://blog.empas.com/selooez/

시 말해 그전까지는 단지 자연경관에 불과하던 후지산이 선계로 바뀐 것
이다. 전임 통신사가 본 후지산이나 김세렴이 본 후지산이 모두 똑같은
모습이었겠지만, 그 똑같은 산이 여기서 선계로 바뀐 것이다.

   이러한 인식 변화는 아마도 신선도(神仙圖)가 유행하던 당시 조선
의 분위기와 관련이 있을 것이다. 우리나라에서 신선이 등장하는 것은
고구려 고분 벽화부터지만, 독립된 화목으로 대두된 것은 고려 시대부터
이고 본격적인 성행은 조선 시대 중기인 17세기에 이르러서였다. 조선
시대 중기에는 김명국(金明國)을 비롯하여 절파풍(浙派風)을 구사한 화
가들이 신선도를 주로 그렸는데,[160] 김명국은 바로   **160** 《한국민족문화대백과사전》 13,
이 4차 통신사의 수행화원이기도 했다. 그의 그림   한국정신문화연구원, 1997, 838쪽.
은 일본에서 매우 인기가 있어 5차 통신사에도 화원으로 수행했는데, 그
림을 원하는 일본인들의 요청에 응하는 것이 힘들어 거의 울 정도가 되
었다고 한다.

   후지산을 선계로 인식하는 통신사들의 이러한 후지산관은 그 후로

이성린의 후지산그림
이성린(李聖麟, 1718~1777)의 《사로승구도(楂路勝區圖)》 중
후지시 요시와라에서 바라본 후지산 그림(1748년).

도 계속 이어진다. 예를 들어 1719년 9차 통신사의 제술관이었던 신유한은 〈부사산부(富士山賦)〉에서 "저 높고 높아 신령스럽게 빼어난 것은 그것이 원교산

인 줄 알 수 있네. / 이 산의 동방 한 구석에 외로이 서서 부상에 뜨는 빛난 해를 쪼이누나"라 노래하고 있는데, 원교(圓嶠)란 신선들이 산다는 다섯 산의 하나이므로 그가 후지산을 선계로 인식하고 있었음을 알 수 있다. 그러면서 한편으로 "산의 형상을 가지고 볼 때에는 부사산은 원교라 불러야 하겠고, 상근산은 방호라고 부름이 합당하겠다. 이것은 조물주가 비밀히 아껴서 구주의 밖에 두어서 중화의 높은 선비로 하여금 생각해도 보지 못하게 하고, 또 왜속으로 하여금 보고도 그 이름을 알지 못하게 하였으니, 동일하게 불우한 것"이라며, 후지산이 선계임을 알아본 자신의 안목에 자부심을 나타내기도 했다[161].

그러다가 18세기 후반으로 접어들면서 후지산을 바라보는 조선 사절의 눈이 다시 한 번 바뀌게 된다. 이러한 변화는 아마 당시 조선을 지배하고 있던 실학적 분위기와도 관련이 있을 것이다. 실제로 1764년 11차 통신사의 정사 조엄(趙曮, 1719~1777)은 일본에서 감자 종자를 가져와 재배시켰을 뿐만 아니라, 일본의 수차와 물방아를 그려와 실생활에 이용하도록 한 실학적 사고를 가진 사람이었다. 그의 〈부사산〉 시를 보기로 하자.

[161] 한편 17세기 중반에 접어들면서 이러한 후지산관에 반발하는 움직임도 일어났다. 조선 사절의 칭찬에 일본 문인들이 우쭐해하자, 조선 사절들이 '금강산 우월론'을 들고 나왔던 것이다. 후지산을 보고 금강산을 떠올린 것은 1643년 5차 통신사의 조경(趙絅, 1586~1669)이었지만, 본격적인 '금강산 대 후지산 우열 논쟁'을 촉발시킨 것은 1655년 6차 통신사의 종사관 남용익(南龍翼, 1628~1692)이었다. 당시 28살의 혈기왕성한 그는 후지산을 폄하하는 내용의 시를 지어 일본 문인들의 반발을 불러 일으켰는데, 이에 대해서는 이혜순이 《조선 통신사의 문학》(이화여자대학교 출판부, 1996년, 260~280쪽)에서 자세히 다루었으므로 여기서는 생략한다.

일본 **나라** 산이라면 부사산이 조종(祖宗)이라

용(龍)의 기세 웅장하여 육십육 주 감았다오.

원·평의 세상부터 이 산 바로 진산(鎭山)이라

천지의 남쪽 북쪽 봉강(封疆)의 한계로세.

오월이라 상상봉엔 눈무더기 쌓여 있고

일지의 동해에 부용이 솟았구려.

인천(仁天)은 되땅이라서 버리지를 아니하고

대택 심산 버려 주어 **만**물을 용납하네.

'원·평' 이란 헤이안 말기에 천하의 권력을 놓고 다투던 겐지(源氏) 가문과 헤이시(平氏) 가문을 가리키는데, 후지산에서 선계의 이미지가 사라졌음을 알 수 있다. 후지산은 단지 5월에도 정상에 눈이 쌓여있는, 일본의 중심을 이루는 산에 불과할 뿐이다. 뿐만 아니라 〈삼도(三島)를 지나면서〉란 시에서는 "예전부터 삼도에는 신선이 산다 일렀는데 / 오늘 내가 와서 보니 부질없는 예찬이로세. // 상택에 구름 없어 용은 바다로 옮기고 / 부사산이 눈에 묻혀 학은 허공을 타누나."라며 후지산을 선계라 평했던 전임 통신사들의 칭찬이 모두 부질없는 것이라고 했다. 전임 사절이 후지산에 선계의 이미지를 부여하는데, 일조했던 산정의 눈도 그에게는 단지 학이 후지산을 떠나게 만드는 방해물일 뿐이다. 그에게는 이제 후지산이 더 이상 선계가 아니었던 것이다.

사실 그는 삼신산이란 이야기를 믿지 않는 사람이었다. 그는 눈 덮인 후지산 봉우리를 처음 보고, "세상에 전하기를, '부사산 · 열전산 · 웅야산 등 세 산을 봉래산 · 방장산 · 영주산이라.' 고 한다는데, …그러나 삼신산이란 말은 본디가 황당한 데 가깝다. 그런데 또 다 일본 땅에 있다는 것은 어떻게 믿겠느냐? … 우리나라는 이미 인삼이 생산되는 고

장이므로 제주의 한라산과 고성의 금강산과 남원의 지리산을 세상에서
삼신산이라고 칭하는데, 이 말 역시 꼭 믿을 수는 없다"고 했다. 즉, 삼신
산이 일본에 있다는 말도 믿을 수 없지만, 그것이 조선에 있다는 것도 또
한 믿을 수 없다는 것이다. 일본만이 아니고 조선이 선계라는 것도 부정
한 셈인데, 이처럼 삼신산을 인정하지 않으니 후지산을 선계로 인식하지
않는 것은 어쩌면 당연한 일일 것이다. 따라서 그에게 후지산은 그저 하
나의 높은 산에 지나지 않았던 것이다. 단순한 자연 경관에서 선계로 바
뀐 후지산이 그에 이르러 다시 자연 경관으로 되돌아온 것이다.

3. 바라보는 것이 더 좋은 산 - 후지산 등정기

아침 5시 30분. 후지산 북쪽 5부 능선에 있는 가와구치호(河口湖)
등산로 입구에 도착했다. 후지산의 주된 등산로는 남쪽의 후지노미야(富
士宮)와 동남쪽의 고텐바(御殿場), 동쪽의 스바시리(須走) 등 3곳이 더
있는데, 이 중에서 등산객이 가장 많이 몰리는 곳이 가와구치호 등산로
이다. 산정까지의 거리가 비교적 가깝고, 등산로가 북쪽에 위치하고 있
어 도쿄에서 접근이 용이하기 때문이다. 관광 버스를 이용한 단체 등반
도 거의 대부분 이 코스를 택한다고 한다.

이 등산로는 6부 능선에서 요시다(吉田) 등산로와 합류하기 때문
에 요시다 등산로라 부르기도 한다. 사실 1964년 후지 스바루라인이 개
통되면서 5부 능선까지 자동차로 올라올 수 있게 되어 가와구치호 등산
로가 번창하게 전에는 요시다 등산로가 후지산을 오르는 가장 붐비는 길
이었다. 후지코 신자들이 주로 이용하는 코스였기 때문이다. 1860년 발
간된 후지산 가이드북인《후지산 길잡이》에도 에도의 니혼바시(日本橋)
에서 이 등산로를 따라 산정에 이르는 길이 소개되어 있다.

에도시대 후지코 신자들은 산 밑에 있는 북구 본궁 후지센겐대사(北口本宮富士淺間大社)에서 참배한 후에 등반을 시작했는데, 보통 3부 능선 근처에서 점심을 먹고 6-8부 능선에 있는 석실에서 잠을 잔 다음, 이튿날 아침 성지인 분화구에 참배하고 동쪽의 스바시리 등산로로 하산했다고 한다. 센겐신사에서 출발해 성지인 분화구에서 끝나는 신앙과 순례의 등반이었던 것이다. 그런데 5부 능선까지 차를 타고 오를 수 있게 되면서, 후지산 등반의 시발점이었던 센겐신사에서 5부 능선까지의 등산로가 쇠퇴했다.

때문에 가와구치호 등산로를 이용한 현대의 후지산 등반은 5부 능선에 있는 고미타케(小御岳) 신사에서 시작된다. 937년 창건되었다는 이 신사는 후지산의 전신인 고미타케 화산의 정상에 위치하고 있는데, 매년 7월 1일 열리는 후지산 개산제(開山祭)를 주관하고 있다. 경내를 둘러보고 나오자, 정말 운해(雲海)라는 말처럼 발아래 구름이 바다처럼 펼쳐져 있다. 표고 2350m라니 당연한 일이겠지만 마치 구름 위에 떠있는 것 같다. 완만한 내리막길을 지난 다음 오르막길을 30분정도 지나자 요시다 등산로와 합류하는 지점이 나오고, 후지산 안전지도센터 직원이 등반시 주의 사항이 적혀 있는 팜플렛을 나눠 준다. 6부 능선이다. 이후 지그재그로 된 사력(砂礫)길이 7부 능선까지 1시간 정도 계속되는데 정비가 잘 되어 있어 힘들지는 않다. 단 여기서부터는 고산병에 걸릴 염려가 있으므로 가능한 한 천천히 걸어 몸을 높이에 적응시켜야 한단다.

7부 능선부터는 바위로 된 길이 시작되었는데, 손으로 바위를 잡고 올라야 하는 곳도 있어 힘들었다. 도중에 잠시 쉰 후 30분 정도 더 오르자 태자관(太子館)이라는 산장이 보였다. 성덕(聖德)태자가 백마를 타고 후지산을 날아올랐다는 전설에서 이름을 따왔다고 하는데, 여기가 8부 능선으로 표고 3000m가 넘는다. 멀리 산정이 보인다. 여기서부터는 남쪽의 후지노미야 등산로 정상에 있는 후지산 본궁 센겐대사(富士山本宮淺間大社) 오궁(奧宮)의 경내이다.

후지노미야시에 있는 후지산 본궁 센겐대사는 1300여 개에 달하는 전국 센겐신사의 총본사로, 고노하나사쿠야히메노 미코토(木花笑耶媛命)란 여신을 주신(主神)으로 모시고 있다. 원래는 후지산을 신격화한 센겐신(淺間神)을 모셨는데, 이 센겐신이 나중에 부처나 보살이 일본인을 구제하기 위해 일본의 신이 되어 나타난다는 본지수적설(本地垂迹說)에 의해 일본신화에 나오는 이 여신으로 바뀐 것이다. 남편으로부터 태아의 아버지를 의심받자 자신의 결백을 증명하기 위해, 만약 이 아이가 당신의 자식이라면 무사히 태어날 것이라며 산실(産室)에 불을 지른 다음 타오르는 불길 속에서 아이를 낳았다는 불같은 성정을 지닌 신으로, 이 불과 관련된 신화에서 후지산의 분화가 연상되어 센겐신을 대신하게 되었을 것이다.

길은 어느새 다시 사력길로 바뀌고 원조실(元祖室)이라는 산장이 보였다. 이 산장은 가지기도(加持祈禱)를 비판하고 실천 윤리를 중시하는 미로쿠파(身祿派)를 창시하여 후지코의 중흥을 이룩한 지키교 미로쿠(食行身祿, 1671-1733)를 받드는 에보시이와(烏帽子岩)신사와 인접하고 있어, 지금도 후지코 신자들이 자주 이용하는 산장이다. 그는 미륵(彌勒)세상의 도래를 염원하여 이름도 미로쿠(미륵의 일본어 발음이 '미로쿠')로 바꾸었는데, 1733년 세상을 구원하기 위해 에보시이와의 바위굴에서 단식행에 돌입하여 7월 13일 입적했다. 그런데 이러한 사실이 당시의 신문인 가와라방(瓦板)을 통해 알려지자 그를 따르는 신자들이 급격히 증가했다고 한다.

여기서 30분 정도 올라가자 스바시리 등산로와 합류하는 지점이 나타나고, 다시 30분 정도 더 오르자 급경사를 이룬 길이 나타났는데, 올라가기가 몹시 힘들었다. 후지산을 한 번도 안 올라가도 바보지만 두 번 올라가도 바보라는 말이 있는데, 정말이지 이 길을 오르는 사람들의 심정을 너무나 잘 나타낸 말 같다. 지친 몸을 추슬러 산정에 도착하니 11시 45분. 보통 6시간 5분 걸린다고 하는데, 5시 30분에 출발했으니 6시간 15분 걸린 셈이다.

산정에 있는 구스시(久須志) 신사를 한 바퀴 둘러본 다음, 가장 가까이 있는 야마구치야(山口屋) 분점에서 점심을 먹었다. 메뉴는 소고기덮밥. 잠시 쉰 후에 산장을 나오자 맞은편에 일본 최고봉인 겐가미네가 보이고, 그 밑의 화구쪽으로 호랑이바위(虎岩)라 불리는 바위가 튀어나와 있다. 9세기경에 후지산을 등정한 미야코노 요시카도 《후지산기》에서 이 바위를 웅크린 호랑이 같다고 묘사하고 있는데, 호랑이가 없던 당시 일본에서 어떻게 호랑이를 알고 있었는지 궁금하다.

이윽고 분화구를 끼고 겐가미네를 향해 발걸음을 옮겼다. 겐가미네를 비롯해 화구 주위에 솟아있는 8개의 봉우리를 한 바퀴 도는 걸 오하치메구리(お鉢めぐり)라 하는데, 원래 8개의 봉우리를 극락정토를 나타내는 8잎의 연꽃에 비유하여 극락왕생을 기원하는 의미를 지니고 있었다. 얼마 지나지 않아 금명수(金明水)라 쓰인 비석이 눈에 띄었다. 눈 녹은 물이 바위틈에서 솟아나와 샘을 이룬 것으로, 신앙 등산이 왕성했던 시대에는 매우 신성시되었다 한다. 이어 겐가미네에 오르자 일본 최고 지점이라 쓰인 비(碑)와 후지산 측후소가 보였다. 주위를 둘러보니 일본 제2위 봉우리라는 북악(北岳, 3192미터)이 솟아있는 남알프스가 눈 밑으로 보였다. 장쾌하다고 할까. 가슴이 탁 트이는 느낌이다.

발길을 서둘러 후지노미야 등산로 정상에 있는 후지산 본궁 센겐 대사 오궁으로 향했다. 그러고 보니 이 좁은 산정에 신사가 2개나 있고, 산 곳곳에 신앙과 관련된 사적이 널려 있다. 일본의 대표적 산악 신앙의 하나인 슈겐도(修驗道)도 7세기 후반 엔노 오즈누(役小角, ?~?)가 후지산에서 수행하면서 시작되었고, 후지코도 하세가와 가쿠교(長谷川角行, 1541~1646)가 후지산 서쪽 산록의 동굴에서 80년간 수행한 후 창시되었다고 한다. 뿐만 아니라 얼마 전에 일본을 떠들썩하게 만든 옴진리교의 '후지 새티암(satyam)'이나 백광진굉회(白光眞宏會) 본부, 생장의 집(生長の家), 후지도장(富士道場) 등의 종교 시설이 지금도 후지산록에 즐비하게 들어서 있는 것을 보면, 후지산은 말 그대로 일본인의 성지란 생각이 든다.

오후 2시. 하산해야 할 시간이다. 《후지산 길잡이》에 따르면 에도시대에는 북(남)쪽 등산로로 올라와 남(북)쪽 등산로로 내려가는 걸 후지산을 자르는 행위로 여겨 금지했다고 하지만, 후지시 요시와라(吉原)에서 후지산을 바라보기 위해서는 후지노미야 등산로로 하산해야 했다. 피곤하지만 서둘러 후지노미야 신5부 능선의 등산로 입구에 내려오니 4시 30분. 요시와라로 향했다. 요시와라는 에도시대 도카이도의 13번째 역참(驛站)으로 번창했던 곳으로, 근처에 있는 다고노우라(田子の浦)와 함께 예로부터 후지산을 관람하는 장소로 이름난 곳이었다. 앞에 소개한 이성린의 그림도 바로 이 요시와라에서 그린 것이고, 후지시에서 바라본 사진도 이 부근에서 촬영한 것이다.

요시와라에 도착하여 후지산을 바라보니, 좌우로 대칭을 이룬 원추형 산을 널따란 산록이 받쳐주고 있어 매우 안정된 느낌을 주고 있다. 다자이 오사무(太宰治, 1909~1948)는 후지산이 산자락 넓이에 비해 높이가 낮기 때문에 적어도 지금보다 1.5배 정도는 더 높아야 산자락에 어울린다고 했지만[162], 그랬다면 나는 오히려 불안감이나 위태로움을 느꼈을 것이다. 후지산은 역시 지금 이대로가 좋다. 그리고 야마베노 아카히토가 다고노우라에서 후지산을 바

[162] 太宰治, 〈富嶽百景〉, 《走れメロス・新樹の言葉》, 旺文社, 1978년, 31-32쪽.

라보며 그 아름다움을 노래한 것처럼, 후지산은 바라보는 것이 더 좋은 산이다. 푸르른 나무와 계곡이 있고 사람을 품어주는 느낌이 드는 한국의 산에 익숙한 이 이방인에게는 더욱 그렇다.

통신사의 숨결이 깃든 국경의 섬
쓰시마

한태문

1. 쓰시마의 자연 지리

독도 영유권을 주장하는 일본인들의 망언이 터질 때마다 우리들이 항상 거론하는 일본 지역이 있다. 바로 쓰시마(對馬島)이다. 쓰시마는 큰 섬 2개와 109개의 작은 섬으로 이루어진 일본 규슈(九州) 최북단에 위치(북위 34°, 동경 129°)한 나가사키현(長崎縣)에 소속된 '국경의 섬'이다. 인구는 약 4만 3000명이며, 그 길이는 동서 약 18킬로미터, 남북 약 82킬로미터이고, 면적은 울릉도의 10배에 해당하는 709평방킬로미터이다. 쓰시마는 일본에서는 니이가타현(新潟縣)의 사도가시마(佐渡島), 가고시마현(鹿兒島縣)의 아마미오오시마(奄美大島)에 이어 세 번째로 큰 섬이다.

쓰시마는 일찍부터 견수사(遣隋使) · 견당사(遣唐使) · 견신라사(遣新羅使) 등 일본의 외교 사절이 외국과 왕래하던 경유 지점이었고, 1245년 코레무네 시게히사(惟宗重尙)가 쓰시마의 호족 아비루(阿比留)를 제압하고 입국한 이래 한국과 일본의 사이에 끼어 무역과 외교의 중개역을 자임하기도 했다. 1869년 이즈하라항(嚴原藩)이 된 이후 1871년 폐번치현(廢藩置縣) 정책에 의해 이즈하라현이 되었다가 이듬해에 나가사키현(長崎縣)에 소속되었다. 1956년에 2군(郡) 6정(町)이 성립되었고, 2004년 3월 1일에 다시 6정이 합병하여 현재의 '쓰시마시'로 탄생되었다.

기후는 연평균 15.1℃로 비교적 온화하나 복잡한 리아스식 해안에다 87%가 산림으로 경지가 2~3%에 불과한 까닭에 자급자족이 힘든 생활 여건을 지니고 있다. 그래서 어업과 진주 · 방어 · 도미 · 파래 등의 수산 양식이 주요 산업으로 취업 인구의 약 30%가 여기에 종사한다. 최근에는 1999년 한국의 정기 관광선이 취항하면서 낚시와 한국 관련 유적을 바탕으로 한 관광 산업도 쓰시마 지역 경제에 한 몫을 하고 있다.

특산품으로는 하천에서 채취한 돌의 모양을 그대로 살려 만든 사쓰나(佐須)의 '와까타(若田) 벼루'를 비롯하여, 쓰시마의 상징인 산(山) 고양이, 도기, 오징어, 표고버섯 등이 있다. 특히 얇은 카스테라풍의 빵 속에 팥소를 넣어 둥글게 말은 '카스마키'는 약 350년 전 당시의 한슈(藩主)가 참근교대(參勤交代)를 마치고 귀국할 때에 그 기쁨을 집안사람 모두와 함께 나누기 위해 만든 것으로, 싱싱한 전복과 함께 쓰시마를 찾는 관광객들에게 가장 인기가 높다.

2. 쓰시마와 한반도

우리 역사서에서 쓰시마에 대한 최초의 기록은 《삼국사기》에 나타난다. 왜인이 침범하자 신라 18대 실성이사금(實聖尼師今)이 정벌계획을 세웠다가 신하의 간언(諫言)을 듣고 포기하였다. 이 기록을 참고해 보면 쓰시마는 일본의 대륙 침략 전진 기지 역할을 한 듯이 보인다. 하지만 《증보문헌비고》에는 "쓰시마가 왜인의 땅이었다면 그 곳에 병영을 설치

한 것을 구태여 신라의 역사에 기록하지 않았을 것" 163
이라는 의문이 제기되고 있다. 이는 쓰시마가 적어도
신라의 지배를 받았거나 최소한 영향권 안에 있었음을

163 《증보문헌비고》권32, 輿地
考二十, 關防八, 慶尙道, 東萊.
164 이병선, 〈對馬島의 新羅邑
落國〉, 《日本學志》10집, 계명대
일본문화연구소, 1990.

보여 준다. 강성한 신라의 읍락(邑落) 국가가 8세기까지 쓰시마를 지배했
고, 쓰시마가 완전히 일본 영유가 된 것은 8세기 이후라는 이병선의 주장
과164, 12세기 말 일본 천태종의 승려인 켄신(顯眞)이 "쓰시마는 원래 고
려국의 목(牧)으로……쥬아이(仲哀) 천황이 토유라노미야(豊浦宮)에서
쓰시마를 거쳐 신라를 정벌함으로써 마침내 이 섬을 얻었다"고 한 《산가
요략기(山家要略記)》의 기록은 이를 뒷받침하고 있다.

8세기 말 통일 신라와 일본의 국교 단절로 소원해진 쓰시마와 한반
도의 관계는 고려 문종 3년(1049) 11월 쓰시마인들이 고려 표류민 20명
을 송환한 것을 기점으로, 이른바 표류민 송환과 진봉선(進奉船) 무역의
형태로 재개된다. 그러나 이마저도 사무역선(私貿易船)의 무질서한 내왕
과 고려와 몽고 연합군의 일본 침공을 계기로 중단된다. 하지만 고려 공
민왕 17년(1368)에 쓰시마가 토산물을 바치고, 고려 조정이 쓰시마 만호
에게 쌀 1000석을 하사함으로써 다시 교류의 명맥이 이어지게 되었다.

고려 우왕(禑王) 1년(1375) 2월, 일본과의 관계에 있어 가장 큰 외
교 문제로 등장한 왜구의 금압(禁壓)에 대한 확약을 얻고자 나흥유(羅興
儒)를 '통신사'라는 이름으로 파견한 것 문헌상에 드러나는 대일 통신사
의 시초이다. 왜구는 보통 13~16세기에 우리나라와 중국 연안에서 도적
행각을 벌이던 일본인 해적 집단을 한정하여 일컫는다. 당시 북쪽의 대
륙 세력이 국경을 위협하고 있는 처지에서 남쪽으로부터의 왜구 침입은
국력의 분산이라는 측면에서 국가 안위에 중대한 영향을 미쳤다. 그 결
과 공양왕 2년(1389)에는 박위가, 조선 세종 원년(1419)에는 이종무가 쓰
시마를 정벌하기도 했다. 1420년에는 강화 교섭을 계기로 쓰시마가 조선

의 속주(屬州)가 될 것을 자청함에 따라 조선 조정은 쓰시마를 경상도의 속주로 편입시킨다. 그 후 조선은 쓰시마에게 대 조선에 대한 무역의 경제적 특혜를 주는 대신 조선의 울타리로서 왜구를 진압하고 통교자를 통제하는 역할을 맡김으로써 남쪽 변경의 평화를 보장받게 되었다. 그러나 초기의 통신사 파견은 통신사(通信使)·회례사(回禮使)·보빙사(報聘使)·수신사(修信使) 등의 다양한 명칭에서 알 수 있듯이 정례적인 것이 아니었다. 그나마 이러한 교린 체제마저 사행원의 안전 보장 미흡과 남쪽 변경 안전이라는 외교 목적 달성 등을 이유로 1479년 사행을 마지막으로 중단되고 만다.

특히, 임진왜란(壬辰倭亂)은 조선과의 통교 무역을 통해 생활을 영위해 온 쓰시마로 하여금 조선에 대한 신의를 저버리게 한 중대사였다. 교역 중단의 폐해는 쓰시마가 전쟁 참여를 통해 입게 된 인원·물자·영토상의 손해를 훨씬 능가했다. 따라서 쓰시마는 수단과 방법을 가리지 않고 통교 재개를 위한 노력을 기울여야 했다. 때마침 외교 관계를 회복해야만 하는 양국의 현실적 필요성을 감지한 쓰시마는 양국의 중간 지점에 위치한 지리적, 정치적 입장을 적극 활용하기 시작한다. 곧 쓰시마는 강화 교섭을 위한 사절단만 무려 21회나 보내고, 도쿠가와 이에야쓰(德川家康)의 국서(國書)와 임란 때 성종과 중종의 무덤을 파헤친 왜적을 찾아 보내 주어야 한다는 조선의 강화 조건에 대해, 잡범 2명을 압송하고 외교 의례상 전대미문의 국서 개작까지 감행한다. 마침내 1607년 제1차 통신사가 방일함으로써 조일(朝日) 선린 외교를 부활시킬 수 있었다.

이로써 쓰시마는 이른바 역지통신(易地通信)이 이루어진 신미사행(1811)에 이르기까지 일본 막부와 조선 조정 양측의 대변자이자, 외교 창구 역할을 떠맡아 통교 무역의 권한까지 강화시킬 수 있었다. 특히, 통신사는 조일(朝日) 양속(兩屬)관계를 일관되게 유지해 온 쓰시마의 일본내

쓰시마의 '조선통신사 행렬'

정치적 입지의 강화와 경제적 이득 성취에 막대한 기여를 하였다. 그 결과 오늘날 쓰시마는 한반도의 영향을 애써 축소 · 부정하려는 일본의 다른 지역과는 달리, 한국과의 밀접한 영향 관계를 오히려 부각시키는 곳으로 자리잡게 된 것이다.

3. 통신사의 쓰시마 인식과 아메노모리 호슈

통신사는 표면적으로는 조선의 왕이 조선 왕조의 대일(對日) 기본 정책인 '선린(善隣)'의 실현을 위해 일본의 막부(幕府) 장군에게 파견한 외교 사절이다. 하지만 그 이면에는 당대를 대표하는 문장가인 세 사신(정사 · 부사 · 종사관)은 물론이고, 수행원들조차 당대 조선의 대표적 예능인들로 구성된 문화사절단이었다. 특히 그 중 유교적 문치주의(文治主義)에 젖은 사행원들은 일본에 대한 문화시혜자(文化施惠者)로서의 자부심을 바탕으로 일본인들과 문학 교류에 힘쓰는 한편, 자신의 사행 체험을 국내에 전하려는 보고 의식을 강하게 지니게 되었다. 그 결과 신유한(申維翰)의《해유록(海游錄)》을 비롯한 다양한 사행록이 산출되었는데, 그 사행록 속에는 일본 본토 입성을 앞두고 가장 오래 머물렀던 쓰시마에 대한 견문도 상당수 발견된다.

쓰시마에 대한 통신사의 인식은 크게 두 갈래로 나뉜다. 하나는 쓰시마를 신라 이래 우리 영토이거나, 조선의 동쪽 울타리로 인식하는 것이다. 계미사행(1643)에 부사(副使)로 참여한 조경(趙絅)이 "옛날 우리 계림국 전성시에는 / 쓰시마가 우리 영토라 동쪽에 근심이 없더니 / 어느 해에 이탈하여 도리어 오랑캐 손에 들어가 / 우뚝이 동해 어귀에서 요지가 되었는가"(〈望馬州〉,《동사록》)하고 애석해하고, 병자사행(1636)에 부사로 참여한 김세렴(金世濂) 역시 "쓰시마는 본래 우리의 바깥 울타리 / 부산과는 이웃처럼 대어 있도다"(〈附從事次韻〉,《사상록》)라고 읊고 있다.

또한 쓰시마가 영토적으로 일본에 속하면서도 정치 · 외교적으로나 경제적으로는 조선에 종속되어 있는 양속 관계를 이용하여 '중간에서 농간을 부리고 이익을 탐하는 집단'으로 인식하기도 한다. 을미사행(1655)의 종사관(從事官) 남용익(南龍翼)이 "일찍이 우리나라에 조공을 바치더니 / 도리어 일본에 붙어 사나운 고래로 변하였네 / 달콤한 말로 붙었다 배반했다 아침 저녁 변하고 / 이욕만 채우는 것은 깊이를 알 수 없는 계곡과 같네"(〈到馬州記土風兼述客懷錄七言排律五十韻要和〉,《부상록》)라고 읊은 것에서 그러한 시각을 엿볼 수 있다.

사행원들은 대체로 사행 내내 통신사와 밀접한 관계를 유지했던 쓰시마 한슈와 그 신하들에게 깊은 관심을 보인다. 쓰시마 한슈에 대한 평가는 "나라에 몸을 바친 일편단심 / 문장 또한 당대의 호걸"(김세렴,〈留別島主〉,《사상록》)이라는 증시(贈詩)의 내용과는 달리 한결같이 '가

녑다 · 교활하다 · 용렬하다 · 천박하다'고 평가 절하한다. 이처럼 부정적으로 각인된 한슈와는 달리 그의 신하 가운데 특히 아메노모리 호슈(雨森芳洲, 1668~1755)에 대한 평가는 매우 긍정적이다.

아메노모리 호슈는 에도 시대 시문(詩文)의 개척자로 칭송받는 기노시다 준안(木下順庵)의 제자로 와까(和歌) 1만 수를 남긴 학문과 문장에 뛰어났던 인물이다. 기해사행(1719)의 제술관 신유한은 그가 중국어에 능통하고 시문을 할 줄 아는 일본 제일의 문사임을 인지하고 있었다. 하지만 첫 인상에 대해서는 "그 형상을 보니 얼굴이 푸르고 말이 무거우며 마음 속을 드러내지 아니하여 자못 문사의 소탈한 기상이 없었다"고 평할 정도로 그리 호의적이지 않았다. 그런데 사행을 함께 하면서 호오슈 자신이 토요토미 히데요시(豊臣秀吉)로 인해 멸족(滅族)의 화를 입은 피해자인데다, 그를 '승냥이와 살모사의 성품이 인간의 액운에 응하여 태어난 자'로 비난할 뿐만 아니라, 시문창화(詩文唱和)를 비롯해 해박한 지식을 소유하고 있음을 알고 마침내 그의 가치를 인정하기에 이른다. 이후 무진사행(1748)의 종사관 조명채(曺命采)가 그를 '족히 섬 오랑캐 중의 위인'으로 칭찬하고, 계미사행(1763)의 정사(正使) 조엄(趙曮) 역시 '그로부터 쓰시마가 비로소 문풍(文風)을 숭상하게 되었다'고 평가하는 등 호오슈에 대한 관심은 사행록 전반에 지속적으로 이어지고 있다.

4. 사행록에 그려진 쓰시마의 풍경

쓰시마의 풍속 가운데 통신사가 특히 흥미를 가졌던 것은 의식주와 통과 의례였다. 의식주에 대한 통신사의 감상 중 가장 부정적으로 평가된 것은 의복 제도였다. 그것은 대인관계에서 가장 먼저 눈에 띄는 쓰시마인의 의복이 치마 · 바지 · 베잠방이 · 버선 등을 착용하지 않고, 단지 여자옷의 특징이 남자보다 허리에 매는 띠가 넓고 크다는 정도에 그쳤기 때문이다. 이는 남녀의 분별을 중시하는 조선 선비가 받아들이기 힘든 것으로, 계미사행(1763)의 김인겸(金仁謙)이 "의복을 보와ᄒᆞ니 무업슨두루막이 / 한동단 막은ᄉᆞᆻ매'남녀업시 한가지요 / 넙고큰 졉은ᄱᅴ를 느죽히 둘러ᄭᅴ고 / 일용범빅 온갖거슨 가삼속의 다품엇다"(〈일동장유가〉)고 그 구별 없음을 지적하고 있는 데서 확인할 수 있다.

반면 식생활과 주거 문화에 대해선 비교적 긍정적인 시선을 보인다. 검소하고 음식을 절제하는 데다 식사 후 '과일-술-차'로 이어지는 음식문화는 신유한에 의해 "그들 풍속의 매일 행하는 떳떳한 예절로 이와 같은 것이 없다"고 극찬받기에 이른다. 게다가 주거생활에 대한 관심은 지대하여 그 청결함과 옮겨 놓더라도 꼭 들어맞는 척도(尺度)의 정밀함에 대해선 가히 경외감을 표출하기까지 한다.

쓰시마인의 통과 의례에 대한 통신사의 시선은 예치(禮治)의 방법인 관혼상제(冠婚喪祭)의 시행 여부에만 몰려 대체로 부정적이다. 곧 결혼한 여자가 철즙(鐵汁)을 입에 머금어 남편에게 두 가지 마음이 없음을 맹세한 '이빨 물들이기(漆齒)'는 통신사에겐 문신(文身)과 흑치(黑齒)의 습속을 지닌 중국 남방 오랑캐와 같은 추잡한 습속으로 인식된다. 게다가 사촌끼리 결혼하고, 형이 죽으면 형수를 아내로 맞는 일본의 혼속(婚俗)은 오랑캐 풍속에 가까운 것임을 확인하게 되는 결정적 계기가 된다. 소탈한 성격의 김인겸조차 "제형이 죽은후의 형수를 겨집삼아 / 두리고 살게되면 착다ᄒᆞ고 기리되는 / 제아운 길너짜고 뎨슈는 못ᄒᆞ다니 / 네법이 바히업서 금슈와 일반일다"라고 비웃거나 "얼굴은 비록 사람이나 그 행동은 개돼지와 같다"는 등 극도의 불쾌감을 보인다. 또한 상례(喪禮)의 경우 관곽(棺槨)의 미사용ㆍ화장(火葬)ㆍ사찰에서의 매장 등을 이유로, 제례(祭禮)에 대하여는 혹세무민의 이단인 불교와 결부되어 있다는 점에서 지극히 부정적인 시각을 보인다.

이밖에도 우리 사행원들은 남창(男娼)을 즐기는 음란할 정도의 자유분방한 성풍속과 천연의 바탕 그대로를 즐기기보다 인위적 기교를 가미한 자연의 재창조, 그리고 승려를 제외한 온 백성의 칼차기 풍속 및 대처승(帶妻僧) 등에 관심을 보였다. 하지만 이들 대부분은 사행원의 유가적 윤리의식과 평화 존숭의 숭문(崇文) 의식을 전제로 한 관심이었기에 그 시각 역시 부정적으로 반영될 수밖에 없었다.

경치는 타국 여행에서 가장 먼저 접하게 되는 이국 체험으로 쓰시마는 체류 기간이 길어 숙소를 중심으로 많은 기록들이 남아 있다. 쓰시마에 도착하여 김인겸은 높이가 백길이나 되는 높은 산에 솔·삼나무(杉)·풍죽(風竹)·귤·감자·동백·종려 등이 시퍼렇게 우거져 있는 광경에 놀라고, 신미사행(1811)의 유상필(柳相弼)도 "상하의 산색이 아름답고 호수빛이 맑으니 참으로 섬 속의 명승"이라고 극찬한다. 또 신유한도 "이 경치를 만약 장안의 귀공자들로 하여금 자기 근방에 가져다 놓을 수 있게 한다면 마땅히 금수 같은 누각과 주옥 같은 문장으로 천하에 자랑하게 되어 천하의 명사들이 날마다 천 명 만 명씩 가보게 될 것"이라고 이역 쓰시마의 절경을 칭찬한다. 이처럼 쓰시마는 우리 사행원들에게 빼어난 경치를 지닌 선경(仙境)으로 비교적 호의적인 평가를 받았다.

경치와 함께 물산(物産) 역시 이역체험의 한 영역이 된다. 보통《문견별록(聞見別錄)》류의 개괄적인 일본 견문기에서는 쓰시마가 사방이 모두 돌이라 토지가 척박하여 산에는 밭이 없고 들에는 도랑이 없으며, 터 안에도 채소밭이 없어 온갖 물건이 나지 않고 생산품이래야 감귤·닥나무 정도라고 간략히 적고 있다. 그러나 예외적으로 조선에서 볼 수 없던 구황작물인 고구마에 대해서는 필요 이상의 관심을 표명한다. 곧 계미사행(1763)의 정사 조엄이《해사일기(海槎日記)》에서 고구마 두어 말을 부산진으로 보내어 심게 하고, "이것들을 과연 다 살려서 우리나라에 널리 퍼뜨리기를 문익점이 목면 퍼뜨리듯 한다면 어찌 우리 백성에게 큰 도움이 아니겠는가"라고 전제한 뒤 생김새·맛·용도·유래·파종법·저장법 등을 자세히 기록하고 있는 데서 확인된다. 이처럼 우리 사행원들은 쓰시마의 경치와 물산에 대해 비교적 편견 없이 긍정적으로 평가하고 있음을 알 수 있다.

통신사행의 꽃이라고 할 수 있는 시문창화(詩文唱和)를 통한 문학 교류 역시 사행록에 빈번히 등장하는 소재가 된다. 그것은 통신사행이 하층 문화의 선도 및 교화라는 상대방에 대한 문화적 우월감을 바탕으로 한 기미(羈縻) 사행으로, 시문창화는 자신의 문학적 재능을 과시하는 유일한 기예이자 외교적 방편이었기 때문이다. 하지만 쓰시마 한슈와 외교승들이 황금병풍과 금종이를 바치며 간절하게 시문을 구하고, 쓰시마를 대표하는 초기 외교승 겐소(玄蘇)가 차운(次韻)을 겁내 창화(唱和)를 두려워하는가 하면, 그 제자 겐보우(玄方) 역시 바친 시가 평측(平仄)에 어긋나 있는 등 쓰시마의 문학 수준은 그리 높지 않았다.

시문창화 수준의 열악함이 통신사로 하여금 쓰시마의 문화 수준에 대한 부정적 인식을 가져오게 하였다면, 그들의 엄정한 기강과 질서 의식은 오히려 쓰시마의 문화 의식을 긍정적으로 인식하는 계기가 되기도 했다. 사행록에서 빠짐없이 기술하고 있는 것이 쓰시마인들이 온돌방 생활을 하지 않음에도 불구하고 사행을 위해 특별히 마련한 데 대한 놀라움이다. 게다가 쓰시마 한슈가 지극히 공경하는 예로 칼을 풀고 맨발로 들어와 통신사를 상면하고, 혹시 접대에 실수라도 있을까 하여 왼손에는 부채를 쥔 채 오른손으로 쪽지를 내어 자주 들여다보는 등 만전을 기하는 모습은 우리 사행원들을 감동시키기에 충분했다.

게다가 어패류나 기르는 오랑캐의 무리들로 천시의 대상이던 쓰시마인들의 기강이 숭례주의(崇禮主義)를 표방하는 통신사 사행원의 기강보다 더 엄정한 데서는 극도의 부끄러움을 고백하기도 했다. 그 예로 숙소 주변의 관리들이 종일토록 바로 앉아 움직이지 않고 밤에는 등을 달고 자지 않으며, 사행선에 화재가 발생했을 때 타다 남은 인삼과 바가지 등을 돌려주기까지 한다(조명채, 《奉使日本時聞見錄》). 또 '누가 빨리 노를 젓는가' 라는 우연한 물음에 사력을 다해 빨리 도착한 것을 보고 남을 힘써 이기지 못하면 죽음이 있을 뿐인 그들의 풍속을 들먹이며 "노량싸움에서 우리 군사가 한 번 이긴 것은 그나마 요행한 일"(신유한, 《海游錄》)로 치부해버린다. 이처럼 통신사의 사행록은 쓰시마인의 엄정한 기강과 질서의식을 통신사 사행원들의 해이한 기강 및 무질서와 대비시킴으로써 사행원들의 편벽된 일본에 대한 문화 우월 의식이 점차 희석되고 있음도 아울러 반영하고 있다.

4. 쓰시마 아리랑 마쯔리, 선린 교류의 현장

부산국제여객터미널 2층 대합실은 낚시와 사이클링, 또는 사업이나 관광 등 목적은 다르지만 한결같이 쓰시마를 향해 떠나는 이들로 북적댄다. 출국 심사대를 통과하여 탑승문을 나오니 '씨플라워호'가 항구에서 손님들을 맞이한다. 예정 시각을 초과하여 출발한 배는 승객들의 실망을 잠재우기라도 하려는 듯 곧장 바다 한 가운데를 향해 돌진한다. 동시에 선체를 덮칠 듯이 포효하는 파도 앞에 승객들은 순식간에 사색이 되고 만다. 나는 멀미를 다스리기 위해 잠시 눈을 감는다.

승무원의 안내 방송에 문득 눈을 떠보니 바로 쓰시마의 중심인 '이즈하라(嚴原)항'이다. 입국심사대 곳곳에 일본어와 함께 한글이 부기되어 있어 한국의 여느 여객선 터미널의 모습과 별반 다르지 않다. 터미널을 나서 이즈하라 안내 지도를 들고 길을 나선다. 이즈하라는 도시 전체가 통신사를 비롯한 우리 문화를 소개하는 박물관이라 할 만큼 다양한 문화 유산을 간직하고 있다.

먼저 항구에서 나와 시가지 큰길에서 이즈하라 우체국 맞은 편 길로 접어들면 이즈하라 청사와 그리 멀지 않은 곳에 '쓰시마역사민속자료관'이 있다. '조선국통신사지비(朝鮮國通信使之碑)'라는 글이 새겨진 비석이 입구에서 다정한 모습으로 내방객을 맞이한다. 이곳은 전국에서도 희귀하다고 일컬어지는 소우케(宗家)문고를 비롯해 '조선통신사행렬도', '왜관지도' 등 한국과 관련된 많은 자료들이 소장되어 있다. 특히, 오늘날까지 쓰쓰(豆酘) 지역을 중심으로 행해지고 있다는 거북점(龜卜)에 대한 전시물은 〈구지가〉에서 말로만 듣던 것이어서 더욱 흥미를 돋운다. 맞은편에는 '이즈하라마찌향토자료관'이 있는데, 두 건물 사이에는 '성신지교린(誠信之交隣)'이라 새긴 아메노모리호오슈의 현창비가 있다. 그는 22세 때 쓰시마에 들어와 88세까지 무려 66년간을 조일 친선교류를 위해 진력한 쓰시마측 외교 담당자이다. 향토자료관에는 그의 초상화와 함께 사진으로 복제된 통신사 행렬도가 벽을 장식하고 있다.

자료관을 나와 고기들이 노니는 개천을 거슬러 올라가면 역대 쓰시마 한슈들의 무덤과 장군들의 위패가 모셔져 있는 '반쇼인(万松院)'에 이르게 된다. 통신사들로부터 가장 많은 사랑을 받았던 비파가 주렁주렁 열린 입구를 지나 본당에 오르니, 본존불이 고려 불상인 십일면관음불이고, 마루 한켠을 장식한 제기삼구족(祭器三具足) 역시 조선 국왕이 기증한 물품들이다. 가장 일본적 성향을 지닌 무덤조차 한국과 결코 무관할 수 없다는 것을 재삼 확인하는 순간이다.

반쇼인으로부터 되돌아 나오는 길에 체육관을 끼고 있는 작은 공원에 들렀다. 그곳에는 고종의 딸로 쓰시마 최후의 도주인 소우다께유끼

(宗武志)와 정략 결혼을 한 덕혜옹주의 결혼 기념비가 쓰시마 거주 한국인들에 의해 세워져 있다. 소박을 당하고 귀국한 후에는 신경성 질환에 시달리다 낙선재에서 숨을 거둔 비운의 여인. 그녀의 넋은 쓰시마의 작은 공원 한켠에서 또 그렇게 외로이 서 있다. 서글픈 심사도 잠시, 빠듯한 일정을 생각해 곧장 소방서 부근 100여 미터 쯤에 있는 통신사들의 최대 숙소였던 '세이잔지(西山寺)'를 찾았다. 본당에는 본존인 대일여래 외에 임란 전후 일본 국왕사로 두 번이나 조선을 다녀갔던 겐소(玄蘇)의 목상(木像)이 놓여 있다. 또 수국(水菊)이 아름답게 핀 앞뜰 한켠에는 1590년에 통신사로 왔던 김성일을 현창하는 시비도 세워져 있는데, 우리글과 이를 번역한 일본글의 내용이 약간 달라서 묘한 생각을 불러일으킨다.

　　이밖에 통신사와 무관하지만 결코 놓칠 수 없는 곳이 '시유젠지(修善寺)'이다. 이곳은 을사조약에 반대하여 의병을 일으키다 체포되어 1906년 쓰시마로 유배된 후 아사(餓死)한 최익현의 장례를 치룬 곳으로, 지금은 순국 기념비가 그 역사적 현장을 대신하고 있다.

　　다리 난간마다 통신사의 행렬이 그려진 개천 주변의 숙소에서 이른바 '국경의 밤'을 보내고 다음날 미쯔시마(美津島)로 향했다. 이즈하라가 조선과 쓰시마의 관계를 잘 보여 준다면, 미쯔시마에는 그 이전의 교류 관계를 입증하는 문화 유산들이 많다. 이를 테면 나가사끼(長崎)현 내 유일한 국가 지정 특별 사적인 '카네타노키(金田城)'는 일본으로 망명한 백제인 억례복류(億禮福留)의 지도로 나당연합군의 침입에 대비해 축조된 한국식 산성이다. 또, 오늘날까지 쿠로세(黑瀨)의 산신(産神)으로 대접받는 국가 지정 중요 문화재인 동조여래좌상은 머리와 어깨 부분을 따로 따로 주조해서 짜 맞춘 8세기 신라 불상이다. 그리고 백제에서 불법이 전파될 때 최초로 불상과 경문을 안치했던 '바이린지(梅林寺)'에는 조선 선비가 쓴 절의 현판과 고려대반야경을 넣어 둔 상자, 그리고 10센

티미터 정도의 고려탄생불이 소장되어 있다. 아쉬운 것은 이들이 한결같이 본당이 아닌 자물쇠로 굳게 닫힌 창고 속에 감추어져 보기가 쉽지 않다는 것이다.

아쉬움을 뒤로 하고 한국이 잘 바라보인다는 가미아카따(上縣)의 '센뵤마키(千俵蒔)산'을 향했다. 가는 도중에 통신사들이 그토록 숭앙해 마지않던 신라 사신 '박제상의 추모비'를 만났는데, 정비는 잘 되었으나 하필이면 한국을 등지고 서 있다. 지아비를 기다리다 망부석이 되어 버린 부인을 멀리서나마 바라볼 수도 없게 만들어 버렸기에 안타까움을 더한다.

마지막 여정은 쓰시마의 최북단에 위치한 카미쯔시마(上對馬)이다. 통신사의 배가 처음 정박한 '사스나(佐順奈)항'을 멀리서 지켜보면서 통신사의 첫 숙소인 '세이후꾸지(西福寺)'에 들렀다. 1711년 통신사에 수행했던 종사관 이방언이 지었다는 칠언절구 족자는 보이지 않고 다만, 수령이 넉넉히 500년이 됨직한 은행나무만이 동백·매화와 함께 옛 기억을 반추하려는 듯 외로이 서 있을 뿐이다. 아쉬운 마음을 뒤로 한 채 맑은 날이면 부산의 야경이 보인다는 와니우라(鰐浦)의 '한국전망대'에 올랐다. 국서를 전달하고 마지막 도항지인 이곳에서 고국산천을 보며 환호했을 통신사의 모습을 떠올리는 순간, 그 곁에 서 있는 '조선국역관사 순난지비(朝鮮國譯官使殉難之碑)'가 다름 아닌 1703년 조선의 역관사(譯官使) 108명과 동승한 4명의 쓰시마인 등 총 112명이 입항을 앞두고 풍랑으로 순국한 것을 기념한 비석이라는 생각에 갑자기 숙연해진다. 112개의 영석(靈石)으로 건립한 이 비석은 쓰시마 주민들의 모금에 의해 건립된 것으로 한국을 등지고 서 있는 박제상의 비석과는 달리 한국이 잘 바라보이는 언덕에 세워져 있기에 그들의 세심한 배려에 절로 머리가 숙여진다.

우리는 살아가면서 황당하고 부끄러운 경험을 할 때가 많다. 특히 평소 내 주변에 너무 가까이 있어 눈길조차 주지 않았던 것이, 어느 날 전혀 면식도 없는 타인에 의해 조명되고 열렬한 사랑을 받을 때 황당하다 못해 부끄럽기까지 하다. 그런 대표적인 예가 쓰시마의 '한국 사랑'이 아닐까? 부산은 17~19세기 한일 선린 우호의 상징인 '통신사'의 총 집결지이지만 이렇다할 유적이 남아 있지 않다. 이에 비해 한반도로부터 불과 49.5킬로미터의 거리에 있는 쓰시마는 매년 8월 첫째 토요일과 일요일에 조선의 통신사가 도착한 것을 기리는 '아리랑축제'가 열린다. 이때는 섬 전체가 17~19세기로의 역사 여행으로 출렁거린다. 어디 축제뿐이랴? 매일 정오가 되면 예전에는 동요 〈무궁화〉가, 2002년 4월부터는 〈고향의 봄〉이 쓰시마의 중심지인 이즈하라(嚴原) 전역에 울려 퍼진다. 쓰

쓰시마 아리랑 마쯔리 홍보 포스터

시마의 한국 사랑은 '만남을 통한 진솔한 마음의 교류만이 상대에 대한 편견과 무지를 극복하고 상호 인정과 이해의 진정한 선린 관계를 형성할 수 있다' 는 것을 말없이 강조하고 있는 것이 아닐까?

'재일' 문학 속의
현해탄

박광현

1. 현해탄을 넘어 해방으로

1980년대 시위 현장에서 불려지던 민중 가요 중에 "어둡고 괴로워라 밤도 깊더니"로 시작되는 〈해방가〉가 있다. 특히, 시위가 끝나고 매캐한 최류탄 냄새가 아직 바람에 쓸려가지 않은 저녁녘, 전경들의 워커 자국이 흩어져 있는 교정에서 네 박자의 해방춤으로 난장을 치며 자주 부르던 그 노래의 2절은 "어둠아 물러가라 현해탄 건너/ 눈물아 한숨아 너희도 함께"라는 가사로 시작한다. '오늘'의 어둠, 눈물, 한숨…, 즉 외세의 억압 속에 살아온 한민족의 고통이여 다시금 '현해탄'으로 물러가라고 노래하고 있다. 그때 '현해탄'은 질곡의 한국 근·현대사에 내재해 있는 모순의 근원을 표상한다. 그리고 그때의 '해방가'는 아직 끝나지 않았다.

재일 한국인(조선인) 문학의 '기원'이라 불리는 작가 김달수의 소설 《현해탄》(1952~1953)은 그런 상징을 제목에서부터 잘 보여 준다. 이 소설은 일본 제국주의의 압제가 극에 달하던 '현해탄'으로 은유된 1943

년 이후 식민지 조선을 배경으로 하고 있다. 식민지 본국 일본에서 고학으로 N대학을 졸업하고, 지방 신문사의 기자로 일하던 주인공 서경태는 일본 여자(오오이 기미코)와의 연애를 통해 자신이 식민지민, 즉 조선인임을 깨닫고 그녀와 헤어져 '경성' 으로 돌아온다. 귀국한 후 당시 총독부 기관지인《경성일보》의 기자로 취직한 그의 조국에서의 삶은 스스로를 '반쪽발이' 라 생각하는 자책의 연속이었다. 결국 민족의 정체성을 고뇌하던 그는 한 중학교의 반일 운동을 취재하러 갔다가 '조선 독립 만세' 를 외치는 학생들의 모습을 통해 민족적 자아를 찾게 된다. 작가는 당시 민족의 현실 = 격랑의 민족 수난사가 소설의 제목 그대로 '현해탄,' 즉 어둡고 컴컴한 바다여울 = 현실이었음을 보여 주고 있다. 또한 작가는 그런 '현해탄' 의 한 가운데 떠워져 있는 주인공의 삶을 그리며 내며, 주인공에게 그런 현실을 넘어 민족 해방의 세계로 향하도록 하고 있다. 그러나 소설 〈쓰시마까지(對馬まで)〉에서 그리고 있듯, 실제 작가 김달수는 분단된 조국의 어느 한 쪽도 선택하지 못하고, '무국적자' 로 살아가며, 향수를 못 이겨 현해탄에 떠 있는 쓰시마섬(對馬島)까지 와서는 고국을 향해 눈물짓고 마는 상징적인 삶을 문학으로 보여 주기도 했다.165

165 소설 〈對馬島まで〉의 이후,《삼천리》의 편집진으로 활동하던 1981년에 이진희 등과 함께 귀국한 바 있다.

2. 식민지 시대의 현해탄

어느 식민지 지식인의 현해탄

임화는 1938년에 처녀시집《현해탄》을 발간한다. 그 안에서 어떤 이는 '현해탄 콤플렉스' 라는 그의 정신 세계를 발견한다. 분명 그의 문학 안에 '현해탄' 이라는 심상지리는 식민지 시대를 살아가는 한 지식인의 세계관을 표상한다. "예술, 학문, 움직일 수 없는 진리……/ 그의 꿈꾸는 사상이 높다랗게 굽이치는 동경(東京)/ 모든 것을 배워 모든 것을 익혀/ 다시 이 바다 물결 위에 올랐을 때/ 나는 슬픈 고향의 한 밤/ 해보다도 밝게 타는 별이 되리라./ 청년의 가슴은 바다보다 더 설레였다"(〈해협의 로맨티시즘〉). 그렇게 떠난 유학의 설렘에는 "-정녕 이 속에 고향으로 가지고 갈 보배가 있는가?/ 나는 학생으로부터 무엇이 되어 돌아갈 것인가?"(〈해상에서〉)이라는 불안이 항시 동거한다.

"청년들은 늘/ 희망을 안고 건너가/ 결의를 가지고 돌아"온 '청년들의 해협' 현해탄 위에서 그는 "우리들의 괴로운 역사"와 "그대들의 불행한 생애와 숨은 이름"을 되뇌며, 역시 "그러나 우리는 아직도/ 이 바다 높은 물결 위에"(이상의 인용은 〈현해탄〉) 있음을 노래한다. 그렇듯, 그는 시집 《현해탄》에서 시종 '그리운 이'가 잠든 고향과 동경(憧憬)의 '내지(內

임화

地) = 일본' 사이에서 고뇌하는 식민지 지식인의 자기 위치를 고수한다. '이식문학사'니, '이식과 창조의 변증법'이니, '서구적 근대주의자'니 하는 수사로, 우리의 근대성 논의에 일종의 아포리아로 여겨져 왔던 그의 신문학사(《개설조선신문학사》)도 '고향'과 '내지 = 일본'를 넘나드는 의식의 현해탄에 그가 위치하기 때문에 창작될 수 있었다. 그 위치로부터 그는 일본적 오리엔탈리즘에 대한 모방과 반발이라는 이율배반의 정신을 견지하고 있는 것이다.

어느 한 식민자의 현해탄

한국에서도 소설 〈간난이(カンナニ)〉로 잘 알려진 유아사 가쓰에(湯淺克衛)는 재조선 일본인의 삶을 주로 작품화해 온 작가이다. 특히, 자신(혹은 등장 인물)의 '고향'으로 조선을 형상화한 1930년대 후반 이

후에 씌어진 소설들은 '식민(colon) 2세'의 입장에서 그린 작품들로, 일본 소설사에서도 보기 드문 작품군이라 할 만하다.

그 작품들 중에서 〈망향〉은 식민 1세의 이민 = 향수와 식민 2세의 조선에 대한 고향 의식의 갈등을, 또한 〈하야마 모모코(葉山桃子)〉는 '부모의 고향이 아닌 자신들의 고향'에서 '조선과 같은 얼굴'을 하고 살아가는 식민 2세의 삶을 각각 그리고 있다. 그런 유아사의 조선 소재의 소설 중에서 부모의 고향과 자신들의 고향, 즉 일본 = '내지'와 조선 '사이'는 매우 중요한 의미를 차지한다. 그 '사이'는 현해탄이라는 상징을 통해 의미화되어 있다. 데뷔 초기 작품 중 하나인 〈불꽃의 기록(焰の記錄)〉은 이후 그가 작품을 통해 보여줄 '사이'의 상징성을 잘 드러내 준 작품이다.

유아사는 식민 1세대의 조선 이민사, 특히 그 가운데 성공사의 단면들을 보여준 〈이민(移民)〉, 〈성문의 거리(城門の街)〉, 〈망향(望鄕)〉 등과 같은 작품에서 '손바닥만한 땅'도 소유하지 못한 그들 이민자들이 건너는 현해탄은 '갱생'을 위해 건너는 장소로 설정되어 있다. '내지'에서 남편에게 쫓겨난 한 여인이 그에 대한 복수를 일념으로 조선으로 건너가는 〈불꽃의 기록(焰の記錄)〉에서의 현해탄도 역시 '갱생'을 위해 건너는 해협이었다. 그녀는 데려온 딸과 함께 식민지 조선에서 하류의 삶을 억척같이 살아가다, 한 정치 깡패 출신의 유산을 받아 과수원을 소유하게 된다. 어찌 되었든 그녀들은 성공한 이민자가 된다.

그러나 그녀의 딸 아야코(綾子)는 좌익 도서회원 사건으로 검거 직전에 강제로 '내지'로 끌려간 도오루(融)를 사모하여 어머니의 곁을 떠나 현해탄을 건넌다. 그 후 아야코는 사회주의 운동에 투신하다가 결국 투옥된다. 옥중에서 전향을 강요받지만 거부하던 아야코는 어머니의 사망 소식을 듣고서야 '전향서'에 서명한다. 도오루에게 버림받고 사상적으로도 좌절을 경험한 그녀가 망신창이 된 몸을 끌고 돌아오는 '귀성' 길에서 과거를 회상하는 형식으로 소설은 전개된다. 조선과 '내지'라는 두 장소의 '사이,' 즉 현해탄은 그 때 그녀에게 어머니의 억척스레 살다간 삶을 껴안고 다시 일어서려는 결의를 통해 사상적으로 전향에 이르는 길 = 장소의 의미를 지닌다.

이렇듯, 1930년대 전향자들에게는 현해탄이 이민 1세대들이 '갱생'의 길로 여긴 것과 차별화하여, 자신들은 조선을 비롯해 만주 등 대륙의 '낭만'을 좇아 건너는, 다시 말해 다시 일어서려는 결의와 함께 사상적 전향의 길로 들어서는 해협으로 표상되었던 것이다. 임화에게처럼 유아사의 현해탄도 의식의 전환 장소, 혹은 자기 회생 내지는 갱생을 위해 건너는 장소의 의미를 지니고 있음을 알 수 있다.

3. 재일 한국인 문학 속의 현해탄

김달수의 정신적 밀항

이미 앞서 언급했던 것처럼, 김달수는 식민지 상황의 민족 현실을 현해탄에 비유했다. 그리곤 소설 〈쓰시마까지〉에서는 1981년에 실제 귀국하기 전까지 그보다 더 이상 넘어설 수 없는 망향의 장소이기도 했다. 그 현해탄을 넘나드는 것은 소설 〈대한민국에서 온 남자(大韓民國から來た男)〉(1949)나 《밀항자(密航者)》(1958~63) 등에서처럼, 밀항하는 주인공을 통해서만 가능했다. 그것은 금단의 땅이 되어버린 조국에의 정신적 도항과 같았다.

일본이 패전한 1945년 8월 이후 2년간에 걸쳐, 210만 명(1945년 5월 현재 추정)에 이르던 재일 한국인(조선인) 가운데 140만 명에 가까운 수가 조국으로 귀환하였다.[166] 전후(독립 후) 재일 한국

166 조사 통계에 따르면, 1944년 193만 6843명의 재일 조선인이 1947년에는 59만 8507명으로 감소한다.

인 사회는 기본적으로 그때 귀환하지 않은 사람들로 형성된 사회를 말한다. 그들은 빈곤과 불안정한 정세, 그리고 분단으로 치닫는 조국에서의 삶에 대한 불안 때문에, 귀환을 보류하고 '일시적 거류'를 선택한 사람들이었다.[167] 한편, 조국의 그런 불안정한 정세는 이미 돌아갔던 사람들마저 다시 일본으로 밀항하여 되돌아오기도 했다. 〈대한민국에서 온 남자〉와《밀항자》는 그런 인물이 주인공으로 등장하는 작품이다.

[167] 1955년 조총련으로 통합되기 이전의 조련(朝連, 재일본조선인연맹)과 민전(民戰, 재일본조선통일민주전선)이 공산주의나 사회주의에 경도되는 것에 대항하기 위해 1946년 10월 3일에 히비야(日比谷)에서 민단(재일한국인거류민단)의 결성식이 있었다. 그 당시 민단도 선언서에서 '우리 교포가 귀국하는 날까지'라는 귀국을 전제로 한 운동 방향을 제안하였다.

특히,《밀항자》는 남한의 두 청년(임영준과 서병식)이 "5톤가량의 어선 활어조(活魚漕) 안에 갇힌" 채 하루 밤낮을 "현해탄 위를 떠돌다" 일본에 밀항한 후, 5년간의 일본 생활을 다룬 이야기이다. 당시는 1959년 이후 조총련이 주도한 '귀국 운동'(남한에서는 '북송'이라 함)이 한창이던 시기였다. 두 청년도 민족 해방 운동을 위해 북조선으로 들어가기 위

현해탄의 일몰

해 일본으로 밀항한 것이다. 그러나 일본에 도착한 즉시 일본 당국에 체포된 두 사람은 서로 다른 장소에서 살아가게 되는데, 소설은 그 두 사람의 삶을 따라가며 전개된다. 임영준은 수용소를 탈출하여 사업에 성공한 고향 동료의 도움으로 대학에 다니다 다시 한국으로의 밀항을 결심하는데 반해, 서병식은 밀항자 수용소에서 '귀국지 선정의 자유' 투쟁을 통해 북조선으로의 송환을 쟁취하게 된다. 결국 두 밀항자가 각자 조국 통일을 위한 투쟁의 장소로 한국과 북조선을 선택한 설정은 '재일(조선인)'인 작가의 정치적 위치를 읽을 수 있는 부분이다.

그런 정신적 도항에 지친 나머지, 1981년에 광주 민주화 항쟁을 짓밟고 들어선 전두환에게 귀국 허가를 '구걸' 하였다는 비난마저 감수하고, 그는 그 멀기만 했던 '현해탄을 건너' 조국 땅을 밟게 된다.

현해탄과 오무라(大村) 수용소

1945년 8월 이후 시모노세키와 더불어 일본에 거주하는 한국인이 조국으로 송환되는 대표적인 출발지였던 사세보(佐世保) 하리오(針尾)에는, 한국 전쟁 직후(10월) 피난민과 외국인 등록령을 위반한 조선인을 수용한 후, 다시 한국으로 강제 추방하기 위한 수용소(하오리 수용소)가 생겼다. 이후 수용소는 오무라의 전 해군항공창의 자리로 이전되어 오무라 수용소로 이름이 바뀌었다. 일본의 법무성 출입국 관리국은 이 수용소를 이렇게 규정하고 있다. "조선에서 밀입국한 자들을 법률에 의해 처벌한 뒤, 본국으로 강제로 송환하는 배에 태워 돌려보낼 때까지 '배를 기다리게 하는, 즉 집단으로 대기 수용시키는 곳'이다".

김달수는 《밀항자》에서 그 수용소의 외형과 규모, 그리고 수용 환경을 이렇게 묘사하고 있다. "1953년 9월 신축한 철근 콘크리트 건물이 더해져서, 총건평은 5000평 남짓으로 5개 동으로 나뉘어져 있다. 주위는 높은 콘크리트 벽으로 둘러싸였고, 사방에는 항시 무장한 감시원이 서 있는 망루가 솟아 있고, 그것이 밤이 되면 서치라이트를 비췄다."[168] '배를 기다리게 하는' '일시적' 대기 장소여야 함에도 불구하고, 1952년에는 귀국 잔류자에 대해 남한 정부가 수용을 거부하였기 때문에 장기간에 걸쳐 수용된 이들도 있었다. 소설 안에서는 그들이 유민으로서 망향의 정을 담아 부르던 "나라를 떠나/ 꿈을 좇아/ 별빛에 의지하여/ 흘러 왔으나/ 지금은 이르지 못하고/ 헛된 꿈이던가/ 눈가를 적시는/ 오무라의 달이여"[169]라는 가사의 〈오무라의 달〉이 소개되어 있다. 거기에 수용된 사람들은 제각각 그곳으로 흘러오게 된 사연을 갖고 있다. 하지만, 그 개인적인 사연이 어찌되었든 역시 그들에게 가장 큰 정서 내지는 감정이라면 역시 그와 같은 '망향'일 것이다. 그리고 현해탄 너머 '그리운 내 형제'들이 기다리는 부산항으로 돌아가지 못하는 '망향자'들에게 오무라 형무소는 생존을 위한 정치 투쟁의 장소였다.

또 다른 '재일' 작가 양석일은 《밤을 걸고서》라는 작품에서 미군의 폭격으로 땅 속에 파묻힌 군수물자의 잔해를 훔쳐서 먹고사는 '아파치 족'이라 불리는 재일 조선인들의 삶을 그리면서 주인공 김의부의 경험을 통해 형무소나 포로 수용소와 다름없는 그곳의 생활을 보여주고 있다. 특히, 이 소설 안에서 수용소는 '현해탄을 건너온' 사람들과 '현해탄을 건너갈' 사람들, 그리고 '무국적자'로 살아갈 '재일'이 서로 혼재되어 서로 갈등하면서 투쟁하는 장소로 그려져 있다. 현해탄 '너머'의 그곳에는 '식민지의 유제(遺制)'로서 디아스포라가 존재하고 있다.

한편, 일본이 패전한 후 소련에 반환된 가라후토(樺太, 사할린)에 살고 있던 '재일' 작가 이회성과 그의 가족은 그곳에서 구사일생으로 홋카이도(北海道) 하코다테(函館) 항으로 탈출한다. 그리고 하코다테부터 귀국을 위한 출항지인 하리오 수용소가 있는 나가사키(長崎)까지 일본

168 金達壽, 《金達壽 小說全集5》, 筑摩書 房, 1980, 212~

169 위의 책, 215쪽.

당국의 보호 아래 이송되어 온다. '바다를 건너' 고국으로 떠나는 날까지 수용소에서 대기하는 '신세'가 된 그들의 이야기는 《백년 동안의 나그네》를 통해 소설화되었다. 그 수용 기간 동안의 '정체 모를 불안'과 싸우며, 분단된 조국의 앞에서 '귀국'과 '재일' 사이의 정치적 선택을 강요받던 그들은 '언젠가는' 고국으로 갈 것이라는 믿음으로 잔류를 선택한다. '귀국'을 선택한 이들을 실은 '고가네마루(黃金丸)'가 현해탄을 향해 떠나는 모습이 더 이상 보이지 않을 때까지 바라보며, "갔구나"라는 탄식 섞인 소리를 뱉으며 발길을 돌려야만 했다. 그리고 다시금 홋카이도로 역류해 갈 시간을 기다려야 했다. 그 후 분단된 조국의 어느 한 쪽도 선택하지 않고 '무국적자'로 살아가던 이회성에게 그때 눈앞에 보이는 바다, 즉 현해탄은 영영 자유로이 건널 수 없는 바다가 되어 버렸다. (그는 《다듬이질하는 여인》으로 아쿠타가와상을 수상한 직후인 1972년에 고국을 방문한다. 그리고 1998년 김대중 정부가 들어서면서 한국 국적을 선택한다)

최근 '재일' 작가들의 현해탄

이기승의 소설 《잃어버린 도시(원제:ゼ ㅁ はん)》의 주인공은 박영호(보쿠에이코)라는 본명과 기무라 히로시(木村浩)라는 통명 '사이'에서 살아가는 재일한국인 2세이다. 그는 친구들과 오토바이로 폭주 행각을 벌이다 경찰과 마주친 상황에서, '외국인', '외국인 등록증 소지자'인 자신들이 저들과 다름에서 기인한 '조건 반사적'인 도피증이 발동한다. '조선인'이기 때문에 당할 번거로운 검문을 피하려 그들은 교통사고를 당했다. 그러나 박영호는 사고를 당한 친구들을 방치한 채 혼자 도망쳤다는 죄책감에 빠져 불면에 시달리기까지 한다. 그는 자신들의 삶을 옥죄었던 '원수' 같은 그 원죄의 장소 = 조국을 찾아 현해탄을 건넌

다. 일부러 두 시간이면 갈 수 있는 비행기를 타지 않는다. 왜냐하면, 조선인이라는 사실 때문에 "20년 동안이나 괴로움을 당해 왔는데……그런 걸 단 두 시간에 시시껍적한 TV 프로의 부모·자식의 만남처럼"[170] 조국과 '대면' 할 수 없었던 것이다. 그는 그 현해탄 위에서 한국인 남자와 사귀다가 남자 집안의 반대로 헤어

170 이기승, 《잃어버린 도시》, 김유동 옮김, 삼신각, 1992, 25쪽.

지며, 그와의 관계를 청산하는 심정으로 현해탄을 건너는 나카노 요시코를 만난다. 소설 《잃어버린 도시》는 그 두 사람이 동행하는 한국 경험을 그린 작품이다.

이미 정해진 사실이라 여기고, "인생, 사회, 국가를 의심해 본 일이 없기에 행복을 믿을 수 있는 사람들" 의 '주변' 에 존재해온 박영호는 일본에서처럼 조국에서마저 자기 '소외' 를 느낀다. 그것은 조국에 대한 막연한 동질성의 기대가 오히려 '주변(인)' 으로서의 콤플렉스를 자극하는 차이로 전화될 때 얻어지는 자기 발견이었다. 반면, 요시코의 한국행은 한국 사람이 과연 자신과 얼마나 다를까 하는 차이를 확인하려 했으나, 차이보다 동질성을 발견하는 과정이 된다. 그녀가 헤어질 것을 강요받아야 했던 남자 친구(아키테루)와의 차이는 오히려 본국의 한국인들과의 차이라기보다 일본 안에서 자신과 더불어 살아가는, 남자 친구의 집안 사람들로 표상되는 재일 한국인들과의 차이 때문임을 확인한다. 작가는 그녀의 그런 이해를 통해서 자신(재일)과 본국의 한국인과의 차이를 말하려 한다.

'현해탄을 건너' 온 재일 한국인 2, 3세는 조국에 대한 관념적 이상과 구체적 현실의 격리, 즉 한국인으로서의 삶에 대한 희망 혹은 당위와 그 실체 사이에서 정신적 아이덴티티의 중심선이 동요하는 경험을 하게 된다. 이양지의 《유희(由熙)》에서 그 경험의 벽을 극복하지 못하고 일본으로 돌아가 버리는 주인공 유희는 그런 인물들의 전형이라 할 수 있다.

그(녀)들은 민족적 아이덴티티에 수렴되기보다 다양한 자기 동일성을 모색하는 입장을 견지하면서, 그 자체를 선택의 문제로 받아들이기까지 한다. 귀화인 다나카 요시에(田中淑枝-이양지의 귀화명)로 살아오다가 작품《유희》속의 주인공 '유희'로 산 이양지나, 4분의 1 혼혈 조선인 즉 포터(foreter)로서 자신을 발견하고 '마사미(雅美)'가 아닌 '아미(雅美)'로 혹은 '아미'에서 '마사미'로 오갈 수 있는 변신을 보여준《너는 이 나라를 좋아하는가(君はこの國を好きか)》의 사기자와 메구무(鷺澤萌)는, 태어나서 부여된 장소나 '뿌리'로서 조국이라는 장소의 구속성에 대한 해체의식을 작품을 통해 보여 주고 있다. 그(녀)들의 문학적이든 실존적이든 그 아이덴티티에 대한 선택은 주위로부터 '나'를 낯설게 하거나, '나'로부터 주위를 낯설게 만드는 것이기도 하다. 신체적으로나 정신적으로 '바다'=현해탄을 넘나들며, 한국과 일본 양국의 어떤 장소에서든 그(녀)들은 '있는 그대로를 받아들이는 용기와 삶에 대한 자세'를 통해 자기 자신을 상대화하려 애쓴다.

가와무라 미나토(川村湊)는 일본의 '전후'(문학)는 '귀환(歸ること)한 것'[171]으로부터 시작한다고 했다. 그것은 '신체적' 의미의 귀환뿐만이 아닌 '전후' 내셔널리즘에의 '정신

171 川村湊,《戰後文學を問う》, 岩波書店, 1995, 1쪽.

적' 귀환을 의미하는 것이리라. 그러나 '전후' 일본 사회는 과거 '제국'의 역사를 말하는 것 자체를 '소아병적'이라고 할 만큼 금기시해 왔다. '왜 귀환했는가'를 침묵으로 묻어두고 있었다. 그들에게 현해탄은 '제국'의 역사로부터 열도(列島)의 '국민국가'의 역사로 귀환하는 '망각의 바다'였던 것이다.

따라서 '재일' 문학에서 현해탄의 역사를 진행형으로 받아들이고 서사되어온 것은 일본의 '전후' 내셔널리즘에 대한 문제 제기이면서도 디아스포라의 정체성에 대한 자기 확인 작업의 일환인 것이다.

4. 글을 맺으며

　현해탄(玄海灘)은 일본 규슈(九州) 지방의 북서부 해안부터 한반도 쪽으로 펼쳐진 해역을 가리킨다. 즉, 현해탄은 한반도 남동쪽의 끝자락과 일본 열도(列島)의 남서쪽 규슈(九州) 사이를 잇는 320킬로미터 바닷길이다. 그 대부분이 수심 50~60미터 미만의 얕은 대륙붕인 이 해역은 쓰시마(對馬)해류가 북동으로 완만하게 흐르지만 겨울에는 강한 북서계 절풍으로 인해 파도가 높기로 유명하다. '검고 얕은' 바다 = '검은 바다 여울' 이란 뜻의 현해탄(玄海灘)은 사실 한국에서 부르는 이름이다. 일본에서는 '겐카이나다(玄界灘)' 라고 부른다. 섬나라(시마쿠니島國) 일본의 입장에서 보면, '겐카이나다(玄界灘),' 즉 '머나먼 경계의 여울' 이라는 말이 더욱 상징적이고 문학적이다. 일본인에게 '겐카이나다' 는 시마쿠니의 한계를 벗어나 머나먼 타자의 세계와 자신을 구분하는 경계를 의미하며, 또 그것을 넘는 것은 타자의 세계로 건너는 길임을 의미한다. 즉, '겐카이나다' 라는 이름처럼 타자와의 심상 지리(心象地理)상의 '경계' 로 표상되어 왔던 것이다. 이렇게 이 '검은 바다' 를 가리켜, 한일 양국이 바다 '해(海)' 와 경계 '계(界)' 라는 두 자로써 각각 서로 다르게 표현하는 까닭은 그 바다에 대해 서로 느끼는 문화나 역사, 혹은 감수성의 차이가 서로 다르기 때문이다. 또, 그 차이는 양국이 현해탄을 '사이' 에 두고 겪어온 근대 이후의 역사를 통해 지리적인 거리감을 초월한 '가깝고도 먼 나라' 라는 말로 서로를 규정하게 만들었다. 아직 그 차이를 몸으로 느끼며 살아가는 사람들이 바로 재일 한국인이다.

　따라서, 이 글에서는 주로 재일 한국인이 현해탄과 관련한 자신들의 '기억' 을 어떻게 문학적으로 형상화했는가를 살펴보았다. 그들의 현해탄에 얽힌 '기억' 의 문학적 형상화는 지리적 거리감을 초월한 '가깝고도 먼 나라' 라는 표현에 리얼리티를 부여하기에 충분하다. 끝으로, 그런 한일 양국 '사이' 의 정치 · 문화적 관계에 존재하는 메타포로서 현해탄 이 지니는 현재적 유의미성이 그들 '재일' 의 문학 안에 살아있음을 새삼 강조해 두고자 한다.

五洲各國統屬全圖 銅版本, 11896년
출처_영남대학교 출판부, 《韓國의 옛地圖》, 1998.

3부
그 밖의 지역

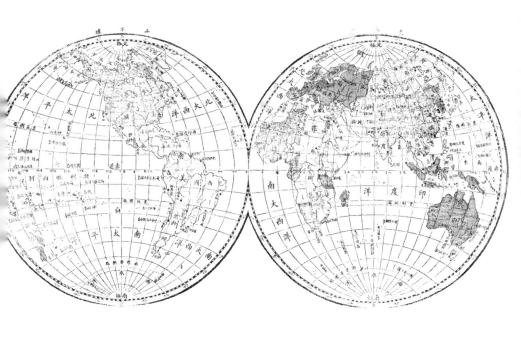

재미 한인 이민 문학에 반영된
자아의 두 모습

조규익

1. 시작하는 말

새 천년에 접어들면서 하와이 사탕수수 농장의 노동 이민으로 시작된 미주 이민사 또한 새로운 세기를 맞이 했다. 100년을 단위로 넘어가는 세기의 구분이 그리 큰 의미가 없다고 말하는 사람들도 있지만, 100년이란 기간은 인간의 육체적ㆍ심리적 지속의 한계선이다. 100년이면 3대가 출현할 수 있는 기간이고, 개인이나 집단을 막론하고 3대에 이르면 그 나름대로 정착의 단계에 들어서게 마련이다. 대체로 할아버지 대에서 창업을 하거나 발을 붙이고, 아버지 대에서 수성을 하며, 손자 대에 이르러서야 토대를 확실히 다지게 되는 것이다. 그런 점에서 미주 이민 1세기는 한인들이 미국 땅에 도착하여 자신들의 토대를 확실히 다져놓은 기간이다. 그러나 그들의 삶의 자취를 직접적으로 반영한 기록들은 그리 많이 남아 있지 않다. 이 시점에 초창기 재미 한인들의 삶이나 그 기록물로서의 문학을 살펴보는 작업이 중요한 의미를 지니는 것도 그 때문이다.

한인 작가들이 그려내고자 한 주요 대상은 1세대의 한인들이다.172 그들은 다수의 노동자들과 소수의 지식인들로 나뉜다.173 그들이 조국의 생활 현장에서 익힌 대로 이민지에서 새로이 창작한 각종 노래들과 주로 지식인들이 국문이나 영문으로 창작한 산문(특히 소설, 희곡) 등이 많이 남아 전해지고 있으며, 지금도 상당수의 이민 2세, 3세 문인들이 창작을 계속하고 있다. 이들 모두에 작자 자신들 혹은 이들이 대표하던 한인 이민들의 자아가 반영되어 있음은 물론이다.

172 이 점은 해방 전이나 지금이나 마찬가지다. 필자는 몇 년 전 현지에서 여러 명의 2, 3세대 현역 문인들을 만난 바 있다. 그들로부터 확인할 수 있었던 공통된 소망들 가운데 하나는 자신들의 부모 혹은 조부모 세대인 1세대 한인들의 비참하면서도 극적인 삶을 문학적으로 형상화하는 일이었다. 비록 자신들의 현재와 미래만을 대상으로 작품들을 쓴다 해도 그 출발은 1세대 한인들의 그것으로부터 시작해야 한다는 믿음을 갖고 있었는데, 이 점은 향후 이민 문학 연구에서 반드시 짚고 넘어가야 할 흥미로운 사실로 보인다.
173 Choy Bong-youn. Koreans in America. Chicago:Nelson Hall, 1979, p.239.

2. 재미 한인의 특성과 이민 문학

미국은 본질적으로 이민의 나라이고 한인들도 그들 가운데 한 부분을 차지하고 있지만, 초창기 이민의 경우 대부분 불가피한 상황에 의한 타율의 소산이었다는 점에서 다른 소수 민족들과 구별된다. 나라 잃은 백성으로서 기본적인 삶조차 유지하기 어려운 상황에서 택할 수밖에 없었던 길이 이민이었기 때문에, 적어도 1세대 이민의 경우는 자신들을 '이민(移民)' 아닌 '유민(流民)'으로 볼 수밖에 없었다. 정상적인 의미의 이민일 경우 자신들이 도착한 곳[host country]에 성공적으로 정착·동화하는 것이 최상의 목표라고 할 수 있다. 그러나 대부분의 한인 이민들이 지니고 있던 최대의 염원은 모국으로 돌아가는 것이었다. 그러나 이민의 땅이 잠시 체류하는 곳이고 돌아가야 할 모국이 있다고 믿으면서도 현실적으로 그러한 귀환이 쉽지 않은 경우, 누구든 반드시 정체성의 위기[identity crisis]를 겪게 마련이다. 미국 이민 1세대가 그 뒷 세대들에 비해 정체성의 위기로부터 오는 고통을 더욱 더 심각하게 겪어온 것도 이런 점에서 당연한 일이다.

이와 같이 초창기 재미 한인들은 일시적 체류자 의식을 강하게 지니고 있었으며, 자연스럽게 자신들을 유랑민과 정착민의 사이에 끼어있는 존재들, 즉 경계인〔marginal man〕으로 보는 시각이 우세했다. 그만큼 경계인적 자아인식은 초창기 재미 한인들의 집단 무의식에서 큰 부분을 차지한다. 타국에 머물면서 자신을 체류자로 생각할 경우 그는 단순한 여행객이거나 망명자일 뿐이다. 특히 나라 없는 백성으로서 다른 나라에 타의적으로 밀려나 잠시 머물 경우 망명자로서의 의식을 갖게 되는 것은 더 말할 필요도 없다.[174] 한국인들을 포함한 대부분의 아시아인들은 스스로를 일시적 체류자로 생각함으로써 결국에는 미국의 주류 사회에 참여하기를 원하지 않는다는 느낌을 주게 되었다는 견해[175]도 이런 점에서 타당하다. 이러한 상황에서 경계인적 의식이 자연스럽게 형성되었고, 이 의식은 그들이 상당기간 '고국으로 돌아갈' 생각에만 골몰해 있었음을 극명하게 드러낸다.[176] 이와 같은 초기 한인들의 의식은 앞으로 언급할 Younghill Kang의 The Grass Roof[177]나 East Goes West,[178] Ronyoung Kim의 Clay Walls,[179] Gary Pak의 A Ricepaper Airplane[180] 등 대표적인 소설들을 포함한 많은 작품들에서 구체화됨으로써 당대 한인 이민 문학의 개인적 혹은 집단적 자아 형성에 중요한 요인으로 작용했음을 보여 준다.

그렇다면 재미 한인들은 왜 고국으로 돌아가야 한다고 생각했을까. 현실적으로 이들이 이민지에서 겪을 수밖에 없었던 신산한 생활고가

[174] 이 점은 Younghill Kang의 East Goes West:The Making of An Oriental Yankee, 〈New York: Charles Scribner's Sons〉, 1937의 74쪽 참조.

[175] Elaine H. Kim, Asian American Literature-An Introduction to the Writings and Their Social Context-, Philadelphia: Temple Univ. Press, 1982, p.70.

[176] Peter Hyun, Man Sei! The Making of a Korean American, Honolulu:Univ. of Hawai'i Press, 1986, p.153

[177] New York: Charles Scribner's Sons, 1931.

[178] New York: Charles Scribner's Sons, 1937.

[179] Seattle and London:Univ. of Washington Press, 1987.

[180] Honolulu: Univ. of Hawai'i Press, 1998.

그들로 하여금 이민지에 정을 붙이지 못하게 한 첫 요인이었다. 견딜 수 없는 생활고를 피해 떠나온 조국이지만, 새로운 세계에서 맞이한 생활 또한 구세계에서의 그것 못지않을 정도로 괴로운 것이었기 때문에 만리 타국에서 죽는 것보다는 고국에서 죽는 것이 낫다는 생각을 누구나 갖게 되었다. 뿐만 아니라 망국의 한이나 실향의식도 이들을 함께 묶어주는 정서적 유대의 끈이었다. 망국의 한을 풀고 고향으로 돌아가야 한다는 현실적 욕구는 이민지에 정착해서 '다른 나라의 백성'으로 살아가야 한다는 새로운 선택의 불가피성을 능가할 정도였다. 그런 만큼 미국이라는 신세계는 언제나 이들에게 손님의 자격으로 '방문한' 땅 이상의 의미를 지니지 않는 곳이었다. 귀향의 욕구는 망국이나 실향이라는 부정적 현실 을 극복할 수 있을 때 비로소 이루어질 수 있는 꿈이었다. 민족의 이름 아래 단결해야 한다는 과제를 이들이 수시로 확인할 수밖에 없었던 이유도 바로 여기에 있다. 국채를 산다거나 대한인국민회 등 자신들의 권익을 대변할 수 있는 단체에 지지를 보내는 등의 행동은 이러한 욕구와 직결 되는 일들이었다. 그러나 현실적으로 그러한 욕구가 쉽게 실현될 수는 없었기 때문에 쓰디쓴 집단적 좌절을 경험하곤 하였다. 단결을 통하여 국권을 회복해야 한다는 당위를 부르짖는 자아와 욕구의 충족이 현실적 으로 불가능한 현실을 인정하고 새로운 활로를 모색하는 다른 자아, 개 인이 지닐 수 있는 인간적 욕망을 표출하는 또 다른 자아 등이 문학 작품 에 등장할 수밖에 없었던 것도 이러한 현실적인 상황 전개의 결과로 볼 수 있다. 이와 같은 재미 한인들의 현실이나 상황이야말로 그들의 문학 을 키워준 토양인 것이다.

　　재미 한인들의 문학 작품은 국문(한문 포함)과 영문 등 표기 체계 의 이원성을 우선적인 특징으로 지닌다. 관점에 따라 출발지인 우리나라 의 입장에서는 국문·영문의 작품들 모두가 한인 이민 문학, 즉 넓은 범주의 한국 문학에 포괄될 수 있겠지만, 도착지인 미국의 입장에서는 영문의 작품들만 그들 미국 문학의 한 부분인 이민 문학[immigrant literature]에 속한다. 따라서 한인 이민 문학 [Korean-American literature]과는 범주상 완전히 일치하는 개념들이 아니다. 전자가 망명 · 이민 · 체류 등의 방식으로 미국에 머물던 한인들에 의해 씌어진 국문과 영문의 작품들을 의미한다면, 후자는 미국 국적을 가진 한인 후손작가들에 의해 영어로 씌어진 작품을 의미하기 때문이다. 현재 남아 있는 것으로 확인된 한인 이민 문학은 수백여 편의 시가와 수십 편의 소설 및 희곡, 평론 등으로 이루어져 있다. 이 가운데 본 원고에서는 한인 이민들의 자아를 생생하게 형상화했다고 생각되는 몇 작품의 영문 소설들을 살펴보고자 한다.

The Grass Roof와 East Goes West를 발표한 Younghill Kang은 지식인 이민의 첫 세대에 속하는 사람이며, 이 소설들을 통하여 해방 전의 시대상과 재미한인들의 실상을 적나라하게 그려내는 데 성공하였다. 이에 비해 A Ricepaper Airplane을 발표한 Gary Pak은 하와이를 무대로 지금도 작품활동을 펼치고 있는 현역 작가이고, Clay Walls를 발표한 Ronyoung Kim 역시 최근까지 활동하던 재미 한인 문인이었다. 따라서 작가만을 기준으로 할 경우 해방 전의 시기에 속하는 1인과 해방 후 최근의 시기에 속하는 2인을 동시에 대상으로 했지만, 작품의 배경이나 시간대만큼은 그들 모두 이민 1세대를 공통의 대상으로 삼은 셈이다. 이들이 전체 작품들에 비해 비록 소수이긴 하지만, 재미 한인 이민 문학의 표본과 같은 작품들181이라는 점에서 그로부터 도출되는 결과 역시 이민문학 전체에 대하여 보편성과 대표성을 지닌다고 보기 때문에 큰 문제는 없을 것이다.

181 Kang은 The Grass Roof로 창작문학에서 구겐하임상[Guggenheim Award]을 받았고, 이 작품은 프랑스 · 독일어 · 유고어 · 체코어 등 10여 개 국어로 번역 · 간행되었다.

3. 개인적 자아와 보편 정서

1) 탈조국의 꿈, 그 좌절의 초상 : The Grass Roof와
East Goes West의 Chungpa Han

East Goes West는 작자 Younghill Kang의 첫 출세작인 The Grass Roof의 속편 격이며, 긍정적이든 부정적이든 작자가 자신의 가면으로 내세운 주인공 Chungpa Han의 방황이 마무리되어가는 과정의 이야기들로 짜여져 있다.

원래 이름 강용흘(姜鏞訖)을 Younghill Kang으로 표기한 것과 마찬가지로 주인공의 이름을 Chungpa Han으로 명명한 것 역시 다분히 상징적이다. '청파(靑坡)'란, 푸른 언덕이다. 'Younghill'의 'young hill' 역시 '젊은(푸른) 언덕'이다. The Grass Roof의 배경은 'Sung-Dune-Chi'로 되어 있다. 이것을 '송둔치'로 음독할 수 있다면, 그 의미는 '(푸른) 소나무 우거진 둔치(물가의 언덕)' 쯤이 될 것이다. 이 무대는 그 작품의 배경이면서 작가에게는 고유 명사라기보다 자신의 고향이나 고국을 표상하기 위한 제유적(提喻的) 상관물(相關物)로 선택된 보통 명사이기도 하다. 말하자면 전반생과 후반생의 통합으로 주인공의 방황하는 삶을 마무리하여 보여 주는 이들 두 작품의 내용을 약분한다면, The Grass Roof는 '송둔치에서의 생활'이, East Goes West는 Chungpa Han의 '신세계에서의 꿈과 좌절'만이 남게 된다. 그만큼 Chungpa Han은 작자의 진면을 오히려 잘 보여주는 가면이다. Kang이 뉴욕대학에서 만나 우정을 나눈 미국의 문인 Thomas Wolfe는 자신이 쓴 서평으로 유일하게 활자화된 글[182]에서 작가 Kang의 '삶에 대한 애정'과 '새로운 지식 및 경험들에 대한 억제할 수 없는 갈증'에 찬사를 보냈으며, Kang 자신은 이것을 East Goes West에서 파우스트적 꿈〔Faustian

182 "Review of Younghill Kang's The Grass Roof," New York Evening Post April 4, 1931: 5.

dream〕으로 묘사한 바 있다.[183]

[183] East Goes West, p.9.

Kang은 반이민법〔the Immigration Exclusion Act〕(1924)이 발효되기 직전인 1921년 간신히 미국에 도착하는데, 당시 그의 나이 18세였다.[184] 1903년 함경도에서 태어난 그가 자신이 속해 있던 양반 가문의 관습을 중심으로 자신의 소년 시절 작은 마을에서 겪은 경험들을 다룬 것이 The Grass Roof의 주된 내용이다. 뒷부분에서는 편안했던 경험과 추억들로부터 탈출하여 서울과 일본을 거쳐, '새롭고 매혹적인 나라' 미국으로 떠나기까지의 모험들을 그려냈는데, 이러한 모험이나 경험들은 '진보적이고 도전적인' 젊은 영혼에게 닥칠 신세계에서의 사건들을 암시하는 복선이기도 하다. 어쨌든 East Goes West에서 주인공은 서구적 삶의 방식에 대한 집착을 통하여 전통적 관념에서 벗어나려는 의식을 끊임없이 보여 주고 있다. 말하자면 겨우 20대에 불과한 작가 Kang이 지니고 있던 현실인식이나 성향은 새로운 것에 대한 호기심과 그로부터 촉발된 적극적 실천으로 대변될 수 있었는데, 그런 점에서 주인공 Chungpa Han은 Kang의 정확한 복사판이라고 할 수 있다. 그러한 서구 지향성에도 불구하고, 작가는 자신이 지니고 있던 문화적 유산이나 전통을 적극 배척하지는 않았다. 이 점은 Kang이 유복한 가정에서 자라난 그 나이 또래의 식민지 젊은이가 범할 수도 있는 몰가치적이고 몰이념적 철부지만은 아니었음을 강하게 드러낸다. Lady Hosie가 이 작품에 대한 서평에서 말한 바와 같이 Kang을 비롯한 초기 재미 한인 지식인들은 자국 문화의 투철한 사절(使節) 의식을 지니고 있었던 듯 하다.[185] 사실 Kang은 그 나름대로 자국 문화에 대한 자부심을 지니고 있었다. 그는 돈이나 물질, 힘으로 대변되던 당시 열강들의 특징과 달리 한국사람들만이 지니고 있던 시에 대한

[184] 작품 속의 주인공 Chungpa Han은 이 점에서도 작자와 일치한다.

[185] Lady Hosie, "A voice from Korea," Saturday Review of Literature, Apr. 4, 1931, p.707: Mr. Kang does not, I think, give a full account of American missionaries. ···His book is a real contribution to literature and to our understanding of his country-men and women.

소양이나 세련된 지성을 그 자부심의 근거로 들었다. 이런 사실186은 그가 의식의 심층에 일종의 민족애를 감추고 있었음을 암시하는 단서이기도 하다. Suttilagsana는 Kang이 청춘 시절을 지낸 고향 마을로부터 서양으로 떠난 데 대한 그 자신의 행위에 대한 정당화나 변명이 바로 The Grass Roof의 중심 주제라고 하였다.187 말하자면 그가 자신의 소설 첫머리에서 그토록 강하게 드러내고자 했듯이, 풍부한 문화 유산을 포기할 수밖에 없었던 점에 대하여 어느 정도 자기 합리화의 필요성에 직면했으리라는 것이다. 그렇다면 그는 왜 그럴 수밖에 없었을까. Kang으로서는 도착지인 미국 땅에서 살아남기 위하여 그 나라의 문화나 가치관을 전폭적으로 받아들일 필요가 있었으며, 그러기 위해서는 표면적으로나마 자신이 떠나온 구세계적 문화나 민족적 정체성 등을 버릴 수밖에 없었다. 작품 속에 간간이 보이는 자신의 옛 문화에 대한 비판은 사실상 새로운 문화체험에 바탕을 둔 것이며, 그것은 이 작품의 속편인 East Goes West의 내용적 전개에 대한 모종의 단서를 제공하기도 한다. Katherine Woods는 이 작품을 '말 그대로의 소설'이 아니라 oriental yankee를 만들어가는, 솔직한 기록이라고 하였다. 특히 Kang은 매우 성공적으로 미국화되었으며, 따라서 이 작품의 전편격인 The Grass Roof가 주인공의 어린 시절을 그려낸 자서전이라 한다면 이 작품은 주인공의 '미국 경험들'을 이야기하기 위한 속편이라했다. 그러면서도 주인공이 동양적인 초탈함이나 학자다움 혹은 막연한 완벽성에 대한 추구 등의 일관된 자세를 지키고 있는 점과 정신이나 영혼의 면에서 잃고 싶지 않은 어떤 것을 잘 지켜 나왔다고 보았다. Kang의 작품들에 등장하는 주인공이 비록 부정적 전통의 과거 시간대로

186 The Grass Roof, p. 320.

187 Supattra Suttilagsana. Recurrent Themes in Asian American Autobiographical Literature. Dissertation. Bowling Green State Univ., 1986, p. 19. ; Elaine H. Kim도 이 점에 대하여 "The Grass Roof는 한국과 한국인들의 묘사가 아니라 그것은 단순히 Kang이 한국을 떠난 데 대한 정당화(합리화)"라고 주장함으로써 Suttilagsana와 같은 견해를 보여 주었다(Asian American Literature-An Introduction to the Writings and Their Social Context-, Philadelphia:Temple Univ. Press, 1982, p. 34).

부터 벗어나 새로운 세계와 가치관을 추구하긴 했으나 여전히 내면적 측면에서는 구세계의 그것을 버리지 않고 있다는 점에 대해서는 Woods 역시 견해를 같이하고 있다. 말하자면 스토리의 복잡한 진행에도 불구하고 주인공의 정체성은 시종일관 잘 유지되고 있음을 발견할 수 있다는 것이다.

주인공이 미국에 지니고 간 것은 American dream이었다. 그는 낙원으로 이상화된 미국사회에 소속되고자 끊임없이 노력하지만, 그러한 노력 자체가 미국인들에게 우스운 것으로 받아들여지곤 하였다. 예컨대 미국 소녀 Trip과의 로맨스를 통하여 미국사회에 대한 소속감을 느껴보려 했으나 그것마저 그녀의 냉담한 거부로 좌절되고 마는 등의 수모를 겪으면서도 미국 사회에 진입하고자 애쓰지만, 그러한 꿈은 쉽게 이루어지지 않는다. 역설적인 것은, 그럼에도 불구하고 그는 당시 대다수의 이민들과 달리 구세계인 한국으로의 복귀를 포기하고 만다는 점이다.

그가 만나는 인물들 예컨대 절망적인 로맨티시스트 Kim이나 협소한 낙천주의자 Jum 등도 모두 주인공과 마찬가지로 모순적인 존재들이다. 그들 모두 American dream을 가지고 미국에 건너왔지만, 결국 그것은 현실화되지 아니한 채 꿈으로 남을 뿐이었다. 주인공 Chunpa Han 또한 실망이나 오해, 고독 등을 감내하면서도 삶의 전 영역에 걸쳐 열심히 American dream의 실현을 추구했음에도 불구하고, 결국은 발견하지 못한 채 좌절하고 만다. 현실과 욕망 사이의 메울 수 없는 거리를 방황하면서 꿈의 현실태를 찾아 분투해온 주인공에게 남겨진 것은 좌절한 몽상가의 이미지일 따름이다.

2) 구세계 복귀의 꿈, 그 방황하는 경계인의 초상 :

Clay Walls의 Hye Soo와 A Ricepaper Airplane의 Sung Wha

Ronyoung Kim 의 Clay Walls나 Gary Pak의 A Ricepaper Airplane은 구세계로부터 탈출한 주인공이 신세계에 정착하는 과정에서 겪는 갈등 및 방황의 체험들과 함께 구세계로 귀환하고자 하는 욕망의 좌절 등이 잘 그려져 있는 작품들이다. 그것들의 특이한 짜임 또한 대부분의 이민 문학에서 공통적으로 발견되는 귀납적 구조이자 이민 작가들이 지니고 있던 관념상의 틀일 수 있다는 점에서 전형으로서의 표지를 지닌 작품들이다.

우선 전자를 보자. 이것은 1910년대 한인 이민 1세대의 투쟁과 좌절을 그린 작품이다. 작가는 이 작품을 "혜수편/전씨편/페이편"으로 나누어 놓았지만, 그것은 편의상의 구분일 뿐 주인공 혜수가 신세계에서 겪는 시련과 좌절이 작품 내용의 대부분을 차지한다. 특히, 구세계에 대한 혜수의 처절한 귀환 욕구는 초기 한인 이민들의 괴로움과 타율적 이민의 실상을 압축적으로 보여 주기 때문에, 이 작품을 혜수라는 주인공의 단순한 개인사로 볼 수만은 없고, 오히려 한인 이민 사회에 관한 역사적 서술로서의 보편적 의미를 갖는다고 보는 편이 타당할 것이다.

이 작품에서 주인공 혜수가 남편 전씨와 만난 것은 구세계가 안겨 준 타율의 소산이었다. 그러나 그 후 신세계에서 아이들을 낳아 키우며 의식있는 여인으로 변모해가는 그녀의 모습은 신세계에 적응하기 위한 시도들이자 구세계로 복귀하기 위한 자발적 준비작업이기도 하였다. 계속되는 인종 차별은 그녀가 지니고 있던 구세계로의 복귀 욕구를 더욱 부채질하여, 결국 그 꿈을 이루게 된다. 그러나 구세계에 귀환한 다음 목격하게 되는, 일본 제국주의에 의해 파괴된 구세계의 모습은 아주 생소한 모습으로 그녀에게 다가온다. 말하자면, 이전의 구세계가 상당히 낯선, 부정적 의미의 신세계로 변해 있었던 것이다. 역으로 이 시점에서 그녀가 그토록 탈출하고자 노력했던 신세계는 복귀하려는 그녀를 다시 받아들일 만큼 너그럽고 새로운 구세계로 바뀌어 있음을 깨닫는다. 그러나 지난날의 신세계(지금의 구세계) 미국으로 되돌아온 주인공은 그 이전보다 훨씬 가혹한 시련을 겪는다.

작품의 후반에서 작자는 주인공의 딸 페이를 전면에 내세워 한인 이민들의 생활과 그들의 배경적 상황을 구성하던 한·미·일간의 역사적 사건들을 작품 속에서 엮어나간다. 마지막 부분에서 작자는 남·북으로 분단된 구세계의 현실을 제시하고 어느 쪽으로도 갈 수 없어 구세계로의 귀환을 포기하고 (마음에 들지 않는) 신세계에 눌러앉을 수밖에 없는 한인이민들의 강요된 선택을 결론으로 내놓는다. 즉, 혜수가 몸담고 있던 진보개혁한인회를 남한 정부에서는 공산조직으로 낙인찍었으므로 그녀는 남한으로 돌아갈 수도 없다. 다른 것은 다 놓아버리면서도 구세계 귀환의 거점으로 삼고자 붙잡고 있던 곽산의 땅마저도 공산 치하인 북한에 있기 때문에 그녀는 그곳으로 돌아갈 수도 없는 역설적인 상황을 제시하였다. 작자는 주인공을 통하여 구세계를 구성하던 남북한으로부터 모두 배척받던 한인 이민들의 곤경과 역사의 아이러니를 그려내고 있는 것이다. 작자는 또한 페이의 입을 빌어 "엄마 순 조선사람이 되는 것도 쉽지 않네요 뭐." 라고 말하게 함으로써, 혜수의 심경을 대변하게 한다. 페이의 이 말 속에는 "미국 사람 되는 일이 쉽지 않다"는 역설적 내포 또한 들어 있다. 말하자면 구세계에의 복귀도 신세계에의 적응이나 동화도 불가능하거나 최소한 '쉽지 않다'는 한인 이민들의 처절한 깨달음을 이 말은 의미하는 것이다. 그런 점에서 주인공을 포함한 한인 이민들은 운명적인 경계인인 셈이었다.

A Ricepaper Airplane에서 주인공 김성화는 구세계에 돌아가지도 못하고 그렇다고 신세계에 뿌리를 내리지도 못한 채 이민으로서의 성공

적이지 못한 삶을 마감한다는 점에서 Clay Walls에 그려진 혜수의 모습과 같다. 죽음을 앞둔 주인공 김성화가 그의 조카뻘인 용길을 만나 자신의 험난했던 역정을 술회하는 형식으로 스토리를 엮어나간 것이 바로 이 작품이다. 그러나 이 이야기를 김성화 자신의 개인사만으로 볼 수는 없다. 오히려 김성화의 삶이 대표하는 식민 치하 조선의 비극적 상황, 초기 노동 이민들의 참상, 일제에 대한 저항과 사상적 방황 등 복합적 요인들이 하와이 도착을 전후한 김성화의 개인적 체험들을 중심으로 전개되는, 작은 규모의 역사적 기술인 셈이다.

　　작품 속의 다양한 화소들이 김성화의 기억과 시간 순차에 의해 파노라마식으로 펼쳐지고 있지만, 그것들을 관통하는 정신은 급진적 반항아 김성화의 '조국에 대한 그리움과 집착'이다. 반드시 조국에 돌아가야만 한다는 그의 욕망은 그를 압제하는 세력에 대한 반항과 반발로 표출된다. 일제에 의해 고향과 가족들이 풍비박산나고, 결국 중국을 발판으로 하던 항일투쟁을 거쳐 하와이까지 오게 되었으나, 일본인에서 미국인으로 바뀌었을 뿐 그를 압제하는 세력이 여전히 건재하는 상황은 김성화 개인에게 참담한 비극으로 부각된다. 그리고 이러한 비극은 개인사에 국한되지 않고 민족 전체의 운명으로 확대해석 되도록 작품 전체가 긴밀하게 짜여있는 점이 흥미롭다. 표제로 나와 있는 'A Ricepaper Airplane'은 작품 속의 금강산이나 압록강과 함께 조국에 대한 그리움, 향수, 귀향 욕구 등을 표상하는 또 하나의 상관물이다.188 그러나 금강산이나 압록강은 현실 속의 그것들인 반면, 'a ricepaper airplane'은 주인공의 '비현실성·몽상·낭만성·과격성'만을 부각시키는 상징물이다. '한국→중국→일본→하와이'로 전전해온 낭만적 혁명가로서의 김성화, 그러나 하와이에서 다시 조국으로 복귀하고자 하는 꿈은 실현되지 않은 채 결국

188 이 점은 우리의 전통적인 것들을 소개하고 나열한 The Grass Roof의 주인공이 탈조국, 탈향의 욕망을 강하게 드러내고 있는 점과 대조적이다.

생을 마감하는 단계에까지 이르게 되는 것이다. 종이 비행기는 조국으로 돌아가지 못하는 존재의 비극성을 극적으로 드러내는 소재다. 그러한 비극적 휴먼 스토리가 바로 이 작품이다. 이 과정에서 그는 국가체제에 대한 반성적 인식을 갖게 되고 급진적인 사회주의자로 변신을 하게 되는데, 그러한 변신이 객관적이고 차분한 성찰을 통한 것이기보다는 감정적이고 낭만적인 정열로부터 이루어진 것임을 작가는 보여주고 있다. 그러나 이면적으로 그가 지니고 있던 순수성에 대한 찬양의 의도가 작품의 내면에 강하게 전제되어 있음은 물론이다. 이 작품의 창작 시점(혹은 기록시점)은 해방 후이다. 그러나 이야기 속 서술자의 발화 시점은 1928년 2월이다. 이 작품이 소설이면서도 단순한 소설이 아닌 것은 주인공의 입을 빌어 초기 이민 사회의 참상과 그에 결부되는 민족적 비극을 상세히 그려나간 미주 한인 이민사의 첫장으로 볼 수 있기 때문이다. 역사적 관점으로만 본다면, 이 이야기는 타율적 상황에 의해 조국으로부터 쫓겨난 뒤 찾아온 해외에서 조국을 그리워 하다가 비극적으로 생을 마칠 수밖에 없던 초기 이민들의 마음과 생활을 집약적으로 나타낸 기록이다. 비록 타율에 의해서이긴 하나 주인공 김성화가 찾아온 미국(하와이)은 그에게 신세계였다. 그러나 그에게 신세계란 구세계로 복귀하기 위해 잠시 체류하는 곳일 뿐이었다. 그러나 구세계로의 귀환이 현실적으로 어렵기 때문에 끊임없는 투쟁을 통하여 그것을 얻어내고자 한다. 이런 과정에서 그는 구세계로 돌아가지도 못한 채, 삭막한 신세계에서 참담한 패배자로 전락하고 마는 것이다.[189]

189 조규익,《해방전 재미한인 이민문학 1》, 28쪽.

4. 맺음말

이상으로 해방 전 문인인 Younghill Kang 의 작품 둘과 해방 후 두 문인(Ronyoung Kim/Gary Pak)의 작품 둘을 대상으로 그것들에 표상된 자아의 모습들을 살펴보았다. 전자들에는 식민조국을 탈피하여 신세계에 뿌리를 내리고자 하나 결국 미국 주류 사회의 굳게 잠긴 빗장을 여는데 실패하는 주인공의 처절한 모습이 사실적으로 형상화 되어 있다. 후자들에는 그 반대로 잠시 머물고 있던 신세계를 탈출하여 구세계로 복귀하고자 하나 그 또한 실패함으로써 좌절의 늪에 함몰하는 자아가 형상화되어 있다. 주인공들이 보여 주는 탈조국의 염원이나 조국에 대한 집착은 서로 상반되는 지향성이다. 그러면서도 경계인이라는 점에서 이들 모두는 하나로 묶인다. 한국인도 아니고 미국인도 아닌 어정쩡한 존재로서의 경계인적 자아는 이민 초기부터 오늘날까지 이어지고 있는 한인들의 집단 무의식 속에 자리잡고 있기 때문이다.

　　Younghill Kang의 두 작품은 그 자신의 자서전들이라고 할 만큼 그의 생애와 흡사하며 그에 따라 그가 부조해낸 Chungpa Han 또한 작자 자신의 복사판이라고 할 수 있을 정도다. 이 작품들의 전반부라고 할 수 있는 The Grass Roof에서 작자는 한국의 전통 문화를 지리하게 묘사·설명하고 있으며 그 가운데서 새로운 것을 추구하는 주인공의 모색 과정을 병행시켰다. 따라서 이 부분은 서양인들에 대한 한국 문화의 소개라는 한 측면과 작자 혹은 주인공의 서구 지향성에 대한 합리화로 설명될 수 있다. 이 단계를 거쳤기 때문에 가능했던 것이 바로 두 번째 부분인 East Goes West다. 이 부분에서 주인공은 닫혀있는 서양의 문을 열기 위해 많은 노력을 기울이지만, 결국 실패자로 남게 된다. 그러나 그렇다고 하여 구세계인 조국으로 복귀할 의욕 또한 전혀 없다. 오히려 조국을 더 철저히 버리고 미국사회에서 미국인이 되기 위하여 계속 노력해보려는 듯한 '망상가'의 이미지만 독자들의 마음 속에 남기고 마는 것이다. 어쨌든 이 작품들의 자아는 작자 자신을 포함하여 상당수의 이민자들이 느끼고 있었을지도 모르는, 정체성의 위기를 효과적으로 보여 주었다는 점에서는 성공적이었다고 할 수 있다.

Gary Pak이나 Ronyoung Kim의 작품들에 등장하는 김성화나 혜수 등도 결국 좌절한다는 점에서는 Younghill Kang의 Chungpa Han과 같으나, 그 지향성이 정반대라는 점에서 작자들을 포함한 또 다른 이민들의 자아를 대변했다고 볼 수 있다. 죽는 순간까지 종이 비행기라도 만들어 타고 조국에 돌아가려는 꿈을 버리지 못하는 김성화나, 꿈에 그리던 조국에 돌아갔다가 다시 미국으로 쫓겨올 수밖에 없었고 (남북 분단으로 인해) 앞으로도 어쩔 수 없이 조국을 포기해야만 하는 혜수는 1세대 이민들의 서글픈 현실이나 보편적 정서를 극명하게 드러낸다.

1세대의 한인 이민들 가운데 진정으로 탈조국의 꿈을 가졌던 부류는 Younghill Kang과 같은 지식인 이민들이었을 것이고, 조국에 돌아갈 꿈으로 미국 사회에 뿌리 내리기를 거부했던 사람들은 신세계에서조차 사람 대접을 받지 못하던 대부분의 노동 이민들이었을 것이다. 이와 같이 정반대로 나타나는 자아들의 양상은 이민 1세기가 지난 지금이나 앞으로도 상당기간 지속될 수밖에 없는 한인 이민들의 두 모습이다. 물론 이런 현상은 이 작품들뿐만 아니라 다른 작품, 다른 장르에도 같은 양상으로 나타난다.

인도로 떠난
승려들

1. 인도로 가는 길

　　기원전 126년, 한(漢, B.C. 206~A.D. 220)의 수도 서안(西安)에 남루한 차림의 사내가 나타났다. 하인인 듯한 남자 하나와 왠지 여느 아낙과는 다른 듯한 여인이 그를 따르고 있었다. 사내의 등장으로 수도는 떠들썩해졌다. 그는 13년 전, 흉노(匈奴)를 정벌하기 위해 대월지(大月氏)와 손을 잡으려고 수도를 떠났던 사신, 장건(張騫, ?~B.C. 114)이었다.

　　한나라는 건국 초에는 주변국들, 특히 흉노와 평화를 유지하기 위해 식량과 비단 등의 막대한 선물을 보내거나 왕실의 처녀를 보내어 혼인을 맺기도 하였다. 그러나 화의 정책은 결국 실패로 돌아갔고, 무제(武帝, B.C. 140-87 재위)는 기원전 129년부터 119년까지 흉노와 10여 년 간 긴 전쟁을 치러야 했다. 마침내 기원전 119년에 무제는 대장군 위청(衛靑)과 표기장군 곽거병(霍去病)이 이끄는 대군을 보내어 고비 사막을 가로질러서 흉노의 본거지를 치려는 계획을 세웠고, 비록 막대한 손실을 입기는 하였으나 흉노를 무찔러 대승을 거두었다. 비록 한나라 군대가

인도로 떠난 승려들　315

고비 사막의 남쪽에는 이르지 못하였지만, 중요한 것은 장건의 지리학적 지식의 도움으로 흉노의 본거지를 칠 수 있었다는 점이다.

무제가 장건을 대월지에 사자로 파견한 때는 기원전 138년이었다. 당시 일행은 100여 명이었다. 그러나 장건 일행은 장성(長城)의 북으로 해서 흉노의 세력권 내로 들어간 후 소식이 두절되었다. 장건은 흉노에게 사로잡혔고, 일행들은 모두 흩어졌던 것이다. 10여 년 동안 장건은 잡혀 있었다. 그는 흉노 여인과 혼인하고 자식을 낳으며 흉노인이 방심하기를 기다렸다가 틈을 타서 탈출하였다. 그때부터 그의 긴긴 여행은 시작되었다.

장건은 중앙아시아 동쪽의 대완(大宛, 페르가나)을 거쳐 대하(大夏, 박트리아)에 있던 대월지에 이르렀다. 장건은 미처 깨닫지 못하였으나, 그곳은 이질적인 두 문명, 동아시아 문명과 지중해 문명이 만나는 곳이었다. 박트리아는 2세기 전 알렉산더가 휩쓸고 지나간 후부터 그리이스 문화의 전초 기지였다. 그들의 문자·화폐·조각·건축 등은 모두 그리이스 계통이었다.

그러나 장건은 동서 문명의 접점이 얼마나 중요한지를 알지 못하였다. 결과적으로 그는 크게 실망했을 뿐이었다. 대월지도 흉노에 의해 서쪽으로 밀려났던 터였으나, 이미 대하(大夏)를 복속시키고 정주하였으며 토지의 비옥함에 만족하면서 흉노에 복수하려는 뜻을 잃고 있었기 때문에 한나라의 요청에 응하지 않았던 것이다. 장건은 다시 한 번 흉노땅을 거쳐 한나라로 돌아오려고 시도하였다가 또 잡혔다. 이번에는 그럭저럭 1년만에 탈출하여 돌아올 수 있었다. 외교 사절로서는 실패하였으나, 그가 가지고 온 새로운 정보는 그것을 보상하고도 남음이 있었다. 무제는 그에게 대중대부(大中大夫)의 벼슬을 내렸다.

장건의 견문은 곧바로 한나라의 서역 경영으로 이어졌다. 기원전

123년, 장건은 대장군 위청의 흉노 정벌에 따라 나서 공을 세웠다. 이듬해, 장건이 서역에서 얻은 견문을 기초로 인도로 가는 길을 개척하려는 목적으로 서남이(西南夷; 지금의 雲南省)로 탐험대가 파견되었다. 그 후 장건은 흉노 서북의 오손(烏孫)과 동맹을 맺도록 무제에게 건의하였고, 무제는 그 건의를 받아들였다. 그리하여 기원전 116년에 정사(正使)가 되어 다시 서역으로 떠났다. 오손이 흉노의 위세를 두려워하여 응하지 않는 바람에 목적은 달성하지 못하였지만, 무역 사절로서 각국에 파견된 그의 부하는 서방의 무역 사절을 이끌고 귀국하였다. 이로부터 공식적인 동서의 교통이 시작되었고, 그것은 장건이 열어 놓은 길 위에서 이루어 졌다. 그 길이 바로 '실크로드(Silk Road)'의 시발이다.

실크로드는 정치·군사적인 목적을 달성하려다가 자연스럽게 열

실크로드

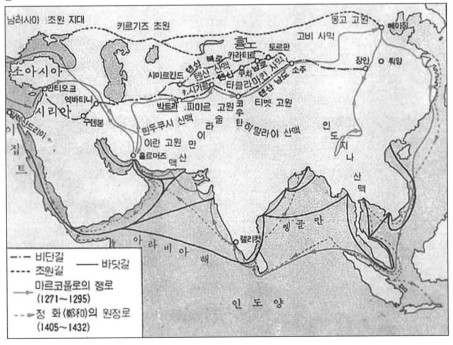

렸고, 이윽고 동서의 상인들이 활발하게 교역함으로써 문명 교류의 간선(幹線)이 되어 문명을 이루는 모든 것이 오고갔다. 문명의 전파와 수용, 그 변용이 그 길을 통해 이루어진 것이다. 동아시아에 2000여 년 동안 지대한 영향을 끼친 인도의 불교 또한 그 길로 들어왔다. 동서 문명의 어떠한 교류보다 동아시아와 인도 사이에 있었던 종교적 교류만큼 실크로드의 의의를 부각시켜주는 것은 없을 것이다.

불교는 붓다의 교법이라는 말이다. 붓다는 인도에서 태어나서 깨달았고 인도에서 가르침을 폈다. 그러므로 그 교법의 원형은 인도에 있는 셈이다. 동아시아에 불교가 전해진 후에 여러 세기 동안 수많은 경전이 한역(漢譯)되었는데, 그 과정에서 인도로부터 경전을 가져오고 또 가져온 경전의 정확한 의미를 이해하고 깨치기 위해서는 끊임없이 인도를 오갈 수밖에 없었다. 바로 그 역할을 맡은 사람들이 구법승(求法僧)들이다. 인도로 떠난 구법승들은 문명권과 문명권을 넘나들었기 때문에 그들의 체험은 그들의 상상을 초월한 것이었고, 그들의 체험은 그대로 인문학적 지평을 넓히는 것이었으며 그것이 끼친 영향도 지속적이면서 지대하였다.

2. 인도로 간 신라 승려들

구법승들은 당대 최고의 지식인이요 지성인들이었다. 그들의 구법행은 궁극(窮極)의 경지를 체득하려는 여행이기도 하였다. 따라서 단순한 여행이 아니고 일종의 수행이요 고행이었다. 그래서 그들이 남긴 여행기나 기행문은 그대로 수행의 역정(歷程)이다. 그들의 글은 문학이면서 철학이고 철학이면서 문학이다. 나아가 그것은 문명과 문명을 연결하는 문명지리학이기도 하였다. 그런데 중세 문명지리학은 단순한 지리학이 아니라, 목숨을 건 지리학이었다. 목숨을 건 만큼 그 지리학은 개인과 사회의 근본틀을 탈바꿈시키는 동력으로 작용하였다.

문명지리학의 구체적인 모습은 구법행을 떠났다가 돌아온 여러 승려들이 남긴 기록에 매우 자세하게 나와 있다. 대표적인 것으로는 동진(東晉)의 승려 법현(法顯, 4세기 후반~420 전후)의 《법현전(法顯傳)》(414~416), 《불국기(佛國記)》라고도 한다)과 당(唐)의 삼장법사 현장(玄奬, 602~664)의 《대당서역기(大唐西域記)》(646), 의정(義淨, 635~713)의 《대당서역구법고승전(大唐西域求法高僧傳)》(692) 등이 있다. 이 가운데서 《대당서역구법고승전》에는 56명의 구법승의 전기가 실려 있는데, 거기에 신라 승려 7인에 관한 기사가 보인다.

구법행이 단순한 여행이 아니라 목숨을 건 사투였음을 의정은 누구보다 잘 알고 있었다.

그 사이에 혹은 서쪽으로 만리장성을 넘어 홀로 갔고, 혹은 남쪽으로 바다를 건너 단신으로 떠났으니, 모두 거룩한 자취를 그리워하여 온 몸으로 부처님께 귀의하고 공경하였으며 돌아와서는 네 가지 은혜를 갚아서 바람을 펴뜨리려 하였다. 그러나 인도로 가는 길은 참으로 험난하고 법의 보배가 있는 곳은 지극히 멀다. 구법의 길을 떠난 이는 무수히 많다 하겠으나, 결실을 맺은 이는 한둘이 될까 말까 아주 적다. 참으로 아득하게 펼쳐진 사막과 긴긴 강은 뜨거운 햇살을 뿜어버리고, 넓고 넓은 바다에서는 산더미같고 하늘에 닿을 듯한 파도가 인다. 홀로 걸어서 철문(鐵門) 밖으로 나가 수많은 봉우리에 올라 몸을 던지고, 외로이 동주(銅柱) 앞을 흘러서 수많은 강을 건너 목숨을 바친다.[발남국에 친강구가 있다.] 아무 것도 못 먹은 게 몇 날이고 못 마신 게 며칠이던가? 이런저런 생각에 정신은 흩어지고, 근심과 괴로움으로 정신을 놓아버릴 지경이라 하리라.[190]

190 의정, 《대당서역구법고승전》 권상.

서쪽으로 만리장성을 넘어서 간 길은 실크로드이고, 남쪽 해로(海
路)는 동남아시아를 지나 인도로 가는 길이다.[191]

[191] 동서 교류의 3대 통로로 북방의 초
원로, 중간의 오아시스로, 남방의 해로를
지칭하며, 이를 통틀어 실크로드라 한
다.(정수일, 《실크로드학》, 창작과비평사,
2001, 35-41쪽 참조) 이 글에서는 협의의
의미로 실크로드라는 용어를 사용함을
밝혀둔다.

아득하게 펼쳐진 사막은 중국과 서역을 연결하
는 관문인 돈황(敦煌) 서쪽에서 파미르 고원까지
동서로 육천리, 남북으로 1500리라는 거대한 사
막 타클라마칸이다. 실크로드는 바로 이 사막을 뚫고 뻗어 있는 남과 북
의 두 갈래 길이다. 의정보다 300여 년 앞서 갔던 법현은 사막의 끔찍함
을, "사하(沙河)에는 원귀(寃鬼)와 뜨거운 바람이 심하여 이를 만나면 모
두 죽고 한 사람도 살아남지 못한다. 위로는 나는 새가 없고 아래에는 길
짐승이 없다. 아무리 둘러보아도 아득하여 가야할 길을 찾을 수 없고, 언
제 죽었는지 알 수 없는 메마른 해골만이 길을 가리키는 표지가 되어준
다"라고 묘사하였다. 비록 고비 사막에 대한 묘사이지만, 그 위험은 크게
다르지 않을 것이다.

긴긴 강은 타림하(Tarim河)로, 타클라마칸 사막을 뚫고 동남쪽으로
흐르는 약 2000킬로미터 길이의 강이다. 철문(鐵門)은 파미르고원에서
아랄해(Aral海)로 흘러 들어가는 옥서스(Oxus)강 동북에 있는 석회암석
지층을 뚫고 뻗어 있는 좁은 통로의 종점이다. 《대당서역기》에는 이 관문
의 끝 지점에 철로 문을 만들어 거기에 철제 방울을 걸어 놓았다고 씌어

파미르 고원
멀리서 본 파미르고원이다. 눈으로 덮여
있는 모습에서 쉽사리 접근할 수 없는 위
용을 느낄 수 있다. 비록 혜초가 이 고원
을 곧장 넘는 것은 아니라 하더라도 그
옛날 이처럼 험하고 위태로운 길을 걸어
서 동서를 오갔다는 걸 생각하면 온몸에
전율을 느낀다.

있다. 이 철문을 지나서 옥서스강을 건너 힌두쿠시산맥을 넘으면 북인도로 가게 된다. 동주(銅柱)는 지금 월남의 하노이 지방으로, 한나라 때에 남쪽 경계의 표식으로 구리로 기둥을 세웠기 때문에 붙여진 이름이다.

이렇게 멀고 험한 사막과 산맥, 강과 바다를 건너면서 먹지도 마시지도 못하는 날이 며칠이고 계속되면, 정신은 아득해지고 급기야 미쳐버리거나 죽음에 이른다. 오죽하면 해골을 이정표로 삼아 길을 찾아 갔겠는가? 자연의 험준함만이 장애는 아니었다. 곳곳에서 출몰하는 도적 역시 장애였다. 그들은 구법승들의 물품을 빼앗거나 목숨을 위협하고 때로는 길을 막고 나아가지 못하게 하였다.

그런데 이런 구법의 험난함에 대한 묘사는 그 자체로 지리학적 지식의 보고이다. 사실이면서 사실을 넘어서고 사유의 확장을 가져다주는, 즉 인식의 지평을 열어주는 글쓰기가 저절로 이루어진 것이다. 구법승들의 기행문 자체가 당시 최고 지식인의 글이라는 면에서도 주목을 받기에 충분한 것이지만, 무엇보다 그 기행이 문명과 문명을 오고가면서 이루진 여행이기 때문에 문명사적 글쓰기로서의 의의를 갖는다.

《대당서역구법고승전》에 입전된 신라의 구법승들은 각기 다른 길을 따라 인도로 갔다. 아난야발마(阿難耶跋摩)는 장안(長安)의 광협(廣脇)을 떠났다고 하였고, 혜업(慧業)은 서역으로 떠났다고 소략하게 서술되어 있는데, 이는 아마 알려진 육로를 거쳐 갔기 때문일 것이다. 이에 비해 약간 자세하게 서술한 경우에는 택한 길이 달랐음을 알 수 있다.

영휘(永徽, 650-56) 연간에 토번(吐蕃, 티베트)의 길을 택하여 니파라(泥波羅, 네팔)를 거쳐 중인도에 이르렀다.(玄太法師)

장안에서 출발하여 멀리 남해(南海)로 갔다. 배를 타고 실리불서국(室利

佛逝國)의 서쪽 파노사국(婆魯師國)에 이르렀으나, 병을 얻어 둘 다 죽었다.(無名僧)

두 번째는 이름이 알려지지 않은 두 승려의 구법행에 대해 기록한 것이다. 그들이 택한 길은 당시에 이미 알려져 있던 남방의 바닷길이었다. 실리불서국은 수리비자야(지금의 수마트라 항구)이고, 그 서쪽의 파노사국은 파로국(婆露國)으로 알려진 수마트라 서북부의 브루어(Breueh)섬이다. 그렇게 보면, 멀리 남해로 갔다는 것은 배를 타기 위해 중국 남쪽의 광주(廣州)로 간 것임을 알 수 있다. 당시에 광주를 남해군(南海郡)이라 했으므로 틀림이 없다.《대당서역구법고승전》에는 이들 외에도 해로(海路)를 통해 인도로 간 승려들이 34명이었다. 육로보다 해로를 이용한 사람이 많다는 것은 뱃길이 그래도 더 안전했다는 것을 의미하는 것일 수 있고, 또 해로를 통한 동서 문명의 교류가 더욱 활발했음을 암시하는 것이기도 하다.

그런데 현태법사가 선택하여 갔던 길은 사뭇 다르다. 육로라는 점에서 다르다는 게 아니라, 육로이면서도 구법승들이 대체로 선택했던 길과 다르다는 말이다. 기록이 워낙 소략해서 현태법사가 선택한 길에 대해 구체적으로 알 길은 없으나, 그 대략을 추정해 본다면 그 길이 갖는 의미를 짐작할 수 있다.

중국에서는 인도를 서쪽에 있는 것으로 간주하고 있었지만, 엄밀하게 말하면 남서쪽이며, 남쪽이라 말하는 게 더 정확하다. 그럼에도 대개의 구법승들은 실크로드를 경유하여 인도로 꺾어 들어갔다. 법현과 현장도 실크로드를 통해 인도로 갔다. 그래서 대개의 경우 인도 서북부를 통해 인도로 들어가는 길을 택하게 된다. 그런데 현태법사는 곧장 인도로 이어지는 길을 선택하였다. 인도 서북부로 들어가는 노선, 즉 실크로드가 아니라 티베트를 거쳐 곧장 인도 중부 또는 동북부로 들어가는 노선을 택한 것이다.

남방의 바닷길도 마찬가지이지만 실크로드는 동서의 교역로이다. 일차적으로는 동아시아와 아랍, 나아가 동아시아와 유럽을 이어주는 길이다. 동아시아에서 인도로 가는 직접적인 길은 아니라는 말이다. 이건 인도와의 문명사적 교류가 한정적일 수밖에 없다는 걸 의미한다. 즉 동아시아의 주된 교역 대상은 인도가 아니었다는 말이다. 그런 점에서 인도와는 주로 종교적 교류에 한정되어 있었다고 해도 과언이 아니다.

현태법사는 고창(高昌) 서북의 투르판(吐魯番)과 자루기루크(若羌)를 지나 티베트를 거쳐 히말라야 산록을 따라 북인도로 이어지는 길로 갔을 것이다. 이 길은 당(唐)과 티베트의 관계가 우호적일 때에 당의 사신이나 구법승들이 가던 길이었다. 사실상 이 길은 곧장 티베트를 거쳐 네팔을 지나 베나레스로 이어지기 때문에 인도로 가는 지름길이다.[192] 바로 그 길로 현태법사는 갔던 것이다. 그런데 이 길 역시 중국과 인도의 직접적인 교역로는 아니었다.

[192] 이 길을 라마로라고 일컫는다. (정수일, 앞의 책, 79쪽.)

티베트와의 관계에 따라 일시적으로 이용했던 길이고, 또 인도까지 갔던 사람들은 구법승들이 대부분이었을 것이므로 종교적 의의가 큰 길이었다고 하겠다.

이 외에 혜륜(慧輪)과 현각(玄恪)은 현조(玄照)법사를 따라서 인도로 갔다고 되어 있는데, 현조법사는 타클라마칸 사막을 거쳐 철문을 지나고 히말라야산을 넘어 티베트에 이르렀다가 다시 인도 서북부의 자란타국(闍蘭陀國)으로 가는 길을 택하였다. 대개의 구법승들이 선택한 길로 갔음을 알 수 있다.

인도로 가는 길은 그 자체로 고행이다. 진정으로 정법을 체득하고자 하는 열정이 없다면 불가능한 일이 바로 구법행이다. 가다가 죽는 일이 비일비재했고, 도착하여서 돌아오지 못하고 죽은 이들도 많았으니, 살아서 돌아온 자들은 극소수였을 것이다. 《대당서역구법고승전》에는 인도에서 돌아오지 못하고 죽은 승려들에 대한 안타까움이 줄곧 서술되고 있다. 그러니 신라의 승려들 가운데 구법승이 어찌 일곱 명뿐이었겠는가?

동아시아와 아랍의 교류에 비하면 동아시아와 인도 사이의 교류는 매우 한정적이었다. 그럼에도 그 교류는 동아시아인의 삶과 사회, 문화, 역사를 송두리째 변혁시키는 구실을 하였다. 특히, 구법승들에 의해서 중국불교는 드디어 격의불교(格義佛敎)의 틀에서 벗어날 수 있었고, 독자적인 불교사의 전개가 가능하였으니, 선종(禪宗)의 확립, 교학의 영향을 받아 성리학이 집대성된 것 등이 그렇다.

3. 혜초와 《왕오천축국전》

혜초(慧超, 704~780)도 신라의 수많은 구법승들 가운데 한 사람이다. 그러나 그가 특히 주목받는 것은 그가 남긴 《왕오천축국전往五天竺國傳》 덕분이다. 세계적인 여행기로 손꼽히는 그 책은, 그러나 세상에 알려진 지 아직 100년도 채 안된다. 어쩌면 그래서 더욱 진기하게 여겨지는지도 모른다.

《왕오천축국전》은 혜초 자신의 여행을 기록한 것이고, 《대당서역구법고승전》은 구법승들의 전기를 집록한 것이라는 점에서 큰 차이가 있다. 그러나 혜초와 의정 모두 인도로 가는 길로 해로를 택했다는 점, 여행기 속에 개인의 심사를 시(詩)로써 토로하고 있다는 점에서는 유사하다. 특히 여행기 속에 시가 있는 경우는 드물기 때문에 눈여겨 볼 가치가 있다.

여행기는 그 자체로 지리학적 지식의 보고이다. 지리학적 지식은 그대로 객관적이어야 한다. 그러나 시는 주관적인 표현의 산물이다. 여행기 속의 시, 서로 맞지 않아 보인다. 그러나 어떠한 사람이든 객관적이기만 하거나 주관적이기만 한 건 아니다. 깨달음을 얻었다면 이미 주관과 객관의 구분이 없으므로 문제가 되지 않고, 그렇지 못한 사람이라면 당연히 그 둘을 함께 지니고 있을 것이다. 구법승들 역시 아직은 깨침을 얻지 못한 사람들이고, 더구나 멀고 험난한, 생사를 건 구도의 여행을 떠난 사람들이니 전혀 감회가 없을 수 없다. 없다면 그것이 더욱 문제가 될 것이다. 중요한 것은 그러한 감회의 성격이 어떠한가이다.

먼저《대당서역구법고승전》에 실려 있는 의정의 작품을 보자.

내 가야할 길 수만 리
시름에서 온갖 생각 일어나네.
어찌 여섯 자 작은 몸으로
홀로 걸어서 인도로 가리?

상장군은 삼군을 업신여길 수 있어도
하찮은 선비의 뜻은 꺾기 어려우리.
짧은 목숨을 아끼는 것으로야
어찌 영원한 편안함을 얻으리오?

의정이 광주까지 오면서 많은 벗들과 뿔뿔이 흩어진 후, 이제는 차마 발이 떨어지지 않으면서 여행의 시름, 헤어지는 슬픔, 일찍 죽는 시름, 흰 머리가 되는 시름 등을 생각하면서 읊은 두 편의 시이다. 앞의 시는 그대로 시름에 겨워서 읊은 것이어서 갈 길의 아득함, 이에 비해 자신은 참으로 하찮은 몸뚱이에 지나지 않다는 초라함을 여과하지 않은 채로 드러냈다. 반면에 뒤의 시는 전혀 다른 마음가짐을 보여준다. 그가 구법행을 떠나겠다고 한 결심은 결코 꺾일 수 없고 누구도 꺾을 수 없다는 단호함, 이슬처럼 사라질 목숨에 연연하다가 영원한 해탈을 잃게 되리라는 명료한 자각을 뚜렷하게 드러내고 있다. 둘 다 시인의 내면이 그대로 표현되어 있다.

　현존하는《왕오천축국전》에는 다섯 수의 시가 실려 있다. 그 가운데 하나를 들면 다음과 같다.

> 보리수가 멀다고 근심하지 않는데
> 어찌 녹야원을 멀다 하리오?
> 가파른 길 험한 게 근심일 뿐,
> 업인(業因)의 바람 몰아쳐도 개의치 않네.
> 여덟 탑을 보기란 참으로 어려운데
> 오랜 세월을 겪어 거지반 타버렸네.
> 어찌 사람의 바램이 이루어지리오?
> 오늘 아침 내 눈으로 보았도다!

　근심하지 않고, 개의치 않는다고 하여 정서가 드러나 있고, 표현도 뛰어나다. 보리수(菩提樹)는 부다가야에 있는, 석가모니가 그 아래에서 정각(正覺)을 얻었다고 하는 나무이기도 하지만, '깨달음의 나무'라는 의미로 '정각'이라는 최상승의 도를 뜻하기도 한다. 업인(業因)의 바람도 여행 도중에 혜초를 끊임없이 괴롭혔던 거친 바람을 가리키면서 혜초가 지은 업을 의미하기도 한다. 중의적 표현이 매우 절묘하다.

　무엇보다도 그런 정서가 지리학과 긴밀하게 연결되어서 드러나 있다는 점이 주목된다. 녹야원이 멀지 않다고 하였는데, 녹야원은 바라나

시에 있다. 여덟 탑은 4대 영탑, 즉 불생처(佛生處), 득도처(得道處), 전법륜처(轉法輪處), 반니원처(般泥洹處)에 있는 탑과 카필라바스투의 불강생탑(佛降生塔), 바이샬리의 현불사의처탑(現不思議處塔), 데바바타라성의 종천강하삼도보계탑(從天降下三道寶階塔), 슈라바스티의 서다림급고독원설마하반야바라밀다도외도처탑(逝多林給孤獨園說摩訶般若波羅蜜多度外道處塔) 등이다.[193] 동아시아의 승려가 이 여덟 탑을 보기란 얼마나 어려운가? 그런데 드디어 자신의 눈으로 보았다. 바로 오늘 아침에! 그 감격이 어떠했을지는 가히 상상할 수 있다. 간단히 말하면, 성지를 순례하고 그 감회를 읊은 시라고 할 수 있다. 이렇게 은근히 자신의 정서를 드러내면서도 지금 어디에 있는지, 무엇을 보았고 어디를 거쳐 왔는지를 짐작할 수 있게 하고 또 목도한 것의 상태도 알 수 있게 했으니, 이것이야말로 시적 지리학이요, 지리학적 시이다.

193 정수일,《혜초의 왕오천축국전》, 창작과비평사, 2004, 154~158쪽.

혜초는 파미르고원 남쪽의 호밀국(胡蜜國)을 거쳐 돌아오다가 이역으로 가는 중국 사신을 만났다. 그 때의 소회를 읊은 시가 있다.

Mahabodhistupa
마하보디스투파, 즉 정각탑이다. 높이 52m로 장엄하기 그지없다. 석가모니가 깨달음을 얻었다고 하는 보리수가 있는 곳, 붓다가야에 마하보디 사찰이 세워져 있고, 그 안에 대탑이 있다. 아쇼카왕이 처음 세웠다고 하는데, 혜초가 갔을 때에는 이미 불타버리고 흔적만 남았던 것 같고, 지금 볼 수 있는 것은 그 후에 다시 세워진 것이다.

    그대는 서쪽 이역이 멀다고 한탄하나
    나는 동쪽 가는 길이 멀어 탄식하노라.
    길은 거칠고 눈쌓인 봉우리 아득한데
    험한 골짜기엔 도적떼가 날뛰도다.
    새는 날다가 솟아오른 산세에 놀라고
    사람은 기울어진 다리를 건너기 어렵구나.
    평생 눈물 훔친 적 없던 나였건만

오늘만은 하염없이 눈물 뿌리도다.

이 시 역시 시의 본령에 충실하면서 지리학적 정보도 절묘하게 담아내고 있다. 첫 두 줄에서는 서쪽으로 가거나 동쪽으로 가거나 멀고 험난하다는 사실에서 오는 한탄과 탄식이 그대로 표출되고 있다. 셋째 줄에서 여섯째 줄까지는 거친 길, 아득한 봉우리, 험한 골짜기, 출몰하는 도적떼, 가파른 산세, 세월에 시달려 기울어진 다리 등 가야할 길에 놓인 장애물들이 차례로 묘사되고 있다. 그대로 지리학이다. 그리고 그 지세가 얼마나 험난하고 위태로운지를 마지막 두 줄의 하염없이 흐르는 눈물로 표현하였다.

이렇게 보면, 혜초의 시는 시이면서 지형도이고 지형도이면서 시이다. 이미 기행의 과정을 산문으로 서술하고 있던 터였으므로 굳이 이런 시를 쓸 필요는 없었다. 만약 지리학적 지식과는 달리 순전한 개인적 감회를 읊은 것이라면 함께 실어도 무방하다고 할 수 있다. 의정이《대당서역구법고승전》에서 그 자신이 지은 시, 그리고 입전된 구법승이 지은 시들은 대체로 그런 경우이다. 그런데 혜초는 시이기만 한 게 아니라 그자체로 지리학이나 지형도가 될 수도 있는 시를 함께 싣고 있다. 다른 시들도 위에서 소개한 것과 거의 상통하는 면을 보여주고 있다. 비록 다섯 수에 불과하지만 인문지리학 또는 문명지리학이라는 측면에서 결코 도외시할 수 없는 면을 보여주고 있다.

4. 마무리

대개 지리학이라고 하면, 사람의 정서와는 거리가 먼 것으로 여긴다. 지리학은 객관적인 대상을 주관의 개입없이 연구하는 학문 정도로 생각한다는 말이다. 만일 그렇다고 한다면 지리학은 진정한 학문이 될 수 없다. 어떤 학문도 사람의 삶과 떨어져 있지 않기 때문이다. 지리학이라는 것도 지리에 대한 학문이다. 지리는 땅에서 살 수 밖에 없는 사람들의 모둠살이가 이루어지는 토대이다. 이 토대를 연구하면서 사람을 빼놓는다는 것 자체가 모순이다.

　　문명지리학이니 문학지리학이니 하는 말들도 결국은 지리학이 곡해되고 있음을 나타낸다. 근래에 와서 그런 곡해를 바로잡으려는 노력이 이루어지고 있는데, 그렇게 하려면 분과 학문의 경계를 넘어서야 한다. 혜초가 문명과 문명을 넘나들었던 것처럼 우리도 그렇게 넘나들어야 한다. 넘나들더라도 단순하게 이동하는 것이 아니라, 하나로 융화되게 해야 한다. 그것을 혜초의 《왕오천축국전》을 통해 엿볼 수 있으리라.

　　의도했건 의도하지 않았건, 혜초의 시는 기행문이 어떠해야 한다는 것, 진정한 지리학은 주체의 정서나 삶으로부터 분리될 수 없다는 것, 문명지리학이란 이러해야 한다는 것을 절묘하게 보여 준다고 생각한다. 혜초의 《왕오천축국전》은 인도로의 구법행에 대한 마지막 기록이다. 그러나 그 마지막이 우리에겐 시작이 된다, 문명지리학의 시작이.

고비 사막의 바람
몽골, 티베트

아리온 사나

1. 왜 몽골인가

몽골과 한국은 민족 기원 문제로부터 몽골제국과 고려와의 관계 등 역사적으로 매우 밀접한 관계가 있는 나라이다. 그런데 청조(淸朝) 건립 이래 양국은 지리적, 정치적인 영향으로 상호 간에 접촉이 단절되었다. 그러나 1990년 수교 이후 양국은 직항로의 개설과 양국 정상의 상호 방문을 비롯한 외교, 무역, 문화, 종교, 교육 분야에서 활발한 교류가 이루어졌다. 한국 사람들은 '몽골'이라고 하면 칭기스칸을 떠올리며, 몽골 반점과 몽골 주름과 같은 몽골로이드(mongoloid)에 대해서 말한다. 인종적인 면에서, 언어적인 면에서 몽골과 한국의 관계는 매우 깊으며, 현재에는 정치, 경제적으로 많은 관련을 맺고 있다.

몽골로이드는 아시아 대륙 동쪽 절반과 그 동남쪽, 또는 동쪽에 흩어져 있는 섬들과 남북 아메리카 대륙에 넓게 분포하는 인종으로 실로 세계 인구의 삼분의 일이 이에 속한다. 몽골로이드란 몽고인 같은 사람, 혹은 황색인종을 말하는데 여기에는 멸시하는 뜻이 담겨 있다. 피부는 검붉으며 엉덩이에 푸른 반점[小兒斑]이 있고, 광대뼈가 튀어나온 얼굴이 평면적인 인종에 두루 쓰인다. 어쨌든 지금 한국과 몽골 두 나라 사이에는 많은 인적, 물적 교류가 이루어지고 있고, 2003년을 기준으로 한국에는 몽골 사람 2만 명 이상이, 몽골에는 한국 사람 1200명 이상이 상주하고 있다. 역시 2003년 말을 기준으로 한국은 몽골의 제4위 교역국이며, 제4위 투자국이다. 울란바타르 시내에는 달리는 택시의 대부분이 현대차라고 할 만큼 한국은 몽골에 관계를 확대하고 있다. 몽골은 이제 한국과 아주 가까운 이웃나라로 한몽협회와 같은 두 나라 관련 민간 교류 기구만도 30여 개나 있다고 알려졌다. 몽골로 떠나는 한국 관광객은 거의 매일 울란바타르로 향하는 비행기에 오르고 있으며, 몽골 여행과 관련한 여행 안내서나 기행문은 베스트셀러로 서점을 장식하고 있다.

몽골(Mongol)은 원래 "용감하다"는 뜻을 지닌 부족 이름이었는데, 징기스칸이 몽골 부족을 통일시키면서 민족명(Mongol)으로 바뀌었고 지금은 국가명이 되었다. 과거에 사용되던 몽고(蒙古)라는 명칭은 중화사상을 가진 중국인들이 주변 민족을 몽매한 야만인이라고 경시하면서 청나라 이후 몽고라고 부른 데서 유래했기에 적절한 표현이 아니다. 1924년 사회주의 혁명으로 수립된 당시 국호가 '몽골인민공화국(People's Republic of Mongolia)' 이었으나, 1992년 민주화 이후 신헌법에 따라 '몽골(Mongolia)' 이 되었다. 우리가 보통 '몽골' 이라고 하면 독립국 몽골을 말하는 것이며, '내몽골' 이라고 부르는 내몽골 자치주는 중국의 영토가 되어 있다.

몽골은 중앙아시아 고원지대의 내륙국가로서 북위 41°-52° 사이에 자리하고 있다. 대흥안령(大興安嶺)의 북쪽 변방 아르군강과 시르카강이

고비사막 출처_http://photo.empas.com/lanky41/lanky41_4

합류하는 계곡 주위로, 몽골 족이 사는 지역은 고비 사막을 기점으로 내몽골과 외몽골로 나뉘어지며, 내몽골은 중국 안의 내몽골 자치주로, 외몽골은 몽골 공화국을 이루고 있다. 북쪽으로는 러시아의 부리아트 공화국과 3485킬로미터 국경을 접하고 있으며, 남쪽으로는 중국의 신강 위글 자치구, 내몽골 자치구와 4677킬로미터 국경을 접하고 있다. 몽골은 지리적으로 중앙아시아의 심장이며, 면적은 약 156만 7000평방킬로미터로 한반도의 약 7.4배, 대한민국의 16배 정도의 크기이며, 동서로 긴 배 모양의 영토를 가지고 있다. 몽골은 세계에서 17번째로 넓은 나라이며, 그 면적을 유럽에 비기면, 프랑스와 독일, 스페인, 포르투갈, 네덜란드, 벨기에를 합한 면적과 같은 넓이이다. 국토는 목축지가 80%, 산림이 10%여서 온 나라가 골프장을 닮았고, 경작지는 겨우 1%이다. 울란바타르가 수도이며, 전체 인구 247만 5400명 가운데, 수도에 84만 6500명이 거주하고 있다.

지형은 평균 고도가 해발 1500미터로 한국의 오대산 정상에 비길 수 있는 고원국가(高原國家)로, 북서쪽은 산악형 고산 지대, 남부는 사막 지대이며, 중부와 동부가 초원지대를 이루고 있다. 특히, 전국토의 40% 가량이 사막 지대인데, 모래 사막은 극히 드물고 강수량이 적어 초지가 없는 황무지 토양 사막이다. 지형은 북서부의 알타이 산맥으로로부터 동남 부의 평원지대로 서고동저 형태로 펼쳐져 있다. 서쪽 끝 러시아와 중국 의 국경 지대에 솟아있는 후이퉁어르길(Huityn Origil, 추위의 정상이라 는 뜻)이라는 봉우리가 최고 지대로 4366미터이고, 동부 평원 지대가 최 저 지대로 522미터이다.

기후는 전형적인 대륙성 기후로 날씨의 변화가 심하고 건조하다. 일 교차와 연교차가 매우 크고, 겨울이 길고 추우며, 여름이 매우 짧다. 1년에 구름이 없는 날이 257일나 되는 등 맑고 높은 하늘을 항상 볼 수 있다. 연평 균 비가 내리는 날이 15-20일밖에 되지 않으며, 그 중 65-78%가 여름에 내 린다. 연중 평균 강수량은 지역마다 다른데, 수도 울란바타르 시의 연중 평균 강수량은 258.5밀리미터로 서울의 5분의 1도 되지 않는다.

수도 울란바타르시 (Ulaanbaatar, '붉은 영웅' 의 뜻)는 1639년이 건 립되었으며, 위치는 북위 47도 55분으로 위도상 파리, 뮌헨, 시애틀과 거 의 일치하며, 경도상으로는 동경 106도 53분으로 호치민시, 자카르타시 등과 일치한다. 울란바타르시의 면적은 1358평방킬로미터로 대한민국 서울의 2.2배이며, 해발 1351미터의 분지 형태를 이루고 있다. 시의 상징 은 항가리드(Khan Garid)로, 용을 잡아먹고 산다는 전설상의 새들의 왕 이다. 시내에는 '간단사' 라는 라마교 사원(喇嘛敎寺院)이 있는데, 이것 은 소포타라궁이라고도 하여 티베트의 수도 라싸에 있는 티베트불교의 사원을 본떠 지은 몽골 불교 사원의 중심 사찰이다.

울란바타르 시의 역사를 살펴보면 1639년 할흐족 부족장 투쉐트항

(Tushet Khan)이 쉐레트차간 호수 주변에 유목도시를 건설하고 도시명을 어르거(Urga, 궁궐이라는 뜻)라고 이름한 데서 시작된다. 이후 몽골의 수도는 어르헝, 톨, 셀렝게강 유역을 20여 차례나 이동하면서 도시명도 여러 차례 바뀌었다. 1778년 현재의 위치에 자리잡으면서 도시 이름을 이흐 후레(Ikh Khuree, 큰 도시라는 뜻)로 개명했다가, 1911년 다시 니슬렐 후레(Niislel Khuree, 수도 도시라는 뜻)로 바꾸었다. 1924년 인민 혁명이 달성된 후 전국인민대표자회의에서 몽골인민 공화국이 선포되고 도시명도 혁명 영웅인 수흐바타르(Sukhbaatar) 장군을 기념하여 울란바타르라고 개명했다.

몽골어는 계통적으로 터키 제어, 만주-퉁구스 제어 그리고 한국어와 마찬가지로 알타이제어(The Altaic languages)에 속하며, 유형상 교착어(The Agglutinative)이다. 역사상 몽골어가 언제부터 사용되었는가 하는 것에 대해서는 학자들마다 의견이 다르다. 중국 만리장성 이북에 거주하던 흉노족의 돌궐어나 거란족이 사용하던 언어도 몽골어와 유사한 계통의 언어라고 한다. 베일에 싸여 있던 몽골어는 12-13세기에 이르러서야 뚜렷하게 제 모습을 드러낸다. 15, 16세기 이후의 몽골어를 현대 몽골어라고 하는데 현재 몽골어는 몽골국 이외에 중국의 내몽고자치구, 신강성, 감숙성, 청해성, 그리고 러시아 연방 내의 몽골인들과 아프가니스탄의 몽골족 등 현재 전 세계에 총 600만 명 정도가 몽골어를 모국어 또는 이중 국어로 사용한다. 몽골어가 이렇게 넓은 지역에 퍼진 이유는 첫째, 13, 14세기 세계 정복을 위해 각지에 흩어졌던 몽골족 일부가 몽골 초원으로 돌아오지 못하고 각기 정복 지역에 남은 데서 기인한다. 이렇게 해서 몽골어는 유라시아의 광활한 지역에 퍼지게 되었고, 이것은 몽골의 해외 원정의 역사와 관련이 크다.

몽골어의 문법은 한국어와 유사하다. 즉 수식어는 피수식어의 앞에 놓이고, 목적어는 서술어의 앞에 놓인다. 관계 대명사가 없으며 부동사가 발달했다. 또한 시제와 상, 태, 서법 범주를 나타내는 어미가 아주 발달해 있다. 현재 알파벳은 러시아의 '끼릴 문자'를 빌어쓰고 있다.(1946년 이후 몽골국의 공식 문자가 됨) 이전까지 공식 문자는 이른바 '위그르 문자', '구(舊)문자'라고 불려온 '몽골 문자'였다. 이 문자는 몽골족이 9세기경 소그드(Sogd)로부터 받아들여 1000년 이상을 몽골의 공식 문자로 사용해 왔다. 이 문자는 15세기 훈민정음 창제에 큰 영향을 끼쳤으며, 후일 만주 문자 창제에 기저 문자가 되기도 했다. 현재 내몽고 자치구에서는 이 문자를 공식 문자로 사용하고 있다.

2. 티베트의 역사, 몽골과의 관계

몽골 인구의 94%가 티베트 불교인 라마교 신자라는 통계에서도 알 수 있는 바와 같이, 몽골은 티베트와 관련이 많다. 여기서 몽골과 함께 티베트를 이야기하는 것은 몽골인들은 티베트 불교인 라마교를 믿으며, 티베트어 경전을 사용한다. 또 몽골의 문학은 역사와 서사시에서 티베트의 역사 문학을 적잖게 공유하고 있다. 티베트는 중국 본토의 서쪽, 인도의 북쪽, 파미르 고원의 동쪽 고원 지대에 자리한 나라이다. 티베트의 정사(正史)에는 기원전 127년에 즉위한 냐티 찬보(贊普)194

194 '찬보(贊普)'라는 말은 티베트어 '캄보(Gampo)'의 음역어로, 토번 왕조의 임금의 칭호이다.

가 최초의 왕이라고 되어 있다. 6세기 이전까지의 티베트는 신화와 전설에 싸여 있는 나라였다. 6세기 이후 티베트는 593년에 즉위한 송찬 찬포(Songtsen Gampo)가 620년대에 통일 왕국을 형성하였다. 634년에 송찬 왕은 당나라에 사신을 보내서 공주에게 장가들기를 청하였는데 거절당했다. 이에 당나라를 침범하여 압력으로 결국 문성(文成) 공주를 맞이하는 데 성공하였고, 643년에는 네팔을 멸망시키고 테튼

왕녀를 맞아왔다. 이 두 왕녀들은 모두 열성적인 불교 신자였다. 티베트는 이들 여성들을 통해서 불교를 받아들이게 되었다. 송찬 왕이 죽은 뒤에 토번국은 세력을 크게 확장하여 669년에는 신강 위그르의 남부까지 영토를 확대했고, 8세기에는 당나라의 장안(長安)까지 함락하고 불교를 국교화하는 등 토번국의 전성기로 번영했다.

티베트는 9세기에 후반에는 군웅할거의 시대로 불교의 각 종파는 각 지방에서 독자적으로 발전했고, 13세기에 이르러서 티베트는 몽골군의 위협에 고통당했으나 몽골 사람을 종교적으로 교화하는 것으로 비호를 받았다. 1270년 이후 티베트는 승려가 제정(祭政) 양 권을 쥐는 전통을 확립했고, 1578년 몽골의 아르탄 한은 테븐사의 고참승에게 달라이 라마[몽골 말로 대해(大海)의 스승]의 칭호를 보냈는데 지금은 14세대에 이르고 있다. 달라이 라마 5세는 라싸를 수도로 삼고 포타라 궁을 건설하여 통치기구를 정비하였으나, 1720년대에 청나라에 합병되어 중국의 일부가 되었다.

몽골의 편년체 역사책인 《황금사강(黃金史綱)》은 티베트 불교인 라마교에 근거를 두고 있으며, 몽골의 역사와 왕통을 인도와 티베트에 연결시키고 있다.

> "테무린 칭기스 칸은 천명을 받아서 태어났다. 석가모니가 열반에 든 지 3200여 년 뒤 세상에는 열두 폭군이 태어나 중생을 괴롭혔다. 그들을 다스리기 위하여 불타는 표를 주어 칭기스 칸을 탄생케 했다. (칭기스 칸은) 오색사이(五色四夷-세계를 가르킴) 염부제(閻浮提) 361종 성씨 및 720종 언어의 나라를 정복하여 부역을 거두었다. 인민의 수족을 분별하고 세상을 태평케 하고 생활을 안녕케 하여, 전륜왕(轉輪王)[195]처럼 이름을 떨쳤다."

195 전륜왕은 正法을 가지고 세계를 다스릴 것이라는 인도 신화의 이상적 왕.

칭기스 칸을 인도 신화상의 전륜왕과 동일시하고 그를 불교의 신격처럼 신화화하는 것은 이 책이 완성된 1604-1627년 간의 몽골 역사와 라마교 및 티베트 역사책과 같은 문헌들의 영향 관계를 짐작할 수 있게 한다.[196] 수도 울란바타르에 있는 몽골 불교의 사원인 간단사가 티베트의 라싸의 포타라 궁을 본뜬 소포타라 궁으로 불리우는 것도 이런 티베트와의 관련을 말해주는 것이다.

196 조현설, 〈몽골 건국신화의 형성과 재편〉, 《동아시아 건국신화의 역사와 논리》, 문학과지성사, 2003, 85쪽.

이렇게 16세기 후반부터 전래된 티베트 불교는 1920년대 사회주의 혁명기까지 몽골인의 문화와 삶에 가장 큰 영향을 주었으며, 그 가운데도 몽골 문화에 큰 영향을 남긴 것은 문자를 만든 일과 대장경을 이룩한 일일 것이다. 몽골 문자는 원나라의 세조 쿠빌라이 칸이 불교를 보호하고 라마승인 파스파를 스승으로 삼고 그에게 몽골 문자를 만들게 하여, 티베트어로 된 불전을 번역하게 했다. 몽골 대장경은 티베트 대장경을 바탕으로 만들어졌는데, 이 일 때문에 수많은 티베트 스님들은 몽골로 건너가 대대적인 번역 사업을 했다. 린단 칸 재위시(1603-1627) 대장경의 번역이 이루어졌는데, 1650년부터 1911년까지 261년 동안 청나라는 새로운 번역과 대규모 대장경 목판 인쇄 사업을 벌여 554권에 달하는 대장경을 만들었다.

티베트 불교는 몽골 문화에 크게 영향을 미쳤을 뿐만 아니라 몽골 사람들의 생활의 일부로서 그들이 즐겨 마시는 차의 풍습 역시 티베트 불교의 라마들에게서 배운 것이다. 몽골 사람들이 마시는 '수테차이' 라는 젖차는 그들의 생활 일부가 되었다. 몽골 사람의 주거지인 겔에서 몽골 주부의 하루 일과는 바로 이 수테차이를 끓이는 것에서 시작한다고 해도 과언이 아니다.[198] 이 수테차이는 겔 속에 항상 준비되어 있어 즐겨 마시고, 손님이 오면 안주인은 이 차

197 장장식, 《몽골민속기행》, 2002, 자우출판. 316쪽.

를 손님에게 먼저 대접한다. 이 차는 음료로서는 물론, 살림살이가 넉넉지 못한 사람들은 수테차이 두어 잔과 함께 빵만으로 끼니를 삼기도 한다. 티베트 불교도 물론 살생을 금하지만 육식을 금하지 않는데, 만일 티베트 불교가 육식을 금했다면 몽골 땅에서 교리가 적절히 타협되었거나 몽골 사람들이 불교를 받아들이지 않았을지 모른다.

3. 한 · 몽 관계사

몽골은 몽골 고원에서 유목 생활을 하며 역사를 이어오다가 13세기에 흥기하여 아시아와 유럽 두 대륙에 걸치는 대제국을 건설하였고, 이 과정에서 고려에도 침입하여 80여 년 동안 고려의 정치에 간여하였다. 그러나 고려에 대한 몽골의 간섭이 문제가 되어 몽골은 1231년부터 1258년까지 28년 동안 7차례에 걸쳐 고려를 침략했다. 고려는 이 동안 거센 대몽골 항쟁을 계속했고, 특히 농민과 천민들이 항거의 주체였다는 점에서 주목할 만하다. 불력(佛力)으로 나라를 보호하고 몽고군을 격퇴한다는 원력을 세워 고려 팔만대장경(八萬大藏經)을 주조하기 시작한 것도 이때의 일이다.

몽골과의 이런 관계는 풍습과 말에도 영향을 주었다.

대저 몽고가 일어난 지 이미 반세기에 그때의 거의 전 세계를 거침새 없이 횡행하고 그 군사의 이르는 곳에 없어지지 않는 나라가 없었거늘, 오랫동안 이 강적을 대항하여 피곤한 줄을 모르기는 그때 세계에 고려 하나밖에 없었습니다.

그러나 세월 하도 오래 되어...... 조정의 방침이 몽고에 굽히기를 결정하여....... 개성으로 돌아온 이듬해에 몽고는 도읍을 연경(燕京, 시방 북경)

으로 옮기고 **나라를** 원(元)이라고 고쳤는데, 원에서는 고려에 뒷걱정을

없애려 하여 원종의 태자로 사위를 삼아서 자기 서울에 데려다 두었다

가 임금이 될 때에 돌려보내고, 이것이 전례를 이뤄서 이 뒤 약 백년 동

안에 몽고의 공주 일곱 사람이 고려로 시집왔습니다.**198**   **198** 최남선, 몽고와의 관계《쉽고 빠른 조선역사》8., 《육당최남선전 집》1, 현암사, 1973, 395~396쪽.

　　이렇게 고려가 몽골족의 원나라와 가깝게 지내

면서 자연 서로의 사이에 영향을 준 일이 적지 않아서 고려의 의복과 음

식의 풍습이 고려시체라 하여 몽골에 영향을 주었고, 여성 복식에서 족

두리, 도투락댕기와 남자의 옷고름에 차는 장도와 수육 삶은 물을 설렁

탕이라고 하는 말 등에 영향을 받기도 했다.**199** 충렬왕(忠   **199** 최남선, 위의 책, 396쪽.

烈王)이 임금이 된 해(1274)에 쿠빌라이의 군사와 함께 3만 3000명의 연

합군으로 일본을 치러 갔다가 태풍을 만나 실패하고, 그 뒤 7년 만에 다

시 그런 손해를 본 일이 일어난 것도 이때의 일이다. 일본의 작가 이노우

에 야스시(井上 靖)가 쓴 《풍도(風濤)》라는 소설에서는 몽골과 옛 고려국

의 연합군이 옛 일본을 침략하는 전쟁이야기를 다루고 있다.

4. 몽골 관련 문학

　　몽골과 관련하여 한국 사람들이 남긴 문학 작품은 최근에 와서 그

교류가 활발해지면서 크게 늘고 있어 모두 언급하기가 어려운 것이 사실

이다. 그런데 최근에 남북한 관계가 햇볕 정책을 타면서 북한으로 월북

한 문인 정치가들에 대한 해금(解禁)이 한국과 몽골의 문학지리에도 새

로운 관심을 불러 일으켰다. 바로 일제 시대에 좌익 독립 운동가였던 몽

양 여운형(呂運亨)에 대한 평가와 함께, 그의 〈몽골여행기〉를 세상에 알

려지게 한 것이다.

여행은 나의 가장 사랑하는 취미이며 오락이다. 세상에서는 스포츠를 나의 가장 좋아 하는 취미로 아는 모양이나, 나는 스포츠보다도 훨씬 더 여행을 사랑한다. 아니 여행이야말로 가장 종합적인 가장 건전하고 인간적인 스포츠일 것이다. 만약 인류가 그들의 영구한 역사를 통해 꿈꾸고 열망하고 또 그를 위하여 찬탄하고 눈물지어 오는 저 유토피아의 실현을 획득하는 날이 온다면, 그때의 자유를 가지고 있는 점일 것이라고 말한 저 웰쓰에게도 지지 않을 만큼 나는 여행의 애호가이며 예찬자이다.

여운형은 1921년 11월, 극동피압박민족 대표자대회가 열리는 모스크바에 가기 위하여 몽골을 통과하여 여행하고 있었다. 몽골이 청 나라의 긴 지배에서 해방되고 러시아에 이어 두 번째로 사회주의 나라를 선포한 직후였다. 1936년 제7호까지 출간되다가 폐간된《월간중앙》제3호에서 제7호까지 연재된 몽양의 이 몽골 기행문에서 그는 밀정(密偵)들 때문에 중국에서 출발하는 기차를 타지 못한 채, 자동차로 고비사막을 횡단하고 있었다고 했다.

여운형
출처_http://photo.empas.com/ald23jk71/ald23jk71_253

자동차로 고비 사막을 횡단하며 이 글은 사막의 밤을 그리고, 적색 거인도시로서 고륜(울란바타르)과 이 속에서 싸우는 좌우 두 세력에 대하여 말하고 있다. 특히 〈동포의 무덤〉이란 제목으로 이곳이 한국독립운동의 한 중요한 거점이었던 사실을 그려준다. 그리고 그는 시베리아로 바이칼 호수를 거쳐 이루크스크와 모스크바로 여행하였다. 특히 그가 여행하며 지났던 적색도시 고륜은 항일 독립군 운동의 거점도시로 한때는 김규식이 몽골에서 군관학교 설립을 추진한 바 있었으며, 1920년대 중반

에는 몽골에 조선공화국을 세우는 시도가 있었다는 연구가 이루어진 바
도 있는 곳이어서 여운형의 이 기행이 더욱 뜻이 깊었을 것이다.

　　여운형은 1886년 경기도 양평에서 나서 1914년 독립 운동에 투신
하여 상해임시정부의 의원이 되었고, 1921년 모스크바에서 열리는 피압
박민족대회에 참가하여 조선 독립의 정당성을 만방에 호소했던 것이다.
그는 일제 말기에 조선건국동맹을 결성하여 진보적 민주주의 조선 건설
을 위한 대중 정당을 표방하고 몸을 바쳐 독립 운동에 매진했으나, 1947
년 피격을 당하여 불운에 숨졌다. 2005년 3월 1일 대한민국 정부로부터
건국 훈장에 대통령장을 추서받았으나, 가족들이 이를 거부하였다.

　　한국의 경제력이 높아지고 국제적 위상이 높아지면서 한국과 몽골
사이의 교류와 여행이 놀랍게 많아졌다. 해마다 1500명 이상의 몽골 사
람이 한국을 찾고, 5000명 이상의 한국 사람이 몽골로 여행하고 있다. 한
국 사람의 몽골 여행기가 적지 않은 가운데, 민속학자 장장식의《몽골 민
속기행》(2002, 자우출판)과 '바람의 여자'로 자처하는 한비야의《걸어서
지구 세바퀴 반 4, 몽골 · 중국 · 티베트》[200] 등이 눈에 띈다.

　　장장식의 몽골 민속 기행은 몽골의 신앙
민속 답사와 몽골 사람의 일상과 전통적 삶에

200 한비야,《걸어서 지구 세바퀴 반 4, 몽골 · 중국 · 티베트》,1998, 도서출판 金土.

대한 답사 조사 보고서로 되어 있다. 2년 동안 몽골에 머물면서 조사 여
행을 계속한 그의 책은 민속학자의 학문적 답사 보고라 할 것이지만, 지
은이가 구태여 '민속 기행'이라 하여 여행기의 형식을 표방하고 있다.
따라서 이 책에서는 몽골이 티벳 불교의 영향을 크게 받기 이전의 자연
신과 무속신과 '어위(오보라고도 일려진 돌무더기로, 서낭당과 같은
곳)' 등의 신앙과 풍속을 답사 조사하고, 다음으로 삶과 죽음의 여러 민
속들, 그리고 이어서 전통과 현대 몽골 사람의 삶의 방식을 개괄하고 있
다.

지은이는 마지막으로 이 몽골 민속 기행을 통하여 한국 문화의 유목민적 특성을 다시 찾아 결론으로 이끌고 있다. 곧 양궁으로 세계를 제패하는 우리 활솜씨로부터 유목적 놀이로써 바둑, 이동 통신의 발달, 술잔을 돌리는 풍습과 고스톱 열풍에서 관광 열풍에 이르기까지, 우리 문화의 유목성에 주목하고 있다.

　　한비야의 기행문은 그녀가 1997년 9월부터 이듬해 5월까지 아홉 달동안, 중국과 티베트와 몽골을 여행한 글을 모아놓은 것이다. 그미는 중국의 소수 민족들이 주로 사는 윈난성(雲南省)·간쑤성(甘肅省)·쓰찬성(四川省)·옌변(延邊) 등과 함께, 해발 3000미터가 넘는 티베트를 한겨울에 한 달간 여행했다고 했다. 그리고 이어서 찾아간 몽골에서는 중국의 영향이 클 것이라는 선입견과는 다르게, 얼굴 모습에서부터 독특한 종교와 문화와 풍습에 이르기까지, 한국과 너무 많이 닮은데 혈연 같은 유대감을 느끼면서 편안한 여행체험을 보여 주고 있다.

　　중국 베이징에서 기차를 갈아타며 몽골로 넘어가는 여행에서 그미는 한국의 초봄이면 일기 예보에서 늘상 듣던 "바이칼 호수에서 발달한 대륙성 고기압과 고비 사막에서 불어오는 모래 바람"이라고 하여 익숙하게 들어온 그 "운단 고비 사막의 바람"을 처음부터 맞닥뜨리고 있다. 그미는 5-6년에 걸친 세계 여행의 경험으로 기차에서 만난 몽골 여성을 따라 울란바타르에서 러시아의 바이칼 호수 쪽으로 360킬로미터나 떨어진 인구 8만의 광산 도시 에르드네트로 가서 한국 연수생 출신의 몽골 여성집에 민박을 하는 등 적극적인 몽골 여행을 감행했다. 호기심에 넘치는 이 여행객은 "몽골 아이들이 걸음마를 배우기 전에 말타는 것부터 배운다"는 몽골에 와서 "말을 탔다가 말에서 떨어져 죽사발이 되는"(책머리에) 경험에다가, '솔롱고스(한국 사람을 가리키는 몽골 말로, '무지개'란 뜻이 있다)'의 패기를 유감없이 발휘하고 있다.

그녀는 한 달 동안의 몽골 여행을 통해서 몽골의 역사와 현실을 꿰뚫듯 예리하게 보고해 주고 있다. 그것은 13세기에 원나라가 연경으로 수도를 옮기기 전까지 몽골의 수도였던 카라코룸에서 1507년 칭기스칸의 군대가 티베트를 침공하던 때의 역사를 회상하는 곳에서 가장 잘 드러나 있다. "싸움은 몽골이 이겼지만 정신은 티베트가 이긴" 사정을 그녀는 이렇게 방불하게 평가해 주고 있다.

> 몽골과 티베트의 종교가 중국이라는 큰 지리적 간극을 넘어 어떻게 하
> 나로 연결된 것일까. 거기에는 무기를 가지고 정복을 하러 온 자가 정신
> 적으로 정복을 당한 역사의 아이러니가 있다.[201]

201 한비야, 앞의 책, 79쪽.

몽골의 옛 서울 카라코룸은 몽골이 동쪽으로 고려와 서쪽으로 헝가리, 북쪽의 모스크바와 남쪽으로 바그다드에 이르는 인류사상 가장 큰

바이칼호 출처_http://www.progressor.ru:8080/outdoor/zastavky/baikal/fotos.htm

제국을 세웠을 때의 수도였고, 이 제국은 로마제국이 최전성기에 차지했던 땅의 두 배가 넘는 것으로, 그야말로 전 세계의 반을 차지하는 영토였다는 것과 얼마나 대조를 이루는 아이러니인 것인가?

5. 몽골에서의 한국학과 한국 열기

몽골의 대학 교육 기관으로 몽골국립대학교는 1946년에 설립되어 몽골 안의 가장 오랜 역사를 지닌 대학교로 3개의 단과 대학과 58개 학과가 있는 가장 큰 대학이다. 이 대학은 세계 50개 대학들과 자매 교류 협정을 체결하여 교류해 오고 있으며, 한국 · 중국 · 일본 · 러시아 · 미국 · 베트남 · 유럽 등 세계 각지에서 온 300여 명의 유학생이 공부하고 있다. 울란바타르대학교는 한국인이 1993년에 설립하여 학점 이수제(Credit system) 등을 최초로 도입하는 등 선진 교육 제도의 선두주자로 평가받고 있다. 설립된 지 10여 년이 지난 지금 몽골의 유명 사학으로 자리를 잡았으며, 1000여 명의 학생이 한국학을 비롯한 영어 · 경영 · 컴퓨터 · 가정학 등을 전공하고 있다.

1989년 몽골 전역에 불어 닥친 민주화 열기로 몽골은 사회주의 노선을 버리고 개방과 개혁의 길로 나아가게 되었다. 이후 1990년 한국과 몽골의 외교 관계 수립은 수천 년 간의 몽 · 한 교류사에 새 장을 열었다. 외교 관계수립 이후 몽골에 한국어의 열풍이 일기 시작했다.

1990년부터 몽 · 한 두 나라 사이에 경제, 문화, 외교 관계가 날로 발전했으며, 지금 몽골에서는 몽골국립대학, 인문대학, 울란바타르대학, 오르홍대학, 제23중등학교, 그 밖에도 초 · 중등학교를 비롯한 여러 공 · 사 교육 기관에서 한국어를 가르치고 있다. 구체적으로는 1993년 3월 제23중등학교, 이듬해 제54중등학교에서 한국어를 정규 과목으로 채택하였다. 1998년에 한국기독교선교팀이 설치한 '밝은 미래' 중학교에서는 지금도 한국어를 체계적으로 가르치고 있다고 한다. 현재 몽골의 중등학교에서는 총 200명 정도의 학생들이 한국어를 공부하고 있다.

그 밖에 한국어 학원도 있는데 현재 이 경로를 통해 공부하는 사람들이 2000명에 이를 정도로 몽골인들 사이에서 특히 선호되고 있는 교육 기관이다. 이 많은 사람들이 한국어를 공부하는 것은 몽·한 교류에 이바지할 것이며, 또한 한국에 가서 공부하고 많은 학문을 배우고 돌아와서 몽골 발전을 위해 사용할 것이다. 몽골어와 한국어는 같은 계통인 알타이어족이며, 어순이 또 같고, 서로 유사한 점이 많다. 몽골 사람들은 한국어를 다른 외국어보다 관심을 갖고 공부하고 있으며, 앞으로도 이 숫자가 더 늘어날 것이다. 특히 요사이 일본을 비롯한 동아시아와 세계 여러 나라에서 불고 있는 한류 열풍은 몽골에도 거세게 불어, 한국어·한국학 붐을 일으키고 있다.

한국과의 관련은 여러 곳에서 두드러지지만, 산업 쪽에서만이 아니고 교회와 병원과 같은 종교와 의료 봉사에서 특히 두드러지다. 1990년 이후 독일, 일본, 한국에 유학하고 온 유학파들이 병원 개업을 많이 하여 개인 병원들도 많이 찾아볼 수 있는데, 한국 연세병원과 울란바타르 시가 합작한 연세친선병원은 주로 한국 자본으로 설립 운영되는 병원이다. 시설과 친절 면에서 몽골 사람들에게 가장 신용이 있는 병원 시설로, 이 또한 몽골에서 한국의 이미지를 높이는 데 기여하고 있다.

해방공간의 '소련'에 대한 역사철학적 상상력

차 혜 영

1. 서론

이 글은 해방기 이태준의 《소련기행》과 백남운의 《쏘련인상》을 비롯한 몇 편의 소련 여행기를 검토하고자하는 글이다. 해방기에 월북을 감행한 대다수의 지식인들에게 있어서 월북이라는 정치적 선택은 한반도에서의 남과 북만의 문제가 아닌, 사회주의 체제와 자본주의 체제라는 거대한 세계사적인 전환 과정의 일부라고 할 수 있다. 이는 지구상에 처음 시험되고 있는 신생 사회주의 국가인 소련방의 현재와 미래에 대한 전망과 선택이라는 전세계 지역구도와 정치 및 경제 구도의 변화와 함께 연동되어있다는 것이다.

사실상 소련을 바라보는 시각을 우리 분단사의 시각으로 한정시킬 경우, 좌와 우 사이의 선택, 남과 북의 선택으로 환원되고 이는 궁극적으로 사후의 시각을 소급적용하는 결과론적 해석을 동반하기가 쉽다. 그러나 소련을 바라보는 시각을 우리 한국근대의 분단사라는 국민국가의 단위를 넘어서 바라본다면, 또 1989년 이후 신자유주의적 세계화의 승리를 과거로 소습적용하기를 중단한다면, 이 선택에 대한 결과론적 사후평가만이 아닌 당대의 역사철학적 전망과 동시대의 정치적·사상적 패러다임의 다양성을 읽어낼 수 있을 것이다. 이 시기는 식민지와 제국의 체계에서 냉전체계로 넘어가기 직전의, 우리 역사에서 아주 짧은 시간 동안 존재했었던 역사철학적 상상과 실험과 기투가 존재했던 시기이다. 그리고 이 시기는 국내만의 시야에서 벗어나 세계사적 보편성 속에서 자기공동체를 적극적으로 사유하고 선택한 최초의 시기이기도 하다. 따라서 이 시기 지식인들의 월북이라는 선택은 남북한 문학사와 민족의 비극이라는 틀을 넘어서서, 새로운 역사철학적 성찰과 기투가 현재진행형으로 벌어지고 있는 세계사적 보편성의 장 속에서 볼 필요가 있다.

이태준의《소련기행》(평양:북조선출판사, 1947) 및 해방을 전후로 소개되거나 출간된 국내외 저자들의 소련방문기는 이런 맥락에서 고찰될 필요가 있다. 1936년에 나와서 이태준의 글속에서 인용되기도 하는 앙드레 지드의《소련방문기》는 물론이고, 에드가 스노우의 소련기행문이《민주주의의 승리-대전중 소련, 중국, 몽고 여행기: 원제-인민은 우리편》(서울:수문당, 1946)이라는 이름으로 서울에서 간행된 바 있다. 그리고 이기영·이찬의《쏘련참관기》(조쏘문화협회, 조쏘

이태준

문고, 1947)가 1947년에, 1948년 남한과 북한에서 각기 정부가 수립된 이래, 1949년 소련을 여행한 후 1950년 북한에서 출간된 백남운의《쏘련인상》등이 그것이다. 이런 해방공간에서는 문학자와 정치관료는 물론, 유럽 지식인, 미국의 저널리스트 등 다양한 시각에서의 소련 기행문이 존재했었다. 이들 기행문에는 자본주의와 자유주의라는 지적 풍토하에서의 유럽 지식인들이 전체주의에 대해 갖는 공포와 혐오, 역사상 처음 그

실체를 목격하고 있는 경제와 사상의 새로운 체계를 바라보는 놀라움과 매혹, 그러한 세계적인 대변동 속에 식민지에서 독립한 신생국의 미래에 대한 모델을 찾는 설레임 등 다양한 관점과 입장이 연루되어 있다.

이태준의《소련기행》에 대한 기존의 연구에서는 "사회주의의 모든 것을 극찬 일변도로 보는 균형잡힌 지성의 퇴행"으로 평가하거나 부정적인 의미의 '단순성', 혹은 '순진성'으로 평가하는 것이 대부분이었고, 그 평가 혹은 비교의 기준은 앙드레 지드의《소련방문기》였다. 지드의 소련기행문을 지성에 입각해서 "소련 사회주의의 문제점을 구체적이며 예리하게 갈파하는 것"202으로 보거나, 지드와 이태준을 "유럽의 지성과 갓 식민지에서 벗어난 조선의 지식인, 서구적 근대와 파행성을 거듭해온 식민지적 근대의 차이"203로 비교하는 것이 그것이다. 그러나 지드의 소련 기행문은 출간 당시 로맹롤랑을 비롯한 여러 지식인들로부터 비판을 받아서 그 반론으로 〈소련방문 수정기〉를 쓴 것은 잘 알려져 있는 일이다. 물론 이태준의 소련 기행문도 당시 지식인들로부터 비판을 받은 바 있다.204

202 권성우,〈이태준 기행문연구〉, 《상허학보》14집, 깊은샘, 2005, 207쪽; 한비야, 앞의 책, 79쪽.
203 박헌호,〈역사의 변주, 왜곡의 증거〉, 이태준《소련기행·농토·먼지》해설, 깊은샘, 2001, 398쪽.
204 황중엽,《시작과 진실-배신적 혁명》, 진성당, 1947; 이동봉,〈이상과 실체-상허의 소련기행을 읽고〉; 《경향신문》1947.8.10.

사실상 소련기행문은 어떤 식이건 필연적으로 비판을 받을 수밖에 없는 것, 즉 하나의 입장 선택을 강요하는 정치적이고 현실적인 지평의 것이고, '지성'이나 '객관성'이라는 일종의 중립성을 표명하는 언어는 실상, 그 언어에 상응하는 현실태를 갖지 않는 개념어라고 할 수 있다. 따라서 소련기행문에 대한 평가나 판단은 필연적으로 어떤 입장의 선택이나 다른 입장의 거부를 수반하는 것이다.

그러므로 당시 해방기의 소련기행문, 특히 이태준의 기행문을 평가의 대상으로 삼기보다는 그것을 텍스트로 해서 드러낼 수 있는 당대의 사유의 지평을 탐색하고 비교하는 것이 필요하다고 본다. 이 글에서는 이태준의《소련기행문》을 중심에 놓고, 당시에 출간된 국내외 저자들의 기행문을 비교함으로써, 해방공간의 역사철학적 전망을 고찰하는 것이 일차적인 목적이다. 결국 이태준의《소련기행》을 놓고, 사회주의에 호의 적인 미국 정치평론가의 시각, 2차대전 이전의 프랑스 작가의 시각, 스탈린 초기의 맑스주의 지식인의 시각, 그리고 식민지 조선에서 갓 해방된 아시아 지역의 문학자와 경제학자 · 정치관료의 시각을 비교함으로써, 당시 새로운 선택 앞에 직면한 역사철학적 상상력을 살펴보고자 하는 것이다. 그리고 다른 한편으로 '해외기행문' 이라는 글쓰기가 식민지 근대에서 갖고 있는 계보학적 실제적 지위를 통해, '문학' 과 정치적 심상지리의 관계를 살피고자 한다. 이를 위해 위에서 언급한 당시의 기행문과 함께 1926년경 소련을 여행한 발터 벤야민의〈모스크바〉를 포함해서 살펴보고자 한다. 이글의 대상 텍스트는 다음과 같다.

1. 식민지 근대 조선의 소설가 이태준의 1947년 기행문《소련기행》(1946년 소련여행)
2. 북한 정권 수립 후 교육상 백남운의 1950년 기행문《쏘련인상》(1949년 소련여행)
3. 프랑스 작가 앙드레 지드의 1936년 기행문《소련방문기》(1936년 소련여행)
4. 맑스주의 지식인 발터 벤야민의 1926년 소련 기행문〈모스크바〉,〈모스크바일기〉(1926년 소련여행)
5. 미국 언론인 출신 에드거 스노의 1946년 소련기행문《민주주의의의 승리》,《에드거 스노 자서전》(1941년~42년 소련체류)

2. 새로운 제도, 새로운 국가 질서 탐구의 여행

이태준의 《소련기행》은 모스크바, 레닌그라드, 스탈린그라드 등의 당시 소련의 주요 도시와 아르메니아 공화국, 그루지아 공화국 등의 소연방 공화국 등을 방문하는 여정을 통해, 곳곳에서 대학제도, 문화제도, 탁아소와 아동궁전을 비롯한 복지제도에 놀라움과 찬사를 표현하고 있다. 백남운 역시 비슷하지만, 북한정권 수립 이후, 초대 교육상으로서 김일성 주석 및 홍명희 부주석 등과 함께 '조소경제문화협정' 체결을 위한 방문단 일원이었다는 점에서 보다 공식성과 정치적 일정을 상세히 기록하고 있다[205]는 점이 특징적이다.

이들 해방공간의 지식인들의 소련 방문기는 에드가 스노우, 발터 벤야민, 앙드레 지드의 것 등 어떤 여행기보다 자세한 '사실기록'을 보여준다는 것이 특징이다. 그리고 그 사실로 선택된 것은 공통적으로 '공적제도'이다. 서구지식인과 대비했을 때, 이태준과 백남운에게서 두드러지는 것은 소련의 '제도'에 대한 관심이 각별하다는 것이다. 이태준 스스로 소련 여행의 결말에서 소련 사회주의의 의미를 "제도의 승리"라고 언급한 것에서 보듯, 이 두 사람은 소련사회의 '공적제도'에 특별한 관심을 갖고 접근하고 있다.

예컨대 백남운이 보여주는 초콜릿 공장 공정, 레닌 도서관의 체계와 대출시스템, 레닌 박물관, 크레믈린 궁전 내 동궁(에르미타쥬)박물관의 각 전시실 별 전시물 목록, 소비에트 최고의회의 속기록에 가까운 기록 등이 그것이다. 특히 백남운의 경우 이태준과 같이 제도에 관심 있지만, 그는 제도의 우월성을 인정하는 서술보다, 제도의 사실적 작동시스템을 그대로 기록하는 것에 더 치중하고 있다. 대학이나 박물관 등 방문 단체의 인사들과의 문답내용을 상세히 기록하고 이후 그것에 대한 정리

205 백남운, 방기중 해제, 《쏘련 인상》, 선인, 2005(1949년2월~4월 방문. 1950년 3월 '조소경제 문화협정' 체결 1주년 기념 조선 역사편찬위원회 간행).

와 인상, 분석을 병기하는 서술방식은 단순한 시찰 방문자의 수준을 넘어선 기록자, 분석자의 성격을 보여주는 것이다. 이는 그의 정책실행자, 책임자로서의 위치 때문이라고 할 수 있을 것이다. 예컨대 교육상으로서 모스크바 대학의 스케줄, 학사일정, 교수요강 프로그램 자료구입을 요구하는 것 등이 그것이다. 백남운의 '사실기록'은 해방 이후 최근의 개혁개방과 소련 해체 이후의 방문기까지를 비교했을 때에도 그 유례가 없을 정도이다.

그러나 이태준은 백남운과 마찬가지로 '공적제도'에 관심을 보이고 그것을 찬탄하지만, 약간의 차이점이 있다. 즉 곳곳에서 사회주의 체제의 우월성을 서술하는 점이 가장 큰 차이점이다. 이는 일단 소련 방문의 시점 및 사회적 지위, 내면의 상황에 기인한다고 볼 수있을 것이다. 이태준과 백남운은 문학자와 정치관료라는 차이, 시기상으로 북한정권의 수립이전과 수립이후, 그리고 북한체제의 선택 이전과 이후라는 차이가 있다. 사회주의에 대한 근접도 혹은 친밀도에 있어서 이태준은 이 여행을 통해서 소련과 북한을 선택해야하는 정당성을 무엇보다 스스로 확보해야하는 상황이었다. 따라서 소련, 사회주의의 정당성을 지속적으로 설파하는 서술은, 어쩌면 독자에게 하는 말이면서 스스로에게 하는 말이기도 했을 것이다. 반면 백남운은 선택을 설득하거나 정당화해야할 이유가 없다. 그 정당성은 이미 전제되어있고, 사회주의 시스템을 실천적으로 현실적으로 구축해야하는 관료의 신분이었다고 할 수 있다. 실행의 문제가 긴급한 관심사였다는 점에서 그의 사실기록은 실제적 모델링으로서의 의미를 갖는다고 할 수 있다.

이런 사회적 상황의 차이 외에 관심 대상의 차이가 있다. 마르크스주의 경제학자이자 교육자이었던 백남운은 모스크바 종합대학을 방문해서도 경제학, 역사학 문답을 한다든지, 공장 및 사회주의 농업집단을 시찰한다든지 하는 부분을 상세히 기록하지만, 이태준의 관심대상은, 소련 내 소수민족의 언어적 문화적 정체성과 그것을 소련체제가 어떻게 제도적으로 조장하는가이다. 그리고 이런 관점에서 소련 내에서 조선인, 조선문화의 위상에 대한 관심이 두드러진다.

"전 소연방내에서 몇 가지 말의 서적이 출판되고 있습니까?"

"72종이라 합니다."

나는 소련의 문화가 '한 체계'를 이루는 기초가 이것이 아닌가 싶었다.[206]

> [206] 이태준, 《소련기행 · 먼지 · 농토》, 깊은샘, 2001, 61쪽.

아르메니야 한림원 원장도 같은 슬픈 역사의 민족을 만나 감개무량해 하였다. 자기조국도 근동에선 문화선진국이였고 3천년의 역사를 가진 민족이나 야만대국들의 침략으로 흥망이 무수하다가 130년 전 제로(帝露)에 합방되어 어두운 길을 걸어왔으며 아르메니야 지도자들은 노서아의 민주주의자들과 악수하여 10월 혁명의 성취로써 오늘의 자유 아르메니야가 있다 하였다....우리는 완전한 폐허에서 단 26년간에 이만치 자란 것은 오직 전 쏘비에트 경제체제에 의한 것이며 실낱 같은 민족어문의 맥도 다시 건지어 오늘엔 이미 아르메니야 민족문화의 기초가 공고히 선 것도 우리 쏘비에트의 민족정책이 진리인 때문이라 했다.[207]

> [207] 이태준, 앞의 책, 94쪽.

이들도 쓰라린 과거를 가진 민족들이라 ....아르메냐와 꾸르지아의 형제들이 멀리 우리 조선민족에게 보내는 뜨거운 우정과 진정에서의 축복을 소리 높여 우리 동포들에게 전해야할 것이다. 이 소비에트의 민족무차별과 경제평등주의는 위대한 새 세계의 도덕일 것이다.[208]

> [208] 이태준, 앞의 책, 105쪽.

이처럼 이태준의 관심은 약소민족의 문화적 정체성을 어떻게 제도적으로 보장할 것인가에 있었고, 이것을 보장하는 사회주의 체제에 감격하고 있는 것이다. 이렇게 본다면, 이들 해방기 월북 지식인인 이태준과 백남운은 공통적으로 '공적제도'를 통한 '국가 만들기'에 관심이 집중되어있었다고 할 수 있다. 국가의 상에 있어서, 이태준이 문화적 자기정체성을 핵심에 놓는다면, 백남운의 경우 사회주의적 인간형성을 위한 교육프로그램이나 사회주의 경제체제의 생산성 등을 핵심으로 보는 것 등이 차이라고 할 수 있다. 이처럼 식민지 출신 근대지식인이 본 소련은 '제도'의 측면에서 상당히 분석적이고 지적인 방식으로 접근되고 있다. 이들의 여로 및 글쓰기가 보여주는 지적이고 분석적인 관찰이 이들이 처한 긴급한 정치적 선택과 결합된 실천의 문제라는 이유에서, 지드 등에 비교되어 '지성의 부재', 객관성의 부재로 평가절하될 수는 없는 대목이라고 할 수 있다.

3. 새로운 제도 속의 인간을 보는 시선

해방공간의 국내 지식인들의 소련기행과 달리 서구지식인들이 보여주는 소련기행문의 특징은, 그 관심사가 공적제도가 아닌, 그 내부에 서 있는 인간에 다가서 있다. 그 제도 안에서 인간은 행복한가? 그 새로운 제도 안의 인간은 어떤 모습인가? 어떤 새로운 습성이 개발되고 있나? 자본주의에 길들여진 욕망이 어떻게 개발되고 선도될 수 있나 등등. 해방기 이태준과 백남운의 기행문이 여로의 순서와 일정을 따라가는 꼼꼼한 '사실의 재구성'에 기울어져, 방문지의 제도를 보여주는 것이라면, 이들 서구지식인들의 경우는 인터뷰를 통한 인물의 일화의 재구성에 기울어져있다. 에드가 스노우가 인터뷰나 취재를 통한 인물의 이야기이고, 벤야민이 벤야민 특유의 단상식 글쓰기이고, 앙드레 지드가 소련에 대한 부정판단의 전제하에 그 부정사례를 보여주는 글쓰기인 것이다. 이렇게 본다면, 적어도 현상적으로는 객관성, 사실의 재구성이라는 차원에서 해방기 국내 지식인의 글쓰기가 더 객관적이라고 볼 수 있을지도 모른다. 그러나 이것은 현상적인 차원일 뿐이다. 이태준이나 백남운은 그 공적제도에 대한 목적관심 때문에 기록에 있어서의 '사실성'을 보여주지만, 이는 역으로 소련의 공적 제도에 속해 있는 사람들이 보여주고자 하는 안내의 동선과 여로를 충실히 따를 수밖에 없는 방식이라는 점에서 결코 '객관적'인 것이 아니다.

정치적, 계급적 입장의 선택이라는 점에서 가치중립성이란 불가능하다. 그리고 소련이란 이런 입장선택을 전 세계의 모든 사람들에게 강요하는 새로운 존재, 새로운 제도라고 할 수 있다. 일종의 '소여'로서의 물질적 존재조건을 되돌아보게 하고, 다른 삶의 방식을 실험적으로 보여주는 지역의 부상 앞에서, 국가 만들기를 시작하는 출발선에 있던 식민지 출신 조선의 지식인들이 앞서의 선택을 했던 것이다. 반면 서구 지식인들은 새로운 제도, 새로운 지역의 부상 앞에서, 이들과는 다른 접근 태도와 글쓰기를 보여주었다. 이념으로서의 사회주의와 당시 현존하는 소련방 사회주의 국가의 존재는, 대상에 대한 객관적 판단과 대상에 대한 입장선택의 연루관계를 부상시키면서, 서구지식인들에게 다양한 방식으로 판단과 사유를 강박한다. 냉전체제가 굳어지기 전까지 이어진 서구지식인들의 소련방문 및 글쓰기가 이를 반영한다. 우리 해방공간의 식민지 출신 지식인들의 소련 기행문이, 이미 판단과 입장선택을 감행한 자의 이후의 확인 보고서라면, 이들 서구인들의 소련기행문은 대부분 이 '판단'을 위한 사례수집서라고 할 수 있을 것이다. 그리고 사례수집서 자체는 대상에 대한 판단과 입장과 연루되어 있을 수밖에 없는 것이기도 하다.

서구인들이 내리는 판단이나 취하는 입장은, 시기별로 사안별로 차이를 보인다. 1926년 스탈린 초기에 사적인 친지방문 형태로 여행을 한 벤야민이나, 1936년 앙드레 지드의 방문과, 독일의 소련침공과 함께 벌어진 연합군과 히틀러와의 전쟁기에 소련을 취재했던 기자로서의 에드가 스노우의 입장은 극단적일 정도로 대립을 보인다. 그런 긍정적 부정적 판단이 예각화되는 지점은, 소련이 갖는 폐쇄주의를 어떻게 해석할 것인가? 순응주의적이라고 비판하기도 하고 쾌활한 명랑성이라고 매혹되기도 하는 새로운 사회주의적 인간형을 어떻게 볼 것인가?, 그리고 향후 사회주의 소련의 앞날에 대한 예측 등으로 모아질 수 있다. 이들 세 명의 서구지식인들은 긍정적, 부정적 판단에서 극과 극의 입장 차이를 보이는 것은 물론, 그 문제에 접근하는 태도 자체도 차이를 보인다.

앙드레 지드의 《소련방문기》는 소련에 대한 부정적 판단을 전면화한 후 그 부정사례를 논증하는 방식의 글쓰기를 보인다. 그 부정 판단의 근거는 소련 사회가 갖는 폐쇄주의와 그로 인해 체제 내부에서 순응하는 인간형이다.

> 러시아 민중이 행복해 보이는 것은 사실이다. ...다른 어느 나라를 가도 인민들의 표정이 소련만큼 밝은 곳이 없다......바로 신뢰와 무지와 희망이 궁핍한 사람들을 행복하게 하는 것이다..... 현재 소련에서 사람들은 모든 것을 수락하는 순응주의를 요구받고 있다. 그리고 소련에서 이루어지고 있는 모든 것에 대한 찬동만을 강요당하고 있다. 저들 위정자가 획득하려고 노력하는 것은 이 찬동이 체념에서 오는 수동적인 것이 아니라 자발적이고 진지한 것이며 열망적인 것이 되도록 하는 것이다. 그리고 무엇보다도 놀라운 일은 그것이 이루어지고 있다는 사실이다. ....그래서 나는 오늘날 그 어느 나라에서, 심지어 히틀러의 독일에서조차

인간정신이 이렇게까지 부자유스럽고 짓눌리고 공포에 떨면서 종속되

고 있을까? 하는 의문을 갖게 되었다.[209]

[209] 앙드레 지드, 정봉구 역, 《소련방문기》, 수문사, 1994, 58쪽.

　　이와 같은 앙드레 지드의 관점은 서구 사회에 널리 퍼진 생각이고, 이 때문에 소련의 폐쇄주의와 히틀러의 체제의 작동의 유사성에서 '전체주의'로 보는 것이기도 하다. 그러나 이와 같은 관점을 에드거 스노우는 적극적으로 비판한다.

파시즘과 나치즘이 소련의 조직과 동일하다는 것이나 소련이 자유-민주주의라고 주장할려는 것이나가 모두 똑같이 그릇된 말이다. … 일부에서는 소련 공산주의와 나치스의 방법이 그 외모가 근사함으로 혹은 이 두 가지가 비슷한 수단을 사용함으로 속단하야 그릇된 결론을 버리는 일이 많다. 일국일당주의와 비밀경찰, 반대분자의 숙청, 언론의 철저한 통제를 하는 점에 있어서는 둘이 다 일반이다. 그러나 아모리 외과의와 살인범이 다 칼을 쓰지만 사회는 양자가 같은 것이라고는 생각해주지 않는다. 소련체제하에서는 희생자는 특정계급이다. ……나치스 제도 하에서는 희생자는 솔직히 말하면 국민전부다.[210]

여기에 독일과 소련의, 또는 적어도 나치와 공산당의 근본적인 차이가 있다. 나치의 목적은 다른 민족을 모두 어둠에 빠뜨린 대가로 자신의 완성을 기하려는 것이었다. 반면에 공산당의 목표는 비록 나쁜 수단으로 인해 빛이 바래는 경우도 종종 있었지만, 인간적인 연대, 인류전체의 진보 및 자유, 평등, 박애 이

[210] 에드거 스노우, 왕명 역 《민주주의의 승리: 원명: 인민은 우리 편-대전 중 소련, 중국, 몽고 여행기》, 수문당, 1946. 79~80쪽.(1946년 서울에서 번역 출간된 이 책은 역자 서문에서 에드가 스노우를 진보적 저널리스트로 소개하면서, "우리는 이 책을 통해서……. 각국의 지식인들이 다투어 알고자하는 소비에트 로시아의 적나라한 실정을 개괄적으로 그리고 구상적으로 파악할 수 있는 것은 건국의 대업을 질머진 우리들 조선지식인들에게 적지 않은 시사(示唆)가 될 줄로 확신한다. 다시 말하며 그 공산주의관을 진실로 소련이 무엇인가 하는 것을 바르게 인식하므로써 좌우양익을 통해서 정당한 교훈을 얻을 수 있다고 믿는 것이다."라고 언급함으로써 해방공간에서 입장선택의 근거가 될 것을 자임하고 있다.).

념과 직접적으로 관련되어 있다.[211]

211 에드거 스노우, 최재봉 역,《에드거 스노 자서전》,
김영사, 2005, 612쪽(이 책에서 소련에 관한 부분은 인
터뷰 대상자의 이야기나 관점 등에서 다수 중복된다.).

이와 같은 긍정, 부정의 판단의 경우에서 보는 바와 같이 이념 자체
가 아닌, 현실적 정치적 조직체로서의 소련에 대해서는 근대 인식론적
객관성의 전제와 정치적 계급적 입장 선택과 그것의 정당화라는 서로 이
질적인 층위간의 단절이 내포되어 있다. 1926년 모스크바를 방문한 발터
벤야민은 이런 상황을 예리하게 지적하고 있다.

> 근본적으로 제대로 된 통찰을 보증해주는 유일한 방도는 러시아에 오기
> 전에 자신의 입장을 결정하는 것이다....자신의 입장을 결정함으로써 세
> 계와 자신 사이에 변증법적 평화를 체결한 사람만이 구체적인 것을 파
> 악할 수 있다. '사실들에 근거해' 자신의 입장을 결정하려는 자에겐 사
> 실들이 손을 내밀지 않을 것이다.[212]

212 발터 벤야민, 김남시 옮김,《모스크바
일기》, 그린비, 2005. 273~274쪽.

벤야민은 이처럼 객관성이 갖는 근원적 비객관성과, 입장 선택이
라는 주관적 선택이 사실에 대한 객관적 판단을 보장하는 딜레마에 대해
통찰하면서, 소련사회를 일종의 '형성중인 모더니티'의 관점에서 바라
본다. 이 〈모스크바〉에서의 단상은 실제로《역사철학테제》등의 이후의
글과 연결되기도 한다.
　소련에 대한 입장 선택이 인식론적 객관성과 정치적 선택이라는
두 층위 사이의 단절과 연루로 인한 딜레마에서 유래하고, 바로 그 때문
에 소련이라는 현실적 지역 자체가 기존의 사유체계를 자본주의적 사유
체계로 상대화하고 있는 것이라고 할 수 있다. 이런 사유의 변동을 강제
하고 촉진하는 것은 이런 인식과 입장선택 간의 단절 이외에 서구가 겪
은 역사적 경험이 또한 작용하고 있다. 즉 히틀러의 유대인 학살을 경험

했느냐 아니냐에 의해, 소련사회의 폐쇄주의에 대한 가치평가, 역사적

정당성이 갈라지는 것이다. 위의 인용문에서 본 것처럼, 에드거 스노우

는 체제유지의 작동시스템에서 소련과 히틀러 치하 독일의 유사성 때문

에 체제의 정당성이나 가치가 등가화되어서는 안 된다고 역설하는 것이

다. 이는 결국 사회주의 소련을 내재적인 관점에서 볼 것이냐 외재적인

관점에서 볼 것이냐의 대립이라고 할 수 있다. 벤야민과 에드거 스노우

가 내재적 관점에, 앙드레 지드가 외재적 관점[213]

에 서 있다고 할 수 있을 것이다.

> [213] "어떠한 나라의 정치적 행동도 그
> 나라의 과거라는 잣대로써만 제대로
> 평가될 수 있는 견해는 내가 처음 내놓
> 는 견해는 아닐 것이다." (에드거 스노
> 우, 앞의 책).

　　이러한 체제의 정당성에 대한 판단은, 곧바

로 '인간' 을 보는 관점으로 이어진다. 알려져 있다시피 앙드레 지드는

소련인들의 명랑성과 쾌활함을 비판정신이 실종된 폐쇄사회의 순응주

의의 산물로 보고 있다. 반면에 에드거 스노우나 이태준은 소련인 대다

수가 보여주는 단순성과 활력을 그들이 이룬 계급해방의 자신감으로 해

석한다.[214] 또한 그들이 독일과의 전쟁에서의 힘겨

운 승리와 그 이후의 체제정비를 소련 내부의 계급

해방을 통해 소련인들이 갖게 된 자신감과 민족적,

애국적 자긍심의 힘으로 돌리면서 높이 평가하고

있다.

> [214] "크렘린은 소련과 바깥 세계 사이
> 에 벽을 쌓았다. 하지만 소련의 이 따스
> 함, 본질적인 활력, 친절, 놀라울 만큼
> 의 매력적인 인간성을 소련 방문자에
> 게 완전히 차단시킬 수는 없었다......소
> 련의 평범하고 아름다운 다수의 사람
> 들이 소련을 사랑한다는 사실..." (에드
> 거 스노우, 앞의 책, 546~554쪽).

　　결국 체제로서의 사회주의의 앞날에 대해서

도 앙드레 지드는 자본주의적 욕망이 발현될 것이

라고 예견하고,[215] 벤야민과 에드거 스노우는 그 새

로운 체제 자체가 역사적으로 재생산되고 지속되는

자체논리를 갖고 유지될 것으로 예측하고 있다. 이

> [215] "나는 오늘날 소련에서 많이 볼
> 수 있는 부르주아적 본능이 최근의 여
> 러 결의에 의해 간접적으로 영합되고
> 자극되는 것이 아닌가 불안을 떨쳐 버
> 릴 수 없다. '사회적 세포' 로서의 가족
> 제도와 유산상속제도의 부활에 따른
> 향락적 기호와 사유재산에 대한 욕망
> 이 동지적 우의 정신과 공유와 공동 생
> 활의 요구를 앞질러 가는 듯하다." (앙
> 드레 지드, 앞의 책, 55쪽).

지속을 위한 소련 사회 자체의 작동논리를 사회주의 교육을 통한 새로운

도덕, 새로운 인간형에 집중하는 그들의 교육제도와 문화 제도에서 찾고

있는 것이다. 그리고 이런 시각은 '공적제도'에 관심을 두고 있는 이태준과 백남운이 공유하는 시각이기도 하다.

4. 모더니티 프로젝트로서의 소련과 북한

이렇게 본다면, 앙드레 지드를 제외한 벤야민이나 에드거 스노우 등의 서구지식인의 소련을 보는 시각과 해방공간의 소련 기행문은, 거의 동일한 사유 지평에 속해 있다고 할 수 있다. 신생 사회주의 국가 소련을 '공적 제도'의 관점에서 보는 것이나, 그 제도 속의 인간을 보는 차이점은 있지만, 소련이라는 지역을 보는 역사철학적 시선은 같다고 할 수 있다. 사회주의 체제에 대해 갖는 기대의 차이는 있지만, 그 체제를 현존하는, 자본주의적 질서와는 독립된 질서를 갖는 실체이자, 그 자체의 작동 논리를 갖는 역사적 변화에 의해 성립된 실체로 보는 것이다. 이런 시각의 동일지평은, 결국 이 시기 소련을, 좌우의 이념 대립이라기보다는 일종의 '모더니티 프로젝트'로서 바라본 것이라고 할 수 있다.

> 크레믈린 높은 지붕위에 폭 넓은 붉은 기.....저 깃발 아래서는 모든 사람들이 달려졌다. 오랫동안 적어도 2, 3천년동안 악제도 말에서만 살아오기 위해 휘고 걱이고, 닳고, 때 묻고 했던 온갖 추태와 위선의 제2의 천성에서 완전히 해탈되며 있는 것이다.......나는 이번 잠시 여행에서도 그 전 오랫동안 조선에서나, 일본에서나, 만주나, 상해등지의 여행들에서 별로 구경할 수 없었던 사람들을 나는 여기서 단시일에 만날 수 있는 것이다.....마치 르네상스가 봉건체제 속에 말살되었던 인류의 '자아'를 위한 각성이었듯이, 소비에트는 인류가 다시 자본주의의 노예로부터 풀려나와 노예의 근성을 뽑아버리고 절대평등에 의한 인정한 평화향, 계

급 없는 전체적 사회의 성원으로서 '새 타입 인간'의 창조인 것이다. 영
원히 축복받을 인류의 위대한 재탄생인 것이다!216   **216** 이태준, 앞의 책, 170~171쪽.

바쿠닌에서 레닌에 이르는 초기 러시아 사회주의자들의 목표와 희망은
독재와 불평등의 영속화가 아니라 그 완전한 근절이었으며 서구민주주
의의 이상을 심는 것이었다는 점을 기억하는 것이 중요하다. 또 초기 볼
셰비키가 본래 파괴의 대상으로 삼았던 수단들을 사용하지 않을 수 없
었다고 해서 이들을 위선자라고 말할 수는 없다. 그들은 유럽과 미국의
지도적인 근대사상가들을 직접 계승해 자유, 평등, 박애를 진정으로 신
봉했다. 그러니까 오웬, 생시몽, 소렐, 푸리에, 푸르동을 계승하고 제퍼
슨, 페인, 벨러미, 헨리 조지, 레스터 워드, 베블렌을 계승하며 자국의
크로포드킨, 바쿠닌 등 많은 자유주의적 혁명전통을 지닌 사람들을 계
승한 것이다. 거의 1세기 전에 프랑스에서 제1공화국의 목적을 실현하
는 데 필요한 단결을 위해 자코뱅당이 독재로 기울었던 것과 마찬가지
로, 전제주의에 종지부를 찍기 위한 혁명을 성취하는 유일한 길로서 그
들이 전제주의에 의존하지 않을 수 없었던 것도 놀랄 일은 아니다……스
스로를 '강철동지'라고 부르는, 우쭐거리고 거만하며 냉소적이지만 목
적한 바에 대해서는 매우 충실하고 대단히 영리하며 완고한 작은 남자
스탈린의 지도 아래에서 당은 실제로 후진적이고 고집 센 농민들을 경
제, 사회적 원시상태에서 불과 30년이라는 짧은 시간에 강력한 산업선
진국이라는 높은 수준으로 끌어올린 것이다. 그 과정에서 실시한 많은
제도는 러시아에 독특한 것이면서 그 언어와 외형에 있어서 기묘하게도
이상주의자 벨러미가 인류를 야만상태에서 끌어올릴 것이라고 예언한
것과 흡사했다.217   **217** 에드거 스노우, 앞의 책, 520~524쪽.

이태준이 소련을 '르네상스의 자아해방'과 유비하면서 해방의 역사로 사고하고, "맑스와 레닌주의의 쏘비에트는 비로소 인류의 정의감정과 개혁사상이 꿈이 아니라 실제의 기초를 이 지구위에 뿌리깊이 박아놓은 것이다."[218]라고 언급하는 것은, 서구 역사를 자유를 위한 투쟁과 인간해방의 역사로 보고 프랑스 혁명과 러시아 혁명의 동일성을 사고하는 에드거 스노우의 사고와 크게 다르지 않다. 소련을 정치적 근대화 프로젝트의 연속선상에서 보고, 소련의 대다수를 차지하는 민중들을 서구 사회의 시민과 같은 차원에서 보며, 그들의 선택과 자긍심과 역동성을 인정해야한다는 내재적 관점의 에드거 스노우[219]나, 벤야민의 관점, 그리고 국가의 창안의 시점에서 그 제도를 선택한 이태준과 백남운은, 공통적으로 근대사회의 형성동력을 정치적 해방과 인간의 주체화 과정으로서의 모더니티 프로젝트로 보는 시각 속에 있는 것이다. 이태준과 백남운이 북한을 선택한 것 역시 이런 사고의 일관성과 세계사적 지평 속에서 이루어진 것이라고 할 수 있을 것이다.

218 이태준, 앞의 책, 160쪽.

219 "근대세계에서 사회의 기초를 이루는 것은 일반시민의 정신틀이다"라고 베블렌은 말했다. 이것은 미국에 있어서 사실인 것과 마찬가지로 소련에 있어서도 사실이다."(에드거 스노우, 앞의 책).

대궐의 정문
출처_L. H. 언더우드, 신복룡 · 최수근 옮김, 《상투의 나라》, 집문당, 1999.

4부
외국인의 눈에 비친 한국

한류, 네가 본
한국 · 한국인

1. 들어가는 말

21세기는 세계화와 정보화의 시대이다. 날로 급변하는 국제사회에서 각 나라와 민족, 문화 등 모든 것이 지속적으로 변화되고 갱신되고 있다. 이러한 세계화와 정보화 시대 속에서 인류 사회의 평화와 공존, 발전을 도모하고 날로 복잡해지는 급변에 적응하기 위해서는 다문화간의 이해와 교류는 더욱 필요하고 시급하다. 문화적으로 서로 이해하지 못하면 인간사회의 평화와 나라 간에 진정한 상호 이해와 교류는 이루어지지 못할 것이다.

내가 처음 한국을 방문한 것은 1996년 1월이었는데 당시 한국 동국대학교 국어국문학과 김태준 교수의 초청으로 한국을 방문하게 되었다. 어느덧 한국 땅에 발을 디딘 지 벌써 10년의 세월이 흘러갔지만 그때의 인상은 지금도 눈앞에 선연하다. 그때는 중한수교 된 지 얼마 안 되었고, 경제금융위기가 막 터지기 전이었는데 여러 가지로 한국 사회는 나에게 인상 깊었다. 10년이면 강산도 변한다는 말이 있듯이 그 동안 한국

364   문학지리 · 한국인의 심상공간 _ 국외편

에는 변화가 많이 일어났다. 아시아 '4마리의 용'의 하나로 성장했던 한국은 1997년 말 금융위기의 시련과 고통을 겪었고, 위기의 극복을 위해 전국민 금 모으기 운동과 기업구조조정 및 제반 제도 개선 등 많은 노력을 기울였다. 한국 사회는 빠르게 경제적으로 재기하는데 성공하였고 2002년 월드컵을 통해 한국인 특유의 불사조 정신을 세인 앞에 보여주기도 했다.

한국과 한국인을 말하면 먼저 떠오르는 것은 전에는 '한(恨)', '정(情)'이라는 말, 또는 한국의 대표적 음식인 '김치', '고추' 정도였다. 민족 분열의 고통과 침략, 압박을 당한 설움을 '한'으로, 그리고 한국인 특유의 다정다감한 정서를 '정'이라고 말할 수 있겠다. 그런데 이제는 한국과 한국인에 대해 한두 마디로 말하기가 어렵고, 오히려 한국이라는 나라를 떠올리면 '한류(韓流)'와 '붉은 악마'가 먼저 생각난다.

그러면 한국이 과연 어떤 나라인지, 한국인이 어떤 사람들인지, 그동안 어떤 변화가 일어났는지를 나름대로 살펴보도록 하겠다

2. 지리적으로 가장 가까운 이웃나라

세계 지도를 펼치고 아시아 지역을 살펴보면 동북아 지역에 자리 잡은 중국과 한반도는 지리적으로 강 하나를 사이에 두고 접한, 가장 가까운 이웃나라이다. 역사상 수천 년간 왕래와 교류를 하면서 나라의 운명까지 긴밀히 연결되어 동아시아의 흥망성쇠를 함께 한 동반자이기도 한다. 가깝게 인접한 중국과 한국은 국토의 변화나 크기에 관계없이 역사상 서로 연결되어 생사고락을 같이 하면서 찬란한 동아시아 문명을 함께 창조해 왔다. 중국과 한반도의 관계는 세계 어느 다른 나라보다 가장 오래되고 역사적인 것이다. 역사를 거슬러 보면 중국의 은상(殷商), 서주

(西周) 때 두 나라 민족들은 서로 왕래했다고 한다. 춘추전국 시대에는 민간의 상호 무역 이외에 부락 사이의 접촉과 교섭이 나타났다. 물론 이런 역사 기록이 고전 문헌 중에 남아 있는 것이 많지는 않다.

역사의 기록이 있을 때로부터 중한 두 나라는 서로 사이좋게 지내오면서 지속적인 왕래를 유지하며 상호 교류를 해왔다. 중국은 한국뿐 아니라 러시아 · 몽골 · 카자흐스탄 · 키르키즈스탄 · 아프가니스탄 · 파키스탄 · 인도 · 네팔 · 시킴 · 부탄 · 미안마르 · 라오스 · 베트남 등 15개 나라와 인접해 있고, 또 한국 · 일본 · 필리핀 · 부르네이 · 말레이시아 · 인도네시아 등 6나라와 바다를 사이에 두고 마주하는 큰 나라이다.[220] 그 가운데서도 한국과 가장 가깝게 또 가장 오래 교류해서, 중국 고서 《사기》와 《삼국지》등 기록에 의하면

220 《중국, 사실과 숫자 2003》, 新星出版社, 북경, 2003.

두 나라의 왕래는 기원전부터 시작되었다. 1991년 12월에 한국의 고고학자들에 의해 경상남도 일산군에 있는 고분에서 기원전 3세기에 중국에서 제조한 청동기가 발견되었는데, 이는 두 나라 왕래의 역사를 보여주는 좋은 증거물이라고 할 수 있다.

중국의 당나라와 송나라 때에는 한국의 많은 유명한 사람들이 중국에 찾아와 유학하였다. 《삼국사기》에 의하면 640년(선덕여왕 9)에 신라에서 처음으로 중국 당나라에 유학생을 파견하였고 삼국통일 후에는 더 많았다. 유학생 가운데 한국 한문학의 비조(鼻祖)인 신라의 유명한 문학가 최치원(崔致遠, 857~?)은 대표적인 인물이다. 그는 12살의 어린 나이에 부모를 떠나 중국 당나라에 유학을 떠났고 18살 때 과거에 합격하여 당나라의 선주(宣州) 율수현위(溧水縣尉) 등 지방의 관리로서 세월을 보낸 적이 있었다. 그가 쓴 시는 중국 청나라 때 편집된 〈전당시(全唐詩)〉, 〈당송백명가집(唐宋百名家集)〉, 〈당인오십가소집(唐人五十家騷集)〉 등에 수록되었다.

이보다 앞서 8세기경 《왕오천축국전(往五天竺國傳)》을 쓴 혜초(慧超) 스님은 약관에 중국어와 인도어를 익히고 중국의 광주(廣州)에서 바닷길로 인도로 건너가, 다시 파미르 고원을 넘고 신강성으로 들어와 안서도호부가 있던 쿠차(庫車)를 거쳐 장안(長安,지금의 西安)에 이르는 대장정을 경험한다. 그는 남다른 종교심과 모험심 말고도, 중국의 스승과 인도의 금강지(金剛智) 같은 걸출한 학승에게서 배운 바 교도가 없이는 불가능한 장정이었을 것이다.[221] 최치원도 당나라 때 고병(高騈)의 막하에 들어가서는 황소(黃巢)의 난을 평정하는데 참여했고, 특히 〈토황소격문〉을 지어 문장으로 그를 놀라게 했다고 한다. 《수이전(殊異傳)》에 나오는 〈최치원(崔致遠)〉 속의 '쌍녀분(雙女墳)' 유적은 지금까지도 남아 오늘날 강소성 고순현(江蘇省 高淳縣)의 관광지로 중한 문화교류의 현장이 되어 있다.[222] 그밖에도 중한 두 나라 사이에 오간 외교사절의 여행기록인 연행록(燕行錄)류와 중국사신의 기록도 많아, 이 중한 관계의 오랜 역사는 문학지리의 귀주완 자료가 되어 있다.[223]

[221] 소재영, 〈한중문화교류의 새로운 모색〉, 《중국에서의 한국 어교육 III》연변과학기술대학 한 국학연구소 엮음, 2002.

[222] 고순현문사자료, 〈쌍녀분과 최치원(雙女墳與崔致遠)〉, 소재 영 위의 글 참조.

[223] 소재영 · 김태준 편, 《여행과 체험의 문학》(중국편), 민족문 화문고, 1985.

또한 가깝고 편리한 지리 조건을 이용해 중국인들이 한반도에 건너가 살게 되었는데 이들 화교들의 역사 또한 매우 오래되었다. 19세기부터 한국의 화교 사회가 정식으로 형성되었는데, 현재 통계에 의하면 약 30만 명의 화교들이 한국에서 거주하고 있다. 그 중 95% 이상의 화교들이 중국 산동성 출신이다. 산동성은 한국의 서해 바다를 사이에 둔 가까운 도시로 지리적인 조건과 역사적 원인으로 인해 산동성 출신의 화교들이 많다. 때문에 산동성은 양자강 북쪽에 있는 가장 큰 화교의 고향이다. 현재 한국에서 거주하는 화교들은 여러 세대의 부지런한 노력을 통하여 경제적인 면뿐만 아니라 여러 방면에서 성공하여 현지 주류 사회에 융합되어 중한 교류의 매개자로 부상되었다.

이와 반대로 역사상 중국의 원과 명조때에 한반도에서 중국으로 이주하기 시작한 조선족들은 100년이 넘는 동안 하나의 소수민족이 되어 중국 땅에 정착하였다. 물론 청조 초기 이전에도 이주한 사람들도 있기는 하지만 이들은 한족(漢族)과 만족(滿族) 등 여러 민족 속에 융합되었다. 현재 중국의 조선족들이 약 200만 명이 있다. 중한 양국은 이처럼 가까운 이웃나라로 몇 천년 동안 왕래하고 교류하였으며, 현재에도 서로 많이 협력하고 있다. 두 나라는 왕래와 교류를 통해 서로의 문화를 풍부히 해주고 서로 발전할 수 있었다.

그런데 주지하시다시피 지난 반세기 동안 냉전 시기에 중한 양국은 지리적으로 가장 가까운 이웃 나라였음에도 서로 왕래와 교류 없이 지내야만 했다. 그래서 양국 국민들에게 두 나라는 가장 먼 나라처럼 여겨지기도 했다. 지난 반세기 동안 중한 양국은 전혀 다른 세상에서 왕래 없이 살아왔기에 양국은 변화가 많았다. 양국은 사회 제도로부터 사상, 사고방식, 그리고 경제, 문화, 생활방식에 이르기까지 많은 면에서 이질적이고 이해하기 어려운 면들이 적지 않게 존재하게 되었다. 중한 수교 이후 양국에서 서로 모두 많은 노력을 기울였지만 아직 미흡한 부분과 상대방에 대해 잘 이해하지 못하는 부분들이 많이 남아 있다.

그러던 것이 80년대 말부터 90년대 초에 들어오면서 중한 양국은 근 반세기만에 냉전의 장벽을 뚫고 왕래와 교류를 다시 시작하여 1992년 8월 24일에는 양국이 수교하게 되었다. 중한 수교 이후 현재까지 불과 12여 년밖에 지나지 않았지만 양국 관계는 전례 없이 빠른 속도로 모든 분야에서 확대되면서 전면적인 협력 동반자 관계로 발전해왔다. 이처럼 양국 관계가 빠른 속도로 발전할 수 있었던 것은 무엇보다도 지리적인 인접성과 더불어 2000여 년 이상의 오랜 역사를 통하여 축적된 동양 문화의 동질성을 바탕으로 공동 번영을 추구하는 지역협력체로서 서로 보완하며 함께 나아갈 수 있는 협력 관계에 있기 때문이다.

앞으로 21세기 정보화 사회에 중한 양국간의 전면적인 지역협력체의 동반자 관계를 계속 유지하고 발전하려면 상호간의 협력과 더불어 하루가 다르게 급변하는 중한 양국의 새로운 모습에 대해 전반적인 이해와 진지한 교류를 끊임없이 추진해야 된다.

3. 전통과 현대가 공존하는 나라

한국은 동양적인 유교 문화와 서구적 현대의식, 조화롭게 공존하는 나라라고 할 수 있다. 한국 사람들은 전통문화를 사랑하고 쉽게 버리지 않으며 고수하고 발전시켜 왔다. 특히 한국 사람들은 전통문화와 인간으로서의 근본을 더욱 중요시한다. 한국은 겉으로 볼 때는 현대적이고 서양적인 문화에 많이 물들은 것 같지만, 속으로는 자기나라와 민족의 전통 문화와 의식을 간직하고 있다.

유교 문화는 중국에서 발상한 유가사상이 춘추전국시대 한반도로 건너와 일종의 종교처럼 받아들여졌고 발전해왔다. 현대 세계에서 유교의 영향을 가장 깊게, 많이 받은 나라가 한국이라고 해도 과언이 아니다. 유교는 한국 사람들에게 머리 속에 있는 추상적인 개념이 아니라 일상생활뿐만 아니라 가치관, 사고방식, 행동양상의 근본이 되었다. 유교 덕목 가운데 특히 '충(忠)'과 '효(孝)'는 한국인의 행동 철학이다. "효도는 백행(百行)의 근본이다"는 말이 있다. 효도와 충성은 오늘날에 한국인의 일상생활과 의식형태 및 사고방식 등 모든 면에 걸쳐 사람 몸에 배어 있다. 누구나 나라와 민족에 대한 충성, 부모에 대한 효도, 스승에 대한 존경을 성실하게 실천하고 있다고 보인다.

현대의 한국 사회에서는 장유유서(長幼有序), 경로효친(敬老孝親) 등의 유교 문화를 쉽게 찾아볼 수 있다. 한국에서 텔레비전이나 라디오 방송이나, 드라마에서나 광고에서나 가장 많이 듣는 말은 '사랑합니다. , 사랑해요' 라는 말이다. 한국 사람들은 가족사랑, 사회사랑, 나라사랑 등으로 온사회가 하나의 대가족처럼 온통 사랑으로 넘쳐나는 것 같다. 언제 어디서나 형과 오빠, 언니와 누나, 그리고 어머니와 할머니, 할아버지 등 가족 호칭어를 흔히 들을 수 있다. 특히나 머리를 숙이고 허리를 약간 굽혀서 서로 인사 나누는 한국인은 인상적이다. 이런 한국인의 모습은 아름다우면서도 감동적이다.

　　한국에는 "효도는 백행(百行)의 근본이다"는 말이 있다. 효도와 효도에서 출발한 경로정신과 사랑의 마음을 언제 어디서나 엿볼 수 있다. 부모에게 효도하고 조상을 섬기는 풍속은 사라지지 않았고 오히려 더욱 중시되며 생활화되는 추세이기도 하다. 명절 때 아무리 바빠도 한국인들은 시간을 짜내 가족끼리 모여 제사를 지내기 위해 고향에 간다. 명절 때 귀향장면은 정말 장관하다. 조상에 대한 한국인의 제사는 효성을 표현하는 종교 의식의 하나다. 또한 족보는 천재지변이나 전란이 났을 때 한국인이 제일 먼저 챙겼던 물건이다. 그들에게 족보는 왕권이나 종교의 권위에도 굴하지 않는 자부심의 근원이다.

　　또한 학교에서 학생들은 선생님을 보고 멀리서도 머리를 숙이고 허리를 약간 굽혀서 인사드린다. 또, 새해에 대학원생들이 지도교수님을 찾아가 세배드리는 것을 보면, 한국에서 지식과 교육을 얼마나 존중하는지도 엿볼 수 있다.

　　한국의 지하철이나 버스에는 노약자와 장애인을 위해 마련된 경로석이나 장애인 휠체어를 고정하는 장소가 따로 있다. 승객이 붐비는 출퇴근 때는 자리 양보는 물론이고, 평소 노약자들이 별로 없는 경우에도 경로석은 비어 있다. 젊은 사람들은 그 자리가 비어 있어도 앉지 않는다. 한국의 젊은이는 어른 앞에서 담배를 피우지 않는다. 어른들이 자기에게 술을 권할 때에야 황송한 표정으로 얼굴을 옆으로 돌리고 마신다. 이처럼 전통문화와 민족성을 중시하고, 교육을 중시하기에 한국 사회는 빠른 속도로 튼튼하게 발전할 수 있다.

4. 변화를 추구하고 즐기는 한국사람

세상의 모든 것이 변화해야 생존하는 법이다. 끊임없는 변화를 통해서 낡은 것이나 없어져야 할 것은 철저하게 포기하고 새로운 것을 부단히 추구해야 더 큰 발전을 가져올 수 있다.

한국 사람은 변화하는 것을 좋아한다. 끊임없이 변화를 추구하고 즐기고 성과를 거두면서, 세인들의 눈길을 끌어 자기들의 신념과 가치를 나타내기도 하고 자기 자신을 개변하기도 한다. 한국은 굉장히 사회 변화가 빠른 나라로서 본질적으로 변하지 않는 부분과 변하는 부분이 재미있게 맞물려 조화를 이루고 있다. 그리고 이런 변화 속에서 어떤 활기 또한 느끼게 해준다.

한국은 6·25 전쟁의 폐허에서 맨손으로 '한강의 기적'을 일구어 냈다. 이를 바탕으로 눈부신 경제 성장을 이룩하였고 아시아 '4마리의 용'의 하나로 성장하여 세계의 주목을 받았다. 1988년 올림픽의 성공적 개최, 1997년 IMF 금융 위기와 위기의 극복, 그리고 2002년 월드컵의 성공적 개최 등 한국은 끊임없는 변화를 겪으면서 발전해 왔다.

한국 사람들은 변화를 좋아하고 언제나 새로운 모습으로 드러내기를 좋아한다. 며칠 전에 있었던 남루한 건물은 하루 밤 사이에 없어지고 세련된 건물들이 하나 둘씩 그 자리를 차지하고 있다. 회사, 학교, 사무실, 상점, 식당, 커피숍 등의 건물도 외부뿐만 아니라 내부 장식까지도 자주 바뀌고 금세 새로운 모습으로 등장한다. 심지어 백화점 매장의 매대까지도 자리를 자주 바꾸고 새로운 모습으로 등장하기도 한다. 자주 갔던 곳이지만 계속 새로운 느낌을 준다.

한국 사람들은 이렇게 변화를 좋아하는 것은 그들의 성격과 관련 있다고 생각된다. 한국인의 성격은 대개 급한 편이다. 한국인을 아는 중국 사람들은 한국 사람들이 아무거나 다 빠른 편이라고 생각한다. 사람들의 걸음걸이부터 식사하는 속도, 무엇이든 언제나 급해 보이고, '빨리빨리' 란 단어를 어디서나 들을 수 있다. 한국인들의 생활 리듬은 중국인들보다 훨씬 빠르다. 이런 급한 성격 탓으로 한국인들은 항상 새로운 모습과 변화를 추구하는 것 같다. 바로 이런 새로운 이미지와 변화를 추구하고 도전하는 정신이 한국을 빠르게 변화시키고 성장하게 할 수 있었다.

이런 변화 속에서 한국인의 모습도 빠르게 변화해 간다. 특히 한국 여성들의 모습이 많이 달라지고 있다. 전통적인 한국 여성상은 아주 헌신적이고 인내성이 강하고 얌전한 여성이었다. 남성 중심의 한국 사회에서 여성들은 가족과 자식을 위해서 양보하고 포기하며 희생까지 하는 것은 당연한 일이라고 다들 생각했다. 그러나 사회의 급변 속에서 한국 여성의 모습이 많이 변화했다. 요즘의 한국 드라마에서 묘사된 한국 여성들의 모습은 매우 신선하다. 가족과 자식을 위하여 헌신하면서도 자기의 인생을 위하여 사는 여성들도 나오고, 자기의 인생을 찾기 위해 여성의 권리를 당당하게 요구하는 자신감 있는 모습도 인상적이다. 뿐만 아니라 한국 대학의 여교수 임용률도 옛날에 비해 증가추세를 보이고 있다는 보도가 있었다. 2005년 현재 4년제 대학의 전체 여교수 비율은 15.1%이라고 한다. 그리고 여성들은 결혼하고 아이를 낳고도 직장에 나가는 등 자아실현을 위해 부단히 힘쓰고 있다. 또한 요즘의 한국의 젊은 여학생의 모습은 그전에 비하면 많이 달라졌다. 연예인 같은 화려한 화장에다가 개성 있는 복장, 다이어트의 열풍, 성형수술 열풍, 여성스러움이 넘치는 애교의 표현이 뚜렷하게 보인다. 한국 남자들의 이미지도 인상적이었다. 한국 남자들은 나라와 민족에 대한 충성과 부모에 대한 효도, 그리고 가족과 자녀에 대한 애정도 많고 진지하며, 책임성이 강하고, 일을 성실하게 한다. 국가 공무원이나 대학 교수, 회사원이나 식당 웨이터, 배달부, 아르바이트생까지 자기가 맡은 일이라면 무슨 일이든지 다 자신감과 열정을 가지고 원만하게 완성할 수 있도록 열심히 노력한 모습에 정말 감탄하지 않을 수는 없다. 그러나 어떤 때는 한국 남자들은 가장으로서 지나치게 책임감을 느낀 나머지 종종 이로 인해 죄책감을 느끼는 경우도 있는 것 같다. 지난 구조조정 때나 명예퇴직 때 집을 가출하는 가장들에 대한 이야기를 신문이나 텔레비전에서 본 적이 있다. 한국 남자들의 모습도 점점 달라지고 있다. 영화에서나 드라마에서 나타난 한국 남자들의 이미지는 과거의 '남자는 하늘'이라는 남성 우월주의와 가부장적인 모습에서 더 다정하고 평안하고 따뜻한 모습으로 변신하고 있다. 그리고 한국 친구에게서 요즘의 젊은층의 한국 남성들은 결혼한 후 맞벌이 경우에 가사노동을 분담하는 사람도 많아졌다는 이야기를 들었다. 이를 보면 한국 사회도 예전의 남성 중심 사회에서 많이 변화하고 있는 것 같다. 여성의 사회 참여 기회가 늘어나면서, 남성과 여성의 역할도 전에 비해 많이 변했다.

5. 애국심과 응집력이 강한 민족

세계에서 유일한 단일민족 국가인 한국과 한민족은 유별나게 '민족사랑'을 중요시한다. 한국인들은 민족 공동체의 집단의식이 강하고 응집력이 대단하다. 한국인은 민족과 관련된 일이라면 나라의 존엄과 영욕을 자신의 목숨처럼 여기고 어려움에 처하거나 국가적으로 중요한 행사가 있을 때는 한 마음이 되어 나서곤 한다.

지난 IMF 당시, 나라의 운명과 어려움을 자기 개인의 운명과 같이 여겨 심지어는 결혼반지까지 빼가며, '금모으기 운동' 에 참여하는 한국인들의 모습을 보고 무척이나 놀라웠다. 그리고 외화를 절약하기 위해 해외에 있는 많은 한국 유학생들이 퇴학이나 휴학을 해서 귀국했다고 한다. 이런 행동들은 많은 나라 사람에게 깊은 인상을 남겨주었다.

2002년 월드컵 때 세인 앞에서 보여준 한국인들의 모습은 정말 인상적이다. 그 당시 나는 마침 한국에 잠깐 들어와 한국인들의 떳떳한 모습을 직접 목격했다. 한국인들은 한국에서 개최된 월드컵을 단순한 체육행사로 보지 않고 나라의 존엄과 전 국민의 영욕과 관련시켜 중대하게 여기고 정부에서 일반 시민에 이르기까지 한 마음이 되어 행사를 원만하게 치렀다. 특히 일본과의 경기에서 축구 선수들의 필승의 프로의식은 매우 인상적이었다. 경기장에서 울려퍼지는 '붉은 악마' 의 응원 목소리는 하늘과 땅을 진동하는 듯 우렁찼다. 바로 이런 강한 민족정신으로 온 국민이 마치 한 사람처럼 구호를 외치면서 응원하는 장면과 적극적으로 행사에 참여하는 한국인들은 세인들의 눈길을 끌어 전세계에 깊은 인상을 남겨주었다.

또한 얼마전에 한일간에 일본의 독도 영유권 주장과 역사 교과서 왜곡 문제가 불거지자 전국민적으로 반일 감정이 끓어올랐다. 시민들의 강력한 시위와 집회, 인터넷 사이버공간과 TV 광고, 드라마 및 각종 프로그램까지 온통 한국인의 독도사랑과 관련된 운동이 뜨겁게 펼쳐졌다. 한국정부에서는 대사를 소환하고 시민들은 일본 국기를 불사르기까지 하면서 대규모 반일시위까지 하고, 시민단체들에서는 일본 상품 불매운동까지 벌이고 있다. 사람마다 너나나나 할 것 없이 앞장서서 애국심을 보여주려고 애쓰는 모습이다. 심지어 손가락을 잘라 항의하는 육탄시위를 벌이는 사람이 있는가 하면 분신까지 하는 과격한 행동을 하는 사람도 있었다. 온 국민들이 국가와 사회에 대한 높은 관심과 참여의식은 정말 대단하고 인상적이다. 바로 이런 열정 넘치는 나라 걱정의 모습과 애국심이 한국 국민 단합의 원동력이라는 생각도 들었다.

6. 중한 양국의 교류

중한 수교 이후 양국간의 지리적인 이점 때문에 중한 관계는 한층 더 발전할 수 있었다. 통계에 의하면 현재 중국에 있는 한국 투자기업이 총 52,000여 개인데 그 중 산동에만 15,000여 개, 북경에는 8,000여 개, 천진에는 19,000여 개, 화남지역에는 7,100여 개, 동북 지역에는 6,000여 개, 상해에는 8,000여 개가 있다. 그리고 현재 중국에서 장기적으로 거주하는 한국인이 근 30만 명이 있는데 앞으로 5년 후에 약 100만 명이 될 전망이다.

현재 양국의 왕래와 교류는 폭발적인 속도로 확대되고 전반적인 분야에 걸쳐 교류가 활발하게 이루어지고 있다. 2004년 현재 중한 양국 (중국 대만성과 홍콩, 마카오 특구를 포함하지 않아도)은 중국이 한국의 최대 무역 파트너, 최대 수출 시장과 최대 투자대상국이고 마찬가지로 한국도 중국의 4번째 무역 파트너[224], 4번째 수출 시장과 3번째 수입 시장이다. 중국 측의 통

[224] 주한 중국대사관 이빈 대사의 대한상공회의소 특강 발표문(2005년 4월 8일).

계에 의하면 양국의 무역총액은 1992년 50억3000만 달러였지만 2004년에는 900억 달러를 넘어섰다. 중국은 3년 연속 한국의 최대 해외투자 대상국이며 중국의 한국에 대한 투자도 대폭 증가되어 2004년에는 19건, 금액으로는 전년대비 211.8% 증가한 6억2400만 달러를 기록했다.

그리고 2004년 양국의 인적 교류는 연인원 340만 명을 돌파했

다.[225] 현재 주중 한국 유학생 수는 약 5만 명에 달하

고 주한 중국 유학생 수도 만 명에 가깝다. 또한 2004

년 한국인의 최대 해외여행 목적지로 부상된 중국을

방문한 한국인은 전년대비 46% 증가한 285만 명으로

했다. 그리고 갈수록 많은 중국인들도 한국 방문에 나

섰는데 2004년에는 전년대비 22% 상승한 연인원 62

만 명에 달했다.[226]

[225] 주한 중국대사관 이빈 대사의 대한상공회의소 특강 발표문(2005년 4월 8일).
[226] 중국 공안부의 자료에 따르면, 중국인의 출입국 통계는 2002년말 통계로, 중국 내지 출국인원 연 1억006만명 가운데 행선지 10위 안에 한국과 조선(북조선)이 포함되어 있으며, 중국에 입국한 관광객 1억343만 명 가운데 한국은 일본에 이어 2번째로 많았다. 《중국, 사실과 숫자》앞의 책, 96-97쪽.

중한 양국은 이처럼 몇 천 년 동안 왕래의 역사와 문화교류의 역사

를 가져 왔고, 이러한 왕래와 교류는 서로의 문화를 풍부히 해주고 문화

발전을 촉진시켰다. 고대 중국의 문화는 지속적으로 이웃 나라로 끊임없

이 전해졌다. 그 중에 중국의 유학 문화를 가장 많이 흡수하고 현대까지

보존 발전하여 온 나라가 바로 한국이다. 그러나 중한 수교 이후 한국의

대중문화가 한류(韓流)의 열풍으로 중국에 휩싸이고 있고 중국어의 '한

류(漢流)' 붐도 한국에서 힘차게 돌고 있어서 서로 영향을 끼치고 있다.

'한류(韓流)'라는 말이 중국에서는 '한랭전선'을 의미하는 '한류

(寒流)'에서 음을 따서 나온 말이다. 한류는 젊은층 중의 '합한족(哈韓

族)', 한국의 연예인이나 한국인을 좋아하여 그들의 복장이나 머리 스타

일 등을 따라하거나, 한국에서 유행하는 노래와 영화, 드라마를 좋아하고

한국어를 익히거나 한국 제품을 선호하려는 일부 청소년들의 문화 경향

을 지칭하는 것이었다. 이런 젊은층들이 추구하는 유행 문화는 일시적이

고 오래 유지하지 못하며 금방 사라질 거라고 판단했었다. 그러나 한류는

지속되어오면서 확산되고 있다. 심지어 중국 신세대 사이에서 '한류'란

것은 이미 자신들이 공유하는 문화의 일부로 인식하고 있는 듯하다.

이런 한류 열풍으로 중국 사람들의 한국에 대한 관심은 아주 커졌

다.한국 연예인에 대한 관심을 넘어서 이제는 한국어, 한국문화로까지 확대되고 있다. 중국 대학들에 한국어학과가 30개 대학 이상에 개설되었으며, 또한 더욱 늘어나고 있다. 한국어를 공부하려는 사람의 수가 크게 늘어서 필자가 펴낸 한국어 교과서도 수만부 이상 출간되었고, 한국문학의 번역도 활기를 띄고 있다. 특히 요사이 불어닥치고 있는 한류의 열풍에 힘입어 〈대장금〉과 같은 방송극이 인기가 높은데, 위에서 언급했듯 단순한 관심의 차원을 넘어 차차 한국문학지리의 기상도를 크게 바꾸는데 큰 역할을 하고 있다. 특히 요사이 중한 양국은 이처럼 몇천 년 동안 우호의 왕래의 역사와 문화교류의 역사를 가져 왔고, 이러한 왕래와 교류는 서로의 문화를 풍부히 해주고 문화발전을 촉진시켰다. 이를 바탕으로 양국은 새로운 동북아 시대의 세계사의 주역으로 연대하고 발전할 것이다.

속죄감 – 가해자 의식의 한계에 대한 반성적 에세이
일본인이 본 한국 문학*

* 이 글은 2002년 5월 29일에 전남대학교에서 개최된 전남대 개교 50주년 기념 국제심포지엄 〈호남문화의 기층구조에 관한 총체적 접근〉에서 발표하고 《호남문화연구》, 제30집, 전남대학교 호남문화연구소, 2002년 6월에 게재된 졸고, 〈한국과 광주, 그리고 문학을 응시한다는 것 — 김지하, 임철우, 이청준을 중심으로〉를 수정, 보완한 것이다.

와타나베 나오키(渡邊直紀)

1. 미지의 타자를 이해한다는 것

'외국인이 본 한국'이라는 테마로 이야기하는데, 가령 이런 문제부터 시작하면 어떨까 한다. 이 글의 독자들은 지금 이 글의 필자인 나를 과연 어떤 사람이라고 생각할까? 어쩌면 "일본인이다"라든지 "고려대 교원이다"라는 정보나 혹은 지금 내가 이렇게 한국어를 구사하고 있는 것을 보고 "한국어는 조금은 하는가 보다"라는 사실을 파악하게 될 것이다. 그리고 그 이외에 나에 관한 개인 정보는 전혀 알려져 있지 않을 테니까, 우선은 이렇게 그다지 많지 않은 정보를 실마리로 나에 대해서 판단하지 않을까 한다. 그러니까 자칫하면 '후지산(富士山),' '게이샤(藝者, 일본의 기생),' '스모(相撲, 일본 씨름),' '노오(能),' '가부키(歌舞伎),' '꽃꽂이(華道),' '다도(茶道),' 혹은 '와비'나 '사비' 등 일본이나 일본인이라는 내셔널리티를 표상하는 문화 이미지와 이 글의 필자인 나를 결부시켜서 이해하려고 할지도 모른다. 아니면 이런 정체도 모르는 일본인에 대해서 "매운 것은 먹을 수 있을까"라든지 "김치는 좋아

할까?'라는 질문을 생각하는 사람들도 있을지 모른다. 하지만 내가 1994년에 한국에 와서 한국 문학을 공부했다가 2000년도부터 일본어를 가르치게 됐고, 그 방면의 활동을 지금까지 해 왔다는 나의 이력을 조금이라도 소개하면 나에 대한 인식이나 이해는 좀 더 구체적인 것이 될지도 모른다.

요컨대 사람은 미지의 타자와 만났을 때, 그 타자와 가능한 한 가깝다고 생각되는 이미지를 그 타자와 결부시켜서 판단하고 이해하려고 한다. 앞에서도 썼듯이 나에 관한 정보가 지극히 한정되어 있을 때에 아마 독자들은 나에 대해서 한국에 와서 공부했고, 또 지금 대학에서 일본어를 가르치고 있는, 다른 데에서도 흔히 볼 수 있는 일본인 중의 한 사람 정도로 보고 판단했을 것이다. 하지만 나에 관한 정보가 더 몇 가지 주어지자마자 나의 관한 보다 구체적인 이미지가 형성되었을 것이다. 그리고 앞으로 만약에 개인적으로 교류하게 되면서 와타나베라는 인간이 어떤 성격을 가진 사람인가를 더 알게 되면, 나를 이제 일본인으로 생각하지 않게 될 수도 있을 것이다. 실제로 나는 지금까지 서울에서 그렇게 살아왔고, 근무처인 고려대나 혹은 대학원을 다녔던 동국대에서는 스스로를 특별히 일본인이라고 인식할 것 없이 주변 사람들과 교류하고 있다. 하지만 그러한 커뮤니티 밖으로 한 발이라도 나가면 다시 '일본인'이라는 역할이 주어지게 된다.

이처럼 타자에 대한 인식에는 조건이나 환경에 따라서 수준의 차이가 있고, 그 자체는 신이 아닌 인간의 인식 능력의 한계이고, 어떤 의미에서는 상당히 정상적인 인식 활동의 결과라고 할 수 있다. 그리고 이것은 반대로 '한국'이나 '한국 문화'를 이해하려고 하는 외국인들의 인식 활동에 대해서도 같은 이야기를 할 수 있다고 생각한다. 그것이 나를 포함한 한국 문학을 연구하는 일본인에게 어떠한 양상으로 나타나는지, 거기에 어떠한 문제점이 있는지를 다음에 약간 반성적으로 생각해 볼까 한다.

2. 일본에서의 한국 문학의 위상과 김지하

일본에서 한국 문학을 소개하거나 번역하
는 사람들은 현재 상당수에 이르고, 최근에도

227 三枝壽勝 他 譯,《現代韓國短篇選》,
上·下, 岩波書店, 2002年.

일본의 이와나미서점(岩波書店)에서 한국의 1980년대, 1990년대 단편
소설의 선집이 간행됐다.227지금까지 번역된 작품도 상당한 양에 달했
고, 번역·소개의 역사도 고전의 번역 등을 포함하면 100년 정도가 되지

김지하

않을까 한다. 이처럼 서양 문학의 번역에도 뒤
떨어지지 않는 긴 역사와 수많은 번역 작품이
있으면서도, 일본에서 해외 문학의 하나로서의
한국 문학의 지위는 유감스럽게도 그렇게 높다
고 할 수 없다. 일본 대학에서 이루어지고 있는
한국 문학 연구도 마찬가지로 그렇게 융성하다
고 하기는 어렵다. 이렇게 말하면 이 글의 독자
들 중에는 자존심이 상하는 분들도 있을지 모
르지만, 이것은 물론 영미 문학이나 독일, 프랑스, 혹은 러시아의 문학과
비교해서 이처럼 말할 수 있는 뿐이지, 가령 스페인이나 이탈리아의 현
대 문학을 우리가 얼마나 알고 있는지를 생각할 때, 일본에서의 한국 문
학의 위상도 그와 비슷한 위치에 있다고 생각하면 그렇게 기이한 일이
아니라고 생각된다. 한국의 문학 작품의 번역자의 대다수는 대학 등의
연구자가 아니다. 일본의 대학 등에서 한국 문학을 연구하거나 공부하
는 사람의 수는 어쩌면 한국학의 다른 분야의 연구 인구보다 훨씬 적지
않을까 싶다.

일본에서 지금까지 한국 문학의 작품을 번역해 온 사람들은 이른
바 재야 연구자, 따로 직업을 가지고 있는 사람들이었다.[228] 번역의 하나
하나에 대해서 자세하게 언급할 수 없
지만, 가령 일제 시대 때는 이광수의
《무정》,《유정》,《사랑》 등의 장편이나
《무명》 등의 단편집, 혹은 이태준의 단
편집《복덕방》등을 비롯해서 동시대의
상당히 많은 문학 작품들이 일본어로
번역되었다.[229] 그리고 해방 후, 1950년
대, 1960년대에는 주로 조총련계 지식
인들이 중심이 되면서 이기영의《고향》
이나 한설야의《황혼》등 해방 후에 북
한으로 건너간 작가들의 작품들이 일본
어로 많이 번역되었고, 고전 문학에 관
해서는 우노 히데야(宇野秀彌)라는 고
등학교 선생이 1970년대부터 1980년대
에 걸쳐서 한국에서 간행된 각종 고전
문학 전집을 저본으로 혼자서 40 몇 개

[228] 그 중에 1980년대 초반까지의 상황에 대해서는 梶井涉,〈日本における朝鮮近・現代小說(戲曲を含む)の作家別飜譯年譜〉,《富山大學人文學部紀要》, 第 8 號, 1984년 2월에 자세한 번역 연보가 있다.

[229] 이것은 사실 동경 문단과 경성 문단 간의 복잡한 경위를 겪어서 이루어진 것이지만 이에 관해서는 여기서 언급을 피할까 한다.

[230] 이 작업은 일본 문부성의 연구비를 받아서 '조선문학 시역(試譯)' 이란 제목으로 1977년부터 1989년에 걸쳐서 간행되었다. 그 일부는 일본 국회도서관에 소장되어 있는데, 고전 문학에 관해서는 다음 44권이 번역되었다. 번역의 저본으로서는 한국에서 간행된 고전 문학 전집류(교문사 판 등)가 사용되었다.《洪吉童傳》(許筠),《沈淸傳》,《烈女春香守節歌・京板春香傳》,《於于野談》(柳夢寅),《要路院夜話記》(朴斗世),《雲英傳》,《壬辰錄・日東壯遊歌》,《九雲夢》,《龍飛御天歌》,《仁顯王后傳》,《謝氏南征記》(金萬重),《淑英娘子傳》,《癸丑日記》,《閑中錄・上》(惠慶宮),《閑中錄・下》(惠慶宮),《淑香傳》,《金鰲新話》(金時習),《彩鳳感別曲》,《玉丹春傳・烏有蘭傳》,《裴裨將軍・雍固執傳》,《辛未錄》,《林慶業傳・朴氏夫人傳》,《三說記》,《李朝漢文小說選・上》,《李朝漢文小說選・下》,《三仙記・李春風傳》,《麗朝漢文小說選》,《雄雉傳・蟾同知傳・その他》,《北學議》(朴齊家),《丙子錄》(羅萬甲),《角干先生實記》,《內房歌辭》,《松江歌辭・蘆溪歌辭》,《時調 1(靑丘永言・海東歌謠・歌曲源流より)》,《時調 2(靑丘永言・海東歌謠・歌曲源流より)》,《時調 3》,《時調 4》,《李朝傳奇小說選》,《彰善感義錄》,《劉忠烈傳・洪桂月傳》,《濟州島の昔話》,《鬱陵島の傳說・民謠》,《民話選》,《民俗劇》.

의 한국 고전 문학의 작품을 번역하는 큰 작업도 이루어졌다.[230] 일본에
서 한국 문학 작품 번역의 역사에 큰 특징이 있다면, 1960년대까지는 일
본어를 아는 한국인, 재일교포들에 의한 번역이 대다수였던 데에 비해,
70년대에 들어서면서 한국어를 배운 일본인들에 의한 번역이 겨우 나오
기 시작되면서 현재에 이르고 있다는 점일 것이다.

　　다만 이들 작품들을 선정하는 데에 있어서 한국의 문학연구나 문
학평론에서의 평가에 따라서 수용하고 있었는가 하면 반드시 그렇다고

할 수는 없다. 가령 나는 1980년 5월의 광주 사건 때에는 고등학교 1학년이었고, 1983년에 대학에 입학해서 한국에 관한 공부도 하고 싶다고 생각했는데, 그 계기로서는 1970년대 말부터 1980년대 초반에 걸친 한국의 정치 상황에 대한 관심이 강하게 작용하고 있었다. 그 당시에 나는 일본에서 대학에 입학하기 전의 학생이었기 때문에 이것은 물론 직접적인 경험으로부터 오는 것이 아니라, 뉴스 등을 통해서 전해지는 사실들을 접함으로써 관심을 가지게 된 것이다. 한국에서 올림픽이나 월드컵 등의 국제적 행사가 열리게 된 후부터는 약간 상황이 바뀌었을지도 모르지만, 그 이전에 일본의 언론에서 '한국'이라 하면 반드시 정치적인 사건과 관련된 보도였다. 가령 나는 고등학생이었을 때 일본에서 텔레비전 화면을 통해서 나오는 데모 행진의 현수막에 적혀 있는 한글 문자를 보면서 저것은 무슨 뜻일까 생각하면서 빨리 한국어를 배워야겠다고 생각하곤 했다. 그러니까 문학 작품을 접하는 경우에도 이러한 정치적 사건을 배경으로 해서 신문이나 텔레비전에서 보도되는 사실을 보다 더 입체적으로 다른 시각에서 접해 보고 싶다는 자세가 먼저 있었다. 여기서 충분히 예측할 수 있겠지만, 그 당시 일본에서 그러한 시기에 우선 접근해야 할 한국의 작가란 말할 것도 없이 김지하였다. 김지하에 대해서는 여기서 내가 설명할 필요도 없겠지만, 당시 일본에서 김지하 인기를 말해주는 에피소드로서 다음과 같은 이야기가 있을 정도이다. 이문열의 중·단편집 《우리들의 일그러진 영웅》이 일본에서 1992년에 번역·간행되었을 때의 일이다. 이문열은 그 번역서의 서두에 "일본의 독자에게"라는 글을 썼는데, 그는 그 글에서 그때까지도 자신의 작품을 번역하고 싶다는 일본인이 여러 명 찾아왔었지만 여러 사정으로 거절해 왔다는 사실, 그리고 그렇게 거절한 원인 중에 가장 큰 것으로서 그는 많은 일본인이 아는 한국의 문학자가 "어떤 정치적인 사건과 관련해서 유명하게 된 시인과 소설가" 두 명 뿐이었고, "틀림없이 그들은 우리 문학사가 기억해야 할 시인과 작가다. 그러나 그렇다고 해서 그들이 한국 문학의 대표도 아니며 전부도 아니다"라 하면서 한국 문학을 바라보는 일본인의 태도가 마음에 들지 않았던 점을 지적했다.[231] 여기서 언급된 시인 이란 분명히 김지하이다. 지금 나는 이문열이 이렇

231 李文烈, 藤本 譯, 《われらの歪んだ英雄》, 情報センター出版局, 1992.

게 말하게 된 경위에 대해서 어느 정도 이해할 수 있기 때문에 그의 이런 발언을 어느 정도 차분하게 받아들일 수 있지만, 이문열이 1990년대 초에 이렇게 말하지 않을 수 없었을 만큼 일본에서 김지하 인기가 대단했던 것 또한 사실이다.

　　당시 일본에서는 김지하의 정치 활동은 물론 그의 문학 작품에 관해서도 담시 〈오적〉이나 평론 〈풍자냐 자살이냐〉를 비롯해서 상당한 양의 시나 산문들이 별로 시간적인 간격을 둘 것 없이 바로 번역·소개되었다. 그의 작품은 판소리 류의 해학과 풍자의 시어를 구사하면서 민족 고유의 시적 전통이 체제 비판의 무기가 되는 것을 충분히 증명해 보였기 때문에, 그의 작품 등을 매개로 해서 마당극이나 민속무용 등을 접함으로써 한국의 민족 문화나 그 저항성을 이해하려고 하는 움직임도 일본의 재일 한국인 사회나 혹은 한국을 알려고 하는 일본인들의 사이에서 있었다. 이양지라는 교포 작가가 있다. 그는 1980년대 초에 소설을 발표하기 시작해서 1988년에는 단편 〈유희〉로 아쿠다가와상(芥川賞)을 수상했고, 그 후 1992년에 37세라는 젊은 나이에 요절했는데, 그가 고등학교 학생이었던 무렵에 입시를 볼 대학을 와세다대학 하나만으로 정해 놓은 것은, 와세다대학에 재일 한국인 학생이 상당히 많고 재일 한국인들의 동아리 활동이 상당히 많았기 때문이라고 한다. 이양지의 대학 진학 문제와 관련해서도 그 당시의 일종의 '한국 민속 문화 붐'이 작용했었던 것이다. 그녀의 소설에 자주 등장하는 살풀이 등의 민속 놀이는 이양지

의 작품 전체에 일관되는 하나의 상징으로서의 기능을 담당하고 있는데, 이것은 단순히 한국 문화의 진수에 대한 지향이 아니라 바다를 사이에 두고 한국에도 일본에도 귀속할 수 없는 자신의 존재에 대한 불안감을 승화시키는 중요한 존재이고, 남성에 대한 관계를 생각하는 의미에서는 여성으로서 겪는 정신적인 불안이나 불만의 존재 양상을 상징하는 것이기도 하다.

다시 김지하 이야기로 돌아가자. 일본에서의 김지하에 대한 인기는 현재까지 아직도 지속되고 있다. 이것은 한국에서의 김지하에 관한 정보가 전달되지 않아서 그런 게 아니라 오히려 잘 전달되어 있기 때문에 아직까지 주목을 모으고 있다고 할 수 있다. 그가 1980년대 한국의 민주화 운동 전반에 대해서 지극히 소극적인 태도를 보여 주었다는 사실, 1991년 2월에는 동아일보에서 스스로가 그 〈양심선언〉(1975)의 저자가 아니라는 것을 밝히는 고백 에세이를 연재했다는 사실, 그리고 같은 해 5월에는 〈조선일보〉에서 학생들의 분신 자살을 경고하는 글과 시를 발표했다는 사실 등 김지하를 둘러싼 이 모든 일들은 일본에도 바로 전해졌다. 그 동안 나도 1980년대 중반에서 1990년대 중반에 걸쳐서 발표된 그의 시를 번역해서 일본의 어떤 문예지에 소개한 바도 있다.[232] 그 후에 그가 동학을 매개로 한 생명 운동이나 율려 운동을 제창하거나 또는 1990년대 말에는 단군을 시조로 하는 상

232 金芝河, 〈金芝河最近詩〉, 渡邊直紀 譯,《新潮》, 1997년 2월호.

고사 회복 운동을 호소하면서 실제로 그러한 취지의 글을 많이 발표하고 있는 사실까지도 일본에 전해졌다. 이러한 사실을 일본에게 전달하고 또 일본에서 수용하고 있는 사람들은 과거의 김지하를 아는 사람들이다. 김지하를 둘러싼 이러한 변화에 대해서 과거에 일본에서 한국의 민주화 운동에 호응하려고 한 재일 한국인이나 일본의 지식인들로부터는 상당히 최근의 그의 행동이나 발언들을 의문시하는 소리가 크다. 이것은 한국의

지식인 사회에서도 비슷한 비판이 나와 있는 것은 두루 알려진 대로이다. 나는 세대적으로 봐서 그 점에 대해서 적극적인 견해를 밝힐 자격이 없지만, 하나만 분명히 말할 수 있는 것은 1970년대나 1980년대의 작품에서 볼 수 있었던 김지하의 정신적인 갈등이 이제 더 이상 민주화의 성취의 정도에 따라 해결되는 문제는 아니게 되었다는 점일 것이다. 1990년대 후반 이후의 그의 발언에 대한 비판의 배경에는 벌써 민주화 운동의 투사가 아니게 되면서 과거의 발언과 모순되는 주장을 여기저기서 하고 있는 그에 대한 배신감이나 불신감이 분명히 존재한다. 하지만 한편에서 김지하 자신이 투사로서 겪어 온 최대급의 정신적, 물리적 고통 —— 그것은 한국의 민주화 투쟁에 참여한 많은 사람들이 정도의 차이는 있어도 다 공유하는 것일 것이다 —— 을, 종교가 비슷한 신비와 모순으로 가득 찬 그의 최근의 일련의 발언까지도 포함해서 그 일체를 감싸 안으려는 사람들이 아직까지도 그의 주변에 많이 있다는 것 또한 사실이다. 그리고 이 김지하의 비판자와 옹호자가 양쪽 다 함께 지금도 한국 사회에서 지속되는 여러 시민 운동을 그 세부에서 추궁하고 지탱하는 사람들이기도 하다고 나는 생각한다.

3.문학적 상상력의 힘 — 임철우 · 이청준이 제기하는 질문의 의미

나는 서두에서 '한국'이나 '한국 문학'을 응시하는 일본인의 시점에 대해서 반성적으로 생각한다고 말했는데, 아직 일본에서의 김지하 인기에 대해서 언급했을 뿐, 아직 '반성'에 관한 이야기는 못했다. 여기까지 이야기하면서 독자들 중에도 "이문열이 하는 말도 맞다"라든지 "김지하는 분명히 한국을 대표하는 시인이지

임철우
출처_http://penart.co.kr/
literature-library/writer-fig.htm

만, 그가 한국 문학의 전부가 아니다" 라고 느끼는 사람들도 어쩌면 있을지 모르지만, 좀 더 다른 각도에서 비슷한 화제를 풀어 나가도록 하겠다.

1970년대나 1980년대의 한국의 민주화 투쟁에 관한 나의 지식은, 물론 내가 개인적으로 실제로 체험해서 얻은 것이 아니라, 언론 등을 통해서 전해지는 정보를 바탕으로 여러 가지 상상력을 구사한 결과로서 얻어진 것들이다. 나중에 한국에 와서 알게 된 사실인데, 1980년 5월의 이른바 광주사건에 대해서는 당시 해외 언론에서 보도된 사실조차 한국 국내의 광주 지역 이외에 살고 있는 사람들은 충분히 파악할 수 없는 상황이었던 것 같다. 나는 1983년에 대학에 입학했을 때 신입생 오리엔테이션에서 광주사건의 다큐멘터리를 보았다. 그 영화 중에서는 자신의 눈을 의심할 정도로 잔혹한 행위가 분명히 광주의 거리라고 여겨지는 곳에서 군인들에 의해 저질러지고 있었다. 그 비디오를 누가 어떻게 해서 촬영했는지 알 수 없지만, 분명히 폭력과 잔학함의 이미지가 강조된 내용의 비디오였다고 기억한다. 하지만 그것이 단지 폭력이나 잔학함이라는 가해의 사실이 아니라, 다양한 상흔을 광주 사람들에게, 한국인들에게 안겨 준 사건이었다고 나에게 알려준 것이 임철우의 〈봄날〉이라는 단편 소설이었다. 지금은 〈꽃잎〉이라든지 〈박하사탕〉처럼 광주 사건을 소재로 한 영화도 나와 있어서 이러한 영화 작품을 통해서 한국 국내외의 다양한 사람들이 다양한 시각에서 이 사건에 대해서 발언하게 되었고 사건에 대한 다양한 접근이 가능하게 되었지만, 사건 당시에 광주에 있었다는 작가가 쓴 이 단편은 당시 대학의 학부생이었던 나에게 커다란 충격과 함께 어떤 경고를 주었다. 그 경고란 언론 등에서 전해지는 한국이나 광주의 이미지가 상당히 일방적이라는 사실, 그 점에 주위를 기울여야 한다는 것이었다. 이 점은 좀 더 자세히 설명할 필요가 있을 것이다. 즉, 요즘 문화 연구(cultural studies)에서 이루어지는 미디어 리테러시(media

literacy, 정보 수용에 대한 비판적인 시점의 확립)에서는 이러한 언론의
측면을 늘 지적하고 있지만, 일본에서 광주 사건이 보도되면서 '한국' =
'폭력' 이나 '분노' 라는 일방적인 이미지가 이전보다도 더 강화되었다고
할 수 있다. 광주 사건이 폭력 이외의 아무것도 아니었던 것은 사실이지
만, 그것이 일본에서 보도되었을 때, 과거의 독재 정권 하에서 이루어진
사건들, 즉 박정희 전 대통령의 반체제 인사들에 대한 탄압이나 암살 사
건, 그 외의 사건들과 관련지어 일본의 시청자에게 전해졌다. 그리고 가
해의 사실만이 지나치게 강조됨으로써 "한국이라는 나라는 무서운 나라
다" 라는 이미지가 더욱 형성되면서 그것이 일본에 사는 사람들의 한국
에 대한 이미지에 크게 영향을 주었다.

　　그와 다른 광주 사건에 대한 이미지를 나에게 환기해 주었던 것이
임철우의 단편 〈봄날〉이었다. 1984년에 발표된 이 작품은 2년 후인 1986
년에 벌써 일본의 어떤 문예지에 번역·소개되면서[233]

<aside>[233] 임철우의 단편 〈봄날〉은 《新潮》 1986년 8월호에 안우식 번역으로 게재되었다.</aside>

나도 처음에는 번역을 통해서 이 작품을 읽은 셈인데,
이 작품에서 우화적이고 그로테스크하게 그려져 있는 죽음, 광기, 그리
고 무기적인 거리 풍경은 작가가 공포 자체를 응시하고 스스로가 살아남
은 것에 대한 죄책감과 수치를 가능한 한 충실하게 재현하려고 한 노력
의 결과라고 생각했다. 아마도 작가는 사건에서 받은 주변 사람들의 상
흔을 철저하게 인식함으로써 스스로의 상흔도 이해 가능한 것으로 만들
어서 그 상흔에 대한 집착이나 속박으로부터 해방될 수 있도록 이 소설
을 썼음에 틀림없다. 물론 광주 사건 자체는 아직 청산되지 못한 문제가
너무 많이 남아 있는 현대사의 일부이고, 진상이 아직도 완전히 규명되
지 않은 상태에서 이렇게 소설이라는 허구에서 형성되는 상상력의 위력
을 말하는 것은 원래 지극히 신중하게 해야 할지도 모른다. 하지만 그것
은 내가 아니라 작가인 임철우 자신이 절실하게 느끼고 있을 것이다. 그

증거로 그는《봄날》이라는 같은 제목의 전 5권의 대하 소설을 1998년에 간행했다. 여기서 느낄 수 있는 작가의 자세란 분명히 내가 지금 지적했던 미완의 현대사나 미해결의 사건을 둘러싼 허구의 배제라고도 해야 할 작가 자신의 재현 · 형상화의 노력의 그것이다. 이 노력은 기성 정치 수준에서 주장되는 '화해'와 같은 슬로건과는 전혀 이질적인 것으로써, 한국 문학이 기억해야 할 기념비로서 뿐만 아니라, 인간의 진정한 해방이 무엇인지를 생각하는 데에도 지극히 보편적인 테마를 다루고 있다. 본격적인 작품론, 혹은 임철우라는 작가에 대한 작가론을 구상할 경우에 간과해먼 안 되는 것은, 임철우라는 작가가 한편에서 스스로의 고향인 낙일도를 소재로 한 소설을 많이 남기고 있다는 점이다. 고향인 남해의 섬, 광주, 그리고 서울이라는 선으로 이어지는 편력이나 왕복 운동은 이 작가에게 상당히 중요한 위치를 차지하고 있다. 그렇다기보다도 이러한 왕복운동은 임철우뿐만 아니라 전라도 출신의 작가가 다 공유하고 있는 공간적 · 지리 감각이 아닐까 싶다.

"남해의 섬(혹은 전라남도의 변두리 마을)—광주(도시)—서울(도시)"이라는 선적으로 연결되는 왕복 운동으로 말한다면, 또 한 사람 이청준이라는 작가도 잊어서는 안 될 것이다. 상당히 많은 여러 성격의 소설 작품을 남기고 있고 아직까지 신작을 발표해 가고 있는 작가이기 때문에 그 작품 세계의 전체에 대한 언급은 도저히 불가능하지만, 특히 여기서 내가 지적하는 테마와 관련해서 중요한 작품이 장편《당신들의 천국》(1976)이다. 남해의 섬 · 소록도에 있는 나병 환자의 수용 시설인 소록도 병원의 새로운 원장으로서 부임하면서, '낙원 건설'이라는 미명 아래 섬의 간척사업을 지휘하는 '선의'의 독재자 · 조백헌이라는 인물과 그 주변 인물 사이에 일어나는 갈등을 그린 이 작품은, 물론 당시의 박정희 대통령과 그 정권의 성질을 우화화한 것으로서 읽을 수도 있는데, 이 병원이 실제로 일제 시대 때 일본인이 만든 것이라는 사실은 나를 포함한 일본인 독자를 한층 더 긴장시킨다. 더러워진 과거와의 단절을 강조해서 낙원 건설이라는 영원한 목표를 달성하기 위해 끊임없이 사람들에게 가혹한 시련을 강요하는 정치 수법은 박정희 전 대통령의 것인 동시에 일본의 식민지 지배의 그것이기도 했다. 그것이 어떤 미명으로 장식되어 있어도 '선의'에 의한 지배 자체가 지배되는 측에 불신과 배신의 감정밖에 남기지 않는다는 것을 이 장편은 훌륭하게 그려내고 있다. 소설 작품 전체로서는 추리 소설적인 수법을 사용하고 있거나 작품 중에 아주 긴 편지를 인용하면서 화자의 다중화를 도모하고 있는 등, 여러 가지로 흥미 깊은 소설 기법상의 문제도 몇 가지 지적할 수 있는데, 그것보다 우선 지배와 피지배 사이에 개재할 수 있는 '선의'라는 것의 정체를 잘 그려냈다는 점에 이 장편의 최대의 의의와 의미가 있다고 할 수 있을 것이다. 진정한 의미에서 운명을 함께 할 수 없는 지배자와 피지배자 사이에 절대적인 신앙이 생길 수가 없다. 그렇게 운명을 함께 살 수 없는 지배자의 신앙없는 사랑이나 봉사는 적어도 제삼자에게는 그저 오만하기만 한 시혜자로서의 자기 도취적인 동정에 지나지 않는다. 지배자로서 군림하는 사람의 '선의'가 '사랑'을 목표로 하는 것이든 '자유'를 목표로 하는 것이든지 간에 그것들이 다 진정으로 실천적인 힘에 바탕을 두고 있어야만이 그 가치를 가질 수가 있는 것이고, 그러한 힘은 집단의 구성원들에 의해서 자생적인 운명의 일부로서 선택되어야 하는 것이다.

장편《당신들의 천국》에서 일관되게 반복되는 이러한 명제가 보여주는 의미, 즉 '시혜 의식'이 가져오는 문제성은, 그러니까 현해탄을 건너서 이 땅에 오는 모든 사람들, 물론 나도 포함해서 일본에서 이 땅에 오는 모든 사람들이 몇 번이나 반추해야 할 문제일 것이다. 일본에서 온 모든 사람들이라는 것은 어떤 사상이나 신조를 가지고 있어도 큰 문제가 되지 않는다. 조금 화제가 다르지만 나는 개인적으로 가령 일본의 '새로운 역사 교과서를 만드는 모임'의 핵심 멤버들이 긍정하는 식민지 지배 긍정론에 대해서는 전혀 고려할 가치도 없다고 생각하지만, 그렇다고 해서 '만드는 모임'의 멤버들의 주장에 반대해서 한국에서 일어나는 일본 비판의 움직임에 무조건적으로 호응하는 일본의 자칭 '진보적 지식인'들에 대해서도 이의를 제기하지 않을 수 없다. 나는 여기서 한국의 일본 비판이 무의미하다고 말하고 있는 것은 아니다. 그 비판에 무조건 호응하려고 하는 일본의 지식인의 정신 상태에 이의를 제기하는 것이다. 이청준이 《당신들의 천국》에서 제시한 문제로 말한다면, 어쩌면 일본의 그러한 자칭 '진보적 지식인'들이 한국 사회에 대한 '선의'나 '시혜 의식'을 무의식 중에 가지고 있지 않을까 싶다. 우파 지식인의 구 식민지(舊植民地)에 대한 노골적인 시혜 의식에 대해 대항하고 있기 때문에 일본의 좌파 내지 진보적 지식인들은 의외로 이 점에 자각적이지 못하지만, 사실은 보편적인 정의를 주장하는 그들만큼 그러한 의식에 말려 들어갈 가능성이 아주 높은 것이다. 이렇게 말하면서 겨우 내가 이 글에서 말하려고 했던 테마의 핵심을 정리할 단계까지 도달한 것 같다. 다음에 한국에 접근하려고 하는 일본의 사람들, 즉 일본인뿐만 아니라 재일 한국인도 포함해서 일본으로부터 이 땅에 오는 사람들의 정신성에 대해서 어떻게 생각해야 할지, 해결을 위한 몇 가지 실마리 혹은 전망에 관한 이야기를 하고 마무리로 할까 한다.

4. 세습적 가해자 의식을 넘어서

지금까지 소략하기도 했고 소박한 감상의 영역을 벗어나지 못하기도 했지만, 김지하, 임철우, 이청준이라는 세 작가의 작품이나 그들이 제시한 테마의 의미를 일본인 독자의 입장에서 나름대로 정리해 봤다. 앞에서 나는 이문열이 "김지하만이 한국 문학의 대표도 아니고 전부도 아니다"라는 내용의 말을 일본 독자에게 말한 사실에 대해서 언급했다. 이 말은 실제로 설명되고 있는 내용 자체보다도 그것이 누구에 대해서 던져지고 있는지가 더 중요하다. 즉, 일본의 한국 문학 독자의 대부분이 다양한 취사선택의 길이 있음에도 불구하고 왜 김지하를 비롯한 체제 비판적인 작가들을 선호해 왔느냐라는 문제이다. 이 점에 대해서는 일본의 한국 문학 연구자나 독자들 중에도 반성적인 사고가 전혀 없는 것은 아니지만,234 그러한 주장도 가미해서 내가 나름대로 그 문제점을 정리한다면 다음과 같이 될 것이다. 가령 일본의 연구자가 친일 문학이나 친

234 三枝壽勝, 〈朝鮮文學など讀まなくてもいいわけ〉, 《總合文化研究》 2 號, 동경외국어대학 종합문화연구소, 1999년 3월.

일 문제에 대해서 접근한다는 실제로 흔히 있는 사례를 생각해 보도록 하자. 지식인의 전향이나 전쟁 동원 혹은 일본 천황에 대해 귀의를 강요한 담론에 관해서는 분명히 일본에도 그와 관련된 방대한 연구 성과가 있고, 그러한 정보를 제공할 수 있는 일본의 문학 연구자나 작품 독자들도 그 점에서는 한국 학계에 공헌할 수 있는 점이 많을 것이다. 하지만 한국의 근대기 지식인들의 친일적인 변절에 접근하려고 하는 일본의 연구자의 열정의 배후에는 그 문제를 진정으로 이해 가능한 것으로 만들려고 하는 성실함보다도 그것을 알고 반성함으로써, 스스로가 구제를 받으려고 하는 기대감이나 그 구제를 통해서 다른 사람들보다 특권적인 위치에 서려고 하는 권력 지향이 도사리고 있을지도 모르는 것이다. 그러니까 이렇게 일본의 과거를 단순히 부정하려고 하는 지식 동원의 형태에 있어서는 한국의 친일 문학이나 친일 행위의 비참한 상황이 보이면 보일수록 그것을 강요한 일본의 식민 통치의 잔혹함이 강조되기 때문에 지극히 형편이 좋다는 아주 아이러니컬한 이야기가 되기도 한다. 당연한 일이지만

이러한 열정이나 의지 앞에서는 한국에서 다양하게 존재하는 친일 문학이나 친일 행위에 대한 견해나 의견들의 대부분이 외면되고 만다.

하지만 그러한 폐단이 있다면 일본의 사람들이 앞으로 식민지기의 문학이나 한국의 현대사에서 지금까지 존재해 온 체제 비판의 담론, 혹은 사회 참여적인 문학 작품에 접근하기를 일체 막아야 하는 것일까? 문학 작품은 어디까지나 문학 작품으로서 봐야 하고, 친일 문제에 대한 해결을 실로 원한면 다른 방법이 얼마든지 있다는 이유로 그러한 문제에 접근하는 일본의 사람들을 처음부터 배제해야만 하는가? 이러한 폐단은 사실 문학 연구뿐만 아니라 한국을 연구 대상으로 하는 많은 일본의 사람들에게 볼 수 있는 현상이기 때문에, 실제로 이러한 금지 —— 한국 연구에서 극단적인 정치 문제를 배제하는 것에 동의하는 연구자도 일본에는 있지만, 나는 그러한 조치나 생각의 기본적인 취지에는 동의할 수 있어도 끝까지 그 원칙을 관철해야 한다고 생각하지는 않는다. 요즘의 포스트콜로니얼(post-colonial) 비평에서도 많이 논의가 되는 문제 중에 '콜로니얼 길트'(colonial guilt)라는 개념이 있다. "식민지를 가졌다는 역사적 사실에 속죄감을 가지는 구 식민지(舊植民地) 종주국의 지식인들의 의식 형태"라는 것이 이 개념에 대한 가장 적당한 설명이라고 생각하지만, 이러한 의식 형태가 인간의 진정한 해방으로 이어지는 지(知)의 창출을 재촉하는 것이 아니라, 오히려 그 반대의 기능을 다할 수도 있다는 사례가 세계 각국의 지식인들에 의해서 여러 형태로 제출되어 있다. 가령 일본의 체제 비판자가 스스로의 주체를 정립하기 위해서 거기에 필요한 사항이나 사상, 구체적으로 말하면 일본의 체제나 더러운 과거를 함께 "비판해 주는" 한국인들을 필요로 하고, 그 주체 정립에 관계없는, 그럼에도 불구하고 그 정치운동에게는 지극히 중요할지도 모르는 사항이나 사상이 선택적으로 배제되는 현상이 일어날 수도 있는 것이다. 이러한 의식 형태는 가령 월남 전쟁에 한국군이 참전한 사실을 보고 월남 사람들에게 끝없는 속죄감을 표명하는 지식인이 한국에도 있듯이, 그와 비슷한 형태의 현상은 구 식민지(舊植民地) 종주국뿐만 아니라 세계 각국에서 얼마든지 찾을 수 있다. 아니면 광주사건의 피해자와 가해자 사이에서도 어쩌면 비슷한 현상이 보일지도 모른다. 광주 사람이라는 이유로 견뎌 내야 하는 수많은 '긍정적'·'부정적' 역할에 대해서는 그것을 겪어 본 사람들이 가장 잘 기억하고 있을 것이다. 이런 속죄감은 우선 어떠한 문제 해결로의 의지와 선의에서 나오는 것이기 때문에 결코 나쁜 일은 아니다. 그러나 그러한 의식을 사람들에게 안겨준 사건들의 문제 청산이 좀처럼 안 된 상황에서 이런 의식들이 사람들 사이에서 유지가 되면 이런 폐단들도 많이 일어날 수 있는 것이다.

그렇다면 이러한 사태를 막기 위해서 우리가 할 수 있는 일, 해야 할 일이란 과연 무엇인가? 그것은 바로 이러한 폐단이 존재하는 사실에 대해서 끊임없이 자각적으로 생각하는 일이라고 할 수밖에 없다. '자각적'이라는 것은 비판적 = 비평적이라는 뜻이다. 그것은 항상 인간을 안이한 정치 세력으로 묶어 버리는 힘에 대해서 대항하는 작업이기도 하다. 그리고 그것은 진정한 인간의 해방으로 이어지는 지(知)를 창출하는 힘이 될 것임에 틀림없다. 서두에서도 지적했듯이 인간의 행위에는 인식 능력의 한계라는 문제가 항상 따라다닌다. 하지만 무엇인가를 생각한다는 것은 인식 능력의 한계를 생각하는 것과 마찬가지다. 그리고 그것은 지식인의 주체 정립이 잉태하는 여러 문제점에 대해서 끊임없이 자각적으로 탐지하는 작업과 전혀 어긋나지 않는다. 문학적 상상력의 문제에도 이와 완전히 같은 이야기를 할 수 있다고 나는 생각하는 것이다.

곤차로프의 눈으로 본
1854년의 조선

심지은

1. 전함 '팔라다' 호

1884년 7월 한국은 러시아와 조·러수호통상조약(朝露修好通商條約)을 체결하며 최초로 공식적인 외교 관계를 맺게 된다. 그런데 공식적인 외교관계가 수립되기 30년 전인 1854년 4월 2일, 러시아인들은 바닷길을 통해 한국을 방문했다.

러시아제국의 전함 '팔라다' 호[235]는 당시 유럽과의 왕래를 완고하게 거부하던 바다 너머의 '신비한' 나라 일본제국과 외교-무역 협정을 체결하고자 하는 목적을 감춘 채, 1852년 가을 페테르부르그를 떠나 시베리아에 이르는 기나긴 세계 항해를 시작한다. 팔라다호는 런던, 마데이라제도, 남아프리카 공화국, 홍콩, 싱가포르, 보닌 제도를 거쳐 나가사키에 약 4개월가량 정박한 뒤 유구(琉球, 지금의 오키나와), 필리핀을 경유하여 1854년 4월 2일 여행의 마지막 방문지인 한국의 거문도 해안에 도착한다. 그러나 전함은 닷새 후인 7일, 다시 나가사키[長崎]를 향해

235 팔라다는 희랍 신화에 등장하는 전쟁과 승리의 여신이자 지혜와 기예의 여신인 아테네의 또 다른 이름이다. 전함 '팔라다' 호는 1831년 페테르부르그에서 건조되어 이듬해 진수되었으며 1856년 자신의 수명을 다하였다.

떠나야만 했다. 약 2주간의 항
해를 마친 뒤 거문도로 되
돌아온 전함은 약 한 달
가량 거문도와 강화
도, 영흥만에 정박
하면서 동해의 해안
선을 측량하고 수심을
재는 등의 탐사작업을 마친

팔라다 호

후 북상하여 시베리아로 향한다. 이로써 팔라다호는 2년 반이라는 긴 여
정의 세계 여행을 마무리 짓게 된다.

　　　　이 항해의 총책임자였던 E. B. 푸탸틴 장군의 비서관 자격으로 전
함에 승선했던 소설가 I. A. 곤차로프[236]는 자신의 여행
경험과 여행 중 쓴 편지들을 토대로 하여 여행기《전함
팔라다호》를 창작하게 된다.[237] 팔라다호의 길지 않은
한국에서의 체류 일정 탓에 900쪽에 달하는 두툼한 이
두 권짜리 여행기에서 한국에 대한 기록은 불과 30여 쪽
에 불과하다. 서구식의 근대화를 겪기 직전의 한국-엄밀
히 말하자면 동해안[238] 일대의 몇몇 섬-의 모습을 러시
아인 시선으로 비추어 본다는 점에서《전함 팔라다호》
는 우리에게는 흥미로운 기록이 아닐 수 없다.

　　　　그러나 동아시아의 조그만 나라인 한국은 19세기
러시아인의 눈에 그다지 긍정적이지도, 호의적이지도 않게 비쳐진다. 곤
차로프 또한 당대의 서구 오리엔탈리즘적 시각에서 자유로울 수 없었기
때문이다. 현대의 한국인이 '제3세계'를 바라보는 시각에 엄연히 존재
하고 있는 내면화된 오리엔탈리즘을 상기해본다면, 150여 년 전에 살았

[236] I. A. 곤차로프(1812-1891)는
도스토예프스키, 톨스토이, 투르
게네프에 비해 한국에는 상대적
으로 잘 알려지지 않았으나 그들
에 버금가는 19세기 러시아 사실
주의 작가 중의 하나이다. 그의
대표작인 장편 소설《오블로모
프》는 최근에 번역·출판되었다.
[237]곤차로프의 여행기《전함 팔
라다호》의 탄생 배경은〈곤차로
프의 여행기《전함 팔라다》에 비
친 한국〉(이희수,《《근대전환기
동아시아 속의 한국》, 성균관대
학교 출판부, 2004, 297-309쪽)이
좋은 참조가 된다.
[238] 이 여행기에는 동해가 '일
본해협'이라 명시되어 있다.

던 러시아 소설가가 가졌을 식민주의적인 관점을 충분히 상상해볼 수 있다. 따라서 이 글은 여행기 작가의 협소한 서구적 시각을 들추어내어 비판하는데 그 목적을 두지 않는다. 다만 우리는 서구의 이방인 곤차로프가 묘사한 1854년 조선의 풍경을 150여 년이 지난 지금, 다시 천천히 살펴보고자 할 뿐이다.

2. 곤차로프의 한국여행 :
"나는 별 매력을 느끼지 않은 채 멀리서..."

1854년 4월 4일자 일기에서 곤차로프는 다음과 같이 쓰고 있는 바, 이 부분이 그가 쓴 한국 인상기의 시작인 셈이다.

마침내 4월 2일 가밀론[거문도-필자]에 도착했다. 스쿠너는 이미 그곳에 와 있었고, 상하이로 보낸 연락선은 아직 도착하지 않았다. 닻을 버렸을 때 나는 갑판으로 나와서 육지를 바라보았다. 우리 해군들이 말하기를, 이 섬은 무척 편리한 항구이며, 육지가 거의 없다고 한다. 조그만 섬은 전체가 3마일이고, 허약한 관목들과 드문 수종의 나무들이 저 멀리 보이는, 돌로 된, 절벽이 많은

소설가 I. A. 곤차로프

섬이었다. "이게 전부 동백나무라오. 해병들은 해변에 설치한 사우나에서 동백나무를 지펴 땀을 뺐다네" 하고 스쿠너의 지휘관인 코르사코프가 말했다. 우리 중 몇몇은 즉시 뭍으로 나갔다. 나는 별 매력을 느끼지 않은 채 멀리서 육지를 바라보았고, 그래서 나는 육지로 나서기를 서두르지도 않았다 (...) 짚으로 된 지붕들만이 보였고 가끔씩 어디선가 마치 수

의처럼 온통 흰옷을 입은 주민들이 왔다 갔다 할 뿐이었다. 마침내 우리

는 아시아의 주변부에 속한 마지막 민족을 볼 수 있게 되었다.[239]

이어서 작가는 세계 여행을 위해

준비한 한국에 관한 책들을 참조하여 그

239 I. A. Goncharov. Sobranie sochnenii v 8 tomakh, Moscow, 1978. T. 3. p. 295. 이후 이 전집에서 곤차로프의 작품을 인용할 때에는 괄호 안에 권수는 로마자로, 면수는 아라비아숫자로 표기하기로 한다.

당시 널리 알려져 있던 일반적인 사실들을 나열한다. 그 일반적인 사실

에 따르면, 당시의 한국(철종 5년)은 정치적으로 볼 때 독립 국가이며, 자

신의 헌법과 언어를 가지고 있지만, 여전히 중국에 의존하고 있으므로,

해마다 사신을 중국의 천황에게 보내 신년축하를 드리는 나라이다. 그리

하여 한국은 곤차로프에 의해 "아버지의 집에서 떨어져 살고 있는 아들"

(III, 295)로 묘사된다.

이윽고 범선에서 떨어져 나온 조그만 배로 뭍에 닿은 뒤 처음으로

가까이에서 거문도 주민들을 보게 된 곤차로프는 뛰어난 작가적 관찰력

으로 그들의 의복과 신발, 생김새 등을 다음과 같이 세밀하게 묘사한다.

> 우리는 마을에서 여자와 아이들 상당수가 매우 두려워하면서 산 쪽으로
> 도망치는 것을 보았다. 우리가 뭍으로 나갈 때 남자들은 무리를 지어서
> 우리들의 손, 옷깃을 잡고는 우리가 마을로 들어가지 못하도록 애썼다.
> 그래서 우리는 그들에게 여인들은 침착해도 된다고, 우리 러시아인들은
> 단지 육지를 구경하고 산책하려고 여기 왔을 뿐이라고 중국어로 썼다.
> 한국인들은 더 이상 방해하지 않았다. 걸을 수는 있으나, 그들은 우리
> 가 마을에서 멀어지게 하려고 했다.
> 한 시간 뒤에 우리는 촌장으로 보이는 노인 두 명을 데리고 돌아갔다.
> 조각난 천미가 없을 뿐이지 일본 배처럼 생긴 한국 배가 서너 명의 노인
> 과 평범한, 맨발에다 헝클어진 머리의, 지저분한 사람들을 태우고 우리

뒤를 따라 쫓아왔다. 평범한 사람이나 특별한 사람이나 모두 종이나 식물섬유로 된 폭이 넓은 가운을 입고 있었고, 그 아래에는 속옷을 대신한 다른 것을 입고 있었다. 그 외에도, 모두 가운과 똑같은 재질로 된, 마치 승마바지처럼 생긴 것을 입고 있었는데 신분이 높은 사람은 희고 깨끗한 것을, 신분이 낮은 사람은 희지만 더러운 것을 입고 있었다. 많지는 않았지만 몇몇은 밝은 노랑이나 푸른빛의 가운을 입고 있었다.

그들의 샌들은 일본인의 것과 비슷했다. 한 나라 것은 갈대나 짚으로 만든 것이었고, 다른 나라 것은 종이로 된 것이다. 무엇보다도 눈에 띄는 것은 머리장식이다. 그들의 머리는 마치 유구인들처럼 머리 위에 하나의 다발을 만든 모양으로 빗질되어 있으며, 그 위에 모자를 쓰고 있다. 이 모자의 생김새라니! 모자의 꼭대기는 너무 좁아서 겨우 머리다발을 가릴 뿐인데, 반면 모자 아랫부분은 넓은 것이 꼭 우산 같다. 모자는 갈대 비슷한 것으로 만들어진 듯 하고, 머리카락처럼-실제로 머리카락과 매우 비슷한데다가 검은 색이었다- 아주 세밀하게 짜여있다. 모자는 투명해서 머리를 비로부터, 태양으로부터, 먼지로부터 보호해주지 못한다. 한편, 다른 모양의 모자도 많이 있다. 섬유질로 된 모자와 바다풀로 만든 원추형 모자도 있다.

나는 우리 손님들의 얼굴을 무척이나 집중해서 바라보았다. 이들은 모두 한 가족의 자식들이다. 즉, 중국인, 일본인, 한국인, 유구인. 중국의 가계는 손윗사람과 같으며 수적으로도 많아서 이들 사이에서 우선적인 역할을 담당한다. 이들이 닮았다는 점은 쉽게 알 수 있다. 말레이시아인을 처음 보았을 때 그가 이들 네 민족과 같은 종족이라고 생각하는 이는 없을 것이다. 한국인은 유구인들과 더 많이 닮았는데, 단지 유구인들은 작고, 이들은 매우 덩치가 좋은 종족이다. 이들은 수염을 기르는데 어떤 이는 얼굴 전체에 걸고 뻣뻣하기가 말갈기 같은 수염을 지니고 있고, 또 어떤 이는 볼과 얼굴의 아랫부분에 수염을 기른다. 반대로 어떤 이는 아래턱에만 수염을 기른다. 많은 이들이 끈 끈으로 머리 주위를 두른, 청동 테의 커다란 안경을 쓰고 있다. 아마도 이들은 근시 때문이 아니라, 눈병 때문에 안경을 쓰고 있는 것 같다. 군중들 속에서 나는 눈으로 감시하는 사람들을 많이 볼 수 있었다.(III, 295-297)

이상의 다소 긴 인용문에서 우리가 보게 되는 사실은 거문도의 주민들이 서양인들/러시아인들을 무척이나 경계심을 가지고 대하였다는 점, 그리고 초가집, 한복과 갓,240 이들의 동양적 외모가 서양의 이방인에게 불러일으키는 낯설음, 즉 전형적인 이국적 정취이다. 이방인에게는 그저 "이 모든 것들이 이상하게"(III, 302) 여겨질 뿐이다.

240 한국인의 전통적인 머리 장식과 관련된 재미있는 일화를 1894년 러시아의 마지막 황제 니콜라이 2세의 대관식에 참석했던 민영환의 여행기 《해천추범》에서도 발견할 수 있는 바, 이는 관을 쓰고 벗는 예법이 다른 동서양의 문화차이가 빚어낸 결과이다. "이윽고 아라사식 예배당에서 대관례를 행하는데 관을 벗지 않으면 그 방에 들어가는 것을 허락하지 않는다. 우리나라 및 청국 · 토이기 · 파사의 각국 대사는 모두 관을 벗지 않아서 들어가지 못한다 하여 그대로 밖의 누각 위에 머물러 구경했다." 《민충정공유고(전)》, 이민수 옮김, 민홍기 편, 일조각, 2000, 132쪽.

한편 여행자의 관찰을 통해 거문도의 이상한 인상은 부정적인 색채를 드러내게 된다. 섬에 있는 동백 숲과 논, 밀밭, 보리밭을 지나면서 그는 "모든 것이 다 드러나 있으며, 보기에 헐벗고 비참하다"(III, 299)고 쓰고 있다. 근대 문명을 체험한 서구의 여행자는 "굶어죽지 않을 정도로 먹고 사는"(III, 299) 섬 주민들의 모습에 동정심을 보이는 듯하기도 하다. 다음과 같은 서술에서 문명화된 유럽과 '야만적인' 동양 간의 대비를 잘 보여 준다.

그들은[거문도주민-필자] 조수에 의해 밀려온 미역을 물에 불려서 먹고, 조개도 먹는다. 오늘 우리에게 20마리 가량의 물고기와 4통의 물을 가져왔다. 한 노인은 품속에서 말린 해삼이 든 종이 꾸러미를 꺼냈다. 그에게

푸른색 면직물과 눈병 걸린 아들을 위한 안약을 선물했다.(III, 299)

'면직물' 과 '안약' 으로 대표되는 산업 혁명의 산물인 공산품을 선물하는 유럽인과 '말린 해삼' 과 같은 가공되지 않은 1차적 자연물을 건네는 동양인의 모습은 우리에게 그리 낯설지 않은 장면이다.

그 외에도, 작가는 유쾌하지 않은 사건들에 대한 기억도 빠트리지 않고 기록한다. 마을에 들어갔을 때마다 여럿이 몰려들어 길을 가로막아서서 거칠게 옷깃을 잡아 뜯는 섬 주민들이 작가와 그 일행들에게 친근하게 느껴질 리는 만무하다. 그때마다 귀찮게 구는 이들의 손을 때려 잠잠하게 만들었다고 회상하면서 작가는 이런 상황을 행인에게 얻어맞은 개가 온순하게, 그러나 "물고 싶은 욕망에 불타서 행인의 뒤를 쫓는"(III, 299) 상황에 빗대어 표현하기도 한다.

하루는 러시아 보트에 돌을 던진 섬 주민들을 공개적으로 처벌하던 중에 주민들이 러시아인을 붙잡았고, 그를 구하기 위해 러시아인이 주민들을 향해 총을 쏴서 해를 입히는 사건이 발생한다. 이 불미스러운 사건에 대한 사죄를 하기 위해 찾아온 마을의 노인들을 돌려보낸 뒤 작가는 사건의 원인을 설명하면서, 한국인의 "마음이 아직 아이 같고, 이것이 상당한 정도의 야성과 섞여 새로 온 사람들을 적대적으로 바라볼 수밖에 없었고, 그래서 일이 벌어졌다"(III, 309)고 서술한다. 이쯤 되면 곤차로프에게 한국인은 그 전에 겪어본 "일본인들보다 더 거칠"(III, 298)고 유구인들에 비해 "세심하지도 못하고, 인내심도 없으며, 질서도, 기예도 없다(III, 299)"고 여겨지는 것이 당연하다. 나아가, 한국에서 겪은 일련의 불쾌한 사건들은 작가로 하여금 한국인들은 "게으름과 안일함, 그리고 무능력" 만을 가지고 있다고, 그래서 그들은 정말로 '노력하기' 를 좋아하지 않는 민족이라는 결론에 이르게 한다.

한국인의 민족성에 대한 이와 같은 곤차로프의 부정적인 견해는 그가 한국에 도착하기 전 팔라다호에서 읽은 책에 의해 선규정된 것이기도 하다. 1786년 일본인 하야시 시헤이(林子平)가 쓴《일본 주위의 세 개의 왕국-고려, 유구, 하이(마쯔마야)에 대한 개괄》의 프랑스어 번역본에서 그가 자신의 여행기에 옮겨 적은 부분은 다음과 같은 구절이다.

> 그 책에서는 한국인에 대해 이렇게 썼다. "한국인들은 키가 크고, 중국인, 일본인, 그리고 다른 민족들보다 더 굵직한 체격을 가졌다. 한국인은 일본인보다 두 배나 더 먹는다고 한다. 한국인들은 교활하고, 게으르고, 고집이 세며, 노력하기를 좋아하지 않는다"(III, 297).

낯선 이들을 경계하는 눈빛으로 바라보며, 가난과 궁핍으로 인해 미역과 조개를 체취하며 살아가는 섬 주민들을 보면서 '교활하고, 게으르고, 고집이 세며, 노력하기를 좋아하지 않는다'는 평가를 내리는 태도는 작가의 세심한 관찰력과는 어울리지 않아 보인다. 짧은 기간 동안이나마 한국에 머무르면서 자신이 보고 느낀 한국인의 심성과 특징에 관한 서술을 포기한 채 곤차로프는 18세기 문서의 권위를 빌어 성급한 결론을 내리고 만다. 한편, 이와 같은 서술을 통해 19세기 중반 유럽에 알려져 있던 한국과 한국인상이 어떠했는지를 짐작해볼 수도 있을 것이다.

우리에게 유쾌하지만은 않은 이와 같은 언급들 외에도, 곤차로프의 여행기에는 동서양의 문화차에 의해 발생한 재미있는 일화도 기록되어 있다. 호기심에 가득 찬 눈으로 서양의 낯선 여행객과 그들이 가지고 온 물건들-장화, 긴 양말, 우산, 챙이 달린 모자, 나사지, 프록코트 등-을 바라보던 섬 주민과 러시아인들 사이에 대화가 시작된다. 모여 있던 마을 사람 중 하나가 중국어 필담으로 러시아인에게 나이를 물어보았다.

그에게 '서른에서 마흔'이라고 대답하자 주민들이 답하기를, "우리는 당신이 예순이나 일흔은 되었다고 생각했다"는 것이다. 수염을 기르고 아마(亞麻)빛의 머리색을 가진 러시아인들의 얼굴은 그들에게 할아버지로 보였을 것임은 상상하기 어렵지 않다. 반면, 곤차로프는 이것을 아주 "극단적인 동양식의 칭찬"으로 받아들인다. "당신은 여든 살인 것이 확실하오, 당신은 내 아버지뻘이나 할아버지뻘은 되겠소"라는 마을사람의 말은 따라서, 그에게는 명백한 아첨의 말로 이해된다(III, 299-300 참조). 서양인의 나이를 가늠하기 어려운 동양인의 태도와 윗사람에 대한 지극한 공경의 태도가 동양식의 과장된 칭찬으로 받아들여 질 수 있다는 사실이 웃음을 자아낸다.

　이밖에도 곤차로프의 여행기에서 주목해야 할 점은 작가가 마지막으로 방문한 동양의 나라를, 비록 "별 매력을 느끼지 않은 채" 바라보고는 있지만, 이전에 자신이 방문했던 유럽국과 특히, 동양의 나라들 – 중국, 일본, 유구섬 – 과 끊임없이 비교하고 대조하며 관찰하고 있다는 점이다. 이런 점에서 그의 여행기는 그 스스로 부여한 여행의 목적에 부합하는 것이기도 하다. 곤차로프-여행자에 따르면 "여행의 근본적인 목적은 나와 타자 간의 비교(III, 505)"에 있다. 타자-동양에 대한 관찰과 조사는, 달리 생각하면 나-서양에 대한 관찰과 조사를 위한 것이기도 하다. 나와 타자의 비교를 통해서만 우리는 자신을 알 수 있기 때문이다. 아울러 이와 같은 작업은 나와 타자 간의 상호 소통과 이해를 위해서도 반드시 필요하다는 점을 곤차로프 역시 잘 알고 있었다.

　여행자의 관찰에 따르면 나머지 민족에 비해 일본인은 "보다 더 섬세하고, 아마도, 더 계발된 민족이다." 그러나 일본인은 거짓말을 너무 잘 하고 형식적이며, 그들의 지나친 폐쇄성으로 인해 역사의 진보와 문명의 발전이 어려운 상태에 처해 있다(III, 304). 중국과 중국 문명에 대한 비판은 이보다 더 맹렬하다. 중국인의 삶의 특질인 "소심함과 부동성"(III, 303)이 삶 뿐 아니라 학문과 예술의 분야에도 퍼져 있음을 발견한다. 서구의 계몽주의자 곤차로프에게 중국은 막다른 골목에 처한 나라로 여겨졌다. 따라서 그는 중국이 더 이상 현재와 같은 상태를 유지하지 못하리라는 예감을 자연스럽게 갖게 된다. 작가는 동아시아의 네 나라를 세심하게 객관적으로 관찰한 뒤 종합적인 판단을 내린다.

> 마침내 우리는 극동을 차지하고 있는 네 민족을 충분히 보게 되었다. 한 나라와는 날마다 중요한 왕래를 하고 있으며, 다른 한 나라와는 그저 표면적으로 친해졌을 뿐이고, 세 번째 나라에서는 손님으로 머물렀으며, 네 번째 나라는 스쳐가듯 보았다(...)
>
> 이 민족들은 하나의 공통된 인상과 성격, 정신적 구조를 가지고 있는데, 한마디로 그들 민족은 서로 서로 구분되는 셀 수 없이 많은 특질들을 가진 채, 그들이 가진 근본적인 특성 속에서 공통의 도덕적 삶을 형성하고 있다. 그런데 그 인상이란! 그리고 그 삶이란! 카불인과 아프리카의 흑인들, 인도양에 사는 말레이시아인을 바라보는 것은 버게 커다란 즐거움이었다. 그러나 중국인의 일반적인 삶의 이면에 존재하는 중국인들의 마을을 나는 깊은 애수에 젖어 좇았다. (...) 카불인, 흑인, 말레이시아인은 파종을 기다리는 손길이 닿지 않은 들판이며, 중국과 그 친척인 일본은 말라빠진, 통행이 불가능할 정도로 황폐해진 밭이다. 중국인은 이 가계에서 맏형 격이다. 그들은 아우들에게 문명을 선사했다. 이 문명이란 게 대체 어떤 것인지, 그 문명이 어느 상태에서 멈추어 섰는지, 그리고 그 문명이 얼마나 낡아빠진 것이며, 삶과 동떨어져 있는 것인지, 그리고 그것이 일본 섬을 포함한 아시아 대륙의 남동부에 사는 수많은 사람들의 힘을 지금까지도 모조리 마비시키고 있는지를, 당신은 아시는지? (III, 301).

이처럼 "졸고 있는, 힘없는 동양(III, 301)"이 가진 정체와 침체, 화석화라는 병을 진단하면서 곤차로프는 이에 따른 처방도 함께 내리고 있다. 그 처방이란 "황폐한 밭"에 유럽의 진보한 문명과 기독교라는 새로운 씨를 뿌리는 것이다. 달리 말하면, 죽음과 같은 '꿈'을 꾸고 있는 동양은 '각성'을 통해 정체된 상태를 벗어나 움직여야 한다는 것이다. 한편, 그는 동양이 꿈틀거리기 시작했음을 인식하고 있다. 동양에 불어 닥친 근대화의 바람을 그는 정확히 느끼고 있었던 것이다. "일은 시작되었으나 어렵고, 아직은 좋은 결과를 기대하기 어렵다. 작업은 낡아빠진 썩은 뿌리와 잡초를 뽑아 던져버림으로써 시작되었다(III, 302)."

유럽문명과 기독교에 대한 곤차로프의 절대에 가까운 믿음은 여타의 서유럽 국가들과 달리 러시아만의 독특한 자의식과도 깊은 관련을 맺고 있다는 점에서 흥미롭다. 러시아는 지형학적, 역사적 특성상 자신의 동/서 정체성을 규정하는 문제에 민감한 나라이다. 유럽의 변방에 불과했었던 러시아는 18세기 '유럽으로 향한 창문'[241]을 내고자 한 피터 대제(大帝)의 서구화 개혁으로 유럽을 지향했다. 그 후, 1812년 나폴레옹 전쟁에서 승리하여 전 유럽을 독재자의 손에서 해방시킨 자신감으로 러시아는 당당하게 유럽이 되었다.[242] 곤차로프의 다음과 같은 언급은 러시아가 18세기부터 끊임없이 유럽에 편입하고자 했던 의지와 그 결과를 간략하게 요약하고 있는 듯 하다. "다행히도, 러시아 사회는 정체라는 죽음으로부터 구원을 가능케 해준 변화를 지켜냈다(VIII, 122)." 러시아가 동양이었던 시절의 '정체'의 늪에서, '꿈'에서 깨어나 각성하고 움직여 역사의 진보를 가져올

[241] 뿌쉬킨은 서사시 《청동기마상》에서 피터대제의 개혁을 다음과 같이 간략하게, 그러나 정확하게 묘사하고 있다. "이곳에 도시를 세워/오만한 이웃나라를 제압하리라/대자연이 우리에게/유럽을 향한 창문을 열고/바다에 튼튼한 두 발을 디디라 명하였으니/이제 새 항로를 따라 이곳으로/뭇 나라 선박이 깃발을 날리며 모여들어/우리는 마음껏 주연을 베푸리라." (뿌쉬킨, 《청동기마상》, 석영중 옮김, 열린책들, 2001, 347-348쪽.)
[242] 19세기 초반부터 지금까지도 계속되는 중요한 논쟁의 대상인 러시아의 동·서 정체성의 문제는 곤차로프의 여행기에서도 중요한 자리를 차지하는바, 이를 위해서는 여행기의 마지막 세 장(VII, VIII, IX)을 자세히 살펴보아야 할 필요가 있다. 그러나 자세한 논의는 이 글의 목적을 넘어서므로 여기서 멈추기로 한다.

수 있었던 것과 마찬가지로, 동양이 변화되고 진보되기를 곤차로프는 진정으로 바랐다. 그렇기에 그의 여행기에 나타난 동양에 대한 가혹한 질타와 비판, 그리고 동양에 대한 평가가 보여주는 명백한 오류나 시각의 편협성은 동양에 대한 비관적 태도나 부정적 인식에 기인한다기보다는, 그의 범세계적, 범인류애적 확신과 믿음에 기인한 것이었다.[243] 이와 같은 그의 이상을 잘 표현하고 있는 의미심장한 제목의 논문 〈늦더라도 전혀 하지 않는 것보다는 낫다 Luchshe pozdno, chem nikogda (1875)〉에서 우리는 세계의 점진적인 발전과 진보[244]에 대한 꿈을 꾸었던 이상주의자이자 인문주의자로서의 곤차로프를 만나게 된다.

243 곤차로프가 19세기 진보적인 유럽 문명의 대표자였던 영국과 영국인에게서도 본받을 점과 개선해야 할 점을 기술하는 이유도 이에 기인한다. 그가 본 영국 사회는 사회 활동 분야뿐 아니라 모든 삶이 "기계"처럼 실용적으로 영위되는 곳이며, 공공의 선과 개인의 선행조차 자연스러운 인간애의 발로가 아니라 의무감에서 행해지고 있는 곳이다. 이에 대해서는 《전함 팔라다호》I, IV장이 참조가 된다.
244 곤차로프의 이와 같은 이상은 역사의 목표를 휴머니즘의 이상의 실현으로, 그리고 모든 민족과 모든 인간은 반드시 성숙의 숫단계(유아기-청년기-노년기)를 거쳐야 한다고 보았던 18세기의 계몽주의자 헤르더에게 많은 부분 빚지고 있다.

물론 곤차로프는 인류학자도, 지리학자도, 역사가도 아니었으며, 더군다나 동시대 유럽의 전형적인 낭만주의적 여행자의 형상도 아니었다. 미지의 세계에서 끊임없는 모험을 추구하기 위한 이상적인 공간인 동양은 그들에 의해 과장되거나 왜곡되었고, 또는 그 이국적인 정취만이 중요시되었던 반면, 곤차로프는 의식적으로 이런 시각을 경계한다.

> 신비와 매혹이라니! 나는 이 신비라는 것이 이미 존재하지 않는다고 말했었다. 여행은 신비로운 성격을 잃어버렸기 때문이다. 나는 사자와 그리고 호랑이와 싸우지 않았으며 인육을 맛보지도 않았다. 모든 것이 어떤 식으로든 산문적인 차원 하에 흘러간다… 그 반대로 나는 기적으로부터 떠나왔다. 멸터림 속에 기적은 없다. 그곳에 있는 모든 것은 똑같고, 모든 것은 단순하며… 모든 것은 단조롭다!(II, 14).

낭만주의자들이 선망하던 '신비와 매혹' 대신 그는 '단조로운, 산문적인' 일상을 택한다. 그는 단지 예술가로서 여행 중에 보고 듣고 경험한 일상을 최대한 객관적으로, 그러나 '예술적으로' 묘사하고자 하였다.245 곤차로프의 여행기 속에서 전함 책임자의 공식적인 비서로서의 의무, 가령 오랫동안 지속되었던 일본과의 계약 체결 과정에 관한 자세한 기록은 찾아 볼 수 없다는 점은 극히 상

245 곤차로프 당시에는 《전함 팔라다호》가 어린이를 위한 교양 도서로 많이 읽혔지만, 시간이 지나면서 이 여행기를 단순히 세계 여러 나라에 대한 정보를 제공하는 인식적 기능을 가진 책으로 취급하기보다는 곤차로프라는 소설가의 예술 창작의 관점에서 다루어지고 있다는 사실이 이를 증명한다.

징적이다. 항해 기간 동안 친구들에게 보낸 많은 편지들과 자신의 일기를 토대로 하여 여행을 마친 뒤 예술적으로 새롭게 창조한 문학 작품이 바로 여행기 《전함 팔라다호》인 것이다.

이렇게 낯선 이국의 정취에서 산문을 보았던, 즉 낭만주의적인 여행자의 태도를 멀리했던 곤차로프 역시 출발 전 미지의 세계에 대한 설레임을 느끼고 있었다. 8등 문관으로서 생계를 위해 일해야 했던 마흔 줄의 곤차로프에게도 산문적인 도시의 단조로운 생활을 벗어나 바다 너머의 낯선 도시들을 여행한다는 사실은 시적인 일임에는 틀림없었다.

"아니오, 파리에 가기를 원치 않습니다 - 당신에게 주장했던 거, 기억하시지요? - 런던에도, 이탈리아에조차도 가고 싶지 않습니다... - 브라질이나 인도에 가고 싶습니다, 그곳의 인간은 마치 우리의 선조와 같이 파종되지 않은 열매를 따지요, 거기서는 사자가 으르렁거리고 뱀이 기어 다니며, 영원히 여름이 지배하지요"...

나는 다음과 같은 생각을 하면서 기쁜 마음으로 떨었다. 내가 중국, 인도에 가게 될 것이며, 대양을 건너 내 발로 야만인들의 원시적인 단순함 속에서 산책할 섬을 밟게 되리라는 것, 이런 기적들을 보게 될 것이란 생각들... 이 모든 젊음의 꿈과 희망, 젊음 그 자체가 나에게

돌아왔다(II, 13).

여기서 '야만인들의 원시적인' 삶을 경험하게 될 세계여행은 작가에게 지나가버린 '젊음'을 되찾을 수 있는 시적인 순간으로 고양된다. 그러나 꿈꾸었던 시적인 순간들이 산문적인 일상으로 전락하는 경험을 하면서도 절망하지 않을 수 있었던 것은 성숙한 예술가로서의 시선을 견지하던 또 다른 곤차로프가 있었기 때문이다. 이렇게 《전함 팔라다호》에 등장하는 두 명의 화자, 즉 객관적이고 이성적으로 사고하는 성숙한 산문작가의 형상과 젊은 시절의 꿈을 잃지 않은 낭만적인 시인의 형상의 공존은 곤차로프의 독특한 성격을 드러내 보이기도 하지만, 더 나아가 인간 존재의 이중적인 본질을 상징적으로 반영하는 듯 하다. 한국을 떠나며 고국으로 향하는 여행의 말미에 작가는 다음과 같이 외치고 있다. "육지에 오르고 싶지만, 또 동시에 전함을 떠나는 것도 아쉽다! 이상하지만 인간은 이렇게 만들어졌나보다 (III, 328)."

3. 나가며

곤차로프가 자신의 여행기에 묘사한 "헐벗고 가난한" 19세기 한국 풍경을 둘러보는 것으로 시작한 글은 점차로 작가의 내면 풍경에 가까이 다가가게 되었다. 어쩌면 이는 자연스러운 결과인지도 모른다. 여행자는 자신이 보고 듣고 경험한 것을 객관적으로 기록하지만, 결국 그 기록은 자기 자신에 대한 기록에 다름 아니기 때문이다. 이리하여 세계에 대한 진술은 곧 나에 대한 진술이 된다. 그렇다면, 곤차로프가 바라본 "우울하고 슬픈(III, 312)" 한국의 풍경은, 아마도, 작가 자신의 '우울하고 슬픈' 내면 풍경이 된다.

2년여 간 지속되던 세계여행의 막바지에서 고국에 대한 향수를 더 깊게 느끼던 곤차로프에게 새로운 미지의 세계에 대한 호기심은 차츰 사라져 갔고, 마지막 기착지가 된 한국에서는 거의 고갈되어 버린 듯 하다. 작가가 여행을 마감하던 즈음 남긴 기록 중에서 "여행은 책과 같다. 그 안에 더욱 마음에 드는 부분에 멈추기도 하고, 어떤 사람들은 전체적인 관계를 알기 위해서 훑어본다(III, 308)"는 비유적 표현이 발견된다. "별 매력을 느끼지 않은 채 멀리서" "스쳐가듯 보았"을 뿐인 한국은 그에게 '훑어보는' 독서용 책에 불과했을 것이다. 그리고 러시아 함대의 한국행이 사전에 계획된 방문이 아니었다는 섬노 곤차로프의 한국에 내한 무관심을 키웠다.

　　일본과의 소득 없는 무역 협정 체결로 지쳐있던 팔라다호는 1854년 1월 크림 전쟁이 발발하자 소기의 목적을 달성하지 못한 채 급히 나가사키를 떠나야만 했다. 나가사키를 뒤로 하고 귀향길을 나선 러시아 전함은 애초의 계획과는 달리 한국 해안을 통과하는 여정을 택하였다. 전함이 한국의 해안선을 탐사할 동안 곤차로프는 시종일관 무관심한 태도를 견지한다. 왜냐하면 그에게는 "볼만한 것이 아무것도 없"(III, 311)었기 때문이다. 이런 까닭에 5월 10일 고국을 향해 떠나면서 곤차로프는 사적인 소감이나 인상 대신 여행의 마지막 방문국이 된 한국에 대한 일반적인 정보를 2쪽 가량 무심하게 첨부하는 것으로 한국 여행기를 마쳤는지도 모른다. 한국을 떠날 무렵 곤차로프의 머릿속은 고향에 대한 생각으로 가득 차 있었다. 한국 여행 기록의 전체에 걸쳐 이따금씩 울리는 "돌아갈 때다, 돌아갈 때"(III, 323)라는 작가의 목소리가 그가 한국에 대해 내비친 무관심과 부정적인 태도보다도 더 깊은 울림을 갖는 것은 고국에 대한 향수에 젖은 지친 여행객의 "헐벗은" 내면 풍경을 마주하게 되는 때문일 것이다. 곤차로프가 한국을 방문했을 때 이와 같이 "우울하고 음울한" 기분이 아니었더라면 그에게도 한국은 "강렬한 관심을 갖도록 하는"[246] 나라가 되었을지도 모를 일이다.

[246] 이사벨라 비숍은 자신의 한국 여행기 《조선과 그 이웃 나라들》 서문에서 다음과 같이 쓰고 있다. "첫 번째 여행에서 조선은 내가 여행해 본 나라 중에서 가장 흥미 없는 나라라는 인상이 들었지만, 전쟁 기간 중과 전쟁 후의 조선의 정치적 불안, 급속한 변화 그리고 그들의 운명은 나로 하여금 조선에 대한 강렬한 관심을 갖도록 만들었다"(B. 비숍, 신복룡 역주, 《조선과 그 이웃 나라들》, 집문당, 2000, 14쪽).

미국인의 눈에 비친
19세기 말의 조선

강성구

이 글은 미국 선교사와 외교관의 조선 방문기 등을 통해 그들에게 비친 19세기 말 조선의 모습 또는 얼굴을 그린 것이다. 시기적으로 19세기 말은 조선이 강대국의 틈바구니에 끼어 이쪽이 차면 저쪽으로 넘어지고 저쪽이 밀면 이쪽으로 넘어지는 나약하고 쇠잔한 모습을 보여 줄 때였다. 동시에 봉건주의 전근대 사회에서 근대 사회로 이행하는 전환기로서 급격한 변혁을 맞게 되는 격동기였다. 또한 외세 주도의 격변기를 맞아 조선 민중은 반외세 반봉건 투쟁을 함께 전개한 시련의 역사 기간이었다.

이 변혁 진통기 속의 조선은 정치, 경제, 사회, 문화 등 다양한 분야에서 오늘의 한국 사회와는 근본적으로 다른 특징을 가지고 있었다. 그래서 이 글은 주로 오늘과 다르면서도 조선 사회의 특징을 잘 보여 주는 것을 초점으로 조선 사회의 이모저모를 기술할 것이다. 이는 꼭 미국인의 눈에만 비친 것일 수는 없고 외국인이면 누구든 공통적으로 포착할 모습이다.

1. 외세의 위협 속에 발버둥치는 '불쌍하고 가련한 조선'

　　미국은 다른 제국주의 강대국에 비해 상대적으로 조선에 대한 직접적 이해 관계를 덜 표방하고 있었으므로 조선을 방문한 미국인의 눈에는 일본 · 러시아 · 중국의 각축에서 독립을 지키기 위해 발버둥치는 가련한 모습의 '불쌍한 조선' 이라는 이미지가 강했다(물론 카스라태프트 협약에서 드러난 바와 같이 미국 정부의 공식적인 정책과는 거리가 먼 것으로 미국의 정식 외교관이 아닌 필요에 따라 약식으로 외교관으로 임명된 조선 거주 미국인과 선교사들이 쓴 기술에는 조선에 대한 동정적인 인식이 밑바탕에 깔려 있었다). 조선 정부 또한 미국이 조선의 이익을 좀 대변해 조정자의 역할을 할 것으로 기대하는 경향이 있었으며 이 때문에 미국인을 외교 정치 고문관으로 많이 활용하기도 했다.

　　어쨌든 조선에 대한 외세의 부당한 침략주의적 개입은 주권국으로서의 위치를 무색하게 할 정도였다. W. F. 샌즈(William F. Sands)라는 고종의 외교 고문이면서 전임 미국 외교관이었던 사람의 기술은 이를 잘 응변해 준다.

> "한 미군인 선교사가 대궐이 내려 보이는 곳에다 집을 지은 적이 있었다. 이들 외국인들은 토착 예절과 실정법을 어기면서까지 그런 짓을 했다. 조선 당국자는 외국공사관에게 그러한 법을 감히 적용하지 못했다. 왜냐면 그 법에 따르면 무거운 형벌을 내리고 재산을 압수하도록 되어 있지만 오만한 공사관들이 이를 허락하지 않았기 때문이다. 유일한 구제방법은 외국인이 요청한 만큼 대금을 지불하고 황제가 그 건물을 매입하는 것이지만 공사관의 위세를 등에 업고 턱없이 많은 대금을 요구한다." [247]

247 W. F. 샌즈 지음, 신복룡 옮김, 《조선비망록》, 집문당, 1999, 139쪽.

왕실이나 조선인은 모든 외국인에 친절하고, 특권을 인정하고, 의존하려는 모습을 보였으며 왕까지도 행차할 때 외국인을 만나면 친절을 베푸는 모습을 보이기도 했다. 이러다 보니 외국인 공관에 근무하는 조선인 역시 치외법권이라는 특권을 누리고 있어 일반 조선인들이 억울한 일을 외국공관에 호소해 해결하는 경우도 있었다. 물론 이 외국인의 범주에는 일본인은 제외되고 주로 서양인에 국한되었다. 곧, 서양인이 좋아서가 아니라 일본의 침략성 때문에 오히려 더 서양인에 기대는 모습을 보였다.

이렇게 일본과 서양의 조선 영향력을 의식한 중국은 유언비어를 날조해 조선인이 외국인을 공격하는 일이 1888년에 발생하기도 했다. G. W. 길모어는 중국 대사인 자칭 주재관이 조선의 개방을 우려해 이를 막기 위해 유언비어를 날조해 외국인 공격의 회오리를 몰고 왔다고 보면서 그 유언비어의 내용은 "조선인 소년 몇 명이 유괴되어 노예로 팔린 일이 있은 후 일본인이 어린이를 사 요리하고, 외국인이 어린이를 사 약으로 쓰고, 사진을 만드는 데 희생자의 눈알을 쓴다"는 허위 사실을 유포했다고 한다.[248]

[248] G. W. 길모어, 신복룡 역주, 《서울풍물지》, 집문당, 1999.

2. 서구적 근대화를 앞둔 전근대 조선 사회의 얼굴들

오늘날 우리의 일상적 삶은 서구적 근대화가 압도해 조선인 고유의 삶의 방식이 많이 사상되었지만 19세기 말의 조선인의 삶은 전근대적 요소가 그대로 유지되고 있었다. 이들 전근대적 요소들을 선택적으로 몇 가지에 국한하여 살펴보겠다.

우선 눈에 띠는 것은 봉건제 신분 사회 모습으로 양반과 하인, 지배와 피지배의 집단적 정체성이 운명적으로 분리된 것을 확인할 수 있었다. 양반은 굶거나 구걸할지라도 '절대로' 일을 하지 않는다. 친척의 도움을 받거나 아내에 의존은 하지만 손에 흙을 묻히지 않았다. 심지어 서양식 학교에 공부하려오는 학생양반들은 책을 나르지 않고 하인이 날라주고 있었다. 양반이 물고 있는 긴 담뱃대에 불까지 붙여 줄 정도로 하인의 역할은 양반 생활에서 수족과 같은 존재였다. 이러다 보니 외국인이 조선에 오면 반드시 하인이 몇 명씩이나 따라 붙기 마련이고, 하인 스스로도 이러한 신분 사회에 고착화 되어 외국인이 외출할 때 스스로 짐을 나르는 것은 하인의 뜻을 거스르는 것으로 간주하기도 했다.

이러한 봉건 신분 사회 습성이 그대로 유지되고 있는데다 외국이 조선의 경제권까지 침탈하고 있었기에 쌀 한 가마에 팔려가는 기생이 생기고 인신매매가 내국인과 외국인에게도 생길 정도였다. 또 다른 특징은 단발령 서술에서 나타났다. 당시 모든 조선 남자 성인들은 머리카락을 상투로 틀고 있었지만 갑오경장으로 이 상투를 자르는 단발령이 내려져 극렬한 저항이 잇따랐다. 모든 중요한 도로에서 강제로 자르기에 통곡, 비탄, 울부짖음이 있었고 이를 피해 출입을 자제할 정도였다. 단발은 마치 최하층인 삭발한 승려가 되는 것과 같은 인식을 가졌기 때문이라고 한다. 당시 승려의 경우 4대문 안 출입이 금지될 정도로 신분적 제약을 당하고 있었던 것 같다.

단발령
출처_http://news.empas.com/show.tsp/20040803n05465/

엽전을 중심으로 한 조선의 화폐 제도 개선이 시급했음을 방문기를 통해 확인할 수 있었다. 1달러의 상품 구입을 위한 시장가기에 외국인은 이에 해당하는 조선 돈 8파운드의 엽전을 나르는 하인을 대동해야 할 정도여서 상품

시장경제의 활성화에 전근대적 화폐 자체가 걸림돌이 되고 있었다.

또한, 방문기에서 콜레라, 말라리아 등 전염병이 창궐하고 있어 이에 대한 방역체제의 긴요함을 찾아볼 수 있다. 외국인들은 이구동성으로 말라리아가 가장 많고 흔한 병이었고 콜레라 등은 하수도 시설이 제대로 되어 있지 않아 집단적으로 자주 발병할 수밖에 없다고 기술하고 있다. 이를 어느 정도 해결한 것이 독일인 의사 분세였다. 새로운 서양식의 약이나 방역체제가 환영은 받았지만 다른 한편 서양 약을 불신하고 무당을 통한 굿으로 귀신을 쫓아 내는 푸닥거리에 의존하는 경우가 많았다. 민비는 믹내아들의 천연두에 무당 등을 통해 역신을 쫓아내고 불공을 드린다고 무려 40만 달러를 썼을 정도라고 한다.

근대적 서구 기술문명이 도입되기 이전에 전근대적 불편함이 가장 잘 나타나는 곳이 교통 수단이었을 것이다. 당시의 교통수단은 당나귀, 인력거, 가마 등이었고 이는 주로 양반용이었다. 화물 운송 수단 역시 소와 말, 당나귀 등이었고 하인들의 괴나리봇짐에 많은 사람들이 의존하고 있었다. 물론 양반을 위한 하인들의 운송 수단화는 당연한 것으로 인식되었고 하인들의 고통은 안중에도 없었던 것 같다. 근대적 교통 수단의 도입인 첫 전차 선로도 왕후의 무덤까지 갈 수 있도록 만들어져 민비의 원혼을 달래는 게 중요 목적이었지 일반 대중의 교통을 쉽게 하기 위한 대중 정책과는 거리가 먼 것이었다.

통신 수단 역시 전근대적 모습일 수밖에 없었다. 파발마 등을 통해 서울과 지방 사이의 통신 체계가 갖추어지긴 했지만 일일 통신은 서울의 남산과 지방을 연결하는 봉홧불 송신과 답신 체계였다. 저녁 어둠이 들면 첫 봉홧불이 오르고 연이어 최소한 동이 틀 때까지 네 번의 봉홧불이 남산에서 올랐다. 마지막 봉화는 왕실이 안전하고 관리들이 입조하여 업무를 시작한다는 신호로 쓰였다 한다.

근대 과학 기술 문명이 들어오기 이전 우습기도 한 우리의 모습은 월식에서 그대로 나타난다. 월식은 개가 달을 먹는 것으로 알고 월식이 있으면 개를 쫓아 달을 구하기 위해 무당굿을 벌린다. 결국 월식 시간이 지나면 달은 되살아나기 때문에 이 무당굿이 훌륭한 효험을 나타나는 셈이다. 이때면 조선 사람들은 기뻐하면서 춤을 추곤 했다한다.

　　또 당시의 특징 가운데 하나가 보부상이었다. 이들은 전국적 조직을 갖고 가장 강력한 동원력을 가지고 '애국적'인 일을 하는 것으로 묘사되었으며 약 15만 명이나 되었다. 외국인이나 정부가 지방에서 어려움에 처할 때 이들의 도움을 받을 정도로 동원력과 기동력을 갖춘 거대 조직이었다. 그러나 이들이 친일 민족 반역자 송병준이 이끄는 일진회로 변신해 일본 식민 지배의 앞잡이 노릇을 하게 되었다. 이들은 조선조 말기 자기들이 소지한 호전성과 사적 무력을 통해서 일본의 조선 식민화의 첨병으로 활약한 일진회의 모체가 되었다.

　　비록 전근대적인 조선 사회였지만 미국인들에 비친 서울이나 조선은 황야의 무법자가 난무하던 미국에 비해 안전하다는 지적이 눈에 띤다. 거리를 거닐어도 안전하고 외국인에 길을 피해주고 적대를 느끼지 못하며 조선인들 사이도 위험은 없는 것으로 그들 눈에는 보였다. 거리에서 소란을 피우는 사람을 거의 보지 못할 정도였고 간혹 조선인 끼리 싸울 때는 서로 머리채를 잡고 댕기는 모습이 있긴 해도 그리 격렬하지는 않았다고 보고 있다.

　　서울의 경우 저녁 어둠이 깃들자마자 서울 서대문 쪽의 한성판윤의 처소에서 내는 악대의 요란한 소리가 들리고, 어둠이 짙어지면 성곽 안의 나들이를 통제하는 통행 금지 타종이 울리면서 거리는 고요하게 되어 안전을 염려할 필요가 전혀 없다고 했다. 물론 지역 나들이를 할 경우 강도를 만나기도 했지만 외국인의 경우 생명 위협이나 상해를 입지 않는

게 상례였던 것 같다. 이들이 무서워 한 것은 가끔 서울 도심까지 나타나는 호랑이였다. 이러니 지방을 갈 때는 언제나 호랑이나 표범 출몰 지역에 대한 지식과 사전 준비를 갖추는 것이 필수적이었다. 조선인에게 호랑이는 힘과 용기의 상징이면서 동시에 두려움의 대상 짐승이었다.

런던이나 뉴욕의 빈민들과는 달리 조선인 하층민은 비록 가난하게 살지만 굶거나 얼어 죽는 경우는 드물다고 묘사되고 있다. 또 그들에게 이색적인 것은 조선의 양반 대가 집이 언제나 식객으로 붐빈다는 점이었다.

이러저러한 모습이 교차하고 있는 19세기 말 조선이었지만 당시의 과거제도와 관리들의 부정부패와 양반의 터무니없는 수탈과 착취 등은 상상을 불허할 정도였고 여기에다 외세의 침탈이 가중되어 조선 사회가 이미 기울어지고 있음이 이곳저곳에서 감지되고 있었다. 이러한 외세와 봉건 신분 사회의 지배에 민중들이 동학 농민 전쟁을 일으켜 새로운 세상을 만들기에 나서 조선에 일대 회오리를 가져 왔던 것이다. 그렇지만 조선에 머물던 외국인은 이들을 단순한 폭도 정도로 보고 있었다. 이처럼 이들의 시각은 양반과 지배자의 위치에 머물고 있기 때문에 이들의 방문기 또한 한계를 가지고 있음은 분명하다.

앞에서도 밝혔지만 고종과 민비는 미국이 동맹국이고 방어국이 될 수 있다는 인식하에 미국과 미국인에 호의를 베풀었다. 호의 정도를 넘어서 주권국가로서 체통도 제대로 지키지 못하는 수치스런 수준이었다. 선교사이면서 주한 미국 공사와 총영사였던 H. N. 알렌(Horace N. Allen)과 그의 뒤를 이은 선교사 L. H. 언더우드(Underwood)에게 왕족의 생일에 진미를

고종
출처_http://blog.empas.com/ff0111/4053758

보내고, 해마다 여름이면 부채와 꿀단지를 모든 미국인에게 하사했다. 더 나아가 언더우드 결혼식에는 민비가 100만 냥이라는 상상을 초월한

하사금을 내리고(3000냥이면 부유한 재산 소유자임), 왕실은 최고위층인 한규설(韓圭卨)이나 민영익(閔泳翊)을 보내 축하하고[249], 민비는 금팔찌 한 쌍을 나중에 별도로 선물주기도 하는 등 한심한 작태를 보여 주었다. 이 결과 금광을

249 L. H. 언더우드, 신복룡·최수근 역주 《상투의 나라》, 집문당, 1999. 61쪽.

비롯한 많은 이권이 이들 미국인의 손아귀에 떨어진 것은 당연하였다.

이러다보니 대부분의 미국 선교사나 외교관의 글에는 고종을 온화하고 자비스러운 모습으로 그리고 있고 조선이라는 나라에게 연민의 정을 느끼고 있었다. 그렇지만 직업 외교관이고 고종의 고문이었던 샌즈는 왜소하고 자신이 없고 소심한 모습으로 고종을 묘사하여 대조를 이루었다. 을미사변 이후 고종은 독살 위협 때문에 미국인이 음식을 만들어 준 음식을 먹어야만 했다. 샌즈는 다음과 같이 고종의 모습을 그의 글에 담고 있다. "왕은 얼마동안 아무 음식도 먹지 않고 단지 밀봉된 깡통에 담긴 연유를 가져와 그의 면전에서만 열었고 달걀도 껍질째로 삶았다... 그래서 유럽공사관의 여인들과 나는 교대로 영양가가 높을 뿐 아니라 맛도 괜찮은 음식을 특별히 준비해서 보냈다."[250]

250 W. F. 샌즈, 신복룡 역주 《조선비망록》, 집문당, 1999.

으레 짐작되듯이 조선에 온 미국인 선교사는 의사 출신이 많았다. 그들 선교사는 조선어를 배우고 또 의술로 조선을 돕는다는 명분으로 왕실과 조선인의 호감을 사면서 기독교를 전파해 나갔다. 또 우연히도 알렌이 갑신정변 당시 중상을 입은 민비의 동생인 민영익을 치료해 주어 생명을 구하게 되면서 왕과 친분을 쌓고 그 후광으로 병원장이 되고 그 후계자인 언더우드를 데리고 와 의과대학과 고아원을 차리게 됨으로써 기독교 선교에 중요한 계기가 되었다.

이러한 왕실과의 교분이라는 우연적 요소 외에도 조선인들이 기독교를 받아들이기 시작한 것은 무엇보다도 의료 혜택과 깊은 관련이 있다. 선교사들이 지역을 순회할 경우 언제나 말라리아 치료약인 키니네를

가지고 다녔고 간단한 의술 도구와 약 등을 휴대해서 100명에서부터 600명에 이르기까지 수많은 조선인 하층민들을 치료해 주었다. 또 개혁파나 일부 양반층에서는 서양 기술 문명인 철로, 증기 기관의 배 등이 기독교 문명에서 비롯된 것으로 보고 근대화를 위해 선교를 묵인하는 모습을 보여 주었다. 이 결과 초기 가톨릭이 심한 박해를 받은 것과는 달리 미국 선교사의 포교활동은 심각한 위협이나 방해를 덜 받았던 것 같다.

조선인 초기 기독교인 가운데는 하층민과 여성이 압도적이었다. 서울의 한 집회에서는 여성들이 500명씩이나 모일 정도였다. 그도 그럴 것이 남녀 평등과 누구에게나 같은 형제자매로 호칭하면서 평등하게 대해 주고 또 '인간다운' 대우를 해주었기 때문이다. 물론 구호품이 하나의 큰 매력이었음도 분명하다.

이 결과 1895년에 지어진 서울의 정동교회는 "그들 대부분은 조선식 통념으로 보아도 아주 가난한 사람들로서, 도배장이, 목수, 소매 상점 주인, 농주, 포졸, 군인, 통역, 작가, 필경사, 가마꾼, 정원사와 행상인 등이었으며"251라는 언더우드의 진술해서 보듯 주로   **251** L. H. 언더우드, 앞의 책, 167쪽. 하층민들에 의해 지어졌다.

사정이 이러하니 1919년 3 · 1 독립 선언에 천도교 · 불교 · 기독교 등은 합류했지만 양반을 대표하는 유림이 함께 하지 않고 그들만이 파리 장서로 '나 홀로' 식의 독립 운동을 했던 까닭을 알 만도 하다.

3. 미국인의 눈에 비친 조선인 고유 생활사의 이모저모

조선인의 옷차림은 남자의 경우 흰옷과 흰 두루마기를 주로 입고, 모든 사람이 부채를 소지했다한다. 두루마기를 주로 입고 있어 조선인은 상당히 크게 보이지만 실재는 일본인보다 키가 크고 중국인보다는 작다고 여긴다. 또한 부채를 왕에게 공물로 받치고 왕은 이를 신하에게 하사할 정도로 부채를 중시했다.

특히, 조선인 남자는 일반적으로 갓이나 망건까지 서너 종류를 한 번에 다 쓰게 되어 있고 양반과 하인, 또는 장례식과 결혼식 등에서 각기 다른 유형의 모자를 쓰게 되어 있어 서양인의 눈에는 모자가 가장 다양하고 발전된 것으로 비춰졌다. 옷을 좀 더 세세하게 묘사하면 허리까지 내려오는 윗저고리를 입고, 속옷 위에 품이 풍성한 바지를 입고, 대님으로 발목을 묶고, 솜을 집어넣은 버선을 신는다. 그 위에 소매가 넓고 엉덩이까지 내려가서 손목 바로 밑에서 끝나는 도포를 입는데(도포는 주로 양반의 경우이고 일반적으로 두루마기를 입는다). 도포의 소매가 어찌나 큰지 상인들은 종종 그곳에 놀라울 만큼 많은 물건들을 넣고 다닌다. 관리들은 부채, 손수건, 쪽지, 말린 오징어 등, 일반인은 지갑, 칼, 담배쌈지, 담뱃대, 부싯돌, 성냥 등의 필수품을 넣는다. 필자가 어릴 때 할아버지께서 도포자락에 곶감을 넣어 놓으시고 당신의 손자들이 천자문 등을 잘 외우고 쓰면 곶감을 꺼내서 사랑과 격려를 하시던 모습이 눈에 선하다.

여자들은 머리를 양쪽으로 갈라 가운데에 가르마를 타고 곧바로 머리 뒤에 모아서 목 뒤쪽으로 꼬아 이 사이로 비녀를 꽂아 고정시킨다. 조선 여인은 비녀를 간절히 갖고 싶어 한다. 비녀의 머리는 옥, 진주, 마노와 같은 금속으로 장식했다. 이러한 옛날의 어머니나 누나의 모습이 지금은 완연히 사라져 필자는 이 글을 쓰면서 어릴 때의 아련한 추억 속으로 잠겨들기도 했다.

역시 그들 외국인에게 이색적인 것 가운데 하나는 조선인의 노인에 대한 공경과 조상 숭배였다. 일단 조선에서는 나이가 많이 들어 보이면 공경의 대상이 되기에 이 이득을 많이 본 사람 가운데 하나가 미국공사 알렌이라고 했다. 그는 대머리였기에 대머리는 노인으로 이해하는 조선 사람에게 어른 대우를 톡톡히 받았다고 한다. 또 장례식과 3년 상을 치르고, 아침저녁에 곡소리를 내는 조선인의 조상 숭배와 공경 관습은 대부분의 책에서 언급되고 있다.

조선인은 일상적으로 노래와 춤을 좋아하고 산을 좋아하는 것으로 그들은 보고 있었다. 봄이면 화전놀이를 하러 산으로 가고 춤과 노래로 한판 어울리는 모습이 즐겁고 아름다웠다. 그러나 그들이 이해 못하는 것은 이런 놀이마당에 왜 가족 단위로 참가하지 않느냐 하는 것이었고 이런 의문은 그들에게는 당연한 것이었다.

조선인의 일상적 삶의 모습은 자연과 인간이 조화를 이루는 안락한 모습으로 비쳐졌다. 시골이나 서울의 골목 거리를 다니면 으레 들려오는 공통된 소리가 있었다. 그것은 여름이면 개구리 소리, 또 조선 여인들이 옷감을 다듬는 다듬이 소리, 골목마다 요란스럽게 연달아 이어지는 개 짖는 소리(외국인의 경우 조선의 개들이 더욱 요란스럽게 짖고는 따라다닌다고 한다) 등이다.

또 그들이 자주 언급하는 풍경은 조선인의 흰옷과 긴 수염, 긴 담뱃대를 물고 있는 여유작작한 노인들, 곳곳에서 만나게 되는 엿판을 지거나 안고 있는 엿장수, 물통에 찰랑찰랑 물을 담고서도 물 한 방울 흘리지 않고 쫓아 다니는 서울의 물장수 등이다. 여기에다 빨간 고추와 곶감을 초가지붕 위에서 말리는 정감 있는 모습들이 조선의 평화스런 정취를 자아냈던 것 같다.

조선인의 고유 놀이 문화 역시 그들의 관심을 끌었던 것 같다. 마을 단위로 시합하는 집단적 석전놀이, 연 놀이, 줄넘기, 동전던지기, 재기차기 등이 일상화 되고 있었음을 이들 방문기를 통해 알 수 있었다.

4. 어둡고 격리된 조선 여성

서양인의 생활상과 19세기 말 조선인의 생활상에서 두드러진 차이점은 여성의 지위와 역할일 것이다. 그래서인지 많은 방문기는 조선의 여인에 관해 언급하고 있다.

조선 여인들은 일본 여인의 유쾌한 모습이나 활달한 조선 남성과는 달리 얼굴 표정이 우울하고 무겁고 침침한 것으로 비쳐졌다. 태어나면서부터 아버지와 남편, 더 나아가 아들에게까지 삼종(三從)을 해야 한다는 삼종지도(三從之道)에 의해 수동적 존재로만 여겨져 왔기에 이럴 수밖에 없었다고 보인다. 그들이 조선 여인을 극도로 겸손하고 수줍어하는 것으로 묘사하는 것은 당연하다. 더구나 그들에게 무척 놀라운 것은 결혼도 연애가 아닌 중매에 의해 부모의 결정에 거의 무조건 따라야 하고, 결혼 후에는 출가외인으로 친정과 관계를 거의 청산하고, 심지어 칠거지악이라는 구실로 남자의 명령만으로도 이혼을 당한다는 것 등이다.

이러한 남존여비가 제도화되었으니 조선여성은 공간적으로도 격리되었다. 조선의 가옥 구조는 여인들이 외부에 노출되지 않도록, 곧 거리에서나 집에 들어오는 사람들에게 보이지 않도록 설계되어 격리된 생활을 강요당했다. 주로 외형적인 면에서 이러한 격리가 강요되었고 남존여비가 심화되었지만 그렇다고 모든 면에서 그런 것은 아니었다. 이 점을 방문기는 잘 포착하고 있었다. 안방마님과 정부인에게 존대 말을 쓰고, 위엄이 주어지고, 또 스스로 권위를 행사하는 것이 인정되고 있다는 점에서 남존여비 속에서 여권이 존중되기도 했다.

5. 한반도와 미국

1882년 5월 맺어진 조미수호통상조약 1조는 "만일 제3국이 체약국 중의 어느 한 정부에 대하여 부당하게 또는 억압적으로 행동할 때에는 체약국 중의 타방 정부는 그 사건의 통지를 받는 대로 원만한 타결을 가져오도록 주선을 다 함으로써 그 우의를 표시하여야 한다."라고 규정하고 있다. 또 1953년 10월 체결된 한미상호방위조약 제3조는 "각 당사국은 타 당사국의 행정 지배하에 있는 영토와 각 당사국이 타 당사국의 행정 지배하에 합법적으로 들어갔다고 인정하는 금후의 영토에 있어서 타 당사국에 대한 태평양 지역에 있어서의 무력공격을 자국의 평화와 안전을 위태롭게 하는 것이라고 인정하고 공통한 위험에 대처하기 위하여 각자의 헌법상의 수속에 따라 행동할 것을 선언한다"라고 합의했다.

미국은 1905년 일본과 카스라태프트 협정을 맺어, 필리핀은 미국이, 조선은 일본이 각각 식민지화하기로 상호 합의함으로써 첫 번째 조약을 배신했다. 해방이 되자 미국은 일방적으로 조선을 점령하여 분단과 전쟁의 기원을 만들고는 분단을 장기화하기 위해 두 번째의 조약을 맺었다. 이제 주한 미군 주둔 60년을 맞아 외국군인 주한미군이 철수하기는 커녕 평택에 기지 이전을 하면서 최소한 50년 이상 머물 계획을 세우고는 세 번째의 조약인 한·미신안보선언을 하겠다 한다.

평화와 통일을 향한 한반도의 역사는 이 같은 미국에 의해 끊임없이 왜곡과 예속을 강요당해 왔다. 미국에 대한 어리석은 환상으로 국가의 체통도 지키지 못한 채 식민지로 전락되게 만든 고종의 전철을 밟을수는 없다. 더 이상 분단과 전쟁을 강요하는 외세로서의 미국과 주한 미군을 허용할 수 없다. 더 이상 대미 자발적 노예주의로 가득 찬 제2의 일진회와 같은 반핵·반김 집단들이 창궐하는 것을 허용할 수는 없다.

해방과 분단, 주한 미군과 한미동맹 60년인 환갑을 맞았다. 인생에서 환갑은 지난 60년을 스스로 반성하고 새로운 질적 비약의 삶을 출발시키는 전환을 의미한다. 이제 미국과 관련된 반민족적인 역사의 찌꺼기를 말끔히 씻어내어 자주와 평화와 통일의 새 역사를 일구는 원년인 한반도의 환갑으로 자리매김 되기 위해 우리 모두가 매진해야 할 때이다.

가련하고 정겨운 조선
프랑스인이 본 한국

한숭억

1. 타자의 시선, 그 거울 이미지

이 글의 목표는 일차적으로 19세기 말기부터 20세기 초기 무렵 사이 서양인의 눈에 비친 조선과 조선인에 대한 인상과 그 이미지를 살피는 일이다. 지금으로부터 약 100년 전, 프랑스인이 본 조선의 면모와 조선인의 생활양식, 그리고 이에 대한 기록은 우리를 새롭게 조감하고 돌아보는 매우 귀중한 발견인 것이다.

프랑스인들의 다양한 여행 체험을 바탕으로 그들이 보고 그린 조선에 대한 기호학적 내지 인상파적 기록은 격동기 시대를 살았던 당대 우리의 역사를 되돌아보는 유용한 자료이다. 이는 타자의 시선(Le regard de l'Autre) 으로 보는 조선-조선인의 인상과 그 표상은 우리 자신을 조응하는 거울의 이미지를 제공한다. 한 국가나 국민의 자기 동일성 및 정체성은 우리 자신의 정의와는 별도로 외국인의 견해나 시선을 통해서 보다 다채롭고 세밀하게 조명할 수 있을 것이다.

프랑스인들의 여러 각도의 다양한 여행기들이 서구중심주의 혹은 오리엔탈리즘의 평가에서 자유로울 수 있는가를 이 자리에서 논하지 않는다. 아울러 오리엔탈리즘에 대한 일방적 평가를 경계하는 것도, 이에 대한 타당한 설명 없이 면죄부를 주는 자리도 아니다. 이 글의 목적은 사라져가고 파괴되어 가는 조선의 전통 문화에 대한 아쉬움의 표현과 열정 이상으로 그들의 우리 문화를 보는 독특한 예술 의식을 살피는 일이다.

현대 역사의 시류는 문화-예술사를 향하여 열려있다. 이 글을 통해 서양인들의 여행 기록에 대하여 옳고 그른 점을 지적하는 것이 아니며, 그들의 설명을 비판적으로 검증하여 여행가의 인상과 여행 대상의 실상과의 괴리를 메우는데 이 글의 취지가 있는 것도 아니다. 다만 여기에서 조선을 보는 프랑스인들의 여행 기록을 통해 그들의 여정과 견문의 흔적을 드러내고자 한다.

2. 민속인류학자의 시선

과거 1세기경 당시 조선은 외부 세계로부터 지리적으로, 정치학적으로 고립된 왕국이었다. 조선은 그때까지 외부 세상으로부터 철저하게 닫힌 나라였다. 다만 압록이라는 명칭의 국경선에서 엄격하게 관리하는 중국과의 연례 사신 교류를 제외하고, 누구나 생명을 걸고 그 지역을 통과해야만 하였다. 그런 금단의 지역에 선교 임무를 가진 신부들이 처음으로 도전했으며, 종국에는 수많은 세관의 감시아래 야밤을 이용해 강으로 인접한 국경을 넘기에 이르렀다.

인류학자 샤를르 바라(Charles Varat)는 《조선기행(Voyage en Corée)》이라는 책에서 프랑스의 항구 도시 마르세이유로부터 일본의 요코하마에 이르는 기나긴 항해 속 대장정의 모험을 소개한다. 이어 상하이에서 텐진을 경유해 베이징으로 향하는 증기선을 갈아타 서양인이 "제푸"라 부르는 중국의 도시(옌타이)에 기항한다. 거기에서 그는 조선 여행에 필요한 정보를 구하고 그때까지 그 어떤 유럽인도 시도해 보지 못했던 한양에서 부산까지의 국토 종단의 모험을 감행하기에 이른다. 그의 조선 여행기는 1888년과 1889년 사이 한양에서 출발하여 부산까지의 여행 체험을 기록한 한국 최초의 조선 국토 종단 기록서이다. 그는 프랑스 교육부로부터 민속학적 임무를 가지고 특별히 파견된 탐험가이다 {Explorateur chargé de mission ethnographique par le ministére de l'Instruction publique}

나는 유럽과 미국, 일본 그리고 중국에서조차 어디를 가도 조선은 민속학적으로 특별히 볼거리가 없는 나라라는 말을 자주 들어 왔다. 사실상, 주마간산 식으로 보아서는 조선의 도시만큼 -심지어 한양까지도- 불쌍하고 가난하며 처량해 보이는 도시는 없는 듯하다. 오랜 역사를 통해 전쟁과 외침을 겪으면서 조선의 왕들은 이웃 강국의 야욕을 피해 보겠다는 뜻을 굳게 되어, 종국에는 모든 외국인의 왕국입국 뿐만 아니라 조선인들의 출국 또한 금지하기에 이른다 (...) 그러나 그 베일을 걷어버리고 깊이 있게 살펴보라! 그 얼마나 흥미로운 진기한 일들이 다채롭게 펼쳐지는가! 그리고 옛 영화를 과시하는 찬란한 유적 이외에도, 그 얼마나 뛰어난 민속학적 문화 유산이 당신을 기다리고 있는가![252]

252 Varat, Charles, Voyage en Corée 1888-1889(조선기행), Paris Kailash 출판사, 1892. Cf. Varat, Charles, Chaillé-Long, Charles 공저, Deux voyages en Corée [조선에서의 두 여행], Kailash 출판사, Paris Librarie Oriens 출판사, 1994(재판), pp.57-58.

이렇듯 프랑스인의 조선을 향한 열정은 모국 독자들에게 조선의 풍요로운 문화 유산과 그 독특한 예술 세계를 알게 하고, 그 가치를 확인시켜 주고자 하는 것이다. 그의 글은 조선인 우리에게는 조선 문화에 대한 재발견과 그 참된 가치를, 프랑스의 독자들에게는 편견과 왜곡

된 견해를 버리고 조선을 직시할 것을 권고하는 강력한 메시지인 것이다. 작가는 돌연 일본 항해 중에 조선인들과의 만남에 대해 감흥어린 어조로 이야기 한다.

> 그때 나는 고베에서 나가사키로 향하는 어느 증기선의 뱃머리에 앉아 있었는데, 배가 출항하기 바로 직전 반대편으로부터 일본 관리들과 매우 독특한 옷차림을 한 무리의 남자를 태운 큰 나룻배 두 척이 우리가 탄 배 쪽으로 다가왔다. 매우 진기한 옷 품새의 남자들이 바로 조선의 왕자와 그의 수행원이라고 누군가 내게 일러 주었다. 나로서는 너무도 낯선 얼굴 표정과 옷차림을 신속히 살펴보는 가운데, 나는 순간적인 직관으로 이 조선이라는 나라가 민속학적으로 풍부한 가치를 가진 나라라는 생각을 하게 되었다. 그래서 나는 그들에게서 눈을 떼지 못하고 있었다.[253]

[253] 앞의 책, p.28-29.

민속인류학자 바라는 고베에서 나가사키로 가는 증기선에서 기품이 있는 조선인 왕자를 우연히 만나서, 조선 영토에 들어가기 전에 이 왕자와의 특이한 접견을 통해 조선의 다채로운 얼굴 및 인상을 목격할 수 있었다. 조선인, 그것도 왕족의 품행과 그 수행원의 옷 품새는 이렇듯 이국인의 마음에 매우 깊은 인상을 남기고 감흥을 자아내기에 충분하였다.

> 다음날 아침, 증기선 기계의 소음으로 돌연 잠이 깬 나는 갑판으로 올라가서 제물포만의 경탄을 발할 광경에 사로 잡혔다. 그 장면은 내 평생 처음 보는 아름다운 장관이었다. 항구를 이루는 해안선과 섬들을 따라 도처에 톱니 모양으로 그림 같이 솟아 있는 산들이 완전한 하나의 綠葉으로 질푸른 둥지처럼 항구를 감싸 안은 채 때마침 떠오르는 햇살이 눈부시게 비추고 있었다.[254]

[254] 앞의 책, p.30.

작가는 조선의 제물포항에 도착 즉시 짐을 뱃전에 놓고 짐 부릴 곳을 정해 놓지 못해 일단 급히 작은 배로 옮겨 탄다. 잠시 후 평생 처음 조선 땅을 밝은 그는 언어도 옷차림도 풍습도 너무나 생소한 사람들 가운데 홀로 남아 있다는 기분에 묘한 감흥과 조선에서의 인상을 다음과 같이 묘사한다.

> 그곳 항구에서 방파제를 쌓기 위해 맨다리로 흙을 나르는 수많은 조선인 인부들이 일하고 있었다. 바지를 걷어 올려 헐렁한 품새에 흰 무명옷을 입은 짐꾼들은 투박하게 다듬은 나무에 새끼밧줄로 등에 매는 지게로 짐을 나르고 있었다.[255]   [255] 앞의 책, p.30-31.

조선과 조선인들의 일상 생활을 다른 곳에 존재하는 문화 양식과 비교하여 설명하는 여행가들처럼, 일본을 먼저 방문한 작가 또한 즉시 조선인의 생김새와 옷 품새를 비교하여 묘사한다.

> 그들의 머리는 땋아 머리 위에 마치 뿔처럼 또아리를 친 모습이며, 그들 모두 맨발에 짚신을 신었는데, 일본인처럼 엄지발가락이 다른 발가락과 벌어져 있지 않은 모습이다. 조선인은 체격 조건에서 일본인보다 훨씬 뛰어 났으며, 그들의 용모는 매우 다른 특색을 지녔다.[256]   [256] 앞의 책, p.31.

이후부터 작가는 예리한 민속학자로서, 문인의 재능을 한껏 발휘하며 한양의 분주한 사람들 속을 헤집고 다니면서 조선인의 복장을 연구하고, 상인들이 취급하는 물품을 살펴보고, 장인이 만드는 특산품과 예술가들이 그들의 작업장에서 만드는 각종 민예품을 세밀히 관찰하기에 이른다.

때는 1901년 12월, 조르주 뒤크로
(Georges Ducrocq, 1874~1972)는 루이
마랭(Louis Marin)과 함께 조선으로의
대탐험의 여행길에 오른다. 그 시절 거
의 모든 유럽의 외교관, 기술자, 기자
들은 바다를 건너, 중국 혹은 일본을
경유해 조선 땅에 이른다. 이에 반
해 뒤크로 일행은 프랑스를 출발하
여 광활한 시베리아 대륙을 거쳐 블라
디보스토크를 통해 조선의 북녘 땅을
밟는다. 그는 그 당시 전혀 다른 길을

나막신 장수
〈나막신 장수〉, 한양, 스테레오스코프, 유리원판, 42
X 42, 프랑스 국립지리학회 소장.
출처_Louis Marin(루이 마랭)이 1901년 12월 한양에서 촬영

통해 한양에 도착하는 것이다. 드넓은 시베리아를 통해 12월 한겨울에
조선에 도착한 그는 한반도의 남방성과 개방성에 깊은 매력을 느꼈다.
또한 그들은 그 시대 동아시아에서 가장 주목 받고 있는 일본으로의 여
행을 원하지 않았다.

이 사실은 서구의 제국주의 혹은 식민화 과정을 극복하여 조선을
문화 인류학적으로 혹은 민속학적으로 시정(詩情)과 예술적 감성이 풍요
로운 나라로 유럽에 소개하고, 조선의 오래된 역사와 자유로운 예술 전
통을 열정적이며 내밀한 필치 속에 그려내고자 하는 작가 자신의 특유한
미의식과 함께 한다.

뒤크로는 그의 여행기《가련하고 정겨운 조선(Pauvre et douce
Cor'ee)》에서 개화기 당시 조선이라는 나라가 겪고 당면했던 정치-외교
상의 문제에만 한정되지 않게 조선을 보는 시선을 고려한다.

구한말 조선을 방문한 서양인들에게 가장 인상 깊은 대상은 거의
모든 조선인이 쓴 갓과 하얀 옷이며, 그들에게 조선인의 모자와 의복은

움직이는 거대한 물결로 보인다. 오래 전부터 한민족은 백의민족으로서 전통 의복은 대개 흰색이며, 색상을 사용하더라도 강하고 자극적인 색이 아니라 색의 농도가 담담한 자연 단색을 선호하였다. '하얀 색'이야말로 꾸밈없고 소박한 조선인에게 가장 잘 어울리는 색상으로 '파란 눈'에 비치며, 이는 다름 아닌 맑고 단아한 한국의 자연 그대로의 맛과 멋을 간직한 색 – 숭늉처럼, 막걸리처럼 – 으로 조선 민족의 성정(性情)과 잘 조화를 이루는 한국인 특유의 미감(美感)으로 보는 것이다.

> 하얀 색은 조선민족의 외상을 지배힌다. 하얀 색은 동심어린 조선인에게 가장 잘 어울리는 색상이다. 한양 거리 어디를 가도 밝은 흰색 옷으로 인해 항상 거리는 축제 분위기를 띠며 조선인은 이를 너무도 잘 알고 있다. 만일 흰 옷 착용을 금지한다면 그들에게 맑고 쾌활함도 사라질 것이기 때문이다. 조선인은 조국을 떠나 외국 땅에서도 그들의 흰 옷을 입는다. 조선인의 흰색 옷은, 블라디보스토크에서도 중국인들의 우중충한 조끼나 러시아인들의 투박한 외투 사이에서, 대조를 이루며 유달리 활기 있게 눈에 띈다.[257]

257 Georges Ducrocq, Pauvre et dou[x] Cor'ee, Paris, H. Champion 출판사 1904/Paris, Zulma 출판사, 1993(재판), p. 2[ ]

일제 강점기를 거치면서 중국과 일본인에 의해 중국의 예술은 의지의 예술이고 일본의 예술은 아취 혹은 정취의 예술이며, 조선은 그 양자 사이에서 홀로 서서 반도의 비애어린 운명을 지닌 고뇌의 역사와 한(恨)의 예술로 결정짓고 조선에서의 색채미 부재를 극명하게 선언하기에 이른다.

그러나 서양인의 이른바 타자의 시선 속에서 조선인의 색채와 그 미감은 또 다른 차원에서의 의미와 미의식으로 빛을 발한다. 구한말 당시 같은 시대에 조선의 미를 관찰했던 유럽인의 시각은 한국인의 색채와 형태미 그리고 그 미의식과 세계에 있어 객관적 시야와 지평을 넓혀주는 또 다른 거울인 것이다. 그러한 이유로 서양인의 관점, 특히 프랑스인이 본 조선의 흰색에 대한 인상은 우리에게 더욱 소중한 발견인 것이다.

서양인들은 모든 색의 밑그림으로 하모니를 이루는 조선인의 흰 옷 물결에 주목하고, 그 색에 내포되어 있는 조선 민족의 정서를 자연 상태의 순수한 동심으로 묘사했고 문명의 때가 묻지 않은 단순성 및 순박성, 쾌활성과 다양성이 조화를 이루는 교향악으로 비유한다. 천천히 그리고 느리게 활보하는 조선인의 흰색 옷 물결 속에서 서양인들은 그 무엇인가 매력적인 멋과 정취가 일었던 것이다.

뒤크로는 한민족 특유의 문화인류학적인 성격과 면모를 예리하게 지적한다. 그는 조선인의 일상적 얼굴 표정에서 매우 온화하며, 눈은 가

혜화동의 프랑스 학교와 학생들
한양, 스테레오스코프, 유리원판, 42 X 42, 프랑스 국립지리학회 소장

늘고 현실에서의 고된 삶을 뒤로하고 꿈에 젖은 듯, 유유자적한 태평스러움과 관용을 읽어낸다. 조선인은 근대적 생활 방식에 괘념치 않은 듯, 다만 그저 평온하게 일상사를 살아가는 것이라 저자는 생각한다. 이와는 좋은 대조를 이루는 조선 여성들의 고달픈 인생사를 그는 민속학자의 눈으로 묘사한다. 조선 여성들은 키가 크고 훤칠하며 단단한 체형으로 머리에 무거운 짐을 질 수 있고, 매우 유연하여 장시간 우물가 혹은 냇가에서 쪼그려 앉아 있을 수도 있다. 선명한 윤곽의 얼굴에는 때때로 근엄한 인상과 진지하지만 부드러운 표정은 조선 남성들과 좋은 대조를 이루며, 실제로 고달픈 인생을 겪는 이들은 여성들이다.

한양에서의 밤 시간은 질투심이 강한 조선 남성들에게 하루 종일 갇혀 지낸 여성들이 그 답답함에서 벗어나 거리에서 기분 전환할 수 있는 때이기도 하다. 초롱불 빛을 받은 흰 옷차림에 갓을 쓰고 어두운 거리를 누비는 조선인들의 모습은 이국인의 눈에 마치 마술 세계 속의 환영과도 같은 것이다. 근대 전기 시설이 없었던 한양의 밤거리는 서양인의 시선에 매우 신기하며 괴이한 이미지로 비추었다. 뒤크로는 자신의 고국인 프랑스로부터 너무나 머나먼 은자의 나라, 조선의 당시 한양 거리의 이국적인 밤풍경을 다음과 같이 서술한다.

> 해질 무렵 상점은 문을 닫는다. 집집마다 아궁이에서 굴뚝을 통해 냄새와 함께 하얀 연기가 피어오른다. 한양은 일순간 잔나무 태우는 냄새와 그 연기로 덮인다. 밤이 내리면 초롱불이 켜지고 거리의 행인이 모두 유령처럼 보이는 놀라운 밤의 세계가 연출된다. 가물거리는 큰 초롱불 빛을 받아 괴상한 갓과 흰 옷은 묘한 효과를 자아낸다. 거리는 이웃 초롱불 덕을 보며, 한가로이 서로를 방문하는 이들로 활기가 넘친다.[258]   258 앞의 책, p.35.

한양의 어두운 밤거리, 그곳에서 여성들의 존재는 이국 작가의 눈에 매우 신비하게 보이며 호기심 차원을 넘어 생생한 형태의 장면으로 우리에게 다가온다. 뒤크로는 그의 조선에서의 여행기에서 대다수의 조선인들이 이 밤거리의 문화를 활용해 연애 활동 중인 매우 감성적인 도시로 한양을 그린다.

> 밤은 또 가무의 시간이며 무희들의 시간이기도 하다. (...) 순진무구한 그녀들은 북녘지방-평양에서 왔으며, 예로부터 평양은 가장 뛰어난 군병과 가구 그리고 기생을 한양에 보급하는 곳으로 유명하다. 고향산천을 떠난 슬픔은 왕궁에서의 무희들의 출세와 금은보화 그리고 그녀를 위한 연회 및 잔치로도 위로가 되지 못한다. 그들의 시선에는 우수 어린 번민의 빛이 감돌며, 넓고 예쁜 이마에는 깊은 슬픔이 배인 상념의 잔영이 역력하다.**259**

259 앞의 책, pp.36-37.

거리 풍경이나 궁중에서의 개방된 조선의 문화와 민속 풍정은 대체로 자유롭게 서양인의 관찰을 통해 많은 종류의 기록물 속에 나타난다. 이와 반면에 외국인들은 조선인의 개인 생활에 대해 아는 바가 거의 없다. 그만큼 조선인들의 사생활은 그들에게 범접할 수 없는 영역에 있는 듯 보인다. 간혹 예고 없이 조선인의 집에 들어가면 여인들은 놀라는 기색으로 문을 내닫고 도망치듯 달아난다. 때때로 서양인의 갑작스러운 방문으로 접 뜰의 짚자리에 비단신을 벗어 버린 채로 달아난다. 혹자는 이 조선 특유의 비단신을 통해 조선 여성들의 신비스럽고 깊은 삶에 대해서 조선의 역사를 바라보며 예견도 하는 것이다.

결혼식 역시 마치 대낮에 한양 거리를 가로지르는 휘황한 빛의 행렬을 보는 좋은 기회로 뒤크로는 포착한다. 바로 혼인하는 여성은 이날

장롱에 넣어 두었던 성장(盛裝)을 꺼내 입고 우아한 장식으로 머리를 틀어 올리고 꽃으로 수놓은 화관을 머리에 얹는다. 혼인식이 얼마나 신속히 진행되는지 관찰하고 연구할 시간은 부족하지만, 그에게는 황홀함 그 자체로 시선이 고정된다.

대개의 여행기는 일종의 허구적 자서전적 성격의 기록 방식으로 여행가 자신 혹은 모험가들의 사사로운 이야기나 기호화한 방식으로 기술하는 여행 기록 형식을 취한다. 그러나 뒤크로의 조선에서의 탐사 기록은 이를 일탈해, 작가 자신을 나타내지 않고 지워서 보이지 않게 하려는 내면 인상 이를테면 직관직 관찰 방식의 시문(詩文) 형식이다. 그래서 그는 조선과 조선인들을 단순한 묘사의 대상으로 서술하는 것이 아니라 지금 우리 눈 앞에서 실제 장면을 보듯 살아 있는 연극이나 영화의 형태로 관찰 장면을 내밀한 문체로 묘사하는 것이다. 사실, 시인 뒤크로는 영화인이며 연출가이자 문화인류학자이기도 하다. 그의 기행문에서 공연 예술을 환기하는 인상적 분위기 또는 연극을 통한 시나리오의 이미지를 활용하여 과거의 시간을 넘어서서 조선을 더욱 깊이 있게 느끼고 생각하게 한다.

이런 면에서, 조선과 조선인들의 일상 문화 내지 일상 생활을 다른 나라의 생활 양식과 단순 비교 서술하는 대개의 여행가와 현저한 차이를 보인다 하겠다. 이러한 새로운 각도에서 민속학자의 시선에 조선 화가들의 생생한 작업 현장이 포착되기에 이른다.

> 조선의 화가들이 즉흥적으로 붓을 놀리는 통에 그들의 그림은 자연만큼이나 변화무쌍하고 생동감 넘친다. 이들의 작업실을 방문하고 일하는 장면을 보는 것은 매우 유쾌한 일이다. 화가들의 작업장은 조선식 종이 장판지를 깔고 그 밑으로 데워지는 온돌방이다 (...) 예술 작품은

두어 잔의 차를 마시며 대화를 하는 가운데 탄생한다. 그 작품은 언제나 추상적인 품새가 있으나 조선의 자연 풍경만큼이나 한없이 다양하고 흥미롭다.260

260 앞의 책, p.47.

들판에 나가 자연 풍광을 자유롭게 즐길 수 없는 비 오는 날 그리고 겨울철, 조선인들의 자연 풍취와 정경을 담은 병풍으로 급기야 서양인의 눈빛은 환영(幻影)에 사로잡힌다. 조선의 화가들이 마치 비단 폭 위에 조선의 여러 자연 상징물을 능숙하게 그려내는 재능을 본다.

3. 새롭게 발견된 나라

모리스 쿠랑(Maurice Courant, 1865~1935)은 동양, 특히 극동에 대한 연구에 열정을 쏟으며, 학문상의 언어학 지식을 적극 활용한다. 그는 19세기의 말엽 그 마지막 몇 년 동안 중국과 조선에서 직접 체류하며, 이론과 이국에서의 실제 경험을 바탕으로 그의 학문적인 자료에서 개인의 인상적 이미지에 이르기까지, 약 10년 동안 다양한 양식으로 그 당시 조선을 구체적으로 묘사한다. 그의 한국학 저서 《조선 서지학(Bibliographie coréenne)》(조선의 문학 총람, 1894-1901)은 오늘날에도 빛이 바래지 않는 책으로 근대 조선을 외국인의 시선으로 일람할 수 있는 역작이라 할 수 있다. 이 책은 총 3821권의 한국 고서 목록을 제시한다.

쿠랑과 그의 일행이 보는 한양 거리의 모습은 꼬불꼬불하고 정갈하지 못하며, 지방과 같이 먼지 이는 광장에서, 허술한 천막으로 햇빛을 가리고 노상에 벌여놓은 많은 상점 좌판들이 있다. 그 좌판대 옆에는 긴 댕기머리에 무명옷 차림의 어린 소년이 쭈그려 앉아 있고, 그 아이는 머리핀, 말총 머리띠, 손거울, 담배쌈지, 담배, 파이프, 여러 상자, 일본제 성냥, 붓 잉크, 종이 그리고 책을 팔고 있다. 그리고 온갖 종류의 물건을 파는 속칭 구멍 가게와 약간 높고 길거리로 활짝 열려있는 가판대의 모습과 땅으로부터 약 2피트 높이에 나무판을 세워놓고 길가까지 물건을 진열해 놓는 풍경들이 프랑스인들의 시선을 사로잡는다.

쿠랑보다 앞서 바라는 1892년 파리에서 첫 번째 한국 전시회 때 조선의 갓을 위시하여, 그의 인류학 전시품을 에펠탑 근처 트로카데로(Trocad′eo)에서 전시했다. 이어서 1900년 파리 만국박람회에서는 두 번째로 한국관 전시회(Le Pavillon cor′een au champs de Mars)가 이루어진다. 아울러 작가는 한국관에 전시된 물품들로서 이와 연관된 조선 수공예 및 그 예술 기법을 설명한다. 여기에 쿠랑이 지은 책《한양의 추억, 조선(Souvenirs de S′eoul, Cor′ee)》이 등장한다. 이때 작가는 조선의 회화 및 건축물을 전시하며, 서구 사회에 알리는데, 특히 조선 건축물의 모습이 그림에 담긴 자연 풍경을 닮은 회화적인 모습이라고 강조한다. 여기에는 성채들과 왕의 능, 소나무 숲, 진기한 모양의 섬으로 이루어진 바다, 굽이굽이 흐르는 강, 그리고 기암절벽의 폭포들... 이곳에 '동양적 풍경'의 모든 요소 즉, 배경과 장면이 있음을 부각한다.

서양 민속학자의 시선에 비친 조선의 건축 양식은 매우 독특하며, 중국의 그것에서 자극을 받아 형성된 것이지만 일본처럼 무한대로 변형시키지 않은 것에 찬사를 보낸다. 쿠랑은 이러한 조선의 공간을 벗어나서는 상상할 수 없는 한국 고유의 건축물과 그 독창성에 대해 기술한다. 이는 이후 여러 여행가들의 여행기에서도 살펴 볼 수 있다. 끝으로 저자는 문명화를 가장한 제국주의적 발상과 오만함 그리고 우월감에 빠진 서양인을 일깨우는 교훈과 함께 결론을 내린다. 파리에서 프랑스인들이 본 조선의 모습은 조선을 '야만적'이라고 쉽게 간주하려 했던 그들의 예상과는 매우 다른 것이었다.

시인 뒤크로는 모리스 쿠랑과는 다른 각도에서 한양을 보고 인상
파적으로 밑그림을 그려 간다. 그는 남산을 거쳐 한양에 이르러 겨울철
초가지붕으로 덮인 큰 마을을 보게 된다. 처음에는 굴뚝 연기에 감싸인
채 초가로 넘실대는 당시 조선의 수도에 대해 놀라움을 나타낸다. 《가련
하고 정겨운 조선》에서 당시 한양의 면모를 민속학적인 방식과 수려한
문체로 회화적이며 점묘적인 색채로 묘사한다.

> 한양은 소박한 농촌의 아낙을 닮았다. 초가는 꾸밈이 없어 보이며 가난
> 하지만 슬퍼 보이지 않는다. 아주 맑고 은은한 햇살이 이 가난해 보이는
> 정경을 포근히 감싸 안는다. 두텁고 낮은 초가지붕은 햇볕에 움츠리고
> 앉아 있는 고양이 같고, 온화하고 정겨운 생활이 그 가운데 잔잔하게 이
> 어지는 듯하다. 집 한 채가 생길 때마다 우회한 까닭에 길은 여러 갈래
> 로 꼬불꼬불하게 이어져 있다. 이렇게 제멋대로의 길 중에도 한   **261** 앞의 책, p.15.
> 양을 관통하는 몇 개의 큰 길이 시원하게 뻗어 있다.[261]

그에게 한양의 초가지붕은 밀짚모자를 쓴 소박하지만 행복한 시골
아낙을 연상하게 하며, 가난하지만 결코 비루하거나 슬픔이 배어나지 않
는 모습으로 비친다. 한양의 집 풍경을 타자의 시선으로 작가는 영화의
한 장면을 연출하듯 포착한다. 햇살을 받아 정겨운 초가, 화분이 놓인 좁
은 뜰과 꼬불꼬불 사방으로 이어지듯 앙증맞은 골목길, 초가 위로 바람
이 불지 않을 때 파랗고 가느다란 연기가 곧게 피어오르며, 천진한 조선
의 아낙들이 초가마다 불을 지피고 거기에 조선인의 행복이 피어오르는
서민적 삶을 정겨운 필치로 작가는 그려낸다.

이 시인의 조선 여행 체험은 그의 섬세한 묘사, 특히 빛과 색채 및

은유적 표현 이미지는 회화적이고 점묘적인 묘사로 문체의 생동감을 더한다. 이러한 여행기술을 통해 새로운 모습의 조선을 발견하고 은둔과 신비의 베일에 싸인 조선의 표상을 보여 주려 시도하는 것이다. 이는 무력에 의한 식민주의적 지배로 말미암아 약소 민족의 사라져 가는 전통문화에 대한 경계와 그 민속 문화의 귀중한 발견을 서구에 인지시키는 일단의 열정어린 노력인 것이다. 이는 단순한 안타까움과 아쉬움의 표현으로만 일관하지 않는 그의 조선 문화를 보는 독특한 시선과 열정적 필치를 반영하는 것이다. 조선을 보는 그의 여행기에서 서구 중심주의 혹은 오리엔탈리즘의 관점은 이미 설 자리를 잃고 만다. 그는 민속학적 기행기술 작업을 채택하여 고정된 묘사보다 조선인의 생생한 삶의 현장과 장면을 문학적 성격을 유지하며 자신의 확고한 입장에서 조선을 더 내밀하고 밀접하게 파악하고자 한다.

서양의 낯선 시선은 지금 친근한 눈빛으로 조선인들의 마음을 헤아리고, 성급하게 조선에 대한 첫인상으로 진단해 버리는 모습이 더 이상 아니다. 느긋하게 조선인을 관찰하고 함께 생활하면서 우리에 대해 알아가는 것이다. 이곳 조선에서는 그 사람의 마음까지 헤아려 본다는 것을, 그리고 그것이 한국의 또 다른 정서이며 아름다움인 것을. 이제 그들은 새로운 눈과 마음으로 조선의 순수한 아름다움을 발견하는 것이다.

4. 어느 외교관의 시선

1880년과 1910년의 기간, 당시 조선은 동북아시아의 국제적 정세 및 그 격동기 속에서 그때까지 유지한 쇄국 정책과 결별하고 선별적이나마 무역항구의 개항시대를 맞았다. 특히, 조선과 프랑스와의 역사적 태동의 계기가 된 일련의 사건들이 있었다. 즉, 선교사 학살에 대한 명분으로 1866년 이루어졌던 프랑스 함대의 강화도 침략인 병인양요와 1886년 한불통상우호조약, 1900년 파리 만국박람회 등이 그것이었다.

이러한 역사적 배경과 상황 속에서, 서방 종교를 개방하고 종교의 자유도 허용하기에 이른다. 이 시기 문화 방면의 매우 특이한 현상 가운데 하나가 바로 자유로운 종교 포교와 외국과의 통상 협약이었다. 이에 따라 서양의 선교사, 지리학자 그리고 외교관들의 한국 체류가 보다 수월하였고, 이들에 의해 작성된 여러 종류의 조선 여행과 견문기들이 나왔다. 19세기 제국주의 시대 프랑스는, 영토상의 야심, 경제적 침탈 그리고 지정학상의 전략적인 야욕이 다른 서구 열강 및 일본과는 상대적으로 크지 않았다. 프랑스는 우선적으로 조선과의 관계가 문화적이며 종교상의 우호 협력이기를 원했다. 이런 관점에서 조선에서의 선교의 자유와 조선의 근대화 및 문명화는 매우 긴밀한 관계가 있음을 의미하는 것이다.

프랑스인 프랑댕(Hippolyte Frandin)은 20년 동안 극동 지역을 여행했던 외교관이었다. 그의 견문기 《조선에서(En Cor'ee)》는 자신의 조선 기행을 토대로 클레르 보티에(Claire Vautier)라는 여성이 기록하는 형식으로 1910년 파리에서 출판되었다. 그 책은 외교관 신분으로 조선을 여행한 후 기록한 것으로 비교적 간단한 견문기의 성격을 가지고 있다. 프랑댕은 자신의 책에서 조선인의 생김새와 민족성에 대해 언급하며 미지의 세계로의 여행을 시작한다.

조선에서의 그의 여행은 가마로 출발한다. 가마꾼이나 짐꾼은 거의 조선인으로, 소들이 짐을 실어 나르며, 황소 한 마리가 200킬로그램의 짐을 거뜬히 등에 짊어지는 모습과 인부들이 고삐를 쥐고 능숙하게 소들을 몰고 가는 장면이 이방인의 눈에 매우 신기하게 비추인다. 그는 키가 3피트 가량으로 발바닥에 편자를 박지 않은 조랑말을 관찰하며, 도로가 닦여 있지 않았고 곳곳에 웅덩이가 많이 패여 있어 통행이 어려운 상황에서 말들을 몰고 가는 일은 아주 힘든 상황이라 기술한다. 그러나 그 무엇보다 그를 곤란하게 만드는 것은 가마를 타는 일이었다.

> 길이 험해 가마 자체가 크게 흔들려 가마를 타고 여행하는 일은 정말이지 아주 고약한 일이다. 가마타기가 견디기 힘들었고 뙤약볕에 익숙한 관계로, 나는 오히려 걸으면서 관찰하고 이해하는 것이 유일한 방법이라 간주하면서, 걷는 길을 선택했다.[244]

이번에는 외국인의 눈에는 매우 신기하게만 여겨지는 장승과 좀 더 먼 곳에 그의 시선을 끄는 큰 나무가 나타났고, 그 나무 주변에 돌무더기가 쌓여 있는 것을 보게 된다. 나뭇가지에는 사람들이 바친 괴상한 종이와 천 조각들이 빛이 바래고 여러 갈래 찢어진 채 매달려 있었다. 지금 나무 앞을 지나가는 행인들은 앞으로 지나가는 사람들에게 같은 방식으로 행로의 무사함을 확인하는 것이다. 그래서 프랑뎅은 이곳 조선의 풍습을 한시라도 빨리 익혀서 적응하려고 힘썼다. 이곳 주민들에게 베풀 수 있는 진정한 예의는, 아울러 그들의 후의를 얻을 수 있는 최선의 길은 그들의 풍습에 기꺼이 순응하는 일이라 생각한 것이다.

> 한양까지 가는 도중에 매 킬로마다 세워진 프랑스 도로의 이정표처럼 일정한 거리를 사이에 두고 서 있는 장승을 나는 보았다. 이것은 조선인들이 여행자를 배려하는 감동적인 증거임을 내가 이 땅에 처음 도착하면서 확인하였다. 장승은 거대한 I 자 알파벳 형태로 하늘로부터 현장에 떨어진 듯, 붉은 색으로 칠해진 나무 기둥 위에 기괴한 머리통을 올려놓은 마스트와 흡사하다.[262]   **262** 위의 책, p.22.

프랑스 외교관 신분으로서 그는 여행을 통해, 각 나라의 주민들에게 베풀 수 있는 진정한 예의와 그들의 호감을 살 수 있는 가장 현명한 방법으로 여행하는 지역 풍습에 기꺼이 순응하는 일이라는 판단을 내리기에 이른다.

이후 프랑댕은 외국 사절을 맞이하는 객관(客館)에 여장을 풀고 조선인의 주거와 온돌 문화를 배우고 관찰한다. 멕시코 난류의 영향으로 겨울에도 온화한 프랑스인에게 조선의 겨울은 춥다 못해 혹독하다. 조선인들의 겨울 난방 방식은 그 당시 서양인들에게 매우 진기해 보이는 여행 관찰대상물인 것이다. 난방하는 방식을 유심히 살피는데, 우선 집안 방바닥 밑에 있는 아궁이에 솔잎을 넣어 장작불을 지핀다. 그런데 보통 지붕 이음새가 서로 잘 밀착되어 있지 않아 방 밑으로는 뜨겁게 달구어지지만 위로는 습기로 촉촉이 젖어서 이 한증막 같은 실내에 있는 유럽인들은 야외에서 캠프하는 모양이 된다.

객관에서 얼마 떨어지지 않은 곳에 자리 잡은 마을이 그가 처음 본 조선 마을이었다. 그는 그것을 처음에 거대한 거북이의 집단이 모여 있는 것으로 착각했으나, 가까이 가서 그 갑각류 형태가 그 곳 주민들의 오두막 지붕이라는 사실을 확인한다. 서양인들은 그들의 위생 문화에 매우 자긍심을 가진다. 그래서 중국에서처럼 조선의 의식주의 불결함에 불편을 느끼곤 한다. 그의 위생관은 한양 입성에서도 계속 이어진다. 개울에서는 고약한 냄새가 진동하였고, 그 주변에는 불결한 환경에 전혀 관심을 두지 않는 주민들이 모여 있다. 그는 한국뿐 아니라 아시아 지역의 공중 위생 부재를 고질적이라 본다.

그는 조선의 의복을 관찰하며, 조선의 상복에 가장 기괴함을 느낀다. 그리고 이곳 여성뿐만 아니라 중국 여성의 육체적, 도덕적으로 열악한 상황을 서술한다. 이 점은 많은 외국인 여행자들이 그들의 여행기에서 일반적으로 지적하는 사항이다. 그리고 조선의 풍수 지리, 주거 및 음식 생활, 조선의 상공업과 거리의 음식, 조선인의 문자 생활, 관리와 서민의 생활, 결혼식 모습, 장례식 풍경, 시장의 모습과 상거래 풍습 등 다양한 면에서 조선의 일상 생활을 기록하였다. 일반 주민의 삶뿐만 아니라 외교관 신분으로서 고종을 알현하여 왕의 풍모와 복장 그리고 왕비와 왕자, 궁중의 기생들과, 몰락한 양반 관료, 궁중 무희, 음악, 궁중의 무대 예술에 대해서도 관찰하고 기록한다. 아울러 작가는 동양의 종교, 가톨릭의 전파 그리고 조선의 개방이라는 주제를 끝으로 짤막한 기록을 남긴 단편적인 조선 견문기록을 남긴다.

5. 문화-인류사를 향하여

우리는 서양인들이 기록한 조선여행기를 통해 바다를 거쳐 제일 먼저 입항하는 제물포와 한양의 변화를 어렵지 않게 접할 수 있다. 특히, 조선이 오랫동안 외부 세상으로부터 철저하게 닫혔던 나라였기에 외국인 체류를 위한 숙소와 건물의 수는 절대부족하고, 개항 이후 이것들의 변화에 주목한 다양한 기록을 보게 된다. 외국을 방문하는 이방인에게 개화기 당시 제일 중요한 사안은 어디에서나 그들이 낯선 곳에서 접하는 음식과 숙소의 문제일 것이다. 외국 여행의 일차적 중요 사항이기에 여러 여행기에서 가장 자세히 서술하는 항목이기도 하다. 따라서 이 문제는 외국의 기본적인 일상 생활로서 제국주의 내지 식민주의적 색깔을 띠지 않고, 또 여행자 각자 개인의 주관과 인상과는 무관하게 객관성을 담보할 수 있는 생활 미학이기도 하다. 여행가가 아무리 객관적으로 기록한다 하더라도, 여행가 자신의 인상과 여행지역 혹은 여행 대상의 실제 모습과는 일치하지 않으며, 어느 정도 차이는 존재하기 마련이다.

현대 역사의 풍조는 문화-인류사로 향하고 있다. 인류의 존재는 일상 생활 문화로서의 총체적 삶의 역사이다. 이를 다른 시선과 여러 각도에서 읽음으로 역사를 다양한 눈으로 파악한다. 한국 사회와 문화를 바라보는 서양인들의 시선이 바뀌고 차원을 달리하면서. 오히려 그것이 우리에게 또 다른 해석의 가능성을 열어놓았고, 보다 객관적인 가능성을 제시한다. 그래서 서로를 위해 난 길은 미래를 향해 열려 있는 것이다.

한국, 독일의 관계

임호일

1. 독일의 지리적 위상

한국으로부터 지구의 거의 반 바퀴 정도 떨어진 거리에 위치해 있는 독일은 칸트, 헤겔 등과 같은 위대한 철학자와 괴테 및 헤세와 같은 걸출한 작가 그리고 바흐와 베토벤, 브람스 등과 같은 유명한 작곡가를 배출한 정신적 부를 창출한 나라이다. 그런가 하면 독일은 물질 문명에서도 유럽의 그 어느 나라 못지않게 부를 축적한 나라이다. 벤츠와 베엠베 등 세계 최고급 승용차의 생산국 독일은 현재 영국과 프랑스를 제치고 유럽에서 제일 부강한 산업 국가로 발돋움했다. 그러나 라인강의 기적은 저절로 이루어진 것이 아니다. 2차 대전으로 초토화된 독일이 이토록 부강한 나라로 다시 일어서기까지는 세 사람이 모여야 성냥불 하나를 켰을 정도의 독일인 특유의 근검 절약 정신이 있었기 때문이다.

그런가 하면 독일은 1, 2차 세계 대전을 일으켜 세상을 전쟁의 도가니로 빠트린 전범 국가이고, 600만 명의 유태인을 학살한 부끄러워하는 역사를 가진 나라이기도 하다. 그러나 한편 같은 전범 국가이면서도 독일이 일본과 다른 점은 자신의 잘못을 뉘우치고 이웃 피해 국가들에게 진심으로 사과를 했다는 점이다. 예컨대 독일의 수상을 지낸 빌리 브란트는 독일인을 대표하여 나치에 의해 희생된 유태인 묘소 앞에서 무릎을 꿇고 사죄를 청한 바 있다. 그런가 하면 독일인들은 뮌헨 근처에 있는 다하하우라는 옛 유태인 수용소를 박물관으로 만들어 내외국인들에게 당시의 참상, 즉 나치가 어떻게 유태인들을 박해하고 살해했는가를 가감 없이 보여 주는 것으로 자신(의 조상)들이 저지른 죄를 두고두고 뉘우치는 국민이기도 하다.

독일은 중국처럼 자의적으로 국가 명칭을 중심국, 즉 중국(中國)이라 짓지는 않았지만 명실상부하게 유럽의 중심부에 놓여있는 나라이다. 아홉 나라가 독일을 둘러싸고 있는데, 위로는 덴마크, 서쪽으로는 네덜란드, 벨기에, 룩셈부르크와 프랑스, 남쪽으로는 스위스와 오스트리아 그리고 동쪽으로는 체코공화국과 폴란드가 독일과 이웃해 있는 명실상부한 유럽의 중심국이다. 독일의 이러한 중심적 위치는 1990년 10월에 동서독의 통일이 이루어진 이래로 더욱 그 비중이 커 가고 있다. 이를테면 독일은 동서 유럽을 이어주는 교량 역할을 하게 되었는가 하면, 스칸디나비아 국가들과 남쪽 지중해 연안 국가들에게도 지정학적으로 중요한 위치를 차지하게 되었다.

독일의 지리와 기후는 한국과 재미있는 대조를 이룬다. 한국은 3면이 바다로 둘러싸인 반도인데, 반해 독일은 3면이 모두 대륙으로 둘러싸여 있고 ─ 스칸디나비아 반도와 접해있는 부분을 제외한 ─ 북쪽만이 바다와 면해 있다. 그리고 독일에도 산들은 많지만 한국의 금강산이나 설악산 등과 같이 빼어난 경관을 자랑하는 악산(嶽山)은 드물고, 남쪽의 알프스를 제외하면 대체로 경사가 완만해서 산책하기에 적절한 궁형(弓形)의 산들이 많다. 한국의 옛 시인들은 뱃놀이를 하면서 시상을 떠올렸다면 독일의 철학자들이나 시인들은 주로 산을 거닐면서 사색을 하고 시상을 떠올리곤 했다. 혹은 지형의 환경적인 조건으로부터 문화적인 인자를 찾는 관점에서 보자면 독일은 나라 안의 물길이 나일 강 한 줄기로 합쳐지는 지세로, 물길이 사방으로 흩어지는 프랑스의 지세와 뚜렷한 비교가 된다. 이런 환경 지리적 조건에서 프랑스가 문화 예술이 발달한 데 비하여 독일은 사상과 학문이 발달했다는 견해를 낳기도 했다.

독일은 대서양과 동쪽의 대륙성 기후 사이의 완만한 서풍 지대에 위치해 있어 ― 한국과 마찬가지로 4계절은 있지만 ― 여름과 겨울의 기온 차이가 한국처럼 그렇게 심하지 않다. 그리고 독일의 여름은 한국과 달리 습도가 낮아 아무리 기온이 올라가도 그늘에만 들어서면 곧 시원한 느낌이 들어 실내에서는 냉방 장치가 필요 없을 정도이며 -― 실제로 독일에는 냉방 기기가 설치된 집이 드물다 ― 반대로 겨울에는 습도가 높아 바람이라도 불면 마치 겨울 해안가에 가 있는 듯한 느낌이 든다. 기후와 연관해서 한 가지 더 특기할 사실은, 독일 남부의 알프스 지방에는 한국에 없는 특이한 바람, 즉 알프스 산꼭대기에서 아래로 떨어져 내리는 푄이라는 바람이 이따금씩 불어오는데, 이 바람이 부는 날이면 많은 사람들이 두통을 앓거나 공연히 신경이 날카로워져 부부싸움도 잦아진다고 한다.

2. 한국과 독일의 관계

독일은 한국과 그 지정학적, 역사적 차이에도 불구하고 때로는 서로 아주 긴밀한 관계를 맺은 적이 있었는가 하면 한때는 그 관계가 다소간 소원해진 적도 있었다. 한국과 독일 두 나라는 앞서 말했듯이 그 거리가 엄청나게 떨어져 있음에도 불구하고 상호 교류의 역사는 비교적 오랜 세월을 거슬러 올라간다. 한국 사람으로 독일에 대해 최초로 언급한 사람은 중국 명나라에 사신으로 갔던 이수광(李晬光, 1563~1628)인데, 그는 1614년에 서양 사정과 천주교 지식을 소개한 그의 저서 《지봉유설(芝峰類說)》(1614)에서 "독일은 백색 보석으로 지은 성(城)들이 있는 나라"라고 적고 있으나 구체적인 독일 이해에 이르지는 못했다. 그리고 1636년 병자호란으로 청나라에 인질로 잡혀갔던 조선의 왕자 소현세자(昭顯世子, 1612~1645)는 북경에 와 있었던 예수회 소속 독일인 신부 아담 샬(J. Adam Schall von Bell, 1591~1666)을 만나 천주교에 대한 책과 성물을 선물로 받은 바 있었다.[263] 18세기의 실학자 홍대용(洪大容, 1731~1783)은 중국에 사신으로 가서 북경 남천주당에 와 있었던 예수회 소속 독일 선교사로 관상대장을 맡고 있던 유송령(劉松齡, A. von Hallerstein)과 관상부감이던 포우관(鮑友官, A. Gogeist)을 찾아 천주교와 천문학을 여러 차례 논한 바 있었다.[264]

263 유홍렬, 〈소현세자와 아담 샬 신부〉, 《한국천주교회사》, 가톨릭출판사, 1962, 41-47쪽.
264 김태준, 《洪大容評傳》, 민음사, 1987, 142쪽.

그러나 그들 사이에는 독일 나라에 대한 이해는 적었고, 한국과 독일이 정작 교류를 맺기 시작한 것은 그로부터 한두 세기 뒤인 19세기에 들어서이다. 당시만 해도 조선은 열강 중국과 일본의 틈바구니에서 항상 침략의 위협에 시달려 왔는데, 이러한 상황에 대처하기 위해 쇄국정책을 고수하던 조선을 상대로 독일이 교류를 트는 것은 그리 쉬운 일이 아니었다. 몇 차례의 시도 끝에 미국에 이어 독일이 조선과 최초로 교류를 시작한 것은 1882년이었다. 동경 주재 독일 공사로 있던 막스 폰 브란트가 몇 차례의 시도 끝에 이 해 초에 조선 조정과의 대화를 성공적으로 이끌어 냄으로써 동년 4월에 독일의 황제 빌헬름 1세가 고종 황제에게 보내는 친서를 통해 브란트를 조선 주재 공사로 임명할 수 있게 되었다. 이어서 같은 해 7월에는 브란트의 끈질긴 노력 끝에 조선과 독일 간에 통상 조약 및 우호 조약이 체결되었다.

이후 독일은 조선과 긴밀한 관계를 맺게 되면서 이른바 개척자들을 조선에 보내게 되는데, 그 중에서 가장 잘 알려진 사람은 19세기 말경에 조선 조정에 영향력을 미친 파울-게오르크 묄렌도르프(穆麟德, P. G. von Mölendorff)이다. 그는 1882년에 고종황제의 황실 고문으로 위촉되어 조선 황실에 커다란 영향을 미쳤다. 원래 중국에 체류하고 있었던 그는 임오군란 뒤에 청나라의 세력이 뻗치면서 중국 조정의 천거로 조선에 오게 되고, 조선을 몹시도 사랑했으며, 고종을 도와 조선의 현대화에 많은 기여를 했다. 이를테면 그가 통리교섭통상사무아문 협변 겸 총세무사가 되면서 그의 힘으로 부속 기관인 영어학교가 1883년 9월에 재동에 세워졌고,[265] 유럽으로부터 산업 기계를 들여오게 했는가 하면, 황실 고문으로 고종과 명성황후의 외교 정책 수립

265 이광린, 〈育英公院의 설치〉, 《한국개화사연구》 II, 일조각, 1985.

에도 적지 않은 도움을 주었다.

그밖에도 묄렌도르프는 조선이 외교적으로 튼튼한 기반을 갖추도록 힘썼으며, 조선이 러시아와 밀접한 관계를 수립함으로써 호시탐탐 조선을 자국의 영향권으로 끌어들이려던 중국의 청나라와 일본을 견제하는 데에 적잖게 이바지했다. 그는 약 3년간 조선에 머물렀는데, 그가 조선을 떠날 때는 수천 명에 달하는 조선 사람들이 눈물을 흘리며 항구까지 배웅했다고 한다. 그는 조선 조정에서 고위 관직을 얻은 최초의 외국인이었다.

조선에 독일 최초의 총영사 쳄브쉬가 부임한 것은 1884년 10월이었다. 당시로서는 그가 독일의 최고위직 외교관이었다. 독일 상사(商社) 에두아르트 마이어가 조선에서 광산 채굴권을 얻은 것도 바로 이 해이다. 1898년에는 최초의 독일어 학교[德語學校]가 설립되었으며, 볼얀(J.

Bolljahn)이라는 독일 사람이 선생으로 부임했다. 그는 독일의 교사 자격증을 가지고 일본 동경에서 7년간 고등학교 독일어 교사였고, 조선에 나와 덕어학교 교사가 된 유능한 사람이었다. 독일 해군 악대장 프란츠 에케르트는 조선 황실의 악대장으로 임명되어 고종황제의 50세 생일맞이 축하연에서 조선제국의 국가를 연주하기도 했다.

앙토와네트 존탁[孫澤]은 고종황제와 명성황후로부터 각별한 총애를 받은 독일계 여성으로 한국의 역사에 화려한 족적을 남겼다. 그녀가 고종황제 부부와 처음 대면한 것은 일본이 청일 전쟁에서 승리한 후 조선에 대한 압박을 날로 강화해가던 1895년이었다. 그녀는 러시아 공사로 있던 카를 폰 베버의 친척으로 베버의 가족과 함께 조선으로 왔는데, 그녀가 고종황제 부부를 알게 된 것은 아관파천(俄館播遷) 시, 즉 황제 부부가 러시아 공사관으로 피신해 왔을 때였다. 존탁은 어재(語才)를 타고난 여인으로 독일어와 러시아어뿐 아니라 프랑스어와, 영어에도 능통했으며, 중국에 머물 당시 조선어까지 익혔다. 그녀는 유창한 5개 국어 실력을 바탕으로 조선 황실과 조선 주재 외교관들 사이에서 언어 소통의 교량 역할을 했다. 그녀는 사교 파티가 있을 때마다 항상 중심 인물로 떠올랐다. 날이 갈수록 조여드는 일본의 압박에서 벗어나기 위해 명성황후는 영국과 프랑스 그리고 러시아의 지원을 필요로 했는데, 이 때 외교적 조정자 역할을 한 사람이 바로 존탁이었다. 그녀는 명성황후의 편에 서서 열과 성을 다해 황후를 도왔다. 이리하여 두 사람은 훗날 두터운 친분 관계를 맺기도 했다. 고종황제는 그를 위하여 호텔을 열도록 허락했고, 이 호텔에서 처음으로 커피를 팔았으며, 고종 스스로 대단한 커피 당(黨)이었다고 한다.266 일본의 강요에 못 이겨 그녀가 조선을 떠날 때 고종 황제는 그녀에게 상당한 액수의 전별금을 하사하였다고 한다.

266 강인희, 《한국식생활사》(제2판), 삼영사, 1978, 401쪽.

3. 한국과 독일의 문학적 교류

오페르트의 《금단의 나라》

근대에 들어 독일 사람으로 처음으로 조선에 여행을 감행한 사람은 중국에 주재하던 영국계 상사원인 오페르트(Ernst Jacob Oppert, 1832-?)였다. 그는 1866(고종 3)년 아산만에 들어온 것을 비롯하여 1868년 제3차 탐험을 감행, 병인양요의 발단이 된 프랑스 군함이 제물포 앞바다에 침입할 때, 오페르트는 합세하여 다시 한 번 통상을 시도했다. 그리고 대원군의 양아버지인 남연군(南延君)의 묘를 발굴하는 등 도발을 자행했고, 이 일로 대원군을 격로케 하여 외국인에 대한 악감정을 조장했다. 그는 이 세 번에 걸친 항해의 지식으로 《금단의 나라A Forbidden Land, London》》(1867)이라는 책을 냈고, 1880년에는 독일어판을 냈다.[267]

[267] 이우영 · 김학동 · 이재선, 《韓獨文學比較研究 I 》, 삼영사, 1976; 김영자, 《서울, 제2의 고향-유럽인의 눈에 비친 100년 전의 서울》, 서울시립대학교 부설 서울학연구소, 1994.

독일 기자가 본 세기말의 서울

1905년에 발간된 지그리프 겐테의 한국 방문기는 19세기 말에서 20세기로 바뀌는 변화의 시대에 한국과 서울에 대한 독일 사람의 한국관을 살필 수 있는 글이다. 이 글의 필자인 겐트 박사는 독일 쾰른 신문사의 기자로 1900년경 서구 사회에 잘 알려지지 않은 여러 나라들을 탐사하여 본사에 기사를 보내고 있었고, 동남아시아와 중국과 일본 등을 거쳐 1901년 쯤 조선에 들어와 서울을 비롯한 조선을 전국적으로 여행했다.[268] 겐트 박사는 조선 여행을 마친 뒤에 귀로에 다시 동남아시아를 거쳐 말레이시아에 체류하는 동안에 저녁 산책 중에 주민에게 살해되었다고 하며, 이 글은 그를 아껴 온 신문사 사장 베게네의 호의로 1905년 《한국견문기》(Korea Reiseschilderungen Genthes Reisen,

[268] 김영자, 앞의 책, 193쪽.

Herausgegeben von Georg Wegener. Band I. Berlin, 1905)로 발간되었다. 여기에 그의 글의 일절을 들어 보인다.

〈수도 서울과 서울의 생활〉

동아시아의 모든 수도 중에서 '조선 황제'가 있다는 서울이 가장 주의할 만한 곳이며, 서울에서 받게 되는 첫 인상 역시 무척 특이하다. 참으로 특이하고 기괴하다는 이유는 서울 이 한편으로 한 나라의 왕의 거처지이며 수도인데, 서양인들이 알고 있는 동방 군주국 수도로서 동화 속에나 있는 그런 환상적인 호화찬란한 왕궁들은 찾아볼 수 없다는 것이며, 또 다른 면에서는 토속적인 문화와 전통에 매달려 살면서도 새 세대의 발명품에 흥미를 갖고 새로운 것을 거침없이 받아들이고 있고, 퇴보적이고 야만성을 보이는 아시아적인 원시상태와 서양의 진보적인 문명이 동시에 병행하고 있다는 점이다. 이 모든 대등 관계가 이 사회의 혼돈 속에서도 각각 나름대로 위치를 잡고 버티면서 제 갈 길을 걷고 있다는 것은 참으로 놀랍고 기이한 현상인데, 이런 사회 현상은 세계 어느 나라를 돌아보아도 두 번 다시 찾아볼 수 없다.

19세기 말년(약 1880-1900년경)에 이르러서 비로소 이 조그마한, 영토나 국력 면에서 아주 약한 조선이 이 나라를 자기 집 드나들 듯 찾아와서 행세하는 대국 침자들인 중국 과 일본을 쫓아버리려고 온갖 노력을 기울였다. 그러나 그 결과는 거품이 생기자마자 없어지는 그런 상태였다. 대국인 중국이 티베트를 착취한 뒤 티베트가 독립을 부르짖었으나 성취하지 못하고 지금 정치적인 압박과 시련을 당하고 있는데, 현재 조선의 국가 운명도 이와 아주 흡사하다.

조선이라는 나라는 19세기 말 경에야 겨우 서구에 알려지게 되었다.[269]

269 김영자, 앞의 책, 193쪽~195쪽.

이 기사를 읽으면 서방 기자가 본 조선에 대한 따뜻한 눈과 함께, 티베트의 운명과 비교하여 오늘의 조선(한국)의 역사에 새로운 감명을 받게 된다.

이미륵의 《압록강은 흐른다》

이미륵
출처_http://blog.empas.com/redelmo/6723646

독일에 이런 기사가 전해지고 있었던 1905년에 드디어 일본은 조선의 외교권을 빼앗기 위해 조선과 강제로 을사조약을 체결했다. 이 조약으로 인해 독일공사관은 문을 닫게 되었다. 1910년에 한국은 일본에 의해 합병되었다. 이렇게 한국이 일본의 식민지가 된 이래로 한국과 독일의 외교관계는 중지되고 말았다. 그러나 이 기간에도 양국의 접촉이 완전히 중단된 것은 아니다. 민간 차원에서의 교류는 지속되었는데, 이를테면 현대 학문을 배우기 위해 독일로 유학을 간 한국 학생들이 더러 있었다. 이들 중에서 대표적인 선두 주자를 들면 독일어로 집필된 《압록강은 흐른다》의 저자 이미륵과 한국 최초

이미륵의 《압록강은 흐른다》독일어 초판본
1946년 독일의 피퍼출판사에서 발간된 문학작품으로 독일 문단의 베스트셀러가 되었으며 영문, 국문으로 번역되었다. 독일에서 최우수 독문 소설로 선정되어 선풍적인 인기를 독점하면서 전후 독일문단에서 큰 비중을 차지하게 된 작품이다. 동양문화의 핵심이 되는 윤리와 도덕을 기반으로 자연인을 추구하면서, 동서양의 만남을 작가 자신 속에서 완성해 보려고 시도한 것으로 중요한 문학작품이다. 출처_http://blog.empas.com/cheersora/4845261

의 문교부 장관을 역임하고, 한독협회를 창설한 안호상 같은 인물이다.

"수암은 내 사촌의 이름으로, 그와 나는 함께 자랐다"

이런 문장을 시작되는 《압록강은 흐른다》는 작가 이미륵(1889-1950)이 황해도 해주에서 나서 이곳에서 소학교를 다니며 어린 시절을 보냈고, 이런 어린 시절의 체험을 다양한 일화로 엮어가는 전형적 성장소설이다. 어린 때 서당에서 한학을 배웠으나 개화의 물결과 함께 신식 중학교에 들어가 서양 교육을 받게 되고, 건강상 문제로 학교를 나와 독학으로 강의록을 공부해서 의학전문학교에 들어갔으나 1919년 3·1운동으로 왜경에 쫓겨 상해로 망명, 상해에서 다시 우여곡절 끝에 유럽으로 떠나 독일에 정착한다. 이런 과정을 통하여 30년 동안 독일 생활을 하며 느낀 고국에 대한 진한 향수와 어린 시절의 추억, 그리고 이방인으로 사는 타국 생활의 설움 등 고유의 동양 정서와 서정적인 문체로 오래도록 향기를 뿜어내는 아름다운 작품이다. 오랫동안 독일 중·고등학교 국어교과서에 실려 사랑받는 한국 출생 작가의 작품이며, 한국과 독일의 가교를 놓은 귀중한 작품이다.

4. 현대의 한·독 관계

한국과 독일이 국가적 차원에서 다시 지속적인 교류를 맺은 것은 세계 제2차 대전이 끝난 이후였다. 1954년 10월 1일에 한국은 독일의 레마겐에서 총영사관의 문을 열었으며, 다음해에 영사관을 쾰른으로 옮겼다. 독일의 총영사관이 서울에 설치된 것은 그 후 2년이 지난 1956년 10월 11일이었다. 외교관계의 정상화와 더불어 전후에 양국은 경제협력 상에서 놀랍도록 빠른 속도로 발전을 이루어 냈다.

한독 경제 협력은 1965년에 그 첫 번째 절정을 이루었다. 독일의 대통령 뤼프케는 한국의 대통령 박정희를 독일로 초청했는데, 박대통령은 일주일간 독일에 머무는 동안 독일의 고속도로에 깊은 감명을 받았다.

귀국 후 그는 산업과 경제 발전의 교두보는 무엇보다도 인프라 시설의 구축이라는 사실을 깨닫고, 현대그룹의 총수 정주영에게 서울과 부산 간의 고속도로 건설에 협력해 줄 것을 요청했다. 고속도로 건설뿐 아니라 직업 교육 분야에서도 독일은 한국에 적지 않은 영향을 미쳤다. 그 대표적인 예로 부산에 있는 한국여자직업학교를 들 수 있다. 이 학교는 독일의 협조를 받아 1965년에 설립되었으나, 그 후 한국 쪽으로 운영권이 이관되었다.

1960년대에 많은 수의 한국인 광부와 간호사들이 독일에 파견되었다. 독일인들이 한독 관계를 이야기할 때 빼놓을 수 없는 주제가 바로 한국 광부와 간호사들에 관한 것이다. 이들 한국인들은 지칠 줄 모르는 근면과 한결같은 친절로 이른바 민간 외교관의 역할을 충실히 수행했다. 한국과 한국인이라는 단어가 독일인들의 일상에서 처음으로 입에 오르내리기 시작한 것도 바로 이들의 역할 덕분이다. 독일 정부의 요청으로 한국 간호사들이 독일로 파견된 것은 1965년이었다. 당시 독일은 약 3만 명 정도의 간호사가 부족했는데, 1970년대에 독일 병원에 근무한 한국 간호사의 수는 약 8000명에 달했다. 많은 독일 환자들은 아직도 한국 간호사들의 친절과 온화함 그리고 지칠 줄 모르는 병간(病看) 정신을 잊지 못하고 있다.

물론 한독 관계가 이러한 정치적, 경제적 협동 작업에만 국한된 것은 아니다. 문화 교류 또한 양국 관계에서 빼놓을 수 없는 부분이다. 양국의 관계는 특히 육이오 전쟁 이후에 급진적으로 발전했다. 이러한 발전을 가져온 큰 이유 중의 하나는 한국과 독일이 세계 제2차 대전으로 인해 분단의 아픔을 함께 한 나라라는 점이었다. 이 공동 운명체적 상황이 양국가를 정치적으로도 정신적으로 아주 가까워지도록 만들었다.

5. 독일 문화의 흔적들

독일 문화의 흔적은 1950년대 이후의 일본이나 미국 문화처럼 한국에서 그렇게 두드러지게 나타나지는 않았다. 그러나 독일 학문을 전수하기 위해 독일로 유학한 많은 수의 한국 학생들은 귀국 후 그들에게 친숙해진 독일 문화를 한국에 전파했다. 1970년대에는 한국 학생들 사이에 독일 붐이 일기 시작했는데, 이러한 독일 붐에 본격적으로 불을 지핀 사람은 독일 유학을 하고 돌아온 독문학자 전혜린(田惠麟, 1934-1965)이었다. 그녀는 평안남도 순천(順川)에서 태어나 서울에서 공부하고, 서울대학교 재학 중 독일 뮌헨대학교를 졸업, 고국에 돌아와 성균관대학교 교수로 있으면서 하인리히 뵐의 소설 《그리고 아무 말도 하지 않았다》와 이미륵의 《압록강은 흐른다》를 번역 소개했고, 하인리히 뵐의 소설 제목에서 따온 수필집 《그리고 아무 말도 하지 않았다》 등 많은 수필집들에서 그녀 특유의 풍부하고 예리한 감수성으로 독일 문학과 예술을 소개하고 형상화함으로써 수많은 한국 독자들에게 독일에 대한 깊은 인상을 심어주었다.

전혜린
출처_http://photo.empas.com/relax63/relax63_1

그러나 31살로 자결하여 아까운 생을 마쳤는데, 타고난 천재성과 예민한 자의식으로 수필과 번역 문학에서 일세를 풍미했다. 특히 지적 방랑아인 양 관념의 고뇌를 보여 준 그의 수필은 유럽적인 것, 특히 그가 유학생활을 보낸 뮌헨에 대한 광적인 애착과 향수를 보여 주었다. 그미가 유학 생활을 보낸 슈바빙의 추억은 "뮌헨을 말하려거든 '뮌헨은 독일의 하늘이다'고 한 토마스 울프의 말을 빼놓지 말라"는 식의 감각적 향수를 감추지 않는다. 자의식의 과잉, 관념적 사고의 흐름, 서구 특히 독일적인 것에 대한 향수와 그 표현의 비범성은 "내 속에 집시의 피가 흐른다"고 고백해 온 그녀의 자기 고백의 흐름과 맥을 같이한다고 할만하

270 임헌영, 〈전혜린론〉, 전혜린 저, 《목마른 계절》, 1978, 범우사.

다.270 그의 독일 소개와 유작 수필집 《그리고 아무 말도 하지 않았다》를 비롯한 그의 작품들이 끊임없이 새로운 독자를 확보하고 있다.

1960년대에 접어들면서 독일 문학 작품을 읽는 한국 독자들이 부쩍 늘기 시작했다. 당시 이들이 즐겨 읽은 작품들은 주로 장편 소설 쪽이었는데, 이를테면 헤르만 헤세의 《데미안》이라든가 막스 뮐러의 《독일인의 사랑》같이 인간의 존재 문제를 다루되 그리 어렵지 않게 읽힐 수 있는 다소간 철학적 색채를 지닌 작품들과 더불어 루이제 린저의 《생의 한 가운데》와 같이 사회 비판적인 내용을 지닌 리얼리즘 소설과 레마르크의 망명소설 《개선문》 등도 많은 독자를 확보하고 있었다. 독일에서 최고로 평가받는 토마스 만과 같은 작가보다도 독일에서는 별로 주목을 받지 못한 이런 부류의 작품들이 한국에서 이렇게 많이 읽혔다는 것은 한국과 독일 민족의 정서가 서로 다름을 의미하는 것이기도 하다. 특히, 헤르만 헤세의 경우 그 동양적 정서가 일본과 한국 등에서 그를 성공시킨 배경이라는 견해도 설득력이 있다.

그러나 1970년대 이후부터는 한국에서도 독일 문학사에서 큰 비중을 차지하는 작가들의 작품이 서서히 독자 내지 (희곡 작품의 경우) 관객을 확보하기 시작했다. 이를테면 괴테의 대표작 《파우스트》나 《젊은 베르테르의 슬픔》은 여러 차례에 걸쳐 여러 출판사에서 번역되어 나왔는가 하면, 《파우스트》는 극장에서도 수없이 공연되었다.(그밖에도 한국의 연극 무대에 수시로 오르는 독일의 희곡작품으로 요절한 천재 게오르크

뷔히너의《보이첵》그리고 현대 독일 희곡문학을 대표하는 브레히트의 《사천의 선인》등과 같은 작품을 들 수 있다.)

최근에 한국의 언론매체들과 인터넷을 통해서 크게 화제를 뿌리고 있는 슈테판 뮐러(Stefan Müler)라는 독일 사람의 글 〈어느 독일 사람이 쓴 손기정 찬사〉는 독도 사건으로 불거진 한일관계와 함께 독일 사람의 한국관을 잘 보여주고 있다.

당신은 감동적인 이야기를 좋아하는가? 이 이야기를 이해하기 위해서 먼저 지도를 펴기 바란다. 아마 당신이 알고 있을 중국과 일본 사이에 한반도가 있고, 그곳에 한국이라는 나라가 보일 것이다. 이야기는 이 조그만 나라의 어느 마라토너가 그 중심에 있다. 이 나라는 지도에서 보이는 바와 같이 중국과 일본이라는 두 무력에 의존한 나라 사이에서 놀랍게도 2천년 간 한번도 자주성을 잃어본 일이 없는 기적에 가까운 나라이다. 이 나라 사람들은 나라 대신에 '민족'이라는 표현을 쓰기를 좋아한다. 어느 여름날, 우연히 본 한 장의 사진 때문에 나는 이 나라 아니 이 민족의 굉장한 이야기에 빠져들고 말았다.

1936년 히틀러 총치 시절, 베를린에서 올림픽이 열렸고, 그때 두 명의 일본인이 1위와 3위를 차지하였다. 2위는 독일인이었다. 그런데 시상대에 올라온 이 두 일본인 승리자들의 표정, 이것은 인간이 표현할 수 있는 가장 슬픈 모습을 하고 있는 것이 아닌가? 이 불가사의한 사진, 무엇이 이 두 승리자들을 이런 슬픈 모습으로 시상대에 서게 하였는가? 파거도 그리고 현재도 가장 인간적인 유교라는 종교가 지배하는 이 나라 아니 이 민족은 이웃한 일본인(죽음을 찬미하고 성을 탐닉하는)에 침략 당하면서 비극은 시작된다. 당시 대부분의 불행한 식민지 청년들은 깊은 고뇌와 번민에 희생되었고, 손기정(孫基禎)과 남승용(南升龍)이라는 두 청년은 달림으로써 이런 자신들의 울분을 표출해야 했는지 모른다. 이 두 청년은 많은 일본인 경쟁자들을 물리치고 마침내 올림픽에 출전할 수 있었을 것이다. 그리고 달렸을 것이다. 달리는 버버 이 두 청년들은 무엇을 생각했을까?

그들은 승리했고 시상대에 오를 수 있었지만, 그들의 가슴에는 조국 한국의 태극기 대신에 핏빛 동그라미의 일장기(日章旗)가 있었고, 그리고 이 뉴스를 전한 한국 신문 《East Asia(동아일보)》는 이 사진 속의 일장기를 지워버리고 만다. 이 유너크한 저항의 방법, 수준 높은 정신적인 종교 유교의 민족답지 않은가? 그런데 일본 정부는 이 신문을 폐간시키고 말았다. 마침내 이 민족은 해방되고, 무서운 또 한번의 전쟁을 치른 후, 한강의 기적을 통해(한국인은 지구상에서 일본인들을 게을러 보이게 하는 유일한 민족이다) 스페인보다도 포르투갈보다도 더 강력한 경제적 부를 이루고 말았다. (하략)[271]

271 원문 출처: 독일 주재 한국대사관 홈페이지.

5. 마무리

한국과 독일은 지리적으로도 멀리 떨어져 있을 뿐 아니라 각기 다른 역사와 전통을 지니고 각기 다른 길을 걸어왔다. 그러나 앞서 말했듯이 두 나라는 국가의 분단이라는 공동의 경험을 통해 서로 연결된다. 독일은 1990년에 다시금 통일을 이루어냈다. 1990년에 일어난 독일의 이 역사적인 통독 사건을 한국 사람들은 부러운 시선으로 바라보았다. 그러나 다른 한 편으로 독일의 통일은 한국도 통일을 이루어낼 수 있으리라는 희망을 한국인들에게 가져다주었다.

독일의 통일은 한국과 독일의 관계를 더욱 돈독히 해주는 사건이었다. 한국인들은 독일의 통일을 통해 독일을 더 구체적으로 알게 되었으며, 차제에 독일이 남북한 사이에서 새로운 중개자 역할을 할 수 있으리라는 기대도 가지게 되었다. 독일이 북한과 외교 관계를 맺은 데 대해 한국은 환영의 뜻을 비친 바 있다. 독일 연방의회(국회)는 남북한 관계에 관한 결의안을 통과시킴으로써 남북한이 서로 평화적으로 접근하는데 협력할 것이라는 메시지를 보냈다.

독일은 경제면에서도 한국의 중요한 파트너이다. 독일은 1997년 이후부터 시작된 한국의 경제 위기에도 불구하고 한국에 대한 투자를 더욱 늘린 바 있다. IMF로 인해 금융 통화 위기를 맞이했음에도 불구하고 한국에 가장 많은 투자를 한 나라가 독일이다. 1997/1998년의 한국의 경제 위기는 한국과 독일의 경제 교류에 적지 않은 영향을 미쳤다. 한국의 독일 물품 수입은 한 해에 거의 48%나 될 정도로 급격히 줄어들었다. 그럼에도 불구하고 독일 상사들은 한국에 대한 직접 투자를 늘려갔다. 예컨대 1996년 말에는 한국에 대한 독일의 직접 투자액이 12억 마르크였는데, 1998년에 들어 21억 마르크로 늘어났다.

이렇듯 한국은 독일 경제의 중요한 파트너가 되었지만, 아직도 여전히 한국을 낯설고 먼 나라로 생각하는 독일 사람들이 적지 않다. 그럼에도 불구하고 한 가지 분명한 것은 한국과 독일의 관계가 여전히 돈독하다는 사실이다. 이와 같은 돈독한 관계의 초석은 이미 150여 년 전에 놓여졌다. 그리고 서로의 장점을 살리는 균형 있고 성공적인 양국 간의 동반자 관계를 위한 조건이 지금에 와서 그 어느 때보다도 무르익어 가고 있다.

■ 글쓴이 소개 ■

홍기삼   hkisam@dgu.ac.kr
동국대학교 총장이며, 저서로는《상황문황론》,《문학사와 문학비평》등이 있다. 근대 이후 세계사와
동아시아사에 의한 한민족의 디아스포라 상황과 그들이 산출한 문학에 대한 연구에 관심이 있으며,
이것을 재외한국인문학연구로 범주화하여 연구하고 있다.

조현설   mytos21@hanmail.net
서울대학교 국문학과 교수로 재직 중이며《동아시아 건국신화의 역사와 논리》,《문신의 역사》,《고전
문학과 여성주의적 시각》등의 저서가 있다. 동아시아신화학, 동아시아 서사문학사가 근래 주요 관심
사이다.

이지양   y529@korea.com
성균관대학교 동아시아 학술원 BK연구원이며 논문으로 〈18세기 '진' 추구론과 성령설〉, 〈이옥문학
에서 남녀 진정과 열절의 문제〉등의 논문이 있다. 번역서로《조희룡전집》,《이옥전집》,《이조후기
문집속의 음악 사료》,《매천야록》등이 있다. 한문학에 나타난 예술 풍속 문제에 관심을 갖고 있다.

소재영   sjy1933@yahoo.co.kr
숭실대학교 명예교수이며, 연변대학 객좌교수, 중국 연변과학기술대학 한국학연구소장을 역임하였
다. 논저로는《고소설통론》,《한국설화문학연구》,《여행과 체험의 문학》1·2·3,《간도유랑 40년 -일
제미발표기행문선》,《동북문화기행》등이 있다.

왕샤오핑
중국 천진사범대학 교수이며 비교문학비교문화연구소 소장을 겸하고 있다. 현재 일본 테츠카야마학
원대학 교환교수로 일본에서 동아시아비교문학 강의하고 있으며, 저서와 논문으로《아세아한문학》
(중문), 〈돈황의 가사〉 등이 있다. 일본과 한국 등 동아시아의 비교문학에 두루 관심을 가지고 있다.

정종현   ssakaji1000@hanmail.net
동국대학교 한국문학연구소 전임연구원이며, 논문으로 〈제국/민족 담론의 경계와 식민지적 주체〉 등
이 있으며, 식민지 시기 제국과 식민지의 혼종성의 해명과 동화와 반발로서의 포스트콜로니얼한 한
국문학의 특성 구명에 관심을 갖고 있다.

김동훈   dx42@hanmail.net
중국 연변대학교 조문학부 교수이며 조선언어문학연구소 소장을 겸하고 있다. 중국 조선족 문학과 민
속학을 전공하고 있으며, 저서로《중국조선족 구전설화 연구》,《중조한일민담비교연구》,《간명한국
백과전서》(중문)등이 있으며, 공저로는《중국 조선족 문학사》등이 있다.

박영환 piao@dongguk.edu

동국대학교 중어중문학과 교수로 재직 중이며, 최근 저서와 논문으로는 《어느 인문학자의 문화로 읽는 중국》과 《중국시와 시인(송대편)》(공저), 〈洪州禪與晚唐詩壇〉, 〈白居易與洪州禪〉 등이 있으며, 송대의 대표적인 시인과 선종, 송대의 시사와 선종, 송대의 문학이론과 선종과의 상관관계에 대한 연구를 진행하고 있다.

노영희 Yhee1004@hanmail.net

동덕여대자 대학교 일어일문학과 교수로 재직 중이며, 저서는 《시마자키 도송》과 《아버지란 무엇인가》 등이 있으며, 번역서로는 《일본문학사 서설》1·2, 《마테오 리치 》 등이 있다. '근대 한일 여성 교류사' 와 '근대여성 문학 속의 전쟁' 등에 대한 연구를 진행하고 있다.

심경호 im1223@korea.ac.kr

고려대학교 한문학과 교수로 재직 중이며, 저서로 《한시로 엮은 한국사기행》, 《강화학파의 문학과 사상》, 《한문산문의 미학》, 《茶山과 春川》등이 있으며, 역서로는 《일본한문학사》, 《주역철학사》, 《불교와 유교》 등이 있다.

구인모 pazu73@yahoo.co.kr

동국대학교 국제교육원에서 강의하고 있으며, 논문으로는 〈《학지광》 문학론의 미학주의〉, 〈시, 혹은 조선시란 무엇인가〉, 〈조선 민요의 발견, 일본 오리엔탈리즘의 한 단면〉 등이 있다. 최근에는 1920, 30년대 국민문학론의 변천과정을 통해, 구어자유시의 이상과 좌절의 과정 사이의 상관관계에 대해서 검토하고 있다.

윤광봉 maturikb@yahoo.co.kr

히로시마 대학교 총합과학부 교수로 있으며, 저서로 《한국연희시연구》, 《한국의 연희》, 《조선후기의 연희》 등이 있으며 현재 중세동아시아의 연회와 일본근대화과정과 문학에 대해 관심을 갖고 연구 중이다.

류희승 hslyu@yahoo.co.kr

중앙대학교에서 강의하고 있으며, 역서로 《일본중세 불교설화-발심집(發心集)譯》, 주요논문으로 《발심집》의 저술의도와 방법에 관한 고찰, 《보물집》과 《서행물어》외〉 등이 있다.

김환기 kimhk@dgu.edu

동국대학교 일어일문학과 교수이며, 저서로는 《야마모토 유조의 문학과 휴머니즘》 등이 있으며, 역서로는 《일본 메이지 문학사》, 《일본 다이쇼 문학사》, 《일본 쇼와 문학사》(공역) 등이 있다.

심은정 shim929@daum.net

동덕여자대학교에서 강의하고 있으며, 논문으로 〈한·일 전래동화 비교연구-일본 소학교 국어교과서에 실린 한국 전래동화를 중심으로〉 등이 있으며, 한일 양국 초등학교 국어교과서에 실린 문학작품에 관심을 갖고 비교 연구를 진행 중이다.

정응수 chunges@nsu.ac.kr

남서울대학교 외국어학부 일본어전공 교수로 재직 중이며, 18세기에서 근대초에 이르는 한일 양국의 문학과 문화의 비교연구에 관심을 갖고 있다. 주요 저서와 논문으로는 《비교문학자가 본 일본, 일본인》, 〈18세기 조선 지식인의 일본관〉, 《 망언 의 또 다른 원형 - 아라이 하쿠세키와 관련하여〉 등이 있다.

한태문　　　　　　　　　　　　　　　　　　　　hantm@pusan.ac.kr

부산대학교 국어국문학과 교수로 재직 중이며, 논문으로는 〈조선후기 통신사 사행문학 연구〉 등이 있다. 조선시대 전 기간에 걸쳐 일본에 파견된 사절단인 통신사의 문학을 중심으로 한일 문화교류의 양상과 영향관계를 살피고 있다. 아울러 한일 양국의 민속과 관련된 비교연구도 진행하고 있다.

박광현　　　　　　　　　　　　　　　　　park-kh2000@hanmail.net

동국대학교 한국문학연구소에서 '재조선 일본인의 지식사회연구' 라는 테마로 박사후 연수과정을 수행중이다. 논문으로는 〈경성제국대학과 '조선학' 〉, 〈 '재일' 문학의 반어법〉, 〈高木市之助와 식민지 조선에 대한 '국문학' 의 이식〉 등이 있다. '제국과 문화' 에 대해 많은 관심을 가지고 있다.

조규익　　　　　　　　　　　　　　　　　　　　kicho@ssu.ac.kr

숭실대학교 국어국문학과 교수로 재직중이며, 저서로는 《가곡창사의 국문학적 본질》,《해방전 재미 한인 이민문학》,《17세기 국문 사행록-죽천행록》《국문사행록의 미학》 등이 있다.

정천구　　　　　　　　　　　　　　　　appulssa@dreamwiz.com

부산대학교 민족문화연구소 연구원으로 있으며, 대표 논저로는 역서로 《베트남 선사들의 이야기》, 논문으로 〈한중일 고승전의 비교〉, 〈춘향전과 주신구라, 그 미학과 윤리〉 등이 있다. 동아시아의 불교 문학 및 불교사상 비교 연구를 꾀하고 있으며, 이를 위해 가장 선행되어야 할 일본의 불교문헌 번역에 현재 집중하고 있다.

터더이 아리온 사나　　　　　　　　　　　　　leader2001@hanmail.net

몽골 울란바타르 출생이며, 숭실대학교 사회사업학과 대학원에 재학 중이다. 울란바타르 대학교 한국어문학과를 졸업하고, 2001년 한국정부 장학생으로 한국에 유학, 서울 시립대학교 한국문학과를 졸업하였다. 한국의 문학과 역사 일반에 관심을 가지고, 특히 몽골과 한국의 관계, 한국의 사회보장제도에 관심이 많다.

차혜영　　　　　　　　　　　　　　　　　　chycap@hanmail.net

한양대학교와 연세대학교에서 강의하고 있으며, 논문과 저서로는 〈세계체제 내 식민지 근대의 심상지리〉와 《한국근대문학제도와 소설양식의 형성》 등이 있다. 한국근대 문학사에서 주변화되어 있는 '해외기행문' 을 세계체제의 심상지리적 관점에서 연구하고 있다.

묘춘매　　　　　　　　　　　　　　　miaocm2000@yahoo.com.cn

북경외국어대학교 한국어과 교수이며, 저서로 한국어 교육과 관련된 《한국어입문》, 《관광한국어》, 《한국어를 공부하며 한국을 관광한다》 등이 있다. 현재 한국에서 어학과 관련된 연구와 공부를 하고 있다.

와타나베 나오키　　　　　　　　　　　　　wata2002@hanmail.net

동국대학교 대학원 박사과정을 수료하고, 고려대학교 국제어학원 객원전임강사를 역임하였다. 현재 일본 무사시(武藏) 대학 인문학부 일본 동아시아 비교문화학과 교수이며 논문으로 〈임화의 언어론〉 등이 있다.

심지은　　　　　　　　　　　　　　　　　　alloallo@daum.net

러시아문학연구소(Institute of russian Literature, St-Petersburg)에서 푸쉬킨의 산문 《대위의 딸》로 박사 학위를 받았으며, 현재 서울대학교와 연세대학교에 출강 중이다. 19세기 러시아 낭만주의 시대와 그 작가들을 연구하고 있다.

강정구　　　　　　　　　　　　　　　　　　　　　　　　unikorea@cvnet.co.kr

동국대학교 사회학과 교수로서 저서로는 《통일시대의 북한학》, 《현대한국사회의 이해와 전망》 등이
있다. 남북한현대사, 한반도 평화와 통일, 미국과 주한미군 등을 중요 연구영역으로 삼고 있고, 학문
에서 실천성을 매우 중시하고 있어 한반도 평화와 통일을 위한 실천투쟁의 현장에 함께 하고 있다.

한승억　　　　　　　　　　　　　　　　　　　　　　　　　seh681@kmu.ac.kr

계명대학교 한국어문학과 교수로 재직 중이며, 최근 논문으로는 〈Enjeux et idées de la traduction po
étique en Extrême-Orient[극동의 詩創作과 詩번역의 지표 및 이상]〉, 〈Mémoire impérissable de la litt
érature du zen et du tao en Extrême-Orient[극동에서의 道와 禪文學, 그 불후의 기념]〉 등이 있다.

임호일　　　　　　　　　　　　　　　　　　　　　　　　　hiim@dongguk.edu

동국대학교 독일학과 교수이며, 《변증법적 문예학》, 《한스-게오르크 가다머》 등의 역서가 있으며, 논
문으로는 〈서사화의 관점에서 본 뷔히너와 브레히트〉, 〈추의 미학의 관점에서 본 뷔히너의 리얼리즘〉
등이 있으며, 현재 '천재를 부정한 천재' 게오르크 뷔히너 문학의 재조명에 천착하고 있다.